De la même autrice, aux éditions Charleston :

La Rose de minuit
Le Domaine de l'héritière
Les Mystères de Fleat House
La Maison de l'orchidée
La Chambre aux papillons
Le Secret d'Helena
La Lettre d'amour interdite
L'Ange de Marchmont Hall
La Belle Italienne
La Jeune Fille sur la falaise

Les Sept Sœurs - Maia
La Sœur de la tempête - Ally
La Sœur de l'ombre - Star
La Sœur à la perle - Célaéno
La Sœur de la Lune - Tiggy
La Sœur du Soleil - Électra
La Sœur disparue
Atlas, l'histoire de Pa Salt

Titre original : *The Hidden Girl*

Traduit de l'anglais par Emilie Passerieux

76, boulevard Pasteur
75015 Paris – France
www.editionscharleston.fr

ISBN : 978-2-38529-322-2
Maquette : Camille Carlos

Lucinda Riley

LA PROMESSE CACHÉE

Roman

Traduit de l'anglais
par Emilie Passerieux

POCHE CHARLESTON

PRÉFACE

Chère lectrice, cher lecteur,

Merci d'avoir choisi ce roman de Lucinda Riley. Je suis Harry Whittaker, le fils de Lucinda. Si vous connaissez mon nom, c'est sans doute par le biais de *Atlas, l'histoire de Pa Salt*, l'ultime tome de la série des *Sept Sœurs*, dont la rédaction m'a incombé après le décès de ma mère en 2021.

J'aimerais vous décrire le contexte qui a conduit à la publication de *La Promesse cachée* en 2024. Pour ce faire, je dois d'abord, si vous me le permettez, retracer succinctement la carrière littéraire de ma mère.

Entre 1993 et 2000, Maman écrit huit romans sous son nom de naissance, Lucinda Edmonds. Sa trajectoire d'autrice est contrariée par *Seeing Double*, un ouvrage dont l'intrigue suggère l'existence d'un membre illégitime au sein la famille royale britannique. À l'époque, en raison de la disparition récente de la princesse Diana et de la tourmente dans laquelle celle-ci plonge la monarchie, les libraires jugent le projet trop risqué. Par conséquent, les commandes du roman de Lucinda Edmonds sont annulées et son contrat déclaré nul par son éditeur.

Entre 2000 et 2008, ma mère produit trois romans, dont aucun n'est publié. Puis, en 2010, sa carrière renaît : *La Maison de l'orchidée*, son premier ouvrage édité sous le nom de Lucinda Riley, sort en librairie. Sous cette identité, elle deviendra l'une des autrices de fiction les plus lues au monde, avec plus de soixante millions d'exemplaires vendus à l'heure où j'écris ces lignes. En plus de ses nouvelles productions, ma mère entreprend alors de réécrire trois romans rédigés sous le nom de Lucinda Edmonds : *Aria*, devenu *La Belle Italienne*, *Not Quite an Angel*, devenu *L'Ange de Marchmont Hall*, et *Seeing Double*, évoqué précédemment, devenu *La Lettre d'amour interdite*. Quant à ses trois ouvrages non publiés, tous ont désormais vu le jour et rencontré un grand succès.

J'en arrive à *La Promesse cachée*. D'abord publié en 1993 sous le titre *Hidden Beauty* (« Beauté cachée »), il s'agit du deuxième roman rédigé par ma mère alors qu'elle avait vingt-six ans. Elle était infiniment fière de cet ouvrage et a souvent exprimé son souhait de pouvoir le présenter à nouveau à son lectorat. Elle n'en a malheureusement pas eu l'opportunité.

Lorsque je l'ai lu pour la première fois, j'ai été extrêmement impressionné. Dans ces pages, vous allez croiser des ambitions contrariées, des amours interdites, des désirs de vengeance et de meurtre et, pour couronner le tout, une funeste prophétie oubliée ressurgie du passé. J'ai été frappé de constater que le manuscrit de *La Promesse cachée* contenait déjà tous les éléments que ma mère choisirait d'intégrer dans ses œuvres ultérieures – des décors idylliques, l'importance de la famille ou encore la capacité de l'amour à transcender les générations. Fidèle à elle-même, elle ne se dérobe pas devant les thématiques plus difficiles, telles que la dépression, l'alcoolisme ou les violences sexuelles commises à l'égard des femmes.

S'il ne fait aucun doute que Lucinda Riley figure parmi les meilleures conteuses au monde, sa voix d'autrice a bien entendu évolué au cours de sa carrière, longue de trente ans. Par conséquent, ma mère avait procédé à un important travail de réécriture sur les trois romans qu'elle avait décidé de publier à nouveau, remodelant les intrigues, ajoutant des personnages et révisant son style. Par la force des choses, c'est moi qui ai endossé ce rôle pour *La Promesse cachée*, m'attelant à transformer un Lucinda Edmonds en un Lucinda Riley.

La démarche n'a pas été aisée. Mon souhait, naturellement, consistait à altérer le moins possible le travail de ma mère, cependant, je me devais de moderniser les points de vue et les sensibilités du texte sans le dénaturer. Le monde a considérablement changé en trente ans, et les critiques sur Internet semblent se faire de plus en plus hostiles. J'espère avoir réussi cet exercice d'équilibriste et fait honneur à ma mère. J'aimerais préciser que Lucinda connaissait parfaitement l'univers dans lequel vous vous apprêtez à entrer. Elle a connu une carrière d'actrice et de mannequin dans sa jeunesse, aussi suis-je certain que certains éléments de ce roman sont inspirés de sa propre expérience.

Les lectrices et lecteurs de Lucinda le savent sans doute, ma mère a souvent choisi de structurer ses romans autour de faits historiques réels, généralement pour relater des événements peu connus du grand public. La série des *Sept Sœurs* évoque les tensions autour des deux grandes guerres, le conflit entre la Grande-Bretagne et l'Irlande, le mouvement des droits civiques aux États-Unis, ou encore les défis rencontrés par les Aborigènes d'Australie et le peuple gitan en Espagne. Dans *La Promesse cachée*, Lucinda décrit les atrocités commises dans le camp d'extermination de Treblinka durant la Seconde Guerre mondiale, au sein de la Pologne occupée – un sujet extrêmement important à ses yeux, comme il l'est sans doute pour tout citoyen engagé et doué d'empathie. Je suis convaincu que ma mère souhaiterait que les événements fictifs narrés dans ce roman incitent ses lectrices et ses lecteurs à poursuivre leurs lectures autour de l'Holocauste.

Ainsi, *La Promesse cachée* vous est aujourd'hui révélée. À vous, fidèles de Lucinda, Maman vous attend tels de loyaux compagnons de route pour vous embarquer dans le passé et vous faire voyager à travers le monde. Quant à vous qui vous apprêtez à lire un de ses romans pour la première fois, bienvenue ! Je suis très heureux que vous ayez décidé de passer un moment en compagnie de ma mère.

Harry Whittaker, 2024

PROLOGUE

La vieille dame examina Leah, puis elle sourit et des milliers de rides plissèrent son visage. Leah lui donnait au moins cent cinquante ans. Dans son école, les enfants racontaient que c'était une sorcière, et chaque fois qu'ils passaient devant son cottage délabré en rentrant chez eux, ils poussaient des hurlements à la manière de banshees[1]. Pour les adultes, c'était la vieille Megan, qui recueillait les oiseaux blessés et leur administrait des concoctions d'herbes pour réparer leurs ailes brisées. Certains la disaient folle ; d'autres prétendaient qu'elle possédait le don de guérir et d'étranges pouvoirs de voyance.

La mère de Leah avait de la peine pour elle. « La pauvre vieille, disait-elle toujours. Seule dans cette bicoque sale et humide… » Après quoi, elle sommait Leah d'aller apporter à Megan quelques œufs du poulailler.

Quand Leah tapait à la porte toute décatie, son cœur cognait dans sa poitrine sous l'effet de la peur.

---

1. Créatures surnaturelles de la mythologie celtique irlandaise. *(Toutes les notes sont de la traductrice.)*

D'ordinaire, Megan l'entrebâillait d'un geste lent, jetait un rapide coup d'œil alentour, puis elle attrapait la boîte d'œufs des mains de Leah avec un hochement de tête. La porte à peine refermée, Leah se précipitait chez elle en courant à toutes jambes.

Ce jour-là, la porte s'était ouverte plus largement, de sorte que Leah avait pu apercevoir derrière Megan l'intérieur du cottage plongé dans la pénombre.

Cette dernière n'avait pas détaché son regard du visage de la jeune fille.

— Je… je… Maman s'est dit que quelques œufs vous feraient plaisir.

Leah tendit la boîte et vit les longs doigts osseux de la vieille dame se refermer dessus.

— Merci.

La douceur de sa voix surprit Leah. Megan n'avait rien d'une sorcière.

— Viens, entre.

— Euh, je…

Mais déjà un bras l'avait agrippée par l'épaule et attirée à l'intérieur.

— Je ne peux pas rester longtemps. Maman va se demander où je suis passée.

— Tu n'auras qu'à lui dire que tu prenais le thé avec Megan la sorcière, gloussa la vieille dame. Tiens, assieds-toi là-bas. J'étais en train d'en préparer.

Megan désigna l'un des fauteuils usés placés de part et d'autre d'une petite cheminée éteinte.

Nerveuse, Leah s'exécuta et glissa ses mains sous ses cuisses. Elle observa la cuisine exiguë. Chaque mur accueillait des étagères encombrées de vieux bocaux à café remplis de concoctions aux couleurs étranges. Megan en attrapa un et versa deux cuillerées d'une poudre jaune dans une antique théière en Inox. Après y avoir ajouté l'eau bouillante, elle la déposa sur un plateau avec deux tasses et plaça le tout sur la table devant Leah. Lentement, Megan se laissa tomber dans le second fauteuil.

— Tu nous sers, ma belle ?

Leah approuva de la tête, puis versa le liquide brûlant dans les tasses en porcelaine ébréchée. Elle renifla. Le breuvage dégageait une odeur âcre, étrange.

— N'aie pas peur, je ne vais pas t'empoisonner. Tiens, je vais boire la première. Tu verras bien si je meurs. C'est juste une infusion au pissenlit. Ça va te faire du bien. Goûte.

D'un geste peu assuré, Leah leva la tasse jusqu'à ses lèvres en respirant par la bouche pour ne pas avoir à subir l'effluve trop puissant, et avala tout rond une gorgée du liquide.

— Eh bien, voilà ! C'était pas si terrible, si ?

Leah secoua la tête, puis reposa la tasse. Elle gigota sur sa chaise pendant que Megan vidait la sienne d'un trait.

— Merci pour l'infusion. C'était très bon. Il faut que j'y aille. Maman va commencer à…

— Je te vois passer ici tous les jours. Tu seras dotée d'une beauté extraordinaire plus tard. Ça se voit déjà.

Leah se mit à rougir tandis que les yeux verts perçants de Megan la détaillaient de la tête aux pieds.

— Ça ne sera peut-être pas la bénédiction que le monde s'imagine. Méfie-toi.

Megan plissa le front, puis tendit un bras vers Leah, qui frissonna lorsque les maigres doigts de la vieille femme vinrent, à la manière d'une griffe, se verrouiller autour de sa main. Une vague de panique l'inonda.

— Oui, je… Je dois vraiment rentrer.

Le regard de Megan s'était fixé au loin, au-delà de Leah. Tout son corps s'était tendu.

— Le mal est là, je le sens. Tu dois faire très attention.

La voix de Megan avait grimpé dans les aigus. Figée par la crainte, Leah sentit l'étau se resserrer sur sa main.

— Des choses mauvaises… malsaines… Il ne faut jamais défier la nature, sous peine de chambouler l'ordre établi… Pauvre de lui… il est perdu… maudit… Il reviendra te trouver sur la lande… et tu y retourneras de ton plein gré. Nul ne peut modifier le cours du destin… Prends garde à lui.

Tout à coup, la prise autour de la main de Leah se relâcha et Megan, les yeux clos, s'affaissa dans son fauteuil. Leah se leva d'un bond et se précipita vers la porte d'entrée. Une fois dans la rue, elle courut à toutes jambes jusqu'au poulailler, derrière la petite maison où elle vivait avec ses parents. Elle déverrouilla le loquet et se laissa tomber par terre, si bien que les poules s'égaillèrent en tous sens.

La tête appuyée contre la paroi en bois, Leah s'efforça de reprendre son souffle. Les villageois avaient raison : Megan était folle. Pourquoi avait-elle conseillé à Leah de se méfier ? Elle lui avait vraiment fait peur. Elle n'avait que onze ans… Leah n'avait qu'une envie, retrouver sa mère – mais il était hors de question de lui confier ce qui venait de se produire. Elle penserait que sa fille avait tout inventé et la sermonnerait : c'était mal de répandre des rumeurs malveillantes à propos d'une vieille dame sans défense.

Leah se leva et se dirigea à pas lents vers la porte de derrière. Lorsqu'elle pénétra dans la cuisine, l'odeur rassurante de la maison l'apaisa aussitôt.

— Ah, Leah, tu arrives juste à temps pour le dîner. Assieds-toi.

Doreen Thompson pivota, sourire aux lèvres. Puis une moue inquiète assombrit son visage.

— Leah ? Que se passe-t-il ? Tu es blanche comme un linge.

— Rien, Maman. Tout va bien. J'ai mal au ventre, c'est tout.

— Sûrement des crampes de croissance. Tu devrais manger un morceau, ça te fera du bien.

Leah s'avança jusqu'à sa mère et la serra fort contre elle.

— Eh bien ! Qu'est-ce qu'il t'arrive ?

— Je… Je t'aime, Maman.

Nichée dans les bras réconfortants de sa mère, Leah se sentit rassérénée.

La semaine suivante, lorsque cette dernière lui demanda d'apporter des œufs à Megan, la fillette refusa tout net.

La vieille dame mourut six mois plus tard, et Leah n'en fut pas mécontente.

PREMIÈRE PARTIE

Juin 1976 – Octobre 1977

1

Yorkshire, juin 1976

Rose Delancey laissa tomber son mince pinceau à poil de martre dans le bocal de térébenthine. Elle posa sa palette sur le banc de travail constellé de taches de peinture, puis s'abandonna dans le fauteuil élimé en repoussant son épaisse chevelure blond vénitien. Elle saisit la photo dont elle s'inspirait et la compara avec la toile achevée, sur le chevalet devant elle.

La ressemblance était plus que satisfaisante, bien que Rose peinât à différencier une jument d'une autre. Pendant qu'elle travaillait à réunir un ensemble d'œuvres à exposer dans la galerie de Londres, les missions comme celles-là payaient les factures.

Les peintures lui avaient été commandées par un riche cultivateur de la région qui possédait trois chevaux de course. Ondine, la jument alezane qui renvoyait à Rose un regard plein d'émotion, était la deuxième. Le cultivateur la payait 500 livres par toile, une somme qui lui permettrait de faire remplacer le toit de la vaste ferme où elle vivait avec ses enfants. Cela ne suffirait pas pour venir à bout du problème d'humidité, qui empirait de jour en jour, ni pour s'attaquer de manière significative à la pourriture sèche et aux vers du bois, mais c'était un début.

Rose misait beaucoup sur l'exposition. Vendre quelques-unes de ses toiles l'aiderait à alléger les dettes qui s'accumulaient. Les promesses incessantes à son banquier ne produisaient plus aucun effet et Rose se savait en très mauvaise posture.

Mais elle n'avait pas montré son travail depuis une éternité – presque vingt ans. Les gens avaient très bien pu l'oublier depuis l'époque grisante où le public et les critiques l'adulaient. Rose était alors jeune, belle et immensément talentueuse. Et puis, tout avait déraillé, et elle avait quitté les projecteurs de Londres pour s'installer ici, à Sawood, dans la lande vallonnée du Yorkshire, loin de tout.

Oui, l'exposition programmée en avril prochain représentait un pari, et il faudrait qu'il soit payant…

Se levant, Rose slaloma avec agilité dans son petit atelier encombré et contempla la sérénité du paysage à travers la fenêtre. Cette vue ne laissait jamais de l'emplir d'un sentiment de paix – c'était la raison principale qui l'avait poussée à acheter cette ferme. Perchée au sommet d'une colline, elle offrait un panorama infini sur la vallée. Un peu plus bas, le plan d'eau argentée répondant au nom de Leeming Reservoir se détachait de la verdure exubérante qui l'environnait. Devoir renoncer à ce spectacle serait un crève-cœur, mais Rose savait que si l'exposition ne marchait pas, elle serait contrainte de vendre la ferme.

— Merde, merde, merde ! pesta Rose en écrasant son poing sur la pierre grise du rebord de la fenêtre.

Bien sûr, il existait une autre solution – une solution qui avait toujours existé, mais à laquelle elle refusait de céder depuis près de vingt ans. Rose songea à son frère, David, qui possédait un penthouse à New York, une maison de campagne dans le Gloucestershire, une villa sur une île des Caraïbes, ainsi qu'un yacht amarré quelque part sur la côte amalfitaine. Combien de nuits avait-elle écouté l'eau de pluie goutter dans la casserole en métal posée au pied de son lit et envisagé de solliciter son aide ? Pourtant, elle préférait risquer l'expulsion que de devoir lui demander un centime. Les choses avaient trop mal tourné, il y avait trop longtemps…

Rose n'avait pas vu son frère depuis de nombreuses années, ne suivant son ascension fulgurante dans les couloirs du pouvoir qu'à travers les articles de journaux. Elle avait récemment appris le décès de son épouse huit mois plus tôt, le laissant veuf avec un fils de seize ans.

Puis, la semaine précédente, elle avait reçu un télégramme.

Chère Rose stop ai des engagements professionnels importants ces deux prochains mois stop mon fils Brett finit son année à l'internat le 20 juin stop ne veux pas le laisser seul stop pas remis de la mort de sa mère stop peut-il venir chez toi stop air de la campagne lui fera du bien stop viendrai le chercher fin août stop David.

Après l'arrivée du message, Rose n'avait pas réussi à mettre les pieds dans son atelier pendant cinq jours. Elle s'était adonnée à de longues marches dans la lande, tentant de comprendre la décision de David.

Elle était coincée : son frère l'avait mise devant le fait accompli et le jeune garçon allait débarquer chez elle. Sûrement un enfant gâté qui se donnait des airs supérieurs et ne supporterait pas de séjourner dans une ferme en ruine où il n'y avait pas grand-chose d'autre à faire que de regarder l'herbe pousser.

Et ses propres enfants, qu'allaient-ils penser de l'arrivée d'un cousin dont ils n'avaient jamais entendu parler jusqu'alors ? Rose allait devoir trouver un moyen d'expliquer l'apparition soudaine, non seulement de Brett, mais aussi d'un oncle qui comptait parmi les hommes les plus riches de la planète.

Miles, son grand et beau fils de vingt ans, accepterait la nouvelle sans poser de questions, mais Miranda, son adolescente de quinze ans… Comme toujours, Rose se sentit coupable en songeant au caractère bien trempé de sa fille adoptive.

Elle se demandait si elle portait une part de responsabilité. Miranda était trop gâtée, insolente et s'opposait systématiquement aux volontés de sa mère, qui avait pourtant toujours mis un point d'honneur à lui témoigner autant d'amour qu'à Miles. Seulement, Miranda savait d'instinct qu'il lui était impossible de rivaliser avec le lien qui unissait une mère à son fils, la chair de sa chair.

Rose avait fait tout son possible pour aimer Miranda. Mais celle-ci, loin de contribuer à la sérénité du foyer, ne faisait que générer de la tension. L'association de la culpabilité et du manque de communication entre mère et fille adoptive signifiait que, au mieux, elles se toléraient.

L'arrivée du jeune homme ferait forte impression sur Miranda, c'était certain. Elle n'hésiterait pas à flirter avec lui. C'était une belle jeune fille qui avait déjà une longue lignée de cœurs brisés à son actif. Rose aurait aimé que sa fille se montre un peu plus… subtile. À quinze ans, elle avait un corps déjà bien développé qu'elle ne faisait rien pour dissimuler, et une flamboyante chevelure blonde. Rose avait renoncé à lui interdire les rouges à lèvres de couleur vive et les jupes ridiculement courtes, redoutant de devoir subir pendant des jours l'humeur maussade de Miranda – et une ambiance familiale à l'avenant.

Elle jeta un coup d'œil à sa montre. Miranda n'allait pas tarder à rentrer de l'école et Miles était en chemin depuis Leeds, où son semestre universitaire venait de s'achever. Rose avait demandé à Mme Thompson de mettre une nappe spéciale pour le dîner.

Rose les rejoindrait et leur annoncerait l'arrivée imminente de son neveu, comme si accueillir chez eux le fils de son frère pour les vacances était la chose la plus naturelle au monde.

Elle se prépara mentalement. Elle allait devoir jouer un rôle. Car aucun d'eux ne devait jamais savoir…

2

— Leah, tu veux bien venir me donner un coup de main à la ferme tout à l'heure ? lança Doreen Thompson à sa fille. Mme Delancey a un invité qui arrive demain et il faut que je prépare l'une des chambres de l'étage. Dieu merci, il fait beau. En ouvrant les fenêtres, on devrait arriver à débarrasser la pièce de cette affreuse odeur d'humidité.

— Bien sûr, répondit Leah.

Elle observa sa mère. Celle-ci portait ses épais cheveux bruns en une sage coupe courte, dont les boucles étaient encore trop serrées sur le front et dans la nuque en raison de sa permanente récente. À trente-sept ans, des années de soucis et de travail fatigant lui valaient d'avoir conservé une silhouette fine, mais avaient aussi creusé de nombreux sillons sur son visage.

— Parfait, dit Doreen. Va enfiler un vieux pantalon, ça ne doit pas être très propre là-bas. Et fais vite. Nous partirons dès que j'aurai préparé le repas de ton père.

Aussitôt, Leah monta dans sa minuscule chambre et fouilla le bas de son armoire à la recherche d'un jean. Elle enfila un sweat-shirt puis s'assit au bout de son lit, face à son miroir, pour tresser ses cheveux châtains qui lui descendaient jusqu'à la taille. Avec sa lourde natte, Leah faisait plus jeune que ses quinze ans, mais lorsqu'elle se leva, les courbes qu'elle découvrit étaient celles d'une jeune femme. Elle avait toujours été grande pour son âge – elle tenait ça de sa mère –, mais avait poussé d'un coup cette année, dépassant désormais d'une bonne tête les filles de sa classe. Sa mère lui répétait toujours que les poussées de croissance mettaient à plat – ce qui donnait l'impression à Leah d'être un tournesol – et l'encourageait continuellement à manger davantage pour remplumer son corps frêle.

Leah chaussa à la hâte ses tennis trouvées sous le lit – elle était impatiente d'aller chez Mme Delancey, où elle adorait se rendre. La ferme lui paraissait immense comparée à la maison de quatre pièces que ses parents et elle occupaient. Et puis Mme Delancey la fascinait – elle était si différente des personnes de son entourage. Miranda était chanceuse de l'avoir pour mère. Non que Leah n'aimât pas la sienne, mais entre ses longues journées de travail et son mari invalide, il lui arrivait de perdre patience. Ses mouvements d'humeur s'expliquaient par la fatigue, Leah le savait, aussi essayait-elle de contribuer autant que possible aux tâches domestiques.

Elle ne se souvenait que vaguement de l'époque où son père était encore capable de marcher ; il souffrait de polyarthrite rhumatoïde depuis que Leah avait quatre ans et avait passé les onze dernières années bloqué sur une chaise roulante. À cause de sa maladie, il avait dû renoncer au pénible travail manuel qu'il exerçait dans une filature de laine et Doreen avait commencé à travailler pour Mme Delancey comme employée de maison. Leah n'avait jamais entendu son père formuler la moindre plainte, et elle savait qu'il éprouvait une profonde culpabilité à l'égard de son épouse qui devait prendre soin de lui et subvenir aux besoins de la famille.

L'adolescente aimait son père tendrement et lui tenait compagnie dès qu'elle le pouvait. Elle dévala l'escalier jusqu'au rez-de-chaussée et frappa à la porte du salon. Lorsque son père était tombé malade, celui-ci avait été converti en chambre, et une salle d'eau et des toilettes avaient été installées par la mairie dans le garde-manger attenant à la cuisine.

M. Thompson se trouvait à sa place habituelle, près de la fenêtre. Ses yeux noisette – dont Leah avait hérité – s'illuminèrent lorsqu'il aperçut sa fille.

— Bonjour, ma fille. Viens donc embrasser ton père.

Leah s'exécuta, puis l'informa :

— Je vais aider Maman chez Mme Delancey.

— D'accord, ma puce. À tout à l'heure.

— À tout à l'heure, Papa.

Leah se rendit dans la cuisine, où sa mère était en train d'emballer des sandwichs au jambon.

— J'apporte ça à ton père et on y va.

Un peu plus de trois kilomètres séparaient Oxenhope du minuscule hameau de Sawood, où se trouvait, perchée au sommet d'une colline, la ferme de Mme Delancey. Mme Thompson avait l'habitude de s'y rendre à vélo, mais ce jour-là, elles décidèrent de partir à pied et s'éloignèrent du village d'un bon pas.

Le soleil brillait fort dans le ciel azur, réchauffant l'air. Consciente que la température pouvait baisser rapidement sur la lande, Leah avait malgré tout jeté son blouson sur son épaule.

— J'ai l'impression que nous allons avoir chaud cette année, fit remarquer Doreen. Mme Delancey m'a dit que son neveu arrivait demain. J'ignorais qu'elle en avait un.

— Quel âge a-t-il ?

— Une quinzaine d'années, je crois. Avec Miles qui rentre de l'université et Miranda en vacances, la ferme sera au complet, alors que Mme Delancey est en pleine préparation de son exposition.

Un silence s'installa, puis Leah demanda :

— Je peux te poser une question, Maman ?

— Bien sûr.

— Que… Qu'est-ce que tu penses de Miles ?

Mme Thompson s'arrêta et examina sa fille.

— Je l'apprécie, évidemment. Je me suis beaucoup occupée de lui, après tout. Pourquoi ?

— Oh, comme ça, répliqua Leah en voyant un air protecteur se peindre sur le visage de sa mère.

— En revanche, si tu veux mon avis sur son insolente de sœur… Eh bien, certaines de ses tenues ne sont pas appropriées pour une fille de son âge.

Leah était plutôt admirative du style vestimentaire de Miranda, et envieuse de la manière dont les garçons de la Greenhead Grammar School – où elle était scolarisée dans le même niveau que Miranda – s'attroupaient toujours autour d'elle. Leah la voyait parfois se rendre au parc Cliffe Castle après l'école avec un groupe de garçons de l'année du dessus. Elle se demandait comment Miranda parvenait à être aussi séduisante dans l'uniforme ennuyeux de l'école, lorsqu'il ne faisait qu'accentuer sa maigreur à elle. Si Leah n'avait qu'un mois de moins que Miranda, elle avait l'impression d'être une gamine à côté d'elle.

— Tu dis toujours que Mme Delancey ne roule pas sur l'or, pourtant Miranda porte souvent de nouveaux vêtements. Et ils vivent dans une grande maison.

— Tout est relatif, Leah. Mme Delancey a l'impression d'avoir peu aujourd'hui parce qu'elle a été riche autrefois. Très riche. Tu comprends ?

— Je crois, oui.

— Miranda se plaint lorsqu'elle n'a pas une nouvelle robe pour se rendre à une fête. Toi, c'est si on n'a pas de quoi manger le soir.

— Qu'a fait Mme Delancey de tout son argent ?

— Aucune idée, admit Doreen en haussant les épaules. Tout ce que je sais, c'est qu'elle n'a recommencé à peindre qu'il y a deux ou trois ans, alors je suppose qu'elle n'a rien vendu pendant longtemps. Allons, cessons de cancaner. Accélère la cadence, ma fille, ou nous allons nous mettre en retard.

Une fois à la ferme, Mme Thompson ouvrit la porte qui donnait sur la cuisine. Cette seule pièce était plus spacieuse que le rez-de-chaussée entier de leur maison.

Miranda, vêtue d'une robe de chambre en satin rose vif et chaussée de mules fourrées assorties, prenait son petit déjeuner à la longue table en pin.

— Bonjour, Doreen, lança-t-elle. Vous arrivez juste à temps pour me refaire des toasts.

— C'est toi qui vas devoir t'y coller, jeune demoiselle. J'ai du pain sur la planche avec votre invité qui arrive demain.

— Dans ce cas, je suis sûre que Leah s'en chargera avec plaisir, n'est-ce pas, Leah ?

— Bien entendu, affirma celle-ci après avoir jeté un rapide coup d'œil à sa mère qui s'apprêtait à intervenir. Monte, Maman, je te rejoins dans une minute.

Mme Thompson fronça les sourcils, puis sortit de la pièce. Leah glissa deux tranches de pain dans le toasteur.

— J'ai l'impression que tu grandis chaque fois que je te vois, fit remarquer Miranda en évaluant Leah. Et tu es super mince. Tu suis un régime ?

— Oh non ! Maman dit que je mange comme un ogre. Je lécherais mon assiette si elle me laissait faire.

— Veinarde. Je prends du poids rien qu'en posant les yeux sur de la crème, lâcha Miranda.

— Tu as un corps superbe ! Tous les garçons de la classe le disent, affirma Leah, qui sursauta lorsque les tranches bondirent du toasteur.

— Utilise la margarine allégée. Et ne mets pas trop de confiture. Que disent les garçons à propos de moi, à part ça ? s'enquit Miranda d'une voix détachée.

— Eh bien, ils te trouvent très jolie.

— Et toi, tu me trouves jolie, Leah ?

— Oui, très. Je... j'aime beaucoup la façon dont tu t'habilles. (Leah posa l'assiette sur la table.) Tu veux une autre tasse de thé ?

Miranda approuva de la tête.

— Eh bien, tu devrais le dire à ma chère mère. Elle pique une crise chaque fois que je porte une jupe au-dessus des chevilles. Qu'est-ce qu'elle peut être prude... Tiens, tu n'as qu'à te servir une tasse de thé et me tenir compagnie pendant que je mange.

— C'est gentil, mais il faut que j'aille donner un coup de main à Maman.

— Comme tu veux. Passe dans ma chambre si tu as le temps tout à l'heure, je te montrerai la tenue que j'ai achetée samedi dernier.

— Avec plaisir. À tout à l'heure, Miranda.

— Mmmh...

À l'étage, Leah trouva sa mère en train de secouer vigoureusement un tapis.

— J'allais venir te chercher, dit-elle. J'ai besoin d'aide pour retourner le matelas. Il y a des traces de moisissure sur un des coins. J'ai allumé un feu dans la cheminée pour assainir un peu la pièce.

Leah la suivit dans la vaste chambre et attrapa une extrémité de l'épais matelas.

— Allez, maintenant on le met sur le côté… Parfait. J'espère que tu ne vas pas laisser Miranda te traiter comme une boniche. Il ne faut pas hésiter à lui tenir tête. Tu n'as pas à te plier à ses moindres désirs.

— Je suis désolée, Maman. Elle fait tellement plus mûre que son âge…

— Ah ça, on peut le dire ! répliqua Doreen, qui avait décelé de l'admiration dans le regard de sa fille. Et ce n'est pas un exemple à suivre. Si tu débarques un jour à la maison attifée comme ça, Papa et moi on t'étripe. (Doreen souffla, les poings sur les hanches.) Voilà, c'est déjà mieux ! On mettra les draps au dernier moment, pour que ça ait le temps de sécher et éviter une pneumonie à ce pauvre garçon. Tu veux bien nettoyer ces fenêtres, ma chérie ? enchaîna-t-elle en se tournant vers la fenêtre. Elles sont dégoûtantes. Je vais chercher l'aspirateur en bas.

Leah se mit au travail, astiquant les vitres jusqu'à ce que le chiffon soit noir. Après être venue à bout de quatre carreaux, elle recula d'un pas. La lande était inondée de soleil et la vue si dégagée qu'on apercevait jusqu'aux cheminées du village d'Oxenhope, de l'autre côté du réservoir.

Leah distingua alors une forme perchée au sommet d'une butte, à environ cinq cents mètres de la ferme : un jeune homme assis, les bras enroulés autour des genoux, le regard perdu sur la vallée devant lui. Leah reconnut l'épaisse chevelure brune. Il s'agissait de Miles.

Miles l'effrayait. Il ne souriait pas, ne disait jamais bonjour, se contentait de la scruter sans un mot. Quand il était de passage, il demeurait des heures entières sur la lande. Leah ne l'apercevait qu'occasionnellement, silhouette noire se découpant dans la lumière du jour, trottant à travers la vallée sur l'un des chevaux de M. Morris.

Tout à coup, Miles se retourna et, comme s'il savait que Leah l'observait, il braqua sur elle ses yeux noirs. La jeune fille eut l'impression d'être transpercée par son regard, si bien qu'elle se figea quelques secondes, incapable du moindre mouvement. Puis un frisson la secoua et elle s'écarta vivement de la fenêtre.

— Allez, Leah ! lança Doreen qui venait de revenir avec l'aspirateur. Presse-toi. Il te reste les trois quarts des vitres à nettoyer.

Leah regagna la fenêtre à contrecœur. La silhouette sur la butte avait disparu.

— Dites-moi, Doreen, est-ce que Leah aimerait gagner un peu d'argent de poche ? demanda Rose Delancey à Doreen, qui buvait une tasse de thé avec sa fille à la cuisine avant de repartir au village.

— Certainement, répondit Mme Thompson. Qu'en dis-tu, Leah ?

— Avec plaisir, madame Delancey. Qu'attendriez-vous de moi ?

— Comme tu le sais, mon neveu Brett arrive demain. Le problème, c'est que je suis en pleine préparation de mon exposition. Je ne suis déjà pas en avance, alors si je dois cuisiner tous les jours… Serais-tu d'accord pour aider ta mère à préparer les repas et entretenir la maison ? Mes enfants sont capables de se débrouiller seuls, mais mon neveu… Disons qu'il est habitué à un train de vie très confortable. Doreen, je vous dédommagerai bien évidemment pour les heures supplémentaires, et je rétribuerai aussi Leah.

— Tant que l'une de nous est à la maison pour préparer le dîner de mon mari, je n'y vois pas d'inconvénient, répondit Mme Thompson en se tournant vers sa fille.

— C'est d'accord, madame Delancey, confirma Leah en songeant qu'un peu d'argent serait plus que bienvenu. Avec plaisir.

— Parfait. Marché conclu. J'ai une vieille bicyclette dans la grange dont tu pourras te servir. Brett arrive demain après-midi et j'aimerais que tu cuisines quelque chose pour le repas. Nous dînerons dans la salle à manger. Sors le service Wedgwood et fais la liste de ce dont tu auras besoin pour la semaine. Je demanderai à l'épicerie de me livrer. Bon, il faut vraiment que je retourne à l'atelier. À demain.

— À demain, madame Delancey.

S'apprêtant à sortir de la pièce, Rose se retourna et dit :

— Si mon neveu vous paraît un peu… particulier, ne soyez pas surprises. Sa mère est décédée il y a peu. À demain, répéta-t-elle avant de fermer la porte derrière elle.

— Pauvre chou… Perdre sa mère si jeune, murmura Mme Thompson en rinçant les tasses dans l'évier.

À cet instant, la porte s'ouvrit et Miranda, vêtue d'une minijupe rouge moulante et d'une blouse décolletée, déboula dans la pièce.

— Tu ne devais pas venir voir ma nouvelle tenue ? lança-t-elle à Leah avec humeur.

— Eh bien, je…

— T'inquiète. Je l'ai mise pour te la montrer. Qu'en penses-tu ? C'est joli, non ? lança Miranda, tout sourire, en pivotant sur elle-même.

— C'est...

— Largement l'heure de rentrer préparer le repas de ton père, l'interrompit Doreen.

Mais Miranda l'ignora et poursuivit :

— J'ai trouvé ça dans la boutique qui vient d'ouvrir à Keighley. C'est ce que je porterai demain soir, pour l'arrivée de mon cousin. (Miranda afficha un large sourire.) Tu sais que son père est un des types les plus riches de la planète ?

— Qu'est-ce que tu inventes là, jeune fille, la sermonna Doreen.

Miranda se laissa tomber sur une chaise et balança ses jambes sur la table.

— C'est la vérité ! Notre chère mère avait gardé ce détail pour elle, on dirait... Son frère n'est autre que David Cooper. LE David Cooper.

Elle marqua une pause dans l'attente d'une réaction, et grimaça lorsqu'elle n'en obtint aucune.

— Ne me dites pas que vous n'avez jamais entendu parler de lui ? Il est connu dans le monde entier. Le dirigeant de Cooper Industries ? Dieu seul sait pourquoi on est obligés de vivre dans ce trou alors que cette bonne vieille Rosie a un frère plein aux as.

— N'appelle pas ta mère Rosie, Miranda.

— Désolée, madame T. Moi qui pensais que rien d'excitant n'arrivait jamais dans ce bled, j'apprends que j'ai un oncle richissime et que son fils débarque ici demain. Et, cerise sur le gâteau : il a seize ans. Je me demande s'il a une petite amie...

— Sois gentille avec lui, Miranda. Ce pauvre garçon vient de perdre sa mère.

— Oh, ne vous inquiétez pas pour ça, madame T. ! répliqua Miranda. Bon, je vais tester mon nouveau masque pour le visage. À plus tard.

Doreen s'essuya les mains sur un torchon et inclina la tête en direction de la porte.

— Nous ferions mieux d'y aller, Leah. Une journée chargée nous attend demain. Et je pressens déjà les ennuis.

3

La longue limousine noire cheminait à travers les villages du Yorkshire. Les gens l'observaient avec curiosité, tentant de distinguer la silhouette derrière la vitre teintée.

L'air triste, Brett Cooper les regardait en s'amusant à exécuter des grimaces que, il le savait, personne ne pouvait voir. Le ciel s'était assombri et la pluie s'était mise à tomber, si bien que la lande lui donnait l'impression de refléter son humeur morose.

Brett prit une canette de Coca dans le minibar. L'intérieur du véhicule lui évoquait un tombeau luxueux, avec ses parois de cuir et ses stores recouvrant chaque vitre, que son père avait fait installer pour pouvoir se couper du monde.

— Combien de temps encore, Bill ? demanda Brett après avoir activé l'interphone.

— Plus qu'une demi-heure, monsieur, répondit la voix métallique.

Brett relâcha le bouton, étira ses longues jambes et but une gorgée de Coca.

Son père avait promis de venir le chercher au pensionnat et de l'accompagner dans le Yorkshire pour le présenter lui-même à cette tante inconnue, mais lorsque Brett, plein d'enthousiasme, était monté à l'arrière de la limousine, il l'avait trouvée vide.

Bill, le chauffeur de son père, l'avait informé que son père le priait de l'excuser : il avait dû s'envoler plus tôt que prévu pour les États-Unis.

Durant les cinq heures du trajet qui reliait Windsor au Yorkshire, Brett avait ressenti de la colère à l'égard de son père – qui reproduisait une nouvelle fois le schéma de son enfance –, de l'appréhension à l'idée de se retrouver seul face à cette tante qu'il n'avait jamais vue, et aussi un chagrin immense que sa mère ne soit pas à ses côtés pour lui faire oublier que son père se fichait éperdument de lui.

Brett songea alors à l'été précédent, et des larmes lui emplirent les yeux. Il avait pris un vol direct pour Nice, où sa mère l'attendait à l'aéroport. Ils avaient ensuite roulé jusqu'à la villa de Saint-Jean-Cap-Ferrat qu'elle avait louée, où ils avaient passé un été idyllique. Son père leur avait rendu visite à deux reprises, mais était resté enfermé dans son bureau ou sur le yacht en compagnie de relations professionnelles de passage dans la région.

Et puis, trois mois plus tard, sa mère était décédée. Brett avait été appelé dans le bureau de son maître d'internat, qui lui avait annoncé la nouvelle.

Il s'était rendu dans le dortoir désert, s'était assis sur le bord de son lit et avait fixé le vide. Tout cet argent, tout ce luxe… rien de cela n'avait empêché sa mère de mourir. Et elle avait été seule au moment de rendre son dernier souffle. Brett l'avait détestée de ne pas lui avoir confié que quelque chose n'allait pas. N'avait-elle pas deviné ce qu'il ressentirait de ne pas l'avoir accompagnée jusqu'à la fin ?

Quant à son père… Il était au courant, lui, mais n'avait rien dit.

Sans doute avait-il décidé de se jeter à corps perdu dans son travail – l'unique chose au monde dont il semblait se soucier. Brett se demandait pourquoi son père s'était donné la peine de se marier. Sa mère avait pourtant toujours fait preuve d'une loyauté infaillible, ne s'était jamais plainte de ses absences, ni du fait que son fils et elle ne figuraient qu'au bas de sa liste de priorités. Il n'avait entendu ses parents se disputer qu'une fois, lorsqu'il n'avait que quatre ans.

— Pour l'amour du ciel, Vivienne, je te demande de bien vouloir y réfléchir. New York est une ville merveilleuse. Lorsque Brett sera en pensionnat, nous pourrons le faire venir en avion pour les vacances. L'appartement est fabuleux. Viens au moins le visiter.

— Non, David, je suis navrée, avait répondu sa mère avec son habituelle douceur. Je souhaite rester en Angleterre pour être près de Brett s'il a besoin de moi.

Plus tard, Brett avait compris que sa mère avait effectué un choix ce jour-là. Elle l'avait choisi, lui. À la suite de cet épisode, son père était rentré de moins en moins fréquemment. Il s'était installé à New York et n'avait plus jamais pressé sa femme de l'y rejoindre.

Lorsque Brett avait intégré Eton, ses camarades l'avaient mitraillé de questions sur son célèbre père, auxquelles il se contentait généralement de répondre par des « Super » ou « C'est un chic type », alors qu'au fond, il ne le connaissait pas vraiment.

Lorsqu'il avait treize ans, David avait montré à Brett les plans d'un immeuble qu'il faisait construire.

— Quand tu quitteras Cambridge, tu rejoindras l'entreprise pour apprendre les ficelles du métier. Un jour, tout ça sera à toi, Brett.

Ce dernier avait hoché la tête en souriant tout en grimaçant intérieurement. Découvrir les rouages de l'empire de son père ne l'intéressait pas le moins du monde. Il n'était pas doué avec les chiffres et ne comprenait rien aux statistiques. S'il était entré à Eton – de justesse –, c'était uniquement parce qu'il avait brillé à l'épreuve d'anglais.

Depuis deux ans, l'idée que l'avenir tracé pour lui par son père se rapprochait lui valait régulièrement des réveils en sueur. L'été précédent, à Saint-Jean-Cap-Ferrat, il s'en était ouvert à sa mère. Il lui avait aussi montré quelques-uns de ses tableaux, qu'elle avait découverts avec surprise.

— Ça alors, mon chéri ! J'ignorais que tu étais si doué pour la peinture. Tes toiles sont magnifiques. Tu as un talent fou. Il faut absolument que je les montre à ton père.

David avait un jeté un coup d'œil rapide aux œuvres de son fils et haussé les épaules.

— Pas mal, avait-il décrété. C'est excellent pour un homme d'affaires d'avoir un hobby qui le détend.

Brett avait alors remisé aquarelle et chevalet. Sa mère avait tenté de le réconforter, l'encourageant à dessiner les splendides vues dont jouissait leur villa.

— À quoi bon, Maman ? Papa ne m'autorisera jamais à m'inscrire dans une école d'art. Il a déjà tout planifié. Il est tellement persuadé que je vais entrer à Cambridge que l'idée que je puisse être recalé ne l'a même pas effleuré.

Vivienne avait soupiré. Tous deux savaient que, dans le pire des cas, Brett serait assuré d'obtenir une place dans une bonne université en échange d'une généreuse donation.

— Écoute, Brett, je te promets que je lui parlerai. Tu n'as que quinze ans. Je suis sûre qu'on parviendra à lui faire entendre raison le moment venu. Tu dois absolument continuer à peindre, mon chéri. Ce que j'ai vu est très prometteur.

Un mois plus tard, Brett était retourné au lycée et avait peint sa mère assise sur la balançoire du jardin de leur maison du Gloucestershire. Il s'était inspiré de la photo d'elle qu'il préférait, car elle révélait selon lui l'étendue de sa beauté délicate. Il avait prévu de lui offrir le tableau pour Noël, mais elle était décédée avant, si bien que la toile était toujours empaquetée sous son lit, au pensionnat. Il avait refusé de mettre les pieds dans la salle d'arts plastiques depuis.

Huit mois après la disparition de sa mère, Brett avait toujours l'impression qu'elle était morte la veille. Elle avait toujours occupé une place centrale dans sa vie, lui assurant stabilité et sécurité. Sans médiateur entre son père et lui, il se sentait désormais affreusement vulnérable.

Il avait présumé qu'il passerait ces vacances d'été dans leur propriété du Gloucestershire, ou peut-être à Antigua. Aussi la lettre lui annonçant que son père l'envoyait dans le Yorkshire chez une tante dont il n'avait jamais entendu parler n'avait-elle fait qu'accentuer sa détresse. Il avait bien tenté de joindre son père à New York pour protester, mais en vain – Pat, l'assistante personnelle de David, avait intercepté tous ses appels.

— Ton père est catégorique, Brett chéri. Il a un emploi du temps extrêmement chargé ces deux prochains mois. Je suis certaine que tout se passera à merveille. Je vais te faire envoyer 500 livres d'argent de poche. Tu me diras si tu as besoin d'une rallonge, d'accord ?

Il était inutile d'insister, Brett le savait. David Cooper obtenait toujours gain de cause.

Le bruit de l'interphone résonna dans l'habitacle.

— Nous arrivons dans cinq minutes, monsieur. Vous pouvez apercevoir la maison sur votre gauche, au sommet de la colline.

Brett la distingua à travers la bruine. Une vaste bâtisse en pierre grise, isolée sur la lande. La demeure paraissait désolée et atrocement inhospitalière, comme tout droit sortie d'un roman de Dickens.

— La maison d'Âpre-Vent[1], murmura-t-il pour lui-même.

Son cœur se mit à battre plus fort lorsque la limousine amorça l'ascension de la colline. Il aurait tant aimé que sa mère soit auprès de lui pour le rassurer.

Lorsque la voiture s'arrêta devant la maison, Brett prit une profonde inspiration. En l'absence de sa mère, il allait devoir affronter la situation seul.

Rose entendit un véhicule approcher. Par la fenêtre de son atelier, elle découvrit l'imposante limousine aux vitres teintées et retint son souffle en voyant apparaître un grand jeune homme. Lorsque le chauffeur referma la portière derrière Brett, Rose comprit que son neveu était venu sans David.

— Dieu merci, souffla-t-elle.

Depuis son poste d'observation, elle prit le temps d'examiner le fils de son frère. Ses cheveux étaient blond vénitien, comme les siens. Lorsqu'il pivota, elle reconnut le regard bleu profond et la mâchoire bien dessinée de David. Brett était un très beau garçon. Elle le regarda fouiller nerveusement la poche de sa veste pendant que le chauffeur déchargeait les valises du coffre. Rose fut frappée par la mélancolie que Brett dégageait. *Il est sûrement bien plus nerveux que*

1. Référence au roman de Charles Dickens, *La Maison d'Âpre-Vent.*

moi, songea-t-elle. Quand la sonnette retentit, Rose jeta un coup d'œil rapide à son reflet dans la glace. Elle entendit Doreen ouvrir, conformément à ses instructions. Souhaitant profiter d'un moment seule avec son neveu, elle avait envoyé Miles et Miranda monter à cheval pour l'après-midi. Puis elle entendit une voix singulièrement similaire à celle de David échanger avec Doreen, qui l'accompagnait jusqu'au salon. Rose ouvrit doucement la porte et remonta le couloir.

— Madame Cooper, j'imagine, lui dit le chauffeur, qui venait de poser la dernière valise.

— Non, Delancey.

— Désolé, madame Delancey. M. Cooper vous adresse ses remerciements. Il m'a également chargé de vous remettre ceci afin de subvenir aux besoins de Brett pendant son séjour, dit-il en lui tendant une enveloppe.

— Merci. Puis-je vous proposer une tasse de thé et quelque chose à grignoter ? Un long voyage de retour vous attend.

— Non merci, madame Delancey. C'est gentil de votre part, mais je dois repartir immédiatement. Je récupère des voyageurs à l'aéroport de Leeds à 17 heures.

— J'ai l'impression que David vous fait travailler dur.

— Je suis bien occupé, mais ça me plaît. Cela fait presque treize ans que je travaille pour M. Cooper, et je connais Brett depuis qu'il est tout petit. C'est un bon garçon, il ne vous causera pas d'ennuis. S'il vous paraît un peu renfermé… disons qu'il a traversé des épreuves difficiles. Il adorait sa mère. Une véritable tragédie.

— Ne vous inquiétez pas, je vais m'occuper de lui. Je suis certaine que nous allons bien nous entendre. Soyez prudent sur la route.

Bill porta une main à sa casquette.

— Entendu. Au revoir, madame Delancey.

Rose referma la porte d'entrée et entendit la limousine s'éloigner. À l'intérieur de l'enveloppe, elle trouva une carte de visite au nom de Cooper Industries ainsi que 1 000 livres en liquide.

— Bon sang, murmura-t-elle, je vais devoir lui servir du caviar et du champagne tous les jours pour écouler ça.

Rose fourra l'enveloppe dans une poche de sa jupe, se demandant dans quel délai le couvreur pourrait venir pour établir un devis, puis elle ouvrit la porte du salon.

La femme qui venait d'entrer dans la pièce était à mille lieues de l'image que Brett s'était fait de sa mystérieuse tante. Sa mère s'était toujours demandé de qui Brett tenait sa couleur de cheveux inhabituelle – un blond doré tirant sur le roux. Désormais, il savait.

Rose, une femme à la stature imposante et à l'incontestable beauté, portait une blouse aux couleurs vives et une longue jupe. Le regard d'artiste de Brett nota la finesse de son ossature, soulignée par des pommettes hautes et saillantes. Ses immenses prunelles vertes dominaient son visage et elle partageait avec David la même bouche généreuse. Rose lui sourit, dévoilant des dents blanches bien alignées. Son visage lui était familier – Brett aurait juré l'avoir déjà vu quelque part, sans parvenir à déterminer où.

— Bonjour, Brett, je suis Rose, annonça-t-elle d'une voix chaleureuse.

— Enchanté de te rencontrer, tante Rose, dit-il en se levant.

Il tendit une main mais, au lieu de la prendre, Rose serra son neveu contre elle. Elle dégageait un parfum puissant, et autre chose aussi… oui, il s'agissait de l'odeur caractéristique de la peinture à l'huile. Rose relâcha son étreinte, s'installa sur le canapé et tapota la place à côté d'elle. Une fois Brett assis, elle lui prit la main.

— Nous sommes très contents de t'avoir avec nous, Brett. Cela doit te faire drôle d'être ici, chez des membres de ta famille que tu n'as jamais vus. Je suis sûre que tu vas rapidement prendre tes marques. Tu dois avoir une faim de loup après ce long voyage. Veux-tu manger quelque chose ?

— Non, merci. Bill m'avait préparé un casse-croûte.

— Une tasse de thé, alors ?

— Avec plaisir.

— Je vais demander à Doreen d'en préparer.

Pendant que Rose allait à la cuisine, Brett regarda autour de lui. La pièce, en désordre, était encombrée de vieux meubles et de bric-à-brac, mais ce sont les tableaux accrochés au mur qui attirèrent son attention.

— Combien de temps a duré le trajet ? demanda Rose en se rasseyant à côté de lui.

— Oh, environ cinq heures. Nous n'avons pas eu beaucoup de circulation.

— Tu dois être fatigué malgré tout.

— Oui, un peu.

— Je te montrerai ta chambre dès que nous aurons bu notre thé. Mes enfants sont sortis, la maison est donc calme. Tu as peut-être envie de t'allonger un peu avant le dîner.

— Pourquoi pas, répondit Brett.

Il y eut un blanc tandis que Rose cherchait quelque chose à dire.

— Ah, voilà Doreen avec le thé. Tu prends du sucre ?

— Non merci, tante Rose.

— Oh, pas de « tante Rose » avec moi, j'ai l'impression d'avoir cent ans ! Même mes enfants m'appellent Rose plutôt que Maman.

Rose se mordit la langue en voyant la tristesse se peindre sur le visage de Brett. Le jeune homme réservé et nerveux qui n'avait visiblement pas surmonté la mort de sa mère ne pouvait être plus éloigné du garçon sûr de lui et arrogant qu'elle avait pensé voir débarquer.

— Tu les rencontreras ce soir, au dîner. Miranda a quinze ans, vous devriez bien vous entendre.

— Et ton fils ?

— Miles a vingt ans. Il vient de terminer sa deuxième année à l'université de Leeds. Ce n'est pas un grand bavard. Il te faudra sans doute un peu de temps pour apprendre à le connaître. Je suis sûre que vous allez sympathiser, affirma Rose. Si tu as fini ton thé, je vais te conduire jusqu'à ta chambre.

Brett grimpa les deux volées de marches grinçantes à la suite de Rose, puis ils empruntèrent un long couloir.

— Nous y sommes. C'est très sommaire, mais tu pourras profiter de la plus belle vue de la maison. Bien, je te laisse défaire tes valises. Si tu as besoin de quoi que ce soit, tu trouveras généralement Doreen dans la cuisine. Nous nous verrons pour dîner, à 20 heures.

Brett étudia la chambre qu'il occuperait ces deux prochains mois, avec son lit double recouvert d'une vieille courtepointe en patchwork. Le linoléum qui couvrait le plancher était très usé et de profondes fissures zébraient le plafond. Le jeune homme alla jusqu'à la fenêtre. La bruine s'était muée en pluie et des nuages sombres tapissaient le sommet des collines, au loin. Il frissonna. La pièce était froide et empestait l'humidité. Il perçut un léger bruit d'égouttement et remarqua une petite flaque près de la porte, au-dessus de laquelle le plafond s'affaissait dangereusement – voilà qui n'était guère rassurant.

Brett sentit une boule se former dans sa gorge. Soudain, un sentiment d'abandon, de tristesse et de solitude mêlés l'envahit. Comment son père avait-il pu l'envoyer dans ce lieu triste à mourir ? Il se jeta sur le lit et se mit à pleurer pour la première fois depuis la mort de sa mère.

Il laissa ses larmes couler longtemps puis, se rendant compte qu'il tremblait, il se pelotonna tout habillé sous le dessus-de-lit et sombra presque aussitôt dans un profond sommeil.

C'est ainsi que Rose le trouva trois heures plus tard. Après avoir tenté en vain de le réveiller, elle sortit de la pièce à pas de loup et referma la porte derrière elle.

4

Brett cligna des paupières, ébloui par les rayons dorés qui se déversaient par la fenêtre. Il lutta un instant pour se rappeler où il était. Après avoir retrouvé ses esprits, il alla jeter un coup d'œil au magnifique paysage verdoyant. La manière dont le soleil avait transformé le triste décor de la veille en un tableau d'une infinie sérénité était à peine croyable.

Brett pivota et s'étira. Puis il l'aperçut.

Elle se tenait près de la porte, un plateau entre les mains. Elle était grande, presque maigre tant elle était frêle, et possédait une abondante chevelure châtain qui lui arrivait au milieu du dos. De longs cils noirs encadraient ses yeux d'un brun profond. Elle avait un visage en forme de cœur, des lèvres naturellement rouges et un joli petit nez retroussé.

Auréolée de la lueur du soleil, dont les reflets paraissaient danser sur ses mèches, elle semblait si pure et si parfaite que Brett crut voir apparaître une madone. Sauf que les madones ne portaient pas de plateau de petit déjeuner, ni de sweat-shirt ou de jean.

Elle était donc bien réelle – et tout simplement la plus belle fille qu'il avait jamais vue.

— Bonjour, dit-elle d'une voix timide. Maman s'est dit que tu devais avoir faim.

La jeune fille s'exprimait avec un doux accent du Yorkshire. Alors, c'était elle, Miranda, songea Brett. Et il s'apprêtait à passer deux mois en sa compagnie. Ces vacances se révéleraient peut-être moins pénibles que ce qu'il avait redouté…

— C'est très gentil de sa part, répondit-il. Je suis affamé. J'ai l'impression que j'ai loupé le dîner hier soir.

Elle sourit, révélant des dents d'une blancheur de perle.

— En effet. Elle t'a préparé du bacon et des œufs, et aussi des toasts et du thé.

Brett la regarda poser d'un geste gracieux le plateau au bout du lit.

— Merci, Miranda. Moi, c'est Brett, au fait.

— Oh non, je ne suis pas…

— Aurais-je entendu mon prénom ?

Une jeune fille aux cheveux blonds, vêtue d'un jodhpur moulant et d'un tee-shirt très décolleté, surgit alors dans la pièce. Elle aurait été très jolie si son visage n'avait pas été tartiné d'un maquillage peu subtil. Elle bondit jusqu'à Brett et s'assit sur le lit, faisant valser le plateau au sol dans un bruit de vaisselle brisée.

— Et merde ! Qui a posé ça ici ? Tu veux bien nettoyer, Leah ? (Elle sourit à Brett pendant que l'autre fille s'agenouillait.) Je suis Miranda Delancey, ta cousine – ou devrais-je dire cousine par alliance, puisque cette bonne vieille Rosie m'a adoptée quand j'étais petite.

Le cœur de Brett se serra. Il regarda la fille répondant au nom de Leah s'escrimer à ramasser les morceaux de porcelaine répandus au milieu du bacon et des œufs.

— Enchanté, dit-il à Miranda. Attends, je vais te donner un coup de main, ajouta-t-il à l'attention de Leah.

— Laisse, elle est payée pour ça, intervint Miranda, balançant ses jambes sur le lit dans une pose provocante.

Brett vit les yeux de Leah étinceler de colère.

— C'est fait, dit-il en se relevant.

— Je vais chercher de quoi nettoyer tout ça, déclara Leah. Veux-tu que je te remonte un plateau ici ?

— Non, c'est gentil, répondit Brett en plantant son regard dans celui de Leah – son petit déjeuner était la dernière chose qu'il avait en tête.

Leah hocha la tête et quitta la pièce.

— Qui est-ce ? demanda Brett à Miranda.

— Leah Thompson, la fille de l'employée de maison. Elle nous aide pendant les vacances, répondit Miranda avec un air de dédain. Bon, passons aux choses sérieuses, à commencer par ce que toi et moi allons faire aujourd'hui. Rosie m'a désignée à la tête de ton comité de divertissement, et j'ai bien l'intention de m'assurer que tu ne restes pas seul une seconde.

Brett fut décontenancé par la détermination qu'il lut dans le regard de Miranda. Lui qui fréquentait une école de garçons et passait toutes ses vacances entouré d'adultes, il n'était pas habitué aux filles de son âge. Miranda était en train de le jauger de la tête aux pieds, et il se sentit rougir.

— Alors ? reprit-elle. De quoi as-tu envie ?

— Je… Eh bien…

— Tu montes à cheval ?

— Oui.

— Alors, c'est décidé. Dès que tu seras prêt, on passera chez le vieux Morris prendre deux chevaux et on ira faire une longue balade sur la lande. Ça nous permettra d'apprendre à nous connaître.

Miranda passa une main dans ses cheveux et riva son regard à celui de Brett.

— D'accord, céda-t-il. Tu peux m'indiquer où se trouve la salle de bains ? Je ne dirais pas non à une douche.

— Dans le couloir, deuxième porte à gauche. Qu'est-ce qui t'est arrivé, hier soir ? J'avais mis une tenue spéciale pour le dîner.

— Je… je crois que j'étais fatigué du voyage.

— J'espère que tu n'as pas pour habitude de dormir tout habillé. Bon, je t'attends en bas. Ne sois pas trop long.

Miranda descendit du lit, puis elle disparut de la chambre. Une fois dans la salle de bains, Brett ouvrit les robinets, qui crachotèrent. Lorsque l'eau se mit enfin à couler, elle était d'une étrange teinte jaunâtre.

Il ôta ses vêtements froissés et grimpa dans la baignoire, s'obligeant à ne pas prêter attention aux résidus bruns granuleux incrustés au fond de l'antique bassin en métal. Lorsqu'il ferma les yeux, une vision de Leah surgit dans son esprit. Il éprouva une intense déception à l'idée qu'elle n'était pas la jeune fille avec qui il allait passer ses vacances.

Vingt minutes plus tard, il était installé dans la cuisine en train de déguster une généreuse portion d'œufs et de bacon. Miranda babillait sans discontinuer à propos de ses projets pour les deux prochains mois, pendant que Leah aidait sa mère à essuyer la vaisselle.

— Bon, et si on y allait ? lança Miranda. L'écurie se trouve à moins d'un kilomètre d'ici. On peut s'y rendre à vélo, si tu veux.

— Non, marcher me fera du bien.

Miranda devança Brett, qui s'arrêta pour se retourner.

— Salut, Leah. À plus tard.

— Salut, Brett.

— J'aurais peut-être dû saluer Rose avant qu'on parte, non ? demanda Brett à Miranda, qui dévalait la colline à vive allure.

— Surtout pas ! On risque notre vie chaque fois qu'on la dérange dans son atelier. Elle n'en sort que pour manger.

— Quel genre d'atelier ?

— Tu n'es pas au courant ? Rosie était une peintre célèbre il y a quelques siècles. Elle n'a rien fait pendant des lustres, et puis il y a deux ans elle a transformé en atelier une des chambres du rez-de-chaussée. Elle prépare une exposition qui se tiendra à Londres l'année prochaine. « Son grand retour », ou quelque chose du genre. Si tu veux mon avis, elle perd son temps. C'est vrai, qui va se souvenir d'elle deux décennies plus tard ?

Les morceaux du puzzle se mettaient doucement en place dans l'esprit de Brett. L'odeur de peinture à l'huile lorsque Rose l'avait pris dans ses bras, les tableaux dans le salon, et puis le visage de Rose… bien sûr !

— Le nom de famille de Rose, c'est Delancey ? s'enquit-il.

— Oui, pourquoi ?

— Miranda, ta mère était *la* star du monde de l'art il y a vingt ans – peut-être même l'artiste la plus célèbre d'Europe. Et puis, tout à coup, elle a complètement disparu des radars.

— En tout cas moi, ses tableaux m'insupportent. Je les trouve vraiment bizarres. Mais tu as l'air d'en savoir beaucoup sur ma mère. Tu t'intéresses à l'art ?

— Eh bien, oui.

Si cette découverte enthousiasmait Brett, elle le plongeait aussi dans la perplexité : pourquoi diable son père n'avait-il jamais mentionné que Rose Delancey était sa sœur ? Après tout, il y avait de quoi en tirer une grande fierté.

— Je suis sûre que Rosie acceptera de t'accorder quelques secondes pour discuter de son sujet préféré. Bref. Est-ce que tu es bon cavalier ? Le hongre est très agréable à monter, mais il est imprévisible. Et la jument… si tu veux une promenade tranquille, je te conseille celle-là.

Ils avaient atteint les écuries et défilaient devant les box.

— Je vais prendre la jument. Merci, Miranda.

Les chevaux furent sellés et le pique-nique que leur avait préparé Mme Thompson rangé dans la sacoche du hongre. Miranda et Brett se mirent à trotter doucement en direction de la lande.

— Je n'arrive pas à croire que cet endroit est le même que celui où je suis arrivé hier soir. Je crois n'avoir jamais ressenti un tel cafard. Tout était tellement sombre et lugubre.

— C'est comme ça, ici. Le temps peut changer en un instant. La lande a un autre visage quand il fait beau.

— À qui appartiennent toutes ces terres ?

— À des cultivateurs pour la plus grande partie. Ils font paître leurs moutons ici.

— On a l'impression que le paysage s'étend sur des kilomètres, fit remarquer Brett en contemplant la vallée alors qu'ils entamaient l'ascension d'une colline.

— C'est le cas. Là-bas, de l'autre côté du réservoir, c'est Blackmoor. Plus loin il y a Haworth, à environ cinq kilomètres. C'est assez sinistre l'hiver, ici, tu sais. On s'est retrouvés bloqués par la neige des centaines de fois.

Brett se sentit soudain merveilleusement bien. Il était heureux d'être là, et impatient de bavarder avec sa tante.

— Fiou…, souffla Miranda en s'essuyant le front. Il fait une chaleur à crever aujourd'hui. On s'arrêtera au sommet pour boire un peu.

Un quart d'heure plus tard, ils attachèrent leurs montures et s'allongèrent dans l'herbe pour se désaltérer.

— Regarde, dit Miranda. C'est Miles, là-bas, sur le cheval.

Se redressant, Brett scruta l'endroit que désignait Miranda. Il distingua une silhouette au loin qui galopait sur un imposant cheval noir.

— Il passe le plus clair de son temps à cheval quand il rentre de la fac, expliqua Miranda, une pointe de mélancolie dans la voix.

— Qu'est-ce qu'il étudie ?

— L'histoire. Il me manque quand il n'est pas là, dit Miranda en arrachant machinalement quelques brins d'herbe. On passait beaucoup de temps ensemble lorsqu'il vivait encore à la maison. Miles n'est pas comme tout le monde… il est très secret.

Sa voix s'éteignit, puis elle se tourna vers Brett et lui sourit, toute gravité ayant déserté son visage.

— Moi, tu vois, j'aime les gens vivants, le bruit, l'action. Le jour où je finis l'école, je m'installe à Londres. C'est tellement barbant ici, il ne se passe jamais rien !

— Je trouve ça très beau, murmura Brett.

— Peut-être, mais tu n'es pas obligé de vivre là, toi. C'est vrai, je parie que tu passes ta vie dans des fêtes incroyables et des restaurants à la mode.

Brett songea à toutes les fois où il avait été exhibé dans des réceptions tel un petit caniche de compétition, crevant d'envie de rentrer chez lui et d'enlever le costume inconfortable que son père l'obligeait à porter.

— Miranda, je t'assure que les événements mondains sont loin d'être aussi amusants qu'on se l'imagine.

— Eh bien, je serais ravie de le vérifier par moi-même. J'aspire à être très riche plus tard, pour pouvoir m'acheter tout ce que je veux. J'aurai une pièce entière remplie de vêtements de couturiers, avec plein de chaussures assorties. Et aussi une maison immense, une Rolls-Royce et…

Brett se rallongea dans l'herbe. Pourquoi le monde entier pensait-il que l'argent achetait le bonheur ? Lui savait que c'était une illusion.

Un peu plus tard, ils rebroussèrent chemin puis regagnèrent la ferme à pied.

— Alors, cette balade ? s'enquit Doreen, occupée à préparer le dîner.

— C'était super, répondit Brett.

— Étant donné que tu n'étais pas là hier soir, Mme Delancey souhaite à nouveau dîner dans la salle à manger. Ce sera prêt à 20 heures. Que diriez-vous d'une bonne tasse de thé en attendant ?

À 20 heures, Brett descendit à la salle à manger qu'il trouva déserte. Il alla s'installer dans un vieux fauteuil en cuir, près des fenêtres à meneaux.

Leah entra, un plateau chargé de bols de soupe entre les mains, qu'elle entreprit de placer sur la grande table en chêne.

— Attends, je vais t'aider, proposa Brett en se levant.

— Ça va aller. Mme Delancey ne va pas tarder à arriver.

Leah semblait nerveuse.

— Tu habites ici, Leah ?

— Oh non, je vis à Haworth, avec mes parents.

— Je vois. D'après Miranda, ce n'est pas loin d'ici. J'aimerais beaucoup aller voir le presbytère où vivait la famille Brontë.

— Oh oui, il faut absolument que tu le visites ! s'exclama Leah, dont le regard s'était éclairé. J'y suis allée de nombreuses fois. J'ai lu tous leurs livres, je les trouve magnifiques.

— Moi aussi. Quel est ton préféré ?

— *Les Hauts de Hurlevent,* répondit Leah sans réfléchir. C'est tellement romantique.

Brett vit les joues de Leah se colorer joliment. Elle se dirigea vers la porte, mais il posa une main sur son bras pour l'arrêter.

— Puisque tu sembles experte, tu pourrais m'y accompagner un de ces jours.

Elle le dévisagea, marqua une pause, puis lui adressa un sourire.

— Eh bien, oui, si tu veux.

Rose apparut alors à l'entrée de la salle à manger, et Leah s'éclipsa à la hâte.

— Alors, Brett, comment te sens-tu après une bonne nuit de sommeil ?

— Beaucoup mieux. Je suis vraiment navré pour hier soir. Je ne sais pas ce qui m'a pris.

— L'air du Yorkshire, sans doute. Miranda m'a dit que vous étiez montés à cheval aujourd'hui. J'ai l'impression que ça t'a fait du bien. Tu étais si pâle à ton arrivée. Es-tu bien installé ?

— Oui, parfaitement.

— Je te prie de m'excuser pour la fuite dans ta chambre. Un entrepreneur doit passer demain pour jeter un coup d'œil. Malheureusement, je crois que c'est tout le toit qu'il va falloir changer.

— Pas de problème, assura Brett poliment. J'ai appris par Miranda que tu avais recommencé à peindre. Je connais tes œuvres des années 1950, et je me demandais si je pouvais venir voir tes nouvelles toiles à l'occasion.

— Bien sûr ! répondit Rose, dont le visage rayonna tout à coup. Tu t'intéresses à l'art, alors ?

— Beaucoup. J'ignorais que tu étais Rose Delancey. Je pensais que tu t'appelais Cooper, comme Papa.

— J'ai arrêté de peindre pendant une longue période. Je suis flattée que tu connaisses mon travail. Si tu veux passer à l'atelier après le dîner, je te montrerai où j'en suis pour l'exposition.

— Avec grand plaisir. Je dois dire que je suis surpris que Papa n'ait jamais parlé de toi, d'autant que je me suis toujours passionné pour l'art.

Rose s'apprêtait à répondre, mais Miranda choisit cet instant pour surgir dans la pièce.

— Salut, vous deux !

Elle avait revêtu la minijupe rouge et la blouse ajourée. S'installant à table, elle tapota la chaise à côté d'elle.

— Viens t'asseoir près de moi, Brett.

Celui-ci obéit à contrecœur.

— Cette jupe, Miranda, vraiment..., pesta Rose, mais elle fut interrompue par une voix grave.

— Désolé pour le retard. J'espère que vous ne m'attendiez pas pour commencer.

En observant le jeune homme qui venait d'arriver, Brett se rappela la conversation qu'il avait eue plus tôt avec Leah. La haute stature, les cheveux noirs et les prunelles sombres lui évoquèrent instantanément Heathcliff, le personnage des *Hauts de Hurlevent.* Brett le regarda embrasser sa mère, puis s'attabler près d'elle.

Brett reconnut en Miles un très bel homme. En l'observant, il sentit, l'espace de quelques secondes, une énergie sauvage qui se dégageait de lui. Tous deux se dévisagèrent, puis un sourire franc s'épanouit sur les lèvres de Miles, qui tendit un bras en travers de la table.

— Miles, ravi de te rencontrer, Brett.

Pendant le bref instant où Miles lui serrait la main, Brett devina la puissance musculaire de ce dernier.

— De même, répondit-il.

À cet instant, Leah entra dans la pièce avec la soupière et servit Rose. Brett remarqua qu'il n'était pas le seul à observer la jeune fille : Miles scrutait attentivement le moindre de ses gestes, ne la quittant pas des yeux une seconde. Il perçut chez Leah une certaine fébrilité.

— Comment vas-tu, Leah ? lança Miles. Tu as changé depuis la dernière fois que je t'ai vue.

Brett vit Leah frissonner de manière imperceptible. Miles, lui, la transperçait du regard.

— Je vais bien, Miles. Merci.

Leah se dépêcha de s'éloigner avec la soupière vide et Miles détourna les yeux.

— Bon, j'espère que vous savez tous qu'un événement de taille va avoir lieu le 23 juillet, annonça Miranda. Mon seizième anniversaire – une étape de la plus haute importance, n'est-ce pas ? Rose, ma chère Rose, m'autorises-tu à organiser une petite fête pour marquer le coup ?

— Miranda… j'ai tellement de travail. Une maison remplie d'adolescents est la dernière chose dont j'ai besoin.

— Tu l'as proposé à Miles quand il a eu seize ans, rétorqua Miranda, les yeux brillants de colère.

— Très bien, Miranda, concéda Rose, qui se savait coincée. Tu peux inviter quelques amis.

— Merci, merci, Rose ! Tu ne voudrais pas en profiter pour aller au cinéma ?

En voyant Rose la mitrailler du regard, Miranda comprit qu'il était inutile d'insister.

— Mme Thompson et Leah pourraient servir à manger, suggéra-t-elle.

— Leah devrait plutôt faire partie des invités, non ? intervint Miles. Après tout, vous êtes dans la même classe.

— Tu as raison. Bon, il va falloir que je m'achète une nouvelle robe. Et j'aimerais me faire coiffer comme Farrah Fawcett.

Miranda continua de bavarder gaiement pendant le reste du repas. Miles, lui, ne prononça plus un mot et se leva sitôt le dessert terminé.

— Je vous prie de m'excuser, mais j'ai du travail. Bonsoir.

— Est-ce qu'il va étudier ? demanda Brett.

— Non, répondit Rose. Il est passionné par la photographie. Il passe beaucoup de temps dehors à prendre des photos. Il a même transformé une petite pièce à l'étage en chambre noire. Il est très doué.

— J'aimerais beaucoup voir son travail.

— Il te le montrera avec plaisir. En attendant, que dis-tu de venir faire un tour dans mon atelier ?

— Volontiers.

Le visage de Miranda s'assombrit.

— Oh, Brett, j'allais t'emmener à l'étage pour te faire écouter le dernier album d'ABBA que j'ai acheté samedi.

— Je suis sûre que Brett pourra le faire à un autre moment, décréta Rose en se levant pour quitter la pièce, Brett sur ses talons.

Une fois dans l'atelier de Rose, Brett huma les effluves familiers et réconfortants de la peinture et du white-spirit. La pièce, plutôt petite, était encombrée de toiles entassées contre les murs.

Brett examina celle qui reposait sur un imposant chevalet. Elle ne comportait pour l'heure que d'épais traits de pinceau noirs dessinant des contours sommaires.

— J'ai commencé celui-là cet après-midi. Viens plutôt voir un de ceux que j'ai finis, dit Rose en attrapant un tableau posé sur le sol.

Brett sut d'emblée que cette œuvre serait immédiatement reconnue par n'importe qui comme un Rose Delancey. Celle-ci n'avait rien perdu de son style réaliste, mais avait utilisé des couleurs plus douces que celles des œuvres dures, parfois effrayantes, qui avaient fait sa renommée autrefois.

— Qu'en penses-tu ? demanda Rose, nerveuse.

Brett n'en revenait pas que la grande Rose Delancey lui demande de commenter l'une de ses réalisations. Son style à lui penchait plutôt du côté des impressionnistes anglais, cependant il avait toujours admiré le travail de Rose pour sa puissance, sa singularité, et il était évident que l'œuvre qu'il avait sous les yeux possédait ces qualités, et même plus encore.

— C'est superbe, Rose. Vraiment. Différent de ton travail de l'époque, mais il se dégage une subtilité qui donne envie d'aller regarder de plus près.

— Merci, cher Brett, dit Rose en laissant échapper un soupir de soulagement. Je n'ai montré ces toiles à personne, tu sais. Ça peut sembler idiot, mais je craignais d'avoir perdu la main.

— Absolument pas. J'ignore ce que vaut mon avis – je suis novice, après tout –, mais je suis convaincu que tu peux sans hésiter montrer cette toile à quelqu'un dont le regard compte. Est-ce que je peux jeter un coup d'œil aux autres ?

Durant l'heure qui suivit, Rose et Brett examinèrent les huit autres tableaux que Rose avait achevés. Elle lui fournit des explications détaillées pour chacun d'eux, et ils discutèrent ensemble des couleurs, des formes, des structures, puis elle confirma à Brett qu'elle était en train de s'éloigner du courant réaliste qui avait fait sa notoriété.

— C'est étrange, admit-elle. À mes débuts, je peignais dans un style très figuratif. J'entretenais un rapport presque trop romantique avec mon sujet. Plus tard, jeune adulte, je ne percevais dans ce que je voyais que les failles, les lignes froides et dures. J'avais envie de traduire cela dans mes productions. Les critiques qualifiaient souvent mon travail de masculin. Il faut dire qu'au Royal College, j'étais entourée des *kitchen sinkers*[1]. Et puis, j'étais fortement influencée par Auerbach et Kossoff, ou encore par le travail de Graham Sutherland. Mais depuis que j'ai recommencé à peindre, ce sentiment m'a quittée. J'ai envie que les gens voient de la beauté, aussi.

Brett remarqua que les yeux de sa tante s'étaient embués.

— Ils en verront, Rose. Je peux te l'assurer.

— Ton père adorait… (Rose s'interrompit et secoua la tête.) Je dois te barber avec mes histoires. Je suis désolée. Viens, allons boire un café.

Brett l'aida à remettre les toiles en place contre le mur.

---

1. *Kitchen sink painters* : groupe d'artistes peintres britanniques actifs dans les années 1950, qui représentaient des scènes de la vie quotidienne.

— Pourquoi as-tu cessé de peindre, Rose ? interrogea le jeune homme une fois qu'ils furent assis à la table de la cuisine.

Le visage de Rose s'assombrit.

— C'est une longue histoire. Disons juste que j'étais vidée, avec l'impression de n'avoir plus rien à donner. J'étais si jeune quand j'ai rencontré le succès. C'est très inhabituel pour un artiste peintre, tu sais. (Elle soupira.) Je me suis réveillée un matin, et je n'avais plus l'énergie de continuer.

— Il a fallu presque vingt ans pour que le désir revienne ?

— Oui. Mais je prends infiniment plus de plaisir aujourd'hui. À l'époque, j'avais l'impression d'être une machine, je produisais à tour de bras, je travaillais comme une dingue pour respecter mes engagements auprès des galeries et des collectionneurs. À présent, je ne suis plus soumise à aucune pression extérieure, seulement à mes propres envies.

— J'imagine que tu n'as eu aucun mal à trouver une galerie pour t'exposer, déclara Brett en souriant.

— Il s'agit presque d'une coïncidence, en réalité. L'année dernière, je venais de terminer mon premier tableau quand j'ai reçu le coup de fil d'un vieil ami avec qui j'étais en école d'art. Il ouvre une galerie à Londres en début d'année prochaine. Quand je lui ai dit que j'avais recommencé à peindre, il m'a tout de suite proposé de me consacrer une exposition. J'ai d'abord refusé, et puis après avoir terminé ma deuxième toile, je me suis dit : pourquoi pas ? (Rose baissa les yeux au sol.) Il y a aussi l'élément financier, tu sais. Cette maison coûte très cher à entretenir et mes caisses sont vides. J'ai besoin d'argent, et la peinture est la seule discipline pour laquelle je sois douée.

— Je suis convaincu que l'intérêt sera immense.

— C'est adorable, Brett, mais sache que le public a la mémoire courte. Bref, assez parlé de moi. T'es-tu toujours intéressé à l'art ?

— Oh oui. C'est… c'était ma passion à une époque.

— Tu n'es pas un peu jeune pour déjà abandonner ? répliqua-t-elle en riant.

Comment expliquer à Rose la raison pour laquelle il avait renoncé à ses aspirations artistiques, et l'impossibilité pour lui désormais de reprendre un pinceau ?

— Le problème, c'est que mon père n'est pas vraiment emballé à l'idée que je me consacre à la peinture. Il a déjà planifié mon avenir. D'abord Cambridge, puis une place au sein de son entreprise pour me familiariser avec le métier, avant d'en prendre les rênes le jour où il partira à la retraite. Ma mère savait que je rêvais d'intégrer une école d'art, elle avait prévu d'en parler à mon père le moment venu. Mais maintenant…

Il afficha soudain un air si triste que Rose tendit le bras pour lui prendre la main.

— Brett, peu importe les obstacles – je peux t'assurer que tous les artistes en rencontrent au début de leur carrière –, il faut que tu continues à peindre. Tu pourrais même y puiser du réconfort. C'est ce qui m'est arrivé.

— Oui, mais j'ai le sentiment que c'est peine perdue. Mon père est…

— … un homme très complexe. Je le sais mieux que quiconque.

Rose marqua une pause et son regard se perdit dans sa tasse de café.

— Mais accroche-toi à ton rêve, Brett, ajouta-t-elle, puis elle tapa des mains sur ses cuisses. Bon, je crois qu'il est l'heure d'aller dormir. Passe à l'atelier demain, je te trouverai un chevalet, du papier et de la peinture. Tu pourrais aller passer un peu de temps sur la lande ? Il y a quantité de paysages somptueux à dessiner. Si j'ai de la concurrence, je préfère être au courant ! Bonne nuit, cher Brett. Dors bien.

Brett avait tant de questions à poser à Rose – à commencer par la raison pour laquelle on lui avait dissimulé son existence. Cependant, la tristesse qu'il avait détectée dans ses yeux à l'évocation de son frère l'avait dissuadé.

Rose avait raison. Il devait continuer à peindre. Et si sa tante ne lui avait pas dit explicitement avoir surmonté des épreuves dans le passé, Brett savait d'instinct que c'était le cas. Était-il possible que le rejet de son père de ses ambitions artistiques ait un lien avec Rose ?

Il pressentait l'existence d'un mystère qu'il brûlait de mettre au jour, mais en attendant, il devait peindre.

Et il savait exactement avec quel sujet il avait envie de commencer.

5

— Il va falloir que tu t'occupes seul aujourd'hui, Brett. Je dois aller à York m'acheter une tenue pour ma fête d'anniversaire et j'ai rendez-vous chez le coiffeur. De toute façon, j'en ai marre de rester assise sur des crottes de mouton pendant que tu dessines des paysages pourris.

Brett poussa un soupir de soulagement. La compagnie de Miranda pendant qu'il essayait de peindre s'était révélée une distraction des plus agaçantes. Hormis cela, il s'était senti plus heureux ces dix derniers jours qu'il ne l'avait été depuis la mort de sa mère. Il avait réalisé quatre toiles. Se livrer à son activité de prédilection dans le bon air du Yorkshire l'avait revigoré et apaisé.

— Je serai de retour pour le dîner, annonça Miranda en se levant de table. À tout à l'heure.

Brett se tourna alors vers Leah, qui essuyait la vaisselle avec sa mère. En présence de Miranda – une garde du corps redoutablement efficace –, les occasions de lui parler étaient rares. Il devait saisir sa chance.

— Je pensais aller visiter le presbytère aujourd'hui, mais je ne sais pas comment m'y rendre, dit-il.

— Oh, ce n'est pas difficile. Il faut que tu prennes le train pour Worth Valley, au village, expliqua Mme Thompson. Le trajet jusqu'à Haworth ne dure que dix minutes et la vue est très jolie. Si tu te dépêches, tu pourras peut-être attraper celui de 10 heures.

— Parfait. Je me demandais si je pouvais vous emprunter Leah ? Elle a l'air de bien connaître la famille Brontë.

— Je ne sais pas trop, Brett. Nous avons tous les draps de l'étage à changer et…

— Oh, s'il te plaît, Maman ! Tu sais à quel point j'adore Haworth !

Leah avait travaillé dur ces deux dernières semaines, songea Mme Thompson. C'était une gentille fille, qui méritait bien un peu de bon temps.

— Bon, c'est d'accord. Du moment que tu es à la maison à 16 heures pour préparer le dîner de ton père. Tu as de quoi payer le billet de train ?

— Ne vous en faites pas pour ça, madame Thompson. Je m'en charge, puisque c'est moi qui ai proposé à Leah de m'accompagner.

— Merci, Maman, dit Leah, les yeux brillants d'excitation.

— Allez, ne traînez pas ou vous allez louper votre train.

Quelques minutes plus tard, Leah et Brett dévalaient la colline en direction du village. Désormais seul avec elle, il était devenu muet.

Ils venaient d'acheter leurs billets lorsque le train entra en gare. Brett ouvrit la porte d'une voiture emplie de touristes allemands et repéra deux sièges inoccupés.

Il ne pouvait s'empêcher d'admirer le profil sans défauts de Leah qui, assise à côté de lui, observait le paysage à travers la vitre. Le reste du trajet se déroula dans un silence total, et Brett comprit que Leah était aussi timide que lui.

À leur arrivée à Haworth, ils suivirent la foule jusqu'au centre du village.

— Par ici, indiqua Leah, et Brett marcha à sa suite tandis qu'elle empruntait la rue principale escarpée grouillant de gens qui entraient et sortaient des nombreuses boutiques de souvenirs. On va sûrement devoir faire la queue, le nombre de personnes à l'intérieur est limité.

Brett hocha la tête sans rien dire, songeant qu'il devait passer pour un abruti incapable de prononcer un mot. Leah le devança sur un chemin étroit, flanqué d'un cimetière sur la gauche.

— Le voilà. Magnifique, non ?

Le presbytère, baigné d'une belle lumière dorée, se dressait devant eux, grand et fier. Brett peinait à croire que tant de drames s'y étaient produits.

Il y avait moins de monde que ce que Leah avait redouté, si bien que dix minutes plus tard ils se trouvaient dans le salon en train d'admirer le divan sur lequel Emily Brontë avait rendu son dernier souffle. Leah s'anima tout à coup, guidant Brett de pièce en pièce en babillant, répondant aux questions du jeune homme qui se détendit à son tour.

— Charlotte Brontë était si petite, c'est fou ! s'exclama Leah. Cette robe semble faite pour une poupée. J'ai l'impression d'être une girafe en comparaison !

Ils contemplaient une vitrine derrière laquelle étaient exposés des effets ayant appartenu à la célèbre Charlotte.

— Je t'assure que tu ne ressembles en rien à une girafe. (Brett sourit et Leah s'empourpra.) À présent, j'aimerais inviter à déjeuner ma guide touristique au savoir inépuisable. Un endroit à recommander ?

Leah n'en avait aucun en tête – chaque fois qu'elle était venue ici, elle avait emporté des sandwichs. Elle n'avait même jamais mis les pieds dans un restaurant de sa vie.

— Pas vraiment, admit-elle.

— Ne t'en fais pas. Nous trouverons bien quelque chose dans la rue principale.

Leur choix se porta sur le Stirrup Café, qui proposait des plats typiques du Yorkshire. Ils s'installèrent au fond de la salle bondée et passèrent commande. Leah se sentait divinement bien.

— Que fait ton père dans la vie ? l'interrogea Brett.

— Rien. Il ne peut plus marcher à cause d'une polyarthrite rhumatoïde.

— Je suis désolé.

— Ne t'inquiète pas, dit Leah en balayant d'un geste la gêne de Brett. C'est l'homme le plus positif que je connaisse.

— Tu travailles toujours pour Rose, l'été ?

— Non. C'est à cause de l'exposition, et parce que tu es là.

— Mince alors, je suis navré de gâcher tes vacances, s'excusa Brett, un sourire aux lèvres.

— Oh non, ce n'est pas ce que je voulais dire. C'est juste qu'on a besoin d'argent et… (Leah s'interrompit. Elle avait entendu Miranda évoquer la fortune du père de Brett. Il ne pourrait pas comprendre.) Tu te plais ici ?

— Beaucoup. Particulièrement aujourd'hui. Merci de m'avoir accompagné. J'ai essayé de trouver un moment pour te parler, mais Miranda…

— Elle est très belle, n'est-ce pas ?

Brett contempla la beauté naturelle assise en face de lui et sourit.

— Oui, si on veut, répondit-il, puis il se donna du courage et ajouta : Mais je te trouve nettement plus jolie.

Leah baissa les yeux, rougissant une nouvelle fois. L'arrivée de deux *shepherd's pies* lui épargna d'avoir à répondre.

— Bon sang, c'est délicieux ! s'exclama Brett en commençant à manger. Ils savent cuisiner ici. Je n'avais initialement aucune envie de passer l'été ici, mais je suis très heureux d'être là. La région est sublime.

— C'est vrai, acquiesça Leah.

Elle se trouvait si jeune et naïve à côté de ce jeune homme qui s'exprimait avec éloquence dans un anglais raffiné. Difficile de croire qu'il n'avait que quelques mois de plus qu'elle.

— Y a-t-il un autre endroit où nous pourrions nous rendre après le déjeuner ? demanda Brett. Je ne serais pas contre une petite marche.

— On peut aller se balader derrière le presbytère. Il y a aussi les ruines de Top Withens, la ferme dont Emily Brontë se serait inspirée pour écrire *Les Hauts de Hurlevent.* Mais c'est trop loin pour que nous y allions aujourd'hui.

— Essayons de voir jusqu'où on arrive, suggéra Brett, désireux de passer encore un peu de temps avec elle.

Ils revinrent sur leurs pas jusqu'au presbytère et poursuivirent sur la lande de Haworth, marchant côte à côte en silence.

Au bout d'un moment, Brett s'arrêta et s'assit dans l'herbe.

— Je dois me faire vieux, plaisanta-t-il avec malice. Je suis épuisé.

Leah l'imita. D'une main, Brett se protégea les yeux du soleil et dirigea son regard sur l'imposante bâtisse qu'ils avaient laissée derrière eux.

— Le presbytère est beau aujourd'hui, mais ça doit être lugubre par ici, l'hiver, déclara Brett. On entendrait presque Heathcliff taper à la fenêtre.

Il observa Leah : ses mains gracieusement enroulées autour de ses genoux, son regard perdu au loin devant elle.

— Tu me fais penser à Catherine, assise comme ça. Enfin, si l'on omet le jean et le tee-shirt, ajouta-t-il en riant.

Lorsqu'elle lui rendit son sourire, il n'eut qu'une envie : la prendre dans ses bras et l'embrasser. Mais il ne parvint pas à rassembler le courage nécessaire.

Au même instant, Leah songeait à quel point il serait romantique que Brett lui prenne la main. Aucun garçon n'avait jamais éveillé son intérêt, mais Brett… Non, elle n'était qu'une pauvre fille qui vivait dans un minuscule village du Yorkshire. Il préférait certainement les filles sophistiquées, comme Miranda.

Ils demeurèrent ainsi un moment, puis Brett s'approcha un peu plus de Leah.

— Je… j'ai passé une excellente journée, Leah. J'espère que nous pourrons recommencer. D'ailleurs, j'ai quelque chose à te demander.

— Oui ?

— J'aimerais beaucoup te dessiner. Tu peux refuser, bien entendu.

— Me dessiner ? répéta Leah, stupéfaite.

— Oui. Je te trouve… très belle.

Jamais personne ne lui avait adressé un tel compliment.

— Tu serais d'accord ?

— Eh bien, si tu en as vraiment envie… Mais j'ai peu de temps libre. Tu ne veux pas plutôt demander à Miranda ?

— Non, répondit Brett, catégorique. C'est toi.

Leah fondit de plaisir lorsque Brett lui prit la main. Enhardi, il se rapprocha encore et passa son bras libre autour de ses épaules.

— Je préférerais que Miranda ne soit pas au courant, reprit-il. Sinon, elle voudra venir avec nous. On pourrait trouver un endroit sur la lande, près de la maison, et s'y retrouver chaque jour pendant une heure ? Quel est le meilleur moment pour toi ?

— L'après-midi, répondit Leah, troublée par la proximité de Brett. Vers 15 heures ?

— C'est parfait. On repérera un lieu sur le chemin du retour.

Leah jeta un coup d'œil à sa montre.

— Il faut qu'on y aille, dit-elle à regret.

— D'accord. Mais d'abord…

Brett déposa un chaste baiser sur les lèvres de Leah. Il aurait aimé se montrer plus entreprenant, mais il savait qu'il devait aborder les choses avec douceur. Alors, il se recula et serra Leah fort contre lui.

La tête contre l'épaule de Brett, les paupières closes, celle-ci se demanda si elle était en train de rêver. Son premier baiser, dans cet endroit qu'elle aimait tant, échangé avec un garçon si différent des types arrogants et grossiers de sa classe. C'était un sentiment si merveilleux qu'elle avait envie de pleurer.

Brett finit par desserrer son étreinte et ils descendirent la colline, main dans la main. Le silence, pesant au début de la journée, était devenu naturel pour tous les deux, qui goûtaient ensemble aux premiers frissons de l'amour.

6

— Maman, je n'ai rien à me mettre pour l'anniversaire de Miranda, le week-end prochain, se plaignit Leah.

— Tu as la robe que tu as portée à la fête de Jackie l'année dernière. Elle fera très bien l'affaire.

— Mais, Maman, j'ai grandi depuis. Cette robe fait vraiment bébé.

— Écoute-moi bien, ma chérie, tu as quinze ans…

— Seize, le 8 août, précisa Leah.

— Tu as quinze ans et cette robe sera parfaite si je la reprends un peu, déclara Doreen d'une voix ferme.

— Est-ce que je peux juste aller jeter un coup d'œil à Bradford ? J'ai un peu d'argent de côté. S'il te plaît, Maman.

— Les vêtements ne t'intéressaient pas, jusque-là.

— C'est vrai, mais j'ai changé. Et toutes les amies de Miranda auront de jolies tenues.

— Elles ont les moyens. Pas nous. (Doreen s'adoucit en découvrant la déception sur le visage de sa fille.) Tu sais quoi, allons à Keighley demain. Si on trouve du tissu, j'aurai peut-être le temps de te confectionner quelque chose. Qu'en dis-tu ?

— Oh, merci, Maman ! s'écria Leah en prenant sa mère dans ses bras.

— Bien. Je vais à la ferme. Je compte sur toi pour le repas de ton père. À tout à l'heure.

Doreen sortit de la cuisine pendant que Leah continuait d'éplucher les pommes de terre. Après les avoir mises à bouillir, elle s'assit à la table. Un sourire éclaira son visage lorsqu'elle repensa à l'après-midi qu'elle venait de passer avec Brett.

Au cours des semaines qui suivirent, chaque jour, un peu avant 15 heures, Leah quittait la maison des Delancey comme pour rentrer chez elle, puis elle détalait à toutes jambes à travers les bruyères pour rejoindre Brett, qui l'attendait avec son carnet de croquis et ses fusains à l'endroit dont ils étaient convenus – un lieu isolé, sur la lande. Pendant une demi-heure, Leah demeurait assise, immobile, tandis que Brett la dessinait. Ils discutaient ensuite un moment, allongés dans l'herbe. Leah devait se pincer pour y croire. Désormais, Brett n'était plus à ses yeux le neveu de Mme Delancey, ni le fils d'un richissime homme d'affaires ; il était le garçon qui lui confiait son ambition de devenir peintre, son chagrin d'avoir perdu sa mère, et son appréhension à la perspective de devoir la quitter pour retourner à Eton.

Ce jour-là, Leah se leva pour baisser le feu. Elle se demanda comment Miranda réagirait si elle apprenait pour ses rendez-vous avec Brett. Celle-ci avait jeté son dévolu sur Brett, ça ne faisait aucun doute, et Leah avait toujours du mal à croire qu'il la préférait, elle.

Leah sortit le *toad in the hole* du four, écrasa les pommes de terre auxquelles elle ajouta un généreux morceau de beurre, puis elle prévint son père que le repas était servi.

Harry Thompson, s'avançant dans son fauteuil roulant, s'installa devant la table.

— Mmmh, ça sent très bon, ma puce. Tu es en train de devenir aussi bonne cuisinière que ta mère.

— Merci, Papa, répondit Leah en s'asseyant face à lui. Mange pendant que c'est chaud.

— Alors, tout se passe bien chez les Delancey ?

— Très bien. Je suis contente de gagner un peu d'argent.

— Et le neveu de Mme Delancey, comment est-il ?

— Oh, il est... très gentil.

La lueur dans le regard de sa fille n'échappa pas à M. Thompson. Ces trois dernières semaines, il avait bien remarqué le pas sautillant de sa fille, ses joues qui se coloraient de rose et l'expression rêveuse qu'elle affichait lorsqu'elle pensait que personne ne la regardait.

— Je vois. Il y a quelque chose dont tu veux me parler ? lui demanda-t-il en souriant.

Leah s'empourpra aussitôt. Elle n'avait jamais réussi à cacher quoi que ce soit à son père.

— Oh, Papa, promets-moi que tu ne diras rien à Maman. Elle refuserait de me laisser travailler là-bas si elle savait... Je ne sais pas comment je vais continuer à vivre quand Brett sera reparti, conclut-elle, des larmes au bord des yeux.

— Je serai là, ma chérie. Tu pourras pleurer sur mon épaule, lui assura M. Thompson.

Il hésita un instant, avant de reprendre la parole :

— Bon, je sais que ta mère dit que c'est un type bien, mais il vient d'un autre monde. Ne le laisse pas te faire du mal, d'accord, ma puce ?

— Brett ne me ferait jamais de mal, répliqua Leah, sur la défensive.

Harry adressa à sa fille un sourire chaleureux.

— J'en suis sûr. Profite de ces moments. C'est magique d'être amoureux pour la première fois. Et si jamais tu as besoin de parler, tu pourras toujours compter sur moi.

Leah contourna la table pour aller prendre son père dans ses bras.

— Merci, Papa. Je t'aime très fort, tu sais. Tu peux aller regarder la télé, je m'occupe de la vaisselle et je t'apporte une tasse de thé.

Celui-ci s'éloigna, troublé par l'évidente puissance des sentiments que sa fille innocente éprouvait pour un garçon qui allait disparaître de sa vie six semaines plus tard.

— On est en train de vivre l'été le plus chaud de l'histoire, déclara Brett en scrutant le ciel sans nuages.

Leah approuva de la tête, se décalant légèrement dans ses bras pour trouver une position plus confortable.

— Tu promets de m'écrire tous les jours quand je serai de retour à Eton ?

— Seulement si tu fais la même chose.

— Je me disais que je pourrais venir passer quelques jours ici pendant les vacances d'automne. Et peut-être à Noël aussi.

— Bonne idée.

La perspective du départ de Brett rendait Leah malade, aussi préféra-t-elle changer de sujet.

— Quand vas-tu accepter de me montrer ton œuvre ?

— Quand j'aurai terminé. Ne seriez-vous pas trop impatiente, mademoiselle ? la taquina-t-il avant de se pencher au-dessus d'elle et de la chatouiller sans relâche.

— Arrête ! Arrête ! se défendit Leah en riant. (Elle finit par se libérer et consulta sa montre.) Il faut que j'y aille. Je dois aller préparer le repas de mon père.

— D'accord, mais d'abord…

Attirant Leah dans ses bras, Brett l'embrassa passionnément, une main posée sur sa nuque, qu'il fit ensuite glisser sous sa blouse. Il fut agréablement surpris que Leah ne l'interrompe pas. D'un geste timide, il en défit le premier bouton.

— Non ! protesta Leah en se reculant brusquement.

— Je suis désolé, s'excusa Brett en se redressant aussitôt. Je pensais que tu… que nous…

— Oui. Mais je te l'ai dit, je ne souhaite pas aller plus loin.

— Tu ne m'aimes pas assez ? voulut savoir Brett, manifestement déconcerté.

— Bien sûr que si. Mais ma mère m'a avertie des ennuis qu'une fille peut s'attirer.

— Tu penses que ce qu'on fait pourrait te causer des ennuis ? Miranda a dû venir ici avec la moitié des garçons d'Oxenhope…

— Tu n'as qu'à aller la rejoindre, dans ce cas, rétorqua Leah en se levant, les yeux pleins de larmes.

— Leah, je…

Brett s'accroupit et regarda la silhouette élégante de Leah s'éloigner à travers la lande. Quel idiot ! La dernière chose qu'il souhaitait était de lui faire de la peine, mais elle le rendait dingue. Bien sûr qu'il comprenait. Elle était si naïve et innocente – et paraissait tellement plus jeune que lui. Cependant, les contours du corps qu'il devinait sous ses vêtements racontaient une autre histoire. Leah hantait ses pensées nuit et jour. Il était amoureux d'elle, et avait décidé de s'en ouvrir à elle le soir de la fête d'anniversaire de Miranda.

Une fois assez loin de Brett, Leah se laissa tomber sur l'herbe et éclata en sanglots. C'était tellement injuste. Brett savait qu'elle n'aimait pas qu'il se montre trop audacieux, pourtant elle se sentait coupable de l'avoir interrompu.

— Qu'est-ce qui t'arrive ?

Une ombre occulta soudain la lumière du soleil. Leah leva la tête et découvrit Miles, dressé sur son majestueux cheval noir. Un frisson la parcourut malgré elle lorsqu'il descendit de sa monture. Elle essuya les larmes sur ses joues et se leva, impatiente de rentrer chez elle.

— Rien, tout va bien, affirma-t-elle. Il faut que j'y aille.

— Une dispute avec ton nouveau petit ami ?

— Je… Qu'est-ce que tu veux dire par là ?

Leah s'était figée. La main de Miles lui brûlait l'épaule. Elle refusait de se retourner et de croiser son regard sombre.

— Je vous ai vus tous les deux sur la lande, cet après-midi. Tu as bien grandi, on dirait.

Elle était comme enracinée au sol, pétrifiée par la peur. Miles relâcha sa prise, puis la contourna pour lui faire face.

— Ne t'en fais pas, je ne dirai rien. Ça restera notre petit secret, d'accord ?

Un sourire aux lèvres, il fit courir ses doigts sur sa nuque, puis jusqu'à sa taille. Ce geste électrisa Leah ; elle détala aussi vite que son corps le lui permettait et ne s'arrêta qu'une fois chez elle, en sécurité.

Cette nuit-là, Leah fit un cauchemar terrifiant.

Un homme la pourchassait sur la lande. Il la talonnait, de plus en plus près. Et elle savait exactement ce qu'il ferait s'il la rattrapait. Elle sentit ses jambes flageoler. Entendit la voix de la vieille Megan résonner dans la vallée. « Des choses mauvaises… malsaines… Nul ne peut modifier le cours du destin… Prends garde à lui. »

7

— Alors, elle n'est pas jolie comme un cœur, notre Leah ? demanda Doreen à son mari.

— Magnifique, confirma celui-ci. On dirait que ta robe sort d'un magazine de mode. Tu es douée avec l'aiguille, complimenta-t-il son épouse en posant sur elle un regard plein de tendresse.

Leah, dans la chambre de ses parents, contemplait sans y croire son reflet dans le miroir. La robe, en coton blanc bon marché, était d'une grande simplicité, cependant Doreen avait réussi à lui faire épouser la silhouette gracile de Leah à la perfection. Resserrée à la taille, sans manches, pourvue d'un col bateau et d'un jupon plissé, elle aurait pu faire petite fille, mais la taille longiligne de Leah lui apportait juste ce qu'il fallait de sophistication.

— Bien, jeune fille. J'attends de toi un comportement exemplaire. Je serai occupée à servir la nourriture et les boissons, je n'aurai donc pas le temps de te surveiller. Mme Delancey a invité la moitié du Yorkshire, ajouta-t-elle en gloussant. Quoi qu'il en soit, interdiction de se faufiler aux toilettes pour se peinturlurer le visage. Ce rose à lèvres est largement suffisant pour une jeune fille de ton âge.

— Oui, Maman, obtempéra Leah avant de jeter un coup d'œil à l'horloge. On devrait y aller.

— Va chercher ton manteau. Il ne fera pas chaud au retour.

Leah s'exécuta, puis alla embrasser son père. Parfois, le laisser seul lui brisait le cœur.

— Bonsoir, Papa.

— Bonne soirée, ma puce. Tu es magnifique. Amuse-toi bien. Et pas de bêtises, ajouta-t-il en lui adressant un clin d'œil.

— Promis.

Mère et fille quittèrent la maison et entamèrent l'ascension de la colline dans l'air chaud de juillet.

Miranda acheva de souligner sa bouche de rouge, glissa un mouchoir en papier entre ses lèvres, qu'elle pressa l'une contre l'autre. En regardant la forme imprimée sur le tissu, elle se demanda pour la millième fois comment il était possible que Brett ne brûle pas de désir de l'embrasser.

Elle avait tout essayé, du flirt ostentatoire au détachement feint, mais rien ne semblait fonctionner.

Elle alla vérifier son reflet dans le miroir. Parfait. La robe noire moulante mettait en valeur ses courbes voluptueuses. Même Brett ne parviendrait pas à lui résister ce soir. Elle savait déjà comment utiliser son visage et ses formes pulpeuses pour donner envie aux garçons de l'école de jeter un coup d'œil aux jarretelles qu'elle portait sous son uniforme. Elle n'était peut-être pas parmi les meilleurs élèves de sa classe, mais elle comprenait parfaitement comment le monde fonctionnait.

Miranda ne voulait qu'une chose : se tirer de cette maison en ruine, de ce village arriéré peuplé de moins-que-rien aux petites vies ennuyeuses à mourir. Mais son ambition ultime était de devenir riche. L'argent, c'était le pouvoir. Le contrôle. Et il n'existait qu'un moyen de l'obtenir.

L'amour était réservé aux naïfs. Il vous privait de vos défenses, vous empêchait de parvenir à vos fins. Miranda n'avait nullement l'intention de tomber dans ce piège. Cependant, le comportement de Brett l'avait déroutée. Il ne réagissait pas comme les autres, paraissait insensible au sort qui, jusque-là, avait envoûté ses camarades de classe masculins. Son indifférence commençait à l'agacer. Brett était son sésame pour s'échapper d'ici. En d'autres mots, il le lui fallait.

Miranda sourit à son reflet et se leva. Brett n'avait aucune chance.

— Merci, Rose. C'est très joli, déclara Miranda en inspectant la grange, qui avait été nettoyée et décorée de banderoles.

Le DJ était en train d'installer son matériel à l'avant de la salle. Doreen, elle, s'affairait en cuisine.

Rose observa sa fille. Elle aurait aimé trouver le courage de lui dire que cette robe noire courte et moulante, ce maquillage trop appuyé et ces talons hauts ne lui rendaient pas justice. Mais Rose s'était donné beaucoup de mal pour organiser cette fête, avec l'espoir secret de parvenir à adoucir un peu sa fille, aussi la dernière chose qu'elle souhaitait était de provoquer une dispute.

— C'est parfait. Bon, écoute-moi, Miranda. Quelques règles élémentaires : tes amis ont le droit d'entrer dans la maison pour aller aux toilettes, mais le reste est interdit d'accès. Je ne veux voir personne dans les autres granges. Et en dehors du punch – dans lequel il y a un peu de vin –, je ne veux pas voir d'alcool. Je serai dans le salon avec les autres adultes et je n'en bougerai pas tant qu'il n'y a pas de grabuge. Mais si…

— C'est bon, j'ai compris, la coupa Miranda avec humeur. Profite de ta fête, et je profiterai de la mienne. Au fait, tu aimes ma tenue ? demanda-t-elle en tournoyant sur elle-même.

Rose serra les dents.

— Oui, c'est… très seyant.

— Je trouve aussi. Bon, à plus tard. J'aimerais faire une dernière retouche maquillage avant l'arrivée des invités.

Miranda grimpa l'escalier tant bien que mal avec sa jupe serrée et ses talons aiguilles. En passant devant la chambre de Brett, elle l'entendit siffler. Elle avança à pas feutrés vers la porte entrouverte et jeta un coup d'œil à l'intérieur. Brett, assis sur son lit dos à elle, était en train d'empaqueter un mince objet rectangulaire dans une vieille couverture. Elle frappa et entra.

Brett, visiblement surpris, dissimula à la hâte l'objet sous son lit avant de pivoter vers elle.

— Bon sang, Miranda, tu m'as fait peur !

— Désolée. (Elle s'assit sur le lit et croisa les jambes.) C'était mon cadeau d'anniversaire que tu emballais ?

— Euh, non. Mais tiens, le voilà.

Il lui tendit un paquet joliment enveloppé, priant pour qu'il suffise à détourner l'attention de Miranda.

— Je peux l'ouvrir maintenant ?

— Si tu veux. Joyeux anniversaire.

En déchirant le papier, Miranda découvrit une boîte en velours bleu. À l'intérieur trônait un délicat médaillon en or. Pas du tout son style, mais il valait de toute évidence un paquet de fric. Elle prit le bijou qu'elle étala sur ses doigts.

— Merci, Brett. Il est magnifique. (Miranda ouvrit le médaillon.) Regarde, je vais pouvoir mettre une photo de quelqu'un ici et le porter tout près de mon cœur. Tu en as une de toi ?

— Non, pas à la bonne taille en tout cas. Je suis content qu'il te plaise, Miranda. Je ne savais pas quoi t'acheter, alors j'ai demandé à Mme Thompson de m'aider.

En réalité c'était Leah qui l'avait choisi, mais Brett doutait que Miranda apprécierait de l'apprendre.

— Tu veux bien me le mettre autour du cou ? Je vais le porter ce soir.

— Bien sûr.

Brett s'agenouilla sur le lit, derrière Miranda, et verrouilla le fermoir. Avant qu'il ait pu esquisser un mouvement, elle avait fait volte-face et passé ses bras autour de lui. Seuls quelques centimètres séparaient leurs visages, si bien que Brett pouvait sentir le parfum capiteux de Miranda.

— Je crois que tu mérites un baiser, non ? susurra Miranda avant de plaquer ses lèvres sur celles de Brett.

— Non, Miranda, je…

Mais déjà l'autre main de Miranda avait agrippé la sienne pour la guider vers sa poitrine.

Après les nombreux après-midi infructueux sur la lande avec Leah, et la multitude de rêves qui l'avaient tiraillé de désir nuit après nuit, le jeune homme eut le plus grand mal à rester de marbre. Il laissa ses lèvres se détendre, sa main s'aventurer sur un sein, puis sur l'autre. Il savait que c'était mal – dangereux, même –, seulement son corps avait pris le contrôle, l'emportant sur son esprit. Miranda ne l'arrêta pas lorsqu'il glissa une main à l'intérieur de sa robe.

En retour, Brett sentit que Miranda faisait descendre doucement la fermeture Éclair de son pantalon.

— Bon sang…, souffla-t-il.

Sentir une femme le caresser pour la première fois lui procura des sensations inouïes, qui le propulsèrent dans un état d'excitation intense, puis au-delà du point de non-retour.

Une fois l'euphorie retombée, Brett, hagard, fut saisi d'une envie de s'éloigner de Miranda le plus vite possible. Il détacha sa bouche de la sienne et bondit du lit pour se diriger vers la porte.

— Miranda, je…

Une lueur de victoire faisait étinceler le regard de la jeune fille.

— Je suis navré.

Voilà les seuls mots qu'il parvint à formuler, avant de se précipiter dans la salle de bains où il s'enferma.

La tête entre les mains, il s'assit sur le rebord de la baignoire. Comment avait-il pu se laisser aller ainsi, après tout ce qu'il avait dit à Leah ? Il avait été comme possédé durant ces quelques minutes – hors de son propre corps, incapable de songer à autre chose qu'à sa propre gratification physique. Tous les hommes se comportaient-ils ainsi ? Se rendaient-ils tous coupables de faiblesse dès lors qu'ils se trouvaient confrontés à leur désir sexuel égoïste ? Cela expliquait-il ces récits d'hommes aux carrières brisées après avoir cédé à des interactions éphémères avec des femmes insipides ?

Leah ne devait rien savoir, ou elle ne lui pardonnerait jamais – et il ne pourrait pas l'en blâmer.

Brett avait attendu cette soirée avec tellement d'impatience. Il avait prévu de lui dire qu'il l'aimait, puis de lui offrir son dessin au fusain terminé. Il avait même repéré un endroit discret dans l'une des granges pour ce faire.

Brett se leva et se déshabilla. Il se lava le corps, le visage et les mains, comme pour se nettoyer du contact de Miranda. Puis il inspira à fond et décida que, s'il voulait garder Leah, il serait contraint de vivre avec ce secret honteux et d'imaginer d'autres façons de se rattraper auprès d'elle.

— Merde ! Le dessin !

Brett déverrouilla la porte et fonça jusqu'à sa chambre, qu'il trouva vide. Soulagé, il constata que le paquet sous le lit n'avait pas bougé. Il n'y avait plus qu'à espérer que Miranda ait oublié son existence : car si sa cousine ne pouvait pas lui faire de mal à lui, elle n'hésiterait pas à s'en prendre à Leah.

C'était la première chose que Miranda avait faite lorsque Brett avait quitté la pièce. Jubilant de son triomphe et confortée dans la certitude que les hommes étaient tous les mêmes – peu importait l'étendue de leur fortune ou leur niveau de pouvoir –, elle s'était emparée de l'objet dissimulé sous son lit.

Le choc avait été brutal. Blême, Miranda avait senti la colère bouillonner en elle. La beauté et l'innocence de Leah, capturées par Brett à la perfection, rayonnaient sur la toile.

Sauf que Miranda était incapable de les percevoir. Tout ce qu'elle voyait en Leah, c'était une gamine timide qui faisait la vaisselle chez eux pour gagner un peu d'argent de poche.

— Espèce de garce ! avait-elle soufflé.

Voilà sans doute pourquoi Brett s'était montré distant avec elle – parce qu'il fréquentait cette pimbêche quelconque.

Instinctivement, Miranda avait eu envie de déchirer le dessin en mille morceaux. Mais Brett aurait su que c'était elle. Il existait forcément un meilleur moyen de se venger.

— Toi, je vais te régler ton compte, avait-elle sifflé en remettant le dessin dans son emballage, avant de le replacer sous le lit.

Puis elle s'était levée, avait ajusté sa coiffure devant le miroir et était descendue accueillir ses invités.

Dans la grange, *Mamma Mia* se déversait des enceintes tandis que le DJ souhaitait la bienvenue aux convives. Quelques-uns dansaient déjà en rythme sur la piste improvisée pour l'occasion.

Miranda était entourée d'amis lui offrant des cadeaux lorsque Brett fit son entrée, après avoir pris soin de dissimuler le présent destiné à Leah dans une autre grange à l'écart, au bord de la lande. Il ne se doutait pas qu'on l'avait épié du début à la fin.

— Ah, te voilà, dit-il en apercevant Leah. Tu es magnifique.

Il l'embrassa, puis passa un bras autour de ses épaules.

— Arrête, Brett, Miranda va nous voir.

— Ça m'est égal désormais. Elle n'a pas son mot à dire.

— Non, mais…

— Allons danser.

La grange se remplissait peu à peu. Des garçons du village avaient apporté du cidre et de la bière, et Miranda buvait à même les bouteilles qu'on lui tendait. Elle parcourut la grange du regard. Voir Brett et Leah ensemble décupla sa colère.

— Viens, ordonna-t-elle à un garçon choisi au hasard, avec qui elle se mit à danser langoureusement tout en sifflant la bouteille de cidre de sa main libre.

Brett et Leah, enlacés, se balançaient doucement au son de la musique.

— Tu es heureuse, Leah ?

— Oui, répondit-elle en rivant son regard au sien.

— J'ai un cadeau pour toi. Il est dans la dernière grange, un peu plus loin. Il va falloir que nous y allions séparément, pour qu'on ne nous voie pas. Tu veux bien m'y rejoindre ? Je te promets que je me tiendrai à carreau.

— D'accord, accepta Leah en souriant.

Mme Thompson était en train d'apporter des plateaux chargés de nourriture qu'elle posait sur une table à tréteaux, au fond du bâtiment. Elle repéra immédiatement Leah qui dansait avec Brett.

— Voilà qui ne va mener à rien de bon, marmonna-t-elle pour elle-même.

La chanson terminée, elle tapa dans ses mains et annonça à la cantonade :

— Le repas est servi !

Les invités affluèrent vers la table et Mme Thompson entreprit de distribuer saucisses, pommes de terre au four et salade.

— Je t'ai à l'œil, souffla-t-elle à Leah en garnissant son assiette.

— On ne faisait que danser, Maman, répliqua Leah, gênée, en baissant les yeux au sol.

— Fais en sorte que ça reste le cas. Et ne t'avise pas de disparaître, l'avertit Mme Thompson.

Depuis son poste d'observation, dans un coin de la grange, Miles regardait Leah et Brett. Leah était en train de se muer en une jeune femme très séduisante, exactement comme il l'avait anticipé. Mais ce type avec elle… Son père avait beau détenir la moitié de l'univers, il n'était tout de même pas assez bien pour lécher les bottes de Leah.

Miles possédait des photos d'elle qui dataient de l'époque où elle n'était encore qu'une fillette de cinq ans, s'affairant autour de la ferme dans les jupes de sa mère. L'objectif de l'appareil photo lui rendait justice et rehaussait sa beauté éthérée.

Et voilà que débarquait un prétendant à son trône. Miles était impatient de réduire ce dessin en miettes, conformément à l'ordure que c'était.

Brett devait comprendre. Leah n'était pas encore prête : elle était pure, parfaite. Miles en avait eu la confirmation quand il l'avait touchée, quelques jours plus tôt. Il devait la faire sienne.

Miles quitta la grange et s'éloigna d'un pas nonchalant – silhouette sombre et solitaire se découpant dans le clair de lune.

Leah, qui s'était éclipsée à la seconde où sa mère était sortie les bras chargés d'une pile de vaisselle sale, pénétra dans la grange que Brett lui avait indiquée. Seule la lueur spectrale de la lune éclairait le chemin, aussi espéra-t-elle que Brett serait arrivé avant elle.

— Brett ? lança-t-elle d'une voix prudente.

Elle fut soulagée de percevoir du bruit à l'autre bout de la bâtisse. Puis quelque chose se brisa.

— Brett, est-ce que ça va ?

Avançant à tâtons en direction du son, elle aperçut le faisceau d'une lampe torche dirigé vers le sol. La lumière s'éteignit aussitôt et le silence envahit une nouvelle fois l'espace.

— Brett, tu es là ?

Leah se tenait à l'endroit éclairé plus tôt par la lampe torche. Elle entendit un souffle. Tendant une main, elle sentit quelque chose de chaud.

— Dieu merci, Brett. C'était quoi, ce bruit ?

Lorsque les bras s'avancèrent vers elle, elle s'y lova immédiatement. Mais quelque chose clochait. Ses yeux à présent accoutumés à l'obscurité, elle leva la tête et poussa un hurlement.

Une main lui couvrit la bouche. Elle essaya de lutter, mais l'homme la maintenait fermement.

— Je ne vais pas te faire de mal, Leah. Arrête de gigoter, bon sang.

Une onde de terreur et de dégoût la fit trembler de tout son être.

— Non !

Elle dut mobiliser toute sa force pour parvenir à se dégager, mais le mouvement la projeta vers l'arrière, contre le mur. Elle entendit le tissu de sa robe se déchirer et se laissa glisser sur le sol.

— Leah ? Leah, est-ce que ça va ? Merde, je ne vois rien !

Leah se releva et s'élança vers Brett, qui se trouvait près de l'entrée. Elle se jeta dans ses bras et se mit à sangloter violemment.

— Que s'est-il passé ?

— Là-bas… Il y avait quelqu'un, j'ai cru que c'était toi…

— Chut, chut, calme-toi. Je suis là, maintenant, la rassura Brett en inspectant la grange du regard – en vain. Reste là, je vais aller jeter un œil.

— Non ! Partons d'ici.

— Mais je voulais te donner quelque chose.

— Je veux rentrer. Ma robe est tout abîmée, je…

— D'accord. On reviendra une autre fois.

Alors qu'il faisait demi-tour pour raccompagner Leah, Brett tomba nez à nez avec Miranda, postée devant lui, les bras croisés.

— Eh bien, eh bien, Brett, lança-t-elle en examinant la robe de Leah déchirée à l'épaule. Tu ne t'es pas ennuyé ce soir, on dirait.

— Salut, Miranda. Je voulais te dire…

— … que tu te tapes deux filles en même temps ?

Miranda articulait avec difficulté.

— Ferme-la, Miranda, lâcha Brett, la mâchoire crispée.

— Oh non ! Je crois que notre chère et innocente Leah a le droit de savoir où notre bourreau des cœurs se trouvait en début de soirée. Tu n'es pas d'accord ? ajouta-t-elle avec un rire mauvais.

Leah, muette, avait les yeux rivés droit devant elle. Elle ne voulait pas entendre.

— Vas-y, Leah, demande-lui. Voyons s'il ose nier.

Leah se tourna vers Brett, son regard le suppliant de démentir les propos de Miranda. Mais elle n'eut pas besoin de lui poser la question – la culpabilité transpirait sur son visage.

Laissant échapper un sanglot, elle sortit de la grange en courant et alla se réfugier dans les bras de sa mère.

8

— Allons, Leah, raconte-moi ce qui s'est passé, dit Doreen Thompson en recouvrant d'un gilet les épaules de sa fille, qui tremblait et semblait incapable de prononcer un mot.

Doreen avait prié Brett de retourner dans la grange principale. Miranda – qui de toute évidence avait trop bu – avait rapporté avoir entendu des cris, puis trouvé Brett et Leah seuls dans une grange. En voyant la robe déchirée de sa fille, Doreen avait craint le pire.

— Est-ce que… est-ce que Brett t'a… ?

— Non, Maman.

— Que s'est-il passé, alors ? Qu'est-il arrivé à ta robe ?

Leah s'assit, les lèvres crispées, blanche comme un linge. Doreen comprit qu'elle ne tirerait rien de plus de sa fille ce soir.

— Bon. Nous en reparlerons demain, ma chérie. On va te ramener à la maison et te mettre au lit.

Avec sa santé fragile, il était hors de question que Harry soit mis au courant. Doreen se rendit dans le salon, où Rose discutait avec ses invités, et demanda à M. Broughton, un cultivateur du coin, s'il voulait bien ramener Leah, qui ne se sentait pas bien. Doreen aida Leah à s'installer à l'arrière de la voiture et la somma de monter dormir aussitôt arrivée.

Doreen retourna s'attaquer à l'imposante pile de vaisselle sale dans l'évier. Brett entra, blême et visiblement honteux.

— Comment va Leah ? demanda-t-il doucement.

— Bien. Je l'ai envoyée se coucher.

— Je ne l'ai pas touchée, vous savez. Jamais je n'aurais fait une chose pareille. Je tiens trop à elle pour la contrarier d'une quelconque manière.

— Ce n'est pas ce que Miranda prétend. Elle affirme avoir entendu des cris, puis vous avoir trouvés seuls.

— Bon sang… C'est ce qu'elle vous a dit ?

— Oui. Je parlerai à Leah demain. Elle ne reviendra pas travailler ici cet été. Je crois que tu as causé suffisamment d'ennuis pour ce soir, jeune homme. Je m'éclipserais si j'étais toi.

— Oui, vous avez raison. Est-ce que vous pouvez transmettre mes excuses à Leah et l'embrasser de ma part ?

Mme Thompson garda le silence, les yeux braqués sur la vaisselle.

Penaud, Brett monta à l'étage. Il avait tout gâché. Si seulement il avait réussi à garder son sang-froid, s'il avait résisté à Miranda, rien de tout cela ne serait arrivé. Quant à ce qu'il s'était passé dans la grange, c'était sa parole contre celle de Miranda. Celle-ci avait cherché à se venger, et il était évident que Leah ne voudrait plus jamais le voir.

Après s'être déshabillé, il se pelotonna lamentablement dans son lit, ferma les yeux et rêva à son amour perdu.

9

David Cooper fit pivoter son fauteuil pour contempler Central Park depuis l'immense baie vitrée de son bureau. De son point de vue, les arbres se résumaient à de minuscules points verts et les voitures évoquaient des jouets d'enfant.

La hauteur physique de sa position, songea-t-il, reflétait son statut social. Il ne côtoyait que rarement les gens de la vie ordinaire qu'il voyait se presser le long de la Cinquième Avenue en contrebas. Il ne rencontrait dernièrement que des gens immensément riches et puissants – des copies de lui-même, en somme.

Gagner de l'argent avait cessé de lui procurer du plaisir le jour où sa femme était décédée. Il l'avait aimée, bien sûr, mais l'intensité du sentiment provoqué par sa perte l'avait sidéré. La mort de Vivienne l'avait brusquement ramené à sa propre condition de mortel.

Il n'avait touché à aucune autre femme depuis neuf mois. Son fils le pensait insensible à la mort de son épouse, David le savait. Il n'avait vu Brett qu'à deux reprises depuis, une fois aux obsèques de Vivienne, puis à Noël. Mais ils n'avaient pas pleuré ensemble.

Il se demanda comment Brett et Rose s'entendaient, dans le Yorkshire. N'ayant pas vu sa sœur depuis plus de vingt ans, il avait encore en tête l'image d'une jeune femme à la beauté délicate.

David songeait beaucoup au passé ces derniers temps. Il n'avait réussi à survivre qu'en le mettant à distance, consacrant sa vie à planifier l'avenir. Mais il s'autorisait peu à peu à regarder dans le rétroviseur, à laisser les vieux souvenirs remonter à la surface.

Certains étaient douloureux – trop pour être déverrouillés. Cependant, sa réussite financière lui permettait de prendre la mesure du chemin parcouru ces vingt-huit dernières années.

Installé dans son spacieux bureau, il pensa à l'époque où il gérait son entreprise depuis le salon de son minuscule appartement de Bayswater. Tout avait commencé à la fin des années 1940, lorsqu'il avait acquis pour une bouchée de pain un immeuble délabré dans Islington, à l'intérieur duquel il avait fait aménager quatre petits studios. Les jeunes n'achetaient pas de biens immobiliers à cette époque, alors il les avait loués et s'était servi de l'argent pour acheter un autre bâtiment semblable. Moins de cinq ans plus tard, il possédait quatre immeubles similaires, qui lui offraient un revenu mensuel régulier suffisant pour prétendre à des prêts bancaires de plus en plus importants.

Il existait encore à Londres des terrains laissés vierges après la guerre, sur lesquels il fit construire des immeubles de bureaux qu'il vendait une petite fortune aux entreprises de plus en plus nombreuses à vouloir s'installer.

Au milieu des années 1960, David se trouvait à la tête de la plus grosse entreprise de construction en

Grande-Bretagne. Intéressé par le secteur florissant du tourisme à l'étranger, il acheta des terrains le long des côtes espagnoles, italiennes et aux Baléares et y installa des hôtels, veillant à conserver des parcelles, qu'il revendit quelques années plus tard à un prix trois fois supérieur.

À présent, il possédait des terrains dans quasiment tous les pays développés et se penchait sur les opportunités commerciales que pourraient offrir les pays en voie de développement. Il avait été classé parmi les dix personnalités les plus riches de Grande-Bretagne et intégré le top cinquante aux États-Unis. Un succès prodigieux.

Le frisson que lui procuraient les affaires fructueuses avait comblé un vide en lui. Il savait que ses collègues, son épouse, son fils voyaient en lui un homme froid, dénué d'émotions.

C'était à présent qu'elle n'était plus là que David regrettait de ne pas avoir eu le courage de se confier à Vivienne, de lui expliquer les raisons de son incapacité à lui témoigner de l'affection… mais il était trop tard.

Il avait conscience que sa décision d'envoyer Brett chez Rose trouvait son origine dans cet afflux de souvenirs récent.

David n'irait pas chercher son fils dans le Yorkshire. Il s'était gardé cette possibilité sous le coude, mais revoir Rose après toutes ces années… non, il n'était pas prêt. Par curiosité, il irait peut-être faire un tour dans la galerie londonienne qu'il venait d'acheter lorsque s'y tiendrait l'exposition consacrée à sa sœur.

David pivota sur lui-même et observa le tableau accroché derrière son bureau. Il poussa un soupir. Voir avec quelle facilité on pouvait tout acheter et vendre – en particulier les gens – lui inspirait parfois de la tristesse. Il se leva et s'empara de sa mince mallette Cartier. Il avait rendez-vous une demi-heure plus tard chez Sardi's pour déjeuner avec un sénateur fraîchement élu.

En attendant l'ascenseur, il se demanda brièvement quel était le prix de cet homme.

10

— Eh bien, cela a été un plaisir de t'avoir avec nous, Brett. J'espère que tu reviendras nous rendre visite, dit Rose en l'embrassant. Et ne t'arrête pas de peindre. Ce que j'ai vu de ton travail révèle un grand potentiel.

— Merci, Rose. J'ai beaucoup apprécié mon séjour ici. J'essaierai d'aller voir ton exposition.

Bill l'attendait à l'extérieur, devant la limousine.

— Salut, Brett. Ravie de t'avoir rencontré, lança Miranda en lui déposant un baiser sur la joue.

Brett ne put se résoudre à lui rendre son geste. À la place, il lui adressa un signe de la main et s'engouffra à l'arrière de la voiture.

— Avez-vous passé d'agréables vacances, monsieur ? s'enquit Bill à travers l'interphone. Vous avez bonne mine.

Brett songea aux deux mois qui venaient de s'écouler. Entre sa redécouverte de la peinture et Leah, les cinq premières semaines s'étaient révélées idylliques. Mais il venait de passer un mois affreux, et avait toutes les peines du monde à chasser Leah de son esprit.

Conformément au désir de Doreen, la jeune fille n'avait pas remis les pieds chez Rose, de sorte que Brett ne l'avait pas revue depuis la fête d'anniversaire de Miranda. Il avait passé le plus clair de son temps sur la lande, à l'endroit où Leah et lui se retrouvaient chaque jour, priant de toutes ses forces pour qu'elle l'y rejoigne. Il avait demandé de ses nouvelles à sa mère de temps à autre, mais cette dernière s'était chaque fois contentée de clore la discussion d'une petite moue ou d'un bref « Elle va bien ».

Au plus mal la dernière semaine, il s'était rendu au village dans l'espoir de l'apercevoir. En vain.

— Oui, Bill. C'était… différent.

— Bien, monsieur. Votre père vous transmet ses salutations. Il viendra vous rendre visite pendant vos vacances d'automne. Il se trouve en Amérique du Sud pour les six prochaines semaines.

Brett était encore plus démoralisé qu'à son arrivée dans le Yorkshire. Tandis que les kilomètres s'accumulaient entre la fille qu'il aimait et lui, il eut le sentiment que son cœur pourrait bien se briser.

— Au revoir, Leah. Je ne t'oublierai jamais, souffla-t-il tandis qu'ils franchissaient la frontière du Yorkshire, accélérant sur l'autoroute en direction de Windsor.

11

Rose grelottait violemment en dépit des trois pull-overs et de l'écharpe qu'elle portait. Elle souffla sur ses doigts, trop engourdis par le froid pour parvenir à manier son pinceau. De grandes congères s'étaient formées devant son atelier. Le dégel s'était amorcé la veille, mais il fallait toujours davantage de temps à la neige pour fondre sur les hauteurs.

Rose raviva le maigre feu inefficace et se réchauffa les mains. Les températures glaciales de janvier lui fichaient le moral dans les chaussettes.

Elle se tourna pour observer la toile posée sur le chevalet. Le doute l'assaillit une nouvelle fois.

Est-ce que ça vaut la peine ? Est-ce que les critiques vont me réduire en miettes ?

Allez ! l'encouragea sa voix intérieure tandis qu'elle mettait en route la vieille bouilloire. *Pense au chauffage central que tu pourras installer si l'expo a du succès.*

Rose s'assit devant la cheminée pour siroter son café. Poussant un soupir, elle retourna à son chevalet.

— Sois positive, Rosie, s'intima-t-elle à voix haute. Plus que deux tableaux. Et celui-ci doit bien valoir quatre radiateurs et demi.

Elle sourit et approcha son pinceau de la toile.

Une heure plus tard environ, on frappa à la porte de son atelier.

— Rose, est-ce que je peux te parler ?

C'était Miranda. Et elle était blanche comme un linge.

Rose la trouvait renfermée depuis quelque temps – ce qui s'était révélé une bénédiction. Durant les quatre mois qui avaient suivi le départ de Brett et le retour de Miles à l'université, Rose avait quasiment réussi à boucler le corpus d'œuvres destinées à son exposition.

Miranda avait une mine affreuse. Rose se demanda soudain si quelque chose lui avait échappé et posa son pinceau.

— Bien sûr, chérie. Viens t'asseoir. Que se passe-t-il ?

Miranda éclata alors en sanglots. Aussi loin qu'elle s'en souvienne, Rose n'avait jamais vu Miranda pleurer devant elle. Elle s'agenouilla devant sa fille et passa un bras réconfortant autour de ses épaules.

— Je suis certaine que ce n'est rien de grave, tenta de la rassurer Rose.

— Si… c'est grave…, articula Miranda entre deux sanglots.

— Allez, dis-moi de quoi il s'agit.

— Je crois que je suis enceinte.

Miranda avait débité ces mots d'une traite.

Bon Dieu, songea Rose. *J'aurais dû m'y attendre. Un des garçons du village, peut-être, pendant que j'étais enfermée dans mon atelier.*

— Tu n'as pas eu tes règles le mois dernier ?

Miranda confirma de la tête, et ajouta :

— Ni le mois d'avant. Ni celui d'encore avant. Et… je ne sais pas exactement depuis combien de temps.

En rencontrant le regard de sa fille, Rose ne fut que compassion pour elle. Après tout, elle aussi était passée par là.

— Essaie de te souvenir, ma chérie. Il est sûrement encore temps de…

— Je dirais cinq mois, peut-être six… je ne sais pas.

— Bon, je vais téléphoner à une excellente clinique que je connais à Leeds et prendre rendez-vous pour demain matin. Si la neige nous le permet, nous nous rendrons là-bas. Tu n'es peut-être pas enceinte. Il se peut que ce soit autre chose…

— Touche, l'interrompit Miranda en glissant la main de Rose sous son pull.

Rose ne put ignorer le renflement du ventre de sa fille.

— Pourquoi ne pas être venue m'en parler avant, Miranda ? J'imagine que tu t'en es aperçue il y a un moment ?

Les questions de Rose provoquèrent un nouveau flot de larmes de Miranda.

— Je sais. Mais j'espérais m'être trompée. Je n'arrêtais pas de me dire que ça passerait.

— Allez, ça va aller, la consola Rose, le souvenir d'avoir enduré le même cauchemar encore vif dans sa mémoire. Ne t'inquiète pas, on trouvera une solution. Est-ce qu'une tasse de thé te ferait plaisir ?

Rose devança sa fille dans la cuisine et sortit deux tasses. La Miranda au caractère autoritaire s'était évaporée, laissant place à une petite fille terrorisée. Elle but son thé pendant que Rose prenait rendez-vous à la clinique pour le lendemain.

— Voilà, c'est réglé. Nous allons voir un très gentil médecin qui s'appelle Kate.

— Merci, Rose.

— Pour quoi ?

— Pour ta gentillesse. Je sais que je suis ingérable parfois. Je suis désolée.

— Ce n'est rien.

Rose eut envie de lui demander qui était le père du bébé, mais elle se ravisa – mieux valait attendre d'avoir vu le médecin.

— J'ai peur.

Les yeux de Miranda, pour une fois dénués de maquillage, paraissaient immenses – plus jeunes, aussi. Rose l'enveloppa de ses bras.

— Ne t'inquiète pas, ma chérie. Tout va bien se passer, affirma-t-elle avec toute l'assurance qu'il lui était possible d'afficher.

— Je crains que vous ne soyez enceinte de plus de six mois et demi, mademoiselle Delancey. Vous avez dépassé le délai légal pour mettre fin à la grossesse. Le terme est prévu pour le 20 avril.

Rose poussa un profond soupir. Elle ne s'était pas attendue à autre chose.

— Vous voulez dire qu'il n'y a rien à faire ? demanda Miranda, livide, paralysée par le choc.

Rose serra fort la main de sa fille.

— Est-ce que le père est au courant ? demanda le médecin d'une voix douce.

Miranda secoua la tête, le regard braqué sur ses mains.

— Est-ce que tu sais qui est le père, ma chérie ?

Miranda se tourna vers sa mère et, l'espace d'une seconde, Rose décela de l'effroi dans son regard.

— Non, admit-elle.

— Mais, ma chérie, il me semble que…

— Non ! s'écria Miranda. Ça n'a rien à voir avec lui.

Le médecin lança à Rose un regard d'avertissement, puis prit la parole :

— Écoutez, Miranda. Si vous ne souhaitez pas en parler pour le moment, c'est tout à fait votre droit. En ce qui concerne votre suivi, j'aimerais vous revoir demain afin que vous puissiez effectuer un check-up complet. Il reste moins de trois mois avant la naissance du bébé et il nous faut veiller sur votre santé à tous les deux. Est-ce que vous fumez, Miranda ?

Miranda demeura silencieuse pendant le trajet de retour jusqu'à Oxenhope. Rose fouilla ses souvenirs, à la recherche d'un garçon en particulier que Miranda aurait évoqué récemment. Si elle était enceinte de plus de six mois, cela signifiait que la conception avait eu lieu en juillet – sa fête d'anniversaire, bien sûr. Miranda avait trop bu ce soir-là… Cela pouvait être n'importe qui parmi la vingtaine de garçons invités. Si Miranda se montrait si vague, c'était peut-être parce qu'elle ne se souvenait pas.

— Il va falloir que tu arrêtes l'école, chérie, au moins temporairement. Je vais reporter mon exposition. J'attendrai que le bébé soit né et que tu aies pris tes marques.

Pourquoi diable sa fille ne s'était-elle pas confiée à elle plus tôt, lorsqu'il était encore temps d'agir ? Elle se sentait affreusement coupable d'avoir été à ce point centrée sur elle-même ces derniers temps. Elle avait le sentiment d'être fautive, et donc responsable.

Miranda se contenta de hocher la tête, le regard perdu dans le vide.

Lorsqu'elles arrivèrent à la ferme, Miranda se précipita dans sa chambre. Elle se jeta sur son lit et scruta le plafond.

Devait-elle mettre le père au courant ? Il comprendrait sûrement. L'aiderait.

Elle alla prendre un carnet et un stylo dans sa commode, après quoi elle se rassit sur son lit, calée contre ses oreillers.

« Cher… »

Miranda balança le carnet par terre. Puis elle laissa les larmes couler sur son visage.

12

Leah était assise dans sa chambre, songeuse. La nouvelle avait fait le tour de l'école ce jour-là. Miranda Delancey était enceinte et ne reviendrait en cours qu'après la naissance de son bébé. Toutes sortes de rumeurs avaient circulé sur l'identité du père – Miranda n'était jamais à court d'admirateurs –, cependant personne ne savait avec certitude.

À l'exception de Leah.

Le poids qui comprimait sa poitrine se fit plus lourd et la boule qui lui obstruait la gorge se mua en larmes.

— Je ne peux pas dire que je sois surprise, avait déclaré Doreen en revenant de la ferme. Toujours à causer des ennuis, celle-là. Et ce pauvre gosse, qui ne saura pas qui est son père. D'après Mme Delancey, Miranda refuse de dire de qui il s'agit.

Leah connaissait la raison de ce silence. Brett était le père du bébé de Miranda. Le garçon dont Leah avait cru qu'il l'aimait, *elle*.

Elle avait passé les six derniers mois à se morfondre. Elle avait offert son cœur à Brett avec une telle sincérité, un tel abandon, qu'elle avait cru ne jamais s'en remettre. Durant le reste de l'été, savoir Brett à moins de deux kilomètres de chez elle s'était révélé extrêmement pénible. Imaginer Miranda dans ses bras, aussi. Lorsque Leah avait appris que Brett était reparti à Eton, la distance avait quelque peu apaisé sa peine.

La colère froide d'avoir été trompée avait cédé le pas au chagrin de songer qu'elle ne reverrait plus Brett.

L'idée que Miranda ait pu mentir dans le but de se venger lui avait parfois traversé l'esprit, mais elle avait désormais la preuve que ce n'était pas le cas. Elle aurait aimé pouvoir détester Brett – le détester vraiment, profondément – pour ne plus avoir à endurer ce manque viscéral. Mais encore aujourd'hui, cela lui était impossible. Elle l'aimait toujours.

De nature réservée, Leah s'était retranchée encore un peu plus dans son monde intérieur. Elle se concentrait désormais sur ses examens de fin d'année, s'oubliant dans ses révisions pour ne plus penser à son cœur meurtri. Doreen avait attribué les longs silences de sa fille à des « douleurs de croissance », mais son père, lui, n'était pas dupe. Alors il lui adressait des petits clins d'œil et lui racontait des histoires drôles dans l'espoir de lui redonner le sourire.

Personne ne pouvait réellement comprendre. Si elle se confiait à son père, il lui conseillerait d'oublier Brett. Or elle en était incapable. Jamais elle ne l'oublierait.

13

— Poussez ! Encore ! C'est bien, vous y êtes presque ! Allez, encore une fois…

Miranda, le visage écarlate, épuisée et vidée de toute énergie, fournit un ultime effort dans un cri qui vint se confondre avec les premiers gémissements de son nouveau-né. Elle aperçut l'étrange masse bleuâtre entre les mains de la sage-femme et se laissa tomber en arrière. Elle ne voulait rien d'autre que fermer les yeux.

— Tenez, lui dit la sage-femme en plaçant l'enfant hurlant dans ses bras. C'est une magnifique petite fille.

Miranda baissa les yeux sur la minuscule créature au visage chiffonné. Elle s'était demandé ce qu'elle éprouverait en tenant son bébé pour la première fois. De la peur, peut-être ? De l'affection ? Mais Miranda ne ressentait ni l'un ni l'autre. Elle ne ressentait rien.

Elle rendit la petite chose en pleurs à la sage-femme.

— Trop fatiguée, lâcha-t-elle.

La sage-femme eut une moue de désapprobation, puis s'éloigna vers la nursery.

Rose surgit cinq minutes plus tard. Elle repoussa doucement les cheveux trempés de sueur du visage de Miranda.

— Félicitations, ma chérie. Je viens de la voir, elle est superbe. Je suis si fière de toi.

Miranda hocha la tête, gardant les yeux résolument clos et se demandant pourquoi tout le monde répétait que le bébé était magnifique. Elle n'était pas de cet avis.

— Je vais te laisser dormir un peu, chérie. Je reviendrai te voir tout à l'heure.

Rose déposa un baiser sur la joue de sa fille, puis se glissa hors de la pièce. Après s'être assurée auprès du médecin que ni la mère ni le bébé n'avaient besoin d'elle pour les deux prochaines heures, elle quitta l'hôpital et prit la route d'Oxenhope. Elle était partie de chez elle vingt-quatre heures plus tôt, après avoir trouvé Miranda debout dans la cuisine au-dessus d'une flaque de liquide, en proie à une panique terrible. Rose avait réussi à lui faire garder son calme pendant le trajet jusqu'à l'hôpital, alors qu'elle était secrètement aussi terrorisée que sa fille – elle se souvenait des douleurs de l'accouchement et aurait aimé pouvoir les endurer à sa place.

Heureusement, la naissance s'était déroulée sans complications. Rose sentit des larmes lui picoter les yeux. C'était une splendide journée d'avril et des effluves printaniers embaumaient l'air.

— Une renaissance, murmura Rose avec émotion. Je promets d'essayer d'être à la hauteur, ajouta-t-elle, consciente que les problèmes ne faisaient que commencer.

Doreen Thompson avait proposé de s'occuper du bébé durant la journée si Miranda décidait de retourner à l'école. Rose en doutait ; sa fille n'avait jamais montré de prédispositions pour les études. Et puis, le comportement des élèves de sa classe – les garçons, en particulier – aurait suffi à décourager la plus confiante des jeunes filles.

L'aide de Doreen serait précieuse – elle avait été fantastique avec Miles lorsqu'il était enfant –, et même indispensable lorsque Rose se trouverait à Londres pour son exposition, qu'elle avait réussi à repousser jusqu'au mois d'août.

Arrivée au sommet de la colline, elle se gara devant la ferme. Les ouvriers s'affairaient sur le toit et dans les granges. Rose les avait louées à un agriculteur afin de mettre un peu de beurre dans les épinards, aussi devaient-elles être nettoyées et préparées avant qu'un troupeau de vaches vienne y élire résidence.

— Alors, comment ça s'est passé, madame Delancey ? lança un des ouvriers depuis le toit.

— Très bien. C'est une petite fille. La maman et le bébé se portent à merveille.

— Excellente nouvelle ! répliqua l'homme en affichant un large sourire. J'ai laissé sur la table de la cuisine quelque chose qu'un de mes hommes a trouvé. Un de vos dessins, selon lui.

— Merci, Tim, répondit-elle avant d'entrer dans la cuisine.

Sûrement des vieilleries entreposées par le précédent propriétaire, songea Rose.

Elle trouva l'objet sur la table. Le cadre était brisé, mais le dessin intact. Le souffle coupé, Rose découvrit un magnifique portrait au fusain de Leah Thompson. Se rendant dans son atelier, elle le posa sur un chevalet avant d'en examiner la signature. « B.C. » Évidemment. Il s'agissait d'une œuvre de Brett.

Rose était sidérée ; le talent de son neveu l'avait impressionnée lorsqu'il lui avait présenté son travail, mais ce dessin-là témoignait d'une maturité et d'une profondeur qui surpassaient l'âge et l'expérience de son auteur. Le visage qu'elle avait sous les yeux dénotait une grande beauté. Et ce regard ! Il était hypnotique, au point qu'on peinait à s'en détacher. Brett en avait parfaitement traduit l'innocence.

De toute évidence, cette œuvre avait été réalisée avec un regard amoureux. Pourquoi Brett ne le lui avait-il pas montré ? Si elle l'avait vu – et reconnu le talent qu'ils partageaient, songea-t-elle avec fierté –, alors elle l'aurait encouragé avec davantage de ferveur.

Ses yeux s'embuèrent. David n'avait pas le droit de décourager son fils. Rose alla prendre dans un tiroir un carnet et un stylo, puis s'installa dans son fauteuil.

Après avoir scruté la page vierge pendant cinq longues minutes, elle les reposa.

Elle avait une bien meilleure idée.

14

— Rose, ma chérie ! Quel plaisir immense de te revoir après toutes ces années !

Roddy la serra fort dans ses bras, puis il recula d'un pas et l'admira de la tête aux pieds.

— Toujours aussi belle, ma Rosie.

— C'est adorable, mais j'ai pris quelques kilos depuis la dernière fois qu'on s'est vus, il y a plus de vingt ans, plaisanta-t-elle.

— Cela te va à merveille, ma chérie. Tu étais beaucoup trop frêle à l'époque. J'ai du mal à croire que tu es là ! s'exclama Roddy en tapant dans ses mains. Suis-moi. J'ai une bouteille de Veuve Clicquot au frais dans mon bureau – ton préféré. On fera un tour de la galerie plus tard. Au fait, tes tableaux sont bien arrivés hier et je dois avouer que j'ai été tenté d'y jeter un coup d'œil sans attendre.

Rose suivit Roddy à travers la galerie tout juste rénovée. Les murs vierges lui rappelant la raison de sa présence, elle sentit des papillons s'agiter au creux de son ventre.

— À toi, ma chérie. Je suis convaincu que l'exposition va rencontrer un succès phénoménal, déclara Roddy en lui tendant une coupe de champagne.

Rose la porta à ses lèvres et en but une gorgée, se demandant comment Miranda se débrouillait avec Chloe. Elle s'était sentie coupable de les laisser, mais avec Doreen qui veillait sur elles telle une maman poule, Rose les savait entre de bonnes mains. Elle espérait seulement que tout le travail n'incombait pas à Doreen – Miranda n'hésitait généralement pas à se décharger sur elle pour en faire le moins possible avec sa fille.

— Bien entendu, tu logeras chez moi la semaine prochaine, reprit Roddy.

— Eh bien, j'ai réservé une chambre d'hôtel…

— Oublie l'hôtel. J'insiste. J'ai un superbe appartement à Chelsea que j'ai acheté l'année dernière. On boira des gin-tonic pendant que tu me raconteras tout ce qui s'est passé ces deux dernières décennies.

Rose sourit à son ami. Les années ne l'avaient pas changé ; toujours aussi svelte, il portait, comme à son habitude, un costume de couturier à la coupe impeccable.

Roddy et elle s'étaient rencontrés en 1948, alors qu'ils étudiaient au Royal College of Art. À l'époque, elle avait eu l'impression qu'il soupçonnait les secrets de son passé, mais à aucun moment il ne s'était montré indiscret sur les événements de sa vie trop douloureux à évoquer.

À l'issue de leur cursus universitaire, Rose s'était installée dans l'appartement cossu de Roddy, à Earl's Court, et avait offert une oreille compatissante aux péripéties amoureuses compliquées de ce dernier, luttant pour arriver à suivre le roulement incessant d'hommes qui défilaient dans sa vie. Roddy, issu d'une famille prétendument aristocratique du Devon, était alors en passe de devenir une figure éminente du Colony Room Club et de French's, repaires des jeunes artistes dans les années 1950.

Vouant à la peinture une passion relative mais raffolant de l'ambiance qui régnait en ces lieux et de leurs fidèles, il avait décidé de se consacrer plutôt aux plaisirs de la chair. À l'époque, une plaisanterie qui circulait dans leur petit groupe racontait que l'unique artiste en vogue que Roddy n'avait pas séduit n'était autre que Rose elle-même. Au moment où elle avait quitté Londres pour le Yorkshire, Roddy vivait dans le Sud de la France avec un richissime marchand d'art.

— Qui est le propriétaire de cette galerie, Roddy ? s'enquit Rose. Cork Street est un lieu très prisé.

Roddy resservit Rose de champagne, puis répondit :

— Eh bien, une entreprise basée à New York m'a appelé pour me proposer de diriger la galerie. Je n'avais pas vraiment de projets, alors je suis venu jeter un coup d'œil. Tu aurais dû voir l'état dans lequel c'était… (Roddy secoua la tête.) Une coquille vide ! Bref, je leur ai demandé de me recontacter une fois l'endroit rénové. Là, ils m'ont répondu que j'avais carte blanche et que l'argent n'était pas un problème. Je n'ai pas pu refuser ! (Roddy vida sa coupe d'un trait.) Et puis un type très sympathique en costume-cravate a débarqué de New York pour inspecter les lieux rénovés. Il a adoré. En réalité, c'était son idée de concevoir une exposition mettant à l'honneur des artistes des années 1950. Tout ce qu'il y a de plus réglo, la rassura Roddy, voyant l'air perplexe de Rose. On a payé impôts et TVA à temps, tu n'as pas à t'inquiéter, ma chérie. Rien de tout cela n'est financé par l'argent de la mafia ou quoi que ce soit. Pour être honnête, c'est un arrangement merveilleux. On me laisse une liberté totale.

— Et tout se passe comme tu le souhaites ?

— On a ouvert il y a seulement quelques mois. Tu es notre sixième artiste exposée. Avec le carnet d'adresses que j'ai, je ne me fais pas de souci, ajouta-t-il en lui adressant un clin d'œil. J'ai bien l'intention de remettre un peu de légèreté dans le milieu de l'art. Tout ça est devenu tellement guindé et snob depuis que notre joyeux petit groupe a pris des chemins séparés. J'ai invité tout le gratin au vernissage. Sontag, Lucie-Smith et quelques autres ont prévu de passer saluer leur vieille camarade – histoire de vérifier que tu es toujours en vie, gloussa-t-il.

— Roddy ! Tu me donnes l'impression d'être une antiquité ! Je n'ai que quarante-six ans, tu sais.

— Navré, ma belle, mais les gens adorent le mystère. Personne n'a jamais su pourquoi tu t'étais enfuie Dieu sait où alors que tu étais à l'apogée de ta carrière.

Et j'espère bien qu'ils ne l'apprendront jamais, songea Rose.

— Je t'ai organisé plein d'interviews. Le *Guardian* demain, le *Telegraph* et John Russell jeudi, le…

En écoutant Roddy débiter une longue liste de titres de presse, Rose se demanda ce qui lui avait pris de se fourrer là-dedans. Serait-elle capable de supporter cette pression ? Parviendrait-elle à garder la tête froide et à mentir sans ciller à des journalistes rompus à l'art de l'interrogatoire ?

Il le fallait. Vingt ans d'abnégation représentaient un tribut trop lourd à payer pour son crime. Elle se devait à elle-même de saisir cette opportunité. Alors, elle hocha la tête, sourit, et alla passer ses œuvres en revue avec son ami.

Roddy consacra un long moment à l'examen des toiles de Rose, pendant qu'elle sirotait son champagne, nerveuse. Enfin, il pivota vers elle et la transperça du regard.

— Il me semble déceler une touche de romantisme dans celui-là. Serais-tu tombée amoureuse, ma chérie ?

Rose éclata de rire.

— Non, Roddy. Mes toiles sont en effet plus douces, les couleurs moins sombres et les lignes plus souples. (La panique l'envahit soudain.) Ça te plaît ? Dis-moi que je n'ai pas perdu la main ?

Rose se mordit la lèvre. Elle détestait ce sentiment d'insécurité qui refaisait surface chaque fois que quelqu'un cherchait à décrypter ses pensées les plus intimes sur la toile.

— Eh bien, ces tableaux sont différents de ton travail de l'époque, mais on reconnaît bien la touche Delancey. Tu as gagné en maturité. Tu as sans doute eu raison de faire cette pause parce que ça… (Roddy balaya les vingt toiles d'un geste de la main, les couvant d'un regard cupide. Rose voyait presque la caisse enregistreuse carillonner dans sa tête.) C'est sublime. Bon, je t'emmène déjeuner chez San Lorenzo. On reviendra à la galerie après pour réfléchir au placement des toiles. Qu'en dis-tu ?

— C'est parfait, Roddy. Parfait, répéta Rose, soulagée.

Ils prirent un taxi jusqu'à Beauchamp Place et Lucio, le maître d'hôtel, les installa à une table discrète située sous un imposant sycomore qui trônait à l'intérieur du restaurant. Autour d'un somptueux menu – rouget grillé aux graines de fenouil et veau San Lorenzo accompagnés d'une bouteille de Frascati Fontana Candida –, ils élaborèrent une liste de prix provisoires pour les œuvres de Rose.

— Tu ne crois pas qu'on se montre un peu trop gourmands, Roddy ? Après tout, ça fait vingt ans que je me suis éloignée de la scène artistique. Mon style doit être un peu démodé à côté de ce que font les jeunes artistes aujourd'hui.

— Absolument pas, ma chérie. Premièrement, le travail plus figuratif que tu proposes est très à la mode en ce moment. Regarde les œuvres de Lucien ! Il les vend une fortune. Il faut qu'on fasse de toi une artiste prestigieuse, que les collectionneurs et les marchands d'art aient l'impression de s'offrir un morceau d'histoire de l'art. Les gens sont prêts à payer cher pour le plaisir de posséder quelque chose de rare. Acheter une croûte au rabais n'intéresse personne.

— J'imagine que tu as raison.

Rose soupira, comprenant qu'elle était déconnectée du marché de l'art contemporain. Les sommes que Roddy suggérait lui paraissaient ridiculement élevées, mais lui permettraient de renflouer son compte en banque de manière très confortable.

— Je persiste à croire que c'est un pari risqué de me positionner dans la même fourchette de prix que les artistes les plus en vue du moment.

— Fais-moi confiance, Rose. Tu es mon projet le plus important et la réussite de la galerie dépend de ton succès. Les collectionneurs du monde entier vont savoir que tu es de retour. J'ai bien l'intention de te rendre encore plus célèbre que tu l'étais dans les années 1950.

— Voyons déjà comment l'exposition est accueillie, d'accord ? tempéra Rose, déterminée à ne pas s'emballer.

— D'accord, ma chérie. Je comprends ton appréhension. Bon, je commande des cafés et ensuite je veux un rapport complet sur la vie au pays des petits chiens et du fromage.

— Eh bien, je n'ai pas de petit chien mais je vis avec mes deux enfants et… je viens de devenir grand-mère.

Roddy manqua recracher son vin blanc.

— Rose ! Je ne savais même pas que tu étais mariée.

— Je ne le suis pas. En réalité, l'un de mes enfants est adopté – ma fille, Miranda.

— Je vois. Et qui est le père de l'autre ?

— Oh, quelqu'un.

— Tu es décidément la femme de tous les mystères ! lança Roddy en souriant. Allez, j'arrête de te mitrailler de questions, mais tu peux au moins m'expliquer pourquoi tu t'es volatilisée comme ça, à l'époque ? Je promets de garder le secret. Ça fait vingt ans que le monde de l'art se perd en suppositions. J'ai même entendu une rumeur selon laquelle tu aurais rejoint un harem dans le Sahara avec un cheikh qui t'achetait toutes tes toiles. Selon une autre, tu aurais été enlevée par un comte allemand…

— Rien d'aussi romanesque, Roddy ! le coupa Rose en riant. Je me suis installée dans le Yorkshire, c'est tout.

— Je dois dire que quand je suis arrivé de France et que j'ai trouvé ton mot m'annonçant que tu m'abandonnais sans un au revoir ni même une adresse, j'ai eu envie de te tuer. Tu as attendu plus d'un an avant de m'écrire – et uniquement pour me demander de te faire suivre ton courrier. Mais j'imagine que je te pardonne…

— Je suis désolée, Roddy. Je m'en suis terriblement voulu, mais je n'avais pas le choix.

— Pourquoi, Rose ? Tout se passait si bien. Ta carrière, tous ces types beaux et riches qui voulaient t'épouser – non pas que tu avais l'air intéressée. Je reste convaincu que tu me cachais un petit ami aristocrate. À l'époque, tu disparaissais régulièrement pour des « petits voyages ». Allez, tu peux cracher le morceau, maintenant, Rose, l'encouragea Roddy avec un clin d'œil.

Rose but une gorgée de café, puis déclara :

— Assez parlé du passé. Tout ce que je peux te dire, c'est que je m'étais essoufflée. Je n'avais plus envie de peindre et j'avais besoin de temps pour me recentrer. D'accord, Roddy ?

En voyant les plis qui fronçaient le front de Rose, Roddy comprit qu'il ne servait à rien d'insister.

— Entendu. Finissons notre café et retournons à la galerie nous mettre au travail.

Le reste de l'après-midi fut grisant. Roddy et elle passèrent plusieurs heures à accrocher ses œuvres selon une certaine logique, avant de décréter que non, ça n'allait pas, et de tout décrocher pour recommencer.

— Bon Dieu, je suis épuisé. Je propose que nous fassions une pause, déclara Roddy en disparaissant dans la kitchenette, dont il revint, une toile de petite taille entre les mains. Je crois qu'on a oublié un tableau. Je l'ai trouvé dans la réserve.

Roddy ôta la protection et posa le dessin contre le mur.

— Il n'est pas de toi, Rosie, si ?

— Non, confirma-t-elle. Mais qu'est-ce que tu en penses ?

— Je le trouve très beau, répondit Roddy après l'avoir étudié attentivement. Et cette fille est stupéfiante. Qui est l'artiste ?

— Un ami à moi. Il ne sait pas que je l'ai apporté ici, mais je suis du même avis que toi et j'avais envie d'avoir un regard extérieur. L'auteur est encore très jeune.

— Aurais-tu un petit protégé ? lança Roddy dans un sourire.

— Pas exactement, non. Il s'agit de mon neveu.

— Ah, ah ! Le fils de David, alors ?

Espérant une réaction de Rose, Roddy marqua une pause, mais il n'en obtint aucune. Aussi reprit-il :

— En le regardant de plus près, je dois dire que je vois des similitudes avec toi – pas dans le style, bien sûr, mais dans le caractère hypnotique. Je pourrais l'accrocher dans ce coin, là. Il inaugurerait la section consacrée aux artistes émergents.

— Si tu veux. Mais je n'en suis pas la propriétaire.

— Évidemment. Nous verrons bien s'il suscite de l'intérêt.

— Bien. Et si nous buvions une tasse de thé ?

Une semaine plus tard, Rose observait son reflet devant le miroir en pied de la chambre d'amis, chez Roddy. Pour la première fois depuis vingt ans, elle regretta d'avoir négligé sa silhouette. Dans le Yorkshire, elle n'avait pas jugé utile de se soucier de son apparence – il n'y avait pas grand monde à impressionner, après tout. Mais ce soir, les vautours seraient là en force et ses œuvres ne seraient pas les seules à être scrutées.

Elle ajusta la ceinture de son ample robe noire et décida qu'elle ressemblait à une tenancière de maison close. La robe Dior, bien trop onéreuse, était constellée de minuscules paillettes brillantes. En l'essayant dans la boutique, Rose avait estimé qu'elle lui donnait une allure sophistiquée, l'amincissait même, mais en se découvrant, elle sut qu'elle s'était trompée.

— Merde ! pesta Rose en se déshabillant avec humeur, laissant tomber la robe sur le sol avant de fouiller l'armoire à la recherche de sa tunique favorite.

Rose l'avait achetée des années plus tôt dans une boutique ethnique de Leeds pour trois fois rien, mais elle se sentait bien dedans. Elle s'avança à nouveau devant le miroir, et fut aussitôt rassurée. Le tissu vert faisait ressortir ses yeux émeraude et ses cheveux blond vénitien. Elle compléta sa tenue avec quelques colliers et d'épais bracelets dorés.

Les nerfs à vif, elle inspira plusieurs fois pour se calmer.

— Allez ! s'encouragea-t-elle à voix haute. Tu as traversé des épreuves bien plus difficiles. C'est ta soirée. Pense à l'argent que tu vas gagner et essaie de t'amuser.

Rose alla rejoindre Roddy qui, vêtu d'une veste de smoking, l'attendait dans le salon.

— Comment tu me trouves ? demanda Rose. Sois honnête.

— Éblouissante, répondit Roddy. Absolument éblouissante. Cette tunique est merveilleuse. Balmain ? Ou Galanos, peut-être ?

— Ni l'un ni l'autre, répondit Rose dans un sourire. Ces temps-ci, même Marks & Spencer est hors budget pour moi.

— Reparlons-en après le vernissage. Une fois que le monde de l'art aura célébré le retour de sa fille prodigue, tu pourras t'offrir tout ce que tu veux chez n'importe quel couturier. (Il jeta un coup d'œil à sa montre.) Bien, le taxi nous attend dehors. Allons-y. Et ne t'inquiète pas, ma belle. Tu reviendras dans cet appartement telle une reine.

Roddy effleura la joue de Rose, puis lui offrit son bras qu'elle accepta en souriant.

À 21 heures, la galerie était pleine à craquer. Le champagne coulait à flots et Rose se retrouva cernée de visages qu'elle n'avait pas vus depuis vingt ans. Tout en gardant un œil sur les critiques d'art qui examinaient chacune de ses toiles, Rose discutait avec les nombreux invités venus la soutenir. Elle avait le sentiment que le temps s'était distendu : les mêmes personnes, la même ambiance, pourtant tant de choses avaient changé – les cheveux argentés et les pattes d'oie de ceux avec qui elle faisait la bringue jusqu'à l'aube vingt ans plus tôt l'attestaient. Il lui était étrange de constater que la plupart des jeunes artistes insouciants qu'elle avait connus alors s'étaient mués en adultes respectables avec costume-cravate, postes à responsabilités et conjoints assortis.

Tous lui posaient les mêmes questions, inlassablement. Après une semaine d'entraînement auprès des journalistes, elle était devenue experte et débitait les formules qu'elle s'était entraînée à répéter avec aisance et naturel.

En parcourant la salle du regard, elle aperçut Roddy s'entretenant avec un collectionneur qu'elle connaissait autrefois. Fortuné, il avait à l'époque fait l'acquisition de trois de ses œuvres. Il suffisait qu'une personnalité influente comme lui se jette à l'eau, et les autres lui emboîteraient le pas.

Se demandant où diable Miles était passé, Rose consulta discrètement sa montre. Il lui avait promis d'être là pour 20 h 30, or il n'était nulle part en vue. Roddy interrompit le fil de ses pensées :

— Rose, ma chérie ! Je te l'avais dit, non ? Je savais que ce vernissage serait un succès. J'aimerais que tu viennes saluer Peter. Tu dois te souvenir de lui, il avait acheté plusieurs de tes tableaux à l'époque et il a très envie d'en acquérir deux de cette collection – alors montre-toi avenante avec lui.

Peter Vincent était le collectionneur avec qui Roddy discutait un peu plus tôt. Rose afficha son sourire le plus charmeur et s'avança pour lui serrer la main.

Ce fut le moment que choisit Miles pour faire son entrée dans la galerie. On lui proposa une coupe de champagne, qu'il refusa, préférant un verre de jus d'orange. Il repéra alors sa mère, en pleine conversation.

Il détestait la foule, qui le rendait claustrophobe et lui donnait le sentiment d'être insignifiant – un morceau supplémentaire d'humanité qu'on lui arrachait. Mais sa mère l'avait supplié de venir, et il n'avait pas eu le cœur à refuser. Alors, il avait fait le déplacement jusqu'à Londres et passé les deux derniers jours à prospecter journaux et magazines, son portfolio sous le bras.

Cet après-midi-là, il avait décroché un boulot – un contrat temporaire, mais pour un magazine de mode important. Il devait s'envoler pour Milan le mois suivant afin de couvrir les défilés haute couture printemps-été. Il travaillerait comme assistant de Steve Levitt, un des photographes les plus en vue du moment. Entre les changements de pellicule et le transport du matériel, peut-être trouverait-il le temps de prendre quelques photos pour son plaisir.

Miles déambula dans la galerie, examinant les œuvres exposées. Il trouvait le travail de sa mère étrange, peinant même à l'associer à elle. Il reconnaissait son talent, cependant il préférait la réalité sans fard de ses photographies.

Il passa dans une autre partie de la galerie, soulagé de constater que l'affluence y était moindre. Il se trouva alors nez à nez avec un dessin représentant Leah. Si son visage rayonnait, la toile ne rendait pas aussi bien justice à sa beauté que les nombreux clichés qu'il avait pris d'elle au fil des ans.

— Salopard, grommela-t-il tout bas.

— Pardon ? fit un homme aux cheveux clairs qui se tenait derrière lui.

— Non, rien, répliqua Miles.

— Vous ne sauriez pas qui est cette jeune femme, par hasard ? reprit l'homme.

— Je l'ignore. Vous devriez demander au propriétaire de la galerie, répondit Miles en s'éloignant.

Steve Levitt hocha la tête et examina le dessin une nouvelle fois. Cette jeune fille irradiait. Jeunesse, innocence, beauté ; tout ce que Madelaine recherchait. Et le type de visage que Steve rêvait d'immortaliser. Il se fraya un chemin parmi les invités jusqu'à Roddy.

— Stevie, mon chou ! s'exclama celui-ci en l'embrassant sur les deux joues. Connais-tu Rose Delancey ?

— Oui, répondit Steve avec un large sourire. Nous nous sommes rencontrés il y a des années, mais je ne pense pas qu'elle se souvienne de moi. À l'époque, je n'étais qu'un photographe sans le sou qui essayait péniblement de gagner sa croûte.

— Oh, mais je me souviens parfaitement de vous. Vous avez pris un jour une photo de moi à Regent's Park en compagnie d'un homme avec qui je ne souhaitais pas m'afficher et vous l'avez vendue à la moitié des journaux de la ville, déclara Rose en riant.

— Dieu du ciel, vous n'avez pas oublié ! s'exclama Steve en levant les bras, feignant l'indignation. Je plaide coupable.

— Je suis sûr que Rose te pardonnera. Rose, Steve est LE photographe le plus prisé de Londres. Tout le gratin fait appel à lui.

— Je ne m'en tire pas trop mal, admit Steve. D'ailleurs tu peux sans doute m'aider, Roddy. Il y a un dessin au fusain d'une fille dans l'autre salle. Sais-tu de qui il s'agit ? Je suis prêt à parier que Madelaine adorerait mettre la main sur elle.

— Aucune idée, répondit Roddy. Tu sais peut-être, Rose ?

— Oui, je la connais. Mais qui est Madelaine ? s'enquit-elle, méfiante.

— La grande prêtresse de la plus grande agence de mannequins londonienne, répondit Roddy.

— Je vois, dit Rose, intriguée. Eh bien, cette jeune fille n'a que dix-sept ans…

— Ce n'est pas un problème. C'est encore mieux quand elles commencent jeunes.

— Elle s'appelle Leah Thompson. C'est la fille de mon employée de maison.

— Une Cendrillon des temps modernes, plaisanta Roddy.

— Si cela ne t'ennuie pas, Roddy, j'aimerais montrer le dessin à Madelaine demain. Nous pourrions ensuite faire venir cette jeune fille au bureau…

— Attendez une seconde, le coupa Rose. Leah vit dans le Yorkshire et s'apprête à passer ses A-Levels. Je doute que ses parents acceptent qu'elle se rende à Londres.

— Dans ce cas, il faudra que Madelaine aille dans le Yorkshire. Je vous garantis qu'elle a l'habitude des parents difficiles.

— Doucement, doucement. Vous ne savez rien de Leah, vous ne l'avez jamais vue…

— Si elle est à moitié aussi jolie que ce dessin le laisse présager, intervint Steve, elle aura autant de succès que Jerry et Marie dans quelques années. Tu la connais, Rose. Est-ce qu'elle est grande ?

Rose poussa un soupir. Elle savait que la taille de la jeune fille – environ un mètre quatre-vingts – ferait briller encore un peu plus les yeux de Steve. C'est donc à regret qu'elle lui livra l'information.

— De mieux en mieux, lança Steve, radieux. Eh bien, c'était un plaisir de vous revoir après toutes ces années. J'espère que vous m'avez pardonné cette photo volée à Regent's Park. Il se trouve que c'est elle qui m'a permis de percer. (Il se tourna vers Roddy.) Je passerai demain jeter un coup d'œil au dessin avec Madelaine, si cela te convient ?

— C'est parfait, répondit Roddy. Je pourrai me targuer d'avoir non seulement redécouvert l'une des plus grandes artistes vivantes, mais aussi d'avoir contribué à lancer la carrière d'un jeune mannequin.

Steve les salua d'un geste en quittant la galerie. Roddy étreignit Rose. Il bouillonnait d'excitation.

— Bon, nous avons une vente quasiment assurée avec Peter, j'ai un Américain qui revient voir *Light of My Life* demain, et un collectionneur parisien qui a posé une sérieuse option sur *Tempest.* Tu viens peut-être de gagner une petite fortune ce soir, ma chérie. Viens, allons nous mêler aux invités et tenter de repérer d'autres acheteurs potentiels. La soirée ne fait que commencer, Rose.

Tandis que Roddy la guidait à travers la galerie qui fourmillait d'invités, Rose s'autorisa un petit sourire. C'était bon d'être de retour.

15

— Qu'est-ce que je peux dire, ma chérie ? Je crois que le mot « triomphe » résume bien la situation. Tu es de retour, Rose !

Cette dernière pouvait presque voir le sourire de Roddy à l'autre bout du fil.

Le lendemain du vernissage, Rose avait insisté pour rentrer à Leeds, inquiète pour Miranda et le bébé. Roddy avait protesté, arguant qu'il voulait lui faire rencontrer d'autres acheteurs, mais Rose n'avait pas cédé.

Installée dans son atelier, elle était entourée des journaux du dimanche qui avaient pour la plupart publié des critiques de l'exposition allant de bonnes à dithyrambiques.

— Merci pour toute ton aide, Roddy.

— Ne me remercie pas, ma chérie. C'est toi, l'artiste. Tu vas pouvoir t'offrir de nouveaux pinceaux : nous avons vendu six de tes toiles pour un montant total de 15 000 livres.

— C'est incroyable !

— Ce n'est rien comparé à ce que tu vas gagner plus tard, mais c'est un début. Autre chose : Steve et Madelaine sont passés à la galerie hier pour voir le dessin de Leah. Doux Jésus, j'ai bien cru que Madelaine allait appeler un taxi et se rendre dans le Yorkshire sur-le-champ.

— Ça alors, lâcha Rose.

— Comme tu dis. Steve sera à Paris la semaine prochaine pour une séance photo, mais Madelaine et lui aimeraient venir rencontrer cette fille en chair et en os à son retour, début septembre. Je me suis dit que je pourrais les accompagner, histoire de voir où vit ma grande artiste. On prendra la Jaguar, on sera là en fin de matinée. Qu'est-ce que tu en dis ?

— Ça me va, Roddy. Mais j'ignore comment les parents de Leah vont réagir.

— Je suggère que tu proposes à Leah et à sa mère de passer après le déjeuner. Madelaine prendra le relais.

— Je ne suis pas certaine d'avoir envie de participer à tout ça. Leah ne va pas tarder à reprendre les cours…

— Écoute, laisse-la se faire son propre avis. Elle peut toujours refuser.

— D'accord, Roddy.

— Ah, je préfère ça. Tu peux dire à Leah que c'est un immense honneur que Steve Levitt et Madelaine Winter soient prêts à se déplacer jusque dans le Yorkshire.

— J'en parlerai avec sa mère demain.

— Parfait. Et il se pourrait que j'aie bientôt d'autres bonnes nouvelles. Une personne intéressée par trois de tes toiles doit passer à la galerie demain. Je te tiens au courant. *Ciao,* ma chérie.

La communication fut coupée. Rose se rendit dans la cuisine, où Miranda était occupée à stériliser les biberons de Chloe, qui gazouillait gaiement dans son couffin.

— Coucou, ma belle ! s'extasia Rose devant sa petite-fille, qui enserra un doigt dans sa minuscule menotte. Quelle force tu as ! On dirait que tu as grandi pendant mon absence, pas vrai, ma puce ?

Rose prit Chloe dans ses bras et la lova contre elle.

— Si tu le dis, lâcha Miranda, l'air morose.

Rose regarda sa fille en soupirant. Depuis la naissance de Chloe, Miranda était devenue une autre personne. Toute vivacité semblait l'avoir quittée, et alors qu'elle portait une attention quasiment obsessionnelle à son apparence auparavant, elle ne prenait désormais plus la peine de se maquiller. Elle avait ramassé ses jolis cheveux blonds en une stricte queue-de-cheval et portait le même jean depuis des semaines.

— C'était Roddy qui m'appelait avec de bonnes nouvelles. Il a vendu six de mes toiles pour une grosse somme. Je crois que ça mérite d'être fêté. Demain, je t'emmène à York pour une virée shopping.

— Et le bébé ? répliqua Miranda en reprenant brusquement Chloe des bras de Rose, avant de s'asseoir.

La fillette crachota tandis que sa mère lui fourrait un biberon dans la bouche.

— Je suis sûre que Doreen sera ravie de la garder. Tu sais qu'elle adore Chloe. Il faut de toute façon que je lui parle à propos de Leah.

— Que se passe-t-il ? demanda Miranda en levant les yeux vers Rose.

Celle-ci devrait faire preuve de beaucoup de tact en abordant le sujet – sa fille était déjà suffisamment déprimée.

— Roddy a un ami photographe qui semble intéressé pour faire des photos d'elle. Il va venir déjeuner à la maison en septembre.

— Comment ce type sait-il à quoi elle ressemble ? interrogea Miranda, le regard inquisiteur.

— Un dessin d'elle était exposé à la galerie, répondit Rose avant de se lever, gênée. À tout à l'heure, ma chérie.

Miranda ferma les yeux et écouta sa fille suçoter son biberon béatement. Elle détestait cette odeur de couches sales, de talc et de régurgitations qui lui collait à la peau. Elle détestait devoir se lever à toute heure de la nuit pour nourrir Chloe. Elle détestait voir son existence gâchée par un être qui dépendait d'elle pour le moindre de ses besoins. À seulement dix-sept ans, elle avait le sentiment que sa vie était terminée avant même d'avoir commencé.

Tout cet épisode lui avait enseigné une leçon : elle détestait les hommes, au point d'être animée par un profond désir de vengeance. Pourquoi la vie du père n'était-elle pas bousillée comme la sienne ? Un an plus tôt, son avenir était tout tracé. Elle allait les contrôler, les utiliser pour obtenir ce qu'elle voulait. Mais voilà qu'elle était devenue une victime.

Elle souleva Chloe contre son épaule pour lui faire faire son rot. Sa naissance l'avait conduite à penser à sa propre mère. Pour la première fois de sa vie, elle se questionnait sur son identité, se demandait pourquoi sa génitrice l'avait abandonnée si petite. Parfois, l'envie prenait à Miranda de reproduire le même schéma avec sa propre fille.

Elle comprenait à présent. Les gens étaient égoïstes, uniquement mus par leurs propres besoins. Nul ne se souciait d'elle, au fond.

Tous ses rêves d'une vie meilleure avaient été anéantis par l'arrivée de Chloe.

Des larmes d'abattement se mirent à couler doucement le long de ses joues.

16

Rose vit la Jaguar verte s'arrêter devant la ferme et une femme en descendre côté passager. Madelaine Winter, ex-top model à la tête de la plus importante agence de mannequins en Europe, était une très belle femme. Rose la savait plus âgée qu'elle, mais devait admettre qu'elle paraissait plus jeune. Ses cheveux noirs épais, qu'elle avait rassemblés en un chignon serré, ne laissaient pas entrevoir le moindre cheveu gris et la silhouette qui avait défilé pour les plus grands couturiers au début des années 1960 demeurait parfaite. Une fois encore, Rose se sentit vieille et mal fagotée et résolut de se prendre en main.

— Ma chérie ! Enfin arrivés ! Bon sang, c'est le bout du monde ici. Comment fais-tu ?

Rose embrassa Roddy, puis elle salua Steve et Madelaine avant de les guider vers le salon.

— Quelle vue superbe ! s'exclama Madelaine en regardant par la fenêtre.

— Tu as raison, abonda Steve.

— J'espère que cette jeune fille en vaut la peine, lança Roddy. On s'est retrouvés coincés dans un embouteillage… Il va nous falloir des plombes pour rentrer.

C'était étrange pour Rose, de voir chez elle ces trois Londoniens élégamment vêtus. Leur présence lui semblait tout à fait incongrue dans son environnement. Leah allait être complètement dépassée. Rose se demanda si elle avait eu raison d'encourager Doreen à accepter cette rencontre.

— J'ai préparé un déjeuner léger, mais je vous propose de boire un verre ici d'abord, suggéra-t-elle à ses invités.

— C'est parfait. J'ai apporté une petite bouteille de champagne pour fêter la vente de ta dixième toile, déclara Roddy en lui présentant un magnum.

— Félicitations, Rose, intervint Madelaine dans un sourire. Tout Londres parle de votre exposition.

Rose alla chercher des coupes, après quoi Roddy lui porta un toast.

— Et à Leah, ajouta Steve.

— En parlant d'elle, sa mère se trouve dans la cuisine. Leah se joindra à nous plus tard. Doreen n'est pas particulièrement emballée par cette histoire, alors je vous conseille de l'aborder avec douceur. Je l'aime beaucoup et je n'aimerais pas que vous leur imposiez – à elle ou à Leah – une quelconque pression.

— Ne vous inquiétez pas, Rose, je ferai attention, promit Madelaine.

À cet instant, Miranda entra dans la pièce. Rose retint son souffle. Sa fille portait une minijupe avec un tee-shirt court et s'était abondamment maquillé le visage. Rose ne put s'empêcher d'éprouver de la gêne.

— Miranda, je te présente Madelaine Winter, Steve Levitt et Roddy Dawes. Et voici ma fille, Miranda.

Cette dernière sourit, s'immobilisa dans l'encadrement de la porte quelques secondes, puis s'avança.

— Si ça ne t'ennuie pas, Rose, je pensais me joindre à vous pour le déjeuner, dit Miranda d'une voix traînante.

— Bien sûr, chérie. Miranda vient de m'offrir une magnifique petite-fille.

Miranda fusilla sa mère du regard.

— Et si nous passions à table ? s'empressa de proposer Rose.

Une fois qu'ils furent dans la salle à manger, Miranda attendit que Steve soit assis avant de s'installer à côté de lui.

— Ah, voilà Doreen. Doreen, j'aimerais te présenter Steve Levitt, le photographe dont je t'ai parlé.

— Ravi de vous rencontrer, madame Thompson. Je suis très impatient de faire la connaissance de Leah.

— Bonjour, madame Thompson. Je m'appelle Madelaine Winter. Je dirige Femmes, une agence de mannequins.

— Enchantée, madame Winter, dit Doreen, visiblement intimidée.

Rose éprouva aussitôt une immense compassion pour elle ; elle savait que si Madelaine voulait Leah, Doreen ne pourrait rien faire pour l'arrêter. Elle serait écartée sans ménagement, réduite au rang de désagrément mineur.

Doreen termina de servir les convives, puis quitta la pièce.

— Au fait, j'ai une surprise pour toi, Steve, annonça Rose.

— Ah oui ? De quoi s'agit-il ?

— J'ai entendu dire que *Vogue* avait embauché un assistant pour t'aider à Milan.

— Oui, confirma Steve en soupirant. Jimmy, mon fidèle et loyal bras droit depuis deux ans, m'a laissé tomber pour se lancer à son compte. Il paraît que Diane m'a trouvé quelqu'un d'autre. C'est seulement pour une semaine. Si ce type ne vaut rien, je pourrai toujours lui chercher un remplaçant à mon retour.

— J'espère que tu n'y seras pas obligé. Il se trouve qu'il s'agit de mon fils, Miles.

— Ton fils ? répéta Steve, stupéfait.

— Je sais. C'est une folle coïncidence. Je ne m'en suis rendu compte que dimanche soir, lorsqu'il m'a annoncé qu'il s'apprêtait à travailler pour toi à Milan.

— Est-ce qu'il est là ?

— Non, il est à Londres. Je suis certaine qu'il ne te décevra pas. C'est un photographe très doué et je l'ai prévenu qu'il devait se tenir à carreau.

— Le monde est petit, s'amusa Steve.

Durant tout le déjeuner, Rose fut consternée de voir Miranda flirter ouvertement avec Steve, rejetant sa chevelure en arrière ou s'inclinant pour offrir à toute la tablée une vue imprenable sur son décolleté.

— Ta fille a conscience qu'elle n'a aucune chance avec Steve ? chuchota Roddy à Rose. Je peux t'assurer qu'il est aussi gay que moi.

Rose eut un petit rire, puis elle proposa de passer au salon pour le café. Rouge de honte, elle regarda Miranda se coller à Steve sur le canapé.

Doreen les rejoignit quelques minutes plus tard avec un plateau chargé de tasses à café, une Leah visiblement terrorisée sur ses talons.

Miranda l'observa. Elle ne comprenait pas l'engouement de Steve – Leah n'était qu'une gamine maigrichonne dépourvue du moindre sex-appeal. Elle ne lui arrivait pas à la cheville.

— Chérie, je crois qu'il faudrait aller nourrir Chloe, lui suggéra Rose.

— Elle dort, riposta Miranda en jetant à sa mère un regard noir.

— Tu veux bien aller vérifier ?

Miranda s'exécuta à contrecœur.

— À tout à l'heure, Steve, lança-t-elle en lui adressant un large sourire.

Steve examinait Leah, dans l'encadrement de la porte. Elle portait un vieux jean et un tee-shirt qui tombait sur elle avec une élégance innée. Ses cheveux longs et épais, d'une teinte châtain naturellement patinée, étaient magnifiques. Avec ses pommettes hautes et ses immenses yeux bruns, son visage semblait fait pour être pris en photo. Pour couronner le tout, elle mesurait un bon mètre quatre-vingts et était fine comme une allumette. Il se tourna vers Madelaine, qui jaugeait elle aussi la jeune fille. Lorsqu'elle lui adressa un léger signe de tête, il sut qu'il avait fait une trouvaille très spéciale.

— Leah, je te présente Steve Levitt et Madelaine Winter. (La jeune fille leur serra la main d'un geste timide.) Assieds-toi. Vous aussi, Doreen. Madelaine souhaite vous parler à toutes les deux.

Madelaine adressa un sourire bienveillant à la jeune fille, puis lui demanda :

— Leah, que sais-tu du métier de mannequin ?

— Pas grand-chose, admit-elle.

— J'imagine que tu en as déjà vu sur des couvertures de magazines ?

— Oui.

— Eh bien, Steve, qui prend ces photos, et moi pensons que tu pourrais toi aussi figurer sur des couvertures de magazines.

— Moi ? répliqua Leah, bouche bée.

— Oui, toi, confirma Steve. C'est la raison pour laquelle nous sommes venus jusqu'ici. Madelaine dirige une grande agence de mannequins, à Londres.

— De quoi s'agit-il ?

— Eh bien, je m'occupe d'un certain nombre de filles. Je leur trouve des contrats, je leur négocie un salaire, et je m'assure qu'elles le reçoivent, expliqua Madelaine. Et j'aimerais beaucoup prendre en charge ta carrière, Leah.

Doreen Thompson, assise à côté de sa fille, demeurait silencieuse. Leah se tourna vers elle, espérant qu'elle allait lui venir en aide, mais Doreen était aussi abasourdie qu'elle.

— Je suis sur le point de commencer mes A-Levels, parvint à dire Leah, et sa mère approuva d'un signe de tête.

— Il n'y a pas de raison que tu ne puisses pas continuer à étudier à Londres, la rassura Madelaine.

— Alors il faudrait que je m'installe là-bas ? s'enquit Leah, dont le regard exprimait l'appréhension.

— Oui. Mais tu pourrais rendre visite à tes parents autant que tu le souhaites. Et je suis certaine que tu t'amuserais beaucoup avec les autres.

Leah se mit en quête désespérée d'une autre excuse.

— Mais je… Je n'ai que dix-sept ans.

— C'est l'âge idéal, ma belle. Je préfère quand les filles commencent tôt, pour pouvoir les former et éviter qu'elles aient pris de mauvaises habitudes dans d'autres agences.

— Je vois. Qu'est-ce que tu en penses, Maman ?

— Je ne sais pas trop, Leah. Je ne connais rien à ce milieu. Et je n'aime pas beaucoup l'idée que tu ailles vivre seule à Londres.

— Vous pourriez vous installer avec elle au début, proposa Madelaine.

— C'est impossible. Harry, mon mari, est invalide. Il souffre de polyarthrite, il a besoin de moi à ses côtés.

— Oh, je suis désolée.

Rose vit une lueur d'intérêt traverser le regard de Madelaine.

— Je peux sans difficulté trouver un logement à Leah – elle partagerait sûrement un appartement avec un autre mannequin. Et puis, un élément important à prendre en compte est le fait que Leah gagnera beaucoup d'argent si elle réussit. Leah, j'imagine que tu serais heureuse de pouvoir contribuer à la prise en charge des soins de ton père ?

Rose fut horrifiée du chantage émotionnel éhonté auquel cette femme se livrait. Elle vit Leah vaciller.

— Bien sûr, mais…

Rose intervint :

— Je crois que le mieux serait de faire venir Doreen et Leah à Londres quelques jours, histoire de s'assurer que Leah s'y plairait. Je suis sûre que Madelaine serait prête à engager quelqu'un pour s'occuper de Harry pendant votre absence.

— Bien sûr, approuva Steve. Nous pourrions organiser une séance photo et voir ce que ça donne. Leah et Doreen pourraient aussi passer à l'agence, Madelaine.

— Excellente idée. Ainsi je vous expliquerai les rouages du milieu de la mode.

Madelaine affichait un sourire éclatant. Elle savait qu'une fois Leah et Doreen à Londres, la signature d'un contrat ne serait plus qu'une formalité.

— Parfait ! lança Roddy en faisant claquer ses mains sur ses genoux. Bien, je crois qu'il faut que nous songions à lever le camp ou nous allons nous coltiner les bouchons et j'ai un dîner à 20 heures.

Steve et Madeleine se levèrent.

— Je serai à Milan la semaine prochaine, mais Madelaine vous appellera afin de fixer un rendez-vous pour celle d'après. Au revoir, Leah. Je me réjouis de te revoir bientôt, conclut Steve en serrant la main de la jeune fille.

— Au revoir, ma belle, enchaîna Madelaine. À très bientôt.

Tous quittèrent la pièce, à l'exception de Leah et Doreen.

— Qu'est-ce que tu en penses, Maman ?

— J'en pense qu'une bonne tasse de thé nous ferait du bien. Viens, ma chérie, dit Doreen en passant un bras autour des épaules de sa fille.

— Rose, promets-moi que tu vas tout faire pour convaincre la mère de Leah, supplia Madelaine. Cette fille est sensationnelle. Il me la faut.

— Si tu veux mon avis, c'est plutôt Leah qu'il faut convaincre. Elle ne m'a pas paru très enthousiaste à l'idée de devoir quitter le nid familial.

— Des milliers de jeunes filles rêvent de devenir mannequin, et on a choisi la seule qui n'a pas la moindre idée de son potentiel, se lamenta Steve.

— Cela participe à son charme, estima Madelaine. Merci pour le déjeuner, Rose. À bientôt.

Madelaine disparut dans la voiture pendant que Roddy embrassait Rose.

— Je t'appelle dès qu'il y a du nouveau pour tes toiles. Allez, retourne te mettre au travail. Il va me falloir beaucoup d'autres Rose Delancey à mettre en vente l'année prochaine.

Rose leur adressa un au revoir de la main tandis que la voiture disparaissait au bas de la colline, puis elle rejoignit Doreen et Leah dans la cuisine.

— Que pensez-vous de cette histoire de mannequinat, Rose ? s'enquit Doreen.

— Eh bien, Leah peut être flattée qu'un grand photographe et la directrice d'une prestigieuse agence aient fait le voyage jusqu'ici pour la rencontrer.

— J'ai du mal à croire qu'ils me trouvent suffisamment jolie pour devenir mannequin, fit remarquer Leah en rougissant.

— Tu peux leur faire confiance, ce sont des professionnels. Ils ne perdraient pas leur temps s'ils ne pensaient pas que tu possédais les qualités nécessaires.

— Je ne sais pas…, souffla Doreen, en proie au doute.

— Écoutez, Doreen. À mon avis, vous devriez vous rendre à Londres avec Leah et prendre une décision après. Ce que je peux vous dire, c'est que Madelaine est la meilleure dans le milieu et qu'elle s'occupe vraiment bien des filles dont elle a la charge. Et puis, Leah pourrait gagner beaucoup d'argent si elle a du succès.

— Je n'ai pas très envie de me retrouver seule à Londres, mais si je gagne bien ma vie, Papa et toi…

— Il est hors de question que ce soit l'aspect financier qui motive ta décision. En dehors du fait que cet argent serait pour toi, ton père et moi avons réussi à nous débrouiller jusqu'à présent, et il n'y a aucune raison que ça change.

Miranda entra alors dans la pièce, Chloe dans les bras.

— Coucou, toi ! s'exclama Doreen en prenant la fillette.

— Alors, comment va la future top model ? lança Miranda.

— Elle a faim, comme ton bébé, répliqua vivement Doreen. Tu n'as qu'à rentrer à la maison, ma chérie, dit-elle à Leah. Tu pourras raconter à ton père le rendez-vous avec Mme Winter et commencer à préparer le repas. Il faut que je finisse de ranger ici.

— OK. Au revoir, Rose. Salut, Miranda.

Une fois dehors, Leah inspira à fond l'air frais de ce début d'automne. Elle adorait le mois de septembre, quand les landes prenaient une douce teinte dorée et qu'elle voyait, le matin au réveil, la brume s'accrocher aux collines environnantes.

Comment quitter tout ça ? Et ses parents ? Ils se retrouveraient seuls si elle partait vivre à Londres. D'un autre côté, si Madelaine Winter disait vrai et qu'il y avait beaucoup d'argent à la clé, cela lui permettrait d'aider ses parents. Ils avaient surmonté tellement d'épreuves…

En comprenant qu'elle pourrait perdre tout ce qu'elle prenait pour acquis depuis dix-sept ans, elle éprouva soudain une gratitude immense pour la vie qu'elle menait aujourd'hui.

Leah dépassa l'endroit où Brett et elle avaient passé tant de merveilleux moments. Elle s'arrêta et s'assit. Une année entière s'était écoulée, pourtant elle continuait de rêver de lui chaque nuit, hantée par un garçon qu'elle avait profondément envie de détester mais qu'elle ne pouvait s'empêcher d'aimer. Partir l'aiderait peut-être à oublier.

Arrivée chez elle, Leah se rendit tout droit dans la chambre de son père. Il s'était endormi en lisant, si bien que ses lunettes avaient glissé sur le bout de son nez. En l'observant, Leah ressentit une bouffée d'affection.

M. Thompson s'agita, ouvrit les yeux, et sourit en découvrant sa fille dans l'embrasure de la porte.

— Salut, ma puce. Comment ça s'est passé avec les Londoniens ?

Leah alla s'asseoir près de son père.

— Ils me proposent de devenir mannequin et d'aller m'installer à Londres.

— Ça alors ! Et qu'est-ce que tu en penses ?

— Je n'en sais rien, Papa. D'après Mme Delancey, il s'agit d'une opportunité unique. Mais il faudrait que je quitte la maison. Vous me manqueriez terriblement, Maman et toi.

M. Thompson sourit en voyant la mine inquiète de sa fille. Il s'était fait beaucoup de souci pour elle au cours de l'année passée. Leah avait très mal vécu son premier chagrin d'amour, pourtant il était convaincu qu'elle finirait par s'en remettre. Cette histoire de mannequinat semblait tomber à pic pour lui redonner confiance en elle. La voir partir lui briserait le cœur, mais elle méritait d'aller explorer le monde et de trouver son chemin.

— Je sais qu'on te manquera, mais on t'offre un boulot sur un plateau – et pas n'importe lequel !

— Je serais obligée d'arrêter l'école alors que j'ai travaillé si dur pour obtenir de bons résultats à mes examens. J'ai envie de poursuivre mes études, d'aller à l'université.

— Il n'y a que toi qui puisses prendre cette décision, Leah. Mais des occasions comme celle-là ne se présentent pas tous les quatre matins. Je te soutiendrai quel que soit ton choix. Tu es une fille bien, et même si je n'ai aucune envie de te voir partir, je pense que tu peux faire mieux que d'être secrétaire dans un bureau avec une flopée de gamins. Tu es une très jolie fille, Leah – ce que tu tiens de ton père, évidemment, ajouta M. Thompson avec un large sourire. Allez, viens me faire un câlin.

Leah enlaça son père et songea à quel point il serait merveilleux de pouvoir le couvrir de cadeaux en échange de la gentillesse qu'il lui avait toujours témoignée. Elle le serra fort contre lui.

— Je t'aime, Papa.

M. Thompson sentit une boule se former dans sa gorge.

— Allez, ma puce. Va mettre le repas en route. Ton père a une faim de loup, et tu n'es pas encore une star, tu sais.

Il regarda sa fille sortir de la pièce, puis il attrapa un mouchoir dans la poche de son gilet pour essuyer ses yeux humides. Leah était sa raison de vivre. Et il comprit qu'il était sur le point de la perdre.

17

— Elles sont tout simplement sublimes, déclara Madelaine, la voix pleine d'excitation, en étalant les photos sur son bureau pour que Leah puisse les voir.

— C'est vraiment moi, madame Winter ? demanda Leah, médusée, en découvrant les clichés.

— Tu peux m'appeler Madelaine. Et oui, c'est bien toi, Leah. C'est incroyable ce que peuvent accomplir un bon maquilleur et un photographe talentueux, n'est-ce pas ?

— Je parais tellement plus âgée.

— Eh bien, je dirais plus sophistiquée, oui. Les vêtements que tu portes y contribuent.

Doreen Thompson effleura les photos du bout des doigts.

— Je dois admettre que M. Levitt a fait du très bon boulot. J'ai du mal à croire qu'il s'agit de notre Leah.

Madelaine poussa un soupir de soulagement. Ayant dépensé une somme d'argent conséquente pour loger mère et fille à l'hôtel ces trois dernières nuits, consacré plusieurs heures à garantir à Mme Thompson qu'elle s'occuperait personnellement de Leah une fois celle-ci installée à Londres, et même embauché une infirmière pour prendre soin du mari invalide, elle fut enchantée de voir la fierté maternelle se peindre sur le visage de Doreen Thompson. Il ne lui restait plus qu'à convaincre Leah.

— Est-ce que la séance photo t'a plu, Leah ? Steve m'a dit que vous aviez passé un bon moment.

— Oui. Il est très sympathique.

— Est-ce que tu te sentirais prête à faire ce genre de chose à plein temps ?

Leah leva les yeux vers Madelaine. La culpabilité de l'argent qui avait été dépensé pour les loger dans un hôtel somptueux ajoutée à la perspective de pouvoir aider ses parents avec les revenus que Madelaine avait évoqués rendaient un refus difficile.

Tout se déroulait exactement comme Madelaine l'avait prévu.

— Et mes A-Levels ? s'inquiéta Leah en se tournant vers sa mère.

— Eh bien, comme Mme Winter l'a suggéré, tu peux tenter le mannequinat pendant un an. Si ça ne te plaît pas, tu pourras toujours les passer l'année d'après. C'est une merveilleuse opportunité, Leah, l'encouragea Doreen.

— Oui, je suppose que je peux toujours essayer pour voir, acquiesça Leah d'une voix blanche.

— Il faudra tout de même que je te signe dans l'agence pour un an – il s'agit d'un contrat standard. (Madelaine posa devant elle un document.) Tiens, tu n'as qu'à le signer. Ensuite nous irons déjeuner pour fêter ça.

Leah contempla les cinq pages dactylographiées en petits caractères.

— Allez, ma chérie, je suis sûre que Mme Winter comprendra si ça ne te plaît pas et que tu décides de rentrer à la maison.

— Absolument, Doreen.

Leah, hésitante, prit le lourd stylo doré que Madelaine lui tendait.

— Il vaut peut-être mieux que je le lise d'abord ?

Madeleine haussa les épaules nonchalamment.

— Ce n'est que du blabla juridique. En gros, le contrat stipule que l'agence agira comme ton unique représentant et touchera une commission chaque fois que tu signes un contrat.

Leah pivota vers sa mère, qui hocha la tête, puis elle prit une grande inspiration et griffonna sa signature.

— Magnifique ! lança Madelaine. Maintenant, allons prendre un peu de bon temps avant de nous mettre au travail.

Madelaine emmena Leah et Doreen déjeuner dans un restaurant chic situé à Berkeley Square, non loin de l'agence. Elle commanda du champagne et, pendant qu'on leur apportait une douzaine de plats aux portions minuscules, elle répertoria ce qui attendait Leah.

— Cet après-midi, je t'emmène rencontrer Jenny, un de mes mannequins très prometteurs. Elle a une chambre libre dans son appartement. Elle a deux ans de plus que toi. C'est une fille adorable, qui a la tête sur les épaules. Elle pourra s'occuper de toi, te faire visiter la ville. Je suis sûre qu'elle va vous plaire. Demain, j'aimerais que tu sois à l'agence à 9 heures. Je vais te prendre rendez-vous chez Vidal pour tes cheveux, ensuite je t'enverrai chez Barbara qui te montrera comment te maquiller. Et je te ferai peut-être voir

Janet, une amie qui travaille sur l'élocution – histoire d'atténuer un peu cet accent du Yorkshire.

Leah écouta Madelaine planifier sa vie et vit sa mère acquiescer à toutes ses paroles.

— N'est-ce pas excitant, tout ça, Leah ? Remercie Madelaine pour tout ce qu'elle fait pour toi.

— Merci, dit Leah.

— Je vais essayer de te faire engager pour les défilés de prêt-à-porter à Milan le mois prochain. C'est là que la plupart des filles débutent. Tant que tu n'auras pas percé en Europe, la rédactrice mode de *Vogue* ne t'accordera pas un regard.

Madelaine continua de bavarder dans le taxi qui les emmenait chez Jenny, dans Chelsea. Il les déposa devant une grande maison blanche.

— C'est un quartier très sûr, Doreen. Vous n'avez aucune inquiétude à avoir de ce côté-là.

Madelaine appuya sur la sonnette et une jeune femme vêtue d'un vieux jogging vint leur ouvrir.

— Madelaine, ma belle ! s'exclama la fille en lui faisant la bise. Et tu dois être Leah. Je m'appelle Jenny. Entrez.

Les trois femmes montèrent deux volées de marches à la suite de Jenny – la plus jolie fille que Leah avait jamais vue ; de la même taille que Leah, elle était dotée de longs cheveux blonds et d'immenses yeux bleus.

Jenny leur fit visiter l'appartement, petit mais élégamment décoré. La chambre qu'occuperait Leah n'était pas plus grande qu'un placard à balais, mais elle lui plaisait avec son papier peint rayé rouge et blanc et ses rideaux assortis.

Les « ooh » et les « aah » que laissa échapper Mme Thompson en découvrant la mini-cuisine pourvue de tout l'équipement moderne disponible sur le marché firent regretter à Leah leur cuisine familiale, sommaire mais chaleureuse.

Jenny proposa du café, et Madelaine et Doreen allèrent s'installer dans le salon.

— Tu n'as qu'à rester pour m'aider, dit Jenny à Leah en lui souriant. Tu as l'air morte de trouille.

— Oui, un peu, admit Leah en se détendant.

— Rassure-toi, j'étais comme toi quand Madelaine m'a repérée dans une rue de Bristol. Je n'avais jamais mis les pieds à Londres. Madelaine s'occupera de toi, et je serai là pour te montrer les ficelles du métier. Contente-toi de baisser la tête et de faire ce que Sa Majesté te demande.

— Sa Majesté ?

— Oui, c'est comme ça qu'on surnomme Madelaine dans son dos, murmura Jenny.

Leah gloussa. En regagnant le salon, elle se sentait déjà mieux.

Cependant, un peu plus tard ce soir-là sur un quai de la gare de King's Cross, elle pleura toutes les larmes de son corps.

— Allons, Leah. On croirait que tu ne vas plus jamais nous revoir, ton père et moi. Madelaine a dit que tu pouvais venir nous rendre visite le week-end prochain si tu le souhaitais.

— Oh, Maman…, gémit Leah en s'agrippant au manteau de sa mère.

— Leah, tu te comportes comme une enfant de dix ans. Ressaisis-toi et pense au nombre de filles qui donneraient tout pour être à ta place, la sermonna Doreen.

Leah se moucha, puis accompagna sa mère jusqu'à sa voiture.

— Ne t'embête pas à attendre le départ du train, assura Doreen. Retourne prendre ton taxi, ça va coûter une fortune à Madelaine. (Doreen embrassa sa fille, puis ouvrit la porte de la voiture.) Au revoir, chérie. Sois raisonnable et suis bien les instructions de Madelaine. Je t'écris dès que possible.

— Embrasse Papa pour moi, d'accord ?

— Bien sûr. Rends-nous fiers, ma puce.

En dépit de ses efforts pour les contenir, des larmes étaient en train de poindre dans les yeux de Doreen. Elle adressa un geste rapide de la main à sa fille, puis disparut dans son wagon.

Abattue, Leah sortit de la gare et grimpa dans le taxi qui l'attendait.

— Où va-t-on, mademoiselle ?

Elle donna l'adresse de Jenny au chauffeur, qui démarra, emmenant Leah vers sa nouvelle vie.

18

— Merci de me recevoir dans un délai aussi court, monsieur Cooper. Je tenais absolument à vous voir pendant que vous vous trouviez à Washington.

— De quoi souhaitez-vous me parler, au juste ? s'enquit David en observant l'homme costaud à l'accent si particulier.

David éprouvait un léger agacement. Une réunion importante l'attendait et il n'avait pas de temps à consacrer à une quelconque organisation caritative, dont le but était à coup sûr de lui soutirer de l'argent. C'était Pat qui se chargeait habituellement de ce genre de choses, aussi se demanda-t-il comment ce type était parvenu à passer entre les mailles du filet.

— Tout d'abord, je dois vous présenter des excuses, monsieur Cooper. Je me trouve ici sous un prétexte fallacieux. Je ne travaille pas pour l'organisation que vous croyez.

Bon sang, c'est la meilleure, songea David.

— D'accord, dit-il. Alors pour qui travaillez-vous ?

— Vous voulez bien vous asseoir, monsieur Cooper ?

Je vais vous expliquer.

— Ne perdons pas davantage de temps, répliqua David, exaspéré. Que puis-je pour vous ?

L'homme se mit à parler d'une voix douce. Bientôt, toute irritation chez David s'évanouit.

Lorsqu'il eut terminé, David demeura muet, le regard dans le vide. Toute couleur avait quitté son visage.

— Comment m'avez-vous trouvé ? finit-il par demander.

— Une personne de notre organisation a reconnu votre visage dans un article de presse. Il vous a côtoyé il y a de nombreuses années.

— Bravo. Et qu'attendez-vous de moi, à présent ?

— Nous savons que vous vous apprêtez à faire affaire avec cet homme, répondit-il en tendant à David un dossier. C'est avec lui que vous traitez, n'est-ce pas ?

David confirma d'un mouvement de la tête.

— En effet. Où est le problème ?

— L'avez-vous rencontré ?

— Non, répondit David après quelques secondes de réflexion. Nous avons beaucoup échangé par écrit et nous nous sommes parlé brièvement au téléphone. Nous déjeunons ensemble dans deux semaines.

— Dans ce cas, je vous invite à lire ce dossier. Il va de soi que celui-ci est hautement confidentiel. Si le moindre élément venait à fuiter, ce sont trente années de travail de renseignement qui partiraient en fumée. Je vous le confie. (L'homme se leva.) J'aimerais que vous le lisiez dans sa totalité. Son contenu risque de vous troubler. Vous partagez… un lien que vous ignorez. Une fois votre lecture terminée, appelez-moi à ce numéro.

Sur quoi il tendit une main, que David serra.

— Au revoir, monsieur Cooper.

L'homme parti, David s'avança jusqu'au bar, se servit une généreuse dose de whisky avec des glaçons, puis s'installa dans le confortable fauteuil de l'hôtel pour s'attaquer à la lecture du dossier.

Une heure plus tard, il en était à son cinquième whisky et des larmes coulaient sur ses joues.

— Bon Dieu…, souffla-t-il.

Il se rendit dans la salle de bains et s'aspergea le visage d'eau froide.

Tant d'années écoulées. Tant de souffrances endurées. Il s'était astreint à tenir le passé à distance pendant tout ce temps, et voilà que…

David regagna le salon et se versa un nouveau whisky.

Il allait devoir prendre la décision la plus importante de sa vie.

Il se remémora alors la promesse qu'il avait formulée des années plus tôt. Ses mains tremblaient encore sous l'effet du choc. Son esprit lui imposait de se replonger dans le passé, d'ouvrir des portes sur les recoins les plus sombres de sa mémoire, l'entraînant dans des lieux où il ne s'était pas aventuré depuis une éternité…

19

Varsovie, 1938

— Maman, est-ce que je peux me rendre chez Joshua ? Il a reçu un nouveau train électrique et m'a demandé de l'aider à le construire.

Adele adressa un sourire plein de tendresse au garçonnet. Nul ne pouvait lui résister, elle comprise. Il était doué d'une grande intelligence et possédait le genre de visage angélique qui rendait impossible de nourrir à son endroit la moindre pensée négative ou malveillante.

— Bien entendu, à condition que tu aies terminé la lecture que M. Rosenberg t'a donnée.

— Oh oui, Maman. Je l'ai finie il y a plusieurs heures. L'anglais est une langue si étrange. Elle comporte des mots qui recouvrent plusieurs significations. Cela me perturbe parfois.

Il s'exprimait avec tant de sérieux et un vocabulaire si riche pour un enfant de dix ans ! Ses professeurs lui prédisaient un bel avenir.

— Alors, c'est d'accord. Tu peux demander à Samuel de t'y conduire en voiture. Et j'aimerais t'entendre pratiquer ton violon à ton retour.

— Bien sûr, Maman.

— Viens m'embrasser, David, dit-elle en lui faisant signe d'approcher.

Il s'avança et déposa un baiser sur son front.

— Au revoir, Maman, dit-il avant de sortir du salon, un sourire aux lèvres.

Adele poussa un soupir de contentement. Une nouvelle fois, elle mesura sa chance. Et son bonheur d'avoir pris le risque fou, plus d'une décennie plus tôt, de fuir Paris pour épouser le jeune artiste polonais dont elle venait de tomber éperdument amoureuse.

Durant l'été 1927, Adele voyageait en Europe en compagnie de sa tante célibataire, Beatrice. Paris constituait leur dernière étape, l'apogée avant leur retour en Angleterre où Adele devait épouser un homme que son père avait jugé convenable. Le couple partirait ensuite pour l'Inde. Au cours de leur séjour parisien, Beatrice avait souffert d'une sévère intoxication alimentaire, qui avait laissé Adele libre d'explorer la ville par elle-même. Alors qu'elle flânait par un après-midi ensoleillé, elle avait choisi d'aller se perdre dans Montmartre. Attirée par les bavardages animés d'artistes attablés à une terrasse de café, Adele s'était installée à une table voisine et avait commandé un citron pressé. Quelques minutes plus tard, l'un d'eux l'avait sollicitée pour résoudre un différend : selon elle, qui de Cézanne ou de Picasso était le plus grand artiste contemporain ? Adele avait rapidement rejoint leur table, où on lui avait présenté Jacob Delanski.

Elle était immédiatement tombée sous le charme de ce jeune homme polonais de grande taille, émerveillée par sa chevelure blonde, ses yeux bleus perçants et son rire contagieux.

Le vin avait coulé librement cet après-midi-là et, après plusieurs heures, Jacob avait pris son courage à deux mains et demandé à Adele s'il pouvait la peindre. Celle-ci avait accepté avec joie et, durant la semaine qui avait suivi, Adele avait pris l'habitude de quitter le confort de sa suite au Ritz pour retrouver Jacob dans sa chambre exiguë de la rue de Seine.

Jacob, avec son charisme et son exubérance, qu'il tirait de sa jeunesse, de son talent, et du fait de vivre dans l'une des villes les plus exaltantes au monde, avait envoûté Adele. Chez elle, en Angleterre, elle était soumise à une éducation victorienne stricte, et son père ne l'autorisait à fréquenter que les jeunes officiers d'armée rigides qu'il estimait dignes de l'accompagner dans les bals.

Et la voilà qui était dans un studio de Saint-Germain-des-Prés en train de boire du vin au beau milieu de l'après-midi, écoutant Jacob lui répéter qu'il l'aimait et qu'il voulait l'épouser.

Adele avait protesté – ils ne pouvaient pas se marier –, mais Jacob n'avait rien voulu savoir ; d'après lui, le destin s'en était mêlé. Lorsqu'ils avaient fait l'amour, Adele avait compris que Jacob disait vrai – jamais rien ne devrait les séparer. Elle savait que son père n'hésiterait pas à venir jusqu'à Paris la chercher, alors tous deux étaient convenus de partir pour Varsovie, la ville natale de Jacob. Adele avait quitté le Ritz à l'aube, munie d'une modeste valise, mue par la passion foudroyante qu'elle éprouvait pour son bel et talentueux amant.

À leur arrivée à Varsovie, Jacob et Adele avaient trouvé refuge chez l'un des plus anciens amis de Jacob au sein du quartier artisanal de Wola. Ils s'étaient fixé comme premier objectif de se marier, projet qui présentait une difficulté majeure : Jacob était juif, et Adele chrétienne. Aucun rabbin ni aucun pasteur n'accepta de présider la cérémonie. L'un d'eux allait devoir se convertir à la religion de l'autre, et Adele décida que ce serait elle.

Elle suivit des cours, pendant que Jacob se démenait pour vendre ses toiles. Les commandes tardant à arriver, Jacob alla trouver son père, qui lui proposa un poste au sein de la banque familiale à condition que Jacob renonce à ses ambitions artistiques. Jacob refusa, et trouva un emploi dans une bibliothèque qui leur permit de louer une chambre et d'organiser une petite fête après leur mariage, auquel ses parents n'assistèrent pas.

La vie se révéla éprouvante au début, mais ils puisaient du réconfort dans l'amour qu'ils se portaient. Jacob parvenait toujours à tirer un sourire à Adele lorsqu'elle avait le cafard. La soif de vie de Jacob était contagieuse, et Adele apprit à ses côtés qu'il n'existait pas de difficulté qui ne pût être surmontée avec de l'optimisme et de la ténacité. Un an après leur mariage, Adele donna naissance à un petit garçon, qu'ils prénommèrent David. L'unique pièce dans laquelle ils vivaient fut bientôt envahie par des effluves de couches souillées et de peinture, Jacob n'ayant rien perdu de sa détermination à réussir et à prouver à ses parents qu'il n'avait pas besoin de leur aide.

Peu de temps après l'arrivée de David, une connaissance fortunée d'un de ses amis lui commanda un portrait, ce qui leur permit de louer un appartement plus spacieux. Trois mois plus tard, à la faveur d'une nouvelle commande, Jacob put quitter son poste à la bibliothèque.

Lorsque Adele donna naissance à Rosa, en 1931, ils avaient délaissé la densité du centre-ville pour s'installer à Saska Kepa, un quartier résidentiel relié au cœur de Varsovie par le nouveau pont Poniatowski. Jacob était en train de se bâtir une excellente réputation de portraitiste, sa beauté et son charme lui valant des commandes importantes de clientes soucieuses de se voir flattées, à la fois sur la toile et en dehors.

La renommée et la prospérité de Jacob grandissant, ses parents s'adoucirent peu à peu à l'égard du choix de carrière de leur fils et de son épouse chrétienne. Ils firent le choix de s'éloigner à leur tour du tumulte de la ville et rejoignirent Jacob et Adele à Saska Kepa ; la communication était rétablie. Voyant l'abnégation avec laquelle Adele élevait ses enfants dans la tradition juive – et ayant appris qu'elle appartenait à la noblesse anglaise –, ils acceptèrent enfin cette union et se dévouèrent à leurs petits-enfants.

Si Adele avait compris l'impossibilité pour Jacob de renoncer à sa religion pour elle – cela aurait équivalu à lui demander de modifier l'essence même de son être –, elle était résolue à transmettre à ses enfants une part de sa propre culture. Ainsi leur avait-elle parlé anglais dès leur naissance – c'était le français qui constituait la langue commune de leur famille, Adele peinant à apprivoiser le polonais. À respectivement dix et sept ans, David et Rosa étaient capables de converser aisément dans les trois langues.

Après les avoir bordés dans leurs lits le soir, Adele s'installait près d'eux et leur narrait des fragments de sa vie londonienne. La gigantesque maison qui donnait sur Hyde Park où elle avait vécu enfant, Big Ben, le palais de Westminster, la Tamise qui sillonnait la capitale du monde. Elle promettait alors à ses enfants aux paupières lourdes de sommeil de les y emmener un jour.

Adele songeait souvent à ses parents. Comment avaient-ils réagi à sa disparition ? Elle s'était sentie terriblement coupable de laisser à sa tante la lourde tâche de leur annoncer la nouvelle, cependant elle n'avait pas eu d'autre choix. Ils la pensaient sans doute morte.

Adele fut tirée de sa rêverie par un coup frappé à la porte du salon.

— Entrez !

Christabel, la nourrice au visage rond, tenait Rosa par la main.

— Bonjour, ma chérie, dit Adele.

La fillette, réplique de sa mère avec son épaisse chevelure blonde, tendit les bras vers sa mère, qui la serra contre elle.

— Donne à ta Maman ce que tu veux lui montrer, l'encouragea Christabel d'une voix douce.

Les prunelles émeraude de Rosa s'agrandirent tandis qu'elle sortait une feuille de papier de sa poche.

— Tiens, annonça-t-elle fièrement.

Il s'agissait d'un petit dessin à l'aquarelle représentant un bouquet de fleurs. Lorsqu'elle comprit qu'elle avait sous les yeux l'œuvre de sa fille de sept ans, Adele en eut le souffle coupé ; la maîtrise de la couleur et des formes, la minutie des détails laissaient deviner une maturité nettement supérieure à l'âge de Rosa. Adele prit le temps de l'étudier de plus près. C'était remarquable. Manquait-elle d'objectivité ? Non, elle ne le pensait pas.

Rosa patientait, les bras sagement croisés sur son tablier blanc immaculé.

— C'est magnifique, ma chérie ! L'as-tu vraiment peint toute seule ?

— Oh oui, Maman, confirma Rosa.

— Je peux l'attester, madame. Je l'ai vue faire de mes yeux. Elle a un cahier rempli de dessins, là-haut.

— Eh bien, je suis d'avis que nous devrions le montrer à Papa, Rosa. Qu'en dis-tu ?

— Oui. Et à David aussi ? ajouta Rosa, les yeux brillants d'excitation.

— Bien sûr.

Adele, elle-même enfant unique, était profondément émue de voir le lien qui unissait ses enfants.

Jacob fut émerveillé en découvrant l'œuvre de sa fille. Il comprit instantanément qu'elle était douée d'un talent qui rendait le sien insignifiant en comparaison, aussi ne perdit-il pas une seconde pour le cultiver. À compter de ce jour, Rosa se joignit chaque matin à son père pendant deux heures dans l'atelier qu'il avait aménagé à l'arrière de la maison. Il l'observa avec fierté et stupeur s'approprier les concepts qu'il lui transmettait avec une facilité déconcertante pour son jeune âge.

Hors de l'atelier, le jeune David montrait quant à lui des aptitudes évidentes pour le violon. Le jour de son dixième anniversaire, en 1938, Jacob et Adele lui avaient offert le Ludwig, un stradivarius rare de très grande valeur. Chaque soir, Jacob, Adele et Rosa s'installaient dans le salon pour écouter le jeune garçon produire de douces mélodies avec son bel instrument.

— Ne t'avais-je pas dit que notre bonheur résidait dans le fait d'être ensemble ? murmurait Jacob à son épouse tandis qu'ils se mettaient au lit.

— Oui, mon amour, répondait-elle en l'embrassant. La vie est merveilleuse.

Ils s'endormaient lovés l'un contre l'autre, pleins d'innocence, ignorant tout des horreurs qui les attendaient.

Le 1er septembre 1939, l'Allemagne envahit la Pologne. Grâce à une puissance aérienne supérieure, plus d'un million d'hommes mirent en déroute l'armée polonaise. Deux semaines plus tard, l'Union soviétique envoya ses troupes à l'est du pays. Les forces polonaises ne tardèrent pas à capituler et le pays fut partagé entre l'Allemagne et l'Union soviétique.

La bataille de Varsovie fit rage. Nuit après nuit, Jacob, Adele, David et Rosa se réfugiaient dans leur cave. La peur envahissait Jacob, qui avait eu vent des atrocités commises à l'encontre des Juifs à Berlin et vu une vague nouvelle d'antisémitisme déferler sur son pays. Une politique d'« évacuation » des Juifs avait contraint nombre d'habitants de villes et de villages polonais à affluer vers Varsovie afin d'échapper aux pogroms. Des milliers de personnes avaient déjà péri, pourtant Jacob savait, en écoutant les explosions qui secouaient la ville quotidiennement, que ce n'était que le début.

Le 28 septembre, Varsovie capitula. Pour la première fois depuis une semaine, Jacob se risqua à sortir de leur appartement et découvrit avec horreur la ville, autrefois si belle, dévastée. Le palais royal avait été endommagé et la gare centrale, récemment reconstruite, était méconnaissable.

Jacob se pressa dans les rues désertes en direction de chez ses parents. Son cœur fit une embardée en s'apercevant que la maison voisine, éventrée, était en train de se consumer.

— Qu'allons-nous devenir à présent que les nazis sont là ? Tu aurais dû faire partir Adele et les enfants pendant qu'il était encore temps.

Jacob posa les yeux sur le visage pâle de sa mère.

— Je sais, Maman, mais Adele a refusé.

— Eh bien, elle a laissé filer sa chance. À présent, elle va devoir rester ici et périr avec nous tous.

— Ne dis pas ça, Maman ! Il y a trois millions de Juifs en Pologne. Nous allons nous relever et résister.

Surcie Delanski admira l'audace de son fils – sa jeunesse, sa force –, mais au plus profond de son âme, elle savait que la bataille était déjà perdue.

Après la capitulation des forces polonaises, le gouvernement s'exila à Paris. Un nouveau gouvernement fut formé et Hans Frank fut nommé gouverneur général. Ce dernier, sur instruction allemande, donna l'ordre à la communauté juive de Varsovie de composer son propre conseil.

Le père de Jacob en étant membre, il communiqua à son fils les dernières directives imposées par les Allemands à la population juive.

— À partir de demain, tous les Juifs devront porter un brassard qui permettra de les identifier. Certaines zones de la ville nous seront interdites.

— C'est impossible, Papa, se lamenta Jacob en se prenant la tête entre les mains. Le Conseil n'a pas l'intention de protester ?

— Comment le pouvons-nous alors que nous sommes déjà soumis à un règne de terreur ? Les Juifs sont fusillés au hasard, balancés dans des camions pour être emmenés dans des camps de travail… Des milliers de personnes ont déjà perdu la vie, asséna Samuel Delanski, l'air grave. Et le pire reste à venir.

— On cherche à nous isoler !

Son père approuva tristement de la tête.

— Oui. C'est précisément leur objectif. Mon fils, je t'implore de vendre tout ce que tu possèdes dès à présent. Rassemble autant d'argent que possible avant qu'il ne soit trop tard. Heureusement, j'ai eu la présence d'esprit de retirer tous nos fonds à la banque – je savais que les nazis clôtureraient les comptes. J'ai des amis qui ont tout perdu. Le filet est en train de se refermer sur nous. Adele doit à tout prix quitter la ville avec les enfants. Elle a toujours son passeport britannique, n'est-ce pas ?

— Oui, Papa.

— Tu dois faire sortir ta famille d'ici, Jacob. (Samuel baissa les yeux au sol.) Je suis navré de devoir te le dire, mais une femme britannique et ses deux enfants chrétiens auront plus de chances de survivre sans toi.

Jacob n'ignorait pas cet état de fait.

— Adele ne voudra pas partir sans moi, affirma-t-il toutefois. Mais je vais tâcher de la convaincre.

— Bien. J'ai un ami qui aide les gens à se rendre à Gdynia. Il y a encore quelques bateaux qui en partent pour le Danemark. S'ils parviennent à aller jusque-là, ils pourront se cacher en attendant de quitter le pays.

Ce soir-là, Jacob rapporta cette conversation à Adele. Tel qu'il l'avait redouté, Adele rejeta catégoriquement l'idée de le laisser.

— Adele, ne vois-tu pas que, sans moi, vous avez toutes les chances de parvenir à vous mettre en sécurité ? Avec ton passeport, les enfants et toi êtes britanniques. Nul n'a besoin de savoir que tu t'es convertie au judaïsme quand tu m'as épousé.

Les yeux d'Adele étaient brillants de larmes. Elle secoua la tête.

— Je n'irai nulle part sans toi. Il est hors de question que je te laisse affronter seul un sort incertain.

Jacob regarda son épouse. L'amour qu'il lui portait brûlait en lui plus ardemment que jamais. Une opportunité d'échapper à cette folie s'offrait à elle, mais elle demeurait résolue à souffrir à ses côtés.

Il abattit une dernière carte.

— Adele, *kochana*, tu comprends qu'il est exclu que je t'accompagne. Si nous étions arrêtés, nous serions aussitôt exécutés. Pense aux enfants. Pense à ce qu'ils vont endurer si vous restez. S'il te plaît, mon amour. Je t'en conjure.

Adele soupira, leva les yeux au ciel puis prit la main de son mari dans la sienne.

— Jacob, le jour où nous avons fui Paris ensemble, tu m'as implorée d'écouter mon cœur. En suivant ton conseil, j'ai su que j'avais scellé mon destin, sans retour en arrière possible. J'ai pris la décision de devenir ta femme et d'adopter ta religion. Je refuse de nier notre amour. Alors, s'il te plaît, mon chéri, accepte que nous soyons unis jusqu'au jour de notre mort.

Elle s'avança vers son mari et le prit dans ses bras.

— Jusqu'au jour de notre mort, répéta Jacob.

Tel que Samuel Delanski l'avait présagé, les Juifs de Varsovie furent informés qu'ils avaient jusqu'à la fin du mois de novembre 1940 pour se retrancher dans la partie nord du centre-ville. Ayant déjà été averti, Samuel avait réussi à aménager un petit appartement à l'intérieur du ghetto, rue Leszno, dans le quartier des brossiers. Celui-ci ne comptait que trois pièces : une pour Jacob et Adele, une autre réservée à Samuel et Surcie, et le salon, suffisamment spacieux pour accueillir un matelas destiné à David et Rosa – un palace au regard des conditions dans lesquelles la plupart des gens vivaient.

Jacob avait vendu toutes ses possessions afin de réunir de l'argent qui, ajouté à celui dont disposaient ses parents, devrait selon leurs calculs leur permettre de tenir pendant environ deux ans, voire davantage.

Quatre cent mille Juifs furent circonscrits dans le ghetto – d'une superficie de trois cents hectares seulement, il s'étendait de la rue Jerozolimska jusqu'au cimetière. À l'intérieur, la surpopulation dépassait l'entendement, les conditions sanitaires étaient désastreuses et l'on déplorait déjà des pénuries de nourriture. Dans l'espoir de rapporter un peu de pain à la maison, Adele consacrait la plupart de ses matinées à faire la queue devant les rares boulangeries autorisées.

Le Conseil juif – où siégeait Samuel – s'évertua à offrir un semblant de normalité aux citoyens du ghetto. Des écoles furent mises en place, des débats organisés, des troupes de théâtre virent le jour et un orchestre symphonique donna des concerts hebdomadaires.

À la fin de 1940, les nombreux Juifs forcés de quitter leurs villages dans les provinces firent gonfler la population du ghetto à près d'un demi-million de personnes. Les rations accordées à ses occupants avaient diminué, servant à peine à nourrir la moitié des habitants : beaucoup moururent de faim, et le marché noir se développa à toute vitesse. Ceux qui se risquaient à sortir du ghetto pour y rapporter des vivres à vendre pratiquaient des tarifs scandaleusement élevés. Les Delanski n'eurent d'autre choix que de payer pour rester en vie.

Ils menaient une vie étrange, marquée par la peur – les proches qui disparaissaient, le sifflement des balles qui résonnait dans les rues –, cependant Adele et Jacob s'efforçaient de maintenir une certaine routine pour le bien-être de leurs enfants.

David et Rosa se rendaient à l'école le matin, puis Jacob et Rosa s'installaient côte à côte pour peindre, se servant du dos de toiles déjà utilisées afin d'économiser leur maigre réserve de papier. Cela les aidait à tuer le temps pendant qu'Adele s'employait à préparer un dîner correct à partir de quelques pommes de terre et légumes fatigués. Rosa, neuf ans, ne semblait pas se rendre compte de ce qui se jouait autour d'elle, bien qu'il lui arrivât de se serrer contre son frère, la nuit, lorsque le bruit des coups de feu devenait trop intense. Sa douceur naturelle lui valait l'affection des voisins, qui lui offraient régulièrement une pomme en échange d'un dessin.

Le soir, les membres de la famille Delanski se blottissaient ensemble près du petit feu tandis que David jouait de son stradivarius, que Jacob n'avait pas pu se résoudre à vendre.

Au mois d'avril suivant, Surcie Delanski contracta la typhoïde, dont une épidémie ravageait le ghetto. Elle succomba une semaine plus tard. Samuel Delanski la suivit au mois de juillet.

Accablé par le chagrin, incapable de prononcer un mot, Jacob traîna le corps de son père sur l'un des chariots prévus à cet effet, déjà surchargé.

Après la mort de ses parents, Jacob se mura dans le silence. Il cessa de peindre, passant des heures à contempler la pauvreté et la souffrance épouvantables qui sévissaient sous les fenêtres de leur appartement.

Adele était au désespoir de voir son mari bien-aimé, d'ordinaire si expansif, se réfugier en lui-même. Chaque fois qu'elle tentait de lui apporter un peu de réconfort, il la dévisageait comme s'il ne l'avait jamais vue. Malgré tous ses efforts, elle ne parvenait pas à extirper son mari de sa détresse grandissante.

Adele dut prendre le relais pour subvenir aux besoins des enfants, ce qui impliquait de trouver des provisions. Affaiblie par le manque de nourriture et les soins qu'elle avait dû prodiguer à ses beaux-parents, elle s'évanouit un jour sur le sol de la minuscule cuisine.

David, sous le choc, accourut à son secours. Adele était aussi légère qu'une plume, et il sentit ses os saillants sous sa robe élimée. Il lui donna un peu de bouillon à la cuillère, comprenant que sa chère mère s'était négligée au profit de sa famille.

Des larmes perlèrent aux yeux d'Adele en regardant son fils.

— Mange, lui intima-t-il.

— Non, répondit-elle en repoussant le bol.

— Ne t'inquiète pas, Maman. À partir de maintenant, je prends les choses en main. Je te promets qu'il y aura de quoi manger sur la table ce soir.

Sur ce, le jeune homme sortit de l'appartement plein de détermination et revint à 18 heures muni d'un sac rempli de denrées.

Dès lors, David s'absenta une fois par semaine, ne rentrant qu'au crépuscule avec son butin. Il dégageait toujours une odeur fétide, si bien qu'Adele soupçonna son fils de traverser les égouts pour sortir du ghetto et rejoindre la ville. Toutefois, elle ne chercha pas à savoir de quelle manière il obtenait ces aliments ; elle savait que David s'exposait à de terribles dangers, et y songer lui était insupportable.

L'hiver 1941 fut fatal à des milliers d'habitants du ghetto. Il était devenu quasiment impossible de se procurer du charbon, y compris pour David qui connaissait désormais le marché noir comme sa poche. En outre, l'argent commençait à manquer ; il ne parviendrait à nourrir sa famille que pour quelques mois encore. Heureusement, le printemps n'était pas loin.

Grâce à ses excursions en dehors du ghetto, David glana quantité de renseignements. Une de ses sources lui annonça que le ghetto de Lodz avait été vidé de ses occupants, lesquels avaient été envoyés à Chelmno. Selon lui, la même chose était en train de se produire à Lublin. D'épouvantables rumeurs circulaient : Chelmno serait un camp de la mort où les Juifs étaient supprimés par milliers.

David aurait voulu confier cette information à son père, l'entendre dire que c'était faux, seulement Jacob était désormais confiné dans son propre monde et ne trouvait plus que rarement l'énergie de sortir de son lit. Alors David endossa seul le poids de ses angoisses.

Un jour de juillet 1942, le jour de Tisha Beav, fête juive commémorant la destruction du temple de Jérusalem, David était en train de regagner l'appartement chargé d'une précieuse prise de cinq pommes de terre quand une patrouille nazie passa près de lui et se gara devant le bâtiment qui abritait le Conseil juif. On voyait quotidiennement des patrouilles dans les rues du ghetto, aussi David n'en tira aucune conclusion, songeant que les Allemands devaient continuer à rassembler des Juifs pour former des bataillons de travail forcé. Le jeune homme ne s'attarda donc pas – la règle d'or consistait à toujours se tenir le plus à l'écart possible.

Mais ce soir-là, tandis que les quatre Delanski mangeaient leur maigre repas, on frappa à la porte.

David alla ouvrir et découvrit un de ses amis, qui vivait avec sa famille dans l'appartement en dessous du leur. Il était livide.

— Entre, Johann. Que se passe-t-il ?

— C'est mon père qui m'a envoyé t'avertir. Il a vu les Allemands emmener des personnes âgées, arracher des enfants des bras de leurs mères. Ceux qui ont été capturés sur Umschlagplatz ont été emmenés rue Stawki, près des rails de chemin de fer. Il y avait huit wagons de marchandises. Ils ont fourré les vieux et les enfants dans les wagons, puis le train est parti. Personne ne sait où ils sont allés. (Johann avait les larmes aux yeux.) C'est la panique dans les rues. Les gens parlent de camps de la mort. David, ne laisse pas sortir Rosa. Ne l'envoie pas à l'école. Je dois y aller, j'ai d'autres personnes à prévenir.

— Merci, Johann.

David ferma la porte. Son cœur tambourinait dans sa poitrine. L'évacuation du ghetto, comme à Lodz et à Lublin, avait débuté ici aussi.

À la seconde où elle vit le visage de son fils, Adele sut que quelque chose n'allait pas. Plus tard, une fois Rosa endormie et Jacob dans leur chambre, Adele fit signe à son fils de la rejoindre dans la cuisine.

— Que voulait Johann ? lui demanda-t-elle.

David lui relata les propos de son ami, et les yeux verts d'Adele se voilèrent, laissant transparaître sa peur.

— David, je vois dans ton regard que tu en sais davantage que tu ne le dis sur le sort qui nous attend. Parle-moi. Nous le garderons pour nous. Rosa est trop jeune pour comprendre et ton père… (Elle ferma les paupières un instant, le temps de se ressaisir.) Dis-le-moi, David. Est-ce que les rumeurs qui circulent à propos de camps de la mort sont vraies ?

Le jeune garçon leva les yeux vers sa mère, puis il hocha la tête doucement.

— Oui, confirma-t-il. C'est ce que les gens racontent.

Le jeune homme s'assit sur le sol, et Adele l'enveloppa de ses bras. Il lui confia tout ce qu'il avait entendu, versant des larmes de soulagement de pouvoir s'en ouvrir à elle.

Adele garda le silence en écoutant son fils, puis tenta de lui offrir un peu de réconfort :

— J'admire ta force et ton courage d'avoir porté cela seul. Je veux que tu saches que c'est moi qui ai décidé de rester en Pologne avec Papa. Il s'estime coupable de ce qui est arrivé à sa famille, mais l'amour que j'ai pour lui… Peut-être comprendras-tu un jour pourquoi je n'ai pas pu partir. Jacob n'a toujours vu que la beauté et la joie en ce monde. Il a toujours trouvé le moyen de mettre à distance les facettes sombres de l'existence. Mais que reste-t-il de la joie, désormais ? Il a dû se retirer en lui-même pour survivre. Il vit dans le passé, afin de chasser la culpabilité. Tu comprends ?

Pour la première fois, David comprenait.

— À présent, j'aimerais te donner quelque chose, reprit Adele, et elle détacha le médaillon en or qui pendait à son cou. Tiens. Ouvre-le.

David s'exécuta. À l'intérieur, il découvrit une photographie de sa mère plus jeune.

— Ôte la photo et retourne-la.

— Qu'est-ce que c'est ? s'enquit David en étudiant les tout petits caractères manuscrits.

— L'adresse de tes grands-parents à Londres. Si jamais nous venions à être… séparés, tu dois essayer de les retrouver. Ils sont peut-être encore en vie. Explique-leur qui vous êtes. Le médaillon attestera de votre identité. À présent, mémorise l'adresse et mets le collier à ton cou. Tu dois me jurer que tu ne l'enlèveras jamais.

David suivit les instructions d'Adele et glissa le bijou sous sa chemise.

— Je te le promets, Maman.

Adele se leva et alla fouiller dans le fond d'un placard de la cuisine. Elle en sortit un mince livret bleu.

— Tiens. J'aimerais aussi que tu gardes ça. C'est mon passeport britannique. Tu pourras l'utiliser comme preuve d'identité au cas où. Viens m'embrasser. S'il nous arrive quoi que ce soit, à ton père ou à moi, prends soin de Rosa pour nous. Elle possède un don extraordinaire et il te reviendra de l'aider à le cultiver.

Adele étreignit son fils un long moment. David prit conscience qu'une connaissance tacite de l'avenir les liait désormais.

Tout au long de l'été, les patrouilles allemandes ratissèrent les rues du ghetto, raflant des victimes et les entassant dans des trains qui allaient les conduire vers une mort inéluctable. Les membres de la famille Delanski se terraient dans leur appartement vingt-quatre heures sur vingt-quatre – seul David s'aventurait dehors pour se mettre en quête de nourriture. Adele le supplia de ne plus prendre ce risque, arguant qu'il valait mieux qu'ils s'affament plutôt que David soit arrêté et envoyé dans un camp. Mais tous deux savaient qu'ils étaient bien obligés de se nourrir.

Un jour, au terme d'une expédition infructueuse qui ne lui avait permis de récolter qu'une demi-miche de pain moisie et deux carottes abîmées, David tourna au coin de la rue Leszno juste à temps pour apercevoir quatre patrouilles allemandes qui escortaient un groupe de gens le long de la route. Une fois hors de leur vue, il s'élança en courant jusqu'à l'appartement familial.

Secoué de sanglots, David pénétra dans l'appartement désert. Il s'écroula au sol, enfonçant ses poings dans ses yeux.

— Maman, Papa, Rosa… Non !

Ignorant combien de temps s'était écoulé depuis que sa famille avait été enlevée, David se leva et se rendit dans la chambre de ses parents. Les tiroirs avaient été ouverts et leur contenu dispersé par terre. La boîte à bijoux de sa mère, vide, gisait ouverte sur le lit.

David porta une main à son cou, trouvant un semblant de réconfort dans la présence du médaillon.

Puis, le cœur battant, il plongea sous le lit, priant de toutes ses forces qu'ils ne l'aient pas trouvé… Non, le stradivarius, avec le passeport dissimulé dans la doublure de l'étui, n'avait pas bougé.

Il sortit le violon, le plaça sous son menton, les larmes continuant de couler sur son visage. Il souleva l'archet, mais alors que les premières notes s'élevaient dans la pièce, la mélodie familière fit surgir en lui de puissants souvenirs de sa famille bien-aimée. C'était trop douloureux.

David entendit alors quelque chose dans la pièce – un bruit si faible qu'il crut l'avoir imaginé. Il s'immobilisa, tendit l'oreille. Le même son, à nouveau. S'agissait-il… de pleurs ? Était-ce possible ?

— Rosa ! Rosa, *kochana*, où es-tu ?

Il tourna dans la pièce, suivant le bruit des sanglots qui le menèrent à l'imposante armoire en acajou. Au prix d'un effort physique considérable, il parvint à pousser le meuble le long du mur. Derrière, il découvrit une petite porte, haute d'à peine soixante centimètres, qu'il ouvrit.

Rosa, tremblant de tous ses membres et en proie à une intense détresse, lui tomba dans les bras.

— David ! David ! Les soldats sont venus. Ils ont emmené Papa et Maman. Maman m'a cachée ici. J'ai eu tellement peur. Il faisait noir, je n'arrivais pas à respirer…

— Chut… Je suis là maintenant. Chut…

David caressa doucement les cheveux de sa petite sœur, se rappelant la promesse faite à sa mère.

À cet instant, il se jura qu'il protégerait Rosa jusqu'au jour de sa mort.

Après deux semaines passées dans la terreur d'être découverts, à se nourrir des restes d'aliments qu'il avait réussi à glaner dans les appartements voisins, David sut qu'il allait devoir se risquer à sortir, sans quoi Rosa et lui mourraient de faim.

Rosa refusait de rester seule et se mettait à hurler à la seconde où David s'éloignait. Ce n'est que lorsqu'elle finissait par s'assoupir sur le matelas que David avait placé près du petit placard qu'il pouvait partir en quête de ravitaillement. Or il avait déjà écumé le quartier, aussi devait-il s'aventurer plus loin. Il ne pouvait pas prendre le risque que Rosa se réveille pendant l'une de ses absences.

— Tu accepterais de me faire un dessin, ma belle ? Il faut que je sorte nous trouver de quoi manger. Je ne serai pas long, je...

— Non ! s'écria Rosa en s'agrippant à son frère. Ne me laisse pas toute seule, David ! S'il te plaît !

Inutile de s'obstiner. Il allait devoir prendre Rosa avec lui, ou ses cris stridents pourraient attirer une attention malvenue.

— Très bien, tu peux m'accompagner, concéda-t-il. Mais tu dois me promettre de faire tout ce que je te dirai.

Dans la cuisine, David récupéra l'argent dissimulé sous une lame de parquet. Il grommela en découvrant ce qu'il restait. Puis une idée lui vint. C'était un pari, mais cela pouvait fonctionner.

David s'empara de l'étui à violon.

— Je prends mon papier et mon crayon dans mon sac, au cas où je verrais quelque chose à dessiner sur le chemin, déclara Rosa.

David ne protesta pas.

— D'accord. Allons-y alors. Et rappelle-toi : tu fais tout ce que je te demande.

Rosa suivit David dans les rues désertes. C'était une journée chaude et ensoleillée, et la puanteur qui se dégageait des corps en décomposition était difficilement supportable. David et Rosa marchaient au pas de course, se réfugiant sous des porches dès qu'ils distinguaient des bruits de pas. Il priait pour qu'au moins un de ses contacts du marché noir ait réussi à s'en tirer.

Il eut la sensation que des yeux l'épiaient tandis qu'il traînait une Rosa fatiguée et boudeuse derrière lui. Enfin, ils arrivèrent devant l'appartement d'un des fournisseurs de David, qu'ils trouvèrent désert. Les placards étaient vides. Rosa se plaignait d'avoir soif. David se prit la tête entre les mains. C'était impossible. Avec Rosa à ses côtés, il était plus lent, plus facile à repérer aussi. Il allait devoir continuer seul.

David remarqua alors un gros ours en peluche sur une chaise de la chambre à coucher. Les yeux de Rosa s'illuminèrent lorsqu'il le lui tendit.

— Cet ours s'appelle David, lui aussi. Il va rester ici et veiller sur toi pendant que je pars chercher de quoi dîner. Maintenant, plus de pleurs. Je reviens très vite, sans quoi nous n'aurons ni eau ni nourriture à donner à David l'Ourson. Tu ne dois pas bouger d'ici. (Il sourit à sa sœur.) David l'Ourson m'a promis qu'il me préviendrait si tu faisais du bruit.

À son soulagement, Rosa approuva de la tête, fascinée par son nouveau jouet.

— D'accord, dit-elle. Je vais dessiner David l'Ourson. Ce sera un cadeau pour toi.

David se glissa hors de l'appartement et s'éloigna à la hâte.

Il revint une heure plus tard, le violon encore entre les mains. C'était sans espoir. Tout le monde était affamé, et nul ne voulait d'un instrument de musique, quelle que fût sa valeur.

Lorsqu'il ouvrit la porte sur le salon, son cœur s'arrêta. Rosa était assise sur le sol et croquait dans une pomme, pendant qu'un officier allemand examinait une feuille de papier. Elle leva les yeux, un grand sourire aux lèvres.

— Salut, David ! lança-t-elle. Ce monsieur m'a donné une pomme. Il a beaucoup aimé mon dessin de l'ourson et m'a demandé de le dessiner pendant qu'on attendait ton retour.

L'officier se leva. Le couinement de ses bottes fit trembler David de tout son être. L'homme lui sourit – un sourire presque aimable.

— Vous êtes David Delanski. Et c'est votre sœur, Rosa.

David, incapable de prononcer un mot, hocha la tête.

— Bien. Votre sœur a beaucoup de talent. Le dessin qu'elle a fait de moi est très fidèle. J'ai entendu parler de votre père. Il était doué, lui aussi. Venez, il est temps de partir.

Le soldat fit claquer ses talons et aida Rosa à se lever.

— Est-ce que je peux prendre mon ourson ?

David décela une brève lueur de sympathie dans le regard de l'officier nazi.

— Pourquoi pas, fit-il en haussant les épaules.

Quelques heures d'amusement supplémentaires ne semblaient pas représenter une demande extravagante.

L'officier les fit grimper à l'arrière de son véhicule puis les conduisit jusqu'à la rue Stawki, où la vision des camions de chargement fit trembler David. Un océan de visages terrorisés inondait le quai. Tous les camions étaient bourrés à craquer.

David descendit de la voiture, Rosa sur ses talons. La fillette se dressa sur ses pieds et planta un baiser sur la joue de l'officier.

— Merci pour la pomme, dit-elle.

Sous le regard de l'homme, David et Rosa montèrent dans le camion déjà bondé.

Avant que la porte coulissante du véhicule ne se referme, l'officier vit la terreur se peindre sur le visage de la fillette. Tandis qu'il regagnait sa voiture, il s'arrêta et, désignant le camion qui abritait David et Rosa, il adressa quelques mots à un garde.

Le baiser que Rosa lui avait donné venait de leur sauver la vie.

Revenu dans le présent, David regardait sans la voir la vue de sa chambre d'hôtel. Il se leva, son visage trahissant l'épouvantable souffrance qu'il venait de revivre, puis se servit un whisky qu'il avala d'un trait.

Il décrocha le téléphone et composa un numéro, conscient que sa vie était sur le point d'être bouleversée.

— Pour toi, Rosa, murmura-t-il tandis qu'on décrochait à l'autre bout du fil.

20

Londres, octobre 1977

« Dernier appel pour le vol Alitalia AZ459 à destination de Milan. Embarquement porte 17 », annonça la voix métallique alors que Leah et Jenny fonçaient dans les couloirs de l'aéroport.

— Merde ! Je savais qu'on aurait dû prévoir plus de marge, pesta Jenny, à bout de souffle. C'est dingue qu'on se soit coltiné autant de bouchons.

— Madelaine ne nous adressera plus jamais la parole si on rate ce vol, renchérit Leah.

Dix minutes plus tard, après avoir supplié le steward, les deux jeunes filles étaient installées à bord de l'avion qui s'avançait sur la piste de décollage.

— C'est parti ! s'écria Jenny, pleine d'enthousiasme, tandis que Leah enfonçait ses ongles élégamment vernis dans les accoudoirs de son siège. J'adore cette sensation, pas toi ?

Leah ferma les yeux lorsque les moteurs se mirent à rugir, puis que l'appareil prit son envol.

— C'est bon, tu peux te détendre, la rassura Jenny en riant. Bon sang, je suis bien contente d'être assise après le marathon qu'on vient de courir.

— Puis-je vous proposer un rafraîchissement, mesdemoiselles ? leur proposa l'hôtesse une fois les signaux lumineux éteints.

— Je veux bien une vodka-Coca, répondit Jenny.

— Juste un Coca pour moi, merci, dit Leah qui avait encore l'estomac noué.

— Il va falloir que tu sois un peu plus téméraire à Milan. Les gens vont te trouver rabat-joie si tu ne bois pas.

— Je n'aime pas le goût de l'alcool, se défendit Leah.

— Moi non plus avant, mais j'ai fini par m'habituer.

— Et puis, je suis mineure.

— Comme la plupart des filles quand elles débutent. Ce n'est pas ça qui les arrête. À la tienne. Et à ton premier contrat. (Jenny avala une copieuse gorgée de son cocktail, puis elle parcourut la cabine du regard.) Tiens, c'est Juanita là-bas. Elle fait aussi partie de l'agence. Et là, c'est Joe, il bosse pour *Harper's Bazaar*. Tu verras, il y a toujours le même groupe d'habitués. Tu vas vite connaître tout le monde. Il faut que je parle à Juanita, je reviens tout de suite.

Jenny s'éclipsa et Leah pria pour que le vol prenne fin le plus rapidement possible.

Elle peinait à croire qu'un mois s'était écoulé depuis son installation à Londres. Le temps avait filé à une telle vitesse – chaque journée ponctuée de séances photo destinées à étoffer son portfolio, de cours de maquillage, d'élocution ou encore de maintien – qu'elle avait à peine eu le temps de se forger un avis sur sa nouvelle activité. Et voilà que Madelaine l'envoyait déjà honorer son premier contrat.

Jenny avait été merveilleuse, veillant sur elle telle une sœur et lui enseignant un millier de choses.

— Qu'est-ce que tu fabriques, Leah ? s'était indignée Jenny un soir, horrifiée de voir son amie se régaler d'un *fish and chips.* Donne-moi ça, avait-elle ordonné en s'emparant de l'assiette, dont elle avait balancé les restes à la poubelle.

— Quoi ? J'ai faim !

— Les frites sont totalement proscrites, l'avait sermonnée Jenny en agitant un doigt accusateur. Tu veux avoir la peau grasse ? Tiens, mange plutôt une pomme.

Rechignant à adopter un nouveau régime alimentaire, Leah n'hésitait pas à s'accorder une virée à la friterie au coin de la rue lorsque Jenny s'absentait pour la soirée. Elle ignorait comment celle-ci, qui semblait se nourrir exclusivement de fruits et de muesli, parvenait à survivre.

— J'abandonne, s'était résignée Jenny un jour qu'elle avait trouvé Leah en train de grignoter une tablette de chocolat. Ce que je déteste le plus chez toi, c'est que tu peux manger tout ce que tu veux sans jamais prendre un gramme.

Jenny avait bien tenté d'encourager Leah à sortir, mais celle-ci était trop fatiguée et timide pour apprécier les fêtes et virées en boîte de nuit dont les autres mannequins raffolaient. Elle préférait passer ses soirées chez elle, à regarder la télévision ou au téléphone avec sa mère.

Ses parents lui manquaient terriblement et elle avait parfois le mal du pays, cependant l'emploi du temps concocté par Madelaine ne lui avait pas encore laissé le loisir de rentrer dans le Yorkshire.

— Avec les filles, on est d'avis que tu es la nouvelle protégée de Sa Majesté. Moi, elle m'a jetée dans un avion pour Paris le lendemain de la signature de mon contrat, avait commenté Jenny sans pourtant laisser poindre de jalousie.

Jenny n'avait nul besoin d'être envieuse, sa carrière s'était envolée ces six derniers mois, et à son retour à Londres après leur séjour à Milan, elle devait poser pour une édition spéciale de dix pages pour le *Vogue* britannique.

— Salut, Leah. Je peux te tenir compagnie ?

En levant les yeux, Leah découvrit Steve Levitt penché au-dessus d'elle.

— Bien sûr, répondit-elle, et Steve s'installa dans le siège laissé vide par Jenny.

De toutes les personnes qu'elle avait rencontrées, Steve était celui qu'elle préférait. Elle appréciait énormément les séances photo qu'ils réalisaient ensemble.

— C'est toujours comme ça ? demanda-t-elle en désignant le groupe qui s'était formé derrière eux – perchés sur les accoudoirs, ils buvaient et fumaient des cigarettes.

— J'en ai bien peur. Le milieu de la mode est petit, tout le monde se connaît. Tu ne tarderas pas à rejoindre le club. Les gens sont très sympathiques mais… (Steve leva un sourcil.) Ne confie jamais un secret à qui que ce soit, la nouvelle ferait le tour de la ville en moins de vingt-quatre heures.

— Je m'en souviendrai.

— Bien. Tu veux boire quelque chose ? proposa-t-il tandis qu'il se servait un verre de vin.

— D'accord, céda-t-elle en soupirant.

Remarquant la réticence de la jeune femme, Steve répliqua :

— Ton contrat ne t'y oblige pas, Leah ! Ne te force pas si tu n'en as pas envie.

— Je sais. Je n'aime pas spécialement boire, je ne fume pas, je ne me drogue pas. Jenny dit qu'on va me trouver ennuyeuse.

— Reste toi-même, Leah. Les autres devront bien t'accepter telle que tu es.

— Peut-être, mais j'ai envie que les gens m'apprécient.

— Je comprends. C'est dur d'être la petite nouvelle, mais tout le monde passe par là. Les gens sont toujours sur leurs gardes au début. (Steve se pencha vers elle, et baissa la voix.) Il se murmure que Madelaine te pense promise à un grand avenir.

— J'espère me rappeler tous les conseils qu'elle m'a donnés. Et ne pas trébucher pendant le défilé.

— Tu as ça dans le sang, ma belle. Tout va bien se passer, lui assura-t-il avec un sourire paternel. Juste une petite mise en garde : la plupart des filles sont adorables, mais certaines sont prêtes à tout pour réussir. Fais attention, et méfie-toi de tout ce qu'on te propose dans les soirées. J'ai bien dit *tout*. Milan est célèbre pour ses festivités post-défilés, mais il existe aussi une facette nettement moins reluisante. Reste avec Jenny, elle est plutôt réglo. (Steve rit en voyant la mine affolée de Leah.) Tout ira bien. Allez, je retourne à ma place.

— Est-ce que Miles est avec toi ? s'enquit Leah, qui savait que le fils de Rose avait accompagné Steve lors d'un précédent voyage à Milan.

— Non, répondit Steve, sourcils froncés. Ça n'a pas fonctionné entre nous. J'ai un nouvel assistant, Tony, que j'adore. À tout à l'heure, ma chérie.

Leah se détendit un peu, soulagée de ne pas avoir à croiser la route de celui qui lui nouait l'estomac. Steve embrassa Leah sur la joue et retourna à son siège.

Le taxi emmena Leah et Jenny de l'aéroport de Linate jusqu'à Milan, la ville la plus prospère d'Italie.

Leah, qui n'avait jamais quitté l'Angleterre, observa avec enthousiasme tout ce qu'elle découvrait tandis que le taxi s'engageait dans un dédale de rues étroites et de petites places. Les voitures avançaient pare-chocs contre pare-chocs, leurs conducteurs jouant du Klaxon et rouspétant à travers les vitres ouvertes. Une atmosphère cosmopolite et électrique se dégageait de la ville, avec son assemblage de gratte-ciel et de cathédrales gothiques – en premier lieu l'époustouflant Duomo – qui dominait la ligne d'horizon.

— L'heure de pointe à Milan ! C'est tout ce que tu en verras, alors profites-en, lui conseilla Jenny en riant.

Le taxi déposa les deux jeunes femmes piazza della Repubblica, devant un imposant bâtiment blanc.

— Nous y voilà, ma belle. Le Principe di Savoia. Le meilleur hôtel de la ville.

Les deux jeunes filles s'annoncèrent à la réception, puis on les conduisit jusqu'à leurs chambres respectives. Elles convinrent de se retrouver au bar à 19 h 30.

Leah fut époustouflée par le luxe de sa suite. Elle passa dix bonnes minutes à l'explorer dans ses moindres recoins, appuyant sur chaque interrupteur et sursautant chaque fois que la radio ou la télévision s'allumaient subitement.

Elle pendit avec soin les vêtements qu'elle avait apportés. Madelaine, qui l'avait emmenée faire du shopping à son arrivée à Londres, avait dépensé plusieurs centaines de livres pour lui offrir une nouvelle garde-robe – des ensembles Bill Gibb, des robes de cocktail Zandra Rhodes ainsi qu'une robe de soirée chatoyante signée Jean Muir.

— C'est important que tu portes des vêtements de couturiers britanniques autant que possible. Si Jean Muir te voyait dans cette robe, elle te ferait défiler dès demain, avait déclaré Madelaine avec un sourire radieux.

Leah prit une douche, enfila le peignoir moelleux de l'hôtel, puis s'assit pour se maquiller comme on le lui avait enseigné.

— Lorsque tu te trouves en public, que ce soit pour un événement professionnel ou une soirée, tu te dois d'être toujours impeccable, lui avait recommandé Madelaine. Si les gens voient une top model au supermarché un lundi matin habillée en guenilles, le mythe s'effondre. Habille-toi comme tu veux chez toi, mais dès que tu passes le pas de ta porte, tu redeviens mannequin.

Leah brossa ses cheveux avec vigueur. Ils avaient été raccourcis d'une dizaine de centimètres, de sorte qu'ils lui tombaient désormais au-dessus des épaules.

Jenny l'avait informée qu'une rencontre informelle avec quelques couturiers était prévue au bar de l'hôtel. Leah opta pour une combinaison pantalon en crêpe noire, qu'elle rehaussa d'une large ceinture noire et d'escarpins à talons hauts.

En examinant son reflet dans le miroir, elle fut satisfaite du résultat. Elle se sentait toutefois nettement moins confiante à l'idée de devoir bavarder avec des inconnus. Il était pourtant hors de question qu'elle déçoive Madelaine. Alors elle inspira à fond et se prépara à se jeter à l'eau.

Carlo Porselli survola du regard le bar qui fourmillait de top models, de photographes et de journalistes. Ses yeux s'arrêtèrent sur l'ascenseur, dont les portes s'ouvrirent sur une jeune femme qu'il n'avait jamais vue.

Il s'était toujours moqué des créateurs qui décrétaient avoir trouvé leur « muse » – selon lui, les vêtements devaient être conçus pour que toutes les femmes s'y sentent bien. Mais alors que la silhouette s'approchait, il fut prompt à changer d'avis.

— Qui est cette fille ? s'enquit-il. *Molto, molto bella.*

— Leah, la nouvelle recrue de Madelaine, répondit Jenny qui, assise au bar à côté de lui, sirotait sa cinquième vodka-Coca. On vit ensemble. (Elle agita une main.) Leah ! Viens, je vais te présenter Carlo. On défile pour lui vendredi. C'est le couturier le plus en vue du moment.

— *Buona sera, signorina,* dit Carlo en embrassant la main de Leah. Je suis ravi de vous rencontrer.

— Moi aussi, dit Leah.

— Buvons une coupe de champagne pour fêter le premier défilé de Leah, suggéra Carlo – il claqua des doigts et un serveur accourut.

— Je préférerais un Coca, si ça ne vous ennuie pas.

— Ah ! La jeune fille prend soin de sa silhouette et de sa peau. *Per favore,* un Coca et une bouteille de Berlucchi. (Lorsque le serveur s'éloigna, Carlo reporta son attention sur Leah.) Alors, c'est la première fois que vous venez à Milan, *sì* ?

— Oui.

— La plus belle ville du monde, en particulier à l'automne, quand les touristes sont rentrés chez eux et que les feuilles se mettent à tomber. Il faut que vous m'autorisiez à vous montrer ça.

— Je ne pense pas que Leah va avoir le temps de jouer les touristes, Carlo, intervint Jenny en riant. À partir de demain, nous travaillons nuit et jour.

— Le temps, ça se trouve, fit valoir Carlo.

Le serveur revint et versa du champagne dans trois coupes.

— Tenez, je serai offensé si vous ne trinquez pas avec nous, insista Carlo en tendant à Leah une coupe, qu'elle accepta à contrecœur.

Elle but une gorgée de champagne, dont les bulles dévalèrent le long de sa gorge. Elle ne put réprimer un toussotement.

— Ce n'est pas la réaction à laquelle je m'attendais, lança Carlo en éclatant de rire. Mais je constate que nous devrons veiller à protéger ton innocence des prédateurs qui voudraient profiter de toi.

Il jeta un coup d'œil à Jenny, qui hocha la tête d'un air entendu.

— Carlo fait référence aux play-boys. C'est la saison de la chasse pour eux, cette semaine. Il y a toute une rangée de Ferrari garées devant l'hôtel en ce moment même. Tu vois ces types qui parlent avec Juanita ? murmura Jenny. Et les trois autres, là, au bar ? Ce sont des hommes d'affaires richissimes. Ce soir, ils vont faire leur choix, puis l'élue sera ensevelie sous les fleurs et les bijoux jusqu'à ce qu'elle cède et accepte de dîner avec eux. Après ça ils feront tout pour… tu vois.

— Oui, je vois, confirma Leah en rougissant.

— C'est malheureusement la réalité, soupira Carlo. Je te prie d'excuser le comportement indigne de mes compatriotes. C'est le sang italien. Nous sommes incapables de résister à une belle femme. (Il scruta Leah une nouvelle fois.) Alors, est-ce que tu attendais cette semaine avec impatience ?

— Je suis un peu nerveuse, admit Leah.

— Bien entendu, c'est normal. Je suis sûr que tu vas briller comme un astre. (Il vida sa coupe de champagne.) Je dois vous abandonner et retourner à mon travail. J'ai beaucoup à faire d'ici vendredi. *Buona notte*, Jenny. Prends bien cette jeune fille sous ton bras.

— Sous mon aile, Carlo, le corrigea Jenny en riant.

— Bonne nuit, *piccolina.* À très bientôt.

— Tu ne veux pas une coupe de champagne, tu es sûre ? lança Jenny en se resservant.

Leah secoua la tête, tout en regardant un jeune homme sortir du bar au côté de Juanita.

— Sans blague…, marmonna Jenny, qui les avait elle aussi remarqués. Elle est pas croyable, celle-là. Elle a beau être fiancée à un chanteur, elle est incapable de dire non à un type en pantalon moulant avec un portefeuille bien garni.

— Carlo a l'air sympa.

— Il l'est, ces temps-ci. Mais il paraît qu'à une époque, il n'était pas mieux que tous ces types. Il est devenu styliste il y a quatre ans et s'est racheté une conduite. Son père est plein aux as.

Jenny regarda autour d'elle, s'assurant que des oreilles indiscrètes ne traînaient pas, puis se pencha un peu plus pour murmurer :

— L'année dernière, quelqu'un m'a dit qu'il travaillait avec la grande M.

— La grande M ?

— La Mafia. Remarque, c'est le cas de la plupart des types ici. Beaucoup d'agences de mannequins sont sous la coupe d'organisations criminelles. Il y a quelques mois, une bombe a explosé dans une agence qui avait refusé d'être rachetée.

Les yeux de Leah s'agrandissaient à mesure que Jenny multipliait les révélations. Madelaine n'avait rien évoqué de tout cela.

— *Scusate, signorine.* Peut-on vous offrir un verre ?

Deux Italiens séduisants se tenaient derrière elles.

— Non merci, répondit Jenny fermement.

— Peut-on au moins profiter du plaisir de votre compagnie ?

— Nous nous apprêtions à partir, répliqua Jenny. N'est-ce pas, Leah ? *Ciao,* messieurs.

Jenny leur adressa un sourire poli puis s'éloigna en direction des ascenseurs, Leah sur ses talons.

— On ferait bien de se coucher tôt, déclara Jenny en sortant à leur étage. Appelle le *room service* si tu as faim. Bonne nuit, Leah. Tu viens de franchir la première étape avec succès. Tu vas t'en sortir à merveille.

Sur ces mots, Jenny l'embrassa puis disparut dans sa chambre.

21

— Bonne chance, ma belle. Tu vas assurer, murmura Jenny en serrant la main de Leah au moment où la musique d'entrée démarrait.

Leah était soulagée d'avoir été positionnée dans le fond. Elle ne présentait que deux robes de cocktail ce soir-là.

— Go ! s'écria le chorégraphe, et Leah, éblouie par les lumières aveuglantes, s'élança derrière les autres filles.

Une salve d'applaudissements résonna dans le public. Leah exécuta les mouvements que le chorégraphe lui avait enseignés, parvenant même à sourire lorsque son tour arriva.

Une fois en coulisse, elle prit plaisir à observer les mannequins plus expérimentés jurer sans vergogne en changeant de tenue à toute vitesse, se dépêchant ensuite de monter les marches pour s'avancer, sereins, sur le podium.

Le spectacle, qui dura moins de quarante minutes, fut suivi de félicitations et d'accolades. Tous se retrouvèrent ensuite pour trinquer – les mannequins avaient été priés de ne pas changer de tenue.

— Félicitations ! s'exclama Jenny. Je t'avais dit que tu t'en sortirais comme une pro !

Jenny faisait partie des mannequins de premier rang du défilé. Leah l'avait trouvée sublime dans sa tenue – un smoking en velours à fines rayures au-dessus d'une blouse en soie à col cassé, complétés d'un imposant nœud papillon.

— Reste près de moi, lui recommanda Jenny. C'est maintenant que les choses peuvent dérailler.

Leah suivit son amie dans l'atelier, où Jenny fut immédiatement encerclée par une meute de photographes, puis congratulée et embrassée par la rédactrice mode de *Vogue*.

Leah attrapa un verre de jus d'orange auprès d'une serveuse et le sirota doucement, mal à l'aise. Conformément à ce qu'on lui avait dit, tout le monde semblait se connaître.

— *Cara*, tu as été parfaite ! (Carlo fit virevolter Leah et l'embrassa sur les deux joues.) Bon, les vêtements que j'ai vus ce soir ne sont pas aussi flatteurs que les miens, mais je n'avais d'yeux que pour toi.

— Oh, merci, Carlo.

— Je veillerai à mettre en valeur tout ton potentiel vendredi. (Carlo désigna un couturier célèbre derrière lui.) J'espère que tu ne portes pas trop de tenues à *son* défilé demain ?

— Je ne sais pas encore.

— Eh bien, je te veux pour moi, décréta Carlo en lui prenant les mains. Rien que pour moi. Tu es la femme qui rendra mes créations éternelles.

Il la dévisagea une nouvelle fois, avec une telle intensité que Leah se sentit embarrassée.

— Carlo, *caro* !

Une sublime femme aux cheveux noir de jais et aux prunelles d'un vert éclatant embrassa Carlo sur la bouche. Une conversation rapide en italien suivit, durant laquelle Carlo montra Leah à plusieurs reprises.

— Je suis désolé, je suis affreusement impoli, mais cela fait des mois que je n'ai pas vu Maria. Elle était aux États-Unis, occupée à gagner beaucoup d'argent pour une marque de cosmétiques.

— Ravie de te rencontrer, déclara Maria, mais sa moue démentait ses propos.

— Maria est revenue en Italie uniquement pour présenter ma collection, expliqua Carlo. Vous travaillerez ensemble vendredi.

— À vendredi alors, *sì* ?

Maria embrassa Carlo une nouvelle fois. Alors qu'elle s'éloignait, elle fit volte-face et jeta un regard à Leah, marmonna quelques mots en italien puis disparut dans la foule.

— Désolée, j'étais coincée avec des photographes, expliqua Jenny en les rejoignant. C'est Maria que je viens d'apercevoir ?

— *Sì*, Jenny, confirma Carlo.

— Quelle… bonne nouvelle qu'elle ait pu venir, dit Jenny. Bon, nous allions partir à l'Astoria Club. Gianni l'a réservé pour la soirée. Il nous y emmène, Sally et moi.

— Dans ce cas, je prends Leah, lança Carlo.

— Parfait, on se retrouve là-bas. Sois sage, Leah, dit-elle en lui adressant un clin d'œil.

— Je vais me changer, indiqua Leah, qui disparut dans les vestiaires et enfila une robe de soirée.

— Ah, cela te ressemble nettement plus, la complimenta Carlo. J'aime beaucoup les créations de Jean Muir. Elles ressemblent aux miennes, fit-il remarquer, comme si la grande créatrice britannique s'était inspirée de lui.

Il lui prit alors la main et ils fendirent la foule, puis débouchèrent dans l'air frais de la via della Spiga.

— Avant d'aller à l'Astoria, je voudrais t'emmener quelque part. Ce n'est pas loin, nous pouvons nous y rendre à pied.

Carlo se mit en marche, la main de Leah dans la sienne. En voyant l'air inquiet de celle-ci, il sourit.

— Ne t'inquiète pas, *cara*. Jenny me fait confiance, non ? (Il désigna les alentours d'un geste.) Nous sommes dans le Quadrilatero. Tous les grands couturiers italiens sont installés dans ce périmètre.

Ils empruntèrent alors une rue moins agitée. Les imposants *palazzi* blancs néo-classiques et les boutiques de luxe de la via della Spiga laissèrent place à l'ambiance XVIIIe siècle, plus calme, de la via Sant'Andrea. Leah s'arrêta pour jeter un coup d'œil à la devanture d'une petite boutique.

— Viens, nous n'avons pas beaucoup de temps, la pressa Carlo en posant une main dans son dos. Là, c'est l'atelier de Giorgio. Tu y seras jeudi, n'est-ce pas ?

Leah le lui confirma. Environ deux cents mètres plus loin, Carlo s'arrêta une nouvelle fois.

— Nous y sommes. J'aimerais te présenter à Giulio, mon assistant. Attends une minute.

Il monta quelques marches en vieille pierre. Sur une petite plaque dorée, à côté de la sonnette, était inscrit « Carlo ».

À l'intérieur, ce dernier lui indiqua un fauteuil à fleurs, puis disparut. Leah regarda autour d'elle ; l'appartement de Carlo était somptueusement décoré, avec d'immenses chandeliers suspendus au plafond peint à la main et d'élégants rideaux en soie moirée accrochés à de hautes fenêtres.

Carlo réapparut, un homme de petite taille et d'âge moyen sur les talons.

— Leah, tu veux bien te lever, s'il te plaît ? (Elle s'exécuta, et Carlo se tourna vers son assistant.) Alors, je n'ai pas raison ?

— *Sí*, tout à fait, confirma l'autre en hochant la tête lentement.

— Leah, je te présente Giulio Ponti. Il a collaboré avec la plupart des grandes maisons milanaises, mais je l'ai kidnappé pour qu'il vienne travailler avec moi, exactement comme je viens de faire avec toi ce soir. (Il marqua une pause, puis se tourna vers Giulio.) Je veux qu'elle porte la robe de mariée vendredi.

— Mais… nous l'avons cousue aux mensurations de Maria, répliqua Giulio en dévisageant son patron comme s'il avait perdu la tête.

— C'est pour cette raison que j'ai fait venir Leah ici ce soir, expliqua Carlo, agacé. Je veux que tu ajustes la robe pour elle. Ça ne devrait pas nécessiter beaucoup de travail.

Giulio s'avança à contrecœur et jaugea Leah.

— Eh bien… Même taille et mêmes hanches, je dirais, mais… Maria en a plus ici.

Sans la moindre gêne, il désigna la poitrine de Leah.

— Ah ! Tu vas arranger ça en un rien de temps. Leah, tu trouveras la robe de mariée là-haut. Enfile-la, s'il te plaît. On te rejoint dans une minute.

Giulio se mit à parler dans un italien rapide. Leah ne saisit que le prénom de Maria.

À l'étage, elle trouva la pièce réservée aux essayages, où la robe était pendue dans un coin. Elle se déshabilla et l'enfila. Giulio avait raison : elle lui allait parfaitement, à l'exception du buste, où elle bâillait légèrement. On frappa à la porte.

— Je suis prête ! lança-t-elle.

Carlo et Giulio entrèrent et contemplèrent Leah. Un sourire s'épanouit sur les lèvres de Carlo.

— J'avais raison. Leah doit porter cette robe vendredi.

Giulio approuva à regret, déclarant :

— Elle apporte à la robe toute l'innocence et la joie d'une jeune mariée.

— J'en étais sûr, renchérit Carlo, visiblement très satisfait. Tu peux commencer les retouches.

Il ne fallut qu'une dizaine de minutes à Giulio pour procéder aux changements nécessaires. Une fois qu'il eut terminé, il laissa Leah se changer et elle les rejoignit dans le salon.

— Maintenant nous pouvons nous rendre à l'Astoria, déclara Carlo, radieux, et Leah songea qu'il avait l'air d'un petit garçon parvenu à ses fins.

— Tu expliqueras à…

Carlo balaya l'inquiétude de Leah d'un geste en direction de Giulio, puis il la prit par le bras et l'entraîna vers la porte.

— Je m'en occupe. Il n'y a aucun problème. *Arrivederci*, Giulio.

Lorsqu'ils arrivèrent à l'Astoria dans la Lamborghini de Carlo, les paparazzis affluèrent autour d'eux. Carlo, tout sourire, passa un bras autour des épaules de Leah et les flashs se mirent à crépiter. Il répondit aux questions en italien, salua de la main, puis ils pénétrèrent dans le club. Carlo installa Leah à une table inoccupée.

— Attends-moi ici. Je vais chercher du champagne et euh… du Coca.

Leah, épuisée par les événements de la soirée, aperçut Jenny qui s'avançait vers elle, un verre à la main.

— Où étais-tu passée ? s'emporta-t-elle. Je tourne la tête une seconde et tu te volatilises. J'étais folle d'inquiétude !

— Elle était avec moi, intervint Carlo en revenant du bar. Et elle est vivante, non ?

— Oui, j'imagine. Mais dis-moi où tu vas la prochaine fois. J'ai promis à Madelaine que je veillerais sur toi. Je ne vais pas tarder à rentrer. Tu as l'air crevée, Leah.

— Viens, dit Carlo à Jenny. Assieds-toi *un momento* avec moi, je vais te montrer ce que j'ai pour toi. Je sais que tu aimes, et c'est la meilleure de Milan.

Il extirpa alors une petite fiole de la poche de sa veste et la tendit à Jenny, qui parut hésiter.

— Je ne devrais pas, dit-elle. J'en ai déjà pris assez.

— Alors, garde-le. Je te l'offre.

— D'accord. Merci, Carlo. (En glissant la fiole dans son sac, Jenny remarqua le regard curieux de Leah.) Je serai de retour dans une demi-heure, dit-elle, puis elle quitta la table.

— On danse ? proposa Carlo en se levant.

— Euh… d'accord.

Leah aurait de loin préféré se trouver dans son lit. Ses pieds lui faisaient un mal de chien, cependant elle savait que si elle voulait réussir, elle devait se plier avec grâce à ce type d'exercice.

Alors qu'ils arrivaient sur la piste de danse, un slow démarra et Carlo attira Leah dans ses bras. Elle sentit l'effluve puissant de son après-rasage, puis une autre odeur, qu'elle ne reconnut pas.

— Oh *cara, cara mia*, murmura Carlo en étudiant le visage de Leah. Je vais te rendre célèbre. Nos noms seront à jamais liés l'un à l'autre. Tu es ma muse ! Accepte de rester avec moi ce soir.

Il se pencha vers elle et l'embrassa sur les lèvres.

— Hé, non ! Arrête, Carlo !

Se libérant de son étreinte, elle se précipita vers la sortie du club. Dehors, elle repéra un taxi et indiqua au chauffeur le nom de son hôtel. Une fois à l'abri dans sa chambre, elle se jeta sur son lit puis éclata en sanglots.

C'en était trop : elle n'avait que dix-sept ans et, un mois plus tôt, elle vivait encore dans une petite ville du Yorkshire avec ses parents, ignorant tout du monde. Aujourd'hui, elle se retrouvait propulsée dans cette arène de strass et de paillettes, ce territoire inconnu où elle se retrouvait contrainte de repousser des types étranges.

Bouleversée, elle n'eut soudain qu'une envie : rentrer chez elle et regagner l'univers rassurant qu'elle connaissait.

On frappa à la porte. Leah retint son souffle. On frappa à nouveau.

— Leah, c'est moi, Jenny. Je peux entrer ?

Leah se leva pour aller ouvrir. En découvrant les yeux rougis de son amie, le regard de Jenny s'emplit de compassion.

— Oh, ma belle, je suis tellement désolée. C'est ma faute. Je n'aurais pas dû te laisser avec lui. Je vais te préparer une tasse de thé pendant que tu te rafraîchis à la salle de bains.

Leah approuva en silence. Elle se sentit un peu mieux une fois démaquillée.

— Qu'est-ce qu'il t'a fait ? s'enquit Jenny en lui tendant une tasse d'Earl Grey fumante.

— Il a essayé de m'embrasser, répondit Leah d'une petite voix.

— Dieu merci…, répliqua Jenny en poussant un soupir de soulagement. J'en connais qui ont essayé d'obtenir bien plus que ça. Je vais le tuer demain, il m'avait promis qu'il ne te toucherait pas.

— Tu n'es pas responsable, Jenny. Je crois que je ne suis pas faite pour ce genre de trucs, c'est tout.

À nouveau, Leah sentit une boule se former dans sa gorge.

— On est toutes pareilles au début ! Crois-moi, Leah, j'étais encore plus naïve que toi quand j'ai commencé. J'ai dû apprendre à mes dépens, confia-t-elle, ses yeux bleus se voilant soudain de tristesse.

— Que s'est-il passé ?

Jenny inspira un grand coup, puis reprit la parole :

— Tu te souviens quand je t'ai dit que Madelaine m'avait mise dans un avion pour Paris le lendemain de la signature de mon contrat ?

— Oui.

— Eh bien, je me suis retrouvée livrée à moi-même. Personne ne m'avait prévenue que certains types étaient prêts à tout pour mettre une top model dans leur lit. Alors, quand un Français sexy m'a invitée à dîner et couverte de fleurs, j'ai cru tout ce qu'il me racontait. J'étais flattée de recevoir autant d'attention. (Jenny se laissa tomber sur le lit.) Un jour, il m'a donné une cigarette qui contenait de la coke, il m'a ramenée chez lui et… (Des larmes commencèrent à couler sur ses joues.) J'ai essayé de lui dire non, mais il s'en moquait. Il m'a crié dessus. Alors j'ai cédé. Je ne l'ai jamais revu après ce soir-là.

— C'est de la coke que Carlo t'a donnée tout à l'heure ?

— Oui, avoua Jenny, dont les traits s'étaient crispés. Je t'interdis d'en parler à Madelaine, Leah. Si elle le découvre, je serai virée sur-le-champ. Je n'en prends pas souvent, mais tout le monde en consomme dans le milieu de la mode. C'est inévitable.

Leah passa un bras autour des épaules de Jenny et lui dit :

— Si cet homme t'a violée après t'avoir fait prendre ce truc, pourquoi as-tu…

— On y prend goût, OK ? l'interrompit Jenny. Bref. Tu veux bien me dire où diable Carlo et toi avez disparu tout à l'heure ?

— Dans son atelier, pour que j'essaie sa robe de mariée, répondit Leah en grimaçant. Il veut que je la porte vendredi.

— Tu plaisantes ? rétorqua Jenny, visiblement choquée.

— Qu'est-ce qu'il y a ?

— C'est toujours Maria qui porte la robe de mariée dans les défilés de Carlo. C'est son mannequin fétiche depuis qu'il a commencé. Ils ont eu une liaison pendant trois ans, jusqu'à son départ pour les États-Unis il y a six mois. Elle est au courant ?

— Carlo a prévu de le lui dire.

— Bon sang, Leah. Il te fiche vraiment dans une sale galère. Quel enfant gâté… Il n'hésite pas à manipuler les gens pour obtenir ce qu'il veut, et ensuite il laisse les autres payer les pots cassés. Il va falloir que tu restes sur tes gardes avec Maria. C'est une garce, et ça…

Jenny ne parvint pas à terminer sa phrase.

— J'ai juste envie de rentrer chez moi, décréta Leah.

— Je suis désolée, ma belle, dit Jenny en étreignant son amie. Je ne voulais pas te faire peur. Être choisie par le grand Carlo Porselli pour présenter sa robe de mariée, c'est un immense honneur ! L'assurance du succès. Ce que je veux dire, c'est que ce milieu est une jungle qui t'oblige à grandir vite. Mais si j'en ai été capable, tu y arriveras aussi, ma belle.

— Et si Carlo essaie encore de m'approcher ?

— Il ne te plaît pas ? s'enquit Jenny avec un haussement d'épaules. De toute évidence, il a flashé sur toi.

Leah esquissa une grimace.

22

Le vendredi suivant, Leah fut réveillée juste avant 7 heures par la réception, extirpa son corps épuisé du lit et alla prendre une douche. En sortant de la salle de bains, elle entendit qu'on frappait à la porte.

— Qui est-ce ?

— La réception. Nous avons une livraison pour vous, mademoiselle Thompson.

En ouvrant, Leah découvrit un énorme bouquet de roses blanches.

— *Grazie*, dit Leah en glissant un pourboire au livreur.

Elle lut la carte qui accompagnait le bouquet.

« Ma chère mariée, aujourd'hui est un jour que tu n'oublieras jamais. Carlo. »

Leah ne l'avait pas revu depuis la soirée de lundi. Il n'avait assisté à aucun des défilés de ses confrères, ce dont Leah n'avait pas été mécontente. La semaine s'était révélée riche en apprentissages et elle se rendait compte que, si le métier de mannequin comportait une part de glamour, il impliquait surtout beaucoup de travail. Chaque jour, les filles devaient se présenter à 9 heures à l'atelier, où elles se voyaient mises à l'épreuve en vue du défilé du jour. Elles s'entraînaient avec le chorégraphe, réalisaient des essais coiffure et maquillage et terminaient par un essayage complet des tenues qu'elles porteraient le soir venu. Elles disposaient généralement d'une demi-heure au plus pour grignoter quelque chose avant de se préparer pour le défilé.

Et puis il y avait tous les événements mondains. La plupart des mannequins participaient à des soirées ou sortaient en boîte de nuit jusqu'à l'aube. Leah ignorait comment elles parvenaient à paraître aussi fraîches le matin. Les journées débutaient avec quantité de gémissements et d'aspirine, toutefois les filles semblaient accepter cette frénésie sans sourciller.

Leah avait quant à elle pris l'habitude de boire un verre dans l'atelier du couturier à l'issue du défilé, puis de s'éclipser discrètement, ravie de pouvoir profiter d'un long bain et du calme de sa chambre d'hôtel. Elle ne faisait pas partie des fêtardes, et même si certaines filles la qualifiaient de rabat-joie, on la laissait tranquille.

Le matin, Jenny l'abreuvait des derniers potins autour d'un café. Quand Leah lui avait demandé pourquoi les fameux play-boys ne l'avaient pas importunée, Jenny lui avait répondu avec un sourire entendu :

— Carlo a fait savoir que tu étais interdite d'accès. Aucun de ces types n'osera t'approcher, ils le craignent trop. Je te l'ai dit, son père et lui sont très influents ici.

Leah en était reconnaissante à Carlo ; les soirées débridées, l'alcool et la drogue ne l'attiraient pas, sans compter que sa mère la tuerait si elle touchait à ces trucs-là.

Quant au défilé de ce vendredi soir, ce serait une autre paire de manches. Quelle serait la réaction des autres filles lorsque Carlo annoncerait qu'il l'avait choisie, elle, pour porter la robe de mariée ? Si elle se fiait aux cancans qu'elle avait entendus en coulisse chaque fois qu'une fille n'obtenait pas les meilleures tenues, elle allait s'attirer les foudres de tous les mannequins.

— Garde la tête froide, Leah, se somma-t-elle en remontant le couloir vers la chambre de Jenny.

Son amie l'accueillit, encore en nuisette. Elle avait une mine affreuse.

— Entre, ma belle, je suis à la bourre. J'ai une de ces gueules de bois ! Mets la bouilloire en route, je saute sous la douche.

Leah s'exécuta, puis elle ramassa la robe Chanel de Jenny qui gisait en boule sur le sol et la suspendit.

— Ça va mieux ! décréta Jenny, assise nue sur le lit en train de siroter son café. J'ai rencontré quelqu'un hier soir, ajouta-t-elle, jetant un coup d'œil à Leah par-dessus le bord de sa tasse.

— Jenny… Tu avais dit que tu n'approcherais ces play-boys sous aucun prétexte.

— Ce n'est pas un play-boy ! répliqua Jenny en éclatant de rire. C'est un prince !

— Oh…

— « Oh ? » Ta meilleure amie passe la soirée avec l'un des célibataires les plus convoités de la planète, et tout ce que tu trouves à dire, c'est « Oh » ?

— Je suis désolée, Jenny. Raconte-moi.

— Il s'appelle Ranu, c'est le prince héritier d'un pays quelconque du Moyen-Orient. Son père est soi-disant l'homme le plus riche du monde. Tu as forcément entendu parler de lui, il y a toujours plein d'articles dans les magazines qui le montrent dans des fêtes incroyables sur son yacht ou son île privée des Caraïbes. Les journalistes s'amusent toujours à le marier à tout un tas de jolies filles.

— Jamais entendu parler. Comment est-il ?

— Oh, Leah, j'ai passé la soirée la plus romantique de ma vie, répondit Jenny, l'air rêveur. Quand Giorgio m'a dit que Ranu avait très envie de me rencontrer, je n'ai pas sauté au plafond – c'est vrai, il n'a pas la meilleure réputation qui soit. Mais ensuite, il est arrivé et… il est tellement gentil, Leah. Un vrai gentleman. On est allés à une fête dans un immense palace sur les bords du lac de Côme, et il est resté auprès de moi toute la soirée. Ensuite, il m'a ramenée à l'hôtel et n'a même pas essayé de m'embrasser. Tu y crois, toi ? Avant que je sorte de la voiture, il s'est tourné vers moi et m'a dit, avec son accent terriblement sexy : « J'ai très envie de te revoir, Jenny. » J'adore la façon dont il prononce mon prénom.

Leah eut la nausée. Elle pensait la douce et raisonnable Jenny au-dessus de ces beaux parleurs.

— Je sais ce que tu penses, mais c'est impossible à expliquer, se défendit Jenny, qui s'était levée et enfilait le fidèle survêtement qu'elle portait pour toutes les répétitions. Il est différent, je le sens. Il sera là ce soir. J'aimerais que tu le rencontres et que tu me donnes ton avis. Bon, assez parlé de moi. Tu es prête pour ton grand jour ?

— Je crois, oui.

— Bien. Et rappelle-toi : n'écoute pas ce que disent les filles. Elles seront sans doute jalouses que tu te retrouves sous les projecteurs alors que tu es nouvelle. Et méfie-toi de Maria. Je suis curieuse de voir comment Carlo va la gérer. Allez, on va finir par être en retard.

Quand Leah et Jenny arrivèrent à l'atelier, la plupart des filles étaient déjà là, occupées à fumer et à boire du café.

— OK, les filles, approchez-vous ! J'aimerais passer le programme en revue, et Carlo voudrait vous dire un mot.

Giulio, les yeux marqués, paraissait exténué. Leah et Jenny s'assirent dans le fond, et Carlo grimpa sur le podium.

— *Buon giorno,* mesdames. J'espère qu'aucune de vous ne s'est couchée après minuit hier soir…

Des gloussements se firent entendre. Carlo haussa les sourcils et poursuivit :

— La journée s'annonce très dense. Cette année, le format va être légèrement différent, avec un changement notable. La belle Maria, qui a eu la gentillesse de faire le voyage jusqu'ici, a été priée par l'entreprise qui l'emploie là-bas de rester discrète pour ne pas interférer avec la campagne de promotion en cours aux États-Unis. Elle participera bien évidemment au défilé, mais au vu des circonstances, nous avons décidé que quelqu'un d'autre porterait la robe de mariée.

— Bien tenté, Carlo, railla Jenny, qui savait pertinemment que personne dans la salle ne croyait à son histoire.

— Nous avons passé en revue toutes vos mensurations et c'est Leah qui s'approche le plus de celles de Maria. C'est donc elle qui présentera la robe de mariée ce soir.

Un murmure de surprise s'éleva dans la salle. Les filles se donnaient des coups de coude et se contorsionnaient pour dévisager Leah, qui s'empourpra et baissa les yeux. Toutes pivotèrent ensuite pour jauger la réaction de Maria. Installée au premier rang, affichant un sourire digne, celle-ci se contenta de hausser ses élégantes épaules.

— *Va bene*, je vous laisse entre les mains expertes de Giulio, qui va vous détailler l'ordre de passage, et de Luigi, qui met en scène le show. *Grazie*, mesdames.

À la seconde où Carlo descendit de la scène, les bavardages allèrent bon train. Quelques-unes des filles plus expérimentées se rassemblèrent autour de Maria, pendant que d'autres adressaient à Leah des félicitations hypocrites. Maria finit par se lever pour aller à la rencontre de sa remplaçante. Toutes les têtes se tournèrent pour observer la scène.

À la surprise de Leah, Maria lui sourit et l'embrassa sur les deux joues.

— Merci pour ton aide, ma chérie. Ces Américains sont tellement possessifs avec moi ! Bonne chance. Si tu as besoin de quoi que ce soit, n'hésite pas, d'accord ?

Leah, qui retenait son souffle, exhala. Maria retourna s'asseoir tandis que Giulio grimpait sur le podium pour annoncer l'ordre de passage.

Pendant le reste de la matinée, Leah se concentra sur l'apprentissage de ses mouvements avec l'aide de Maria, qui la couvait à la manière d'une mère poule, lui apportant du café chaque fois qu'elle était trop occupée pour s'en charger elle-même.

À l'heure du déjeuner, Jenny et Leah sortirent prendre l'air.

— Je n'en reviens pas de la manière dont Maria te materne. Toutes les filles l'ont remarqué. Elle paraît presque trop gentille, non ? Fais attention à toi.

Leah approuva de la tête, bien que la sollicitude de Maria lui parût plutôt sincère.

La perspective des changements de tenue qu'elle allait devoir effectuer à toute vitesse ce soir-là – une demi-douzaine en tout – angoissait Leah. Elle avait beau avoir observé les autres filles soir après soir, elle se demandait encore comment elles se débrouillaient.

Les répétitions furent un véritable désastre. Leah rata deux enchaînements, si bien que Giulio lui cria dessus.

Une heure avant le show, Leah était en train de se faire coiffer, les nerfs en pelote, lorsque Maria arriva derrière elle.

— Tu as l'air stressée, ma chérie, non ? (Leah confirma de la tête en se levant.) Tiens, prends ça, ça t'aidera à te calmer, dit-elle en lui tendant trois petites pilules blanches.

— Non merci, Maria.

— C'est juste de l'aspirine. Regarde, j'en prends aussi.

Maria enfourna deux pilules dans sa bouche, qu'elle avala avec un verre d'eau.

Leah se radoucit. Les lumières aveuglantes et ses cheveux trop tirés lui avaient flanqué une affreuse migraine. Et puisque Maria avait ingurgité les comprimés, ils ne pouvaient pas lui faire de mal.

— Merci, dit-elle en les avalant à son tour.

Une demi-heure plus tard, Leah avait enfilé sa première tenue, une jupe avec un pull-over en laine douce à l'encolure dégagée, et s'employait à garder son calme. Dix minutes avant le coup d'envoi du défilé, Carlo apparut en coulisse, resplendissant dans un costume ivoire.

— Bonne chance, les filles ! Je sais que vous allez me rendre fier. (Il s'avança vers Leah, lui prit les mains et l'embrassa.) Tu es magnifique, *cara.* Crois-moi, dans une heure, tu seras devenue la star du monde de la mode.

— Allez, les filles, on se met en position !

Alors que Leah s'avançait pour prendre sa place, son estomac fit une brusque culbute et ses mains devinrent subitement moites.

— C'est le stress, Leah, la rassura Jenny en découvrant le visage livide de son amie et la pellicule de transpiration qui faisait briller son front. Tout ira bien une fois que tu seras sur scène, je te le promets.

Jenny avait sans doute raison, pourtant, elle avait tout à coup atrocement mal au ventre. Elle s'approcha de l'entrée du podium et écouta les murmures dans le public. Ce soir-là, c'était elle qui précédait les autres filles. L'animateur prit la parole, faisant taire l'assistance, puis elle entendit la musique d'ouverture familière. La douleur qui lui vrillait l'estomac se fit plus lancinante.

— Allez, go ! lança le chorégraphe.

S'avançant sous les projecteurs, Leah fut accueillie par une salve d'applaudissements. Lorsqu'elle revint en coulisse, elle se dirigea vers la costumière, un peu moins nerveuse mais définitivement mal en point.

Les vingt minutes suivantes furent un cauchemar. Leah changea de tenue à six reprises, convaincue qu'elle allait s'évanouir à tout moment. Elle ressentait un besoin pressant d'aller aux toilettes, mais ne pouvait se permettre de perdre une minute. Serrant les dents, elle réussit tant bien que mal à défiler en souriant.

Tu y es presque. Plus que la robe de mariée, s'encouragea-t-elle en s'empressant d'aller se changer.

Elle était en train d'enlever sa robe de soirée lorsqu'il fut évident qu'elle ne pourrait pas tenir une seconde de plus.

— Je suis désolée, il faut que j'aille aux toilettes, s'excusa-t-elle en abandonnant sur place la costumière interloquée, la robe de mariée entre les mains.

— Vite ! Dépêchez-vous ! cria Giulio en accourant. Maria, viens là et enfile la robe !

Maria, un sourire triomphal sur le visage, s'approcha d'un pas nonchalant.

— Mon employeur américain ne va pas apprécier, protesta-t-elle mollement tandis qu'on lui passait la robe par-dessus la tête. Houla, c'est un peu serré en haut.

— Alors enlève ton soutien-gorge, vite ! hurla Giulio.

— Si tu insistes…, fit-elle dans un large sourire.

Une minute plus tard, elle apparut sur le podium et un bref cri de surprise résonna dans la salle, suivi d'applaudissements nourris. Les autres filles la rejoignirent, tandis qu'un Carlo perplexe montait sur la scène pour recevoir une ovation.

Jenny trouva son amie aux toilettes, recroquevillée sur le sol.

— Qu'est-ce qui t'arrive, ma belle ? Il faut qu'on appelle un médecin !

— C'est inutile.

— Tu es blanche comme un linge, Leah. Tu as mal où ? Au ventre ?

— Oui. Je n'arrête pas de… me vider. Excuse-moi, dit-elle, et elle poussa Jenny hors de la cabine, dont elle émergea cinq minutes plus tard pliée en deux, avant de s'effondrer à nouveau.

— Ça ressemble à une intoxication alimentaire. Pourtant tu n'as quasiment rien avalé aujourd'hui.

— Est-ce que Maria a porté la robe de mariée ?

— Oui, confirma Jenny. Elle a fait forte impression. Elle a dû enlever son soutien-gorge, si bien qu'on voyait *tout* à travers le tissu. Ce n'était pas ce que Carlo avait prévu, mais je suis prête à parier que ça sera dans tous les journaux demain.

— Elle m'a donné des comprimés. De l'aspirine, a-t-elle prétendu. Elle en a pris deux, elle aussi. La douleur est apparue environ une heure après.

— Bon sang..., souffla Jenny. À tous les coups, cette garce t'a filé des laxatifs. J'ai déjà entendu ce genre d'histoire, mais je n'arrive pas à croire que Maria ait pu tomber aussi bas. Tu penses vraiment que c'est à cause de ça ?

— Oui. Je n'ai rien mangé de la journée et je me sentais très bien jusque-là.

— Merde... Je vais aller te chercher tes vêtements, tu pourras te changer pendant que j'appelle un taxi. Ensuite j'irai voir Carlo. Il est hors de question que Maria s'en tire comme ça.

— Laisse tomber, Jenny. Je ne peux rien prouver, la raisonna Leah, mais son amie avait déjà disparu.

Leah était couchée dans son lit, triste et épuisée. Elle était arrivée juste à temps dans sa chambre d'hôtel pour se ruer aux toilettes, où elle venait de passer une heure. Elle n'en revenait pas qu'on puisse infliger quelque chose d'aussi odieux à autrui.

Toutefois, la soirée qu'elle venait d'endurer ne faisait que confirmer son intuition : elle n'était pas taillée pour ce monde-là. Sans compter qu'après s'être ridiculisée ainsi devant tout le gratin de la mode, elle était convaincue que plus personne ne voudrait la faire travailler. Le lendemain, décida-t-elle, elle achèterait un billet d'avion avec ses honoraires et rentrerait dans le Yorkshire, qu'elle n'aurait jamais dû quitter.

Une larme solitaire roula sur sa joue, mais elle se réconforta en songeant que, vingt-quatre heures plus tard, elle serait blottie au chaud dans son lit, avec sa mère pour la dorloter.

La jeune fille sombra dans le sommeil, soulagée à l'idée que le pire se trouvait derrière elle.

Des coups insistants frappés à la porte l'extirpèrent de ses rêves.

— Qui est là ?

— C'est Carlo.

— Je ne me sens pas bien, Carlo. Laisse-moi, s'il te plaît.

— *Cara*, je t'en supplie. Ouvre-moi. Je ne partirai pas avant de t'avoir vue.

À contrecœur, Leah se leva, déverrouilla la porte et se remit au lit juste avant que ses jambes ne la lâchent.

Carlo vint s'asseoir au bout du lit, sa mine trahissant son inquiétude, et prit la main de Leah.

— Comment te sens-tu ?

— Déjà un peu mieux. Je suis tellement désolée, Carlo.

— Ne t'excuse pas. Jenny m'a raconté ce que Maria a fait, ce qu'un autre témoin m'a confirmé. Tout ça est entièrement ma faute. J'ai été stupide de penser qu'elle accepterait la nouvelle de bonne grâce. Je suis profondément navré, *piccolina*.

— Cela m'a permis de comprendre que le milieu de la mode n'est pas fait pour moi. Je rentre chez moi demain, lui annonça-t-elle, l'air triste.

— C'est hors de question ! s'opposa Carlo aussi sec. Tiens, regarde, dit-il en lui mettant un exemplaire d'*Il Giorno* entre les mains.

Sur la première page s'étalait une grande photo de Leah en robe de soirée – son avant-dernière tenue du défilé – et, au-dessus, quelques mots en lettres capitales.

— Qu'est-ce que ça dit ? voulut savoir Leah.

— « Qui est cette fille ? », lui traduisit Carlo. Je te lis la suite : « Voici le visage du mannequin qui a fait sensation hier soir au défilé prêt-à-porter de Carlo Porselli. Elle n'a pas été vue à la réception donnée le soir même, ni à aucun autre événement cette semaine à l'exception d'une brève apparition dans une boîte de nuit lundi soir, où elle a été aperçue au bras de Carlo lui-même avant de repartir seule. Des rumeurs affirment qu'elle appartiendrait à l'aristocratie russe et qu'elle descendrait du tsar lui-même... »

Leah ne put s'empêcher d'éclater de rire. Carlo poursuivit :

— « Nul ne comprend pour quelle raison le flamboyant Carlo a choisi Maria Malgasa, son ex-compagne, pour présenter la robe de mariée. Selon certains, il s'agirait d'une main tendue destinée à apaiser la fougueuse Maria, l'identité de sa nouvelle muse ne faisant aucun doute. Le rayonnement et la beauté naturelle de ce mystérieux mannequin... » Je continue ?

— Non, répondit Leah.

— Tu vois, la petite combine de Maria s'est retournée contre elle... Le fait que tu n'aies pas porté la robe de mariée et ton absence dans les soirées n'a fait qu'attiser la curiosité des médias. C'est une bonne chose que tu ne goûtes pas aux mondanités comme les autres, ça te rend mystérieuse, et les journalises raffolent de ça.

— Je préfère quand même rentrer chez moi, Carlo.

— La décision t'appartient. Je comprends que tu sois échaudée par le comportement abject de cette fille. Mais ne vois-tu pas que tu as toutes les cartes en main pour lui rendre la monnaie de sa pièce ?

Tu peux devenir une véritable star – exactement ce qu'elle craint ! Reste et brille plus fort qu'elle ! Si tu renonces, elle s'en félicitera et pensera avoir gagné la partie. Tu comprends ?

Leah approuva lentement de la tête, mais garda le silence.

— Quel âge as-tu, Leah ?

— Je viens d'avoir dix-sept ans.

— Ah, ma *piccolina* ! Je comprends mieux maintenant. Tu es trop jeune pour avoir à affronter tout ça. À partir de maintenant, je serai à tes côtés pour te protéger. (Il écarta les cheveux du visage de Leah.) Je suis désolé de t'avoir embrassée l'autre jour. Je t'ai trouvée si *bellissima*, si sophistiquée. Si tu décides de continuer, je te promets de ne plus jamais t'approcher. Tu as ma parole.

Leah l'observa. Il semblait sincère.

— Il faut que tu restes, Leah. C'est ton destin.

— D'accord, répondit-elle.

Lorsqu'elle émergea de l'ascenseur le lendemain, Leah se trouva face à une horde de photographes.

Sa nouvelle vie venait de commencer.

DEUXIÈME PARTIE

Août 1981 – Janvier 1982

1

Londres, août 1981

— Nous y sommes, les gars. Levons nos verres à notre dernière semaine de jeunes hommes insouciants. Bientôt, il faudra se réveiller à l'aube et bosser jusqu'à 20 heures. Fini les grasses matinées, les premiers cours du matin loupés et les siestes l'après-midi pour décuver. Qui sait, certains d'entre nous deviendront peut-être des piliers de notre chère Albion. Mais en attendant, attelons-nous à ce que nous savons faire le mieux : boire !

Les cinq jeunes hommes attablés dans un pub miteux de l'Ouest de Londres brandirent leurs verres de concert.

— Et dire que j'ai osé me plaindre de la quantité de boulot que mon prof me filait, grogna Rory.

— Au moins, vous aurez de longues pauses déjeuner dans la City. On ne peut pas en dire autant pour les étudiants en médecine, se plaignit Toby.

— De nous tous, c'est Brett qui s'en sort le mieux. Travailler avec Papa pour un salaire de départ que la plupart d'entre nous seront contents de toucher en fin de carrière, c'est la bonne planque, le taquina gentiment Sebastian.

— Je sais, les mecs, la vie est dure au sommet de l'échelle, plaisanta Brett, qui aurait volontiers échangé sa place avec l'un d'eux.

Ses quatre bons amis de Cambridge avaient tous *choisi* leur future carrière, et Brett aurait renoncé à son généreux salaire de bonne grâce pour pouvoir les imiter.

Ce dernier, ayant beaucoup apprécié ses trois années d'université, regrettait que son cursus arrive à son terme. Il n'avait pas travaillé particulièrement dur, jugeant les cours de droit peu épanouissants, mais il avait trouvé dans les cercles artistiques de l'université du réconfort et ses plus proches amis. Il s'était impliqué dans Footlights, le club d'art dramatique, avait côtoyé des collectifs de peintres et joué dans un ou deux spectacles. À son grand étonnement, il avait même réussi à décrocher son diplôme avec mention.

Brett observa ses camarades, l'air triste. Aucun d'eux n'avait fait le choix de poursuivre une carrière artistique. Être étudiant à Cambridge et se comporter de manière scandaleuse allaient de pair, après quoi il fallait se résoudre à entamer une vie rangée avec un boulot respectable.

Brett semblait être le seul à ne pas accepter cet état de fait. La semaine suivante, il commencerait à travailler pour son père, une perspective qu'il redoutait. Au sein de l'univers préservé de Cambridge, Brett n'était qu'un étudiant désireux de s'amuser parmi d'autres, mais aujourd'hui, deux mois seulement après leur remise de diplôme, le jeune homme sentait la différence entre ses amis et lui.

— C'est pour moi, les gars, annonça Brett en sortant une American Express qu'il posa sur la note.

— Santé, Brett ! lança Sebastian. Bon, je ne sais pas ce que vous en pensez, mais moi, je ne suis pas encore prêt à rentrer chez moi. Ma sœur Bella m'a filé des invitations pour la soirée la plus chaude de la ville. Ça se passe chez Tramp, pour l'anniversaire d'une top model. Il devrait y avoir de jolies nanas.

Le cœur de Brett s'emballa soudain. Il n'ignorait pas que Leah Thompson poursuivait une carrière brillante – elle était devenue l'un des mannequins les mieux payés au monde. Les chances que leurs chemins se croisent à nouveau étaient minces.

Il avait fait de son mieux pour l'oublier, mais voir le visage de Leah qui s'étalait sur toutes les couvertures de magazines depuis plusieurs années ne lui avait pas facilité la tâche. Il était sorti avec les plus jolies filles de l'université, mais rien n'avait remplacé les sentiments qu'il continuait d'éprouver pour son premier amour. Qu'importe la personne qui l'accompagnait, Leah occupait ses pensées.

Lorsqu'il cherchait à se raisonner, Brett se demandait s'il avait amplifié ses premiers émois, mais non : son cœur se serrait chaque fois qu'il voyait une photo de Leah et il se surprenait fréquemment à rêver du jour où il la reverrait.

— Venez, on va prendre un taxi. Ce serait dommage que les plus belles filles soient déjà prises quand on arrive, lança Sebastian.

Ils hélèrent un taxi, puis partirent en direction du Tramp.

— *Cara*, tu es resplendissante ce soir.

Carlo se tenait devant la porte d'entrée de chez Leah, dans le quartier de Holland Park. Il l'embrassa sur les deux joues.

— Merci, Carlo. Entre, je vais te présenter ma mère.

Elle le précéda dans le vestibule, la robe blanche qu'il avait dessinée spécialement pour elle produisant un léger bruissement à chacun de ses pas, puis dans le vaste salon où une femme d'une quarantaine d'années était assise, visiblement mal à l'aise dans une robe noire Yves Saint Laurent.

— Maman, je te présente Carlo.

— Ravie de vous rencontrer, monsieur Porselli. Notre Leah nous a beaucoup parlé de vous.

— Tu ne trouves pas que Maman est magnifique ? On est allées faire un peu de shopping hier et on a choisi cette tenue pour ce soir, déclara Leah en posant sur sa mère un regard empli de fierté.

— Vous êtes sublime, madame Thompson. Je sais maintenant d'où Leah tient sa beauté.

— C'est très gentil de votre part, monsieur Porselli, répondit Doreen, gênée. Je suis bien plus à l'aise avec une jupe et un tablier.

— Moi, je te trouve superbe, intervint Leah. Tenez, une petite coupe de champagne.

— Ah, *sì*. C'est un jour de fête, mais aussi de deuil puisque je cède ma muse aux Américains la semaine prochaine.

— Ne sois pas si dramatique, Carlo ! Si je m'installe à New York, c'est pour mon contrat avec la marque de cosmétiques, mais aussi parce que j'y suis déjà la plupart du temps. Tu sais que c'est là-bas que tout se passe en ce moment.

— *Sí*, Leah. C'est juste que New York est très éloigné de Milan…

— Je serai là pour ton défilé dans à peine six semaines. Maintenant, avant qu'on parte, j'ai quelque chose pour toi, Maman. Je sais que c'est mon anniversaire et que c'est moi qui suis censée recevoir des cadeaux, alors je veux que tu me promettes de l'accepter.

Elle se dirigea vers le secrétaire ancien en acajou, dont elle sortit une enveloppe.

— Tiens, dit-elle en la tendant à sa mère. Ouvre.

Doreen Thompson glissa un doigt sous le rabat de l'enveloppe et jeta un coup d'œil à sa fille, dont l'impatience était perceptible. Après l'avoir décachetée, Doreen en tira une liasse de papiers sur lesquels s'étalaient des lignes de charabia juridique incompréhensible, parmi lequel elle distingua leurs noms, à son mari et à elle, imprimés à plusieurs reprises sur la première page.

— Qu'est-ce que c'est, Leah ? On dirait un testament.

Carlo et Leah éclatèrent de rire.

— Ce n'est pas un testament, Maman, mais l'acte de propriété d'une nouvelle maison à Oxenhope, que j'ai achetée pour Papa et toi.

Doreen s'assit et feuilleta le document en silence. Leah vint s'agenouiller devant elle. Levant la tête, Doreen décela des larmes dans les yeux de sa fille.

— Leah, ma chérie. Je ne peux pas accepter. (Ses yeux aussi s'étaient embués.) Tu nous as déjà tellement donné.

— Je veux que tu acceptes, Maman, insista Leah en prenant la main de sa mère. C'est l'une des raisons pour lesquelles j'exerce ce métier : pour pouvoir vous gâter, Papa et toi. Cette maison a été aménagée pour pouvoir accueillir le fauteuil roulant de Papa. Elle est toute neuve, avec un salon agréable, une chambre spacieuse pour vous et une autre pour que je puisse vous rendre visite.

Doreen éclata en sanglots, et mère et fille s'enlacèrent.

— Oh Leah… Merci. J'espère juste que tu n'as pas dépensé tout ton argent. Il faut que tu le gardes pour toi. C'est toi qui l'as gagné, après tout.

— Ne t'inquiète pas, j'ai de quoi tenir quelques années. Et puis, Carlo m'a donné des conseils pour l'investir. Je vais venir dans le Yorkshire ce week-end pour vous montrer la maison, annonça Leah fièrement.

Carlo se leva, ému devant la tendresse qui se dégageait de la scène, puis dit :

— Il est temps d'y aller, mesdames.

Il avait attendu longtemps cette soirée et il était grand temps qu'elle débute.

Miranda Delancey suivit les invités à l'intérieur de la boîte de nuit bondée. Une foule de photographes étaient postés devant l'entrée, lui donnant l'impression d'être une star. Elle jeta un coup d'œil à la banderole accrochée sur un mur.

« Joyeux 21e anniversaire Leah, de la part de tous tes amis ! »

Une nouvelle fois, un sentiment de jalousie étreignit Miranda. Elle avait du mal à croire tout ce que Leah avait vécu pendant qu'elle était restée coincée chez elle entre couches sales et régurgitations de bébé. Elle devait cependant admettre que Leah avait fait preuve d'une gentille attention en adressant à « Rose et sa famille » une invitation à sa fête d'anniversaire.

Rose, Miranda et Chloe avaient effectué le voyage depuis le Yorkshire la veille. Rose ayant des affaires à régler avec Roddy, elle avait proposé de garder Chloe chez lui afin que Miranda puisse se rendre à la soirée organisée par Leah.

Ce soir, Miranda avait bien l'intention de ne pas laisser passer sa chance.

Lorsque la limousine de Leah s'arrêta devant la boîte de nuit, les paparazzis affluèrent vers elle. Le propriétaire du Tramp vint l'accueillir à l'entrée.

— Carlo, embrassez Leah pour son anniversaire ! cria l'un des photographes.

Alors, Carlo prit Leah dans ses bras et posa un baiser sur ses lèvres.

— Parfait !

Les flashs crépitèrent. Au même moment, le taxi qui abritait Brett et ses amis s'arrêta derrière la limousine.

Debout sur le trottoir, comme pétrifié, Brett regarda ce grand Italien passer un bras autour des épaules de Leah, puis tous deux disparaître à l'intérieur. Saisi de nausée, il fut soudain pris d'une irrépressible envie de s'enfuir en courant.

— Je crois que je vais rentrer chez moi, les gars. Allez-y sans moi…

Une pluie de moqueries fraternelles se déversa sur lui, et il fut propulsé malgré lui à l'intérieur du club. Apercevant Leah bien accompagnée, il préféra se retrancher dans un coin discret.

Carlo observait Leah de loin. Il éprouva une bouffée de fierté en se remémorant ce jour où il l'avait trouvée recroquevillée sur le lit de sa chambre d'hôtel, à Milan, déterminée à renoncer à sa carrière et à retourner à l'anonymat. La jeune femme élégante et digne entourée d'une nuée d'admirateurs pendus à ses lèvres n'était autre que sa production. Elle avait atteint le sommet.

Comme d'un échantillon de soie brute, il avait conçu une création extraordinaire qui surpassait son origine modeste. Une tâche qu'il avait accomplie à force de temps, de patience et de savoir-faire. À l'image de tout grand couturier, il avait prêté attention aux moindres détails. Quatre années durant, il avait admiré sans jamais la toucher cette silhouette sensuelle habillée de ses vêtements.

Carlo savait qu'il serait récompensé ce soir du temps qu'il avait consacré à façonner Leah.

Elle avait vingt et un ans désormais, et il avait bien assez attendu.

— Bonsoir, très chère. Accepteriez-vous de danser avec moi ?

Miranda avait devant elle un homme de grande taille, plus âgé qu'elle et qui parlait avec un accent étranger.

— Pourquoi pas ? dit-elle après avoir vidé sa vodka-Coca d'un trait.

L'homme la guida jusqu'à la piste et se mit à bouger en rythme. Miranda identifia ses gestes maladroits comme ceux d'un homme tentant d'adapter les mouvements appris adolescent dans une salle de bal à la musique disco contemporaine.

Miranda le jaugea. Il devait avoir une soixantaine d'années. Même dans la pénombre, elle pouvait discerner les petites veines qui sillonnaient son visage et constater qu'il souffrait de sévères manquements au rayon capillaire.

Bon, ce n'était clairement pas un Apollon, mais Miranda avait pris note de la Rolex dorée à son poignet et du costume visiblement onéreux. Elle passa aussitôt à l'action, convoquant toutes les techniques qu'elle avait dû remiser ces quatre dernières années. Elle se mit à danser de manière sensuelle, presque animale, s'approchant assez près de son partenaire pour qu'il puisse profiter du décolleté de sa robe dorée ajustée.

— Champagne ? lui proposa-t-il une fois la chanson terminée.

— Volontiers.

— Que fait une charmante fille comme vous dans un endroit tel que celui-là ? lui demanda-t-il.

— Je suis une vieille amie de Leah.

— Ah, Leah Thompson ! Elle est magnifique, comme vous.

— Et vous ? s'enquit Miranda.

— Je m'arrange toujours pour être au courant des événements à ne pas rater en ville, répondit-il avec un clin d'œil. Allons trouver un coin tranquille pour que vous puissiez m'en dire davantage sur vous.

Il prit la bouteille de champagne et s'éloigna du bar, Miranda sur ses talons.

En sortant des toilettes, Leah tomba nez à nez avec Brett, qui venait de se décider à lever le camp.

Sentant les battements de son cœur s'accélérer, elle s'obligea à se rappeler la manière dont il l'avait traitée quelques années plus tôt. Mais tout ce qu'elle voyait, c'était le garçon qui hantait ses rêves depuis si longtemps.

Brett avait changé, ses traits d'adolescent s'étaient affirmés, et il ressemblait plus que jamais à Rose.

Alors qu'ils se faisaient face, les souvenirs des moments merveilleux qu'ils avaient passés dans le Yorkshire surgirent dans leur esprit, reléguant aux oubliettes l'affreuse manière dont ils s'étaient quittés.

— Salut, lancèrent-ils en même temps, avant de rire tous les deux.

— Bon anniversaire, Leah, dit Brett, et le simple fait de prononcer son prénom après toutes ces années le fit frissonner.

— Merci.

Brett fouilla son esprit à la recherche de quelque chose à dire qui la retiendrait près de lui.

— Tu es très jolie, finit-il par lâcher – c'était certes un peu mièvre, mais sincère.

— Merci, répondit-elle, davantage touchée par les mots de Brett que par la flopée de compliments entendus ce soir-là. Tu as l'air en forme. Tu t'apprêtais à partir ?

— Eh bien, je…

— On allait porter un toast. Reste au moins boire une coupe de champagne, l'encouragea Leah avec un peu trop d'empressement.

— Avec plaisir, répondit Brett, soulagé.

Au même instant, la musique s'arrêta et le propriétaire du club s'avança au centre de la piste de danse.

— Mesdames et messieurs, lança-t-il en tapant dans ses mains.

— Leah, où étais-tu passée ? Viens avec moi, siffla Carlo, l'air contrarié.

— À tout à l'heure, souffla-t-elle à Brett.

— Je vous laisse à présent avec Carlo Porselli qui, vous le savez sûrement, est celui qui a découvert notre reine du jour et nous reçoit ce soir.

Une acclamation s'éleva à nouveau dans la foule. Brett remarqua le regard possessif que Carlo posait sur Leah. Dans son discours, il parla d'elle comme d'un objet dont il était propriétaire. Elle se tenait à son côté, silencieuse, la tête baissée, gênée d'entendre Carlo louer ses nombreuses qualités.

— Si vous le voulez bien, nous allons maintenant lever notre verre à Leah. À Leah !

— À Leah ! s'écrièrent les invités en chœur.

— À Leah, murmura Brett comme pour lui-même.

— À présent, j'aimerais être le premier à danser avec toi pour ton grand jour, déclara Carlo, tendant une main à Leah pour l'emmener au centre de la piste.

Brett eut un mouvement de recul en le voyant entourer Leah de ses bras et l'attirer tout contre lui. Vu la façon dont ils dansaient ensemble, il était évident qu'ils avaient une liaison. N'ayant pas la force d'être témoin de la scène, il détourna les yeux.

— Oh, Leah, j'ai tellement attendu ce moment…, murmura Carlo.

Leah décela quelque chose d'inhabituel dans l'intonation de sa voix – une inflexion semblable à celle qu'elle avait perçue à Milan, le soir où il l'avait embrassée. Aussitôt, un malaise s'empara d'elle. Elle sentait les regards curieux braqués sur eux – il s'en dégageait presque une sorte d'excitation.

— Embrasse-moi, susurra Carlo en inclinant le visage de Leah vers lui.

— Carlo, je…

Mais ses lèvres se posèrent sur les siennes avant qu'elle ait eu le temps de protester. Elle se recula et enfouit sa tête dans l'épaule de Carlo tandis que la foule se mettait à applaudir.

— C'est très gênant, Carlo.

— Toujours aussi timide, ma chérie. Ne t'inquiète pas, nous aurons tout le temps d'être seuls plus tard. J'aimerais que tu m'accompagnes à mon hôtel. Ton cadeau d'anniversaire se trouve dans ma chambre.

La chanson prit fin et le DJ enchaîna avec un morceau de Shakin' Stevens. La piste s'emplit alors de danseurs enthousiastes.

— Je suis navrée, Carlo, mais je dois aller voir quelqu'un.

Leah se libéra de son étreinte et chercha Brett du regard. En l'apercevant qui se dirigeait vers la sortie, elle s'empressa de le rattraper.

— Tu essayais encore de filer en douce ? le taquina-t-elle.

— En fait, oui, répondit-il, embarrassé.

Si Leah était devenue une jeune femme sophistiquée, elle n'avait en revanche aucune idée de la manière dont on faisait comprendre à un homme qu'on n'avait pas envie qu'il s'en aille.

Brett prit son courage à deux mains :

— Ça te dit de danser avant que je parte ?

— Hé, hé ! On dirait que tu as réussi à mettre la main sur la star de la soirée ! lança Toby, l'ami de Brett, en arrivant près d'eux, une jeune fille décoiffée pendue à son bras.

— Leah et moi… sommes de vieux amis. Viens, dit-il à cette dernière, l'apparition de Toby lui fournissant l'excuse dont il avait besoin pour s'éclipser avec elle.

Brett pria pour que le DJ lui vienne en aide en choisissant un slow, mais celui-ci opta pour un morceau au rythme rapide. La chanson laissa ensuite place à un duo entre Diana Ross et Lionel Richie. Brett saisit cette opportunité pour s'approcher de Leah.

— Je suis très heureux de te revoir après tout ce temps, risqua-t-il.

— Moi aussi.

Le corps de Leah contre le sien, Brett sentit une décharge électrique le parcourir.

— J'aimerais beaucoup te revoir, Leah, et prendre le temps de t'expliquer, eh bien… ce qui s'est passé. Malheureusement, je m'envole pour New York dimanche.

Mon père y a ses bureaux et je commence à travailler pour lui la semaine prochaine. Je pourrais peut-être t'écrire ?

— Ne te donne pas la peine d'acheter des timbres, répliqua Leah en riant. Je pars moi aussi pour New York. J'ai un vol mardi. Je viens de signer un contrat pour la marque Chaval.

— C'est fou, cette coïncidence ! Où vas-tu loger ?

— Je serai au Plaza les deux premières semaines, puis je chercherai un appartement avec Jenny, ma meilleure amie. Elle travaille là-bas pour une autre marque de cosmétiques.

— Tu pars seule ou est-ce que Carlo t'accompagne ? demanda Brett d'une voix prudente.

— Seule. Carlo a ses défilés bientôt. Il repart pour Milan demain.

Brett s'obligea à masquer son soulagement.

— Est-ce que je pourrai t'appeler à ton hôtel ?

— Oui, d'accord.

Une main la fit pivoter brusquement.

— Leah. Je crois qu'il est temps que nous y allions.

Carlo titubait. Leah comprit qu'il était ivre.

— Carlo, je vais rentrer directement chez moi. Ma mère est là en ce moment, tu te souviens ? Tu pourras me donner ton cadeau une autre fois.

Carlo paraissait sur le point d'exploser.

— *Permeso*, jeta-t-il à Brett avant de prendre Leah par le bras pour l'entraîner vers la sortie du club.

— Arrête, Carlo ! Tu me fais mal ! s'écria-t-elle, tentant de dégager son poignet de son étreinte.

— Je suis désolé, mais il faut que tu viennes avec moi. J'ai tout prévu.

Il l'obligeait à présent à descendre les marches – Dieu merci, il n'y avait presque plus de paparazzis en vue.

— Carlo ! Je t'ai demandé de me lâcher.

À nouveau, elle essaya de se libérer. Ce n'était pas le Carlo qu'elle connaissait. Une terreur sourde l'oppressa soudain.

Une fois sur le trottoir, Carlo héla un taxi tandis que Leah s'évertuait toujours à dégager son bras.

— Je ne viendrai pas avec toi, Carlo. Tu es soûl.

— Leah, s'il te plaît, la supplia-t-il en tentant de la faire monter dans le taxi.

— Non ! protesta-t-elle une nouvelle fois, au désespoir.

Deux bras puissants l'attrapèrent alors par les épaules, la délivrant enfin de l'étau dans lequel Carlo l'avait emprisonnée.

— Il me semble que cette jeune femme ne souhaite pas vous accompagner, monsieur Porselli.

Leah reconnut cette voix. En pivotant sur elle-même, elle se trouva nez à nez avec Miles, qui avait trois appareils photo pendus autour du cou. D'un geste brusque, il poussa Carlo à l'intérieur du taxi et referma la portière.

— Conduisez cet homme à son hôtel, ordonna-t-il au chauffeur, qui salua Miles de la main puis démarra.

— Merci, parvint à articuler Leah. Je ne sais pas ce qui lui a pris. C'est la première fois que je le vois se comporter de la sorte.

Après l'incident dans la grange, il lui était difficile d'exprimer à Miles une quelconque gratitude. Ce dernier garda le silence, se bornant à braquer sur elle son regard si particulier.

— Leah ! Est-ce que ça va ? s'écria Brett en accourant vers elle, l'inquiétude visible sur ses traits.

— Oui, tout va bien. Grâce à Miles.

— Oh, salut, Miles. (Brett avança une main, que Miles serra avec réticence.) Qu'est-ce que tu fais là ?

— J'exerce mon métier, répondit Miles, glacial.

— Miles est photographe. Son travail figure régulièrement dans la presse.

Ce que Leah ignorait, c'était que Miles passait une grande partie de son temps à traîner devant les restaurants et les boîtes de nuit dans l'espoir de surprendre les faux pas de célébrités dont il proposait ensuite les clichés à tous les journaux à scandale.

— Je vais te trouver un taxi, dit Miles.

— Il faut que j'aille chercher ma mère. Elle est encore à l'intérieur.

— Je m'en charge, affirma-t-il en hélant un taxi, dont il ouvrit la portière pour Leah. Monte, lui dit-il avant de s'éclipser.

— Salut, Leah. On se voit à New York, lui dit Brett dans un sourire.

— Oui, avec plaisir.

Un bref silence s'installa, durant lequel Leah et Brett se dévisagèrent. Brett allait la prendre dans ses bras quand Miles réapparut, accompagné de Mme Thompson. Alors il déposa un baiser chaste sur sa joue, salua Doreen d'un geste de la main, puis s'éloigna.

Désireux de s'éclaircir les idées dans la fraîcheur de la nuit, il décida de regagner à pied le petit appartement de son père situé dans le quartier de Knightsbridge.

Leah et lui, à New York. C'était forcément l'œuvre du destin. Qu'en était-il de ce type, Carlo ? Brett arrivait peut-être trop tard, mais il se devait d'essayer. Une seconde chance s'offrait à lui, et il comptait bien ne pas la laisser passer.

Non loin derrière lui, Miles cheminait aussi vers le minuscule appartement qu'il louait dans Chelsea, l'esprit accaparé par Leah. Une fois chez lui, il prit dans la cuisine une bouteille de whisky à moitié pleine dont il se servit une généreuse dose dans l'espoir d'apaiser sa colère.

Il avait dû convoquer tout son sang-froid pour ne pas briser le cou de cet enfoiré de Carlo. Ce type ne voyait-il pas que Leah était différente des autres ? Une femme qu'il convenait de traiter avec respect et adoration, et non comme une vulgaire traînée ? Il vida son verre d'un trait, alla chercher la clé qui ouvrait sa pièce secrète, puis déverrouilla la porte et entra. Des photos de Leah – qu'il accumulait depuis qu'elle était enfant – couvraient la moindre surface des murs. C'était son temple. Il se posta au centre de la pièce, prit une profonde inspiration et décrivit tout doucement un tour complet sur lui-même. Il inhala Leah, se délecta de sa beauté éthérée. Comme toujours, les images l'apaisèrent instantanément.

Au bout d'un long moment, Miles quitta la pièce, ferma à clé derrière lui et décrocha le téléphone. Après qu'il eut composé un numéro, une voix féminine lui répondit. Ils échangèrent quelques mots, puis il raccrocha, se félicitant qu'elle réside à quelques rues de chez lui.

Il ouvrit ses appareils photo, ôta les pellicules et, comme à son habitude, les remisa dans le réfrigérateur.

Puis il patienta.

Dix minutes plus tard, la sonnette retentit et Miles fit entrer la fille. Sans préambule, il la précéda dans la chambre, où il entreprit de se déshabiller méthodiquement pendant qu'elle ôtait ses propres vêtements. Il éteignit les lumières, à l'exception de la petite lampe de chevet. L'enchaînement d'actions lui était familier.

La fille était prête : elle l'attendait, sa silhouette longiligne allongée sur le lit. Cette fille-là avait duré plus longtemps que la plupart des prostituées qu'il avait mises dans son lit jusque-là. Elle acceptait la rudesse de ses jeux, ne protestait jamais devant ses demandes singulières, et possédait l'avantage d'avoir de longs cheveux châtains. Dans la pénombre, lorsque sa chevelure couvrait une partie de son visage, il parvenait presque à se convaincre qu'il s'agissait de Leah.

Miles la chevaucha, savourant ce sentiment de domination. Il ne les embrassait jamais. Il n'était pas question d'amour – ça, il n'y avait qu'une seule femme qui pouvait le lui offrir.

Pendant l'acte, Miles prit du plaisir à entendre les cris de douleur que la fille poussait en se tortillant sous lui.

— Retourne-toi, lui ordonna-t-il.

La fille eut l'air terrorisée. Ce soir-là, un éclat différent faisait briller les yeux de son client. Quelque chose qui confinait à la folie.

— Miles, je…

Elle commença à ramper en travers du lit, mais Miles la tira vers lui, puis la gifla sur chaque joue, si fort que sa lèvre se mit à saigner.

— Tourne-toi, espèce de garce.

Paralysée par la peur, la fille ne put rien faire d'autre que lui obéir et regarder le sang goutter sur l'oreiller.

— Miles, s'il te plaît, arrête…

Mais Miles ne l'entendit pas. Dans un rugissement, il acheva l'acte. Tandis que la fille gisait sur le lit en gémissant, le visage enfoui dans l'oreiller, il se leva, alla dans la salle de bains et ferma la porte derrière lui. Lorsqu'il en sortit, la fille s'était rhabillée et se tenait devant la porte, le visage enflé et les yeux pleins de larmes.

— Il faudrait enfermer les types comme toi, lâcha-t-elle. Ne m'appelle plus jamais. Si tu essaies de me joindre, je te dénonce à la police. (Elle déverrouilla la porte, puis se tourna vers Miles une ultime fois.) Tu finiras par tuer quelqu'un.

Tandis qu'elle dévalait les deux volées de marches, il sourit, puis haussa les épaules.

Il devrait en trouver une autre le lendemain.

S'allongeant sur les draps froissés, il ôta la taie d'oreiller souillée de sang avec une moue de dégoût. Enfin calmé, il laissa ses paupières se fermer.

2

Miranda se réveilla avec une douleur qui lui martelait le crâne. Désorientée, elle se redressa et jeta un coup d'œil autour d'elle. La pièce ne lui était pas familière, si bien qu'elle lutta pour se rappeler où elle était. Elle s'aperçut qu'elle était nue, et que sa robe et ses sous-vêtements avaient été jetés sur un fauteuil de l'autre côté de la pièce. Sur la table de nuit, elle découvrit une épaisse liasse de billets posés au-dessus d'une note manuscrite.

Chère Miranda,

Merci pour la soirée d'hier. C'était très agréable. J'organise une fête sur mon yacht ce week-end, à Saint-Tropez. J'aimerais que tu sois là. Peux-tu être de retour ici à 18 heures afin que nous nous rendions ensemble à l'aéroport ?

Mon assistant se charge des démarches pour ton passe-port, puisque tu m'as dit hier soir que tu n'en possédais pas. Il t'appellera dans la matinée.

La boutique de l'hôtel va envoyer une sélection de robes parmi lesquelles tu pourras faire un choix. Je te laisse aussi un peu d'argent pour que tu puisses t'offrir quelque chose cet après-midi.

La note était signée d'un gribouillis illisible. Miranda se creusa la tête pour tenter de se remémorer le nom de cet homme et les événements de la veille. Elle se rappelait avoir bu beaucoup de champagne, et de ce type l'aidant à sortir de la boîte de nuit. Après, tout devenait flou.

— Merde !

Rose devait être folle d'inquiétude. Miranda décrocha le combiné du téléphone posé près du lit.

— La réception, j'écoute, carillonna une voix claire.

Miranda avait presque oublié qu'elle se trouvait dans un hôtel.

— Euh, oui… Pourriez-vous appeler les renseignements et m'obtenir un numéro de téléphone ? demanda-t-elle avant d'indiquer le nom et l'adresse de Roddy.

— Certainement, madame. Souhaitez-vous également commander quelque chose pour le petit déjeuner ?

— Non merci, répondit Miranda – l'idée de manger lui donnait la nausée. Mais je veux bien un café.

— Tout de suite, madame. Je vous rappelle dès que j'ai ce numéro de téléphone. Puis-je donner l'ordre à la boutique de vous faire monter les vêtements que vous avez demandés ?

— Euh… oui, répondit Miranda, perplexe.

Tandis qu'elle attendait que le téléphone sonne, elle songea à ce qu'elle allait dire à Rose. Comment refuser l'opportunité qui lui était offerte ? Il fallait qu'elle accompagne ce type en France. Une invitation à rejoindre la jet-set – elle en avait rêvé toute sa vie. Rose comprendrait.

— Ne sois pas jalouse, Leah, gloussa-t-elle alors que la réception la rappelait pour lui transmettre les coordonnées de Roddy.

Miranda prit quelques minutes pour réfléchir, puis elle composa le numéro.

— Bonjour, Roddy. C'est Miranda.

— Oh, Dieu merci ! Où es-tu ? Ta mère se fait un sang d'encre. J'ai dû la convaincre de ne pas prévenir la police.

— Je vais bien, assura Miranda en grimaçant. Tu diras à Rose que j'ai vingt et un ans et que je ne suis plus une gamine.

Roddy laissa échapper un rire.

— Eh bien, tu aurais pu nous dire où tu te rendais, ma chérie. Ta mère a passé la matinée à appeler la terre entière. (Miranda ne répondit pas à la pique lancée par Roddy.) Bref, Rose souhaite repartir dans le Yorkshire avec Chloe. À quelle heure comptes-tu être de retour ?

— En réalité, je ne vais pas repartir avec elles. Un ami de Leah m'a invitée à une fête ce week-end. Dis à Rose que je vais bien, que je la verrai lundi, et demande-lui d'embrasser Chloe de ma part. Au revoir, Roddy.

Sur quoi Miranda raccrocha avant qu'il ait eu le temps de répondre.

En songeant à Chloe, une pointe de culpabilité l'étreignit, toutefois elle se raisonna : elle s'était entièrement consacrée à sa fille durant quatre années. Ne méritait-elle pas de s'amuser un peu ?

Le téléphone sonna à nouveau. « Ian Devonshire », lui annonça la réception. Miranda ignorait de qui il s'agissait.

— Allô ?

— Bonjour, Miranda, je m'appelle Ian Devonshire. Je travaille pour M. Santos, qui m'a chargé de réaliser les démarches pour votre passeport.

— D'accord.

Un sourire éclaira le visage de Miranda en découvrant la peine qu'on était en train de se donner pour elle. Et elle connaissait désormais le nom de son amant.

— J'ai besoin de votre nom de famille et de votre date de naissance afin de pouvoir demander votre certificat de naissance.

— Mon nom de famille est Delancey. Je suis née le 23 juillet 1960.

— Merci. Je passerai à votre hôtel à la mi-journée afin que vous signiez les documents. J'ai un ami au service des passeports qui traitera votre dossier dans l'après-midi. Pouvez-vous vous procurer deux photos d'identité d'ici là ? Vous trouverez une cabine à la gare de Charing Cross. C'est à deux pas du Savoy.

Le Savoy ! Était-ce réellement là qu'elle se trouvait ? Un frisson d'excitation la traversa. Elle confirma à son interlocuteur qu'elle aurait les photos à temps et qu'elle le retrouverait au bar de l'hôtel à midi.

Alors qu'elle raccrochait, on frappa à la porte. Elle sauta du lit un peu trop vite et fut prise de vertige.

— J'arrive ! lança-t-elle en parcourant la pièce du regard, anxieuse de trouver quelque chose pour se couvrir.

Elle finit par s'envelopper du drap à la hâte et alla ouvrir. Un jeune homme entra avec un plateau sur lequel trônaient du café, une rose rouge et une bouteille de champagne dans de la glace.

— Je n'ai pas commandé de champagne, s'empressa-t-elle de préciser.

— Avec les compliments de M. Santos, répliqua le jeune homme en souriant.

Un autre employé de l'hôtel, vêtu du même uniforme, surgit alors avec un chariot chargé d'une étourdissante montagne de boîtes et de sacs.

— Une sélection de vêtements de la boutique, madame. M. Santos vous prie de choisir tout ce qui vous fait plaisir. Si rien ne vous plaît, vous pouvez passer au magasin. La responsable trouvera certainement de quoi vous satisfaire.

Les deux hommes la fixaient, et il vint soudain à l'esprit de Miranda qu'ils attendaient un pourboire. Elle courut jusqu'à la table de nuit en se remémorant la pile de billets, et fut interloquée en découvrant qu'il n'y avait que des coupures de 50 livres. Elle n'eut d'autre choix que de leur en donner un.

— Vous partagerez, annonça-t-elle d'une voix solennelle, remarquant vaguement l'air de déception qui se dessinait sur leurs visages.

Une fois seule, Miranda alla ouvrir l'imposante porte en acajou à l'autre extrémité de la spacieuse chambre, pensant trouver une salle de bains, mais découvrit à la place un somptueux salon avec d'immenses fenêtres flanquées de rideaux en damas doré. Elle s'avança au milieu des meubles luxueux.

Le souffle coupé, elle admira l'Embankment et l'eau argentée de la Tamise en contrebas. Elle devait se trouver dans le penthouse. Elle regagna la chambre et prit dans ses bras autant de vêtements qu'elle le pouvait. Après avoir transporté le tout dans le salon, elle se servit une tasse de café.

Elle s'agenouilla par terre, au milieu de l'abondance de boîtes. Par où commencer ? Eh bien, par la plus imposante. En proie à l'excitation, elle en ôta le couvercle et vit, posée sur du papier de soie, une petite carte aux bords dorés sur laquelle on pouvait lire : « Avec les compliments du Savoy. »

Miranda bondit sur ses pieds et se livra à une petite danse, peinant à croire ce qui était en train de lui arriver. Sous plusieurs couches de papier, elle découvrit la robe de soirée la plus exquise qu'elle avait jamais vue. En satin noir, elle portait le nom d'un couturier mondialement célèbre.

Miranda se débarrassa du drap d'un geste rapide, enfila la robe et retourna dans la chambre pour s'admirer dans le miroir en pied. Elle lui allait à la perfection. Elle tournoya sur elle-même, relevant ses cheveux en chignon d'une main.

— Prends garde à toi, Leah, j'arrive ! exulta-t-elle en courant dans le salon pour ouvrir les autres boîtes, telle une enfant le matin de Noël.

Une heure plus tard, la pièce était jonchée de papier de soie, d'étiquettes, et de milliers de livres de vêtements de luxe gisant un peu partout sur les meubles. Habillée d'une culotte en soie et d'un foulard Hermès autour du cou, Miranda admirait les escarpins en cuir qu'elle venait de chausser.

Avec une pointe de déception, elle se rendit compte qu'il ne lui restait plus qu'un petit paquet à ouvrir. Elle en souleva le couvercle. À l'intérieur, il y avait deux boîtes, l'une plus petite que l'autre. Elle y trouva une paire de boucles d'oreilles en diamants en forme de larmes. Dans l'autre, un sublime collier assorti.

— Ouah…, souffla Miranda.

Les effets secondaires de l'alcool à présent dissipés, elle alla se servir une coupe de champagne.

— À moi ! trinqua-t-elle.

Elle but une gorgée, puis poussa l'amoncellement de vêtements pour se ménager une place sur le canapé. Tout ça pour une rapide partie de jambes en l'air dont elle ne gardait aucun souvenir…

— J'ai dû faire forte impression, se félicita-t-elle dans un sourire en sirotant une nouvelle gorgée de champagne.

Après avoir pris une douche, Miranda revêtit une blouse en soie rose qu'elle accorda avec un tailleur Chanel à la coupe parfaite. Puis elle descendit au rez-de-chaussée et demanda à la réception comment se rendre à la gare de Charing Cross.

Miranda vérifia l'heure pendant qu'elle attendait ses photos d'identité. Midi moins dix. Elle avait juste le temps de regagner l'hôtel pour son rendez-vous avec Ian Devonshire.

Ne considérant nullement comme étranges les événements de la matinée – Miranda avait toujours su que quelque chose d'extraordinaire lui arriverait un jour –, elle se remit tranquillement en route pour le Savoy et s'installa à une table du bar.

— Miranda ?

— Oui.

Un jeune homme au physique quelconque, une paire de lunettes à monture épaisse sur le nez, s'assit en face d'elle.

— Ian Devonshire, dit-il en avançant une main, que Miranda serra. Ravi de vous rencontrer. Puis-je vous proposer quelque chose à boire ?

— Je veux bien un verre de vin blanc.

Ian passa commande, puis il sortit un dossier de sa serviette. Il avait l'air embarrassé.

— J'imagine que vous savez que… que vous n'êtes pas… (Ian semblait attendre de Miranda qu'elle termine sa phrase pour lui, mais celle-ci ignorait où il voulait en venir.) Êtes-vous au courant que vous avez été adoptée ?

— Oui, confirma-t-elle, et Ian parut soulagé. Est-ce que vous avez récupéré mon certificat de naissance ?

— Oui.

— Je peux y jeter un coup d'œil ?

Ian lui tendit un document, que Miranda étudia avec intérêt.

— Alors, mon nom de naissance est Rosstoff, constata-t-elle. (Elle leva les yeux vers Ian. Une idée venait de lui traverser l'esprit.) Vous savez, je crois que je préfère le nom Rosstoff. Est-il possible de faire inscrire celui-là sur mon passeport ?

Miranda songea qu'il serait ainsi plus difficile pour Rose de retrouver sa trace si elle venait à s'absenter… un peu plus longtemps que prévu.

— Je ne vois rien qui vous en empêche. Je poserai la question à mon ami.

— Parfait, répliqua Miranda avec un sourire.

— Si vous voulez bien signer ici et vérifier que toutes les informations sont exactes. (Miranda le lui confirma.) Parfait. Je dépose ça tout de suite et je vous rapporte votre passeport avant 16 heures cet après-midi.

— M. Santos doit être un homme puissant pour pouvoir organiser ça pour moi.

— Absolument. Bien qu'il ne vienne à Londres que rarement, il connaît beaucoup de monde.

— Où vit-il ? s'enquit Miranda.

— En Amérique du Sud, répondit Ian sans la regarder dans les yeux.

— Vous faites souvent ce genre de chose ? Je veux dire, faire établir des passeports ?

Ian haussa les épaules, puis répondit :

— Comme je vous l'ai dit, M. Santos n'est que rarement de passage ici. Bien, je suis navré mais je dois vous laisser afin de m'acquitter de cette tâche. Ravi de vous avoir rencontrée, mademoiselle Delancey… (Il brandit un doigt en l'air et se corrigea.) Mademoiselle Rosstoff. Bon séjour en France.

Ian quitta le bar, laissant Miranda siroter son verre de vin, songeuse.

Qui était ce M. Santos ? Elle tâcha de se rappeler si elle avait entendu ce nom dans les journaux ou à la télévision.

Non. L'espace d'une seconde, elle fut assaillie par le doute. Avait-elle raison de partir seule avec un homme inconnu ? Pour ce qu'elle en savait, il pouvait appartenir à la mafia. Ou se livrer au trafic d'êtres humains. D'un autre côté, elle se trouvait au Savoy et portait pour des milliers de livres de vêtements. Tous les employés de l'hôtel semblaient connaître ce M. Santos, et Ian lui avait paru tout à fait recommandable.

Épuisée tout à coup, Miranda se dirigea vers l'ascenseur, trop absorbée par ses pensées pour remarquer qu'un homme installé dans un coin du bar s'était levé à son tour.

Il regarda Miranda appeler l'ascenseur, puis quitta l'hôtel.

Miranda pénétra dans sa suite. La femme de chambre avait dû passer, puisque les vêtements avaient été rangés dans leurs boîtes et le lit fait.

Elle s'y affala, décidant de piquer un somme en attendant le retour de M. Santos. Lorsqu'elle ferma les yeux, les événements des heures passées se mirent à tourbillonner dans son esprit. Plus heureuse qu'elle ne l'avait été depuis longtemps, elle se laissa doucement glisser dans le sommeil.

3

— Bonjour, David, dit l'homme en lui serrant la main chaleureusement. Comment allez-vous ?

— Bien, merci. Je commençais à me demander si j'allais avoir de vos nouvelles. Notre dernière prise de contact remonte à plus de huit mois.

— Je vous assure qu'il y a de bonnes raisons à cela, répondit l'homme en plissant les paupières. Vous êtes en train de vous en apercevoir vous-même, cette partie d'échecs exige énormément de patience. Chaque coup se doit d'être élaboré avec une infinie précision. Cette opération a nécessité plusieurs années de préparation – et ce n'est pas terminé.

David s'assit derrière son bureau et invita son interlocuteur, un homme grand et barbu, à l'imiter.

— Avez-vous procédé aux vérifications de sécurité que nous avions évoquées ?

— Oui, confirma David. L'équipe a passé ce bureau au peigne fin. Nous pouvons parler en toute confiance.

— Parler n'est jamais entièrement dénué de risques. J'ai toutefois souhaité vous voir dans votre bureau afin de ne pas éveiller de soupçons, expliqua l'homme. Les rendez-vous à minuit dans des parkings souterrains ou sur les plages désertes à l'aube sont réservés au grand écran. Or, ceci n'est pas du cinéma. (Un silence embarrassé s'installa.) Les choses commencent à avancer, à la fois de notre côté et pour vous. N'est-ce pas ?

— Oui, approuva David. J'ai suivi vos instructions. Vous comprendrez aisément que tout cela m'est extrêmement pénible. Mais le projet a débuté il y a six mois, et je commence à gagner sa confiance.

— Vous vous débrouillez à merveille, lui assura l'homme, visiblement satisfait. Je dois toutefois vous mettre en garde : c'est un homme très intelligent.

— Vous le surveillez depuis toutes ces années ?

— Oui.

— Dans ce cas, pourquoi avoir attendu si longtemps pour agir ?

L'homme haussa les épaules, puis reprit :

— Lorsque l'on traite un cas comme celui-là – et je peux vous garantir qu'il en existe beaucoup d'autres –, il est primordial de réunir des preuves irréfutables. Nous avons constaté que plus le temps passe, plus nos ennemis prennent de l'assurance et relâchent leur vigilance. Irrémédiablement, ils finissent par commettre des erreurs. Peu importe s'il nous faut patienter toute une vie.

David scruta l'homme en silence.

— Tout cela est très éprouvant, finit-il par déclarer.

L'homme se renfonça dans son fauteuil en cuir.

— Oui, je n'ai pas de mal à vous croire. Mais vous êtes l'homme parfait pour cette mission, monsieur Cooper. Sans parler des raisons personnelles qui vous poussent à nous aider, vous partagez des similarités avec la cible. Vous avez tous deux choisi – on le comprend aisément – d'oublier votre passé. Vous êtes tous deux des hommes puissants, reconnus et au-dessus de tout soupçon dans vos professions respectives. (L'homme inspira à fond.) De manière générale, les pairs constituent de bons appâts.

David ne sut quoi dire. La réponse de l'homme n'avait pas laissé transparaître une grande sympathie – David avait appris, au cours des quatre années passées, que ces gens-là n'avaient pas pour habitude d'en faire étalage.

L'homme reprit la parole :

— Nous aimerions que vous poursuiviez votre projet professionnel commun et que vous preniez le temps nécessaire pour apprendre à le connaître. Que vous deveniez son ami. Si nous voulons le piéger, certaines conditions doivent être réunies. Celles-ci vous seront communiquées lorsque l'échéance sera proche.

David tapota doucement de l'index son bureau surmonté de marbre. Puis il déclara :

— Je dois avouer que... j'ai envisagé à de nombreuses reprises de refuser cette mission.

L'homme laissa échapper un petit rire.

— Monsieur Cooper, vous avez été soigneusement sélectionné pour endosser ce rôle. Je ne souhaite pas vous rappeler qui vous êtes, mais... il est temps que la boucle soit bouclée. Et vous êtes en droit de le faire. Au revoir, David, conclut-il en lui tendant une main.

L'homme sortit du bureau et referma la porte derrière lui.

David se massa les tempes en soupirant. Il se sentait vidé, exténué. Il n'avait pas fermé l'œil la nuit précédente, l'esprit en surchauffe à l'approche de ce rendez-vous.

Voilà quatre années que le passé était revenu s'immiscer dans sa vie, pourtant les cauchemars continuaient de le réveiller la nuit. Le passage du temps n'avait en rien estompé les souvenirs.

Ne lui en demandaient-ils pas trop ? Il prenait des risques importants – non seulement pour lui, mais aussi pour son entreprise.

Mais alors il se remémora la promesse formulée lorsqu'il avait quatorze ans…

4

Pologne, 1942

Assis dans un recoin du wagon, sa petite sœur en larmes blottie contre lui tandis que le train filait à travers la Pologne dans un bruit de ferraille, David songea que même la mort aurait été plus souhaitable. D'autres s'étaient préparés, emportant des vivres et de l'eau, mais eux ne possédaient qu'un violon, du papier et des crayons, et l'ours en peluche adoré de Rosa. Ce ne fut que lorsque celle-ci cria de soif et de faim, au désespoir, qu'une femme âgée la prit en pitié et lui tendit une petite fiole d'eau et la moitié d'une saucisse froide.

Il régnait une chaleur insoutenable dans le wagon de marchandises fermé. Quant à la puanteur – un mélange d'excréments et d'eau de Javel imbibant de la vieille paille –, elle le hanterait à jamais. David échangea peu avec leurs compagnons d'infortune, se bornant à écouter leurs interrogations sur le sort qui les attendait à l'issue de leur voyage. Lui savait déjà.

Il ne pouvait qu'espérer, pour Rosa sinon pour lui-même, que la méthode employée serait rapide.

Les femmes entreprirent d'ôter leurs bijoux, qu'elles firent disparaître dans leurs sous-vêtements. David les imita et dissimula son précieux médaillon avec le passeport de sa mère dans la doublure de son étui à violon.

Alors qu'ils poursuivaient leur trajet, un homme fut victime d'un malaise cardiaque et succomba dans les bras de David. *Une fin bénie*, songea le jeune homme. Son épouse pleura son mari toute la nuit en le tenant contre sa poitrine, les jambes de l'homme étendues sur celles de David.

Aux premières lueurs de l'aube, le train s'arrêta dans un grincement strident. En jetant un coup d'œil à travers la minuscule grille d'aération, David aperçut un panneau sur le quai qui indiquait « Treblinka », ainsi que quelques employés de chemin de fer à côté d'officiers SS. Le train se remit en branle, fit halte à nouveau, puis effectua une embardée vers l'arrière qui envoya valser les occupants du wagon les uns contre les autres.

David vit qu'on poussait leur wagon, ainsi que quelques autres, dans une voie d'évitement. Le noir se fit brièvement lorsqu'ils traversèrent une forêt, puis de petits bâtiments apparurent et, derrière eux, ce qui ressemblait à une immense pile de chaussures. Le train pénétra dans une clairière. David distingua des clôtures barbelées qui encerclaient une sorte de camp. Des SS grouillaient partout, certains munis d'un fouet. Des gardes en faction vêtus d'uniformes noirs s'alignaient devant la clôture, fusil à la main.

Dès que le train s'arrêta pour de bon, les portes s'ouvrirent et les gardes s'engouffrèrent à l'intérieur pour jeter les gens dehors.

— David ! David ! cria Rosa lorsqu'un garde l'emmena.

David la perdit rapidement de vue au milieu de la foule d'arrivants qui pleuraient et criaient. Agrippant son précieux violon, il s'avança sur le quai tandis qu'on les guidait vers une ouverture dans les barbelés. Il cria le nom de Rosa, encore et encore, mais sa voix fut noyée par l'insupportable vacarme du désespoir.

— Oh, Maman, Maman…, se lamenta-t-il alors qu'on le poussait sans ménagement, les « *Schnell !* » et les « *Raus !* » retentissant autour de lui.

Ils arrivèrent sur une place, où les femmes reçurent l'ordre de se placer d'un côté et les hommes de l'autre. David chercha désespérément sa sœur du regard, en vain. Sans se rendre compte que des larmes s'étaient mises à couler sur son visage, il s'assit avec les autres et entreprit d'ôter ses chaussures, conformément aux ordres reçus d'un groupe d'hommes juifs arborant des brassards. On leur distribua des morceaux de fil afin qu'ils puissent les nouer ensemble.

Un des hommes avec brassard s'approcha et baissa les yeux sur le violon de David.

— C'est à toi ? lui demanda-t-il en polonais.

David confirma d'un signe de tête.

— Tu en joues ?

— Bien sûr.

L'homme parut soulagé pour David.

— J'en informerai le garde, dit-il avant de poursuivre la distribution de fils.

David vit que les femmes étaient emmenées dans un baraquement situé de l'autre côté du terrain. Celui-ci n'étant pas suffisamment spacieux pour les contenir toutes, on leur demanda d'attendre dehors et de se déshabiller.

Un garde ordonna alors aux hommes de les imiter. Tandis que David s'apprêtait à ôter son pantalon, on s'adressa à lui.

— Joue !

Pivotant sur lui-même, David découvrit un officier SS qui montrait du doigt son violon.

Désorienté, il vacilla sans dire un mot. Un fouet claqua sur son torse découvert.

— Joue !

Alors, les mains tremblantes, le jeune homme ouvrit son étui, puis il cala l'instrument sous son menton et s'empara de son archet. Mais il eut beau sonder son esprit, aucune mélodie ne lui venait en tête.

Tous les autres, nus, le dévisageaient en silence.

— Menteur !

En voyant le fouet se soulever à nouveau, le cerveau de David se remit subitement en marche. Il leva l'archet et entreprit de jouer la douce et envoûtante mélodie du concerto pour violon de Brahms. Les notes de la délicate mélopée s'envolèrent au-dessus de la place. Certains se mirent à pleurer.

— Assez ! Va attendre là-bas !

David eut tout juste le temps de saisir l'étui de son instrument avant d'être tiré par le bras et poussé dans un bâtiment. En jetant un regard rapide au travers d'un trou, il vit qu'on guidait les hommes nus vers une ouverture dans la clôture. Les femmes, elles, avaient déjà disparu.

Des objets et des vêtements étaient éparpillés un peu partout sur la place. Ensuite, le garde emmena David dans un autre bâtiment. À l'intérieur, des groupes d'hommes étrangement vêtus étaient assis sur de longs bancs en bois et mangeaient goulûment. Le soldat lui désigna un homme au visage familier.

— Prends une soupe, puis va voir Albert Goldstein. C'est lui qui est responsable.

David attrapa des mains d'une femme qui se tenait derrière une table à tréteaux un bol de soupe claire. Comme il s'asseyait à côté de l'homme qu'on lui avait indiqué, il se souvint tout à coup de qui il s'agissait : c'était l'un des plus grands chefs d'orchestre de Varsovie.

— Monsieur Goldstein… Je n'ai pas les mots pour vous dire à quel point je suis honoré de vous rencontrer…

— Mange, rétorqua l'homme en lui faisant signe de se taire. Nous parlerons après.

David obtempéra. Malgré le goût insipide de la soupe, celle-ci lui sembla bien meilleure que tout ce qu'il avait pu ingurgiter dans le ghetto, et il sentit son vertige se dissiper.

Lorsque Albert eut gratté jusqu'à la dernière goutte de la sienne, il se tourna vers David.

— Alors, que joues-tu, mon garçon ?

— Du violon, monsieur.

Albert s'essuya la bouche d'une main.

— Ça, je l'aurais deviné. Notre dernier violoniste a eu… un accident. (Il leva un sourcil.) Tu es bon ?

— Je ne suis rien comparé aux hommes que j'ai vus jouer sous votre direction, monsieur. Mais pour mon âge, on m'estimait talentueux à Varsovie. (Albert hocha la tête.) Pourriez-vous me dire, s'il vous plaît, où nous nous trouvons et ce qui a pu advenir de ma sœur ?

L'homme posa sur lui un regard empreint de tristesse.

— Quel âge as-tu, mon garçon ?

— Quatorze ans, monsieur.

— Et ta sœur ?

— Onze, monsieur.

Albert poussa un profond soupir, puis dit :

— Viens, allons rejoindre nos quartiers.

David suivit M. Goldstein. Ils traversèrent la place en sens inverse, puis pénétrèrent dans un autre bâtiment. Celui-ci était moins sale que le précédent, et il aperçut plusieurs matelas peu épais posés à même le sol. Le chef d'orchestre désigna l'un d'eux, dépourvu de couverture, dans un coin.

— C'était la couche de Josef. Ce sera la tienne à présent.

— Josef ?

— Oui. Le précédent violoniste.

— S'il vous plaît, monsieur, pourriez-vous m'expliquer en quoi consiste cet endroit ? Où sont passés les gens qui se trouvaient dans le même train que moi ?

Au fond de lui, David connaissait la réponse, mais il lui en fallait la confirmation.

Albert planta son regard dans le sien, puis lui répondit :

— Ils sont morts. Je suis navré de te dire que tu te trouves à Treblinka. Ce n'est pas un camp de travail, mais un endroit où les Allemands emmènent les Juifs pour les exterminer. Cet objet t'a sauvé la vie, déclara-t-il en montrant du doigt le violon de David.

— Et ma sœur ? osa David, les yeux pleins de larmes.

Albert secoua la tête tristement.

— Les femmes ne sont pas bien utiles ici. Et les enfants, encore moins. Ne nourris pas trop d'espoir. Mieux vaut avoir en tête le plus tôt possible les intentions de nos ravisseurs.

David laissa échapper un bref sanglot.

— Toutes les personnes encore en vie qui se trouvent dans ce trou à rats ont perdu leur famille.

Nous portons tous cette culpabilité au quotidien – celle d'être vivant, et pas eux. Mais ta sœur a sans doute été bénie d'échapper à ce lieu. Ce dont tu vas être témoin ici chaque jour changera ton cœur en pierre, se désola Albert, le regard braqué sur le sol.

— Que voulez-vous dire par là, monsieur ?

— On oblige le trio musical dont tu fais désormais partie à se produire pendant que les SS envoient mourir des familles entières, répondit Albert, les yeux rouges. La musique permet de couvrir les cris de ceux qui sont dans les chambres à gaz et d'apaiser ceux qui attendent leur tour. Bon sang… tu vas voir des milliers de personnes se diriger vers leur mort en croyant aller prendre une douche.

Ne pouvant en supporter davantage, David s'effondra sur le sol.

— Je suis navré, mon garçon, mais il est préférable que tu sois au courant. Nous avons aussi pour mission de divertir les soldats allemands et leurs putes ukrainiennes le soir, après le dîner.

— Ukrainiennes ?

— Oui. Pas seulement les femmes, d'ailleurs. Tu verras que la plupart des soldats ici sont des Ukrainiens qui agissent sur ordre des Allemands. En réalité ils sont prisonniers, eux aussi. Toute la région était sous la coupe des Soviétiques après l'annexion de 1939 – Polonais, Ukrainiens, Biélorusses… Et puis il y a eu l'opération Barbarossa. À présent, ce sont les Allemands qui contrôlent toute cette zone. (David était devenu livide.) Tu comprends peut-être, maintenant, que ce n'est pas nécessairement toi, le chanceux. Le massacre se poursuit jour et nuit, et nous sommes contraints d'en être les témoins.

David tâcha de reprendre ses esprits.

— Mes parents ont été capturés à Varsovie, eux aussi.

— Comment t'appelles-tu ?

— David Delanski, monsieur.

Une lueur d'espoir s'alluma dans les yeux d'Albert.

— Delanski ? Comme Jacob Delanski ?

David hocha la tête.

— Tu es son fils ?

— Oui, monsieur.

— Dans ce cas j'ai une bonne nouvelle pour toi, déclara Albert en souriant. Ton père est vivant. C'est le peintre du camp. Il réside dans ce dortoir et réalise des portraits pour nos ravisseurs.

— Je n'arrive pas à y croire, monsieur ! s'exclama David, dont le visage s'était éclairé.

— Eh bien, ce sont des moments comme celui-là qui me laissent penser qu'il existe encore un peu d'espoir dans cet univers. Mais il n'y a pas de place pour le sentimentalisme, ici. Je dois t'avertir qu'à chaque seconde que tu passes ici, ta vie est en péril. Les SS ne se privent pas de tuer pour le plaisir – il existera toujours à leurs yeux un autre Juif pour te remplacer. Et surtout, sois très prudent en présence du commandant, conclut Albert en frissonnant.

— Comment s'appelle-t-il ?

— Kurt Franzen. Ne fais jamais rien qui pourrait attirer son attention lorsqu'il se trouve dans les parages. C'est l'homme le plus mauvais, le plus sadique que j'aie jamais croisé. Tu ne manqueras pas de le rencontrer sous peu. À présent, laisse-moi t'expliquer les règles du camp.

David écouta Albert lui raconter que Jacob, son père, faisait partie d'un petit groupe appelé « *Hofjuden* », les Juifs privilégiés qui fournissaient des services aux Allemands. Parmi eux, des menuisiers, des mécaniciens, des cordonniers ou encore des joailliers.

— Reste à l'écart des ennuis et tâche de ne pas devenir fou. À présent, j'aimerais t'entendre jouer. On ne va pas tarder à être réquisitionnés pour l'appel. Il nous faudra jouer à la perfection si nous voulons éviter d'entendre les balles siffler.

Durant les deux heures qui suivirent, le trio complété de son nouvel arrivant répéta des mélodies bien connues de l'avant-guerre qui firent poindre des larmes dans les yeux de David.

Puis l'heure de l'appel arriva. David suivit Albert sur une petite estrade en bois située au centre de la zone de regroupement. Il baissa les yeux sur l'océan d'hommes campés devant eux. Trois noms furent énoncés par l'officier allemand. Le visage froissé par la peur, les hommes s'avancèrent d'un pas. Après avoir été placés en rang devant l'estrade, ils furent jetés un par un sur un petit tabouret puis fouettés.

David chancela, manquant s'évanouir. Il crut qu'il allait s'écrouler, mais on le retint fermement par le bras.

— Je t'ai dit de ne pas attirer l'attention sur toi, lui souffla Albert.

Une fois la flagellation terminée, le soldat SS se tourna vers les tristes silhouettes sur l'estrade et hocha la tête. Le trio se mit à jouer.

Vingt minutes plus tard, ils faisaient la queue dans le réfectoire pour récupérer leur repas. Inspectant la pièce du regard à la recherche de son père, David le repéra, attablé de l'autre côté de la pièce.

— Papa ! s'écria-t-il, quittant la file d'attente pour s'élancer vers Jacob.

Son cri de joie ne sembla provoquer aucune réaction chez l'homme décharné qui lui faisait face. Jacob se contenta de continuer à manger.

— Papa ? C'est moi, David ! Ton fils ! *Jak się masz ?* Comment vas-tu ?

Jacob se figea. L'homme assis à côté de lui se leva pour laisser sa place à David.

— Papa, écoute-moi. C'est David.

Le visage creusé de Jacob pivota alors vers le sien, et David vit le regard vide de son père prendre doucement vie.

— Est-ce vraiment toi, David ? Suis-je au paradis ?

— Non, Papa. Tu es vivant. Ils m'ont laissé la vie sauve parce que je joue du violon. Est-ce que Maman est… ?

La voix de David s'éteignit.

— Ils l'ont emmenée, répondit Jacob en laissant son regard se perdre par-delà son fils, comme s'il disparaissait dans ses souvenirs, avant de le fixer de nouveau sur David.

— Rosa ? dit-il, mais David secoua la tête. Si jeune. Si talentueuse. Dis-moi, pourquoi sommes-nous en vie, nous ?

Jacob sembla chercher une réponse dans le visage de son fils, mais n'en trouva aucune. Il se mit debout, puis dit :

— Au revoir, mon fils.

Sur quoi il s'éloigna. David s'apprêtait à se lever à son tour, cependant une main l'obligea à se rasseoir.

— Tu dois comprendre que ton père a perdu l'envie de vivre, lui chuchota l'homme. Cela fait deux jours qu'il a cessé de peindre. Il passe des heures à contempler son chevalet. Les Allemands commencent à s'impatienter. Il ne lui reste pas beaucoup de temps.

— Alors je dois l'aider.

— Tu ne peux rien pour lui. Il paraît qu'un nouvel artiste est arrivé dans le dernier train.

— Je suis son fils. Je vais lui parler.

David repoussa l'homme d'un geste brusque et se dirigea vers la porte du réfectoire. Dans le dortoir, Albert et Filipe, le violoncelliste, répétaient pour le concert du soir. Mais aucun signe de Jacob.

— Avez-vous vu mon père ? demanda David.

— Oui. Il a été appelé dans la pièce où il peint. C'est au bout de cette rangée de baraquements, à gauche. Tu verras un chevalet près de la fenêtre.

— Merci.

— Ne sois pas en retard. Nous commençons dans dix minutes ! s'écria Albert.

Dehors, David remarqua que le ciel, qui s'assombrissait rapidement, s'était coloré d'une terrifiante lueur rouge. Une fumée noire s'élevait en tourbillonnant au-dessus du camp et l'air était gonflé d'une épouvantable puanteur. David s'élança le long des baraquements, repéra le chevalet et pénétra dans la petite pièce.

Jacob était assis sur une chaise, dans la pénombre, immobile.

— Papa ! s'écria David en allant s'agenouiller devant lui.

Au même instant, la porte s'ouvrit et un officier SS entra, une toile entre les mains.

— Papa, s'il te plaît, insista David.

— *Schnell !* vociféra l'officier.

Ce dernier posa la toile sur le chevalet, qu'il déplaça à côté d'un autre tableau que David reconnut comme étant de la main de son père. L'officier sortit, aussitôt remplacé par un autre, muni d'une lampe à huile. Derrière lui, dans l'ombre, David distingua une silhouette, plus petite, qui lui tenait la main.

— Papa, je t'en supplie, l'implora David une nouvelle fois.

— Qu'est-ce que tu as dit ? aboya l'officier. Levez-vous ! Tous les deux !

S'exécutant, David croisa un regard si sinistrement diabolique qu'il se mit à trembler malgré lui.

— Je t'ai posé une question. Qu'est-ce tu viens de dire ?

Le visage du SS n'était qu'à quelques centimètres de celui de David.

— J'ai dit « papa », monsieur.

Le regard de l'Allemand vola jusqu'à Jacob, qui n'avait pas bougé d'un pouce et dont les yeux n'avaient pas quitté le chevalet devant lui. L'homme posa la lampe à huile sur une table et sa lueur éclaira la pièce.

— Eh bien, eh bien, quelle coïncidence. Une véritable réunion de famille. (À ces mots, l'homme poussa devant lui la petite silhouette.) Trois Delanski dans la même pièce. Dis bonjour à ton père et à ton frère, Rosa.

David eut un hoquet de surprise en voyant l'expression terrifiée de Rosa se muer en joie. Elle courut vers son frère, qui referma sur elle des bras protecteurs. Il peinait à croire qu'il s'agissait bel et bien de sa sœur. Puis Rosa aperçut Jacob, dont le regard était toujours fixé sur un point au-dessus d'eux.

— Papa ! s'exclama-t-elle, jetant ses bras autour de son cou et le couvrant de baisers.

L'officier semblait prendre un certain plaisir à observer la scène.

— Eh bien, j'ai l'impression que vous avez résolu mon problème. Je m'apprêtais à faire appel à un *Hofjuden* pour m'aider, mais je crois que votre opinion se révélera nettement plus avisée. Regardez. (L'officier se servit de sa matraque pour désigner les deux tableaux placés côte à côte.) L'un a été réalisé par votre père, l'autre par votre sœur. Un garde m'a informé qu'elle était douée pour le dessin, alors je lui ai commandé ce travail cet après-midi. C'est un croquis de mon chien, Wolf. (L'officier se tourna vers David.) Bien sûr, il serait superflu d'avoir deux peintres au sein du même camp. Alors je vais vous demander de choisir laquelle de ces deux œuvres vous estimez de meilleure facture.

Il fallut à David quelques instants pour comprendre. L'horreur de ce qu'on attendait de lui le frappa lorsqu'il se tourna vers sa sœur, blottie dans les bras de leur père. Jacob, les yeux baissés sur sa fille, lui caressait les cheveux, incrédule.

— Alors, Herr Delanski ? Laquelle ? Celle de Rosa, ou celle de votre père ?

David regarda autour de lui, cherchant désespérément une aide, un guide venu du ciel. Mais rien. C'était inconcevable, on ne pouvait pas exiger cela de lui. Qui pouvait prendre une telle décision et ne pas sombrer dans la folie ?

— Je veux une réponse, jeune homme ! gronda l'officier en portant la main à son pistolet.

David savait ce qu'il devait faire. Il s'agenouilla devant l'officier et plaqua ses mains au sol.

— Tuez-moi, monsieur, s'il vous plaît. Je vous en supplie. Ainsi vous aurez une bouche de moins à nourrir.

— C'est impossible, mon garçon, répliqua l'officier en secouant la tête lentement, un air de fausse sollicitude sur le visage. Nous avons besoin de toi pour notre petit orchestre. *Choisis !*

L'homme le tira par le col pour l'obliger à se mettre debout et le posta devant les deux tableaux.

Maman, aide-moi !

Il venait de pousser un cri intérieur, désespéré, tout en continuant de fixer sans les voir les deux dessins.

— Bien, mon garçon. Si tu ne parviens pas à faire un choix, c'est que tu ne penses aucun des deux artistes valables. Je vais être obligé d'en chercher un nouveau dans notre prochain arrivage.

— *Non !*

David, tremblant de tous ses membres, des larmes dévalant ses joues, pivota vers Rosa et Jacob, qui le dévisageaient.

Son père, d'un imperceptible mouvement de la tête, lui indiqua Rosa.

Derrière lui, David entendit l'officier sortir son arme.

Son souffle était si rapide qu'il pouvait à peine parler.

Papa, Maman, pardonnez-moi.

— Rosa.

À peine plus qu'un murmure.

— Je suis désolé, mon garçon, tu as dit quelque chose ?

— Rosa.

— Plus fort !

— Rosa ! cria David, puis il se précipita vers la porte.

Le SS qui avait apporté les deux tableaux bloquait le passage. D'un geste brutal, il repoussa David à l'intérieur de la pièce.

— Bien. Je partage ton avis. Ce portrait de mon chien est effectivement excellent. Rosa ! Viens te positionner à côté de ton frère. Il t'a choisie pour poursuivre le travail de ton père.

Jacob déposa un baiser sur la tête de sa fille, qui s'agrippait à lui, puis il la poussa doucement. David ouvrit les bras, et sa sœur accourut jusqu'à lui.

L'officier pointa son arme sur Jacob. Il tira trois fois.

La pièce fut envahie par les cris hystériques de Rosa. L'officier l'attrapa par le bras et l'éloigna de David.

— S'il vous plaît, monsieur, peut-elle au moins rester avec moi quelques jours ? implora David tandis que Rosa hurlait son nom, encore et encore.

— Je prendrai soin de notre protégée, répliqua l'officier avant d'envoyer Rosa d'un mouvement brusque vers l'autre SS, puis de se tourner vers David. Je m'appelle Franzen. Ne l'oublie pas. Nous nous reverrons bientôt, j'en suis sûr.

Il afficha un sourire, puis laissa David seul avec le corps de son père.

David n'aurait su dire combien de temps s'était écoulé. Les journées de terreur, d'humiliation et de souffrance se fondaient les unes avec les autres. Il sut que l'hiver approchait lorsque le camp s'éveilla couvert de gel. La neige se mit à tomber, et David vit la peau des hommes et des femmes nus virer au bleu tandis qu'ils attendaient leur mort en file indienne.

À présent il comprenait pourquoi son père s'était barricadé en lui-même ; l'horreur de ce qu'il avait vu quotidiennement était pareille à un abominable cauchemar dont il ne s'était jamais réveillé.

Chaque journée que David passait en vie, il la passait à prier pour mourir.

Chaque nuit, il demandait à Dieu pourquoi tant d'innocents se voyaient punis ainsi. N'obtenant pas de réponse, il finit par renoncer. Sa foi s'évapora en même temps que sa perception de la réalité. Il avait accepté l'idée que personne ne viendrait les sauver, sa sœur et lui. Il allait devoir s'en charger lui-même.

Rosa, elle, se portait bien. Elle résidait dans les quartiers des femmes ukrainiennes. Franzen, que David avait vu commettre d'innommables atrocités, semblait s'être pris d'affection pour sa petite sœur. Il avait ordonné à l'une des femmes, qu'il considérait comme sa putain personnelle, de la prendre sous son aile.

Son nom était Anya, et elle travaillait dans les cuisines du camp. Âgée de seize ans, elle était dotée d'une grande beauté et d'un naturel doux. Elle adorait Rosa. David remarqua que Franzen effrayait davantage Anya que sa sœur.

Ce soir-là, il poussa un soupir et se retourna, luttant pour s'endormir. Des scénarios d'évasion inondaient son esprit. Au cours des derniers mois, il avait réussi à accumuler sous le plancher de son dortoir un monceau de billets de banque, de pièces d'or et de bijoux. Il savait que tous les prisonniers faisaient de même. On en trouvait parmi les possessions des personnes décédées, et les soldats ukrainiens consentaient à échanger des fruits frais et de la viande contre de l'argent lorsque les rations allouées au camp se réduisaient. Le passeport de David était son trésor le plus précieux : il pourrait s'en servir une fois qu'ils auraient réussi à s'échapper du camp, Rosa et lui.

Des larmes lui brûlèrent les yeux lorsqu'il songea que ses espoirs étaient vains. La densité de la forêt autour du camp et les gardes ukrainiens facilement corruptibles qui vivaient dans les villages environnants rendaient toute fuite quasiment impossible. Depuis qu'il se trouvait à Treblinka, chaque détenu qui avait tenté de s'évader avait été capturé, ramené au camp et fusillé par Franzen devant le reste des prisonniers. Celui-ci avait ensuite entrepris d'appeler chaque fois le dixième homme de la liste d'appel, puis les avait abattus à leur tour.

Il existait forcément un moyen. S'ils restaient plus longtemps, ils finiraient par y laisser leur peau. David ferma les yeux et tâcha une nouvelle fois de trouver le sommeil.

— Rosa, *Liebchen*, montre-moi le dessin que tu as réalisé aujourd'hui.

Nerveuse, Rosa se tenait devant le bureau du commandant Franzen. Elle lui tendit sa toile, qu'il prit en arborant un large sourire.

— Comme c'est beau. J'ai l'impression que tu t'améliores, oui ? Viens donner un baiser à Oncle Kurt, Rosa, dit-il en lui tendant les bras.

Rosa contourna le bureau. Elle était contente que Franzen semble toujours satisfait de ses œuvres, et appréciait les friandises qu'elle recevait chaque jour en récompense. Oncle Kurt s'était montré très gentil avec elle depuis que David et elle étaient arrivés à Treblinka. Il s'assurait toujours qu'elle dispose de vêtements chauds et de bons repas, et lui offrait toujours des cadeaux. Il lui donnait le sentiment d'être à part.

Mais lorsqu'elle devait lui donner un baiser, son épaisse moustache lui chatouillait les lèvres, et son haleine empestait le tabac.

Franzen la fit asseoir sur ses genoux et se tapota la bouche. Elle connaissait le rituel. Elle l'embrassa. Lorsqu'elle voulut se reculer, Franzen lui attrapa la tête et tenta d'écarter ses dents à l'aide de sa langue.

— Bien, bien, la félicita Franzen dans un sourire. Tu t'améliores. Demain, je te montrerai un nouveau jeu que tu vas beaucoup aimer.

— D'accord, Herr Franzen.

Elle descendit des genoux de l'officier et se dirigea vers la porte. Après l'avoir refermée derrière elle, elle courut aussi vite que ses jambes le lui permettaient jusqu'à son dortoir, où elle trouva Anya allongée sur son matelas, les yeux clos.

— Est-ce que ça va, Anya ? demanda Rosa. Tu as l'air triste.

Anya ouvrit les yeux, regarda Rosa puis répondit :

— Oui, ça va. Il faut que tu ailles dormir. Je dois me préparer pour ce soir.

Tandis que Rosa se déshabillait puis enfilait une chemise de nuit trop grande, Anya passa une robe qu'elle avait trouvée parmi les tas de vêtements apportés la veille dans le baraquement de tri. « Chanel », indiquait l'étiquette. Elle espéra qu'elle plairait à Franzen, et qu'elle camouflerait le renflement grandissant de son ventre. S'il le remarquait, elle serait fichue. Elle avait entendu des histoires terribles de femmes fusillées une fois que les officiers SS s'étaient lassés d'elles.

Elle appliqua un peu de rouge à lèvres et ramassa ses cheveux dorés sur le sommet de sa tête.

Âgée de seulement cinq années de plus que Rosa, Anya était déjà une femme mûre. Elle était arrivée ici un an plus tôt, lorsque ses parents, affamés et à court d'argent, avaient entendu dire par un voisin de leur village qu'une place s'était libérée dans les cuisines du camp. Si le père d'Anya avait encouragé cette idée, son épouse l'avait supplié de ne pas laisser Anya collaborer avec les nazis. Mais elle avait eu beau protester, leur famille avait besoin de se nourrir.

Alors Anya avait commencé à travailler à Treblinka.

Une semaine après son arrivée, Franzen l'avait invitée dans ses quartiers. Il lui avait proposé de la nourriture et du vin d'une qualité à laquelle elle n'avait encore jamais eu accès. Reconnaissante, elle n'avait d'abord pas repoussé ses avances. Mais lorsqu'elle lui avait demandé d'arrêter, il ne l'avait pas écoutée. Ce soir-là, il l'avait violée, puis l'avait sommée de venir s'installer au camp. Si elle se refusait à lui, il ferait fusiller ses parents.

Au cours de l'année passée, Anya avait été soumise à de tels actes d'humiliation qu'elle ne se sentait guère plus humaine que les prisonniers du camp. Les fois où Anya avait tenté de le repousser, Franzen avait menacé de l'exécuter en lui pointant son arme sur la tête. Il avait aussi partagé Anya avec quantité d'autres officiers, souvent pour les récompenser d'un travail bien accompli.

En public, il la couvrait de présents et la traitait comme une déesse. De ce fait, les prisonniers lui crachaient dessus chaque fois qu'ils la croisaient. Seulement, Anya savait que si elle ne donnait pas à Franzen ce qu'il attendait, d'autres seraient choisies à sa place.

Rosa était la seule personne à qui elle avait vu Franzen témoigner de la gentillesse. Celui-ci s'était pris d'affection pour la fillette dès son arrivée au camp – un attachement qui, heureusement pour Rosa, paraissait sincère.

Bien sûr, Anya avait envisagé de fuir à de nombreuses reprises. Chaque soir, allongée sur son matelas, accablée par la honte de ce que Franzen l'avait forcée à faire, elle se jurait que c'était la dernière fois. Mais elle n'avait plus d'autre choix à présent qu'elle était enceinte – d'un peu plus de cinq mois, d'après ses calculs. Elle ne pourrait plus le lui cacher très longtemps. Il aimait en elle son corps mince et souple, or celui-ci serait bientôt relégué au rang de souvenir. L'enfant ne la sauverait pas : Anya ne serait pas jugée digne de mettre au monde un membre de la « race supérieure ». Et puis, elle ignorait si Franzen était le père – cela pouvait être n'importe lequel parmi la douzaine d'officiers qui l'avaient violée.

Elle avait récemment entendu Franzen s'entretenir avec un haut dignitaire nazi. Selon leurs dires,

Treblinka ne serait bientôt plus qu'un champ paisible où ne subsisterait aucune trace de ce qui s'y était déroulé.

En observant son reflet dans un morceau de miroir brisé, Anya détecta de la peur dans son regard. Si elle tentait de prendre la fuite, ses parents – et elle aussi, assurément – seraient fusillés.

Elle se demandait parfois si la mort ne serait pas préférable.

— Bonjour, Rosa, sourit Franzen. Qu'as-tu peint pour Oncle Kurt aujourd'hui ?

— Un lac, répondit-elle.

— Un lac, dis-tu ? Merveilleux. Apporte-le-moi pour que j'y jette un œil.

Rosa obéit et tendit son œuvre à Franzen, qui l'inspecta et signifia son approbation d'un hochement de tête.

— C'est magnifique, Rosa. Comme toi. Tiens… (Il sortit d'un tiroir un sachet de réglisse rouge. Rosa allait en prendre un morceau, mais Franzen lui saisit la main.) Tu dois avoir faim aujourd'hui. Oncle Kurt va te donner à manger. Ouvre grand la bouche.

Rosa suivit ses instructions, et Franzen déposa le bonbon rouge sur sa langue.

— C'est bon ?

— Oui, Oncle Kurt. Merci.

— Le plaisir est pour moi. Tu es une jeune fille très spéciale, douée d'un talent très spécial. Et tu mérites ces récompenses.

Il lui adressa un large sourire, que Rosa lui rendit.

— Est-ce que tu aimes qu'Oncle Kurt prenne soin de toi, Rosa ? (Rosa fit oui de la tête.) Parce que je ne peux pas m'occuper de tout le monde, tu sais. Tu as toujours le ventre plein, n'est-ce pas ?

— Oui.

— Et une couverture bien épaisse pour te tenir chaud la nuit ?

— Oui.

— Personne d'autre ne dispose de toutes ces choses, Rosa. Il n'y a que toi. (Il l'observa attentivement.) Ne t'estimes-tu pas chanceuse d'être protégée ainsi par Oncle Kurt ?

Rosa hocha la tête une nouvelle fois.

— Bien.

Franzen se leva, puis marcha jusqu'à l'unique fenêtre de son bureau. Il inspecta les alentours, puis ferma les rideaux.

— Ne penses-tu pas que je mérite moi aussi une récompense pour prendre si bien soin de toi, Rosa ?

— Bien sûr, Oncle Kurt. Je vous ferai plein d'autres dessins !

Franzen laissa échapper un petit rire.

— Merci, Rosa. J'aime énormément tes œuvres. Mais la récompense à laquelle je fais allusion est un peu différente. Tu peux me l'offrir là, maintenant. (Rosa afficha un air perplexe.) Veux-tu un autre morceau de réglisse ?

Il prit une friandise mais, cette fois, il la poussa de force dans la bouche de Rosa.

Celle-ci réprima un haut-le-cœur. Levant les yeux vers le visage de Franzen, elle vit dans son regard un éclat qui lui inspira de la peur – toute bienveillance s'était évaporée, remplacée par quelque chose de plus sombre.

— Tu comptes beaucoup pour moi, Rosa. Vraiment beaucoup. Je vais continuer à te protéger, mais il faut que tu apprennes à faire quelque chose pour moi en échange.

— Quoi ? s'enquit Rosa, la voix chevrotante.

— Une chose que seules deux personnes unies par un lien très spécial peuvent faire. (Il s'avança vers elle.) N'aie pas peur. Je vais te montrer.

Franzen alla verrouiller la porte de son bureau.

Anya sut que quelque chose n'allait pas à la seconde où Rosa apparut dans le dortoir. Son visage était affreusement pâle et ses petites mains tremblaient.

— Que se passe-t-il, Rosa ? Dis-moi.

Incapable de prononcer un mot, Rosa secoua la tête. Anya sentit son estomac se nouer – le pire était à craindre.

— Franzen. Est-ce qu'il t'a… ?

Rosa n'eut pas besoin de répondre. Anya l'attira dans ses bras et la fillette se mit à grelotter.

— Oh ma chérie… Ma pauvre chérie…, murmura Anya en caressant les cheveux de Rosa.

La coupe était pleine. Ni l'une ni l'autre ne pourraient en supporter davantage.

Après le dîner, David se rendit, comme à son habitude, dans le baraquement du tailleur. C'était là que les quelques prisonniers qui occupaient des responsabilités se réunissaient car il s'agissait de la salle la plus spacieuse et la plus agréable du camp.

Albert lui adressa un signe de tête, et le trio se mit à jouer. David était reconnaissant pour ce moment, l'unique de la journée où la vie penchait vers un semblant de normalité. Les gens dansaient, souriaient. Dans cet instant, David parvenait à se perdre dans la musique et à oublier ses os douloureux et la faim qui lui tenaillait le ventre.

Les trains avaient cessé d'arriver depuis peu, tout comme le ravitaillement en nourriture. La plupart des occupants du camp étaient affamés, et les Ukrainiens exigeaient des sommes faramineuses pour des produits de contrebande.

Comme souvent, quelques Allemands vinrent se joindre à eux et se mirent à danser. Franzen, accompagné d'Anya, entra dans la salle et se mêla aux danseurs. David les regarda valser avec grâce, comme s'ils se trouvaient dans une salle de bal de Varsovie et non plus au cœur de l'enfer sur Terre. Une dizaine de minutes plus tard, David vit Anya s'excuser et se diriger vers lui.

— Pouvez-vous jouer *Le Beau Danube bleu* ? lui demanda-t-elle avant de s'incliner plus près. Il faut que je te parle. Le baraquement à fourrures, après la danse. Je t'attendrai là-bas. (Elle recula d'un pas.) Merci, dit-elle à voix haute.

Puis elle rejoignit Franzen sur la piste.

Le baraquement était plongé dans l'obscurité.

— Anya ? chuchota David.

— Je suis là.

Il avança en direction de sa voix et finit par l'apercevoir, assise contre une montagne de manteaux de fourrure.

— Pour quelle raison voulais-tu me voir, Anya ?

— Parce que Rosa et moi devons fuir. Et nous avons besoin de ton aide.

— Est-ce que Rosa va bien ?

— Non, David. L'intérêt que Franzen lui porte est loin d'être innocent. Il l'a obligée à faire des choses indécentes.

— Sale ordure ! gronda David. Je vais le tuer de mes propres…

— Chut, David ! J'ai un plan d'évasion. Je suis en danger, moi aussi. Lorsqu'il découvrira que je suis enceinte, il me tuera. Écoute-moi bien, à présent…

Une fois l'appel terminé le lendemain matin, les prisonniers s'en allèrent vaquer à leurs sinistres occupations. David regagna son dortoir, le cœur battant fort dans sa poitrine.

Tout était en place. S'il respectait le minutage prévu, il serait sorti de cet enfer deux heures plus tard. Certes, les autres prisonniers continueraient de souffrir ici, mais il devait à tout prix s'échapper, ne fût-ce que pour raconter au monde la folie qui était à l'œuvre en ces lieux – et, peut-être, faire arrêter Franzen.

Comme promis par Anya, David avait trouvé l'essence dans le baraquement à outils – ce n'était qu'une petite bouteille, mais cela suffirait pour mener à bien leur projet. Celui-ci consistait à mettre le feu à la clôture, dissimulée par des branchages, qui entourait les chambres à gaz. Dans la confusion qui suivrait, David se rendrait jusqu'au train, dont Anya avait affirmé qu'il devait partir ce jour-là pour rapporter à la patrie les vêtements abandonnés. Il devrait passer juste en dessous de la tour de guet, mais il espérait que toute l'attention serait focalisée sur l'incendie, de l'autre côté de la zone de tri.

L'heure était venue. D'un pas tranquille, il remonta le chemin qui menait aux chambres à gaz, traversa la place d'appel, son étui à violon à la main, puis il pénétra dans le baraquement destiné au déshabillage des femmes. Il s'empara de la bouteille d'essence, qu'il avait glissée la veille sous un banc avec trois allumettes fournies par Anya. La partie la plus périlleuse du plan arrivait ensuite : il devait traverser la place, où rien ne le cacherait à la vue des hommes postés dans la tour de guet.

S'assurant que la voie était libre à l'extérieur, il fonça de l'autre côté de la place et alla s'abriter sous la clôture haute de cinq mètres. D'un geste vif, il versa de l'essence sur les branches sèches les plus proches, puis il craqua une allumette sur le gravier. La flamme jaillit, et mourut presque aussitôt. Il fit un nouvel essai, mais obtint le même résultat. Il ne lui restait plus qu'une allumette.

Je t'en supplie, Maman. Aide-moi.

Il craqua l'ultime allumette, protégeant la flamme de sa main, et l'approcha d'une brindille. Celle-ci s'enflamma avec une telle férocité que David en bondit d'effroi.

Soudain, il entendit un cri. Se retournant, il s'aperçut que les hommes dans la tour de guet l'avaient repéré. Une seconde plus tard, les balles se mirent à siffler autour de lui.

Le feu s'était propagé rapidement sur la clôture. Les gardes descendirent de la tour à toute allure. David saisit l'occasion pour regagner à toutes jambes le baraquement. Là, il se précipita à l'extrémité du bâtiment et épia à travers une petite ouverture. Le train était là. Les Ukrainiens, surpris, cessèrent de charger les tas de vêtements dans les wagons pour répondre aux appels à l'aide des Allemands.

Une fois le quai désert, David ouvrit la porte. Une dizaine de mètres le séparaient du train. Il vit Anya grimper dans un wagon.

— Dépêche-toi, David ! Allez ! Rosa est déjà cachée.

David se rua sur le quai, balança son violon dans le wagon et sauta à l'intérieur. Il plongea sous une immense pile de vêtements, puis s'efforça de ralentir sa respiration. Une petite main lui touchait l'épaule. Il se tortilla, l'attrapa dans la sienne et l'étreignit.

Après ce dont David se souviendrait toujours comme d'une éternité, le train se mit enfin en branle.

Des larmes de soulagement jaillirent de ses yeux. Il serra la main de Rosa plus fort. Se déplaçant tant bien que mal sous les vêtements, elle vint se blottir contre lui.

— Je t'aime, David.

— Je t'aime aussi, Rosa. Et un jour, je ferai payer ce type pour ce qu'il vous a fait, à Papa et à toi. Je te le jure.

Bercée par les mouvements du train, Rosa s'assoupit. En contemplant son visage doux et innocent, David sut qu'il avait désormais cette promesse chevillée au plus profond de son être.

La sonnerie de l'interphone résonna, extirpant David de ses songes et le ramenant dans son élégant bureau new-yorkais. Il épongea son front en sueur et se frotta les yeux.

— Oui ?

— Brett vous attend à la réception, monsieur.

— Merci, Pat. Servez-lui un café et dites-lui que je le reçois dans cinq minutes.

— Très bien, monsieur.

Pour la première fois, David se demanda s'il avait eu raison de dissimuler son histoire à son fils. Il avait pris cette décision avec les meilleures intentions, dans le but de le protéger, mais à présent que son passé se télescopait avec son avenir, menaçant de tout bouleverser, il n'était plus certain d'avoir effectué le bon choix.

Il y avait toutefois une chose dont il était certain : on lui offrait l'opportunité de se venger, et, quel qu'en fût le coût, il était prêt à le payer.

Une fois qu'il eut repris ses esprits, il appuya sur l'interphone.

— Pat ? Vous pouvez faire entrer Brett.

Un jour, quand tout serait terminé, peut-être révélerait-il la vérité à Brett. Cependant il s'agissait de son combat à lui, pas de celui de son fils.

La porte s'ouvrit et Brett – épuisé, les yeux rougis – s'avança vers son bureau.

— Bonjour, Papa. Content de te voir. (Les mains dans les poches, il inspecta la pièce.) Waouh, les bureaux sont nettement plus impressionnants que ceux de Londres.

— Oui. Tu vas vite te rendre compte qu'ici, tout est dix fois plus spacieux qu'en Angleterre. Tu as fait bon voyage ?

— Oui, merci. Je n'ai pas beaucoup dormi, je suis un peu à plat.

David sourit à son fils, puis dit :

— Je ne vais pas t'obliger à commencer par une journée de travail complète, mais je te propose que nous passions en revue le programme que j'ai élaboré pour toi, ce qui devrait nous occuper pour le reste de la matinée. Ensuite nous déjeunerons au Club 21, puis je t'enverrai chez moi pour que tu dormes un peu. Qu'en dis-tu ?

— C'est parfait, répondit Brett avec un sourire fatigué. Je suis heureux d'être là, Papa.

— Et moi de t'avoir, Brett.

David était soulagé que son fils ait enfin consenti à l'idée de travailler pour Cooper Industries et renoncé à son projet absurde de devenir artiste – voilà une perspective qu'il ne se sentait pas disposé à affronter.

Ce qu'il ignorait, c'est que l'euphorie de Brett était en grande partie due à l'arrivée de Leah à New York deux jours plus tard. Père et fils consacrèrent une heure au plan de travail concocté par David, qui souhaitait que son fils passe quatre mois dans ses bureaux new-yorkais à se familiariser avec la gestion d'une entreprise. Il sillonnerait ensuite le monde pour visiter les diverses filiales de Cooper Industries.

— Je refuse que tu débutes en bas de l'échelle ; tout le monde ici sait que tu me succéderas un jour. Tu n'occuperas toutefois pas de poste officiel pendant les dix-huit mois à venir, période durant laquelle je souhaite que tu assimiles tout ce qu'il y a à savoir. Le plus important, c'est que tu gagnes le respect des personnes que tu dirigeras à l'avenir. Humilité et envie de progresser, voilà ce que je veux voir. Tu es ici pour apprendre des employés, quel que soit leur niveau de responsabilité. Allez, fini les discours. Allons déjeuner.

Après un repas agréable, un taxi les conduisit jusqu'au tout nouveau duplex de David, situé sur la Cinquième Avenue, à six pâtés de maisons des bureaux de Cooper Industries.

— Je me suis dit que tu pourrais t'installer à cet étage, suggéra David. La vue sur le parc est magnifique.

Brett observa l'immense salon, puis se rendit dans la chambre qui disposait d'une salle de bains en marbre attenante.

— C'est parfait. Merci, Papa.

— J'ai envisagé de te louer un appartement, mais je suis souvent absent et tu ne seras pas là très longtemps.

— Bien sûr.

David savait que rien ne l'obligeait à impressionner son fils, mais il en ressentait le besoin.

— Oh, et il y a Georgia, la cuisinière à domicile. Elle sera toujours disponible pour te préparer quelque chose.

— C'est super, Papa. Vraiment.

— Bien. Je vais te laisser dormir un peu. J'ai un dîner d'affaires ce soir, mais je serai là demain matin.

Si tu as besoin de quoi que ce soit, n'hésite pas à faire appel à l'employée de maison.

Avant de sortir de la pièce, David s'arrêta et se tourna vers son fils.

— Je suis vraiment content que tu sois là.

Une fois son père parti, Brett s'écroula sur le lit et ferma les yeux. Si son corps réclamait du repos, son esprit était trop alerte pour que le sommeil puisse s'emparer de lui. Renonçant vingt minutes plus tard, il décida d'explorer ses nouveaux quartiers.

Les proportions du duplex étaient démesurées. À l'étage, le salon de réception et la salle à manger ouvraient sur une terrasse avec vue sur Central Park. La suite de David menait directement à un bureau confortable. Quant à l'étage inférieur, où se trouvaient les pièces allouées à Brett, il comptait également une gigantesque cuisine, trois autres chambres avec salles de bains, ainsi que plusieurs pièces réservées au personnel. Même pour Brett qui était habitué au luxe, c'était étourdissant.

Il se demanda quelle serait la réaction de Leah, mais coupa aussitôt court à ses pensées – après tout, il ignorait si elle souhaitait le revoir.

Brett regagna sa chambre et se rallongea sur son lit. Plus que deux jours avant son arrivée.

L'esprit inondé d'images de Leah, il se laissa enfin happer par le sommeil.

5

New York, août 1981

— Leah, ma chérie ! Je n'arrive pas à croire que tu sois là ! s'écria Jenny en prenant son amie dans ses bras. Tu m'as manqué. Assieds-toi, je vais commander du champagne.

— De l'eau minérale pour moi.

— Leah ! Tu ne peux pas être à l'Oak Room, pour ta première soirée à New York, et trinquer à l'eau ! se moqua Jenny en riant.

— D'accord, concéda Leah. Juste une coupe, alors.

— Tu es toujours la même. J'aimerais tellement avoir ta discipline ! Laisse-moi t'admirer. (Jenny l'observa, puis poussa un soupir mélancolique.) Toujours aussi belle. Pas un gramme de graisse ni l'ombre d'une ride à l'horizon. Veinarde. Alors que moi, je commence clairement à montrer des signes de vieillissement, dit-elle en levant les yeux au ciel.

Leah étudia son amie. Même si elle rechignait à l'admettre, Jenny avait l'air exténuée. Elle avait les yeux rougis et les contours délicats de son visage s'étaient sensiblement arrondis.

— Ne dis pas de bêtises, Jenny. Tu n'as pas changé d'un pouce, mentit-elle.

— J'ai une tête affreuse, Leah. Ne t'en fais pas, je suis prête à l'entendre. Madelaine m'a appelée ce matin pour me dire que si je ne perdais pas trois kilos et que je ne me reprenais pas en main, la marque de cosmétiques ne renouvellerait pas mon contrat. Elle veut m'envoyer faire une semaine de cure détox dans un centre de remise en forme à Palm Springs. Le genre d'endroit où ils t'interdisent de boire et de fumer et te filent de la nourriture de lapin à tous les repas.

— Ça me semble être une bonne idée.

Les deux jeunes femmes entrechoquèrent leurs verres et burent à l'avenir.

— J'espère avoir pris la bonne décision en venant m'installer à New York, reprit Leah. Je n'ai qu'un mois de travail pour Chaval, ensuite ce sera retour à la chasse aux contrats.

— Arrête, Leah. Tu es payée un demi-million de dollars pour bosser à peine vingt jours et je suis sûre que ton contrat sera renouvelé. Et puis ton visage va être placardé dans tout le pays. Les magazines et les photographes se battront pour travailler avec toi. C'est ce qui m'est arrivé, au début. (Le regard de Jenny se voila tout à coup de tristesse et elle vida son verre d'un trait.) Bon, raconte-moi ta fête d'anniversaire. Je suis désolée de n'avoir pas pu y assister. Ils ont refusé de déplacer la séance photo, se plaignit Jenny en se resservant de champagne.

— Eh bien, c'était mouvementé. J'ai croisé Brett, mon premier amour, que je n'avais pas vu depuis des années. Carlo a eu une attitude déplorable. Il était tellement soûl qu'on a dû le renvoyer à son hôtel en taxi.

— Eh bien, sacrée soirée ! répliqua Jenny en riant. Je te l'ai toujours dit, tu dois te méfier de Carlo. Ce type est raide dingue de toi et pense sincèrement que tu lui dois ta carrière. Si tu veux mon avis, il va bientôt vouloir avancer ses pions.

— Qu'est-ce que tu veux dire par là ?

— Cela fait quatre ans qu'il se comporte comme si tu lui appartenais : il ne va pas tarder à vouloir récupérer ce qu'il estime être son dû. Dans le milieu, tout le monde est convaincu que vous êtes ensemble depuis des années.

Leah n'en croyait pas ses oreilles.

— Je suis reconnaissante à Carlo pour tout ce qu'il a fait pour moi, et je le considère comme un très bon ami, mais je n'ai jamais ressenti… ce genre de choses pour lui. Je suis certaine qu'il en est conscient.

— Oh, ma Leah…, soupira Jenny. Tu as mûri sur beaucoup d'aspects, mais pour d'autres tu es encore tellement naïve. Bref, changeons de sujet. Parle-moi de cet ex que tu as revu à ta fête.

— Je l'ai rencontré quand j'avais quinze ans. Il m'a fait un sale coup, à l'époque.

— Dans ce cas, j'espère que tu l'as superbement ignoré.

— Pas vraiment, murmura Leah en examinant ses ongles. On a dansé ensemble et je lui ai dit qu'il pouvait m'appeler quand il serait ici. Il se trouve qu'il est arrivé à New York il y a quelques jours pour son travail.

— Notre immaculée de vingt et un ans aurait-elle des papillons dans le ventre ?

— Arrête, Jenny ! rétorqua Leah en levant les yeux au ciel. À t'entendre, on croirait que je suis une bonne sœur. Je n'ai pas eu le temps ces dernières années et…

— Tu n'as pas pu t'éloigner de Carlo suffisamment longtemps pour ne serait-ce que songer à ta vie sentimentale, compléta Jenny. Ce garçon te plaît, n'est-ce pas ?

Leah marqua une pause, puis regarda son amie.

— Il ne m'a pas très bien traitée à l'époque, mais oui, il me plaît. Beaucoup.

Jenny avala une nouvelle gorgée de champagne.

— Tant mieux. Il est largement temps que tu te joignes au reste de l'humanité. Tu sais que c'est complètement normal, d'être attiré par quelqu'un ?

— Oui. Tiens, en parlant de ça, comment va ton prince ?

Jenny se servit une troisième coupe de Veuve Clicquot.

— Je n'ai pas eu de nouvelles depuis deux semaines. Il avait des affaires familiales urgentes à régler avec son père. Je suis sûre qu'il m'appellera dès qu'il sera de retour à New York.

Dieu merci, Jenny n'avait pas vu d'éditions récentes des journaux britanniques. On y voyait, dans la plupart des pages consacrées aux ragots, des photos du prince Ranu très proche de la fille d'un riche aristocrate russe. Un chroniqueur avait même évoqué de possibles fiançailles.

— Tu n'es pas amoureuse de lui, si, Jenny ?

Son amie garda le silence, faisant glisser son doigt sur le bord de son verre. Puis elle dit :

— Eh bien, il se trouve que si. Je l'aime énormément. Après quatre ans, je ressens toujours la même chose que le soir de notre rencontre. S'il me le proposait, je l'épouserais demain et je fuirais illico ce panier de crabes. (Jenny dirigea sur Leah un regard triste.) Je sais. Tu n'as pas besoin de le dire. Il a une liaison avec cette princesse De La Machin Truc. C'est loin d'être la première fois, mais je peux t'assurer qu'il revient toujours vers moi en courant et en me suppliant de lui pardonner.

— Pourquoi lui pardonnes-tu, Jenny ?

— Et toi, pourquoi pardonnes-tu à ce garçon que tu as revu à ton anniversaire ?

— Touché, fit Leah en rougissant.

— Je suis désolée, c'était mesquin de ma part. Mais ça illustre mon propos. Je l'aime, Leah. Et il est riche. Très, très riche. Il peut obtenir n'importe quelle fille, quand il veut. Il n'a pas besoin d'être fidèle, parce qu'il y aura toujours une autre fille plus jeune, plus jolie, qui attendra sagement derrière moi. Alors je me dis que ma seule chance d'être avec lui, c'est de m'accrocher très fort à ma place dans la file d'attente.

— Je vois…, souffla Leah, parce qu'elle ne savait pas quoi dire d'autre.

— Ne t'inquiète pas. Revois ce garçon, ensuite tu comprendras.

— Mais je ne tomberai pas amoureuse, Jenny.

— Ah non ? répliqua-t-elle, les yeux pétillants. Gravons ces paroles dans le marbre, Leah Thompson.

Sur quoi elle commanda une nouvelle bouteille de champagne.

6

— Leah, c'est Brett.

— Salut, Brett.

— Tu as une voix endormie. Est-ce que je t'ai réveillée ?

— Euh, non… Désolée.

Leah se redressa sur le lit *king size*, l'esprit encore cotonneux. Au son de la voix de Brett, son cœur s'était mis à battre à toute allure.

Après un déjeuner copieux en compagnie de l'équipe chargée des relations publiques chez Chaval et un après-midi à donner des interviews, elle était revenue au Plaza à peine une heure plus tôt. Épuisée par le décalage horaire et une nuit blanche, elle s'était écroulée sur le lit.

— Est-ce que ça te tenterait qu'on se retrouve pour boire un verre ce soir ?

Leah aperçut sa mine pâle et son apparence échevelée dans le miroir du mur opposé. À cet instant, elle n'avait pas la moindre envie de sortir. D'un autre côté… Elle se détestait de souhaiter si ardemment le voir.

— D'accord, accepta-t-elle.

— Génial. Je te retrouve dans le hall de ton hôtel dans quarante minutes.

Leah soupira. Quarante minutes pour se métamorphoser. Elle avait intérêt à s'y mettre.

Après s'être douchée et séché les cheveux, elle essaya l'entièreté de sa garde-robe, rejetant une tenue après l'autre.

— Merde ! lâcha-t-elle, agacée.

Son métier consistait pourtant à présenter des vêtements toute la journée, pourtant ce soir, elle se comportait comme une adolescente avant un premier rendez-vous amoureux.

Au final, Leah opta pour une robe dessinée spécialement pour elle par Carlo. Puis elle s'assit devant le miroir et testa une multitude de coiffures différentes, dont toutes lui parurent affreuses. Se rendant compte qu'elle avait déjà dix minutes de retard, elle laissa ses cheveux tomber librement sur ses épaules.

— Il faudra que ça aille, marmonna-t-elle en attrapant son sac à main.

Brett, visiblement nerveux, l'attendait dans le hall. Lorsque Leah émergea de l'ascenseur, il remarqua que tous les hommes présents se tournaient pour l'admirer et il éprouva une bouffée de fierté à l'idée que c'était avec lui que l'une des plus belles femmes au monde s'apprêtait à passer la soirée.

Brett trouva Leah encore plus jolie que le soir de son anniversaire. Elle irradiait de beauté, et en voyant ses longs cheveux flotter naturellement, il se remémora la toute première fois qu'il l'avait vue apparaître, chez Rose, sa silhouette se découpant dans la lumière matinale. Bien sûr, elle avait changé depuis – elle portait désormais des vêtements de grands couturiers et arpentait les défilés depuis plusieurs années. Le jeune homme eut le sentiment de redevenir un petit garçon lorsque Leah lui fit la bise.

— Salut, Brett.

— Salut, répondit-il en se sentant rougir. Ça te dit de boire un verre ici, au bar ?

Ils entrèrent dans l'Oak Room, cherchant tous deux comment amorcer la conversation. Quand ils furent installés, Brett finit par rompre le silence :

— Qu'est-ce que tu aimerais boire ?

— Une eau minérale, s'il te plaît.

— Tu ne consommes pas d'alcool ?

— Rarement.

— Impressionnant !

Tout en commandant de l'eau et une bière, Brett remarqua le détachement que Leah affichait. Rien d'étonnant après la manière dont il l'avait traitée à l'époque.

— Tu as fait bon voyage ? se demandèrent-ils en même temps, et les rires qui suivirent permirent de détendre l'atmosphère.

— Très bien, répondit Leah.

— Moi aussi. Même si je ne suis pas encore tout à fait remis du décalage horaire.

— À qui le dis-tu. J'ai passé toute la nuit à regarder par la fenêtre de ma chambre. Cette ville ne s'arrête jamais.

— Ne m'en parle pas. J'ai continuellement envie de prendre une douche : j'ai l'impression qu'il y a bien plus de saleté et de poussière ici qu'à Londres. (Brett prit sa bière.) Bref, à la tienne. Je suis très heureux de te revoir.

— Merci.

— C'est fou que nous soyons tous les deux à New York en même temps.

— C'est vrai, dit Leah, s'obligeant à ne pas penser qu'il s'agissait là du destin. Alors, raconte-moi ce que tu as fait ces dernières années.

Brett lui relata les grandes lignes de son parcours. Il évoqua Cambridge et ses amis avec une tendresse manifeste – il n'avait de toute évidence pas passé son temps à se morfondre en pensant à elle, songea Leah de manière irrationnelle.

— Et me voilà à New York pour apprendre comment mon père gère son empire, conclut Brett. Et toi ? Ma vie est affreusement ennuyeuse comparée à la tienne. J'ai dû me pincer quand j'ai vu ton visage en couverture de *Vogue* ! Je veux tout savoir.

En réalité, la carrière de Leah avait été racontée dans la presse plus en détail que celle du Premier ministre. Ce que Brett voulait vraiment dire, c'était : « Parle-moi de Carlo. »

— Crois-le ou non, c'est grâce à toi que j'ai été repérée.

— Comment ça ? répliqua Brett, surpris.

— Lors de son exposition à Londres, Rose avait fait accrocher dans la galerie le dessin que tu avais réalisé de moi, sur la lande. Le photographe Steve Levitt l'a vu, et voilà où j'en suis aujourd'hui, conclut-elle, tout sourire.

— Bon sang ! répliqua Brett, qui n'en croyait pas ses oreilles. Où Rose a-t-elle trouvé le dessin ? Est-ce qu'elle l'a encore ?

— Non, répondit Leah. C'est un mystère, il a disparu quelques jours après la fin de l'exposition. Est-ce que tu peins toujours ?

— Hélas, non. J'ai grandi et laissé derrière moi mes rêves de jeunesse ridicules, admit-il dans un sourire triste.

— Tes rêves n'avaient rien de ridicule. Tu possèdes un réel talent, Brett, et tu devrais l'exploiter, ne serait-ce que pour ton plaisir. De toute évidence, tu as hérité du don de Rose.

— Peut-être, bien que nous ayons des styles radicalement opposés. Elle a bien réussi, ces dernières années. Je lui ai d'ailleurs écrit pour la féliciter de sa dernière exposition, que j'ai trouvée formidable.

— Tu devrais voir la ferme ! Tu aurais du mal à la reconnaître. Tout confort, avec des canapés Laura Ashley…

Leah s'interrompit, et prit une grande inspiration. Il fallait qu'elle sache, aussi se lança-t-elle :

— Et Chloe a beaucoup grandi ces derniers temps.

— Chloe ? répéta Brett, perplexe.

— La fille de Miranda.

— Bon Dieu, souffla Brett, sentant son estomac se nouer à l'évocation de ce prénom. Elle est déjà mariée ?

— Non. Et elle refuse de dévoiler l'identité du père. Chloe a quatre ans maintenant. Miranda a annoncé à Rose qu'elle était enceinte peu de temps après ton départ du Yorkshire.

Leah but une gorgée d'eau pour se donner une contenance.

Brett sentit des frissons le parcourir. Le moment était venu.

— Écoute, Leah. À propos de Miranda… Acceptes-tu que je t'explique ?

— Si tu veux. Mais cela me paraît assez évident. Chloe est ta fille, n'est-ce pas ? (Leah vit Brett se décomposer.) Ne t'inquiète pas, je suis la seule à savoir.

— Non ! Bon Dieu, non. C'est absolument impossible. Impossible.

Brett n'aurait pas pu se montrer plus catégorique.

— Pourtant, ce soir-là, Miranda a dit que… vous deux… Oh, Brett, je t'en prie, ne me mens pas. La culpabilité était écrite sur ton visage à l'époque.

— Leah, il n'est pas possible que Chloe soit ma fille, décréta Brett. Miranda et moi avons… bon sang. Eh bien, on s'est embrassés, on s'est fait des câlins, mais on n'a pas… tu sais.

— Alors pourquoi Miranda a-t-elle prétendu le contraire ? Et pourquoi refuse-t-elle de dire qui est le père ?

— La réponse à la première question est simple. Miranda cherchait à se venger. Pour ce qui est de la seconde, je n'en ai pas la moindre idée.

— Eh bien…, soupira Leah. J'imagine que le mystère dont Miranda a entouré l'identité du père de Chloe a renforcé ta culpabilité dans mon esprit. J'en ai déduit que c'était toi, et que Miranda était terrorisée à l'idée de le dire à Rose.

— Écoute, Leah, je ne peux pas te le prouver, mais je te jure que je ne suis pas responsable de ça. Je me suis montré égoïste et immature, oui, mais j'ai payé pour ça quand je t'ai perdue. J'imagine ce que tu dois ressentir, et c'est totalement justifié. Est-ce que tu veux bien, s'il te plaît, me laisser une chance de te montrer que je suis devenu un type bien ?

Il lui adressa un regard implorant. Tout à coup, une intense fatigue s'empara de Leah.

— Je suis désolée, Brett, mais je suis exténuée. Une journée très chargée m'attend demain et il faut vraiment que je dorme.

Brett exhala. Elle ne lui avait pas accordé son pardon.

— Bien sûr. Es-tu d'accord pour que je te rappelle ?

Leah réfléchit quelques instants.

— Oui. Mais je vais être assez occupée pendant les semaines à venir, et Jenny et moi allons visiter des appartements ce week-end.

— Tu me donneras ton adresse et ton numéro de téléphone ? (Il sortit une carte de son portefeuille, qu'il lui tendit.) Si je ne suis pas disponible, tu peux laisser un message à Pat, l'assistante de mon père.

— D'accord, dit Leah en se levant. Merci pour le verre.

Brett la raccompagna jusqu'à l'ascenseur.

— Tu n'oublieras pas de me donner tes nouvelles coordonnées ?

— Promis. Bonne nuit, Brett.

Elle lui fit la bise, puis entra dans l'ascenseur.

— Bonne nuit, Leah.

Une fois sorti de l'hôtel, Brett héla un taxi. Il consulta sa montre. Vingt et une heures trente. Il pouvait dire adieu à la nuit passionnée qu'il s'était imaginée avec Leah. Il soupira – il ne pouvait s'en prendre à nul autre qu'à lui-même. Leah avait les cartes en main désormais ; il ne lui restait plus qu'à attendre en se rongeant les sangs.

7

Miranda s'étira avec délice et contempla le plafond couvert de miroirs au-dessus d'elle. Elle aima ce qu'elle vit : son corps nu en partie dissimulé par les draps de satin blanc, ses cheveux blonds déployés sur l'oreiller.

Elle se redressa et parcourut la pièce du regard. Sa nouvelle demeure. Tout ce luxe, un compte en banque garni et une garde-robe regorgeant de sublimes vêtements de créateurs. Sourire aux lèvres, la jeune femme entoura ses genoux de ses bras. En l'espace de quelques jours, tout ce dont elle avait toujours rêvé était devenu sien – avec une aisance déconcertante.

Du sexe rapide et facile, voilà en quoi consistait la monnaie d'échange.

Santos et elle avaient pris un vol jusqu'à Nice, puis ils s'étaient rendus jusqu'au port de Saint-Tropez le samedi matin afin de débuter leur week-end de croisière sur la Méditerranée. Il s'était montré très attentionné avec elle sur le yacht, lui présentant ses nombreux collaborateurs.

Jamais auparavant Miranda n'avait été témoin de tant d'opulence. Elle s'était imaginé un yacht comme un petit bateau doté d'une ou deux cabines étriquées, mais ça… Elle avait l'impression de se trouver à bord du *Queen Elizabeth 2.* Le yacht comptait trois étages composés de somptueuses suites pouvant accueillir jusqu'à quinze personnes, un magnifique salon entouré de parois en verre, une salle à manger et cinq gigantesques terrasses panoramiques.

Durant les deux journées que Miranda avait passées à bord, Santos l'avait couverte de cadeaux et d'affection, montrant clairement à ses convives masculins qu'elle était à lui. À ce titre, ces derniers l'avaient traitée avec respect et déférence, comme si elle-même les accueillait.

Miranda avait tenté de soutirer aux amis de Santos des informations sur celui-ci, mais avait seulement réussi à apprendre qu'il résidait quelque part en Amérique du Sud, qu'il avait plus de soixante ans et qu'il était extrêmement fortuné – rien qu'elle n'ait déjà compris elle-même.

Lorsqu'il venait la voir dans sa cabine le soir, Miranda fermait les yeux et se représentait son collier de diamants, ses somptueux vêtements et le luxueux jet privé, laissant échapper de temps à autre des gémissements de plaisir qu'elle espérait réalistes. Ensuite, Santos l'embrassait, enfilait sa robe de chambre en soie et regagnait sa propre cabine.

Dimanche soir, une fois le yacht amarré au port de Saint-Tropez, les convives s'étaient engouffrés dans leurs limousines respectives. Miranda les avait observés avec nostalgie depuis l'un des ponts supérieurs, songeant à son retour imminent à la normalité, dans le Yorkshire. Mais alors Santos était apparu derrière elle et lui avait tendu une clé.

— Ta limousine t'attend pour te conduire à l'aéroport, Miranda.

— Tu ne viens pas avec moi ?

— Je ne peux pas. Je dois rentrer chez moi. Cette clé t'ouvrira la porte d'un appartement à Londres. Un chauffeur sera à Heathrow pour t'y conduire. Je t'appelle plus tard. (Il l'avait embrassée.) Au revoir, ma douce.

À Londres, une Rolls-Royce attendait Miranda. La voiture avait traversé la ville à la nuit tombée, s'arrêtant finalement devant un magnifique immeuble en stuc blanc qui donnait sur un parc.

— Suivez-moi, madame, s'il vous plaît, lui avait enjoint le chauffeur avant de la précéder dans un vaste hall d'entrée.

Ils avaient ensuite emprunté un ascenseur exigu jusqu'au troisième étage et suivi un couloir couvert d'une épaisse moquette. Le chauffeur avait ouvert la porte d'un appartement de deux pièces élégamment meublé, à l'intérieur duquel il avait déposé les valises de Miranda.

— Si besoin, le numéro auquel vous pouvez me joindre se trouve près du téléphone. Bonsoir, madame.

Ayant la nette impression que l'homme avait déjà accompli ce rituel dans le passé, Miranda avait consacré l'heure suivante à passer l'appartement au peigne fin, à la recherche d'indices indiquant la présence de femmes, ou de Santos lui-même. Si elle n'avait rien trouvé dans les tiroirs parfumés ni entre les coussins du confortable divan en soie lavée, elle avait cependant repéré une enveloppe à son nom, posée à côté du téléphone, qui contenait 2 000 livres en liquide ainsi qu'une note l'informant qu'elle recevrait deux cartes de crédit à son nom, chacune liée au compte de M. F. Santos. En plus de cela, un compte en banque serait ouvert au nom de Miranda, sur lequel seraient versés 10 000 livres, montant complété de 5 000 livres supplémentaires le dernier jour de chaque mois.

Miranda s'était assise, sous le choc. C'était encore plus fou que tout ce qu'elle avait pu imaginer. Elle était riche.

À 21 heures, la sonnerie du téléphone résonna dans l'appartement silencieux.

— Allô ?

— Bonsoir, Miranda, dit Santos d'une voix doucereuse. Es-tu satisfaite de ton installation ?

— Oui, mon chéri. Tout est parfait.

— Bien, bien.

Il y eut une pause – la mauvaise qualité de la communication trahissait la distance qui les séparait.

— J'espère que tu comprendras que tout cela est soumis à certaines conditions, reprit-il. Je ne souhaite pas que tu quittes l'appartement sans faire appel à Roger, qui t'escortera dans la Rolls-Royce. Pas d'invités. Les hommes sont proscrits dans ton appartement, à l'exception de Ian, que tu as rencontré au Savoy. Il te rendra visite de temps à autre et si tu rencontres le moindre problème, tu dois te mettre en contact avec lui. Je t'appellerai chaque soir à 21 heures pour m'assurer que tout va bien. Camila, l'employée de maison, vit dans l'appartement en dessous du tien. Elle préparera tous tes repas et se chargera des tâches ménagères.

— D'accord, mon amour, se contenta de répondre Miranda.

— Bien. Une dernière chose. Aie toujours une valise prête. Je pourrai t'appeler à tout moment pour te demander de me rejoindre à l'étranger, ajouta-t-il, et l'intonation de sa voix s'était durcie. Tu ne devras tenter de me joindre sous aucun prétexte.

Un silence pesant suivit alors.

— Bien. J'espère que ces quelques règles ne t'empêcheront pas de profiter de ton nouveau chez-toi. Il y a du champagne dans le réfrigérateur. Bois une coupe à notre santé. Au revoir, Miranda.

Miranda entendit un cliquetis, puis reposa le combiné. Elle se laissa tomber sur le canapé, tentant d'assimiler les paroles de Santos.

Cette opulence avait un coût bien plus élevé que ce qu'elle avait cru. Au bout de quelques minutes, la vérité glaciale lui jaillit brusquement au visage : Santos l'avait tout bonnement achetée. Telle une quelconque possession, il était en droit de lui dicter comment vivre sa vie.

Elle était sa chose.

— Sa chose..., murmura Miranda en examinant son reflet dans le plafond, comme pour tester le mot dans sa bouche.

Après quatre journées de solitude, le silence qui régnait dans l'appartement devint assourdissant. Miranda était habituée à entendre Doreen s'affairer dans la cuisine le matin, Rose qui chantait à tue-tête dans son atelier, et puis la douce voix de Chloe.

Elle se sentit tout à coup terrassée par la nostalgie. Elle tendit le bras vers le téléphone posé près du lit et composa le numéro.

Rose se hâta d'aller décrocher.

— Allô ? lança-t-elle d'une voix rendue rauque par le manque de sommeil et l'excès de cigarettes.

— Rose, c'est moi.

— Miranda ! s'exclama Rose en retenant un sanglot. Dieu merci. Est-ce que tu vas bien ?

— Mieux que jamais, répondit-elle d'une voix chantante.

Rose, qui se faisait un sang d'encre depuis quatre jours, eut envie d'étrangler sa fille.

— Où es-tu, Miranda ? J'étais folle d'inquiétude. Tu aurais pu appeler. Nous t'attendions à la maison il y a plusieurs jours…

— Bon sang, Rose, j'ai vingt et un ans. Je suis capable de me prendre en charge. Je suis à Londres, et je vais parfaitement bien.

— Tu as peut-être vingt et un ans, Miranda, mais tu restes ma fille et…

— OK, OK. Excuse-moi, Rose.

— Bon. Quel train as-tu prévu de prendre ? Je viendrai te chercher à la gare de Leeds.

— En réalité, je ne vais pas revenir à la maison tout de suite.

— Et pourquoi ça ?

— Parce que j'ai rencontré des gens ici et que j'ai envie de rester un peu plus longtemps. Tu veux bien t'occuper de Chloe quelque temps ?

— Bien sûr, mais… Où loges-tu ? Qui sont ces gens ? As-tu suffisamment d'argent ?

L'attention de Rose fut attirée par une petite main potelée qui poussait la porte du salon.

— Maman ! Où est Maman ?

Le visage angélique – réplique exacte de celui de Miranda au même âge – se plissa en un froncement de sourcils.

— Viens voir Granny, ma chérie, dit Rose en tendant les bras à Chloe, qui marcha jusqu'à elle. Il y a quelqu'un qui aimerait te parler, Miranda. Chloe, dis bonjour à Maman.

— Bonjour, Maman. Tu peux rentrer à la maison ?

— Coucou, ma belle. Ne t'inquiète pas, Maman sera bientôt là.

Rose posa sa petite-fille sur ses genoux.

— Tu lui manques beaucoup, Miranda. Elle te réclame tous les jours.

— Oui, d'accord. Bon, il faut que je te laisse. Je te rappelle bientôt. Embrasse Chloe pour moi. Et ne t'en fais pas, Rose. Tout va bien, vraiment. Au revoir.

La communication fut coupée. Rose reposa le combiné et contempla la magnifique petite fille qui suçait son pouce avec contentement.

— Granny ? Elle revient quand, Maman ?

Le regard bleu que la fillette braqua sur elle dégageait une telle innocence, un tel abandon que Rose sentit ses yeux s'embuer. Elle serra Chloe tout contre elle.

— Je ne sais pas, mon ange. Je ne sais pas.

8

Jenny se jeta en travers du canapé crème et dégagea son front de ses cheveux moites de transpiration.

— C'est la dernière fois ! asséna-t-elle en secouant la tête.

— Je suis bien d'accord, renchérit Leah en s'effondrant dans un fauteuil. C'est la dernière fois que je t'aide à déménager tes affaires. Ça ne fait que neuf mois que tu vis ici, Jenny. Je n'en reviens pas de la quantité de choses que tu as accumulées.

— Je suis désolée. Mais c'est pour la bonne cause, non ? répliqua Jenny en désignant fièrement leur nouvel appartement.

Après avoir visité des biens à louer tout le week-end, les deux jeunes femmes avaient fini par trouver leur bonheur. L'appartement n'était pas aussi spacieux que certains lofts qu'elle avait vus dans Soho, mais toutes deux n'ayant connu que des superficies modestes en Angleterre, elles s'étaient accordées sur le fait qu'un espace trop grand se révélerait intimidant.

L'appartement était situé au douzième étage d'un immeuble cossu situé sur la 70e Rue Est. Jenny et Leah avaient su qu'il s'agissait du bon à la seconde où elles avaient franchi la porte d'entrée. Il se composait d'un grand salon, qui s'ouvrait sur un balcon surplombant la rue animée. Au bout du couloir, on trouvait une cuisine petite mais fonctionnelle à côté d'un espace salle à manger, deux chambres avec salle de bains et une chambre d'amis. Le tout était décoré avec goût, dans des tons de beige et de blanc cassé, et des tapis aux teintes pastel couvraient les sols en parquet. Le loyer, aussi impressionnant que l'appartement, était entièrement pris en charge par la marque de cosmétiques pour laquelle Leah travaillait.

— On s'y sent tellement bien, déclara Leah. Tu veux un café ?

— Je crois que je mérite quelque chose de plus fort. J'ai dû perdre deux kilos à trimballer tous ces cartons.

— OK. Tu peux avoir une petite vodka avec beaucoup de glaçons.

Les deux jeunes femmes se rendirent dans la cuisine, où Leah entreprit de fouiller les cartons à la recherche de la cafetière.

— On devrait organiser notre pendaison de crémaillère le week-end prochain. Ce serait l'occasion de te présenter quelques personnes, suggéra Jenny en s'appuyant contre le bar.

— Bonne idée. Peut-être samedi soir ? Ça me laissera vingt-quatre heures pour récupérer après le Mexique.

— Je m'occupe de tout. Je n'ai pas d'engagements la semaine prochaine. Considère-moi comme la cheffe du Comité d'organisation de la pendaison de crémaillère.

Leah soupira en extirpant un paquet de café du fond d'un carton. Depuis son arrivée à New York, elle ne cessait d'entendre son amie répéter qu'elle « n'avait pas d'engagements », une situation plus qu'inhabituelle pour une top model. Madelaine avait récemment téléphoné à Leah pour lui confier son inquiétude.

— Je suis contente que tu t'installes avec Jenny, lui avait-elle dit. Il lui faut quelqu'un qui garde un œil sur elle. Tu as remarqué son problème avec l'alcool, j'imagine ?

— Eh bien, j'ai vu qu'elle refusait rarement un verre ou deux, mais…

— Le mois dernier, elle s'est présentée à deux séances photo complètement défoncée et soûle. Elle a pris du poids et sa peau ressemble à du béton. La rumeur est en train de se répandre. Je l'ai prévenue que la marque de cosmétiques envisageait sérieusement de mettre fin à son contrat si elle ne se reprenait pas en main. Et puis je peine à lui trouver d'autres contrats en attendant le début de la nouvelle campagne. Elle a deux mois pour se ressaisir. Aide-la, Leah. Je sais que vous êtes très proches toutes les deux.

— Je ferai de mon mieux, Madelaine. Je suis certaine qu'elle va reprendre du poil de la bête. Elle reste l'une des meilleures à l'heure actuelle.

— Peut-être, mais il y a des centaines de jolies filles prêtes à prendre sa place. C'est sa dernière chance. Fais-lui passer le message.

Pendant la semaine, Leah n'avait pas eu l'occasion de parler à Jenny ; elle avait couru de séances photo en interviews et assisté à une importante soirée de lancement pour Chaval la veille. Il lui restait à présent vingt-quatre heures avant de s'envoler pour le

Mexique. Leah n'était pas exactement la personne la plus adaptée pour endosser le rôle de nounou, cependant elle devrait parler à Jenny ce soir.

— Tiens, dit-elle en posant le verre de vodka sur la table de la cuisine avant de s'asseoir face à son amie.

— Santé. À notre nouveau chez-nous. (Leah tressaillit en voyant Jenny siffler le verre en une gorgée.) Mmmh. Ça va mieux. Ça te dit de commander à dîner chez le traiteur chinois ? Je meurs de faim.

— D'accord.

— Je file à l'épicerie acheter du vin. On va se faire une petite soirée tranquille à la maison.

Une heure plus tard, installées sur leur balcon, Leah et Jenny admiraient le coucher de soleil sur New York tout en se régalant de leur festin arrosé de vin blanc – Leah n'en avait bu qu'un demi-verre, alors que Jenny en était déjà à son troisième.

— Tu réalises que tu vas devoir ralentir un peu sur la nourriture chinoise, Jenny ?

— Comment ça ? répliqua cette dernière en se léchant les doigts.

— J'ai parlé avec Madelaine la semaine dernière. Elle s'inquiète pour toi.

— Tu fais référence à la vieille bique autoritaire qui passe son temps à se mêler de ce qui ne la regarde pas ?

— Arrête. Tu sais que c'est faux. Tu l'adorais avant. Elle se préoccupe de nous, c'est tout.

— Elle se préoccupe surtout de son compte en banque, riposta Jenny.

— C'est une femme d'affaires. Et son métier consiste à nous vendre. Quand un de ses produits n'est pas assez performant, elle…

— Un de ses « produits » ? explosa Jenny. Tu viens de taper dans le mille, Leah. Nous ne sommes plus des êtres humains mais des poupées Barbie dépourvues de cerveaux !

En voyant la mine furieuse de son amie, Leah se demanda comment aborder le sujet avec tact.

— Je suis désolée, Jenny, ce n'est pas ce que j'ai voulu dire. Écoute, Madelaine redoute que tu perdes ton contrat avec les cosmétiques.

— Je sais, souffla Jenny en regardant ses pieds. Je t'en ai moi-même parlé.

— J'imagine que tu n'as pas envie que ça se produise ?

— Bien sûr que non !

— Dans ce cas, ça vaut la peine d'arrêter l'alcool, les joints, et de te mettre au sport, non ?

Le regard de Jenny se perdit dans l'obscurité de la nuit, puis elle dit :

— C'est facile, pour toi. Tu n'aimes pas boire, tu n'as jamais touché à la drogue et tu peux t'empiffrer de frites à tous les repas sans prendre un gramme. Je ne suis pas comme ça. Je suis née excessive. (Jenny termina ce qu'il restait de son verre de vin.) Oh, à quoi bon ? C'est un cercle vicieux. Je déprime parce que je sais que j'ai pris du poids et que je bois trop, alors qu'est-ce que je fais pour me remonter le moral ? Je mange, je me défonce et je picole. C'est peine perdue !

Sur quoi, elle fondit en larmes et se précipita dans le salon, renversant sur son passage le verre auquel Leah avait à peine touché. Leah la rejoignit sur le canapé.

— Ne pleure pas, ma belle. Je suis désolée de t'avoir contrariée.

— Ne le sois pas. Je sais que tu ne cherches qu'à m'aider. Et ce salaud de Ranu qui ne m'a pas donné signe de vie depuis des semaines. (Jenny se remit à sangloter.) Oh, Leah, je me sens tellement nulle. Tout allait si bien il y a deux ans. Je suis devenue une épave et je ne sais pas quoi faire pour remonter la pente.

— Jen, écoute-moi, dit Leah en agrippant son amie par les épaules. Tu as vingt-trois ans. La plupart des filles commencent leur vie à cet âge-là, or à t'écouter, on croirait que la tienne est finie. Tu ne te rends pas compte de la chance que tu as… (Leah lui adressa un sourire plein de compassion.) Tu t'es laissé envahir par la pression, c'est tout. Tu es forte, Jenny. Tu peux t'en sortir, j'en suis convaincue.

— Je ne sais pas, murmura Jenny.

— Eh bien, moi, j'y crois. Rappelle-toi comme tu as pris soin de moi à mes débuts. Dieu sait où j'en serais aujourd'hui si tu n'avais pas été là. À présent, c'est à moi de te rendre la pareille. Madelaine est prête à t'offrir une semaine dans un centre de remise en forme à Palm Springs. Si j'étais toi, je sauterais sur l'occasion.

Après un long silence, Jenny répondit :

— Tu as raison. Je me le dois à moi-même. Si je continue comme ça, je vais y laisser ma peau. Qu'est-ce que tu as mûri, bon sang. Comment es-tu devenue aussi raisonnable ?

— Ça doit être mes origines du Yorkshire. Et si tu appelais Madelaine pour lui dire que tu acceptes d'aller à Palm Springs ?

— D'accord.

Jenny se leva, récupéra la bouteille de vin sur le balcon et en versa le contenu restant dans une plante.

— À la nouvelle moi, déclara-t-elle.

— À la nouvelle toi, renchérit Leah en souriant.

9

Une semaine plus tard, l'appartement vibrait des conversations des invités et sous les pulsations de la musique.

Jenny sirotait un verre de Coca tout en posant sur son prince arabe un regard débordant d'amour. Leah avait poussé un soupir de soulagement lorsque son amie lui avait téléphoné au Mexique le jeudi précédent pour lui annoncer que Ranu se trouvait à New York – c'était précisément le remontant dont son amie avait besoin. Ce dernier lui avait même proposé d'utiliser son jet privé pour se rendre à Palm Springs.

Leah se tenait au milieu d'une foule de gens qu'elle ne connaissait pas, composée pour la plupart de mannequins, photographes, artistes et couturiers – le gratin new-yorkais branché.

Tout le monde, à l'inverse, savait qui était Leah. Et les mêmes questions revenaient invariablement : Comment allait Carlo ? Son contrat avec Chaval s'élevait-il réellement à un demi-million de dollars ? Combien de temps avait-elle prévu de rester à New York ?

Leah souffla. Peut-être était-ce dû à la fatigue, mais elle n'était pas d'humeur à faire la conversation. Elle sortit du salon et se dirigea vers sa salle de bains, en quête d'un peu de tranquillité. Refermant la porte derrière elle, elle observa son reflet dans le miroir.

« Le visage le plus précieux de l'univers. » Une formule utilisée par les journalistes lorsqu'ils avaient appris le montant de sa rémunération.

Souvent, Leah peinait à concilier son visage avec la personne qu'elle était intérieurement. Si le premier était mondialement célèbre, personne ne semblait vraiment s'intéresser à la seconde. Elle aurait tellement voulu pouvoir profiter d'une journée d'anonymat, rencontrer quelqu'un qui n'aurait aucune idée de son identité et se comporterait de manière naturelle avec elle.

Elle se brossa les cheveux, tout en se demandant si Brett allait venir. Après avoir longuement hésité, Leah s'était décidée à lui accorder le bénéfice du doute et lui avait laissé un message en lui donnant les détails de la soirée et son adresse.

Elle comprit soudain qu'elle était en train de se soustraire à ses obligations d'hôtesse. En sortant de sa chambre à contrecœur, elle tomba nez à nez avec un grand brun un peu plus âgé qu'elle.

— Désolée, marmonna-t-elle.

— Ne vous en faites pas. Je vous cherchais, justement.

— Ah oui ? répondit-elle d'une voix lasse.

— Oui. Je suis Anthony Van Schiele.

Si son nom était censé évoquer quelque chose à Leah, ce ne fut pas le cas.

— Je crois que vous travaillez pour moi.

— Ah bon ? fit Leah, perplexe.

— Oui, confirma-t-il dans un sourire. Je suis propriétaire de Chaval Cosmetics, entre autres.

— Bon sang. Je suis navrée. Je ne savais pas.

L'embarras était lisible sur les traits de Leah.

— Ne vous inquiétez pas, la plupart des gens qui travaillent pour moi n'en ont aucune idée non plus. J'ai racheté l'entreprise il y a quelques mois seulement, et il n'y a rien de pire qu'un nouveau patron autoritaire qui vient semer la zizanie parmi les employés.

La décontraction de cet homme plaisait à Leah – c'était une qualité trop rare à New York.

— Je suis ravie de vous rencontrer, monsieur Van Schiele.

— De même. Je me demandais si vous accepteriez que je vous invite à dîner pour célébrer notre partenariat ?

— Bien sûr, répondit Leah, qui n'était pas en position de refuser.

— Merveilleux. Je vous retrouve chez Delmonico's mercredi à 20 heures. Cela vous convient ?

Leah hocha la tête.

— Parfait. Je dois me sauver, mais je me réjouis de vous voir la semaine prochaine. Au revoir, mademoiselle Thompson.

Il s'inclina légèrement, puis s'éloigna en direction de l'entrée. Brett apparut à l'instant où il ouvrait la porte.

— Salut, Leah, dit-il en lui tendant une bouteille de champagne. Sacrée fête, dis donc. Tu connais tous ces gens ?

— Non, avoua Leah en riant. En revanche, *eux* semblent tous me connaître.

— Je te confirme que tu es devenue très célèbre. Même mon père était jaloux quand il a su que j'étais invité à ta pendaison de crémaillère.

— Puisque tu es là et que tu m'as apporté une bouteille de champagne, je vais faire une exception et en boire une coupe. On va porter un toast aux Anglais.

Leah poussa un petit cri quand le bouchon sauta dans un claquement sonore. Elle se sentit subitement aussi légère qu'une plume et d'humeur inhabituellement séductrice.

— Aux Anglais ! lança-t-elle en levant son verre.

— Oui, à nous, répondit Brett.

Ils se rendirent dans le salon, où *Satisfaction* jouait à plein volume sur la chaîne hi-fi.

— Viens danser, lança Brett en prenant Leah par le bras. J'adore cette chanson !

Ils se joignirent au groupe qui sautillait sur la piste de danse improvisée en chantant à tue-tête. À la fin du morceau, Brett fit tournoyer Leah dans ses bras.

— Je suis très heureux, dit-il en la reposant à terre.

— Moi aussi, répondit Leah dans un sourire radieux.

Elle était sincère. Elle avait eu l'impression de reprendre vie à l'instant où Brett avait franchi la porte. Tout son corps fut parcouru de picotements et, soudain, le monde qui l'entourait lui apparut comme un endroit extraordinaire.

Les Rolling Stones furent remplacés par un morceau plus lent de Lionel Richie. Brett enveloppa Leah de ses bras, et elle s'y lova avec bonheur. Jenny surgit alors, et s'adressa à Leah :

— Ma belle, on va aller chez Ranu. Ça ne t'ennuie pas ?

— Pas du tout, répliqua Leah. Jenny, je te présente Brett. Brett, voici Ranu.

— Salut, Brett, comment ça va ? (Ranu se tourna vers Jenny.) On s'est déjà rencontrés. Brett était six années en dessous de moi à Eton.

— C'est vrai. J'ai été le larbin de Ranu pendant un semestre. Un homme difficile à contenter.

S'il s'agissait d'une plaisanterie, Leah décela malgré tout une aversion manifeste dans le regard de Brett.

— Il faut absolument qu'on dîne tous les quatre à mon retour de Palm Springs ! s'exclama Jenny. Bye ! Je rentre demain dans la journée.

— Ton amie fréquente vraiment ce type ? s'enquit Brett en secouant la tête. C'est un abruti de première beaucoup trop friqué. Personne ne pouvait le saquer à Eton.

— Ne t'en fais pas pour Jenny, c'est une grande fille, déclara Leah avec une assurance qu'elle ne ressentait pas au fond d'elle.

Leah joua le rôle de l'hôtesse durant le reste de la soirée, s'assurant que ses invités avaient de quoi boire, papillonnant de groupe en groupe où on la présentait à l'élite du milieu de la mode new-yorkais. Brett tenta de la suivre, visiblement en proie à l'ennui. Passer deux minutes seul avec elle semblait mission impossible.

Au final, les derniers fêtards levèrent le camp, laissant Leah et Brett seuls au milieu d'un véritable champ de bataille.

— Au secours, gémit Leah en contemplant bouteilles, verres et cendriers débordant de mégots qui jonchaient la pièce. Je n'ai plus aucune énergie, soupira-t-elle en se laissant tomber dans le canapé.

— Je vais t'aider. Nous irons plus vite à deux, proposa Brett en la hissant sur ses pieds. Si on ne s'y met pas tout de suite, tu devras t'y coller demain matin.

Ils consacrèrent l'heure qui suivit à remettre l'appartement en ordre. Le jour se levait lorsque Leah s'affala de nouveau dans le canapé.

— Café ? lança Brett.

— Mmmh. Avec plaisir, répondit-elle en fermant les yeux.

Brett en prépara deux tasses puis s'assit par terre, devant Leah.

— Allez, la marmotte. Tu es bien trop lourde pour que je te porte jusqu'à ta chambre. Bois ça, je vais lancer un feu. Il fait un froid de canard.

Leah força ses paupières à s'ouvrir et regarda Brett allumer la cheminée au gaz. Un frisson s'empara d'elle lorsqu'elle comprit qu'ils se trouvaient seuls pour la première fois depuis très longtemps.

— J'adore l'aube à New York, fit remarquer Brett tandis que les flammes prenaient vie. J'ai pu admirer plusieurs fois le lever de soleil cette semaine. Bizarrement, j'ai eu du mal à trouver le sommeil.

Il s'assit sur la peau de mouton que Leah avait achetée le matin même et observa les gratte-ciel qui se découpaient sur l'horizon. Ils burent leur café en silence – l'excitation les empêchait d'entamer toute conversation.

Lorsque Leah posa sa tasse vide sur le sol, Brett en profita pour lui attraper la main, qu'il serra dans la sienne. Plongeant son regard dans le sien, il s'approcha pour l'embrasser.

En extase, Leah sentit fourmiller la moindre terminaison nerveuse de son corps et son souffle se couper lorsque Brett effleura doucement son cou de ses lèvres. Il l'attira alors près de lui au sol, puis s'accroupit au-dessus d'elle.

— Je peux ? s'enquit-il, une main en suspens au-dessus des boutons de son caraco noir.

Leah approuva timidement de la tête. Brett entreprit alors de défaire doucement chacun des petits boutons nacrés.

— Tu es belle, Leah. Beaucoup trop belle.

Cette dernière, allongée, les paupières closes, savourait les nouvelles sensations qui l'envahissaient tout en ayant conscience qu'il lui fallait prendre une décision. Elle avait préservé si longtemps son innocence que celle-ci était devenue à ses yeux un objet presque sacré.

Leah comprit subitement pourquoi : elle l'avait attendu, lui. Elle attendait Brett depuis toujours, et nul autre que lui ne parviendrait à lui procurer le sentiment d'être entière.

Brett dut deviner ses pensées, car il s'interrompit et la regarda droit dans les yeux.

— J'ai très, très envie de te faire l'amour, souffla-t-il d'une voix douce.

Leah lut la sincérité dans son regard. Elle hocha la tête, tentée une seconde de lui confier qu'il serait le premier, mais la gêne qu'elle éprouvait l'empêcha de prononcer ces mots.

Les sensations physiques et émotionnelles de Leah se mêlèrent alors, la propulsant vers le plaisir à son paroxysme.

Après, lovée dans les bras de Brett près du feu, elle admira le ciel matinal qui se teintait de mauve. Leah venait de trouver la clé de son avenir. Brett était sa moitié, le chaînon qui manquait à son âme.

Brett éprouvait des sentiments identiques. Il avait tenté de les repousser, mais en regardant Leah il sut qu'il était voué à l'aimer, et qu'à compter de ce jour, cet amour guiderait son existence.

Perdus dans leurs pensées, ils demeurèrent blottis l'un contre l'autre, convaincus qu'ils venaient de sceller leur destin.

10

Le lundi suivant, Jenny s'envola pour Palm Springs et Brett quitta le duplex de son père pour s'installer dans l'appartement de Leah.

Ils passèrent la soirée à recréer les plaisirs qu'ils avaient expérimentés la veille, qui surpassèrent leurs souvenirs. Leah, désireuse de combler Brett, découvrit qu'elle ne ressentait aucune gêne à explorer le corps de celui-ci.

Ils dormirent peu, et Brett retourna travailler le mardi matin avec l'impression de revenir de la Lune. La tête dans les nuages, il éprouvait un mal fou à se concentrer, ses pensées dérivant invariablement vers Leah. Il comptait les minutes avant de pouvoir quitter le monde réel pour la rejoindre.

Lorsqu'il arriva chez elle le soir suivant, elle l'attendait à la porte, les cheveux mouillés après avoir pris un bain, son visage angélique dépourvu de maquillage.

— Tu m'as manqué, dit-il en la prenant dans ses bras, se délectant de son odeur divine.

Alors qu'ils venaient de faire l'amour à nouveau, Leah, nue, alla dans la cuisine et jeta des spaghettis dans une poêle. Une fois douché, Brett s'assit à la table de la cuisine et l'observa préparer une sauce bolognaise.

Ils s'installèrent près du feu avec leurs assiettes et une bouteille de vin rouge.

— Mmmh… Et en plus, tu cuisines bien ! Que demander de plus ?

Leah éclata de rire. Elle le faisait fondre, assise sur le canapé dans sa robe de chambre – il devait se pincer pour croire qu'il s'agissait de la même femme dont la beauté s'affichait sur les panneaux publicitaires de tout le pays.

— Si nous sortions demain soir ? suggéra Brett. Mon père m'a emmené au Club 21 la semaine dernière, c'était excellent.

— Je ne peux pas, répondit Leah, l'air triste. Je dois dîner avec Anthony Van Schiele, le propriétaire de Chaval.

Un sentiment d'appréhension étreignit soudain Brett. L'idée que Leah passe du temps avec un autre homme le rendait malade. Cependant, il était amoureux de l'une des plus belles femmes du monde et devrait affronter ce que cela impliquait.

— D'accord. Je comprends, déclara-t-il.

Leah posa son assiette et alla s'asseoir sur les genoux de Brett.

— Je n'ai aucune envie d'aller à ce dîner, Brett, mais j'y suis obligée.

— Je sais, mon ange. J'ai pas mal de boulot à rattraper. Je passerai la soirée chez moi et j'essaierai de dormir.

Brett se sentait abattu lorsqu'il sortit de l'immeuble de Leah le lendemain matin.

— À demain, dit-il. N'oublie pas que je t'aime.

— Je t'aime aussi, répondit Leah en l'embrassant avant de s'engouffrer dans une limousine qui la conduirait chez Chaval.

Brett héla un taxi pour se rendre au bureau. Honteux, il sentit des larmes lui embuer les yeux en songeant qu'il devrait attendre le lendemain pour la revoir.

— Mademoiselle Thompson. Vous êtes ravissante, comme toujours.

Anthony Van Schiele accueillit Leah à l'entrée de Delmonico's, puis le maître d'hôtel les escorta jusqu'à la meilleure table de la majestueuse salle à manger.

— Puis-je vous proposer quelque chose à boire ? leur demanda-t-il.

— Volontiers. Une bouteille de mon vin blanc habituel et de l'eau minérale avec beaucoup de glaçons pour Mlle Thompson.

Leah fut impressionnée qu'Anthony Van Schiele se soit donné la peine de découvrir ce qu'elle aimait.

— Appelez-moi Leah, je vous en prie.

— Dans ce cas, vous pouvez m'appeler Anthony.

En regardant l'homme qui lui faisait face, Leah songea qu'il était très séduisant. Elle lui donnait une petite quarantaine d'années, bien qu'il semblât plus jeune avec ses cheveux bruns parsemés de rares cheveux gris. Il était mince et plutôt musclé, mais c'était son regard qui lui conférait sa prestance – d'une teinte gris pâle, souligné de rides du sourire, une profonde gentillesse s'y reflétait.

— Alors, comment se déroule la campagne ? s'enquit-il. J'ai vu les affiches – comme tout le monde à New York ! Je les trouve sensationnelles et je pressens que vous allez faire prospérer notre petite entreprise.

Leah s'obligea à ne pas rire – Chaval était sans doute l'une des compagnies les plus florissantes du pays dans le secteur des cosmétiques.

— Je croise les doigts, dit Leah. Tout se passe bien pour le moment.

— J'espère que mon directeur commercial ne vous fait pas travailler trop dur ?

— Oh non. Henry est adorable.

— Parfait. N'hésitez pas à m'appeler s'il y a quoi que ce soit. Est-ce que vous profitez bien de la vie new-yorkaise ?

— Honnêtement, pas beaucoup. Le rythme frénétique de cette ville m'épuise.

— Ah, ça... Ce n'est pas non plus ma tasse de thé. Je trouve cet endroit intimidant et impersonnel. Je possède une maison à Southport, dans le Connecticut. La vie y est beaucoup plus calme, l'air plus pur. Cela dit, je dois admettre que New York vous va bien. Vous êtes radieuse ce soir.

Anthony admira le teint frais et lumineux de Leah, qui contribuait à vendre pour des millions de dollars de produits Chaval.

Alors que Leah s'était attendue à passer une soirée barbante, elle ne put que constater que le temps avait filé à toute allure. Anthony la traitait avec beaucoup de respect et de galanterie, et paraissait s'intéresser sincèrement à elle. Pour cette raison, Leah baissa la garde, lui confiant des choses qu'elle gardait en général pour elle.

Lorsqu'elle se rendit aux toilettes, elle fut surprise de constater qu'il était déjà presque 23 heures.

— Est-ce que vous retournez dans votre maison de Southport ce soir ? lui demanda-t-elle une fois revenue à leur table, avant de siroter une gorgée de son cappuccino.

— Oui, j'essaie de rentrer tous les soirs, lorsque je ne suis pas retenu par le travail. J'ai un appartement au dernier étage de l'immeuble Chaval où je peux me reposer quelques heures si besoin.

— Votre femme ne doit pas vous voir beaucoup, commenta Leah.

— Mon épouse est décédée il y a deux ans, donc hélas, personne ne m'attend à la maison.

— Je suis navrée, Anthony, murmura Leah en s'empourprant.

— Merci. Cela a été un soulagement – elle souffrait depuis longtemps. Il m'arrive parfois de rentrer en pensant la trouver installée dans son fauteuil, près du feu. Les gens m'assurent que le temps finira par apaiser la douleur. J'attends que cela se confirme.

Une vague de compassion submergea Leah. Dans un geste instinctif, elle tendit le bras au-dessus de la table pour serrer la main d'Anthony, qui parut touché par sa sollicitude.

— Je suis désolé, Leah. Je ne vous ai pas invitée à dîner pour vous déprimer. Mais c'est un peu frustrant lorsque les gens ne voient en vous que la richesse et le succès sans se douter que cela ne nous rend pas nécessairement heureux.

Leah ne put qu'approuver ; il était réconfortant d'entendre quelqu'un exprimer à voix haute les sentiments qu'elle-même éprouvait.

— Je suis d'accord, renchérit-elle. En raison du métier que j'exerce, les gens ne cherchent pas à savoir qui je suis vraiment. Ils s'intéressent uniquement à mon image.

— Moi, vous m'intéressez, Leah, affirma Anthony d'une voix douce. Si jamais vous avez besoin de parler, vous savez où me trouver. Mais il est temps que je vous ramène chez vous. Je ne voudrais pas que la plus précieuse employée de Chaval arrive à une séance photo avec des cernes sous les yeux à cause de moi !

En les voyant sortir du restaurant, le chauffeur bondit pour leur ouvrir la portière de la limousine noire étincelante. Ils roulèrent ensuite dans un silence agréable jusqu'à l'immeuble de Leah.

— Merci pour cette soirée délicieuse, dit Anthony en déposant un baiser sur sa main. J'aimerais beaucoup réitérer l'expérience.

— Moi aussi, se surprit Leah à répondre.

Alors qu'elle s'apprêtait à ouvrir la portière, Anthony l'arrêta :

— Vous êtes une personne bien réelle dans un monde qui ne l'est pas. Ne l'oubliez pas, d'accord ?

— D'accord, promit-elle, puis elle descendit de la limousine. Bonsoir, Anthony. Et merci.

En attendant l'ascenseur, Leah songea à l'homme peu commun avec qui elle venait de passer la soirée. Un lien particulier s'était noué entre eux, et Leah sut qu'elle venait de se faire un ami.

11

La sonnerie stridente du téléphone dissipa le rêve de Leah. Elle s'obligea à ouvrir les yeux et se pencha pour décrocher le combiné.

— *Mia cara.* C'est moi, Carlo.

Elle jeta un coup d'œil à son réveil.

— Carlo, il est 4 heures du matin ! Qu'est-ce qui te prend ? Tu sais que je me lève à l'aube !

— *Scusa, cara,* mais je ne pouvais pas attendre une seconde de plus pour te parler. Tu m'as tellement manqué.

Carlo aurait voulu entendre que la réciproque était vraie, mais en réalité, Leah avait à peine pensé à lui depuis son arrivée à New York. Elle garda le silence, et Carlo poursuivit :

— Est-ce que je te manque autant que tu m'as manqué ?

— Bien entendu, Carlo, répondit-elle d'une voix mécanique tandis qu'un bras la ramenait sous la couette. Arrête, chuchota-t-elle quand une main vint se poser sur son sein.

— Pardon ? Il y a quelqu'un avec toi, Leah ?

— Non, bien sûr que non. Il n'y a plus que trois semaines à attendre avant le défilé, nous nous verrons à ce moment-là. (Elle vit Brett lui faire les gros yeux.) Écoute, je dois te laisser. Il faut vraiment que je dorme, j'ai une grosse séance photo demain.

— D'accord, je comprends, répondit Carlo d'un ton qui affirmait le contraire. Je te manque, n'est-ce pas, Leah ?

— Évidemment, Carlo.

— J'espère que tu te comportes bien et que tu te gardes entièrement pour moi. J'ai des espions partout qui me préviendront si tu n'es pas sage.

— D'accord, Carlo. On se voit à Milan.

— Oui. Je t'attendrai en retenant mon souffle. *Buona notte, cara.*

Leah reposa doucement le téléphone et se laissa tomber sur les oreillers.

— Je suppose que c'était M. Porselli qui s'inquiétait de sa protégée.

— Exactement.

Se redressant sur un coude, Brett lui adressa un regard froid.

— Et c'est quoi, cette histoire de n'avoir plus que trois semaines à attendre ?

— Oh, Brett, soupira Leah. Ne sois pas idiot. Tu n'as entendu que la moitié de la conversation. Carlo est juste…

— Je suis jaloux, Leah. Est-ce que les rumeurs qui circulent à propos de vous deux sont fondées ?

— Bien sûr que non, rétorqua Leah, soudain agacée et sur la défensive. Carlo s'est montré très bon avec moi, mais il ne s'est jamais rien passé entre nous. Jamais. (*Ni avec aucun autre homme*, songea Leah, qui aurait aimé pouvoir exprimer ces mots à voix haute.) Les histoires ridicules que les journalistes inventent me mettent hors de moi. Je te pensais au-dessus de tout ça.

Brett détecta de la colère dans les yeux de Leah. Il se rallongea à côté d'elle.

— OK, OK, je suis désolé. Je t'aime tellement. Je ne suis pas sûr de moi, c'est tout.

— Brett, mon chéri. Il faut que tu me fasses confiance. Je t'aime aussi. Il n'y aura jamais personne d'autre. Je te le promets.

— Je suis désolé, mon ange. Bonne nuit.

Cinq minutes plus tard, Brett entendit la respiration régulière de Leah. Hélas, il ne parvint pas à trouver le sommeil aussi facilement. En entendant la manière dont elle venait de parler à Carlo, il n'avait pu s'empêcher de penser qu'il y avait quelque chose entre eux. Il se rappela la soirée d'anniversaire de Leah, lorsqu'ils avaient dansé ensemble. Dans trois semaines, elle serait à Milan, de nouveau à la merci de Carlo. Comment allait-il supporter de les savoir seuls, tous les deux ?

Les interrogations de Brett furent balayées par le week-end idyllique que Leah et lui passèrent à explorer les plaisirs de New York.

Ils firent du shopping dans Rockefeller Center samedi matin, puis une longue balade dans Central Park l'après-midi. Le soir, ils dînèrent chez Sardi's où ils admirèrent, les yeux pleins d'étoiles, les vedettes de Broadway assises à quelques centimètres d'eux. Ils prirent ensuite un taxi pour regagner le duplex du père de Brett, où ils s'installèrent sur la terrasse pour boire un café dans l'air chaud de ce mois de septembre.

— La vue est vraiment magnifique, observa Leah. Tu dois avoir l'impression de t'aventurer dans les bas quartiers quand tu viens chez moi.

— Ton appartement a du charme, contrairement à celui-là, répliqua Brett.

Brett persuada Leah de passer la nuit avec lui, arguant que son père était en déplacement professionnel et qu'elle ne serait donc pas contrainte d'endurer des présentations gênantes au saut du lit.

Mais Brett s'était trompé. Lorsqu'ils montèrent à l'étage le lendemain en peignoir de bain pour prendre leur petit déjeuner en profitant de la vue sur Central Park, David était déjà attablé, absorbé par la lecture de son journal.

Leah l'observa ; celui-ci ne ressemblait ni à son fils ni à sa sœur, Rose. Il avait des cheveux blonds saupoudrés de gris, la peau très bronzée et des yeux d'un bleu profond qui étudiaient Leah avec un intérêt égal au sien.

— Je vois que nous avons une invitée, lança-t-il. Leah Thompson, je présume ? Nous ne nous sommes jamais vus, pourtant votre visage m'est étrangement familier, plaisanta-t-il.

Leah rit avec lui, bien qu'elle eût déjà entendu cette plaisanterie un bon millier de fois.

Une fois qu'ils furent installés, l'employée de maison leur apporta du café et des croissants. Tandis que Brett bavardait avec son père, Leah se surprit à comparer David Cooper à Anthony Van Schiele. L'aura de pouvoir que David dégageait était époustouflante, mais alors qu'Anthony témoignait d'une grande humilité à l'égard de son immense fortune, David, lui, semblait s'en envelopper comme d'une cape. Leah se sentait intimidée par sa présence, voire un peu mal à l'aise. Elle fut soulagée lorsqu'il se leva de table et les laissa seuls après l'avoir poliment saluée.

— Je suis désolé, dit Brett en mordant dans un croissant. Papa a eu un changement de programme de dernière minute. Alors, qu'est-ce que tu penses de lui ?

— Vous êtes très différents, répondit Leah, prudente.

— C'est ce que tout le monde dit au bureau. Il terrifie la plupart des employés.

— Je ne suis pas étonnée.

Brett la dévisagea, curieux.

— C'est juste qu'il… respire le pouvoir. Mais il a l'air très gentil, ajouta-t-elle.

— Il l'est, quand on apprend à le connaître. C'est l'une des raisons pour lesquelles je suis content d'être venu travailler pour lui. Je le connaissais très peu, enfant. Il s'absentait beaucoup. Depuis que je suis arrivé à New York, je le trouve différent. Moins dur. (Il haussa les épaules.) Je l'admire beaucoup, tu sais. Il a bâti seul ce gigantesque empire, en partant de rien. Il a fallu plusieurs générations à la plupart des entreprises pour arriver à ce que mon père a accompli en une trentaine d'années. Je ne suis pas sûr qu'il soit possible de parvenir à ce résultat en se comportant comme un ange avec ses employés.

— Bien sûr, dit Leah, surprise que Brett ressente le besoin de défendre son père.

— Qu'as-tu envie de faire aujourd'hui ?

— Et si on prenait un de ces bateaux qui font le tour de Manhattan ? J'ai l'impression qu'il va faire beau.

Un taxi les emmena jusqu'à l'embarcadère de la 42e Rue, où ils montèrent à bord de la Circle Line. Ils profitèrent de la fraîcheur de la brise tandis que le bateau s'engageait sur l'eau, puis ils écoutèrent les commentaires du guide qui se déversaient en grésillant des haut-parleurs, tout en admirant la statue de la Liberté.

— C'est par là qu'arrivaient les bateaux d'immigrants à l'époque, indiqua Brett. Ces gens s'apprêtaient à démarrer une nouvelle vie sur la terre promise. Je me demande ce qu'ils se sont dit en découvrant l'Amérique. Bon sang, qu'est-ce que j'aimerais peindre ça, ajouta-t-il.

Alors que le bateau achevait son itinéraire et revenait à son point de départ, Brett prit Leah dans ses bras.

— Est-ce qu'il t'arrive d'avoir envie de retenir pour toujours un moment ou un sentiment ? l'interrogea-t-il.

— Oui, parfois.

— Eh bien, le moment présent en fait partie. Je t'aime, Leah. Je n'ai jamais été aussi heureux que ces deux dernières semaines. Je n'arrive pas à imaginer la vie sans toi.

Oubliant les autres passagers, ils s'embrassèrent et demeurèrent lovés l'un contre l'autre jusqu'à ce qu'ils doivent rejoindre la terre ferme.

— Si ça ne t'ennuie pas, je sais où j'aimerais passer l'après-midi, déclara Brett, dont le regard s'était soudain mis à pétiller.

— Bien sûr. Où veux-tu aller ?

— Au musée d'Art moderne.

— Ça me plairait beaucoup.

Tandis que le métro filait, Leah éprouva un frisson de plaisir. Elle avait la sensation qu'ils goûtaient au véritable New York : la tension et le danger qui saturaient l'air, la rame de métro crasseuse avec son odeur de sueur, de drogue et de parfum mêlés, et ses occupants, qui nourrissaient le rêve de pouvoir un jour les rejoindre, Brett et elle, dans leur bulle d'argent et de confort.

Leah en émergea comme d'une autre planète. En marchant main dans la main avec Brett, elle songea aux bouleversements que sa vie avait connus ces dernières années et à tout ce qu'elle prenait désormais pour acquis. Elle se sentit un peu honteuse.

Elle passa le reste de l'après-midi à suivre Brett dans les nombreuses salles du musée, l'écoutant avec émerveillement parler de tous les chefs-d'œuvre qu'ils découvraient. Grâce à lui, elle en apprit davantage sur *La Nuit étoilée* de Van Gogh, *Les Demoiselles d'Avignon* de Picasso, ou encore *La Danse* de Matisse.

Brett semblait immergé dans un autre monde, comme si quelque chose avait pris vie en lui. À l'issue de leur visite, elle était admirative et envieuse de l'amour que Brett éprouvait pour l'art et de la joie qu'il lui procurait.

— Qui est ton artiste préféré ? lui demanda-t-elle.

— Impossible de répondre. Je découvre un tableau que j'adore, une pure œuvre d'art par son atmosphère, l'utilisation de la couleur, ce qu'elle affirme. Puis j'en vois un autre dont je n'arrive pas à détacher mon regard. J'ai une faiblesse pour Manet, Seurat… et Degas ! Il a réussi à capturer à la perfection la vitalité et la grâce de ses danseuses. Je les aime tous, conclut-il en riant. D'une certaine façon, je suis content de ne pas avoir fréquenté une école d'art. Je ne possède pas les compétences pour analyser les tableaux d'un point de vue technique. À mon sens, ils doivent être des œuvres de beauté, des objets qu'on voudrait ne jamais cesser de contempler. Le risque, lorsqu'on a trop de connaissances, c'est de toujours trouver quelque chose à redire, de voir sa joie entachée.

— Mais tu sais tellement de choses, fit remarquer Leah tandis qu'ils sortaient du musée.

— Oh, je suis loin d'être un expert !

— Il faut absolument que tu continues à peindre, Brett.

— Peut-être. Viens, nous poursuivrons la discussion au Russian Tea Room autour de caviar et de blinis. D'après mon père, c'est un passage obligé. On peut s'y rendre à pied.

Un quart d'heure plus tard, ils étaient installés sur une banquette en velours rouge et sirotaient un thé à l'arôme puissant. Leah scruta d'un air méfiant les petites crêpes surmontées de minuscules œufs rouges et noirs.

— Mmmh, c'est délicieux, affirma Brett. Goûte.

— D'accord. Mais je te préviens, je suis plutôt du genre *fish and chips.*

Brett rit tandis que Leah mordait prudemment dans le blini, dont elle apprécia les saveurs inédites.

— Le fait de travailler pour ton père ne devrait pas t'empêcher de peindre, déclara Leah. Tu as beaucoup de talent.

Leah avait bien l'intention de ne pas laisser retomber l'enthousiasme que Brett avait montré au musée.

— Comment sais-tu que j'ai du talent ?

— Parce que je t'ai observé, à l'époque, quand tu dessinais sur la lande. C'était complètement naturel chez toi. Si j'étais aussi douée que toi… (Leah secoua la tête.) Malheureusement je ne possède aucun talent particulier.

— Qu'est-ce que tu racontes, enfin ? Tu es l'une des top models les plus prisées au monde. Il doit bien falloir un peu de talent pour en arriver là.

— Non. En tout cas, je ne le pense pas. J'ai juste la chance d'avoir un joli visage, une bonne morphologie, et de ne pas trop mal porter les vêtements. Ce n'est pas quelque chose qui vient de l'intérieur. Je n'ai pas de talent artistique inné ni d'aptitudes hors normes pour les mathématiques qui apporteraient quelque chose de bon à l'humanité.

Brett la contempla, songeant qu'elle ne cessait de le surprendre. Lorsqu'ils s'étaient rencontrés cet été-là dans le Yorkshire, c'était de son enveloppe extérieure et de sa douceur qu'il s'était épris. Mais en apprenant à la connaître, il se rendait compte qu'il lui restait énormément de choses à découvrir.

— Nous vivons dans un monde d'immédiateté, Leah. Et la chose la plus immédiate chez toi, c'est ta beauté. Tu ne dois pas minimiser cela, cela fait partie de toi et t'a permis de rencontrer le succès – et aussi, j'imagine, pas mal d'argent.

— Je sais, convint Leah en soupirant. Mais parfois, quand je suis debout dans la même position pendant une heure et que je vois tous ces gens s'affairer autour de moi pour régler les lumières, l'objectif de l'appareil photo, une mèche de cheveux pas à sa place… Ils prennent les choses très à cœur, juste pour une photo. C'est vrai, ça ne va pas changer le monde. Tout cela paraît tellement superficiel, tellement futile. Et moi, qui gagne autant d'argent en ne faisant rien de spécial alors qu'il y a énormément de gens talentueux qui en bavent pour gagner leur vie, comme cet artiste qui avait peint un dragon dans le métro, ou toutes les actrices qui travaillent comme serveuses.

— Je comprends ce que tu dis, mon ange, affirma Brett en lui prenant la main. Pourtant, il existe une manière de répondre à cette problématique, d'associer ce que tu fais à la personne que tu es.

— C'est-à-dire ?

— Eh bien, tu occupes une position très privilégiée. Les gens te connaissent, ils connaissent ton visage. Pour l'heure tu incarnes une marque de cosmétiques, mais à l'avenir tu pourrais utiliser ton argent et ta renommée à meilleur escient. Si tu as envie de faire le bien, tu te trouves à la place idéale pour le faire.

Leah prit le temps d'absorber les paroles de Brett. Une vague de soulagement l'envahit alors.

— Tu as raison. Je pourrais jouer un rôle positif à l'avenir. Je n'y avais jamais pensé de cette façon. Merci.

— De quoi ?

— De m'avoir donné une bonne raison de me lever à 6 heures du matin et d'afficher un sourire professionnel toute la journée.

— Rappelle-toi, mon ange, qu'il y a des gens vrais autour de toi. Et c'est formidable que tu ne te sois pas laissé aspirer par le monde de paillettes dans lequel tu évolues. C'est pour ça que je t'aime autant.

De retour chez Leah, ils furent accueillis par une Jenny rayonnante tout juste revenue de Palm Springs.

— Leah, ma belle, tu m'as manqué ! lança-t-elle en se jetant dans les bras de son amie, avant de reculer d'un pas. Comment tu me trouves ?

— Tu es resplendissante.

— Je suis d'accord, confirma Brett dans un sourire.

— Allons nous asseoir, je vais tout vous raconter. Je viens de préparer de la tisane, je vous en sers ?

Leah eut un rire moqueur et Jenny lui flanqua une petite tape en riant.

— OK, OK, je sais que ça doit paraître étrange de voir sa meilleure amie un peu trop portée sur la vodka boire de la tisane au pissenlit, mais je suis convertie, Leah !

Jenny se rendit dans la cuisine, versa un liquide jaune dans trois grandes tasses qu'elle apporta dans le salon.

— Goûtez, les encouragea-t-elle. C'est excellent pour la santé.

Leah leva la tasse à ses lèvres et fut immédiatement frappée par l'odeur puissante et familière. Un souvenir fort y était lié. Durant une seconde, elle fut prise de vertige.

Elle avait onze ans et se trouvait dans la cuisine de Megan, terrorisée.

D'un geste brusque, Leah reposa la tasse sur la table à côté d'elle, comme pour rompre le sort.

— Ça va ? s'enquit Brett, inquiet en voyant son visage livide.

— Ce n'est quand même pas répugnant à ce point, la taquina Jenny. Bon, laisse-moi te raconter le centre de remise en forme. Il faut absolument que tu y ailles. C'était incroyable, j'ai l'impression d'être une nouvelle femme. Ils m'ont concocté un régime alimentaire et m'ont montré des exercices pour stabiliser mon poids. Et je n'ai pas bu une goutte d'alcool ni touché à une cigarette depuis que j'ai quitté New York. Je me sens en pleine forme !

Leah éprouva une bouffée de fierté pour son amie. Grâce au sport, son corps avait retrouvé son tonus et elle s'était allégée de quelques kilos. Ses cheveux blonds tombaient en vagues lustrées autour de ses épaules, sa peau irradiait et, surtout, son regard avait récupéré son éclat d'autrefois.

— Je suis tellement contente, Jenny. Tu n'as plus qu'à continuer sur cette voie.

— J'y compte bien. Il le faut, non ? déclara-t-elle simplement.

12

Le téléphone sonna à 21 heures précises.

Le cœur de Miranda battait à tout rompre lorsqu'elle décrocha.

— Tu es seule ?

Il posait chaque jour la même question.

— Oui.

— Bien. Est-ce que je t'ai manqué ?

Miranda serra les dents.

— Bien sûr.

— Tu m'as manqué aussi. Je me caresse en ce moment en pensant à toi. Toi aussi ?

Miranda jeta un coup d'œil à sa main, qui agrippait fermement son verre de vin rouge.

— Oui, mentit-elle.

— Je ne te crois pas.

— Je te promets que c'est vrai, affirma Miranda en tâchant de ne pas laisser le dégoût percer dans sa voix.

— Ah, c'est tellement bon. Dis-moi que c'est bon pour toi aussi.

— Oui. Merveilleux, répondit Miranda d'une voix plate.

— Je vais envoyer mon jet te récupérer à Londres vendredi. (L'intonation de Santos venait de changer radicalement.) Roger viendra te chercher à 16 heures et une limousine t'attendra à l'arrivée.

— Où est-ce que je me rends ?

— Sur le yacht. Je suis impatient de te retrouver pour ce qui s'annonce un week-end des plus agréables. Dors bien, Miranda.

Miranda reposa doucement le combiné. Elle en était venue à redouter ce coup de fil quotidien, si bien que lorsque l'heure approchait, elle se servait un grand verre de vin pour se donner la force de l'affronter.

Durant ses deux premières semaines dans l'appartement, Santos n'avait été que gentillesse. Puis, le ton de sa voix avait changé. Il s'était mis à lui ordonner de prononcer des phrases obscènes au téléphone. Lorsque Miranda avait tenté de protester, il s'était violemment emporté. Santos l'effrayait dans ces moments-là, alors elle s'était exécutée.

Miranda glissa une main dans son épaisse chevelure blonde. Elle ne pouvait pas continuer à vivre ainsi. Les choses ne se déroulaient absolument pas comme elle l'avait espéré. Depuis six semaines, elle menait une existence de princesse, ponctuée de repas somptueux, de vêtements élégants et d'après-midi chez Harrods, où son chauffeur la conduisait en Rolls-Royce et où elle passait des heures entières à étoffer sa garde-robe et à acheter de jolies petites robes qu'elle envoyait à Chloe dans le Yorkshire.

Mais elle se sentait si seule. Miranda ne voyait personne en dehors de Camila, l'employée de maison allemande à la mine sévère, et Roger, le vieux chauffeur cockney qui insistait pour la suivre partout où elle allait. Au désespoir, elle avait tenté de discuter avec eux, mais Camila parlait à peine anglais et Roger ne lui répondait généralement que par des monosyllabes.

Depuis peu, elle rêvait très souvent de Chloe. Un cauchemar terrifiant, toujours identique. Chloe courait sur la lande, une silhouette sombre à ses trousses. En pleurs, elle appelait : « Maman ! Maman ! Où es-tu ? Aide-moi ! » Miranda lui tendait les bras, mais Chloe passait à côté d'elle sans la voir. Les cris de Miranda se joignaient alors à ceux de sa fille tandis que l'ombre menaçante la rattrapait sous ses yeux impuissants.

Miranda était réveillée par ses propres sanglots, transpirante et en proie à des tremblements incontrôlables.

Elle faisait alors les cent pas dans l'appartement jusqu'à ce que le jour se lève, terrorisée par l'obscurité, se haïssant pour les sentiments négatifs que Chloe lui avait inspirés depuis sa naissance. Elle n'avait jamais témoigné à sa fille l'amour et l'affection que la petite méritait, si bien qu'elle avait dû les chercher auprès de Rose ou de Mme Thompson.

Miranda souhaitait réparer ses erreurs. Elle voulait se réveiller dans sa jolie chambre, dans le Yorkshire, câliner Chloe et entendre les cris des courlis au-dessus de la lande.

Ce soir, une tristesse insoutenable la minait. Miranda avait peur. Très peur. Elle crevait d'envie de s'enfuir, mais elle se savait piégée.

Elle passa le reste de la soirée assise sur le canapé à boire du gin, sombrant doucement dans la torpeur.

Lorsque la sonnette retentit le lendemain matin, Miranda n'avait pas bougé. La tête dans un étau, elle tituba jusqu'à l'interphone.

— Oui ?

— C'est Ian.

— D'accord, dit-elle en appuyant sur le bouton.

Quelques secondes plus tard, Ian était à la porte, l'inquiétude lisible sur son visage.

— Bon sang, Miranda, est-ce que ça va ?

Devant son évidente bienveillance, Miranda fondit en larmes. Ian la guida jusqu'au canapé, la fit asseoir, puis attendit patiemment que ses pleurs se tarissent. Enfin, il alla lui préparer une tasse de café corsé.

— Buvez ça et tâchez de reprendre vos esprits.

Il l'observa en silence. Miranda trouvait sa présence réconfortante. C'était le genre d'homme auquel elle n'aurait pas accordé un regard deux mois plus tôt, avec ses lunettes et son visage banal qui respirait la gentillesse. Mais à présent, Ian lui apportait la normalité et la fiabilité qui manquaient cruellement à son étrange existence.

— Maintenant, j'aimerais que vous enfiliez une jolie robe. Je vous emmène déjeuner.

En sortant de l'immeuble, Miranda fut surprise de voir Ian ouvrir la portière d'une Range Rover neuve.

— Pas d'inquiétude, la rassura-t-il. Vous avez l'autorisation de venir avec moi. Je suis testé et validé, et j'ai pensé que vous préféreriez monter dans ma voiture.

Miranda se glissa à l'intérieur, heureuse d'échapper à son appartement et aux regards indiscrets de Roger et Camila.

Ian roula à travers Londres sans dire un mot, puis il se gara dans une petite rue pavée derrière Kensington High Street.

— Je connais un très bon bistrot tout près d'ici. Je me suis dit que nous pourrions grignoter quelque chose et bavarder un peu.

Quand ils furent attablés, Ian commanda une bouteille de vin.

— Histoire de soigner le mal par le mal, plaisanta-t-il.

Pour la première fois depuis plusieurs semaines, Miranda parvint à rire.

— Bien. Si je vous ai amenée ici, c'est parce que Roger m'a téléphoné pour me dire ce qui s'est passé hier soir, alors je voulais vous parler.

Le visage de Ian avait retrouvé son sérieux.

— J'ignore ce que vous savez de M. Santos, poursuivit-il.

— Pas grand-chose, admit Miranda en haussant les épaules.

— Je ne suis pas surpris. Il se montre discret en dehors du milieu des affaires. Il pourrait se rendre n'importe où dans le monde et ne pas être reconnu. Son cercle d'amis – vous en avez rencontré certains à bord de son yacht – est extrêmement restreint. La plupart travaillent pour lui depuis longtemps, aussi ont-ils gagné sa confiance. Il sort très peu – le soir où vous l'avez rencontré dans une boîte de nuit fait figure d'exception. Cependant M. Santos avait congédié sa dernière, euh… amie, et il en cherchait une nouvelle. Vous avez été l'élue.

Une proie. Chassée, capturée, telle une mouche prise dans une toile d'araignée, songea Miranda.

— Est-ce qu'il traite toujours ses… amies de cette façon ? Comme des prisonnières ?

Ian lui lança un regard empreint de douceur. Puis il laissa échapper un soupir.

— Miranda, je travaille pour Santos depuis plus de dix ans. À l'époque, je sortais de l'université, j'étais désespéré et il m'a proposé un boulot. Il s'est toujours montré généreux avec moi, et j'ai toujours fait preuve de loyauté à son égard. Je m'apprête à enfreindre cette règle pendant les dix prochaines minutes, parce que je ne crois pas que vous vous rendiez compte dans quoi vous vous êtes embarquée. Habituellement, les femmes qu'il choisit sont des professionnelles. Des filles dures, expérimentées, prêtes à tout pour un manteau de fourrure et une vie d'opulence. Mais vous n'êtes pas vraiment comme ça, n'est-ce pas ?

— Je croyais l'être, reconnut Miranda. Disons que je voulais toutes ces choses, mais pas de cette façon.

— Eh bien, il faut que vous sachiez que vous vous êtes fourrée dans un drôle de pétrin. Santos a beau cultiver son anonymat, il est à la tête d'un empire extrêmement puissant. Il a un pied partout, même s'il se sert la plupart du temps de représentants pour assurer les négociations de ses contrats, si bien que la partie adverse n'est souvent même pas au courant que c'est Santos qui manœuvre en coulisse. Ainsi, il a réussi à bâtir une fortune colossale dans la plus grande discrétion.

— Pour quelle raison agit-il ainsi ?

— Je n'en ai aucune idée, avoua Ian en secouant la tête. Je travaille pour une entreprise basée à Londres, et seuls un autre cadre et moi-même rendons compte à Santos. Les autres employés ne connaissent pas l'identité du dirigeant. Santos est un homme étrange.

— Sans blague, souffla Miranda. Et suis-je sa seule maîtresse ?

Si elle abhorrait ce mot, c'était le seul qui correspondait à la réalité.

— Je ne peux évidemment pas l'affirmer avec certitude, mais oui, je le crois. Santos est marié. Son épouse est allemande. Je ne l'ai rencontrée qu'une fois. Ne faites jamais rien qui pourrait vous attirer les foudres de cet homme. Il peut se révéler dangereux lorsqu'il est en colère.

— Que voulez-vous dire ? s'enquit Miranda, soudain terrorisée.

— Je n'en dirai pas davantage, mais je ne voudrais pas qu'il vous arrive quoi que ce soit – à vous ou à votre enfant.

En voyant la mine horrifiée de Miranda, Ian regretta d'avoir laissé échapper ces derniers mots.

— Comment connaissez-vous l'existence de Chloe ? questionna-t-elle en s'efforçant de rester calme.

— Eh bien, les achats de vêtements pour enfants, les conversations téléphoniques que Camila a entendues. C'est pour ce genre de choses que Roger et elle sont grassement payés par Santos. Ils sont capables de tirer des conclusions. Heureusement, c'est à moi qu'ils en ont parlé et pas à lui. Santos ne doit jamais apprendre l'existence de votre fille – j'insiste sur ce point. C'est un levier qu'il actionnera sans hésiter s'il le doit. Alors, plus de coups de fil ni de lettres. Vous devez couper tout contact afin de vous protéger toutes les deux.

Sentant la peur irradier en elle, Miranda inspira à plusieurs reprises pour tenter de la réprimer.

— Je ne comprends pas, Ian. Pourquoi me garde-t-il prisonnière ? Pourquoi paye-t-il des gens pour m'espionner ? Pourquoi ne puis-je pas parler à ma fille ?

Des larmes d'impuissance surgirent dans ses yeux. Elle avait l'impression de vivre un épouvantable cauchemar.

— J'aurais de sérieux ennuis si Santos savait ce que je vous ai confié, déclara Ian, nerveux. Il vous a achetée. Vous êtes à lui. C'est ainsi qu'il se conduit avec toutes ses femmes. Si vous faites ce qu'il vous demande, tout ira bien. Sinon…

La menace demeura en suspens.

— Je vais partir, décréta Miranda, soudain pleine d'aplomb. Je vais aller à la gare de King's Cross et prendre un train pour Leeds. Qu'est-ce qui peut m'arriver, au fond ?

— Vous en serez empêchée, répliqua Ian, la mine sombre.

— Par vous ?

— Par Roger, plus probablement, répondit-il, mal à l'aise. Et vous le savez, il est nettement moins sympathique que moi. S'il parlait à M. Santos… je serais inquiet pour votre famille.

Miranda secouait la tête, refusant d'y croire.

— Ne pouvez-vous pas m'aider, Ian ? N'y a-t-il rien que vous puissiez faire ?

— Mes parents sont âgés, souffla Ian en baissant les yeux. J'ai besoin de ce travail.

— Et la police ? tenta Miranda, au désespoir.

— Il a la moitié des flics dans sa poche. Et je ne parle pas des politiques.

Miranda laissa tomber sa tête entre ses mains.

— Je suis désolé, reprit Ian. Mon but n'est pas de vous effrayer. C'est terrible que vous vous retrouviez coincée dans ce bourbier, mais je me devais de vous mettre en garde. Je ferai tout ce qui est en mon pouvoir pour vous aider, je vous le promets.

Un silence inconfortable s'écoula, durant lequel tous deux comprirent que la partie était perdue d'avance.

— Et si nous commandions, à présent ?

Pendant le déjeuner, Ian tenta d'alléger l'atmosphère, racontant des histoires drôles et multipliant les plaisanteries. Miranda n'en entendit presque rien. Elle picora la nourriture sur son assiette sans enthousiasme et fut soulagée lorsque Ian demanda l'addition.

Sur le trajet du retour, Miranda regarda par la fenêtre sans dire un mot.

— Je ne peux pas monter, j'ai du travail, l'informa Ian. Ça va aller ?

— Oui, répondit-elle d'une voix blanche.

— Je crois savoir que vous partez vendredi rejoindre Santos pour le week-end.

— Oui.

— Comme je vous l'ai dit, contentez-vous d'être agréable avec lui. Vous passerez sûrement un bon moment. Je viendrai vous rendre visite à votre retour. Prenez soin de vous, Miranda.

— Merci pour le déjeuner.

Ian la regarda se diriger tristement vers son immeuble, puis s'engouffrer à l'intérieur.

— Pauvre gosse, murmura-t-il en redémarrant le moteur, avant de s'éloigner dans l'élégante rue bordée d'arbres.

13

— *Buon giorno, Leah !* Tu es radieuse, ma chère. Je suis tellement heureux de te voir.

S'affairant autour de Leah pour lui trouver un fauteuil dans l'atelier bondé, pressant l'un de ses assistants d'aller lui chercher un café, Carlo avait l'air d'un petit garçon tout excité.

Un sourire aux lèvres, Leah parcourut l'espace du regard. Elle ne put s'empêcher de repenser à l'époque où Maria Malgasa était la vedette du défilé et que Carlo la traitait comme une reine. En jetant un coup d'œil derrière elle, elle remarqua deux jeunes filles qu'elle n'avait jamais vues assises dans le fond, visiblement nerveuses, tel qu'elle l'avait elle-même été autrefois. Elles l'observaient avec admiration, et Leah leur adressa un sourire amical.

Deux fois par an, les défilés étaient l'occasion de retrouvailles pour le milieu de la mode. Leah y avait toujours pris beaucoup de plaisir. Elle était désormais la star des défilés de haute couture de septembre et les photographes montraient autant d'enthousiasme à la figer elle sur la pellicule que les créations de Carlo.

Cette année, cependant, alors qu'elle écoutait Giulio égrener l'ordre de passage, elle ne ressentait pas l'habituel frisson d'excitation. Peut-être était-ce dû au décalage horaire, ou – c'était plus probable – était-elle triste de se trouver loin de Brett pour la semaine. Sans compter qu'elle devait endurer la sollicitude étouffante de Carlo.

Et puis, cette fois, Jenny n'était pas là. Aucun des couturiers n'avait souhaité l'embaucher lorsque Madelaine avait proposé ses services, nul ne voulant croire qu'elle avait réussi à vaincre ses démons. Leah avait même serré les dents et appelé Carlo pour le supplier de faire confiance à Jenny.

— Même pour toi, ma chérie, la réponse est non. Jenny est *finita*. *Done*, comme disent les Américains.

Leah lui avait juré que Jenny ne touchait plus à l'alcool ni à la drogue, seulement le fait que son contrat ne soit pas reconduit par la marque de cosmétiques n'avait pas plaidé en sa faveur. Lorsque Madelaine le lui avait annoncé au téléphone, Jenny elle-même avait pris la nouvelle avec flegme.

— Dommage pour eux, avait-elle décrété en haussant les épaules. Il y en aura d'autres.

Leah s'était sentie piteuse lorsque son amie l'avait aidée à préparer ses bagages pour Milan, mais elle se réjouissait que sa relation avec son prince semble à nouveau sur de bons rails. Ranu avait prévu de l'emmener quelques jours en vacances, l'unique perspective qui, selon Jenny, l'aidait à tenir le coup. Leah avait envie de pleurer lorsqu'elle songeait aux efforts que son amie avait déployés pour s'en sortir. Personne n'était disposé à lui laisser une seconde chance.

— Allez, les filles ! s'écria Giulio. Au boulot !

La collection printemps-été de Carlo, qui s'était surpassé cette saison, rencontra un franc succès. À l'issue du défilé, les photographes se massèrent autour de Leah. Comme à son habitude, et en dépit des protestations de celle-ci, Carlo insista pour passer un bras autour d'elle et l'embrasser sur la joue.

— Est-ce que votre histoire d'amour avec Carlo est toujours d'actualité, mademoiselle Thompson ? lança un journaliste.

— Messieurs, ça suffit, intervint Carlo. Comme vous le savez, Leah est timide. Nous sommes tous les deux fatigués.

— Qui est le jeune homme avec qui vous avez dîné chez Sardi's ?

Leah soupira. Brett et elle avaient été photographiés quittant le restaurant main dans la main, et le cliché s'était étalé dans tous les tabloïds américains. « La top model et le fils de millionnaire », avaient-ils titré. Leah ignorait que la photo avait voyagé jusqu'en Italie.

Carlo lui jeta un regard curieux, puis répliqua :

— Mlle Thompson a bien le droit de sortir avec un collègue lorsqu'elle se trouve à New York, non ? Mesdames et messieurs, merci. Je crois que vous avez obtenu ce que vous vouliez. *Scusate,* conclut-il en éloignant Leah des photographes. J'ai quelques personnes à voir, ensuite j'aimerais t'emmener dîner.

Carlo disparut. Leah comprit qu'il venait de formuler un ordre, et non une invitation.

Une demi-heure plus tard, il lui ouvrait la portière passager de sa Lamborghini. Un silence inconfortable s'installa tandis qu'ils roulaient dans les rues calmes de Milan, puis dans la campagne alentour.

— Où va-t-on, Carlo ?

— Je te l'ai dit. Je t'emmène dîner.

Leah, après avoir accordé à Carlo une confiance aveugle durant des années, avait admis que quelque chose avait changé le soir de son vingt et unième anniversaire. Alors qu'ils s'éloignaient de la ville, la sensation de malaise qu'elle éprouvait s'accentua.

Carlo franchit un imposant portail en fer forgé et emprunta une longue allée, puis il se gara devant un *palazzo* qui évoquait les châteaux de contes de fées.

— Bienvenue chez moi, annonça-t-il.

Leah retint son souffle malgré elle. Carlo lui avait toujours promis de lui faire visiter sa demeure, mais chacun de ses séjours à Milan avait été si chargé qu'elle n'en avait jamais eu l'occasion.

Elle monta derrière lui les quelques marches qui menaient à la porte d'entrée surmontée d'un portique. Un majordome vint leur ouvrir.

— Bonsoir, Antonio.

— Bonsoir, monsieur.

— Est-ce que tout est prêt ?

— *Sì,* monsieur. Suivez-moi.

Leah leur emboîta le pas à travers les nombreuses pièces, chacune plus majestueuse que la précédente. Les hauts plafonds, délicatement peints dans des tons pastel, représentaient des scènes religieuses, et tous les meubles semblaient hors de prix. L'ensemble évoquait davantage un musée qu'une maison, cependant Leah songea à quel point Brett apprécierait les œuvres d'art qui ornaient les murs.

Au bout d'un long couloir au sol en marbre éclairé d'innombrables chandeliers, Antonio ouvrit une porte double et les précéda dans la pièce. Leah demeura bouche bée. Elle leva les yeux vers le plafond, qui devait culminer à quinze mètres au-dessus d'elle. La pièce était si vaste qu'elle en distinguait à peine l'extrémité.

— La salle de bal, annonça Carlo en lui offrant son bras. Allons dîner.

L'espace était vide, à l'exception d'une unique table placée près des grandes portes-fenêtres, qui ouvraient sur une terrasse baignée de lumière.

Alors qu'ils s'installaient, un serveur apparut et déboucha la bouteille de champagne qui attendait dans un seau à glace. Il emplit deux coupes, puis sortit sur la terrasse et claqua des doigts. Aussitôt, de la musique classique s'invita dans la pièce et Leah découvrit un quatuor à cordes qui jouait à l'extérieur.

Carlo sourit en voyant l'air médusé de Leah.

— Tu vois, je t'avais dit que je t'emmenais dîner. C'est beau, n'est-ce pas ?

— Oui, approuva-t-elle. On se croirait dans un conte de fées.

— Je suis heureux que cela te plaise. Allez, portons un toast. Je sais que tu ne bois pas beaucoup, mais une petite coupe ne peut pas faire de mal.

Il leva son verre, et Leah l'imita à contrecœur.

— À nous.

— À nous, murmura-t-elle.

Le repas qui suivit était le plus exquis qu'elle ait jamais dégusté. Minestrone, osso-buco servi sur un lit de risotto délicatement assaisonné d'herbes issues du domaine, et sabayon pour le dessert.

Leah leva les mains en signe de capitulation lorsque le serveur apporta un immense plateau de fromages.

— Je ne peux plus, Carlo. Je vais exploser. Je n'ai jamais rien mangé d'aussi bon. Comment se fait-il que tu ailles encore au restaurant alors que tu disposes d'une telle cheffe à domicile ?

— Oui. Isabella est une perle. Elle travaille pour notre famille depuis des années. Bien, je pense qu'il est temps d'aller danser.

Le serveur recula la chaise de Leah, qui se leva. Carlo la précéda alors sur la terrasse et s'inclina vers elle.

— M'accorderez-vous cette danse ?

Leah hocha la tête, et Carlo l'enveloppa de ses bras. Alors qu'ils valsaient au son de la douce musique, Leah fut émue par la beauté de la scène. Elle aurait seulement préféré que les bras autour d'elle fussent ceux de Brett.

— Oh, *cara,* tu es encore plus exquise ce soir que d'habitude. Ta beauté s'épanouit un peu plus chaque année. Viens, j'ai quelque chose à te montrer.

Il l'escorta alors jusqu'à une autre porte-fenêtre et ils débouchèrent sur une pièce de plus petite taille, qui semblait presque exiguë comparée à la salle de bal.

— Tiens, installe-toi près du feu, dit Carlo. La brise d'automne est fraîche.

Leah s'assit dans un confortable fauteuil en velours rouge, et Carlo vint se placer en face d'elle.

— Puis-je te proposer un brandy, *cara* ?

Leah secoua la tête et regarda Carlo se diriger vers une commode en marqueterie sur laquelle trônaient plusieurs carafes en cristal. Elle remarqua qu'il paraissait inhabituellement nerveux. Il se servit une généreuse rasade d'eau-de-vie, qu'il avala cul sec, puis une seconde.

— Tu te demandes peut-être pourquoi je t'ai fait venir ici ce soir, déclara-t-il en s'asseyant près du feu, contemplant les bûches incandescentes tout en faisant tourner son verre entre ses mains. Les six dernières semaines sans toi ont été insupportables. Cette séparation n'a fait que confirmer ce que j'ai toujours su. Je t'aime, Leah. Je veux que tu deviennes ma femme.

Il sortit alors une petite boîte en velours noir de la poche de sa veste, puis révéla un solitaire en diamants étincelants en s'agenouillant devant Leah.

— C'est tout ce que le milieu de la mode attend. Nous sommes destinés à être unis, Leah. Tu vivras ici avec moi, dans le faste que ta beauté mérite, et un jour tu me donneras des enfants aussi beaux que toi.

Prenant la main de Leah, il lui glissa la bague à l'annulaire.

— Dis oui, *cara*, et je ferai de toi la femme la plus heureuse au monde.

Leah contempla la bague à son doigt. Soudain, l'absurdité de la situation la frappa et elle eut envie d'éclater de rire.

La scène était parfaite : le jeune et beau prince demandant en mariage sa bien-aimée dans son somptueux palace. Un scénario tout droit sorti d'un livre de contes. Le seul problème, c'est qu'elle en aimait un autre.

Elle inspira à fond, secoua la tête et ôta la splendide bague qu'elle tendit à Carlo.

— Non, Carlo. Je ne peux pas t'épouser.

Carlo sembla avoir été giflé en plein visage.

— Et pourquoi ça ?

Carlo paraissait si sincèrement abasourdi que Leah se rendit compte qu'il n'avait pas envisagé une seule seconde la possibilité que Leah puisse refuser sa demande.

— Parce que je suis amoureuse de quelqu'un d'autre, répondit-elle.

La stupéfaction se mua en horreur.

— De qui ?

— Le garçon avec qui tu m'as vue sur la photo. Il s'appelle Brett, je le connais depuis que j'ai quinze ans.

— Tu es en train de me dire que tu as une liaison depuis toutes ces années, alors que moi, je me suis occupé de toi, je me suis soucié de toi, tout cela sans jamais te toucher une seule fois ? jeta-t-il, la voix tremblante de colère.

— Non, Carlo. J'ai revu Brett le soir de mon vingt et unième anniversaire. Il vit à New York, nous nous sommes retrouvés là-bas.

Carlo se leva et se mit à arpenter la pièce.

— *Un momento, per favore !* Alors, c'est juste une passade. Un garçon qui t'a tenu compagnie pendant que tu étais esseulée. Tu l'oublieras, Leah. Il n'est pas en mesure de t'offrir tout ce que moi, je peux te donner. Tout ce que tu mérites. Une belle maison, un titre. Ne jette pas tout ça à la poubelle. Nous sommes voués à être ensemble.

— Il se trouve que le père de Brett est un des hommes les plus riches de la planète – non pas que l'argent compte pour moi, ajouta-t-elle. Je te rappelle que j'ai ce qu'il faut en la matière. Et puis j'aimerais Brett même s'il n'avait pas un sou.

— Après tout ce que j'ai fait pour toi, voilà ma récompense. C'est grâce à moi que tu en es là aujourd'hui, et tu me remercies en couchant avec un morveux, siffla Carlo, dont la voix grimpait dans les aigus.

— Je te suis extrêmement reconnaissante, Carlo, déclara Leah en se levant. Tu as été merveilleux avec moi et je te considère comme l'un de mes plus proches amis. Mais je crois que je ferais mieux de partir maintenant.

— Et dire que, pendant tout ce temps, tu t'es comportée comme une sainte-nitouche avec moi alors que tu fréquentais d'autres types. Eh bien…

Il s'approcha de Leah, qui décela une lueur de triomphe dans son regard.

— C'est trop tard. Cet après-midi, j'ai annoncé nos fiançailles à la presse.

Leah se figea.

— Tu as quoi ?

Carlo, sourire aux lèvres, ne pipa mot.

— Comment as-tu osé faire une chose pareille sans mon autorisation ? Pour qui te prends-tu, au juste ?

— Pour l'homme qui t'a fait passer de la *goffa* que tu étais à la star que tu es devenue.

— Jenny avait raison : tu es convaincu que je te dois ma réussite. Mais je ne t'appartiens pas, Carlo. Je n'appartiens à personne. Tu as intérêt à appeler les journalistes à la première heure pour leur dire qu'il y a eu un malentendu. Sinon, c'est moi qui m'en chargerai.

— C'est impossible. La nouvelle figurera demain matin dans les journaux du monde entier. *Cara*, je t'en prie. Ne nous disputons pas. Je sais que tu m'aimes. Tu finiras par oublier ce garçon.

Carlo tendit les bras vers elle, mais elle recula, ivre de rage.

— Ne me touche pas, Carlo !

Mais il la suivit et l'attira dans ses bras d'un geste brusque.

— Tu me dois au moins un baiser, insista-t-il, collant ses lèvres contre les siennes avec force.

Leah, le souffle court, dut se tortiller pour s'extraire de son étreinte.

— Arrête, Carlo ! Arrête ! Je ne veux plus jamais te revoir. Notre contrat a pris fin à l'issue de ce défilé et je n'en signerai pas d'autre. Je veux que tu appelles ton chauffeur et qu'il me ramène à Milan sur-le-champ.

— Tu n'es pas sérieuse, Leah ? rétorqua Carlo, dont l'expression et la voix s'étaient adoucies. *Va bene*, je suis peut-être allé un peu vite en besogne en partageant la nouvelle avec la presse avant que nous ayons finalisé les détails…

— Carlo, pour la dernière fois : je ne suis pas amoureuse de toi, je ne veux pas t'épouser, et ton comportement est lamentable. Appelle-moi une voiture immédiatement, ou c'est moi qui contacterai les journalistes.

— OK, OK. (Carlo fit tinter une cloche.) Nous parlerons demain, lorsque tu auras retrouvé tes esprits.

Le majordome apparut, et Carlo s'adressa à lui en italien.

— La voiture t'attend dehors, dit-il.

— Au revoir, Carlo. J'espère pour toi que les dégâts que tu as causés pourront être réparés.

Dans la voiture qui la ramenait à Milan, Leah repensa aux paroles de Carlo. S'il avait dit vrai, alors il était trop tard – la nouvelle apparaîtrait dans tous les journaux dès le lendemain matin.

Brett.

Leah se mordit la lèvre. Elle savait qu'il se sentait menacé par sa relation avec Carlo.

À l'instant où elle entra dans sa chambre, elle essaya de le joindre à son bureau, cependant Pat l'informa qu'il venait de partir. Elle fit une tentative chez David, mais tomba sur le répondeur. Elle laissa un message lui demandant de la rappeler à son hôtel.

Il fallait qu'elle lui explique avant qu'il ne découvre les articles dans la presse.

Brett comprendrait, tenta-t-elle de se convaincre. Mais alors que l'aube approchait, le doute niché au fond d'elle se mit à enfler.

14

« Carlo Porselli, le couturier italien qui a suscité l'enthousiasme lors des défilés milanais cette semaine, a annoncé hier ses fiançailles avec Leah Thompson, sa muse et top model. La nouvelle n'est pas une surprise, puisque les deux amoureux sont inséparables depuis quatre ans.

Mlle Thompson et M. Porselli ont passé hier soir une soirée romantique dans le *palazzo* de ce dernier, sur les bords du lac de Côme, où ils ont célébré leur mariage à venir. Mlle Thompson a été aperçue regagnant sa suite de l'hôtel Principe di Savoia à l'aube.

Cette dernière doit prendre un vol pour New York aujourd'hui afin d'honorer ses engagements pour Chaval Cosmetics, mais Carlo nous a assuré qu'elle viendrait s'installer à Milan à l'issue de son contrat. Toutes nos félicitations aux jeunes fiancés ! »

Leah soupira en découvrant la photo de Carlo qui l'embrassait devant son atelier. Tandis que le taxi qui la conduisait de l'aéroport JFK à chez elle filait dans les rues de New York, Leah lut quatre autres articles

– tous quasiment identiques – dans différents journaux.

— Au secours…

Leah se massa le front. Il n'existait pas la moindre chance que Brett ait échappé à la nouvelle. Elle se demanda si elle devait appeler son avocat et envisager des poursuites, mais à quoi bon ? En publiant des propos que Carlo lui-même leur avait rapportés, les journaux avaient agi dans leur droit le plus strict – c'était lui qu'elle devrait attaquer en justice. Lorsqu'elle arriva devant son immeuble, elle avait la tête qui tournait.

— Oh non, souffla-t-elle, dépitée, en découvrant une meute de paparazzis qui affluaient vers le taxi.

— Avez-vous déjà fixé une date, Leah ?

— Félicitations, mademoiselle Thompson !

— Qu'en est-il de Brett Cooper, le jeune homme que nous voyons à vos côtés depuis votre arrivée à New York ?

— Pas de commentaire. Pas de commentaire, répéta Leah en se frayant un chemin à travers la foule de journalistes et de photographes.

Il lui fallait reprendre ses esprits avant de produire la moindre déclaration – sans compter que Madelaine avait toujours intimé à ses filles de ne jamais s'adresser directement à la presse. La seule chose que Leah souhaitait, c'était appeler Brett.

L'appartement était silencieux. Leah balança sa valise dans sa chambre et remonta le couloir jusqu'à celle de Jenny.

— Jenny ! Jenny, je suis rentrée ! Il faut que je te parle.

Pas de réponse. En ouvrant la porte, Leah trouva la pièce plongée dans l'obscurité, mais parvint à distinguer une silhouette endormie sur le lit.

— Jenny, réveille-toi. Il y a un troupeau de journalistes en bas et… Jen, réveille-toi.

Elle poussa doucement son amie. Pas de réaction.

C'est alors qu'elle remarqua la bouteille de vodka qui gisait près d'un flacon de médicaments vide, sur la couette.

— Jenny, réveille-toi ! hurla Leah en la secouant violemment, l'estomac noué par la panique. Oh mon Dieu…

Leah décrocha le téléphone et appela les secours.

— Allô. Une ambulance, s'il vous plaît. Oui. (Leah indiqua l'adresse.) Je crois qu'elle a fait une overdose. Dépêchez-vous, je vous en prie ! Je n'arrive pas à la réveiller… Quoi ? Non, je ne sais pas quand. D'accord, je vais faire ça.

Leah raccrocha et se dépêcha d'aller chercher sa couette dans sa chambre, qu'elle jeta sur le corps inerte de son amie. Puis elle s'assit et prit la main froide de Jenny dans la sienne.

— Je t'en supplie, Jenny, dis-moi que tu n'es pas morte. Tiens bon, je suis là.

Des larmes se mirent à rouler sur ses joues. Chaque seconde lui parut durer une éternité, pourtant elle ne pouvait rien faire d'autre que rester assise près de son amie, impuissante. Ses propres tracas soudain envolés, elle pria pour qu'il ne soit pas trop tard.

Enfin, elle entendit l'interphone retentir.

Moins d'une minute plus tard, les secouristes s'affairaient auprès de Jenny, vérifiant ses signes vitaux.

— Allez, on l'emmène à l'hôpital.

Ils soulevèrent Jenny sur un brancard et Leah leur tint la porte de l'ascenseur pendant qu'ils s'engouffraient à l'intérieur.

— Est-ce qu'elle est… ?

Leah fut incapable de prononcer le mot à voix haute.

— Elle est vivante, mais tout juste. Elle est sans doute inconsciente depuis plusieurs heures.

Devant l'immeuble, les paparazzis convergèrent pendant que les secouristes tractaient Jenny à l'arrière de l'ambulance, la reliant immédiatement à un masque à oxygène.

— De qui s'agit-il, mademoiselle Thompson ? Une amie à vous ? la bombarda une journaliste, qui avait réussi à se frayer un chemin à l'avant du groupe.

— Vous venez avec nous, mademoiselle ? s'enquit l'un des secouristes.

Soulagée, Leah hocha la tête. On la tira alors à l'intérieur de l'ambulance, dont les portes se fermèrent.

À leur arrivée à l'hôpital de Lenox Hill, Jenny fut aussitôt emmenée au service des urgences pendant que Leah faisait les cent pas dans la salle d'attente déserte. Dès qu'elle pensait au mal que Jenny s'était donné pour s'en sortir, les larmes lui montaient aux yeux. Personne n'avait daigné lui tendre la main. L'idéal de perfection qu'on lui imposait était en train de tuer son amie à petit feu.

Un médecin finit par émerger des portes battantes.

— Vous êtes l'amie de Jennifer Amory ?

Leah, le visage blême, leva doucement la tête.

— Oui, confirma-t-elle dans un murmure.

— Mlle Amory va s'en sortir. Elle se trouve actuellement en soins intensifs et ne sera sans doute pas très en forme ces prochains jours.

— Dieu merci, souffla Leah, les yeux brillants de larmes. Est-ce qu'elle a fait une overdose ?

— Oui. Impossible de déterminer pour l'heure si c'était un geste intentionnel, mais le médecin qui a prescrit à votre amie les pilules coupe-faim que nous avons sorties de son estomac devrait être radié. Mélangées à de l'alcool, elles peuvent se révéler mortelles. Je doute que Mlle Amory ait mangé quoi que ce soit ces deux derniers jours. Nous n'avons trouvé aucune trace de nourriture dans son estomac. Suivait-elle un régime alimentaire ?

— Oui, mais j'ignorais que le centre de remise en forme lui avait prescrit des médicaments.

— Centre de remise en forme ? C'est ainsi qu'ils se qualifient maintenant ? répliqua le médecin en levant un sourcil. Je vais recommander à Mlle Amory de ne plus gaspiller son argent dans de tels endroits à l'avenir. Les pilules qui y sont données sont souvent dangereuses. On ne peut pas trafiquer son corps comme s'il s'agissait d'une voiture d'occasion, vous savez.

— Est-ce que je peux la voir ?

— Oui. Elle est groggy et choquée, ce qui est bon signe. Venez.

Leah suivit le médecin le long d'un couloir, puis dans une petite chambre individuelle.

Jenny, alitée, était encombrée de tubes partant de diverses parties de son corps, reliés à des écrans. Son regard s'éclaira lorsqu'elle aperçut Leah.

— Salut, souffla-t-elle d'une voix rauque – à peine plus qu'un murmure.

Leah se pencha et déposa un baiser sur la joue fraîche de son amie, puis s'assit près de son lit.

— Les médecins disent que tu vas t'en sortir, déclara-t-elle à son amie en souriant.

— Je n'avais pas l'intention d'en prendre autant. J'ai… je me suis emmêlé les pinceaux.

— Eh bien, tu vas dire adieu à ces pilules. Tu sais l'effet qu'elles peuvent avoir sur toi, maintenant, lui dit Leah d'une voix douce.

— J'étais tellement déterminée à ne pas reprendre de poids… J'avais un rendez-vous important lundi, je voulais être au top. Madelaine m'avait prévenue que c'était ma dernière chance, alors…

En voyant des larmes dans les yeux de Jenny, Leah lui prit la main.

— Chut… J'appellerai Madelaine à la première heure lundi et nous trouverons une solution. Ne t'inquiète pas pour ça. Tâche de te reposer. Je reviendrai te voir dès que possible.

— Non ! protesta Jenny. Je ne veux pas que quiconque soit au courant. S'il te plaît, Leah, promets-moi que tu ne diras rien.

— D'accord. C'est promis. Il faut que j'y aille. Essaie de dormir. Tout ira bien. À plus tard, ma belle.

Jenny lui adressa une ombre de sourire tandis que Leah l'embrassait une dernière fois avant de quitter la pièce.

— Attendez demain pour revenir la voir, lui conseilla le médecin. Elle a besoin de beaucoup de repos à présent.

— Elle vient de me confier qu'elle n'avait pas voulu prendre autant de comprimés. Je ne pense pas qu'il s'agissait d'un acte délibéré.

— Qui sait ? Ce type de geste exprime parfois un appel à l'aide. Quoi qu'il en soit, nous nous assurerons que notre psychologue s'entretienne longuement avec elle avant de l'autoriser à sortir.

Leah prit un taxi pour rentrer chez elle. En dépit de la douceur de cette fin septembre, elle était frigorifiée. Heureusement, les journalistes avaient levé le camp. Cependant son esprit bouillonnait après les événements des dernières vingt-quatre heures. Elle pénétra dans l'appartement silencieux et avança d'un pas fatigué jusqu'au salon, où elle découvrit une silhouette familière sur le canapé.

— Salut, Brett.

— J'espère que tu ne m'en voudras pas, je me suis permis d'entrer avec ma clé, rétorqua-t-il sans même pivoter pour la saluer. Vu les circonstances, j'ai pensé qu'il valait mieux que je te la rende.

Sa voix était glaciale et il peinait à articuler correctement. Leah comprit qu'il était soûl.

Une confrontation était la dernière chose dont elle avait envie. Elle se sentait vidée, à bout.

— Il t'en a fallu du temps pour rentrer, reprit-il. Tu es allée fêter la bonne nouvelle, c'est ça ?

— Non, Brett. Il se trouve que j'étais à l'hôpital. Jenny a... oh, laisse tomber.

Jenny avait fait promettre à Leah de garder le secret, alors elle secoua faiblement la tête et alla s'asseoir face à Brett.

— J'ai essayé de t'appeler hier soir..., commença-t-elle.

— Je sais. J'ai eu tes messages. C'est adorable d'avoir cherché à me prévenir – mais tu voulais peut-être me demander d'être ton témoin ? ironisa Brett.

— S'il te plaît, Brett. Laisse-moi une chance de t'expliquer avant de tirer des conclusions hâtives. Je...

— Des conclusions hâtives ? Bordel, Leah ! Tout le pays est au courant que tu es rentrée à ton hôtel à l'aube après avoir passé la soirée en tête à tête avec Carlo. Tu ne vas pas nier, quand même ?

— Non, sauf qu'ils se trompent. Carlo m'a effectivement invitée à dîner chez lui, mais je ne me doutais pas une seconde de ce qu'il avait prévu...

— Aaah ! La douce et innocente Leah attirée de force par le grand méchant Carlo dans sa tanière. Comment se fait-il que tu n'aies réussi à t'échapper qu'au petit matin ? Est-ce qu'il te gardait prisonnière, ou n'arrivais-tu pas à t'extirper de son lit douillet ?

— Assez ! tonna Leah, dont la voix trahissait une colère froide. Je t'interdis de me parler sur ce ton ! Tu m'as condamnée avant même de me laisser une chance de t'expliquer. (La fureur de Leah stupéfia Brett un instant.) Carlo m'a bel et bien demandée en mariage, mais j'étais horrifiée et j'ai refusé ! Sauf qu'il avait déjà annoncé nos fiançailles à la presse. Les articles étaient prêts à être imprimés. Je n'ai rien fait de mal, Brett. Rien du tout.

Brett se leva, légèrement chancelant, luttant pour fixer son regard sur Leah.

— Voilà une petite histoire bien commode, railla-t-il.

— Tu es ivre, Brett. Je crois qu'il vaudrait mieux qu'on ait cette discussion demain, une fois que tu auras dessoûlé.

Brett s'avança d'un pas en titubant.

— Et tu ne serais pas ivre, toi, si la fille que tu aimais t'avait menti, avait passé la nuit avec un autre homme, puis informé le monde entier de ses fiançailles ? Tu as eu ce que tu voulais, Leah. Tu m'as rendu la monnaie de ma pièce pour t'avoir fait souffrir à l'époque. J'espère que tu es satisfaite.

Leah regarda Brett se diriger vers la porte en vacillant. Il ne servait à rien de tenter de lui faire comprendre – il était dans un état d'ébriété trop avancé pour l'écouter. Elle sentit des larmes lui brûler les yeux.

— Au revoir, Leah. Ça a été un plaisir de te connaître. Je te souhaite beaucoup d'années de bonheur avec ce connard d'Italien.

— Brett, dit Leah en lui attrapant le bras. Rentre chez toi et appelle-moi quand tu auras repris tes esprits. Et n'oublie pas que je t'ai fait confiance et accordé une seconde chance.

À ces mots, Leah crut voir une lueur de compassion dans le regard de Brett, presque aussitôt remplacée par de la fierté blessée mélangée à de la colère. Brett secoua la tête, puis s'éloigna d'un pas mal assuré vers l'ascenseur.

Leah claqua la porte, tomba à genoux et éclata en sanglots. Elle venait de perdre Brett une nouvelle fois.

Elle finit par se lever et se traîner péniblement jusqu'à sa salle de bains pour prendre une douche. Rassérénée, elle se pelotonna sous les draps frais. Le sommeil, pourtant, se refusait à elle. Tout était si confus dans son esprit. Carlo, Jenny, Brett… Les yeux rivés sur le plafond, elle songea au nombre de filles qui auraient tout donné pour prendre sa place – elle était belle, riche et menait une brillante carrière. Oui, mais toutes ces choses avaient un prix élevé, que Leah n'était pas certaine d'être prête à payer.

15

— C'était qui ? demanda d'une voix fluette la forme roulée en boule sur le canapé.

— Anthony Van Schiele. Il m'a invitée à déjeuner demain dans sa maison de Southport. Il m'enverra une voiture à midi. Il doit flipper à propos de cette histoire avec Carlo et craindre que je lâche tout pour aller vivre en Italie. Je vais devoir le rassurer. Ça va aller ?

— Oui. Ne t'inquiète pas pour moi, Leah. Vraiment.

Leah alla s'asseoir sur le canapé, aux pieds de Jenny. Le visage pâle et la silhouette squelettique n'avaient plus grand-chose à voir avec son amie d'autrefois.

Jenny était sortie de l'hôpital deux semaines plus tôt, ce qui avait coïncidé avec la fin du contrat de Leah avec Chaval. Elle avait annulé tous ses autres engagements et veillé sur Jenny nuit et jour, mais s'inquiétait de ne constater aucune amélioration de son état. En réalité, il s'était même détérioré. La jeune fille avait perdu son esprit combatif et se barricadait en elle-même un peu plus chaque jour.

Le médecin avait averti Leah qu'un état dépressif n'était pas inhabituel après une overdose, et que le sevrage brutal d'alcool et de médicaments pouvait entraîner des effets négatifs sur la stabilité émotionnelle.

Après s'être imposé des privations pendant tant d'années, Jenny était désormais tombée dans l'excès inverse : Leah devait quasiment la forcer à avaler les rares aliments qu'elle acceptait d'ingurgiter. Elle n'avait plus que la peau sur les os – Leah songea avec amertume que Madelaine serait enfin satisfaite.

— Si je te réchauffe la bonne soupe que j'ai achetée hier, tu voudras bien en manger un peu ?

— Je n'ai pas faim, répliqua Jenny.

— Mais il faut que tu te nourrisses, ma belle. Tu es en train de disparaître.

— Tout le monde me rabâche depuis des années qu'il faut que je perde du poids, et maintenant on me harcèle pour que je mange.

— À l'heure actuelle, tu n'aurais pas la force de te lever et encore moins d'endurer une séance photo. Il faut à tout prix que tu reprennes des forces et que tu te remplumes.

— À quoi bon, Leah ? Je sais que ça part d'un bon sentiment, mais tu sais aussi bien que moi que ma carrière est fichue.

Leah se mordit la lèvre. Après la discussion qu'elle avait eue avec Madelaine, elle savait que Jenny avait raison.

— Et Ranu, alors ? Il détesterait te voir dans cet état.

— Je n'ai pas eu de nouvelles depuis qu'on est rentrés de vacances. Il n'est pas au courant que j'ai été hospitalisée et je ne souhaite pas qu'il le soit. Il s'en contrefiche, de toute façon.

— C'est faux, voyons. Tu m'as dit que vous aviez passé une super semaine à Aspen.

— C'est le cas. Mais je sais qu'il ne m'aime pas, Leah. Ce qu'il veut, c'est avoir à son bras un sex-symbol riche et célèbre, pas une vieille droguée *has been* comme moi.

Leah poussa un profond soupir, puis dit :

— Il faut que tu te sortes de là, Jenny. Tu es trop jeune pour renoncer. Tu as tout pour réussir. Et puis, il n'y a pas que le mannequinat dans la vie.

— Tout ce que j'ai, c'est mon corps et mon visage. Je me suis employée à les détruire, et maintenant, je n'ai plus rien.

— Je n'ai jamais entendu autant de conneries ! Ce sont les photographes et les couturiers qui nous réduisent à notre enveloppe. Et tu es tombée dans le piège.

— Je suis désolée, mais c'est ce que je ressens, décréta Jenny en haussant les épaules.

Leah, découragée, leva les mains en l'air et se rendit dans sa chambre. Elle observa les arbres sous sa fenêtre qui, en ce début d'automne, prenaient des reflets jaunes et dorés. Sans qu'elle sache pourquoi, la beauté de la scène l'émut. Peut-être parce que prendre soin de Jenny lui avait donné une bonne raison d'hiberner ces deux dernières semaines. Elle avait ressenti le besoin de se couper des photographes et des journalistes, de prendre du recul avant de pouvoir revenir sur le devant de la scène. Madelaine, avec qui elle avait évoqué l'incident avec Carlo, s'était montrée extrêmement nerveuse à l'idée que Leah le poursuive en justice.

— Je te le déconseille fortement, ma chérie. Ça nuirait à ton image.

Et à celle de ton agence, avait songé Leah, amère.

— Laisse le temps faire son œuvre, les choses finiront par s'apaiser. Les journaux seront passés à autre chose dès la semaine prochaine. Dans deux mois, ils t'auront mariée à quelqu'un d'autre.

— Mais, Madelaine, ce n'est pas normal que Carlo s'en tire aussi facilement.

— Je sais, ma chérie, il a un sacré toupet… Mais c'est aussi lui qui t'a lancée.

— Pourquoi les gens ne cessent-ils de me seriner ça ? Et moi, je n'y suis pour rien dans mon succès ? C'est de *mon* foutu visage qu'il s'agit, non ? s'était emportée Leah, notant que c'était la première fois qu'elle s'adressait à Madelaine sur ce ton.

— Oui, ma chérie, bien sûr. Mais Carlo est un homme puissant. C'est juste… je *sens* qu'il vaut mieux faire profil bas. Le soufflé finira par retomber.

— Tu ne veux pas que je le poursuive en justice parce que tu as peur que ses amis et lui cessent de faire appel à ton agence, l'avait accusée Leah, sentant la pression monter en elle.

Un silence chargé de tension s'était installé.

— Tu apprécies la vie que tu mènes, n'est-ce pas, Leah ?

— Pardon ?

— L'appartement à Manhattan, le statut social, l'argent. Et tout cela parce que tu te présentes dans des lieux glamour pour qu'on te prenne en photo. Les gens tueraient pour avoir ton job.

— Qu'est-ce que tu sous-entends, Madelaine ?

— Que si tu veux continuer à avoir l'appui du milieu *et* du public, tu serres les dents et tu passes à autre chose. Carlo sait qu'il a commis une erreur. Utilisons-la à notre avantage.

Leah n'avait pas la force de se battre aussi contre Madelaine.

— Eh bien, tu peux lui dire que je ne souhaite plus travailler pour lui à l'avenir et que s'il essaie d'entrer en contact avec moi, je le traîne au tribunal.

L'impunité dont Carlo bénéficiait rongeait Leah nuit et jour. Elle le haïssait d'avoir détruit sa relation avec Brett, dont elle n'avait plus de nouvelles. Même s'il revenait vers elle, comment parviendraient-ils à retrouver une relation fondée sur la confiance ?

— Bonjour, Leah. Tu es resplendissante. Entre.

Leah fut impressionnée en découvrant l'immense demeure d'Anthony à la décoration simple mais soignée. La maison était située sur un vaste terrain arboré de Southport, dans le Connecticut.

Leah contempla la vue sur les collines verdoyantes.

— C'est vraiment magnifique, Anthony.

— Merci. Nous… Je me suis chargé de la décoration moi-même. Bien sûr, maintenant que mon fils ne rentre que pour les vacances et que mon épouse… Eh bien, c'est un peu grand pour moi. J'utilise principalement le petit salon et ma chambre. J'envisage de vendre, en réalité.

— Quel dommage ! Cet endroit est magique. J'ai du mal à croire que nous nous trouvons si près de New York. La vue me rappelle le Yorkshire, où j'ai grandi.

— La terre des sœurs Brontë. J'ai lu tous leurs livres.

— Vraiment ? répliqua Leah sans dissimuler sa surprise. Moi aussi. Je suis une grande admiratrice de leur œuvre.

Ils bavardèrent avec enthousiasme de leurs romans favoris, se querellant gentiment à propos des styles respectifs de Charlotte, Emily et Anne.

Lorsqu'une employée de maison vint annoncer le déjeuner, Leah suivit Anthony dans la salle à manger où deux couverts avaient été dressés à l'extrémité d'une longue table.

— C'est un peu ridicule de déjeuner ici, mais il fait trop froid dans la véranda et la cuisine me paraissait trop décontractée, expliqua Anthony. Mon fils et moi prenons tous nos repas dans la cuisine.

— Quel âge a-t-il ?

— Il vient d'avoir dix-huit ans. Il est entré à Yale en septembre. (Les épaules d'Anthony s'affaissèrent légèrement.) Je dois admettre qu'il me manque affreusement. Mais je te prie de m'excuser, je n'ai parlé que de moi depuis ton arrivée.

— Au contraire, cela m'intéresse, affirma Leah, sincère.

Après le repas, ils s'installèrent dans le salon pour boire un café.

— Leah, je dois te demander si les rumeurs qui prétendent que tu vas épouser Carlo Porselli et partir t'installer en Italie sont fondées. Je sais que ton contrat pour Chaval est arrivé à son terme, mais nous aimerions évidemment le renouveler pour une année supplémentaire.

— Il n'y a pas une once de vérité là-dedans, répliqua Leah, dont le regard s'était voilé. Je voulais intenter une action en justice, mais mon agent m'en a dissuadée.

— Les journalistes ont tout inventé ?

— Non… C'est Carlo qui leur a fourni l'histoire. Je sais, c'est étrange, mais il était tellement persuadé que j'allais accepter sa demande qu'il n'a pas jugé bon de me consulter avant. L'ironie, c'est que, durant toutes ces années, nous n'avons jamais échangé ne serait-ce qu'un baiser. Bref… (Leah haussa les épaules.) D'après Madelaine, ça finira par se tasser. Je dois avouer que je n'ai pas décoléré. Cette histoire a provoqué la fin d'une relation avec une personne que j'aimais énormément.

— Aucune chance de réconciliation ? s'enquit Anthony en sirotant son café, songeur.

— Non. Mais c'est peut-être mieux ainsi. Avec les projecteurs constamment braqués sur moi, cela aurait fini par arriver. Je ne crois pas qu'il aurait réussi à supporter les rumeurs continuelles.

— Les médias peuvent se révéler très nuisibles. De toute évidence, Chaval se réjouit lorsque tu suscites la curiosité, mais en aucun cas au détriment de ta vie personnelle.

Alors que Leah s'apprêtait à exprimer les désillusions que lui inspirait son métier, elle se retint. Cet homme était peut-être compréhensif, mais il la payait une fortune pour remplir une mission.

Anthony suggéra qu'ils aillent marcher dans le domaine pour chasser leurs idées noires. Bien qu'il fût à peine 15 heures, le ciel commençait déjà à s'assombrir. Toutefois l'espace et la quiétude de la nature qui manquaient tant à Leah lui remontèrent instantanément le moral. Tandis qu'elle se gorgeait d'air pur et frais, elle sentit son optimisme naturel reprendre le dessus. Tout à coup, New York et ses problèmes lui parurent à des années-lumière.

— Qu'est-ce que les grands espaces me manquent ! s'exclama-t-elle. Je crois que la vie citadine m'épuise. Cet endroit est vraiment sublime.

— Merci, Leah.

— Même si c'est un peu trop propret pour moi, ajouta-t-elle avec malice. J'aime le caractère sauvage et brut de la lande.

— Je suis d'accord, convint Anthony en riant. Mais les habitants du coin sont soumis à des règles strictes pour l'entretien de leurs jardins. Le comité n'hésitera pas à me mettre à la porte si ma pelouse dépasse d'un demi-centimètre. Je crois que la Nouvelle-Angleterre te plairait. J'ai une maison dans le Vermont, tu y es la bienvenue quand tu le souhaites.

— Je pourrais bien te prendre au mot.

— Tu as dit tout à l'heure que tu aimais le ballet ?

— Oui, confirma Leah. Enfant, je voulais devenir danseuse. Bon, à l'âge de onze ans, j'ai dû me rendre à l'évidence et renoncer à mon rêve : avec ma taille, j'ai eu peur que les danseurs se fassent une hernie en essayant de me porter, dit-elle en riant.

— Tu es grande, mais je suis sûr que tu es légère comme une plume. Quoi qu'il en soit, je siège au conseil d'administration du Met, qui organise un gala dans deux semaines. Mikhaïl Barychnikov dansera ce soir-là. Voudrais-tu m'accompagner ?

— Oh, j'aimerais beaucoup !

— Leah, tu dois accepter seulement si tu en as envie. Ce matin, je me suis demandé si tu étais venue aujourd'hui parce que je suis ton employeur et que tu n'avais pas osé refuser. (Anthony s'arrêta et laissa son regard se perdre au loin.) J'apprécie énormément ta compagnie, mais je ne suis pas le genre d'homme à t'en vouloir si tu n'as pas envie de passer ton temps libre avec un vieux schnock comme moi. J'espère que tu le sais.

— Anthony, je serais ravie de t'accompagner à ce gala. C'est sincère. Quand tu m'as invitée à dîner la première fois, j'ai accepté par obligation mais j'ai beaucoup apprécié… Et il est hors de question que je laisse filer ma chance de me rendre au Met !

Leah passa un bras dans celui d'Anthony tandis qu'ils rebroussaient chemin en direction de la maison. Anthony lui sourit.

— Tu dois être très courtisée.

— En fait, ma vie sentimentale est la partie où j'ai le moins de succès, répondit Leah. J'ai décidé de ne plus avoir de relations amoureuses pour le moment et de garder les hommes comme amis.

En regardant son chauffeur démarrer pour la ramener à New York, Anthony eut le sentiment que le chagrin qui ne l'avait pas quitté depuis la mort de son épouse, près de deux ans plus tôt, s'allégeait quelque peu.

Il se rendit dans le salon, où il se servit un brandy. Si Leah n'était pas prête pour le moment, il était disposé à patienter le temps nécessaire.

Une heure plus tard, à Manhattan, Leah se sentait plus légère et joyeuse qu'elle ne l'avait été depuis longtemps. Alors que la voiture s'approchait de la 70e Rue Est, elle était déterminée à ne pas se laisser abattre par les problèmes de Jenny.

En pénétrant dans l'appartement, elle distingua des voix dans le salon. Sa mâchoire faillit se décrocher lorsqu'elle entra dans la pièce.

Miles Delancey était assis dans un fauteuil, près du feu, tandis que Jenny, très loin de sa léthargie habituelle, discutait gaiement avec lui.

— Salut, Leah, lança-t-elle en lui adressant un signe de la main. Tu as de la visite.

— Je vois ça. Qu'est-ce que tu fabriques ici, Miles ?

Sourire aux lèvres, celui-ci se leva pour la saluer.

— Bonjour, Leah. Comment vas-tu ?

— Très bien. Tu es en vacances ?

— Non. J'ai décidé de m'établir ici de manière permanente.

— Mais j'ai vu tes photos dans le *Vogue* anglais du mois dernier. Tu commences tout juste à percer là-bas.

— C'est vrai, mais c'est à New York que tout se passe dans la mode. Plutôt que de me reposer sur mes lauriers, je me suis dit que j'allais suivre le mouvement migratoire.

— Ah, fit Leah, songeant que les arguments de Miles ne respiraient pas l'honnêteté.

— Jenny a été d'une compagnie très agréable ces deux dernières heures, reprit Miles dans un grand sourire.

Jenny s'empourpra aussitôt. Leah savait que Miles pouvait se montrer extrêmement charmant quand il voulait.

— Miles m'a tenue au courant des derniers potins londoniens, expliqua Jenny.

Leah détecta dans le regard de son amie une étincelle qui avait disparu depuis plusieurs mois.

— C'est vrai. Même s'il n'y a pas grand-chose à dire. Un peu de vin, Leah ?

— Non merci.

En regardant Miles s'en servir un verre, elle fut troublée de le voir aussi à l'aise chez elle.

— Miles aimerait que tu lui présentes des gens qui pourraient l'aider à se lancer ici.

— Tu ne devrais pas formuler les choses comme ça, Jenny, la réprimanda Miles en baissant les yeux, visiblement gêné, avant de se tourner vers Leah. Ce que j'ai dit à Jenny, c'est que toute aide serait grandement appréciée. Tu sais ce que c'est, d'évoluer dans ce milieu – l'important, c'est le carnet d'adresses.

Lorsque Miles planta son regard dans le sien, Leah fut traversée par le même frisson inconfortable que celui qu'elle avait connu des années plus tôt.

— Miles loge dans un hôtel minable du Lower East Side, reprit Jenny. Vu que c'est un vieil ami à toi, je lui ai dit qu'il pouvait s'installer ici le temps qu'il s'organise.

Leah expira profondément. Cohabiter avec Miles Delancey était la dernière chose dont elle avait besoin. Cela dit, sa présence avait de toute évidence revigoré Jenny, si bien qu'il lui fut difficile de refuser.

— Bien sûr, dit-elle. Je vais prendre un bain et me coucher. Je suis crevée. Ne la garde pas éveillée trop tard, Miles. Elle a été très malade.

— Je vais bien, Leah, répliqua Jenny, agacée. Inutile d'en faire un plat. Dors bien.

Leah se rendit dans sa chambre, contrariée de voir sa tranquillité d'esprit perturbée une fois de plus.

Cette nuit-là, elle fit une nouvelle fois le même rêve. La petite voix qui lui serinait les mêmes mots… « des choses mauvaises, malsaines… ne jamais défier la nature… il te retrouvera… »

Leah se redressa brusquement et alluma la lampe de chevet. Son cœur battait à tout rompre dans sa poitrine ; tout son corps ruisselait de sueur.

À cet instant, elle sut avec une effroyable certitude que son cauchemar d'enfant était lié à l'homme qui se trouvait dans son appartement.

16

— Merci de m'avoir prévenue, Roddy. Miranda ? Non, pas de nouvelles. Je vais réfléchir à ta proposition et je te rappelle dès que possible. Prends soin de toi, on se voit la semaine prochaine. Bye.

Rose reposa doucement le combiné et inspira à fond. Elle était épuisée. Elle ne se souvenait pas de la dernière fois qu'elle avait dormi correctement. Sortant de son atelier, elle gagna la cuisine et alluma une cigarette. Il n'était même pas 13 heures et c'était déjà sa dixième de la journée.

Le dernier appel de Miranda remontait à un mois. Rose se posait inlassablement les mêmes questions, cherchant à comprendre ce qui avait pu provoquer une rupture de communication aussi brutale.

Elle était allée voir la police, qui ne s'était pas révélée d'une grande aide. Miranda ayant vingt et un ans, on avait expliqué à Rose que disparaître sans informer quiconque de l'endroit où elle se trouvait était son droit, et que cela arrivait fréquemment. Et puisque Miranda *avait* contacté Rose, les agents de police lui avaient fait remarquer qu'ils ne voyaient aucune raison de la considérer comme une personne disparue ou la victime d'un potentiel acte criminel. Rose avait malgré tout confié une photo de Miranda à la police du West Yorkshire, leur demandant de la transmettre à leurs collègues de Londres – sans grand espoir que cela mène à quelque chose.

Rose se demandait souvent si elle était responsable de la disparition de Miranda. Elle faisait défiler dans ses souvenirs l'enfance de sa fille, leurs nombreuses disputes la hantant comme si elles avaient eu lieu la veille. Roddy lui avait intimé de cesser de se torturer, lui rappelant qu'elle avait accueilli et aimé Miranda comme sa propre fille.

Cependant, Roddy n'était pas contraint de vivre quotidiennement avec la version miniature de sa fille disparue. Le petit visage de Chloe s'éclairait chaque fois qu'elle voyait Rose, ce qui lui brisait le cœur. La fillette était pourrie gâtée entre Mme Thompson et elle, chacune s'évertuant à lui faire oublier qu'elle n'était guère plus qu'une orpheline.

Rose regrettait amèrement de ne pas avoir raconté à Miranda la bataille acharnée qu'elle avait livrée pour l'adopter. À l'époque, elle avait remué ciel et terre pour obtenir le droit de devenir sa mère – mais à présent il était trop tard.

Elle écrasa son mégot dans le cendrier et décida d'écouter le bulletin d'information à la radio.

— Je mets de l'eau à chauffer ? proposa Doreen.

Rose approuva de la tête. Fidèles à leurs habitudes, les deux femmes écoutèrent en silence. D'une voix grave, le journaliste annonça qu'une jeune femme avait été retrouvée violée et étranglée dans son studio de King's Cross, dans le Nord de Londres.

Doreen posa un regard plein de compassion sur Rose, qui se raidit et attrapa son paquet de cigarettes.

« La jeune femme, qui n'a pas encore été formellement identifiée, aurait une vingtaine d'années. Il s'agit d'une prostituée connue dans le quartier, qui opérait depuis dix-huit mois aux alentours de la gare de King's Cross. Il a été recommandé aux prostituées du quartier de rester sur leurs gardes après ce que la police a décrit comme une agression particulièrement violente. Une enquête d'ampleur est en cours pour tenter de retrouver le coupable. »

Rose poussa un soupir de soulagement.

— Dieu merci, souffla-t-elle.

— Tenez, dit Doreen en posant devant Rose une tasse de café brûlant. Est-ce que vous voulez manger quelque chose avant que j'aille récupérer Chloe à l'école ?

— Non, merci, Doreen. Je vais retourner travailler.

— Très bien. (Elle marqua une pause.) Miranda est encore en vie, madame Delancey. Elle va revenir, j'en suis convaincue.

— J'espère que vous avez raison, Doreen. Merci, dit-elle en se levant.

— Pour quoi ?

— Pour votre aide avec Chloe et pour… votre présence.

— Inutile de me remercier, madame Delancey. Je l'aime tellement, cette petite.

De retour dans son atelier, Rose examina son tableau en cours. Elle pouvait voir la peur et la colère qu'elle avait transférées sur la toile.

Ce qui lui paraissait particulièrement cruel, c'était que sa carrière avait décollé depuis la première exposition – elle avait reçu assez de commandes pour travailler jusqu'à ses quatre-vingt-dix ans. Son compte en banque abritait une petite fortune et tous ses soucis financiers n'étaient plus qu'un mauvais souvenir. Même ses années d'angoisse au sujet de l'avenir de Miles semblaient révolues.

En vérité, elle s'était toujours fait du souci pour son fils. Bien qu'extrêmement poli, il avait été un enfant très solitaire. En dépit des efforts de Rose pour l'encourager à nouer des amitiés avec d'autres enfants, Miles avait toujours fui la réalité, préférant s'évader dans son monde imaginaire. Lors des moments qu'ils passaient tous les deux, Miles s'était souvent montré distant avec elle. Et de temps à autre, même si elle tâchait de ne pas y prêter attention, il lui arrivait de déceler dans le regard de son fils quelque chose de… froid. Elle préférait ne pas songer à l'origine de cette attitude. Non. Mieux valait laisser le passé derrière elle.

Son fils semblait désormais avoir trouvé sa voie. Il avait mûri, était devenu un jeune homme talentueux. Ces derniers temps, elle avait trouvé leurs échanges très positifs.

Rose aurait dû se sentir mieux que jamais.

Si Miranda ne s'était pas volatilisée.

Rose saisit un pinceau, qu'elle tapota dans le mélange d'ocre et de vert réalisé plus tôt. Elle balaya la toile d'un geste, se demandant si elle était destinée à vivre dans la tourmente.

17

— Bienvenue à bord, Miranda, déclara Santos en souriant, tendant une main pour l'aider à monter les marches depuis la vedette amarrée près du yacht.

Miranda grimaça lorsqu'il l'embrassa.

— Tu es magnifique, ma chérie, comme toujours. Tu as fait bon voyage ?

— Oui, merci.

— Bien. Je suggère que tu te reposes dans ta cabine et que tu me rejoignes dans le salon à 20 heures. Nous boirons un apéritif, puis nous dînerons. Marius va descendre tes bagages. Tu peux l'accompagner.

Miranda s'exécuta et suivit l'homme costaud vêtu d'un uniforme blanc dans les entrailles cossues du bateau. Il s'arrêta devant la chambre qu'occupait toujours Miranda, qu'il déverrouilla. Une fois celle-ci installée, il referma la porte puis regagna le pont arrière.

La jeune femme n'était plus impressionnée par le luxe de sa cabine. Elle se rendit aussitôt vers le minibar, se servit une grande vodka-tonic puis se laissa tomber dans l'un des confortables fauteuils en cuir, d'où elle contempla les flots étincelants à travers le large hublot.

Elle but une gorgée de son cocktail. Pendant le vol qui l'emmenait à Nice, elle avait conclu que l'unique manière de survivre à un week-end de plus avec Santos serait de devenir paralytique. L'idée de cet homme la touchant lui vrillait l'estomac.

Il la révulsait. Elle n'avait pas d'autre mot. Elle ne l'avait pas vu depuis plus d'un mois et avait passé toutes ses soirées, à Londres, à redouter qu'il la fasse venir à bord de son yacht. La dernière fois qu'elle avait passé le week-end avec lui sur son palace flottant en compagnie de tous ses laquais, il s'était montré en apparence aussi attentionné qu'à l'accoutumée, mais plus tard, alors qu'ils s'étaient retrouvés seuls dans sa cabine… Miranda avait envie de vomir en repensant aux choses qu'il lui avait demandé – ordonné – d'exécuter.

Ian avait pris l'habitude de passer la voir le vendredi soir, des moments que Miranda attendait avec impatience – l'unique occasion qui lui était offerte de parler avec un autre être humain. Il lui apportait des livres et des cadeaux pour qu'elle s'occupe – Miranda voyait bien dans son regard la compassion que sa détresse lui inspirait.

Il restait boire un verre, lui relatait sa semaine et des anecdotes amusantes dans l'espoir de faire naître un sourire sur son visage, mais il partait toujours trop tôt – pour rentrer se changer chez lui avant de se rendre à un dîner, ou passer le week-end chez des amis à la campagne.

— J'aimerais pouvoir t'accompagner, soupirait Miranda, l'air triste.

— Moi aussi, répondait Ian en déposant un chaste baiser sur sa joue. Prends soin de toi, et tâche de ne pas te laisser abattre. Je suis certain que les choses vont s'arranger.

Mais Miranda savait qu'il s'agissait de mots creux. Comme elle, Ian était conscient qu'il existait peu d'espoir.

Ces deux dernières semaines, Miranda s'était mise à fantasmer à la forme que pourrait prendre leur relation si la situation était différente. Ils sortiraient dîner, se baladeraient dans un parc, se rendraient au théâtre. Elle l'avait supplié de l'emmener au restaurant à nouveau, mais Ian s'était montré frileux, arguant que cela pourrait sembler suspect. Il était préférable qu'il lui rende visite chez elle.

Comment Ian pouvait-il se révéler d'un quelconque réconfort alors qu'il craignait Santos autant qu'elle ?

Il était si doux, si gentil – à l'opposé des hommes qu'elle avait connus jusque-là. Était-elle en train de tomber amoureuse de lui ? Elle n'avait jamais cru à ce genre de sentiments, encore moins avec quelqu'un d'aussi ordinaire en apparence que Ian. Mais ce qu'elle éprouvait en se réveillant le vendredi matin – lorsqu'elle savait qu'elle allait le retrouver quelques heures plus tard – était magique.

Il comprenait ses sentiments à l'égard de Chloe, la culpabilité d'avoir conçu du ressentiment envers ce bébé qui l'avait forcée à devenir mère trop jeune. Miranda se blâmait constamment pour cela, et aurait tant voulu pouvoir appeler Rose pour lui dire à quel point elle aimait Chloe et regrettait son attitude. Sa fille lui manquait terriblement.

Ian l'avait toutefois avertie à plusieurs reprises que Santos n'hésiterait pas à utiliser Chloe comme outil de chantage. Chaque semaine, Miranda lui livrait ses états d'âme, et jamais il ne la jugeait. Elle trouvait de plus en plus difficile de le regarder partir.

Miranda se versa une seconde vodka en écoutant le bourdonnement des moteurs du bateau qui s'éloignait doucement du port de Saint-Tropez. Elle songea à la gentillesse dont Ian avait fait preuve la veille : sachant qu'elle partait le lendemain, il était venu lui rendre visite un jeudi soir. Lorsqu'elle avait entendu la clé dans la serrure, elle était assise sur le canapé, des larmes coulant sur ses joues, les yeux rivés sur l'écran de télévision. Après lui avoir préparé un cocktail, Ian était venu s'installer près d'elle.

— Je ne peux pas y aller, Ian. Je sais ce qu'il va m'obliger à faire. Oh mon Dieu…

Très tendrement, il l'avait enlacée et bercée. La sensation de ses bras autour d'elle avait rendu la perspective du week-end à venir encore plus insoutenable.

— Je préfère encore mourir. Je t'en supplie, ne m'oblige pas à y aller.

— Chut… Allez, Miranda. Ça va aller. Certaines femmes donneraient tout pour partir en jet privé passer le week-end sur le yacht d'un millionnaire.

— Mais je ne suis pas comme ça, avait-elle répliqué en levant les yeux vers lui. Avant, je me croyais prête à tout pour vivre dans le luxe. Je pensais avoir les épaules. Tout ce que je veux désormais, c'est m'installer dans une petite maison avec ma fille et être libre de sortir dans la rue quand ça me chante.

Miranda avait eu envie d'ajouter « Et t'avoir auprès de moi tous les jours », mais elle ne s'y était pas résolue.

— Il faut que tu m'aides, Ian. Je ne pourrai pas en supporter davantage. Est-ce que tu sais que Santos garde une arme sous son oreiller ?

— Non. Mais je ne suis pas surpris.

— Ian, je jure que s'il me force à faire quoi que ce soit… Bon Dieu, je le tuerai.

En voyant le visage blême et le regard fou de Miranda, Ian avait compris qu'elle ne mentait pas.

— Ne dis pas de bêtises. Ça ne résoudrait rien. Brave ce week-end du mieux que tu peux, et à ton retour la semaine prochaine, nous aurons une discussion sérieuse. Il y a forcément une solution.

— Tu le penses vraiment ? avait répliqué Miranda, dont les traits s'étaient détendus.

— Oui. Mais promets-moi que tu feras tout ce que Santos te demande.

Ian était parti peu avant 21 heures. Lorsque Santos avait téléphoné, Miranda s'était sentie en état de lui parler normalement.

Désormais à bord du yacht, avec Ian à des centaines de kilomètres, elle se trouvait à la merci de son ravisseur.

— Allez, Miranda, s'encouragea-t-elle. Serre les dents et pense à ce que Ian t'a dit. C'est la dernière fois que tu subis ça.

Sur quoi, elle alla prendre un long bain chaud en buvant une nouvelle vodka-tonic.

— Bonsoir, ma chérie. Tu es très en beauté. J'ai un petit cadeau pour toi, dit Santos en tendant à Miranda une boîte en cuir.

Les dix invités présents s'interrompirent pour la regarder l'ouvrir.

Elle eut le souffle coupé en découvrant un collier, un bracelet et des boucles d'oreilles en diamants – la parure était de loin la plus époustouflante que Santos lui avait offerte. Elle se demanda ce qu'il allait lui demander en échange ce soir-là.

Durant l'heure qui suivit, elle écouta Santos décrire les endroits où ils allaient naviguer le lendemain. Il captait l'entière attention des convives.

Miranda exécrait secrètement le pouvoir conféré par l'argent. Cet homme ne méritait pas qu'on respecte ses paroles. Mais, à l'instar des personnes présentes, elle s'était retrouvée prise dans son piège. Et, comme les autres, Miranda n'avait d'autre choix que de jouer la comédie.

Son regard fut soudain attiré par un homme qui entra dans le salon d'un pas nonchalant et accepta une coupe de champagne. Son visage lui était familier. Miranda fut frappée par sa beauté. Il avait la quarantaine bien avancée, des fils argentés qui envahissaient ses cheveux blonds et un regard perçant qu'elle était certaine d'avoir déjà vu quelque part.

— Ah, David, dit Santos en l'apercevant. Soyez le bienvenu. Je suis très heureux que vous ayez pu venir.

— Veuillez m'excuser d'arriver avec autant de retard. J'ai été retenu à New York pour affaires.

David se força à sourire. Miranda reconnut sur son visage le même dégoût qu'elle-même éprouvait chaque fois qu'elle posait les yeux sur Santos.

— Miranda, je te présente David Cooper. Nous sommes devenus bons amis en travaillant ensemble sur un projet à Rio. Je suis très flatté qu'un homme aussi occupé nous honore de sa présence ce week-end.

— Je suis ravi d'être là, affirma David.

Miranda retint son souffle en fixant David, attendant qu'il se souvienne qu'il avait une nièce répondant au même prénom, que son fils avait rencontrée au cours de ses vacances dans le Yorkshire quelques années plus tôt.

Mais non. Il se contenta de lui adresser un sourire chaleureux, puis lui prit une main qu'il embrassa.

— Heureux de vous rencontrer, Miranda.

Puis il se détourna et commença à discuter avec Santos. Miranda expira lentement, tâchant de ralentir les battements de son cœur. Dieu merci, Rose et lui ne s'étaient pas parlé depuis des années ; David ne savait pas qui elle était, et Brett ne l'avait sans doute jamais évoquée. Quoi qu'il en soit, il était déroutant de penser qu'un lien les unissait. Si Rose découvrait un jour qu'elle était une maîtresse soumise qui gagnait de l'argent en se pliant à des actes obscènes, elle ne la laisserait sans doute plus jamais voir Chloe.

Pourtant, une part d'elle avait envie de se livrer à cet oncle tombé du ciel, de lui confier le cauchemar qu'elle endurait et de lui demander de l'aide. Après tout, David Cooper était tout aussi puissant que son ravisseur, et la première personne qu'elle avait vu susciter l'intérêt de Santos.

Un flash crépita. Un convive venait de prendre une photo de Santos, Miranda et David.

— Pour mon album photo, expliqua celui-ci avec un sourire mielleux.

— *NON !*

Un rugissement terrifiant venait de faire sursauter l'assistance.

— Détruisez son appareil et la pellicule, tonna Santos, rouge de colère.

Un membre d'équipage qui servait les rafraîchissements saisit alors l'appareil photo des mains de l'invité terrorisé.

— Je… je suis désolé, bredouilla-t-il. Veuillez m'excuser.

La rage de Santos s'évapora, et il reprit le rôle de l'hôte charmant qu'il était quelques minutes plus tôt.

— Ne vous excusez pas, dit-il. C'est une règle que je m'impose car je ne souhaite pas devenir une personnalité publique. J'apprécie trop mon anonymat et ma liberté. Allons dîner. Miranda, veux-tu bien accompagner David ?

Miranda remarqua que son oncle dévisageait Santos avec une expression qui ressemblait à… du triomphe ? Souriant à Miranda, il lui offrit son bras puis ils emboîtèrent le pas de Santos, qui, accompagné d'une très belle rousse, se dirigea vers la salle à manger.

À table, Miranda fut placée entre les deux hommes, et la jeune femme, une dénommée Kim, de l'autre côté de Santos. Miranda nota qu'il lui accordait une grande attention. Peut-être la laisserait-il tranquille ce soir.

— Ce bateau est divin, n'est-ce pas ? commenta David à l'attention de Miranda avec un sourire chaleureux. Je possède moi-même un yacht sur la côte amalfitaine, qui ne tient toutefois pas la comparaison avec celui-là. Hélas, je n'ai jamais le loisir de sortir en mer. En réalité, j'envisageais de le vendre, mais ce week-end me permettra peut-être de changer d'avis.

— Oui, lâcha simplement Miranda.

— Vous êtes britannique, n'est-ce pas ? s'enquit David tandis que les serveurs arrivaient avec de grandes soupières.

— Oui, en effet.

— D'où venez-vous ?

— Oh, euh… de Londres.

— Ah oui ? J'aurais situé votre accent plus au nord. Mais j'ai passé la majeure partie des vingt-cinq dernières années à New York, aussi mon oreille n'est-elle plus entraînée à distinguer les nuances régionales de Grande-Bretagne. Et que faites-vous dans la vie, Miranda ?

Miranda était perplexe – David n'avait-il vraiment pas compris qui elle était ?

Il l'observa avec attention.

— Laissez-moi deviner, reprit-il. Eh bien, vous êtes suffisamment jolie pour être mannequin, mais quelque chose me dit que vous ne l'êtes pas. Est-ce que vous travaillez pour Santos ?

Miranda hocha lentement la tête – c'était la vérité, après tout. Pourquoi donc lui posait-il toutes ces questions ?

— C'est un homme fascinant, n'est-ce pas ? reprit David.

Il semblait sincère. Avait-elle imaginé l'antipathie qu'elle avait lue dans ses yeux à son arrivée ?

— C'est vrai.

Miranda avait conscience que son niveau de conversation avoisinait celui d'un enfant de dix ans, mais elle ne pouvait se permettre de commettre le moindre faux pas.

David, cependant, ne parut pas le remarquer. Il lui parla de son projet avec Santos, considérant apparemment qu'elle en connaissait les détails. En l'écoutant, Miranda s'aperçut qu'elle se détendait peu à peu. David était un homme charmant, très loin du mégalomane assoiffé de pouvoir dont Brett avait esquissé le portrait. Et le respect qu'il lui témoignait lui remit un peu de baume au cœur.

Après le dîner, ils regagnèrent le salon et s'installèrent pour boire des liqueurs. David s'assit près de Miranda. Celle-ci l'intriguait : en dépit de son apparence sophistiquée, elle était de toute évidence très jeune et déterminée à ne rien dévoiler d'elle-même. David trouvait cela rafraîchissant. Une fois que les femmes apprenaient qui il était, elles se jetaient généralement à ses pieds.

Et puis, elle lui rappelait quelqu'un, sans qu'il parvienne à déterminer qui. Il se demanda quel rôle elle jouait ici. Il était exclu que cette fille soit l'une des prostituées de Santos – elle ne possédait pas le détachement ni la lassitude qui les caractérisaient.

Enfin, Santos se leva, mettant un terme à la soirée pour l'ensemble des convives.

— Je crois qu'il est temps que nous nous retirions. Demain, nous amarrerons au Lavandou. Le petit déjeuner sera servi à 8 heures. Viens, Miranda.

Elle braqua son regard sur lui, le haïssant de montrer ainsi qu'elle était sa possession.

— Bonsoir, monsieur Cooper, dit-elle en se tournant vers David.

— Bonsoir, Miranda, répondit ce dernier en se levant pour lui faire un baisemain. Ce fut un plaisir.

Il lui adressa un sourire un peu triste, puis Miranda prit le bras de Santos et quitta la pièce.

Santos emmena Miranda dans sa luxueuse cabine.

— J'ai l'impression que tu as fait forte impression sur M. Cooper, Miranda. Bravo. C'est un partenaire d'affaires important et je tiens à ce qu'il soit comblé. Mais à présent, notre moment est venu.

Santos ouvrit la porte de la chambre. En dépit de la pénombre qui régnait dans la pièce, Miranda découvrit avec horreur la silhouette nue de la jeune femme aux cheveux roux allongée sur le lit. Santos se dirigea vers le bar et versa dans un verre un cocktail préalablement préparé, qu'il tendit à Miranda.

Celle-ci l'avala d'un trait puis ferma les yeux, s'enfonçant dans les eaux troubles de la somnolence provoquée par les médicaments. Incapable de lutter davantage, elle se laissa doucement emporter vers le fond.

18

— Est-ce que ça va, Leah ? Tu n'as pas l'air dans ton assiette ces derniers temps, s'inquiéta Jenny, deux tasses de café dans les mains, en regardant son amie beurrer une tranche de pain.

— Tout va bien, Jenny, la rassura-t-elle. J'ai été occupée, c'est tout.

— Tu travailles trop. Tu as vu Brett récemment ?

Leah savait que Jenny finirait par lui poser la question. Bien que plus d'un mois se fût écoulé, Leah n'avait pas informé son amie de la fin brutale de leur relation. Elle avait eu du boulot par-dessus la tête ces deux dernières semaines, et Jenny était sortie presque tous les soirs avec Miles.

— Non, répondit-elle. C'est terminé entre Brett et moi, et je préférerais ne pas en parler, si ça ne t'ennuie pas.

Jenny parut sincèrement affectée.

— Oh, Leah… Je pensais vraiment que vous deux… (Elle s'interrompit en voyant les traits de Leah se durcir.) OK, je suis désolée. J'arrête.

— On dirait que vous accrochez bien, Miles et toi.

En observant son amie, Leah avait du mal à en croire ses yeux : Miles avait accompli en deux semaines ce que Leah n'avait pas réussi à faire en plusieurs mois. Le regard de Jenny pétillait, elle avait repris du poids et retrouvé bonne mine. Quelle que fût son opinion à l'égard de Miles, Leah était heureuse de constater qu'il avait donné à Jenny le coup de fouet dont elle avait besoin pour s'en sortir.

— C'est vrai, confirma Jenny avec un sourire faussement timide. Il est la meilleure chose qui me soit arrivée depuis des lustres. J'ai l'impression d'être une nouvelle femme. Il est tellement beau, tu ne trouves pas ?

Leah hocha vaguement la tête. Si Miles n'avait témoigné que de la gentillesse à Jenny depuis qu'il s'était installé chez elles, Leah ne parvenait pas à se débarrasser de son intuition à propos de lui. Après tout, il avait réussi à se faire passer auprès de Doreen et de Rose pour un parfait gentleman. Depuis ce fameux soir dans la grange des années plus tôt, Leah n'était plus dupe. Elle demeurait convaincue que c'était Miles qui lui avait fait peur ce soir-là.

— Je crois que je suis amoureuse, décréta Jenny. On s'entend si bien. On passe le plus clair de notre temps ensemble, il ne cesse de me répéter à quel point je suis belle… Je vais finir par le croire, ajouta-t-elle en gloussant. Bon, je ferais mieux de lui apporter son café avant qu'il refroidisse. À plus.

Quand Jenny saisit les deux tasses sur le plan de travail, la manche de sa robe de chambre en satin glissa jusqu'à son coude et Leah découvrit sur son bras un large hématome mauve.

— Aïe ! fit-elle. Comment tu t'es débrouillée pour te blesser comme ça ?

Jenny piqua un fard et secoua le bras pour que sa manche le recouvre, renversant un peu de café au passage.

— Oh, je suis tombée hier. Tu connais ma maladresse. Je crois que j'ai des problèmes d'équilibre depuis que j'ai été hospitalisée. Tout va bien, ne t'en fais pas.

Leah regarda Jenny quitter la pièce. Quelque chose dans la forme de son bleu et dans la manière dont Jenny avait rougi lui disait que son amie mentait.

Trouvant l'appartement silencieux le lendemain soir, Leah supposa que Miles et Jenny étaient sortis. La journée, une fois de plus, s'était révélée longue et épuisante, mais elle était impatiente de se rendre au gala en compagnie d'Anthony. Elle prit une douche, se sécha les cheveux, enfila une robe Lanvin qu'elle affectionnait particulièrement puis se maquilla légèrement. Elle essaya différents colliers et, n'en jugeant aucun à son goût, elle se rappela que Jenny en possédait un en strass avec un pendentif en forme de goutte qui conviendrait à merveille. Allant jusqu'à sa chambre, elle frappa à la porte en pensant ne pas obtenir de réponse.

— Leah, je suis occupée, lança Jenny d'une voix inhabituellement dure.

— Désolée, Jenny. Je me demandais si je pouvais t'emprunter ton collier en strass pour le gala ce soir ?

Il y eut un blanc, puis Jenny répondit :

— Je l'ai perdu.

— Pourtant je l'ai vu hier sur ta coiffeuse. Tu veux bien vérifier ?

— S'il te plaît, Leah. Laisse-moi. Je suis occupée.

Des images de bouteilles de vodka et de comprimés emplirent instantanément l'esprit de Leah. Hors de question de prendre le moindre risque cette fois. Elle essaya d'ouvrir la porte. Verrouillée.

— Jenny, laisse-moi entrer immédiatement.

— Tout va bien, je t'assure.

La voix sobre de son amie ne suffit pas à rassurer Leah.

— Je suis sérieuse, Jenny. Si tu ne me laisses pas entrer, j'appelle l'hôpital illico. J'ai promis à ton médecin de le prévenir si tu avais un comportement étrange. Allez, Jenny, ouvre-moi.

— D'accord, d'accord.

Le visage de Jenny apparut, à moitié dissimulé par l'encadrement de la porte.

— Tu vois ? Tout va bien. (Elle tendit à Leah le collier en strass.) Tiens. Amuse-toi bien. À plus tard.

Jenny s'apprêtait à refermer la porte, mais Leah fut plus rapide qu'elle : elle l'ouvrit plus grand et s'avança dans la pièce, à l'affût d'alcool, en vain. Se sentant idiote de s'être fait des idées, elle pivota vers son amie pour lui présenter ses excuses.

— Je suis désolée, Jenny, j'ai cru que… Bon sang !

Jenny avait les yeux rivés sur le sol. Le côté droit de son visage était marbré de violet et son œil à demi fermé.

— Qu'est-ce qui s'est passé, Jenny ? Comment tu t'es fait ça ?

— Hier soir, en allant me chercher un verre d'eau à la cuisine. Je n'ai pas pris la peine d'allumer, je suis rentrée dans la console du couloir et je suis tombée.

Leah songea aussitôt à l'hématome violacé qu'elle avait vu sur le bras de son amie la veille.

— Je ne te crois pas. Dis-moi la vérité ou j'appelle l'hôpital.

— Écoute, Leah. Ce ne sont pas tes oignons, et je me fiche que tu me croies ou non. Je te dis la vérité.

Arrête de te mêler de ma vie, je suis capable de m'occuper de moi-même.

Leah sentit la colère gronder en elle.

— Ah, vraiment ? Et que serait-il arrivé si je ne t'avais pas trouvée en rentrant de Milan ? Merde, Jenny ! Ne me prends pas pour une imbécile. Je ne suis pas une ennemie, mais ta meilleure amie qui t'aime. C'est Miles qui t'a fait ça, n'est-ce pas ?

Tout à coup, Jenny s'effondra. Des larmes se mirent à couler sur son visage et elle alla s'avachir sur son lit.

— S'il te plaît, Leah, ne me crie pas dessus. Je suis désolée si je me suis montrée ingrate. Je savais que tu ne comprendrais pas. Oui, Miles s'est un peu emporté hier soir, mais il s'en est tellement voulu. Il a promis de ne jamais recommencer.

— Ah oui ? Et ce bleu sur ton bras, hier ? C'est n'importe quoi, Jenny. Sans même parler du reste, comment as-tu l'intention de recommencer à travailler comme mannequin en étant couverte d'ecchymoses ? Je veux que Miles parte d'ici dès ce soir.

— Oh non, je t'en prie, ne le mets pas dehors. Il m'a vraiment aidée – j'avais envie de mourir avant qu'il débarque. Il a été si gentil et bon avec moi. Je l'aime, Leah, j'ai besoin de lui. Et je le crois quand il affirme qu'il ne me fera plus de mal. Il est juste un peu trop passionné, parfois, c'est tout.

Leah poussa un long soupir. Elle se trouvait dans une impasse : si elle exigeait de Miles qu'il s'en aille, Jenny lui en voudrait à mort et s'enfoncerait à nouveau dans une spirale de dépression. Si elle acceptait qu'il reste, elle exposait Jenny à un autre type de danger.

— Je t'en supplie, Leah, l'implora Jenny. Je te promets que ça n'arrivera plus. Accorde-lui encore une chance. Je ne sais pas ce que je deviendrais sans lui.

— Tu connais Miles depuis à peine deux semaines, fit remarquer Leah en venant s'asseoir près de son amie sur le lit. Comment peux-tu aimer quelqu'un qui t'a maltraitée ainsi ?

— Il ne voulait pas me faire de mal. Il m'a dit à quel point il m'aimait. Il était juste nerveux avant son entretien tout à l'heure. Quand il aura trouvé du travail et réglé ses problèmes de visa, il s'apaisera, j'en suis sûre.

Leah n'arrivait pas à croire que Jenny le protège ainsi. Qu'un homme se serve de sa force physique à l'encontre d'une femme constituait un crime odieux. Leah observa son amie avec un mélange de compassion et de crainte.

— D'accord, je veux bien qu'il reste. En ce qui me concerne, je te trouve cinglée d'accepter qu'il t'approche à nouveau, mais comme tu l'as dit, je ne suis pas ta mère. Toutefois, cet appartement est à mon nom, alors si ce type lève une fois de plus la main sur toi, je le fiche à la porte. Plus de seconde chance, plus d'excuses.

— Merci, Leah ! l'interrompit Jenny en jetant ses bras autour d'elle. Je te jure que ça ne se reproduira pas. Je sais que ce n'est pas beau à voir, mais Miles n'est pas comme ça, au fond.

— Avec qui a-t-il rendez-vous aujourd'hui ?

— *Vanity Fair.* Je lui ai donné le contact et il t'a mentionnée. J'espère que ça ne t'embête pas, mais je sais qu'une fois qu'il sera lancé, il se sentira beaucoup mieux.

La dernière chose que Leah voulait était qu'un fou furieux violent avec les femmes décroche un boulot grâce à son nom.

— Je dois y aller, décréta-t-elle en se levant. J'ai rendez-vous avec Anthony à 19 heures, je vais être en retard. Je t'en supplie, prends soin de toi et informe Miles qu'à partir de maintenant, je ne veux plus qu'il se serve de moi pour s'ouvrir des portes, OK ?

Leah sortit de la pièce, accrocha le collier à son cou, jeta une étole sur ses épaules et descendit héler un taxi. Elle s'installa sur la banquette arrière, en proie à la colère. Jenny ne voyait-elle pas que Miles ne pouvait pas l'aimer s'il la traitait ainsi ? Qu'il les utilisait pour leur carnet d'adresses et leur appartement à Manhattan ? Qu'il avait entrevu la possibilité de s'attaquer à une proie faible et sans défense ?

Le taxi s'arrêta devant le Metropolitan Opera House, au Lincoln Center. Leah retrouva Anthony, qui la salua puis se recula d'un pas.

— Est-ce que ça va, Leah ? Tu as l'air contrariée.

— Merci, ça va, répondit-elle en acceptant le cocktail qu'il lui tendait. Je suis impatiente de découvrir le ballet. Merci mille fois de m'avoir invitée.

Lorsque la musique d'ouverture du *Lac des cygnes* s'éleva doucement dans l'auditorium plein à craquer, puis que Barychnikov surgit sur la scène, Leah se détendit.

Elle avait la gorge nouée et les yeux embués lorsqu'ils sortirent de la salle après une longue ovation adressée au talentueux et célèbre danseur.

— C'était sublime, déclara Leah, grisée, tandis qu'ils s'engageaient sur Columbus Avenue.

— Est-ce que tu as faim ?

— Il n'est jamais très difficile de me convaincre de manger, répondit-elle dans un sourire.

— Allons dîner, alors.

La limousine les conduisit jusqu'au GE Building, au Rockefeller Center. Leah et Anthony empruntèrent un ascenseur, puis débouchèrent sur une salle à manger spectaculaire. Murs drapés de soie aubergine, fauteuils en cuir vert, serveurs vêtus de queues-de-pie aux tons pastel et groupe de musique donnaient l'impression d'avoir été transportés dans les années 1930.

Le maître d'hôtel les accueillit chaleureusement, puis les guida jusqu'à une table près de la fenêtre. Leah jeta un vertigineux coup d'œil soixante-cinq étages plus bas.

— Où sommes-nous ? demanda-t-elle.

— Au Rainbow Room. Un de mes lieux de prédilection.

— C'est superbe.

Ils commandèrent deux steaks tartare et une bouteille de vin blanc sec.

— Tu es sûre que ça va ? s'enquit Anthony. Tu n'es pas très bavarde ce soir.

— Vraiment, ce n'est rien.

— Tu en es certaine ?

Leah confirma d'un signe de tête, se sentant coupable qu'Anthony ait remarqué son malaise.

— Entendu, Leah. Mais n'oublie pas que je suis ton ami en plus d'être ton patron. Si jamais tu ressens le besoin de parler, n'hésite pas. Je serai toujours là pour t'écouter. D'ailleurs, j'espère que tu ne me jugeras pas trop cavalier, mais je me demandais ce que tu avais prévu pour Noël ?

— J'ai promis à Jenny, ma colocataire, de le passer avec elle.

— Je vois. Tu te rappelles que je possède une maison dans le Vermont ? J'y serai pour les fêtes avec mon fils, Jack. Ce serait un plaisir si tu souhaitais te joindre à nous. Jenny est la bienvenue également. La maison est grande et le coin est magnifique sous la neige.

— Merci pour la proposition. Je vais en parler à Jenny.

Une demi-heure plus tard, Anthony déposa Leah devant son immeuble. L'excellente soirée qu'elle avait passée lui avait redonné le sourire, cependant elle redoutait ce qu'elle allait trouver en rentrant chez elle.

Jenny était installée dans le salon, seule, et sirotait une tasse de café.

— Salut, Leah. Tu as passé une bonne soirée ?

— Oui, c'était très agréable. Où est Miles ?

— Dans la chambre d'amis. Il s'en veut tellement, Leah. Il m'a offert un énorme bouquet de fleurs… Je lui ai passé un sacré savon. Je lui ai dit qu'il n'aurait le droit de réintégrer mon lit que quand je l'aurais décidé. Mais la bonne nouvelle, c'est qu'il a décroché trois pages dans *Vanity Fair* cet après-midi. C'est génial, non ?

— Oui, répondit Leah sans le penser. Dis-moi, j'ai quelque chose à te proposer. Anthony m'a invitée à passer Noël avec son fils et lui dans le Vermont. J'aimerais que tu viennes avec moi.

— Oh, soupira Jenny, dont la mine s'assombrit. Et Miles ?

— Jenny, je ne parviendrai pas à fermer l'œil si je te sais seule ici avec lui. Il arrivera à se débrouiller sans toi quelques jours, et un break te ferait le plus grand bien. Et puis, je suis sûre que ça sera très sympa. Anthony est adorable.

— Je ne sais pas, Leah. Il faut que je demande à Miles…

— Je te propose un marché. Si tu acceptes de m'accompagner dans le Vermont, je passe l'éponge pour Miles. Tu me dois bien ça.

— OK, OK, soupira-t-elle. Mais Miles ne va pas être content.

— Tant pis. Il doit se rendre compte que tu es capable de prendre tes propres décisions. Je vais me coucher. Bonne nuit, à demain.

— Bonne nuit. Leah ?

— Oui ?

— Merci. Et Miles ne me fera plus de mal, je te le promets.

— Si tu en es sûre…

— Certaine.

Allongée dans son lit, Leah songea à Noël avec un sentiment d'impatience. Elle devait admettre qu'elle appréciait Anthony. Dans un monde qui regorgeait de mâles égoïstes et agressifs, sa douceur et sa sensibilité rayonnaient tel un phare.

Il lui donnait de l'espoir pour l'avenir.

19

Quand elle entendit la clé tourner dans la serrure, Miranda se figea sur le canapé, entortillant un mouchoir entre ses doigts. Le cœur battant, elle écouta les pas dans le couloir. La peur qu'il puisse s'agir de lui – qu'il avait pu décider de venir à Londres pour vérifier que tout allait bien – la paralysait.

— Bonjour, Miranda. Je me suis dit que j'allais passer te demander comment s'était passé ton week-end avec Santos…

Avant qu'il ait achevé sa phrase, elle se jeta dans les bras de Ian, en larmes. Il posa ses mains sur ses épaules secouées par les sanglots, désireux de la réconforter mais nerveux de leur proximité.

— Mon Dieu, Ian… Je suis à bout. Les choses qu'il m'a contrainte à faire, je… je ne peux pas te le dire. J'ai tellement honte.

— Allons, Miranda. Je suis sûr que ce n'était pas si terrible.

— Si, gémit-elle en s'accrochant à lui. C'était affreux. Oh mon Dieu…

Miranda était en train de perdre son sang-froid. Ian la guida jusqu'au canapé et la fit s'asseoir. Il tenta de se reculer, mais elle s'agrippa à lui, son regard implorant rivé au sien.

— Il faut que tu m'aides. Je n'en peux plus. Je me suiciderai si je dois le revoir. Je t'en supplie, Ian.

— D'accord, d'accord. Je vais nous préparer un remontant, et ensuite nous parlerons.

Miranda relâcha le bras de Ian, qui alla leur servir un généreux whisky à chacun.

— Tiens, ça va t'apaiser. (Miranda but une gorgée du liquide qui la réchauffa.) Voilà. Rien ne vaut de se mettre dans un tel état, n'est-ce pas ? Allons, raconte-moi ce qui s'est passé.

Après moult encouragements et deux whiskys supplémentaires, Ian parvint à soutirer à Miranda le récit des événements. Entendre ce que Santos l'avait forcée à faire l'emplit de haine et de dégoût.

— Le pire, c'est qu'il m'a droguée mais que je me souviens de tout. Je ne peux plus revivre ça, Ian. Je suis sérieuse.

Tandis que Miranda s'était lovée dans ses bras, il fut soudain assailli d'un besoin instinctif de la protéger de ce monstre. Voilà des mois qu'il rendait visite à Miranda chaque semaine prétendument par obligation, alors qu'en réalité, il brûlait chaque fois d'impatience de la revoir.

Ian ne pouvait plus nier ses sentiments. S'il n'était pas encore prêt à envisager ce que cela signifiait pour sa carrière et pour ses parents âgés, il lui était devenu impossible de regarder la femme qu'il aimait subir ce genre de traitement de la part de Santos.

— Miranda, ma chère Miranda. Crois-moi, je ferai tout ce qui est en mon pouvoir pour t'aider.

— Vraiment ?

La gratitude qu'il lut dans son regard balaya tous ses doutes.

— Oui, affirma-t-il.

— Merci, Ian, dit-elle en le serrant dans ses bras, avant de lui murmurer quelque chose à l'oreille qu'il ne comprit pas.

— Pardon ?

Miranda se recula et baissa les yeux sur ses mains.

— J'ai dit que je t'aimais, Ian. (Elle poussa un long soupir.) Je ne m'attends pas à ce que tu éprouves les mêmes sentiments pour moi. Après tout, je suis la prostituée de Santos et…

Cette fois, c'est Ian qui étreignit Miranda.

— Oh, ma chérie, ça n'a pas d'importance. Tu n'imagines pas ce que j'ai enduré ce week-end, à t'imaginer avec lui, à songer à ce qu'il te forçait à faire. J'ai essayé de réprimer mes sentiments, mais c'est impossible. Je t'aime aussi.

D'un geste doux, il prit le visage de Miranda entre ses mains et posa un baiser timide sur ses lèvres.

Miranda comprit ce soir-là que le sexe pouvait incarner la manifestation ultime de l'amour, un geste beau et pur. Elle sut alors que jamais plus elle n'autoriserait un homme à utiliser son corps comme un simple réceptacle de son propre plaisir. Ensuite, épuisés, ils demeurèrent nus, blottis l'un contre l'autre.

— Je te promets que, quoi qu'il arrive, je ne laisserai plus jamais cet homme te toucher, déclara Ian en lui caressant doucement les cheveux.

Pour la première fois depuis des mois, l'effroyable terreur qui tenaillait Miranda la quitta. Elle avait été si naïve de croire que le monde n'était régi que par le pouvoir et l'argent. À cet instant, elle aurait tout donné pour être téléportée dans une petite maison avec Ian et Chloe. Ils auraient l'amour et la liberté – tout ce qui importait vraiment.

— Je vais réfléchir à un moyen de te sortir de là, ma chérie. Nous recommencerons à zéro quelque part où Santos ne pourra pas nous trouver…

La sonnerie du téléphone brisa leur toute nouvelle quiétude. Tous deux sursautèrent et la peur se dessina sur les traits de Miranda.

— Réponds, ma chérie.

Miranda se mordit la lèvre et se cramponna à lui.

— Je ne peux pas. Fais en sorte que ça s'arrête, Ian, s'il te plaît.

— Allons, ma chérie. Nous ne devons en aucun cas lui laisser penser que quelque chose ne va pas. Cela éveillerait ses soupçons et compliquerait les choses pour nous. Il faut que tu décroches. Je te promets que ce sera bientôt terminé.

Ian prit le combiné et le lui tendit.

— Allô.

L'expression de désespoir que Miranda afficha était trop éprouvante à supporter pour lui, alors il se leva et se retrancha dans la salle de bains. Là, s'appuyant contre la porte, il se demanda si Miranda mesurait les conséquences potentielles de leurs actes.

20

L'aéroport de La Guardia dégageait une atmosphère festive ; l'excitation qui flottait dans l'air et les visages souriants offraient un changement bienvenu par rapport aux habituels hommes d'affaires pressés.

Après avoir franchi la porte d'embarquement, Leah et Jenny s'installèrent à bord.

— Dis-m'en plus à propos de notre hôte, lança Jenny. Est-ce que vous entretenez une quelconque… relation ?

— Pas du tout. Anthony est juste un ami. Je suis sûre qu'il te plaira. Son fils sera là aussi.

— Tu ne crois pas qu'il t'a invitée avec une idée en tête ?

— Non, j'en suis certaine. Il a perdu sa femme il y a deux ans et elle lui manque encore terriblement. Je pense qu'il a simplement envie d'être entouré.

Lorsque l'avion atterrit, Anthony était là pour les accueillir. Son visage s'éclaira en apercevant Leah. Il vint à leur rencontre pour les aider avec leurs bagages.

— Bon sang, on dirait que vous venez pour plusieurs mois ! plaisanta-t-il.

— Ah, la dure vie de Mère Noël, plaisanta Leah. Je n'ai pas emporté de vêtements, juste des cadeaux. Je te présente mon amie Jenny.

— Bonjour, Jenny. Bienvenue. Heureux de te rencontrer.

Une fois dehors, les deux jeunes femmes suivirent Anthony jusqu'à sa Jeep.

Ils empruntèrent des petites routes de campagne et arrivèrent dans le village pittoresque de Woodstock.

— C'est tellement joli, s'extasia Leah en découvrant le paysage. Ça me rappelle l'Angleterre.

— J'imagine que c'est pour cette raison qu'ils ont donné le nom de votre pays à cette région. Je savais que tu aimerais. Il y a de la neige en altitude et on en attend davantage, donc nous pouvons aller skier si vous en avez envie.

— Je ne skie pas, déclara Leah.

— Oh mais moi, si ! s'enthousiasma Jenny. J'adore ça !

— Parfait. Mon fils Jack aussi. Je ne suis moi-même pas un grand skieur, alors il sera ravi d'avoir de la compagnie sur les pistes. Nous y voilà, mesdames. *Home sweet home.*

La maison d'Anthony était située en pleine campagne vallonnée, avec vue sur les sommets au loin. Les façades étaient peintes dans un blanc éclatant et des volets verts encadraient les fenêtres. Une terrasse, qu'Anthony avait décorée de guirlandes de lumière, courait tout autour de la maison.

— Oh, Anthony, c'est charmant !

— Merci. La maison appartenait à mes grands-parents. Ils y ont vécu cinquante ans et, à la mort de mes parents, j'en ai hérité.

Après qu'Anthony eut sorti les valises du coffre, Leah et Jenny le suivirent jusqu'à la porte d'entrée. En pénétrant dans le salon, la première chose qu'elles découvrirent fut un immense sapin haut de trois mètres qui trônait dans un coin de la pièce, orné de lumières scintillantes et garni à son pied de piles de cadeaux. L'imposante cheminée, dont le manteau était décoré de branches de houx, dégageait une chaleureuse lueur orangée. Il y avait aussi un canapé Sheraton en acajou parsemé de coussins en patchwork, et un magnifique tapis persan couvrait le plancher en bois.

— On se croirait dans un conte de fées, souffla Jenny.

— Ça me rappelle le décor de *Casse-Noisette.* C'est magnifique, renchérit Leah.

Un jeune homme déboula alors depuis l'escalier en dévalant les marches deux à deux. Il adressa un sourire chaleureux aux deux jeunes femmes.

— Laisse-moi deviner. Tu ne serais pas le fils d'Anthony, par hasard ? lança Jenny.

— La ressemblance est frappante, n'est-ce pas ? J'aimerais pouvoir dire que c'est de moi que mon père tient son charme, mais... (Il haussa les épaules.) Alors, qui est qui... ? Je sais que vous êtes des top models très célèbres et que je vais pouvoir frimer à la fac pendant les six prochains mois en racontant que deux des plus belles femmes du monde sont venues passer Noël chez moi, mais... (Jack observa Jenny.) Est-ce que tu es Leah ?

Jenny secoua la tête, secrètement aux anges que Jack l'ait prise pour le célèbre mannequin qui travaillait pour son père.

— Notre campagne de publicité massive semble très efficace, ironisa Anthony. Si tu emmenais nos invitées voir leur chambre pendant que je prépare le déjeuner ? suggéra-t-il à son fils.

Leah et Jenny suivirent Jack à l'étage. Une fois seule dans sa chambre, Leah s'avança jusqu'à la fenêtre. Elle se demanda si Anthony lui avait assigné cette chambre délibérément : la vue sur les collines arborées, à couper le souffle, lui donna aussitôt le mal du pays.

Elle se percha sur la banquette, trouvant presque un certain plaisir dans la douce amertume que lui inspiraient ses souvenirs. Mais alors Brett surgit dans ses pensées, comme chaque fois qu'elle pensait à l'Angleterre. Elle se demanda où il passait Noël, s'il allait bien, et si elle lui manquait autant qu'il lui manquait, à elle.

— Laisse-moi te donner un coup de main, Mère Noël, dit Anthony en riant tandis que Leah arrivait dans le salon quelques minutes plus tard, chargée d'une montagne de paquets.

Ensemble, ils les placèrent sous le sapin.

— Tu veux m'aider à préparer le déjeuner ? proposa Anthony, qui portait un tablier à fleurs par-dessus son jean.

— Avec plaisir. Si tu veux mon avis, tu pourrais lancer une mode avec ça, plaisanta Leah en le suivant dans la cuisine, qui lui rappela aussitôt celle de Rose, dans sa ferme du Yorkshire.

Des effluves de plats réconfortants emplissaient l'air et la radio diffusait des chants de Noël. Une sensation de bien-être emplit Leah, qui se félicita d'avoir accepté l'invitation d'Anthony.

— Un peu de vin chaud ?

— Je veux bien goûter, répondit Leah.

— Il s'agit de ma propre recette. D'ailleurs, je dois t'avertir que, demain, le déjeuner de Noël sera entièrement préparé, cuisiné et servi par ton humble serviteur.

Anthony versa du vin dans deux verres et en tendit un à Leah. Elle en but une gorgée et apprécia les saveurs épicées.

— C'est délicieux, dit-elle. Je suis impressionnée par tes talents culinaires. Je suis moi-même un cas désespéré.

— Ne sois pas si modeste. Je suis sûr que c'est faux.

Anthony servit la soupe dans quatre bols, qu'il posa sur la longue table en pin avec du pain qui sortait du four. Jenny et Jack arrivèrent à ce moment dans la cuisine en riant aux éclats. Voir les yeux pétillants de son amie rendit Leah infiniment heureuse.

— Avant que nous nous attaquions à ce qui j'espère va se révéler un succulent festin, déclara Anthony, j'aimerais juste dire, au nom de mon fils et moi-même, que nous sommes ravis de vous avoir ici.

Le repas fut très joyeux, et ils se régalèrent de vin chaud et de mets presque aussi savoureux que ceux de Mme Thompson. Une complicité immédiate s'était établie entre Jack et Jenny, qui semblait avoir retrouvé sa légendaire repartie.

À la fin du repas, il était plus de 15 heures et le ciel s'obscurcissait.

— Je ne sais pas pour vous, mais je ne serais pas contre une sieste avant les festivités de ce soir, dit Anthony. Nous avons pour tradition d'inviter quelques amis de longue date à boire un verre la veille de Noël. Ensuite, nous marchons tous jusqu'à l'église pour assister à la messe de minuit.

Tous convinrent qu'un peu de repos ne leur ferait pas de mal. Leah s'allongea sur son lit, comblée d'un sentiment de paix, tous les soucis accumulés au cours des derniers mois s'évanouissant dans cette atmosphère paisible.

— Ah, la Belle au bois dormant ! lança Jack à Leah tandis qu'elle arrivait dans le salon. On se demandait si tu allais te réveiller un jour.

— Je suis désolée, je…

— Il te taquine, Leah. C'est généralement l'effet que produit cet endroit. Si je peux me permettre, tu es magnifique, ajouta Anthony.

— Oui, tu n'es pas trop repoussante, plaisanta Jenny.

— Ne l'écoute pas. Viens t'asseoir et boire un verre, lança Jack en lui tendant une coupe de champagne. Papa dit que tu ne bois pas, mais c'est Noël.

— Tu me fais passer pour une rabat-joie, Anthony ! répliqua Leah en lui souriant. Je note que tu n'as pas mis ton beau tablier pour recevoir tes invités.

— Eh non. Il faut savoir varier les plaisirs, et je vais déjà le porter toute la journée demain.

On frappa à la porte, et Jack bondit pour aller ouvrir. Un couple de personnes âgées chargé de cadeaux entra dans le salon. Anthony les embrassa, leur offrit du champagne, puis leur présenta Jenny et Leah.

Durant l'heure qui suivit, le salon s'emplit peu à peu de convives, tous aussi détendus qu'Anthony. Leah ne vit pas un seul New-Yorkais, et aucun invité ne fit référence à son métier de mannequin.

Leah se rendit dans la cuisine pour se servir un verre de jus d'orange, Anthony sur ses talons.

— Tu passes un bon moment, Leah ? J'espère que la présence de mes amis ne t'embête pas. Je sais que ton activité t'oblige déjà à assister à de nombreuses réceptions.

— Au contraire. Ils sont tellement plus décontractés que tous les Américains que j'ai rencontrés jusqu'à présent. Plus authentiques, aussi, ajouta-t-elle.

— C'est vrai. Pourtant, tu serais surprise d'apprendre que la plupart sont à la tête de grandes entreprises à New York. Nous passons tous Noël dans le Vermont et la règle tacite veut que personne ne parle boulot ici. Bill, avec qui nous discutions tout à l'heure, dirige une importante entreprise d'informatique. Et Andy possède une boîte de relations publiques à Manhattan.

— C'est fou, répondit Leah.

— Nous n'allons pas tarder à partir pour l'église, mais ne te sens pas obligée de venir si tu n'en as pas envie.

— Je serais ravie de vous accompagner. Cela fait des années que je n'ai pas assisté à la messe de minuit.

— Parfait. Je suis tellement heureux que vous soyez là, Jenny et toi. Cela me donne le sentiment d'avoir à nouveau… eh bien, presque une famille. Allez, tu ferais bien d'aller chercher ton manteau. Il fait un froid de canard et la météo annonce de la neige.

La petite église – décorée de bougies, avec une chorale dont les membres portaient des tenues traditionnelles – possédait un charme exquis. L'assemblée entonna les chants de Noël avec fougue et, à l'issue du service, Leah s'avança au côté d'Anthony pour recevoir la communion. En le regardant devant l'autel, elle sentit une vague d'affection l'envahir.

À leur sortie de l'église, de minuscules flocons s'étaient mis à tomber. Les fidèles retinrent leur souffle devant la magie de la scène. Puis tous s'embrassèrent, avant de s'éloigner en se souhaitant joyeux Noël.

— C'est très joli à voir, mais une chute peut se révéler mortelle, prévint Anthony en offrant son bras à Leah, et ils se mirent en chemin, Jenny et Jack derrière eux. Je dois avouer que le réveillon de Noël est la soirée de l'année que je préfère. Et cet endroit en est l'écrin parfait.

— Cela faisait des années que je n'avais pas ressenti la magie de Noël, avoua Leah.

— Déjà désabusée ! Quel âge as-tu, dis-moi ? Cinquante ans ? la taquina Anthony.

— Tu n'as pas tort. Je n'ai que vingt et un ans, or j'ai parfois l'impression de réagir comme une personne qui en aurait le double. Tu te rends compte que je n'ai que trois ans de plus que Jack ?

— Je dois dire que c'est difficile à croire. Vous menez des vies tellement différentes.

Une fois devant la maison, Anthony lui prit la main pour remonter l'allée qui blanchissait rapidement.

— Allons nous réchauffer près du feu, proposa-t-il.

Tous quatre s'installèrent devant la cheminée, puis, après avoir siroté un chocolat chaud, Jenny et Jack regagnèrent leurs chambres respectives.

— Presque 2 heures du matin, annonça Anthony en regardant sa montre. La nuit est suffisamment avancée pour que j'ouvre ma bouteille de porto.

Il alla jusqu'au bar et revint avec deux verres pleins.

— Pas pour moi, Anthony, merci.

— Il se trouve que ce n'est pas pour toi, dit-il en posant un verre sur la cheminée, mais pour notre ami au bonnet rouge, au cas où il nous rendrait visite dans la nuit. Nous buvons un porto ensemble chaque année. Santé ! lança-t-il. Si tu es fatiguée, sens-toi libre d'aller te coucher. Je veille toujours très tard le soir du réveillon.

Leah n'était pas le moins du monde fatiguée ; elle se sentait merveilleusement détendue et apaisée. En contemplant le feu, elle songea à quel point il était agréable de partager la compagnie d'un homme qu'elle ne jugeait pas menaçant et avec qui elle pouvait être elle-même.

— Tu ne trouves pas ça triste que nous finissions tous par cesser de croire à la magie ? fit-elle remarquer.

— Si, admit Anthony. La magie est présente partout autour de nous. C'est simplement qu'à la longue, nos esprits s'encombrent de pensées d'ordre pratique, alors nous la perdons de vue. Pour cette raison, les soirées comme celle-là revêtent une importance particulière. C'est une parenthèse hors de la réalité, l'occasion de rêver et de nous reconnecter à notre innocence perdue. Lorsque je suis ici, je me remémore que le monde est un endroit merveilleux, empli de beauté. Avec le temps qui passe, il faut la chercher avec davantage d'assiduité. Elle est là, mais cachée.

Leah hocha la tête. Une fois de plus, elle éprouva un élan de tendresse sincère pour cet homme foncièrement sensible.

Ils laissèrent un silence agréable s'installer, puis Anthony déclara :

— Bien, étant donné que je ne vais dormir que quelques heures avant de prendre mon service, je crois qu'il serait plus sage que j'aille me coucher.

— Mmmh, fit Leah en s'étirant. Je suis tellement bien ici. Je pourrais me pelotonner comme un chat et m'endormir près du feu.

— Tu peux, mais tu seras sans doute mieux dans un lit.

— Tu as raison, admit-elle en se levant à regret. Bonne nuit, Anthony. Merci pour cette journée très agréable, ajouta-t-elle avant de l'embrasser sur la joue.

— Ne me remercie pas, Leah. Tu n'imagines pas à quel point ta présence compte pour moi, répondit-il en déposant un baiser sur sa main.

— Joyeux Noël, Anthony.

— Joyeux Noël, Leah.

Il regarda la silhouette gracieuse de la jeune femme monter les marches, puis sirota à petites gorgées le second verre de porto.

Leah n'était pas une femme ordinaire. Sous sa plastique parfaite, elle possédait une maturité et une profondeur déconcertantes. En elle, il avait trouvé la beauté cachée qu'il venait d'évoquer.

21

Six jours plus tard, Leah s'éveilla avec un mauvais pressentiment. Elle n'avait aucune envie de rentrer à New York dans l'après-midi.

Elle venait de vivre une semaine merveilleuse, libérée du stress, des soucis et des horaires, avait pu se régaler de délicieux repas en bonne compagnie, se lever quand elle en avait envie, manger quand elle avait faim et dormir quand elle était fatiguée.

Anthony s'était révélé le plus exquis des hôtes, débordant d'idées d'activités tout en assurant à Leah qu'elle pouvait tout aussi bien rester allongée au coin du feu à bouquiner en dégustant des biscuits de Noël. La météo ne s'étant pas montrée clémente, c'est ainsi qu'Anthony et elle avaient passé le plus clair de leur temps. Jenny et Jack avaient quant à eux noué une belle amitié, passant leurs journées sur les pistes et ne rentrant qu'aux alentours de 16 heures, prêts pour affronter Anthony et Leah dans une gigantesque bataille de boules de neige.

Voir Jenny s'épanouir avait réchauffé le cœur de Leah – cette pause semblait lui avoir fait le plus grand bien à elle aussi. Elle se demanda s'il y avait davantage que de l'amitié entre Jenny et Jack – cela présenterait l'avantage de mettre Miles sur la touche. Leur relation semblait toutefois d'ordre amical plutôt qu'amoureux.

En préparant sa valise, elle se rendit compte que la compagnie d'Anthony allait lui manquer à New York. Elle avait mûrement réfléchi à ce qu'il représentait pour elle et était parvenue à la conclusion que oui, elle était attirée par lui. Il ne s'agissait pas d'une passion dévorante comme celle que Brett lui avait inspirée, mais de sentiments plus raisonnables, moins tourmentés aussi.

Elle ignorait ce qu'Anthony éprouvait pour elle. Il n'avait pas laissé paraître quoi que ce soit. Mais en descendant pour le petit déjeuner, elle se sentit triste à l'idée que leur semaine ensemble touchât à sa fin.

— Bonjour ! lança Anthony. Pancakes et sirop d'érable au menu avant d'affronter le retour à la réalité.

Il plaça devant elle une assiette chargée d'une montagne de calories. Pour une fois, Leah n'avait pas d'appétit.

— Ne m'en parle pas, se lamenta-t-elle. Je suis censée me rendre à un gala du Nouvel An pour Chaval demain soir.

— Je sais, dit Anthony en s'attaquant à sa pile de pancakes. J'y participe aussi. On pourrait faire l'école buissonnière et rester ici à la place.

— Ne me tente pas. J'aime tellement cet endroit. La perspective de retourner à New York me démoralise. Quand repars-tu ?

— Demain. Je vais remettre la maison en ordre ce soir et je prendrai un vol dans la matinée. Veux-tu que je passe te prendre avant le gala ?

— Volontiers. Je déteste aller seule à ces trucs-là. Et puis comme ça, j'arriverai avec le P.D.G. de l'entreprise, lança-t-elle avec malice.

À l'aéroport, les au revoir furent empreints de tristesse. Jack et Jenny semblaient anéantis de devoir se quitter.

— J'ai l'impression de te revoir enfant, quand tu devais te séparer de ton meilleur copain, observa Anthony.

Jack rit et se tourna vers Leah pour lui faire la bise.

— J'ai été très content de te rencontrer, lui dit-il. Merci d'être venue. Tu fais beaucoup de bien à Papa. Prends soin de toi.

Une fois qu'elles furent à bord de l'avion, Leah contempla avec nostalgie la campagne enneigée s'éloigner à travers le hublot.

— Eh bien, je crois que c'était le meilleur Noël de ma vie, déclara Jenny.

— Moi aussi, convint Leah. Allez, tu peux cracher le morceau maintenant. C'est pour quand, le mariage ?

— Il n'y a rien de romantique entre Jack et moi. Je le considère comme un frère. On est sur la même longueur d'onde. Et puis, il a une petite amie sérieuse à la fac, et moi, j'ai Miles.

— Oh, fit Leah, le cœur serré.

— J'ai hâte de le retrouver. Bon, et toi ? Anthony est charmant. Je n'arrive pas à croire qu'il soit à la tête d'un tel empire. Il est tellement humble. (Elle eut un sourire espiègle.) Et il en pince sacrément pour toi.

— Je ne crois pas. Comme Jack et toi, nous apprécions la compagnie l'un de l'autre. C'est étrange, on partage une réelle complicité malgré nos vingt ans d'écart.

— Qu'est-ce que tu ressens pour lui ?

— Je l'apprécie énormément.

— Il te plaît ?

Leah marqua une pause. Elle n'avait pas envie d'analyser ses sentiments pour Anthony, de crainte de les ternir.

— Je ne sais pas, finit-elle par répondre.

— Leah, si je plaisais à un homme si charmant de manière aussi flagrante, je peux t'assurer que je ne le laisserais pas filer. Il y a quelque chose de spécial entre vous. De très spécial. Dis-moi que tu ne rejetteras pas l'idée en bloc.

Leah regarda son amie. Puis elle secoua lentement la tête.

— C'est promis, répondit-elle.

22

En entendant frapper à la porte, Miranda se précipita pour aller accueillir Ian.

— Bonne année, mon amour, murmura-t-il en la prenant dans ses bras.

— À toi aussi, répondit Miranda, aux anges que Ian soit enfin auprès d'elle après cette interminable semaine.

— Allons nous asseoir dans le salon, dit-il. J'ai des cadeaux pour toi.

En voyant le petit sapin de Noël que Miranda avait installé, Ian fut immédiatement assailli par un mélange de culpabilité et de tristesse. Elle se dépêcha d'aller récupérer les trois cadeaux qu'elle avait déposés à son pied.

— C'est pour toi, dit-elle d'une voix emplie d'excitation.

— Oh, ma chérie, je me sens affreusement mal de t'avoir laissée seule pour Noël, seulement on ne pouvait pas prendre le risque que Santos se doute de quelque chose. Sais-tu que tu m'as terriblement manqué ? Chaque jour, j'ai compté les heures jusqu'à nos retrouvailles.

— Moi aussi, souffla Miranda. Je bénis ma télévision. J'ai regardé tout ce qui passait, de *La vie est belle* au *Noël de Mickey*.

Miranda tut à Ian la journée de Noël qu'elle avait passée dans un brouillard de larmes et d'alcool en imaginant Rose et Chloe dans le Yorkshire. Seule la perspective du retour de Ian de chez ses parents le 1er janvier lui avait permis de tenir le coup.

— Mais devine quel est le plus beau de tous les cadeaux ? lança Miranda, une étincelle dans le regard.

— Quoi ?

— Eh bien, Maria est venue m'informer qu'elle partait une semaine en Allemagne pour rendre visite à sa famille. Elle est partie hier soir et ne sera de retour que mardi prochain. Alors si tu en as envie, tu peux passer la nuit ici. Il n'y a personne pour nous espionner.

Ian était déjà au courant – Maria lui avait téléphoné trois semaines plus tôt, ce qui lui avait laissé le temps de mettre son plan à exécution.

— Bien sûr que j'en ai envie, affirma-t-il en attirant Miranda contre lui.

— J'ai mis du champagne au frais. Je me suis dit que nous pourrions fêter Noël et la nouvelle année.

— Eh bien, buvons une coupe de champagne, ensuite nous ouvrirons les cadeaux. J'ai une surprise pour toi.

— À nous, dit Miranda après que Ian eut empli leurs coupes.

— À nous. (Ils entrechoquèrent leurs verres.) Je te promets que je vais faire tout mon possible pour que cette nouvelle année soit plus heureuse que la précédente.

Ils s'attelèrent ensuite à l'ouverture des paquets. Miranda avait pris un plaisir fou à dépenser l'argent de Santos pour Ian – l'unique moyen qu'elle avait trouvé pour l'humilier.

— Merci, ma chérie, dit Ian en l'embrassant. Tu m'as gâté. À ton tour, à présent.

Il lui tendit une mince enveloppe emballée dans un joli papier et entourée d'un nœud.

Lorsque Miranda en découvrit le contenu, des larmes affluèrent dans ses yeux et elle eut toutes les peines du monde à parler.

— Oh Ian, je…

Elle examina les billets de plus près. Deux allers simples pour Hong Kong réservés au nom de « M. et Mme Devonshire ». L'enveloppe contenait également un certificat de mariage aux mêmes noms.

— Oh, Ian… Es-tu en train de me demander de… ?

— Oui, mon amour. De m'épouser, de partir avec moi et de recommencer de zéro dans un lieu où Santos ne pourra pas nous trouver. J'ai tout organisé. Nous nous marierons à la mairie, puis nous prendrons un taxi qui nous emmènera directement à Heathrow. Là, nous embarquerons dans l'après-midi pour Hong Kong. J'ai un ami sur place qui m'a proposé du travail. Je ne pourrai pas t'offrir le même train de vie, mais nous serons libres et loin de Santos. Nous devons agir cette semaine – l'absence de Maria nous facilitera grandement la tâche. Santos est en vacances avec sa femme et ses enfants à bord de son yacht, comme chaque année au moment des fêtes. À son retour le 10 janvier, nous serons partis depuis longtemps.

— Mais, Ian, j'aurai besoin d'un passeport…

— Écoute-moi, Miranda. Demain matin, Roger doit venir me donner un coup de main au bureau. Tu commenceras par aller chez le coiffeur pour te faire teindre les cheveux. Ensuite, tu feras réaliser des photos d'identité que je viendrai récupérer en fin de journée. Si tu sors en voiture avec Roger, porte un chapeau. Nos deux passeports seront prêts d'ici vendredi. Le carnet d'adresses que je me suis bâti durant mes années de travail pour Santos se révèle très utile aujourd'hui.

— Je dois vraiment changer de couleur de cheveux ?

— Il s'agit d'une précaution supplémentaire. Je ne veux rien laisser au hasard. Si nous commettons la moindre erreur…

Miranda éclata en sanglots.

— Oh mon Dieu, merci, Ian. Je suis tellement heureuse.

— Ça se voit ! ironisa-t-il en essuyant les larmes sur ses joues.

— Pardon. Ce sont des pleurs de joie, je te le promets. Je n'arrive pas à croire que ce cauchemar sera bientôt derrière nous. Je t'aime.

Miranda l'embrassa avec une telle ardeur que Ian en fut bouleversé.

Mais soudain une pensée traversa Miranda, et sa mine s'assombrit.

— Ian… Et Chloe ?

— J'ai retourné le problème dans tous les sens. Nous ne pouvons malheureusement pas l'emmener. Mais lorsque nous serons à des milliers de kilomètres d'ici, tu pourras appeler ta mère, lui dire que tu vas bien, et à partir de là nous aviserons. Je suis navré, Miranda, mais tu ne reverras pas Chloe tant que tu es prisonnière ici. Une fois libre, en revanche, l'espoir sera permis.

— Tu as raison, admit Miranda dans un murmure. Penses-tu que je la retrouverai un jour, Ian ?

— Bien entendu, ma chérie. Viens, j'ai envie que nous fêtions nos fiançailles, ajouta-t-il en l'attirant vers la chambre.

Lorsque l'aube pointa et que Ian se leva pour partir, ils n'avaient pas fermé l'œil.

— Nous n'aurons pas le temps de repasser le plan d'action en revue demain, alors souviens-toi : n'emporte avec toi qu'un petit sac. Nous devons donner l'impression que je t'emmène juste déjeuner. Je te prévoirai des vêtements, mais porte quelque chose d'élégant. Après tout, ce sera ta tenue de mariage.

— Santos ne va-t-il pas comprendre que nous sommes partis ensemble quand Roger lui dira que c'est avec toi qu'il m'a vue pour la dernière fois ?

— Si. Mais nous n'avons pas d'autre choix.

Ian l'embrassa tendrement, puis pivota pour partir. En le regardant s'éloigner, elle sentit une terreur sourde l'oppresser.

— Ian ! s'écria-t-elle.

— Oui ?

— J'ai peur. Et si quelque chose se passe mal ?

— J'ai tout prévu. N'oublie pas : dans une semaine, nous serons mari et femme, et toute cette histoire ne sera plus qu'un mauvais souvenir. Je t'aime, Miranda.

— Je t'aime aussi.

Il lui envoya un baiser, puis sortit de la pièce.

Miranda se rallongea sur les oreillers mais, consciente qu'elle ne parviendrait pas à trouver le sommeil, elle se leva, avança jusqu'à la fenêtre et tira le rideau.

Elle l'aperçut, dans la pénombre, marchant d'un pas rapide en direction de sa voiture garée à quelques rues de là.

— Au revoir, mon amour, murmura-t-elle en laissant retomber le rideau.

23

— Bonsoir, Leah. Comment s'est passé ton vol ?

Anthony l'embrassa sur les deux joues lorsqu'elle grimpa à l'arrière de la limousine, puis ils se mirent en route pour le MOMA.

— Très bien. J'ai du mal à croire que j'ai quitté le Vermont il y a seulement vingt-quatre heures, répondit-elle avant de se murer dans le silence.

— Est-ce que ça va ? Tu as l'air ailleurs.

— Je suis désolée, Anthony. Tout va bien, affirma-t-elle dans un sourire.

En vérité, elle n'allait pas bien du tout, mais elle était incapable de mettre le doigt sur ce qui la tracassait. À leur retour la veille, Miles les avait accueillies agréablement dans l'appartement qu'il avait laissé impeccable. Jenny et lui s'étaient rendus à une fête dans l'East Village, ce soir. Pour une raison quelconque, Leah ne parvenait pas à chasser l'intuition qu'elle avait d'un drame imminent.

La limousine ralentit le long de la Cinquième Avenue tandis qu'un groupe de jeunes fêtards aux tenues extravagantes traversaient la rue. Ils devaient avoir le même âge que Leah. L'espace d'une seconde, elle eut envie de se débarrasser de son élégante robe de soirée et de faire éclater sa petite bulle privilégiée pour courir les rejoindre.

Devinant son trouble, Anthony se sentit coupable de vouloir s'approprier Leah. Mais s'il lui faisait sa demande ce soir, ne lui rendrait-il pas, d'une certaine façon, sa liberté ? Elle ne serait plus contrainte de poser devant un appareil photo et pourrait disposer de son temps comme bon lui semblait.

Alors que la voiture tournait dans la 53e Rue Ouest, il lui effleura doucement le bras.

— Ne sois pas triste, ma belle. Tu as le pouvoir de changer ton destin si c'est ce que tu souhaites.

Leah le dévisagea, sidérée qu'il ait si bien cerné ses questionnements.

— Je me comporte en enfant gâtée. C'est vrai, qui ne voudrait pas échanger sa vie avec la mienne ? Argent, célébrité, jeunesse… L'incarnation du rêve américain.

La limousine les déposa devant le MOMA et, tandis qu'ils se joignaient à l'élégante foule qui se pressait à l'intérieur du bâtiment, Leah ne put s'empêcher de penser à la personne avec qui elle était venue dans cet endroit la dernière fois.

Elle quitta Anthony pour aller déposer sa cape de velours au vestiaire. Lorsqu'elle revint dans la vaste salle du rez-de-chaussée où le bal se déroulait, Anthony était entouré d'un groupe de personnes. Tous les yeux se tournèrent vers elle.

Même les mannequins professionnels dont le visage s'affichait sur les panneaux publicitaires connaissaient des jours où leur beauté était particulièrement éblouissante. C'était le cas de Leah ce soir-là.

Elle avait rassemblé ses cheveux en chignon sur le dessus de sa tête et portait une robe Jean Muir dont le corsage de satin noir était strié de minces fils d'argent. Le jupon, composé de couches de tulle noir superposées, ondoyait autour de ses chevilles avec la grâce d'un tutu de ballerine.

— Leah…, souffla Anthony. Que puis-je dire ? Tu es sublime.

Il lui présenta les convives qu'elle ne connaissait pas, puis ils prirent place à leurs tables respectives. Une fois le repas terminé, le groupe se mit à jouer.

— M'accorderais-tu une danse ?

— Bien sûr, répondit Leah en acceptant la main qu'il lui tendait.

En arrivant sur la piste, Leah aperçut David Cooper à quelques mètres de là. La repérant à son tour, il lui adressa un signe de la main en souriant. Anthony le salua d'un mouvement de la tête.

— J'ignorais que tu connaissais David, s'étonna-t-il.

— Je ne… pas vraiment. Je ne l'ai rencontré qu'une fois.

— C'est un homme étrange. Une énigme dans le milieu des affaires new-yorkais. Il est d'ailleurs relativement rare de le croiser dans des événements mondains. Il cultive la discrétion, encore plus depuis le décès de son épouse il y a quelques années. Remarque, je le comprends. Il y a de quoi avoir envie de se couper du monde.

Lorsque la musique s'interrompit, le directeur du musée se leva et prononça un discours évoquant l'importance du gala pour la fondation, puis invita l'assemblée à lever son verre à la nouvelle année. Les convives se joignirent alors à lui pour exécuter le décompte jusqu'à minuit. Lorsqu'une ovation s'éleva dans l'assistance, Anthony étreignit Leah et l'embrassa sur les deux joues.

— Bonne année, Leah. J'espère qu'elle t'apportera bonheur et sérénité.

— Je te souhaite la même chose, Anthony.

Ils rejoignirent la piste de danse, et tous entonnèrent le traditionnel *Auld Lang Syne*, après quoi le groupe intensifia le tempo.

— Pas exactement ma tasse de thé, admit Anthony. Mais continue à danser, toi.

— Je peux ? les interrompit alors David Cooper en tendant une main à Leah.

— Bonsoir, David. Je t'en prie, répondit Anthony.

Leah, contrainte de choisir entre se montrer ouvertement impolie et danser avec le père de Brett, approuva de la tête.

— Comment allez-vous ? s'enquit David.

— Bien, merci.

— Vous êtes magnifique ce soir.

— Merci.

— J'ai été triste d'apprendre pour Brett et vous. J'avais l'impression que c'était sérieux. J'ai été surpris qu'il avance son voyage à l'étranger.

Alors Brett avait quitté le pays.

— Oui, répondit-elle de façon vague.

— Bref… Vous fréquentez Anthony Van Schiele ?

— Non, répondit Leah. Je travaille pour lui et nous sommes devenus bons amis.

— Vous pouvez vous montrer honnête avec moi, déclara David dans un sourire. Je sais comment le monde fonctionne. Avoir vécu une amourette avec mon fils ne vous condamne pas à entrer au couvent.

Leah eut envie de hurler. Cet homme ne savait rien des sentiments qu'elle éprouvait pour Brett, et la manière dont il qualifiait leur histoire d'« amourette » lui donnait la nausée.

— Je peux vous garantir que je n'ai en aucun cas l'intention d'entrer au couvent. À présent, si vous voulez bien m'excuser…

Leah s'extirpa des bras de David et se rendit aux toilettes, où elle s'attarda quelques instants, répugnant à regagner la salle de bal. Elle avait envie de rentrer chez elle.

Elle finit par gagner l'entrée du bâtiment, où elle trouva Anthony, sa cape entre les mains.

— On y va ? dit-il.

Soulagée, Leah hocha la tête.

— Je t'ai regardée avec David Cooper, dit Anthony alors qu'ils se dirigeaient vers la limousine qui les attendait. Je dois admettre que je serais curieux de savoir comment vous vous connaissez. Tu veux venir boire un dernier verre à la maison pour me raconter ?

— D'accord, accepta Leah, songeant qu'il eût été inutile de faire preuve d'une fausse pudeur lorsqu'ils venaient de passer une semaine sous le même toit.

Situé au soixante-septième étage, l'appartement d'Anthony jouissait d'une agréable vue sur New York. À l'image de sa maison de Southport, il était sobrement mais élégamment décoré.

— Je peux te proposer une crème de menthe frappée ? suggéra Anthony en se dirigeant vers le bar.

— Avec plaisir, répondit Leah.

— Alors, comment as-tu rencontré David Cooper ? demanda-t-il en venant s'asseoir en face d'elle.

— C'est une longue histoire, répondit Leah en frottant ses yeux fatigués.

— Nous avons toute la nuit, répliqua Anthony en levant son verre.

— Je ne sais pas si tu te souviens, mais la première fois que je suis venue chez toi, je t'ai dit que je venais de me séparer de quelqu'un.

— Oui.

— C'était le fils de David Cooper.

Leah retraça sa relation avec Brett, depuis leur rencontre à l'adolescence jusqu'au coup de grâce final, son départ à l'étranger sans même un au revoir.

— Toute cette histoire a vraiment abîmé ma confiance en moi, admit-elle.

— Je comprends, Leah. Lorsqu'on éprouve des sentiments forts pour quelqu'un, ce qui était manifestement ton cas avec Brett, et que cette personne vous déçoit, cela peut susciter des réactions étranges. Je ne veux pas sembler donneur de leçons, mais tu finiras par t'en remettre. Prends-le de la part de quelqu'un qui a de l'expérience.

— Sans doute, mais revoir David Cooper ce soir a fait resurgir beaucoup de choses.

Anthony parut nerveux tout à coup.

— Écoute, Leah, ce n'est sans doute pas le bon moment après ce que tu viens de me raconter, mais nous nous sommes toujours montrés honnêtes l'un avec l'autre, n'est-ce pas ?

— Bien sûr.

— Eh bien… (Anthony, d'ordinaire si éloquent, luttait pour trouver les bons mots.) Lorsque je t'ai rencontrée, je t'ai trouvée d'une beauté exceptionnelle. Puis, en apprenant à mieux te connaître, j'ai compris que tu avais infiniment plus à offrir. Ton enveloppe dissimule magnifiquement tes autres qualités, et j'ai éprouvé un plaisir immense à découvrir ta force de caractère et ton âme profondément bonne. (Anthony scruta le fond de son verre.) Ce que j'essaie de dire, c'est que la semaine passée a confirmé ce que je soupçonnais. Il m'est arrivé quelque chose que je n'imaginais pas possible après la disparition de Florence. Je suis tombé amoureux de toi.

Anthony garda les yeux rivés sur son brandy tandis que Leah l'observait, choisissant de garder le silence pour le laisser terminer.

— Écoute, je ne suis pas le genre d'homme qui cherche à multiplier les conquêtes et, lorsque je me suis rendu compte que j'éprouvais des sentiments forts pour toi, je me suis senti coupable vis-à-vis de Florence, mais aussi en raison de notre différence d'âge. J'ai tenté de me convaincre que cela ne pourrait pas marcher, qu'il te fallait quelqu'un de jeune. Comme Brett, soupira-t-il en plongeant son regard dans celui de Leah. Seulement, après avoir passé du temps avec toi et constaté à quel point tu étais mature, je suis revenu sur mes certitudes. (Il déglutit avec difficulté.) En bref… j'aimerais t'épouser, Leah.

Un silence pesant tomba alors dans la pièce. Leah demeura abasourdie par les mots d'Anthony.

— Étant donné ce que tu viens de me dire à propos de Brett, j'ai conscience qu'il te sera difficile de l'oublier. Je suis moi-même passé par là. Perdre la personne qu'on aime est l'expérience la plus douloureuse qui soit, alors je veux que tu prennes tout le temps nécessaire. Mais j'ai pensé qu'avant que nous avancions dans notre, euh… relation, il était préférable que tu connaisses mes intentions. Je promets que si tu ne partages pas mes sentiments, nous pourrons rester amis. (Il brandit trois doigts en l'air.) Parole de scout.

— Anthony, je…

— Tu n'es pas obligée de dire quoi que ce soit, je n'attends pas de verdict ce soir. Tu dois être surprise et je n'ai aucune envie de tout chambouler. Tu me donneras ta réponse lorsque tu te sentiras prête.

— Merci de t'être ouvert à moi, j'imagine que cela a dû exiger beaucoup de courage. Je suis honorée par ta demande. Je me sens… Eh bien, je ne sais pas comment je me sens, parce que je n'ai jamais pensé à notre relation en ces termes. (Elle le regarda droit dans les yeux.) Je te promets d'y réfléchir.

— Bien, dit Anthony, visiblement soulagé. C'est tout ce que je souhaite. Je pars quelques jours en France demain pour une réunion de travail. Puis-je t'appeler à mon retour ?

— Bien sûr.

— Parfait. Je vais demander à Malcolm de te ramener chez toi.

Anthony l'accompagna jusqu'à l'ascenseur, puis lui fit la bise.

— Prends soin de toi, Leah. On se voit bientôt. Et je suis sincère : pas de pression. Ne t'angoisse pas avec ce que je t'ai dit ce soir.

— Promis. Merci pour la soirée, c'était très agréable.

La porte de l'ascenseur se ferma et Leah sortit dans le hall, où Malcolm l'attendait. Elle s'écroula sur la banquette arrière de la limousine, l'esprit en ébullition. En dépit des paroles de Jenny dans l'avion, Leah n'avait rien vu venir. Anthony et elle n'avaient même pas échangé un baiser. Ils partageaient une amitié merveilleuse, mais pas davantage. Si ?

Après une demi-heure de trajet, Leah regagna son appartement silencieux. Alors qu'elle se dirigeait vers sa chambre, un bruit l'arrêta. Un son à peine audible, semblable à celui que produirait un animal blessé. Il la mena jusqu'au salon, dans lequel régnait l'obscurité. Trouvant l'interrupteur à tâtons, elle alluma le plafonnier.

Là, recroquevillée à même le sol, elle découvrit Jenny, nue, tremblante. Elle se balançait d'avant en arrière en laissant échapper de faibles gémissements. Quand Leah s'approcha de son amie, l'horreur lui coupa le souffle.

Le corps de Jenny était couvert d'hématomes pourpres.

24

Leah se figea, tâchant de reprendre ses esprits. Jenny ne paraissait pas avoir remarqué sa présence, alors elle s'agenouilla près d'elle en veillant à ne pas l'effrayer.

— Jenny, c'est Leah, murmura-t-elle doucement.

Son amie tressaillit lorsqu'elle posa une main sur son épaule. Ôtant sa cape en velours, Leah en enveloppa les épaules de Jenny, puis elle alluma la cheminée au gaz.

— Viens t'installer près du feu. Tu risques de tomber malade.

Tout doucement, Leah aida Jenny, qui pleurait doucement, à s'approcher de la chaleur des flammes. Leah ne put rien faire d'autre que la tenir serrée tout contre elle.

— Oh, Jenny… chuchota-t-elle. Pourquoi t'a-t-il fait ça ?

— Je… Je lui ai raconté qu'on avait passé une super semaine dans le Vermont, et que Jack et moi avions bien accroché. Il m'a accusée de coucher avec plein de types. Il… Il m'a traitée de pute… Il a essayé de m'étrangler…

Jenny ne parvint pas à poursuivre. De profondes marques rouges – qui viraient déjà au gris et au bleu – zébraient la peau délicate de son cou.

— Où est-il ?

— Dans mon lit. Il dort. Il était complètement soûl. Il ne se souviendra sans doute de rien au réveil.

L'idée que le responsable de cet acte abominable se trouve à quelques mètres d'elles fit froid dans le dos à Leah. Elle se mit à réfléchir à cent à l'heure.

— J'appelle la police, décréta-t-elle.

— Non ! Ne fais pas ça ! s'écria Jenny, dont les traits trahirent une peur panique. Je t'en supplie, Leah. Pas ça, pas ça, pas ça.

Jenny s'affolait, sa voix grimpant dans les aigus, et Leah ne voulait surtout pas réveiller Miles.

— D'accord, d'accord. Mais il faut qu'on te fasse examiner à l'hôpital.

— Non ! refusa Jenny, catégorique. Ce n'est pas si grave que ça. Je suis surtout sous le choc. Honnêtement, ça va.

— Tu es sûre que tu n'as pas mal ?

— Un peu au cou, mais c'est tout. Je t'en prie, Leah, ne m'oblige pas à aller à l'hôpital. Ils me demanderont qui m'a fait ça et je n'ai pas la force d'affronter leurs questions ce soir. Si je ne me sens pas mieux demain, je te promets que j'irai.

— Tu as conscience que ça ne peut pas continuer, n'est-ce pas ? Et que Miles va devoir partir dès demain ?

— Il aurait pu me tuer, convint Jenny en hochant la tête.

Une fois de plus, Leah n'avait pas écouté son instinct. Un sentiment de culpabilité l'étreignit. Elle aurait dû flanquer Miles à la porte la première fois.

— Allons te mettre au lit, dit-elle à son amie. Tu peux dormir avec moi cette nuit. Je veux que tu ailles voir un médecin demain à la première heure. Pendant ce temps-là, j'aurai deux mots à dire à Miles.

— Oh, Leah... Pourquoi ma vie est-elle un tel foutoir ? se désola Jenny. Quand nous étions dans le Vermont, j'avais vraiment l'impression de reprendre le dessus. Je me sentais bien. J'étais impatiente de retrouver Miles et de remettre ma carrière sur les rails. Mais maintenant... à quoi bon ? Pourquoi, Leah, pourquoi ?

Leah secoua doucement la tête, tout en aidant Jenny à se mettre debout.

— Je ne sais pas, Jenny. Je ne sais vraiment pas...

25

Le lendemain matin, Leah envoya une Jenny abattue consulter un médecin. Puis elle se prépara une tasse de café bien fort et s'installa dans le salon pour attendre Miles.

À 11 heures, elle entendit une porte s'ouvrir. Le cœur battant la chamade, elle observa Miles, qui avait enfilé la robe de chambre de Jenny, s'avancer à pas lents dans le salon.

— Salut, dit-il. Café ?

— J'en ai déjà un.

Elle suivit Miles dans la cuisine et le regarda remplir calmement la bouilloire, puis la mettre en route.

— Bonne année, au fait, lança-t-il dans un sourire. La soirée d'hier était dingue.

— On peut le dire. Assieds-toi, Miles. Il faut que je te parle.

Il parut vaguement surpris par le ton sévère de Leah.

— D'accord. Où est Jenny, d'ailleurs ?

— Sortie.

— Oh. Je ne pensais pas qu'elle serait debout si tôt. On a tous les deux un peu trop bu.

Lorsque l'eau se mit à bouillir, Miles emplit sa tasse, puis il retourna s'asseoir en face de Leah. La nonchalance dont il faisait preuve après ses actes ignobles de la veille la désarçonna.

— Miles, j'ai trouvé Jenny en pleurs quand je suis rentrée à 3 heures du matin cette nuit. Elle était en état de choc. Elle dit que tu as essayé de l'étrangler.

Une expression de complète stupéfaction se peignit sur le visage de Miles.

— Pardon ? s'exclama-t-il en riant. Elle a dû vraiment forcer sur la boisson !

— Je ne crois pas, non. Elle était couverte de bleus, et ce n'est pas la première fois que ça arrive. Il y a un mois, je l'ai vue avec le visage enflé et un œil au beurre noir.

La mine de Miles s'assombrit et une lueur fit briller son regard perçant.

— Et tu es en train d'affirmer que c'est moi qui lui ai infligé ces blessures ?

— Oui. Jenny me l'a confirmé, et il est peu probable qu'il s'agisse de quelqu'un d'autre, non ? Tu as passé toute la soirée d'hier avec elle. (Leah n'en revenait pas de l'absurdité de cette conversation.) J'étais déterminée à ce que tu fiches le camp la première fois, mais Jenny s'y est opposée. Selon elle, tu lui avais présenté des excuses et avais promis de ne pas recommencer. Alors j'ai accepté que tu restes. Mais ça ne peut plus continuer, Miles. Je veux que tu quittes cet appartement aujourd'hui.

Les yeux braqués sur elle, Miles ne prononça pas un mot. Il avait le même regard que celui qui lui flanquait la chair de poule autrefois – il lui donnait presque le sentiment d'être sale.

— Alors, tu crois Jenny ? lui demanda-t-il sans ciller.

— Bien sûr que je la crois. J'ai vu les hématomes de mes propres yeux. Je n'ai aucune raison de mettre sa parole en doute. Je veux que tu fasses tes valises et que tu sois parti avant l'heure du déjeuner. Considère-toi chanceux que Jenny ait refusé que j'appelle les flics. Si tu pars et que tu promets de ne plus entrer en contact avec elle, je n'en ferai rien, pour le bien de ta famille.

— Ma famille ? Quelle famille ?

— Rose, Miranda et Chloe. Elles seraient anéanties si tu finissais au tribunal pour avoir violenté une femme.

Miles se leva et s'avança doucement vers Leah, s'assurant de la surplomber. La jeune femme sentit alors la peur déferler dans ses veines.

— Tu sais tout de ma famille, n'est-ce pas ? cracha-t-il. Toujours à te mêler de tout quand on était gosses. À lécher les bottes de Rose et à séduire mon bon à rien de cousin. Tu as un sacré toupet de dicter aux autres comment mener leur vie. Mademoiselle Parfaite.

Miles approcha une main du visage de Leah qui crut, pendant une fraction de seconde, qu'il allait la frapper. À la place, il traça doucement du doigt les contours de son visage, le fit glisser le long de son cou, puis vers sa poitrine. Un électrochoc secoua Leah et elle se leva d'un bond.

— Arrête, Miles ! Je t'interdis de me toucher. Sors de chez moi tout de suite ou j'appelle la police.

— C'est bon, je pars, dit-il en s'éloignant d'un pas nonchalant, avant de faire volte-face pour la fusiller du regard. Tu le regretteras, ma chère Leah.

Dix minutes plus tard, Miles reparut avec sa valise à la main et balança la clé de l'appartement sur le sol.

— Je trouverai la sortie, lança-t-il. *Ciao.*

Leah entendit la porte claquer, puis l'ascenseur qui descendait. Elle espérait ne plus jamais croiser Miles Delancey. Ce type lui inspirait une terreur froide qui la paralysait. Elle eut l'impression d'avoir de nouveau seize ans, lorsqu'elle s'était retrouvée seule avec lui dans la grange de Rose.

Allez, Leah. Il est parti maintenant. Il ne reviendra pas. Il sait à quoi il s'expose sinon.

Deux heures plus tard, en entendant la clé tourner dans la serrure, elle songea qu'elle allait devoir faire preuve d'une grande force de persuasion pour convaincre son amie que la vie valait d'être vécue.

Jenny, pâle comme un linge et visiblement effondrée, entra dans le salon.

— Il est parti ? s'enquit-elle.

— Oui, ma belle.

Jenny éclata en sanglots, et Leah alla la prendre dans ses bras.

— Je l'aimais vraiment, tu sais. Qu'est-ce que je vais devenir, maintenant ?

— Tu vas aller de l'avant et regarder vers l'avenir. Je suis navrée, Jenny, mais il faut que tu te rendes compte que tu seras beaucoup mieux sans ce salopard. Je connais Miles depuis longtemps et il y a quelque chose chez lui qui m'a toujours mise mal à l'aise. Un type capable de te traiter comme il l'a fait est pourri jusqu'à la moelle.

— Je sais, mais avec lui, j'avais une raison de vivre. J'étais tellement déprimée avant de le rencontrer.

— Oh, Jenny… Souviens-toi à quel point tu étais heureuse dans le Vermont. Tu pourrais appeler Jack ? Il te remontera le moral.

— Non, il est parti en vacances avec sa petite amie. Je ne suis la priorité de personne.

— Tu es la mienne. Nous sommes là l'une pour l'autre. Jenny, je t'en prie… il faut que tu te battes. Il y aura d'autres hommes, qui sauront t'aimer et prendre soin de toi.

— Est-ce que ça en vaut la peine, Leah ? se lamenta Jenny en s'affalant sur le canapé.

Leah essuya les larmes sur le visage de son amie.

— Bien sûr que ça en vaut la peine, voyons ! Tu viens de traverser une phase très difficile, mais les choses finiront par s'arranger. Fais-moi confiance.

— Oh, Leah, tu es tellement forte. J'aimerais être comme toi. Tu as été si généreuse avec moi. Je ne cesse de te causer des ennuis…

— Les amis sont là pour ça. Tout ce que je souhaite en retour, c'est que tu te remettes sur pied aussi rapidement que possible. Je veux que tu essaies. Promis ? Qu'a dit le médecin ?

— Pas grand-chose. Tu sais comment ils sont. Il ne m'a pas crue quand je lui ai raconté que j'étais tombée dans un escalier. Il a affirmé qu'il ne pourrait pas m'aider si je ne lui disais pas la vérité. Il m'a examinée et m'a prescrit des somnifères et du Valium.

— Eh bien, tu vas me les donner. Il est hors de question que tu retombes là-dedans.

— Je ne suis même pas allée à la pharmacie les récupérer, se défendit Jenny.

— D'accord. Alors jure-moi que tu n'iras pas. Te bourrer te médicaments ne te sera d'aucune aide, tu en as conscience, n'est-ce pas ?

Jenny approuva de la tête.

— Et si tu allais t'allonger un peu ? Tu dois être épuisée. Je t'apporte une tasse de thé.

— Oui, je suis un peu fatiguée, admit Jenny en se levant. Merci pour tout.

— Je t'en prie. Vas-y, j'arrive dans une minute.

Tout en préparant le thé, Leah s'interrogea sur la conduite à suivre. Elle décida d'appeler le référent de Jenny à l'hôpital Lenox Hill. Le réceptionniste l'informa que le médecin était absent jusqu'au lendemain, et lui conseilla de rappeler à ce moment-là.

Après avoir porté son thé brûlant à Jenny, Leah se rendit dans sa chambre pour tenter de trouver le sommeil, elle aussi. La demande en mariage d'Anthony jaillit alors dans son esprit. Entre Jenny et Miles, elle n'avait même pas eu le temps d'y penser.

Aimait-elle Anthony ? Elle se sentait bien auprès de lui, écoutée et – surtout – comprise. Et, oui, elle le trouvait séduisant. Mais l'épouser ? Leah n'en savait rien.

À 22 h 30 ce soir-là, Leah passa voir Jenny dans sa chambre. Celle-ci était assise dans son lit en train de manger une pomme et de regarder la télévision. Elle s'était coiffée et Leah la trouva remarquablement en forme étant donné les circonstances. S'asseyant près de son amie, elle lui prit la main.

— Je me sens beaucoup mieux, affirma Jenny.

— Je le vois. Tu veux dormir dans ma chambre ce soir ?

— Non, ça va aller.

— Tu es sûre ?

— Absolument, lui assura Jenny avec un sourire franc.

— Je suis très fière de toi, Jenny. Tu sais où me trouver. Bonne nuit, dors bien, dit-elle, puis elle se leva.

— Leah ? Tu as été merveilleuse ces derniers mois. La meilleure amie dont j'aurais pu rêver. Merci du fond du cœur. Je t'aime.

Jenny passa ses bras autour de Leah et la serra contre elle.

— Je t'aime aussi. Bonne année, ma belle.

— Oui, bonne année, renchérit Jenny. Tu mérites le meilleur. Reste fidèle à toi-même, et tout ira bien.

Alors que Leah sortait de la pièce, Jenny lui fit un petit signe de la main.

— Au revoir, murmura-t-elle à travers ses larmes tandis que la porte se refermait.

À 9 heures le lendemain matin, Leah prépara une tasse de café pour l'apporter à Jenny.

Mais quand elle entra dans la chambre, les puissantes émanations d'alcool lui apprirent que le pire était survenu.

Leah alluma la lumière et s'avança vers le corps pâle et immobile de son amie. Elle récupéra les bouteilles de bourbon et les plaquettes de Valium vides sur la couette, puis vérifia le pouls de Jenny.

Leah prit son amie entre ses bras, et la serra très fort.

— Oh Jenny… Ma Jenny chérie…

Puis elle laissa les larmes couler.

26

Miranda, debout devant la glace, vérifia son reflet une dernière fois. Après moult hésitations, elle s'était décidée pour un ensemble Zandra Rhodes en soie blanc cassé. Incapable de dormir, elle avait fini par se lever à 5 heures et avait passé un temps infini à essayer de discipliner ses cheveux désormais bruns.

Miranda jeta un coup d'œil à sa montre. 9 h 55. Ian arriverait d'un moment à l'autre pour les emmener, elle et son petit sac de voyage, loin de ce cauchemar.

La veille, elle avait demandé à Roger de la conduire à la banque. Là, elle avait retiré jusqu'au dernier centime de ce qu'il restait sur le compte que Santos avait ouvert pour elle – soit 5 000 livres en espèces et 20 000 autres sous forme de chèque établi au nom qui figurait sur son nouveau passeport. Ian s'alarmerait s'il l'apprenait, mais lorsque Santos le découvrirait, ils se trouveraient déjà à plusieurs milliers de kilomètres. Cet argent les aiderait à prendre un nouveau départ.

Au comble de la nervosité, la jeune femme alla s'asseoir dans le salon. Les mains jointes, elle ne pouvait s'empêcher de fixer la petite horloge posée sur la cheminée.

— Je t'en supplie, Ian, ne sois pas en retard, murmura-t-elle.

Depuis qu'elle avait accepté le plan proposé par Ian, elle se réveillait la nuit trempée de sueur après avoir rêvé que Santos débarquait à l'aéroport pour les empêcher de prendre l'avion.

Dix heures sonnèrent. Miranda patientait, à l'agonie. Elle se remémora les dernières paroles de Ian.

« Si je ne suis pas arrivé à 10 h 30, prends ton sac, sors de l'appartement et cours le plus vite possible jusqu'à ce que tu trouves un taxi. Nous nous rejoindrons à la mairie. Si je n'y suis pas, prends un taxi jusqu'à Heathrow. Je t'attendrai dans le hall des départs. »

Miranda savait que Ian s'était arrangé pour que Roger soit occupé toute la matinée – ce dernier lui avait confirmé ne pas être disponible avant midi. La voie était aussi libre qu'elle pouvait l'être.

Pour la centième fois, Miranda consulta dans son sac à main l'adresse de la mairie – elle la connaissait par cœur à présent.

L'horloge indiqua 10 h 15. Miranda n'y tenait plus : elle se leva et alla se verser une grande dose de vodka, puis fit dévaler le liquide insipide le long de sa gorge.

À 10 h 25, rongée par l'angoisse, elle se mit à faire les cent pas.

— Bon Dieu, Ian, arrive, arrive, arrive, se répéta-t-elle en boucle.

Le silence qui régnait dans la pièce était assourdissant, alors elle alluma la télévision dans l'espoir de focaliser son attention sur autre chose. Elle attendrait jusqu'à 10 h 40, puis elle prendrait un taxi jusqu'à la mairie, comme Ian le lui avait recommandé.

Elle regarda le bulletin d'informations de 10 h 30 d'un air absent.

C'est alors qu'elle vit le visage de Ian apparaître à l'écran.

Miranda se demanda si elle était en train d'halluciner. Elle s'avança pour mieux entendre les paroles du présentateur.

« … mort après avoir été renversé par une voiture hier soir à 20 heures. Le conducteur ayant pris la fuite, la police en appelle à toute personne susceptible d'avoir été témoin de la scène. Et maintenant, la météo. La vague de froid devrait… »

Le visage de Ian disparut. Miranda s'effondra sur le sol.

— Non, non, non… Mon Dieu, non…, gémit-elle en se balançant d'avant en arrière, son esprit incapable d'assimiler les mots qu'il venait d'entendre.

Les battements de son cœur s'accélérèrent dangereusement dans sa poitrine, ses doigts et ses orteils soudain assaillis de picotements. Elle prit plusieurs inspirations, tâchant de reprendre le contrôle de son corps.

Son vertige finit par s'estomper, alors elle se leva en titubant et attrapa la bouteille de vodka, dont elle but une gorgée avant de regagner le canapé. Quelque chose en elle lui intimait de demeurer maîtresse de la situation coûte que coûte. Elle s'obligea à réfléchir aux étapes suivantes.

Ian était mort. Était-ce un accident ? Miranda ne pouvait croire à cette hypothèse.

Santos avait dû les démasquer.

Tout ce que Ian lui avait raconté à propos de Santos lui revint subitement en mémoire : ce dernier était suffisamment diabolique pour tuer.

Miranda se trouvait en danger de mort ; il n'y avait pas une seconde à perdre. Au prix d'un effort démesuré, elle chassa son chagrin et sa colère dans le fond de son esprit. Désormais, il s'agissait de survivre. Si elle ne réagissait pas rapidement, elle ne s'en sortirait pas vivante.

Son instinct prenant le dessus, elle attrapa son sac de voyage et s'élança vers la porte d'entrée. En l'ouvrant, elle tomba sur un visage familier.

— Noooon !

Elle tenta de bousculer le chauffeur, enfonçant ses poings dans son torse en hurlant, mais il n'eut aucune difficulté à la soulever et à la ramener à l'intérieur de l'appartement.

— Ferme-la ! ordonna Roger en assénant des gifles à Miranda, qui poussait des cris hystériques.

— Assassin ! Assassin !

— Tu nous croyais aveugles et stupides ? Je te préviens, petite conne, si tu nous causes d'autres ennuis, cette morveuse que tu as dans le Yorkshire est morte. Est-ce que c'est bien clair ?

Roger balança une enveloppe à Miranda.

— Je te laisse te calmer. Regarde ce qu'il y a l'intérieur et n'oublie pas ce que je t'ai dit. M. Santos est mécontent. Très mécontent. Et nous savons tous ce qui arrive dans ces cas-là.

Miranda entendit la porte claquer.

Elle ouvrit l'enveloppe kraft. À l'intérieur, elle trouva des photos de Chloe. On la voyait devant son école maternelle, à Oxenhope, tenant fermement la main de Mme Thompson. Elle portait une robe que Miranda lui avait achetée juste avant son départ.

La vue de sa jolie petite fille et de cette scène innocente fit jaillir ses larmes une fois de plus. Chloe était en danger à cause de son égoïsme.

Elle se précipita vers le téléphone. La ligne était coupée.

Elle courut jusqu'à la porte d'entrée. Verrouillée de l'extérieur.

Elle était prisonnière.

Miranda termina la bouteille de vodka, puis s'attaqua au whisky. Trois heures plus tard, son esprit était anesthésié.

La solution était simple. Miranda se rendit dans la cuisine et prit le plus grand couteau qu'elle trouva. Si elle n'était plus de ce monde, Chloe serait en sécurité et Santos s'attaquerait à une nouvelle victime.

Miranda plaça le couteau sur son poignet. Elle en effleura la peau, faisant couler quelques gouttes de sang. Mais elle balança le couteau au sol. Non. C'était une sortie lâche. Elle était la seule personne vivante capable de faire payer Santos pour l'avoir détruite et avoir tué Ian.

Soudain, la jeune femme sentit une puissante vague déferler en elle. Elle se saisit d'une statuette antique posée sur le plan de travail et la jeta avec force en direction de la porte, où elle se brisa en d'innombrables fragments.

— Salopard ! Je vais te faire payer, Santos. Pour nous deux, ajouta-t-elle dans un souffle.

27

— Souviens-toi que tu es poussière, et que poussière tu retourneras…, prononça le pasteur d'une voix douce.

Leah observa le couple qui, se soutenant l'un l'autre, se dirigeait vers le caveau. La femme lança une rose sur le cercueil, puis se réfugia dans les bras de son mari et se mit à pleurer sans bruit.

Ce gris matin de janvier semblait s'accorder avec leur chagrin. En passant devant Leah, la mère de Jenny lui prit la main. Leah découvrit les mêmes prunelles bleues qui avaient rendu le visage de son amie si saisissant.

— Merci encore, Leah. Je sais que tu as fait tout ce que tu pouvais. Jenny t'aimait comme une sœur. Elle ne cessait de nous répéter à quel point tu étais bonne avec elle, murmura-t-elle.

Lorsque l'assistance se dispersa, Leah s'avança, se donnant du courage avant de pouvoir regarder le cercueil de son amie.

— Au revoir, Jenny, souffla-t-elle. Je t'aime.

Des larmes lui brûlaient les yeux, pourtant elles refusaient de couler. La situation lui paraissait trop irréelle. Comment accepter l'idée que sa belle et jeune amie était enfermée dans cette boîte en chêne couverte de fleurs ? Beaucoup avaient pleuré à chaudes larmes durant la cérémonie, Madelaine en particulier.

Alors qu'elle s'éloignait, Leah sentit une main sur son épaule.

— Est-ce que ça va, Leah ?

Il s'agissait de la voix profonde et réconfortante d'Anthony. Jack se tenait près de lui, les yeux noyés de chagrin.

— Ça va. Nous ferions mieux de retourner à l'appartement. Je pense avoir donné l'adresse à la plupart des gens.

Anthony hocha la tête et passa un bras autour d'elle, puis ils suivirent les dernières personnes qui quittaient le cimetière. Leah demeura silencieuse durant le court trajet.

Lorsqu'elle ouvrit la porte de chez elle, le salon était déjà occupé par les invités. Plusieurs serveurs proposaient des rafraîchissements. En se frayant un chemin au milieu des convives, Leah eut la nausée en saisissant des bribes de conversation. Il était question de la dernière top model anglaise en vue et de la dernière édition de *Vogue*.

À croire que Jenny n'avait jamais existé.

— Qu'est-ce que tu veux que je te dise, ma chérie ? C'est une tragédie. Jenny est l'une des meilleures avec qui j'ai travaillé.

Madelaine était l'incarnation du deuil élégant dans son costume Lanvin noir avec chapeau à voilette assorti. Leah eut envie de hurler. Madelaine ne s'était pas soucié une seconde de Jenny lorsque celle-ci était au plus mal. Tout ce qui l'avait inquiétée, c'était que son « produit » lui fasse louper sa commission si elle venait à s'écarter du droit chemin. Cette femme, à l'image de tous les hypocrites présents dans cette pièce, était aussi responsable de la mort de son amie que Jenny elle-même. Ils avaient été bien contents de s'enrichir sur son dos à l'époque où tout allait bien, mais ils l'avaient abandonnée à la seconde où elle avait commencé à dérailler.

— Anthony, je te présente Madelaine, dit Leah, luttant pour contenir sa colère. Elle dirige l'agence de mannequins Femmes.

— Ravie de vous rencontrer, monsieur Van Schiele, dit Madelaine en serrant la main qu'Anthony lui tendait. Leah m'a beaucoup parlé de vous. Sa campagne pour Chaval semble se dérouler à merveille. J'ai entendu que les ventes avaient augmenté de vingt-cinq pour cent depuis que Leah a débuté. Un bon retour sur investissement au vu des modestes honoraires que j'ai négociés, n'est-ce pas ?

En voyant Madelaine battre des cils séducteurs, Leah fut saisie d'un profond dégoût.

Anéantie par le chagrin, le choc et la culpabilité de n'avoir pas su empêcher la mort de Jenny, la jeune femme avait passé la semaine à arpenter l'appartement atrocement silencieux, tâchant de trouver un sens aux événements récents. Si elle n'avait pas trouvé de réponses, elle avait en revanche pris une décision. Le monde factice dans lequel elle évoluait avait détruit une magnifique jeune femme qui aurait dû profiter de sa jeunesse, et non pas reposer dans un cercueil six pieds sous terre. Il s'agissait d'un milieu corrompu, et si Leah devinait qu'il n'était sans doute pas pire qu'un autre, elle avait besoin d'espace pour respirer et retrouver le bonheur simple d'être vivante. À vingt et un ans, elle avait l'impression d'être une vieille dame amère. C'était terminé.

« Il y a quelque chose de spécial entre vous. De très spécial. »

Les paroles de Jenny lui revinrent en tête.

En observant Madelaine, Leah comprit qu'elle avait en sa possession la seule arme capable de blesser cette femme insensible qui avait traité Jenny avec tant de cruauté. En se remémorant la rage froide qui s'était emparée d'elle lorsque Madelaine lui avait interdit de poursuivre Carlo en justice – l'homme qui avait détruit sa relation avec Brett –, elle sut ce qu'elle devait faire.

Une bouffée de satisfaction l'envahit, et elle attrapa la main d'Anthony.

— J'ai quelque chose à t'annoncer, Madelaine. Dès que j'aurai honoré tous mes contrats en cours, j'arrêterai le mannequinat.

Le sourire de Madelaine céda le pas à une expression horrifiée. L'argent qu'elle avait gagné grâce à Leah lui avait permis de s'offrir une coquette maison dans le cap d'Antibes ainsi qu'une Porsche 924.

— Je… mais… pourquoi, Leah ?

C'était la première fois que Leah voyait Madelaine sans voix. Elle se délecta de l'angoisse qu'elle lut sur son visage. Elle espérait seulement que Jenny se trouvait là, quelque part, et profitait du spectacle. Elle leva les yeux vers Anthony, qui avait affiché une brève expression de surprise.

— Pourquoi ? répéta Madelaine.

Leah n'avait pas détaché son regard de celui d'Anthony. Elle lui serra la main et lui sourit.

— Parce qu'Anthony et moi allons nous marier au plus tôt.

TROISIÈME PARTIE

Mars 1984 – Août 1984

1

New York, mars 1984

Leah s'éveilla au doux chant des oiseaux, annonciateur du début du printemps. Elle garda les paupières closes, profitant de ces quelques instants suspendus où chacun des muscles de son corps était reposé et détendu.

À contrecœur, elle ouvrit les yeux et jeta un coup d'œil à l'horloge sur sa table de nuit. 8 h 30. Elle n'avait même pas entendu Anthony partir.

L'épuisement l'avait terrassée les trois premiers mois de ses deux précédentes grossesses, qu'elle n'avait pas menées à terme. Enceinte de dix semaines, elle était de nouveau exténuée.

Elle descendit avec précaution de son immense lit douillet et entra dans la salle de bains. Elle emplit la vaste baignoire ronde, y versa des sels de bain puis s'immergea dans l'eau, posant un gant de toilette sur son visage. Elle inspira à fond, se demandant comment elle allait occuper la longue journée qui s'étirait devant elle.

Anthony et le docteur Adams, son gynécologue, insistaient tous deux pour que Leah fournisse le moins d'efforts possible. Interdiction de monter à cheval ou encore de nager dans la magnifique piscine intérieure. En somme, pas d'activité plus fatigante que de tourner les pages d'un livre.

Leah sortit de son bain, s'enroula dans une serviette et s'avança dans son dressing où elle se posta devant le miroir en pied. Son corps était toujours aussi ferme et tonique qu'à l'époque où elle apparaissait sur les couvertures des magazines du monde entier.

Leah poussa un long soupir en enfilant une combinaison en cachemire. Bien qu'elle ne pût s'en ouvrir à Anthony, cette époque lui manquait parfois. On avait besoin d'elle alors. Si elle se présentait en retard à une séance photo, cela engendrait une cascade de désagréments pour l'ensemble de l'équipe.

Ces deux dernières années, elle aurait pu passer chaque journée dans son lit sans que personne – à l'exception d'Anthony – ne s'en aperçoive.

— Arrête, Leah, se sermonna-t-elle. Tu te comportes en petite fille gâtée.

Elle descendit l'escalier monumental jusqu'au vaste hall d'entrée.

Un petit déjeuner de croissants, fruits et café décaféiné l'attendait dans la véranda, où elle aimait s'installer le matin pour admirer le luxuriant jardin. Ce matin-là, la vue était encore plus exquise qu'à l'accoutumée : les derniers restes de neige avaient disparu à la faveur d'une fine pluie de printemps, et les premiers vrais rayons de soleil avaient enfin fait leur apparition. Il restait à Leah quatre semaines à tenir pour écarter tout danger, d'après le docteur Adams. Ses deux premières grossesses s'étaient brutalement interrompues à douze et quatorze semaines.

Leah haïssait l'injustice de la situation. Elle qui n'avait jamais fumé, à peine bu d'alcool, et toujours veillé à se maintenir en forme semblait incapable de produire ce que des millions d'autres femmes obtenaient sans la moindre difficulté. Et malgré la ribambelle d'examens qu'elle avait passés après chacune de ses fausses couches, les spécialistes ne parvenaient pas à déterminer l'origine du problème. Selon eux, Leah était en bonne santé. Loin de la réconforter, cet état de fait ne servait qu'à accentuer son mal-être, puisque son inaptitude n'était justifiée par aucune raison valable.

Si elle perdait ce bébé, elle serait incapable de faire une nouvelle tentative. La torture mentale infligée par le moindre tiraillement, la moindre douleur – qu'elle n'aurait sans doute pas même remarqués en temps normal – la plongeait à présent dans un état de panique.

Leah savait que son envie d'enfant avait viré à l'obsession malsaine. Celle-ci avait pris le pas sur tout le reste l'année précédente et mis son couple à rude épreuve. Anthony n'avait été que gentillesse, amour et compréhension, lorsqu'elle s'était montrée irrationnelle et colérique.

Leah était convaincue que l'arrivée d'un bébé dissiperait sa profonde détresse. En dehors de cela elle possédait tout ce qu'une femme pouvait désirer : un mariage heureux, une magnifique maison et des moyens financiers presque illimités. Ayant largement de quoi les faire vivre tous les deux, Anthony avait insisté pour que Leah ne touche pas aux gains perçus durant ses années de mannequinat, aussi avait-elle investi cet argent qui générait désormais des sommes confortables.

Souvent, Leah se réprimandait pour son égoïsme. Elle était devenue à ce point obnubilée par son désir de devenir mère qu'elle en avait oublié ses ambitions philanthropiques. Lorsqu'elle découvrait aux informations une énième catastrophe, une épidémie de famine ou un massacre survenus dans un pays lointain, laissant des milliers de personnes démunies, elle mesurait alors sa chance avec un sentiment de honte et se blâmait de ne rien entreprendre pour tenter de changer les choses. Mais alors une douleur la lançait dans le bas-ventre, et elle sombrait à nouveau dans ses propres tourments.

Une fois que ce bébé sera né, je m'attellerai à faire quelque chose de valable de ma vie.

Le courrier reposait sur un plateau en argent. Leah le passa en revue, sélectionnant les lettres adressées au couple et mettant de côté celles destinées à Anthony. Il s'agissait d'invitations à des événements caritatifs, vernissages et autres dîners officiels. Cela déprimait Leah, qui savait qu'elle n'irait nulle part jusqu'à la naissance du bébé.

Son humeur s'allégea néanmoins quand elle reconnut l'écriture familière de sa mère. Si elles se parlaient chaque semaine, cela faisait plus de deux ans que Leah n'était pas retournée en Angleterre. Avec ses fausses couches, la dépression qui avait suivi puis la nouvelle grossesse, l'opportunité ne s'était jamais présentée. À présent, elle allait devoir attendre encore huit ou neuf mois avant de pouvoir s'y rendre – dans l'hypothèse, bien sûr, où elle donnerait naissance au bébé.

Doreen la tenait au courant des derniers potins d'Oxenhope. Elle travaillait toujours à temps partiel pour Rose – elle n'en avait plus réellement besoin, Leah offrant à ses parents un revenu annuel confortable, mais Doreen affirmait que cela lui permettait de sortir de chez elle. Leah était fascinée par la mystérieuse disparition de Miranda, que nul n'avait revue depuis le vingt et unième anniversaire de Leah, à Londres. Miranda s'était évaporée, laissant la petite Chloe seule, et n'avait plus donné signe de vie depuis. Les mots dont Doreen la qualifiait n'étaient pas tendres, mais Miranda n'avait jamais fait beaucoup d'efforts pour que les gens l'apprécient. Et puis, que pouvait-on imaginer de pire qu'abandonner son enfant unique ?

Leah entendait dans la voix de sa mère l'immense affection qu'elle portait à Chloe. Doreen était devenue comme une mère de substitution pour la fillette de sept ans, pendant que Rose se cloîtrait dans son atelier pour peindre.

Doreen demandait souvent à sa fille si elle avait croisé Miles à New York. À présent qu'il était devenu un photographe à succès, celle-ci était convaincue que Leah et lui évoluaient dans les mêmes cercles. Leah lui répondait systématiquement par la négative, puis changeait de sujet. Elle n'avait révélé à personne la manière dont il avait traité Jenny et n'avait pu que constater, horrifiée, son nom apparaître dans les versions américaines de *Vogue, Vanity Fair* et *Harper's Bazaar.* Leah espérait que Jenny avait été un cas isolé et qu'en gardant le silence, elle n'avait pas mis en danger la vie d'autres femmes.

Quant à Carlo, elle n'avait plus entendu parler de lui depuis le soir où il l'avait demandée en mariage. Elle ne pouvait que supposer qu'il avait tenu compte des mises en garde de Madelaine l'exhortant à se tenir éloigné de Leah. Elle avait lu dans les journaux que Maria Malgasa était redevenue sa muse et son mannequin vedette. Cet épisode entachait une période qui n'aurait dû lui laisser que d'agréables souvenirs.

La jeune femme lut la lettre de sa mère avec attention, se mordant la lèvre en apprenant que son père devait subir une opération de la hanche, à cause de son arthrite, et si sa mère l'évoquait avec un apparent détachement, Leah percevait son anxiété.

Elle aurait tant aimé pouvoir se rendre en Angleterre pour soutenir ses parents.

Leah décida qu'elle avait besoin de marcher. Sortant dans l'air frais mordant, elle s'efforça de chasser de son esprit toute pensée déplaisante. Le stress était néfaste pour le bébé, or la minuscule créature nichée en elle était ce qu'il y avait de plus important dans sa vie.

2

Bien qu'il fût 4 heures du matin, David était complètement réveillé. Le vol Air France DA412 avait décollé de l'aéroport JFK cinq heures plus tôt pour entamer sa longue traversée jusqu'à Nice.

Il se leva, se rendit dans la bulle déserte du 747, à l'étage, et s'installa dans un fauteuil pour siroter un brandy. Une nervosité lancinante l'envahit alors. Ce n'était pas de la peur. Non, la peur, il l'avait connue à Treblinka. Il s'agissait davantage d'une sensation d'aboutissement. Il avait rendez-vous avec le destin, comme si son existence entière l'avait mené vers ce périple de l'autre côté du monde pour se venger de l'homme qui avait assassiné ses parents et maltraité sa chère sœur – et, bien évidemment, pour ce qui avait suivi.

Tout était prêt. Une multitude de coups de fil avaient été échangés au cours de la semaine passée entre ses commanditaires et lui. David n'avait plus qu'à rejoindre Franzen dans sa villa de Saint-Tropez, comme prévu. Un membre de l'organisation se trouvait déjà sur place, sous la couverture d'un employé.

On lui avait fourni une arme, qu'on lui avait appris à manier avec précision. Il ne devrait s'en servir qu'en cas d'urgence, si sa propre vie était menacée. L'organisation voulait Franzen vivant. Ils avaient fomenté ce plan de sorte que leur cible puisse être extradée par son pays, puis traduit en justice en Europe pour crimes contre l'humanité.

David devrait se comporter normalement durant la soirée puis, une fois que Franzen aurait posé le stylo sur le papier pour signer son propre mandat d'arrêt, David serait exfiltré de la maison et tout serait enfin terminé. Il tiendrait sa vengeance.

Il songea aux conséquences de ces événements sur Rose. Il ne pouvait qu'espérer que le nouveau départ de sa carrière la maintiendrait à flot. L'exposition qui lui avait été consacrée dans la galerie dont il avait fait l'acquisition à Londres s'était révélée un fantastique tremplin pour son retour sur la scène artistique.

David vérifia l'heure. Il devait se détendre et essayer de dormir.

Après avoir regagné sa place à l'étage inférieur, il ferma les paupières et formula une prière.

Pendant que l'hélicoptère tournoyait au-dessus de la plate-forme d'atterrissage de la villa, David put observer la grandiose propriété de Franzen. Située dans les hauteurs des collines varoises, elle jouissait d'une vue imprenable sur les plages de Saint-Tropez. La maison elle-même, moderne, avait clairement été conçue pour protéger son propriétaire. Une demi-douzaine de caméras de surveillance occupaient les murs blanchis à la chaux et une imposante clôture métallique encerclait le périmètre – à l'exception de l'avant de la villa, où la pelouse immaculée se muait en herbes sauvages, cédant ensuite la place à une falaise.

Lorsque l'hélicoptère se posa, Franzen était là pour les accueillir.

— Monsieur Cooper, c'est un plaisir de vous revoir, dit-il en lui serrant la main chaleureusement. Vous connaissez Miranda.

David étudia la jeune femme amaigrie qui se tenait derrière Franzen. Il se rappelait d'elle trois ans plus tôt, blonde et pleine de vie. Aujourd'hui ses cheveux étaient devenus bruns et ternes, et elle paraissait avoir pris de l'âge prématurément.

— Ravi de vous revoir, monsieur Santos. Je me souviens bien entendu de Miranda – même s'il me semble que vous avez changé de couleur de cheveux.

— En effet, confirma Santos. Lubie féminine, mais je trouve que cela lui va bien, non ? Je lui ai demandé de les laisser ainsi, n'est-ce pas, ma chérie ?

Il sourit à Miranda, qui lui répondit par un mouvement de tête maussade.

— Eh bien, je suis heureux de vous revoir, Miranda.

Tentant de déceler une réaction derrière la tristesse qui voilait ses yeux bleus, David se demanda ce qui avait bien pu arriver à cette jeune femme pour provoquer en elle un tel bouleversement. Saisi d'un profond dégoût, il pensa à la manière dont Franzen avait pour habitude de traiter les femmes. Il éprouva une reconnaissance passagère à l'idée qu'*elle* n'était pas restée suffisamment longtemps pour endurer le même sort que la pauvre âme qu'il avait devant lui.

— Je me suis dit que nous pourrions boire une coupe de champagne sur la terrasse afin de profiter de la vue, suggéra Franzen.

Il fit demi-tour et emprunta un chemin qui menait de l'héliport vers une piscine d'un bleu azur étincelant. David entendit l'hélicoptère qui redémarrait et, se retournant, il le vit décoller. Le voyant réduit quelques secondes plus tard à un minuscule point au milieu du vaste horizon, il sentit son estomac se nouer.

— Sommes-nous seuls ce week-end ? s'enquit David.

— Oui. Un peu de calme peut se révéler bénéfique lorsqu'on a des affaires à régler. Je me suis dit qu'il était préférable de rester en petit comité. Nous serons peut-être rejoints par d'autres amis demain, une fois le contrat signé, mais pour l'heure il n'y a que nous trois, et mon majordome.

Le trio s'avança sur la somptueuse terrasse en marbre, où un homme en queue-de-pie blanche patientait avec du champagne. Il en proposa une coupe à Franzen, puis à ses invités.

— Trinquons à un week-end agréable et productif, déclara ce dernier en levant son verre.

Une sirène d'alarme se déclencha dans l'esprit de David, qu'il attribua à ses propres angoisses – le majordome était forcément l'homme qui travaillait pour l'organisation.

Une demi-heure plus tard, la température s'était rafraîchie et une brise s'était mise à souffler.

— Rentrons. Le dîner sera servi à 20 heures. Nous nous mettrons au travail ensuite. Détendez-vous et profitez de la villa. Je présume qu'une douche ne sera pas de refus après ce long vol, monsieur Cooper ?

— Avec plaisir, merci.

— Des serviettes ont été disposées pour vous dans la salle de bains de l'étage. Vous la trouverez au bout du couloir.

Franzen agita la main, puis il franchit une baie vitrée et disparut à l'intérieur.

— Cela t'ennuierait-il de nous laisser entre hommes, ma chérie ? Nous avons du travail. Dès que nous aurons terminé, nous pourrons profiter du reste du week-end.

Miranda hocha la tête. L'expression de soulagement qu'elle afficha n'échappa pas à David.

— Bonsoir, David, dit-elle en se dirigeant vers l'escalier.

— Bien. Je suggère que nous nous installions dans le bureau. Je nous servirai une liqueur pendant que vous préparez les documents à signer.

David lui signifia son assentiment, puis il suivit Franzen jusqu'à son bureau.

Il s'efforça de maîtriser le tremblement de ses mains en ouvrant sa mallette, dont il sortit les papiers. Au même moment, il appuya sur un bouton qui déclencha un magnétophone dissimulé dans le fond de celle-ci. Il avait répété ce geste à de nombreuses reprises, si bien qu'il l'exécutait désormais de manière fluide. David posa la mallette sur le sol, rassuré de sentir l'acier contre son flanc droit, sous sa veste.

Tu y es presque, David. Reste calme. Tout se passe comme prévu.

Il tendit les papiers à Franzen, qui les posa sur le bureau en acajou. Puis il leva son verre de brandy.

— Avant de continuer, portons un toast à notre collaboration. Espérons qu'elle se révèle fructueuse.

Franzen vida son verre d'un trait.

— Tout à fait, renchérit David en buvant une petite gorgée de sa boisson – il était primordial qu'il garde la tête froide.

— Je dois vous avouer, David, que j'ai été quelque peu surpris lorsque vous m'avez soumis ce projet. Vous êtes la dernière personne que j'aurais imaginée collaborer avec – comment le qualifier – un groupe de militants sud-américains peu recommandables. En me demandant de fournir des armes à ces gens – des ennemis jurés de mon propre pays –, vous m'avez fait prendre le risque d'être arrêté et expulsé immédiatement si le gouvernement argentin venait à découvrir mon implication. Il va donc sans dire que mes équipes se sont donné beaucoup de mal pour vérifier que vous étiez bien la personne que vous prétendiez être.

Franzen le dévisagea longuement. Le corps de David se transforma en glace.

— Et qu'ont-ils découvert ? demanda-t-il d'une voix blanche.

Franzen marqua une pause prolongée. Puis il sourit.

— Que vous étiez bien la personne que vous prétendez être. Un homme d'affaires fortuné et sans histoires. Mes hommes n'ont trouvé aucun élément susceptible d'entacher votre dossier.

David se détendit et rit avec Franzen.

Ce dernier se pencha alors vers David. L'expression dans son regard venait de changer radicalement.

— Seulement ils ne partagent pas le lien *personnel* qui nous unit, souffla-t-il.

David se transporta en esprit à la dernière fois qu'il avait vu cette lueur maléfique briller dans les yeux de Franzen.

— Je savais évidemment qui vous étiez, reprit-il. Quelle naïveté de croire le contraire, railla-t-il, puis il s'adossa dans son fauteuil et croisa les bras en riant.

Le corps de David s'était figé à l'écoute du débit lent, presque hypnotique de Franzen. Ce dernier avait compris qui il était. Tout était fichu.

— Oh, pardon, je ne devrais peut-être pas me moquer de vous. Après tout, vous possédez une expérience très limitée dans la chasse aux nazis, n'est-ce pas, David ?

Des années de travail venaient d'être anéanties.

— Comment ? fut le seul mot que David parvint à prononcer.

— Pour des raisons évidentes, je suis resté sur mes gardes. Je dois avouer que lorsque vous m'avez approché la première fois, j'étais incrédule – votre petit groupe d'amis n'avait pas pu choisir un candidat aussi flagrant pour me capturer. J'ai fait fouiller votre appartement, histoire d'en avoir le cœur net. Vu les circonstances, n'était-il pas imprudent de votre part d'avoir accroché dans votre bureau une toile de Rose Delancey nommée *Treblinka* ? (Franzen prit une inspiration chargée de satisfaction.) David Delanski. Le frère de la délicieuse Rosa. Comment pourrais-je l'oublier ? Après, cela a été un jeu d'enfant. Je connais votre joyeuse bande de chasseurs intrépides depuis des années. Je dois dire que votre plan était très ingénieux. Avec un premier rôle différent, cela aurait fonctionné.

— Salopard, souffla David.

— Allons, David, gloussa Franzen. Les gens comme vous se pensent supérieurement intelligents. Dignes de diriger le monde. Seulement, cette arrogance est vaine ; vous n'obtiendrez jamais le pouvoir que vous convoitez tant.

— Je ne suis pas seul dans cette maison, vous savez, riposta David en se levant. D'un instant à l'autre, il…

— Bien sûr, le coupa Franzen d'une main levée. Mon fidèle majordome, qui travaille pour moi depuis deux ans. J'ai découvert ses liens avec vos amis. Très impressionnant. Mais il est ligoté dans la cave à vin et ne sera pas en mesure de venir à votre secours. Je me débarrasserai de lui plus tard. (Franzen balaya une poussière sur sa veste.) J'ai décidé qu'il valait mieux vous éliminer tous les deux en même temps. Du travail propre, comme à l'époque. Vous avez peut-être réussi à vous échapper de Treblinka, mais j'ai l'intention de demander réparation.

David se rendit compte que Franzen n'avait pas changé depuis l'époque où il pouvait tuer sur un coup de tête.

— Et comment comptez-vous vous débarrasser de moi ? demanda-t-il le plus calmement possible. J'imagine que c'est à cette fin que vous m'avez fait venir ici ?

— Oui, vous avez raison, admit Franzen. Un de mes hommes aurait pu vous liquider plus tôt, mais je me suis dit qu'il était logique que je mène à bien la tâche que j'ai commencée il y a quarante ans. Et je ne voulais pas gâcher votre plan si bien ficelé. (Franzen eut un sourire narquois.) Une chute, rapide et efficace, voilà ce qu'il nous faut, dit-il en désignant le jardin. Ce pauvre magnat des affaires qui, ivre, est tombé du haut d'une falaise alors qu'il profitait d'un agréable week-end dans la villa de son ami Santos. J'imagine que cela fera les gros titres. Félicitations !

Un torrent de haine se déversa alors en David. D'un geste vif, il glissa une main dans sa veste, tel qu'on le lui avait enseigné, et pointa son arme sur Franzen.

— Assez ! Il faut que ça cesse, Franzen. J'ai été envoyé ici pour que vous répondiez des actes que vous avez commis à Treblinka, mais je comprends maintenant que je suis destiné à vous tuer moi-même. J'ai juré de me venger le jour où j'ai fui Treblinka. Debout !

David braqua le pistolet sur Franzen qui, un sourire aux lèvres, haussa les épaules et s'exécuta.

— Comme vous voulez, Delanski. C'est vous qui commandez.

— Tournez-vous ! rugit David. Avancez !

Tout en appuyant l'arme dans le bas du dos de Franzen, David poussa son ennemi vers les baies vitrées du salon et l'obligea à sortir sur la terrasse. Il savait qu'il aurait dû l'enfermer dans une pièce et appeler à l'aide *via* la radio, mais des images du visage terrorisé de Rosa et de l'exécution de son père se bousculaient dans son esprit.

Lorsqu'ils atteignirent l'extrémité du jardin, David força Franzen à enjamber un arbuste, et ils arrivèrent dans les herbes sauvages qui cédaient le pas à la falaise à pic. David fut pris de vertige en découvrant la roche dentelée qui surplombait la mer Méditerranée agitée deux cents mètres plus bas.

— Placez-vous devant moi, ordonna-t-il à Franzen.

— Comme vous voudrez, répondit ce dernier en s'avançant tout près du bord.

— Sautez.

— Comme si j'allais vous faciliter la tâche, se moqua Franzen. Il va falloir que vous me tiriez dessus, Delanski. Même si je doute que vous possédiez le cran nécessaire.

David positionna le canon de l'arme à l'arrière du crâne de Franzen. Il sentit l'adrénaline se propager dans ses veines, lui donnant le tournis et accélérant le rythme de sa respiration.

— J'attends ce moment depuis très longtemps, déclara David, tremblant sous le coup de l'émotion. J'ai juré de me venger. Papa, Maman, Rosa, je le fais pour vous. Et pour tous les autres. Que Dieu ait pitié de votre âme.

David tira. Tira encore. Deux déclics creux résonnèrent dans la brise. David appuya une nouvelle fois sur la détente, mais aucune explosion ne se produisit. Puis il entendit un son plus effrayant. Celui d'un rire. Un rire diabolique, un rire de victoire.

Avant même que David ait pu esquisser un mouvement, une main enserra son cou et une arme fut dirigée sur son front. La sienne, vide, tomba au sol derrière lui et il fut contraint de prendre la place que Franzen occupait quelques secondes plus tôt. Franzen l'agrippait à présent par le col, avec suffisamment de poigne pour qu'il ne chute pas droit vers sa mort.

— Minable imprudent, cracha Franzen. J'ai vidé votre arme pendant que vous étiez sous la douche. Mon bon ami, ce n'est pas moi qui suis destiné à mourir ce soir, mais vous, Delanski.

— Une question avant que vous m'éliminiez. Avez-vous jamais éprouvé le moindre remords d'avoir assassiné des milliers d'innocents ?

— Jamais. Vous pouvez dire une petite prière si vous voulez. En général les Juifs aiment bien prier avant de mourir.

Le canon du pistolet exerçait une intense pression dans le cou de David. Leurs visages n'étaient espacés que de quelques centimètres.

— Non ? Qu'il en soit ainsi, alors. Quel dommage, vous n'aurez pas l'occasion de transmettre mes amitiés à Rosa. Elle me manque tellement. (Franzen eut un petit rire narquois.) Et je sais que je lui manque aussi. Comment avez-vous réagi en apprenant nos petites retrouvailles ? (David grimaça.) C'est ce que je pensais. J'aime voir votre douleur, David. Cela m'emplit de joie.

— Espèce d'ordure..., souffla David.

— Je n'en ai pas encore terminé, Delanski. Comme vous l'avez compris, je vois clair dans votre jeu depuis le début. J'ai eu envie de vous faire souffrir pour cette pitoyable tentative de vengeance. J'ai donc entrepris un petit jeu.

— De quoi parlez-vous ?

— De Miranda. Je l'ai gardée comme un animal. Traitée comme un chien.

— Je n'en doute pas. Mais quel rapport avec moi ?

Les lèvres de Franzen s'étirèrent en un large sourire qui donna la chair de poule à David.

— Miranda est la fille de Rosa. J'ai demandé à mes hommes de mettre la main sur elle.

David, abasourdi, balbutia :

— Ce… ce n'est pas… Je…

— J'ai infligé d'affreuses souffrances à votre précieuse Rosa pour les péchés de son frère… encore une fois ! (Franzen augmenta la pression de son arme.) Je gagne, Delanski. Comme toujours. Et, au cas où vous vous posiez la question, Miranda n'est pas aussi douée au lit que votre sœur.

Mobilisant alors la moindre particule de force qu'il lui restait, David se déchaîna contre Franzen. En pure perte. Franzen éclata de rire.

— Au revoir, David. J'ai beaucoup apprécié de renouer avec vous.

Pardonne-moi, Rosa. J'ai essayé, mais j'ai été vaincu, comme tous les autres avant moi.

Un bruit sourd, ignoble, résonna alors derrière Franzen, qui poussa un cri et laissa tomber le pistolet. Il relâcha sa prise sur David, qui bondit sur le côté et se jeta à terre. Un craquement retentit, que David attribua à un os brisé. Franzen tomba à la renverse en gémissant et atterrit sur David. Convoquant toute sa puissance, il souleva Franzen, le poussant en direction de la falaise. Les jambes dans le vide, Franzen s'agrippait à l'herbe du talus, dans une tentative désespérée de rester en vie.

David vit alors surgir une paire d'escarpins rouges. Un des pieds asséna un coup rapide et franc au visage de Franzen, qui dégringola du haut de la falaise.

David, étendu sur le sol, suffoquait.

Enfin, il leva les yeux et découvrit une silhouette qui se découpait dans le soleil couchant. Tenant le pistolet vide de David à la main, la jeune femme regardait droit devant elle.

— Merci… merci, souffla David, haletant. Est-ce que ça va ?

La jeune femme approuva de la tête, puis dit :

— Vous croyez que je l'ai tué ? J'ai frappé très fort.

— Je l'ignore, mais je ne crois pas que quiconque pourrait survivre à cette chute.

— Je voulais le tuer, David. Je ne l'ai pas fait pour vous sauver, vous savez. Je l'ai fait pour moi, et pour Ian.

Visiblement en état de choc, elle s'exprimait avec un calme effrayant.

— Et si vous retourniez à l'intérieur, Miranda ? suggéra David en se mettant debout. Il faut que nous appelions de l'aide. Je vais aller libérer le majordome à la cave.

— D'accord. Je suis fatiguée. Et frigorifiée. (Miranda tendit les bras vers David.) Aidez-moi.

David s'avança vers elle tandis qu'elle se mettait à trembler de tout son être.

— Tout va bien, dit-il en l'étreignant. C'est fini, maintenant.

— Ramenez-moi à la maison auprès de Rose, murmura-t-elle.

David se rendit à la cave, où il trouva le majordome bâillonné et ligoté à une chaise.

— Le plan a mal tourné, l'informa-t-il en le détachant à la hâte. Franzen nous a démasqués il y a des mois. Il ne sera jamais jugé par un tribunal. Il est mort, ou en train d'agoniser dans la Méditerranée.

— David, vous avez fait tout votre possible, lui assura l'homme en posant une main sur son épaule. Je vais prendre contact avec l'équipe pour convenir de la suite. Il faut que nous quittions cet endroit sur-le-champ.

David hocha la tête et s'effondra sur une chaise, anéanti par les révélations de Franzen.

Miranda… Oh, Miranda…

3

Rose reposa le combiné et s'écroula sur le sol, sous le choc d'avoir entendu la voix de David et appris que Miranda était saine et sauve.

Elle ferma les yeux et inspira à fond plusieurs fois.

Après toutes ces années, elle allait revoir son frère. Il s'était montré succinct au téléphone, lui promettant de tout lui expliquer à son arrivée. Il allait envoyer son avion privé à l'aéroport de Leeds pour la faire venir en France. Il lui avait affirmé que Miranda allait bien ; toutefois, il estimait préférable qu'ils se retrouvent à Saint-Tropez – sans Chloe – pour pouvoir discuter.

Rose n'avait pas la moindre idée des événements qui avaient pu conduire David à localiser sa fille dans une villa de Saint-Tropez, mais il était inutile de se perdre en conjectures – moins de vingt-quatre heures plus tard, on lui raconterait tout.

Quelques minutes avant que le jet ne touche terre, Rose appliqua une nouvelle couche de rouge à lèvres et brossa sa chevelure dorée.

En sortant de l'aéroport, elle l'aperçut. Il paraissait plus âgé, évidemment. Des fils argentés striaient désormais ses cheveux blonds.

Elle vit son regard s'illuminer en la voyant.

— Bonjour, David.

— Bonjour, Rose. Tu as fait bon voyage ?

— Pas mal.

— Tu dois être fatiguée.

Arrivés au parking, David ouvrit à sa sœur la porte passager d'une Mercedes.

— Tu es très belle. Tu n'as presque pas changé.

— Tu as l'air en forme aussi.

— Merci.

David démarra le moteur. Ils roulèrent en silence, ni l'un ni l'autre ne sachant comment combler le fossé qui s'était creusé vingt-huit ans plus tôt. La moindre parole semblait trop légère, ou au contraire trop pesante. Alors Rose se contenta d'admirer la vue à couper le souffle sur la Méditerranée.

Un quart d'heure plus tard, David se gara en surplomb d'une plage déserte.

— Allons marcher, suggéra-t-il. J'ai des choses à te dire avant que tu retrouves Miranda.

David et Rose, deux silhouettes balayées par le vent, marchèrent côte à côte sur la plage deux heures durant, témoins des vagues qui venaient s'écraser sur le rivage en cette grise journée de mars. À un moment, Rose s'arrêta, tomba à genoux et se prit la tête entre les mains. Son frère s'agenouilla pour la réconforter, la berçant entre ses bras.

Ils finirent par se relever, et continuèrent à avancer, le bras de David enveloppant les épaules de sa sœur.

La lumière du jour baissait lorsqu'ils regagnèrent la voiture.

Rose frissonnait, parce qu'elle avait froid, mais aussi en raison du choc et de l'émotion. David l'aida à monter, et Rose laissa son regard se perdre devant elle.

— Tu vois, tout est ma faute, Rose, déclara-t-il en s'installant au volant. Si Franzen a traqué Miranda, c'est à cause de moi.

— Je ne te blâme pas, David. Comment le pourrais-je ? Tu as cherché à rétablir un semblant de justice. Nous savons tous deux que tu n'aurais rien tenté de tout cela si je n'avais pas... (Rose déglutit avec peine.) J'aurais dû faire davantage pour la retrouver.

— C'était impossible. Miranda a utilisé son nom de naissance, en grande partie parce qu'elle ne voulait pas que tu la localises.

— T'a-t-elle révélé le nom de sa mère biologique ? s'enquit Rose, le visage blême.

— Non. Quelle importance ? Au moins Miranda n'a-t-elle aucun lien de sang avec tout ça.

Les yeux de Rose s'emplirent de larmes.

— Oh, David, c'est là que tu te trompes.

— Rose ! Oh, Rose !

Miranda se jeta dans les bras de sa mère en pleurant à chaudes larmes. Rose lui caressa les cheveux, le cœur en miettes. Elle savait que sa fille n'en avait pas fini avec les épreuves.

Tous trois s'installèrent dans le salon de la villa louée par David.

— Nous avons beaucoup de choses à t'apprendre, Miranda, déclara ce dernier après leur avoir servi un remontant. À propos de ton passé, et du nôtre. Je tenais à ce que Rose soit présente avant de débuter.

— Vas-y, David, lui dit Rose avant de s'asseoir près de sa fille, tremblante, et de l'attirer tout contre elle.

— Sais-tu pour quelle raison je me trouvais chez Santos ce week-end ? demanda-t-il à Miranda.

— Pour affaires ?

— En quelque sorte. Le vrai nom de Santos était Kurt Franzen. Pendant la guerre, il a occupé le poste de commandant à Treblinka, un camp d'extermination situé en Pologne. Il a assassiné notre père, notre mère, et des milliers d'autres innocents. Il a contraint Rose à des actes abominables. Mais ensuite… Rose… elle n'était pas responsable, mais…

David marqua une pause avant de livrer à Miranda la totalité de l'histoire. La douleur qui accompagna cette épreuve – énoncer la vérité à voix haute – lui fut quasiment insoutenable.

Miranda agrippa la main de Rose lorsque David évoqua les atrocités commises par l'homme qu'elle venait de tuer. Il lui parla d'Anya, qui les avait aidés à s'enfuir, et des viols que lui avaient fait subir Franzen et les autres officiers SS.

— Une fois qu'Anya, Rose et moi avons réussi à nous échapper de Treblinka, poursuivit David, nous avons survécu comme nous pouvions, en nous cachant dans la forêt, en utilisant l'argent que j'avais volé au camp pour nous nourrir… Anya a donné naissance à son bébé dans une grange, tout près de la frontière polonaise. Elle est tombée très malade après, mais elle a pu se remettre sur pied. (En regardant Rose, David comprit qu'elle était elle aussi en train de revivre ces moments de terreur.) La guerre a pris fin et nous avons réussi à atteindre l'Autriche. Tu te souviens de Peggetz, Rose ?

— Oui, confirma-t-elle. Un endroit et une période terribles.

4

Camp de Peggetz, Autriche, 1945

Plusieurs centaines d'hommes, de femmes et d'enfants marchaient en direction du camp de personnes déplacées administré par l'armée britannique, tous nourrissant l'espoir qu'il ne s'agissait que d'une étape avant un retour chez eux. À leurs côtés, des convois de camions militaires bourrés de soldats progressaient à travers la campagne montagneuse qui environnait Lienz.

Rosa et Anya étaient fourbues. Tonia, la fillette d'Anya, bringuebalée dans le porte-bébé de fortune attaché dans le dos de sa mère, chouinait sans discontinuer. Si elle était âgée de presque trois ans, les épreuves des dernières années avaient ralenti sa croissance.

Le camp de Peggetz s'étirait à perte de vue le long de la vallée de la Drau. Abritant autrefois une caserne allemande, il accueillait désormais des réfugiés de toutes nationalités et grouillait de milliers de soldats cosaques dont on pouvait voir les chevaux paître dans les prairies sur des kilomètres à la ronde.

— David, ça ressemble à Treblinka, déclara Rosa d'une voix craintive tandis qu'ils franchissaient un portail en bois à la suite des autres réfugiés.

— Ne t'inquiète pas, Rosa. Nous ne resterons pas là longtemps. Tout ce que nous devons faire, c'est trouver un officier britannique et l'informer que nous sommes à moitié anglais. Il nous viendra en aide.

Les dortoirs étant complets, tous quatre passèrent leur première nuit à Peggetz à la belle étoile.

Le lendemain matin, David laissa Anya et Rosa qui discutaient avec un jeune soldat cosaque et repéra un officier britannique en uniforme. David n'avait pas parlé anglais depuis plusieurs mois et peina à retrouver son aisance d'antan.

— Excusez-moi, monsieur. Ma sœur et moi avons de la famille en Angleterre. Nous aimerions nous y rendre dès que possible. Regardez, ajouta David en montrant à l'homme le passeport de sa mère.

Le militaire, surpris par la qualité de l'anglais du jeune homme, étudia le document.

— Vous dites qu'il s'agit de votre mère ?

— Oui, monsieur. Je connais l'adresse de mes grands-parents. Y a-t-il un train qui part pour l'Angleterre que nous pourrions prendre ?

— Hélas, cela ne marche pas tout à fait comme ça, mon garçon. Il y a des centaines de personnes dans ce camp qui aimeraient partir, dont beaucoup souhaitent rejoindre l'Angleterre. Tu trouveras la Croix-Rouge dans ce baraquement, là-bas. Si tu vas voir l'officier responsable, il pourra peut-être t'aider.

Le cœur de David se serra. Il savait que sa mère n'avait pas parlé à ses parents après s'être enfuie avec son père. Ils n'étaient même pas au courant de leur existence.

La tête basse, il erra jusqu'au baraquement en question et se joignit à la file de gens qui attendaient. Enfin, ce fut au tour de David.

— Nom.

— David Delanski. Et Rosa Delanski, ma sœur. Nous souhaitons aller retrouver nos grands-parents en Angleterre.

— Ah oui ? fit l'homme, sceptique.

David détailla leur situation du mieux qu'il put. L'homme, l'expression durcie par des centaines de récits semblables, demeura impassible.

— Tout ce que je peux faire, c'est écrire à vos grands-parents pour leur demander de corroborer vos dires. Alors vous aurez peut-être une chance. Avez-vous des papiers d'identité ?

— Oui. Le passeport de ma mère.

— Rien d'autre ?

David se remémora le médaillon, qu'il avait remis autour de son cou. Il le détacha avec soin.

— Tenez, dit-il. Vous pouvez leur envoyer ça. C'est ma grand-mère qui l'a offert à ma mère.

— Bien. Ce sera utile, jugea l'homme, visiblement satisfait. Toutefois nous ne recevrons sans doute pas de nouvelles avant un bon moment. Le courrier circule difficilement, et nous avons un grand nombre de cas à traiter.

— Et pour notre amie, Anya ? Elle n'a pas de foyer et aimerait nous accompagner en Angleterre.

— De quelle nationalité est-elle ?

— Ukrainienne.

— Ah. Comment avez-vous dit qu'elle s'appelait ?

— Anya. Je ne connais pas son nom de famille.

— Bien. Je vais voir ce que je peux faire. En attendant, ne quittez pas le camp.

L'homme regarda David sortir de la pièce. Sa sœur et lui avaient une petite chance, mais Anya… aucune. L'ordre venait d'être donné de rapatrier tous les citoyens soviétiques, de force si cela se révélait nécessaire. Les milliers de réfugiés cosaques et russes seraient renvoyés dans leur pays d'origine, où ils affronteraient un sort incertain.

David avait appris, alors qu'il patientait devant le baraquement de la Croix-Rouge, qu'il était possible de se procurer, en échange d'une somme exorbitante, du pain et du lait frais dans le village de Lienz. Il rejoignit Rosa et Anya.

— Quand partons-nous ? lui demanda Rosa.

— Bientôt, je te le promets, répondit David en prenant soin de ne pas laisser paraître l'inquiétude qui l'habitait.

— Tant mieux, dit-elle en se levant pour le prendre dans ses bras. Je n'aime pas cet endroit.

— Je sais. Nous devons juste attendre qu'ils prennent contact avec nos grands-parents. Après cela, nous pourrons quitter ce lieu.

— David, je te présente Sergei, intervint Anya en désignant le militaire cosaque avec qui elles discutaient. Selon lui, une tente proche de la sienne vient d'être libérée. Mais nous devons y aller tout de suite, avant que quelqu'un d'autre la repère.

— Merci, Sergei, dit David en lui serrant la main. Si tu veux bien accompagner les filles jusqu'à la tente, je vais me rendre à Lienz pour trouver de quoi dîner.

Anya traduisit en russe, et Sergei hocha la tête.

Ce soir-là, les deux hommes allumèrent un feu sur lequel ils firent cuire les saucisses que David avait achetées plus tôt. C'était une soirée chaude et, une fois le soleil couché, certains soldats se mirent à chanter et danser avec les femmes du camp. David se laissa convaincre de les accompagner au violon. Anya dansa avec Sergei, pendant que Rosa veillait sur Tonia. Anya ne regagna leur tente qu'au petit matin.

— David, il y a une rumeur qui court selon laquelle les Russes et les Ukrainiens vont être rapatriés de force. Est-ce que c'est vrai ?

— Je ne sais pas, Anya, répondit David.

— Ma famille a fui il y a dix ans pour échapper au régime communiste, s'alarma Anya, dont les yeux trahissaient la panique. Je ne pourrai pas supporter de retourner là-bas. Sergei dit qu'on sera tous punis.

— Punis pour quoi, Anya ? Tu n'as rien fait.

— Je sais, David, mais Staline est un… Bref. Demain, les Cosaques assistent à une réunion avec le maréchal Alexander. Je crois qu'on leur expliquera tout à ce moment-là. (Anya pivota pour regarder David dans les yeux.) Je ne peux pas retourner en Russie. Je préfère mourir.

— En cas de problème, nous partirons d'ici sur-le-champ, la rassura David.

— Merci. Mais s'il arrivait quoi que ce soit… je… Tu accepterais de t'occuper de Tonia pour moi ?

— Bien entendu, Anya, répondit David sans hésiter. Mais je crois que tu te fais du souci pour rien.

— Peut-être.

Anya s'éloigna de la tente et contempla la campagne autrichienne, une lourde pierre de terreur à la place du cœur.

Le lendemain, David et Anya regardèrent les soldats cosaques se masser dans des camions.

Le soir, les camions revinrent vides.

Le général Davies, en charge du camp, annonça que les rumeurs étaient fondées. Staline, Churchill et Roosevelt étaient convenus de procéder à des rapatriements forcés. Le renvoi des réfugiés vers la Russie débuterait dès le lendemain.

Un indescriptible chaos suivit cette annonce. Des milliers de déplacés russes – hommes, femmes et enfants – se mirent à rassembler leurs maigres possessions et quittèrent le camp tels des automates.

Plus tard, une estrade de fortune fut érigée sur la place centrale. Le prêtre allait conduire un service de prière avant les évacuations du lendemain matin. David, paniqué, partit à la recherche d'Anya parmi la foule agitée. Elle n'était nulle part en vue.

Il ne comprenait pas. Certes, les Cosaques seraient considérés comme des ennemis de l'Union soviétique pour avoir combattu aux côtés des Allemands, mais les femmes et les enfants innocents ne seraient tout de même pas punis, si ?

David regagna la tente, où il trouva Tonia dormant à poings fermés, enveloppée dans une couverture. Un morceau de papier était épinglé sur la fillette.

Cher David,

Sergei et moi avons quitté le camp. Nous allons au-devant d'une mort certaine si nous restons. Tu ne comprends peut-être pas, mais crois-moi, c'est la réalité. Nous allons nous rendre en Suisse, où nous espérons trouver l'asile. Le voyage sera périlleux, et c'est pour cela que je te demande, s'il te plaît, David, de prendre soin de Tonia jusqu'à ce que je puisse la faire venir.

Je te retrouverai en Angleterre.

Merci, mon très cher ami.

Bonne chance, et au revoir.

Anya.

Le lendemain, à travers la fenêtre d'un dortoir désormais désert, David regarda les réfugiés qui criaient et se débattaient à coups de pied tandis qu'on les poussait dans des camions. Des coups de feu résonnaient de temps à autre. Il avait l'impression de revivre ses pires souvenirs de Treblinka. Bêtement, il avait cru la guerre terminée. David remercia le ciel qu'Anya ait réussi à fuir.

— Que Dieu te protège, murmura-t-il en serrant Rosa et Tonia tout contre lui.

David Cooper dut contraindre son esprit à revenir à l'instant présent. Miranda le dévisageait, sous le choc, incapable de prononcer un mot. Il lui fallut un long moment avant de se tourner vers Rose.

— Pourquoi ne nous as-tu jamais parlé de ton passé ? lui demanda-t-elle. Tout ça n'a pas grand-chose à voir avec moi, étant donné que j'ai été adoptée, mais tout de même…

Rose prit la main de Miranda dans la sienne.

— Ma chérie… Je suis navrée, mais tu te trompes. Continue, David.

Ce dernier s'exécuta :

— Après le départ d'Anya et le rapatriement des Russes, nous avons reçu un courrier nous annonçant que nos grands-parents acceptaient de nous accueillir, Rose et moi. Malheureusement, nous n'avons pas été autorisés à emmener Tonia, la fille d'Anya. Mais les autorités nous ont garanti qu'elle serait adoptée. (David passa une main dans ses cheveux.) Quel choix avions-nous ? Avant de quitter le camp, nous lui avons laissé une lettre lui expliquant que sa mère avait échappé au rapatriement forcé et qu'elle avait promis de la retrouver une fois installée. Nous lui avons assuré que nous l'aimions et que nous aurions voulu qu'elle puisse venir en Angleterre, elle aussi. Nous avons ajouté nos noms complets et l'adresse de nos grands-parents à Londres, et avons demandé à la Croix-Rouge de l'inclure dans le dossier de Tonia afin qu'elle puisse y avoir accès lorsqu'elle aurait l'âge de comprendre. Puis nous sommes partis pour Londres, vers une nouvelle vie.

— Qu'est-il arrivé à Anya ? demanda Miranda d'une petite voix.

David observa le visage coupable de Rose.

— Nous l'ignorons, Miranda. Sergei et elle ont probablement été arrêtés et envoyés dans un camp de travail en Sibérie. Rares sont ceux qui ont réussi à s'échapper.

— Et Tonia ? s'enquit Miranda en levant les yeux sur Rose, qui était pâle comme un linge.

Rose jeta un coup d'œil à David, qui hocha la tête de manière imperceptible.

— Rose a quelque chose à te dire, Miranda. Tu comprendras ensuite pourquoi cette histoire te concerne d'aussi près. Je serai dans ma chambre. Appelez-moi si vous avez besoin de moi.

Une fois que David eut quitté la pièce, Rose se tourna vers sa fille. L'heure était venue.

— Ma chérie, je veux que tu sois très courageuse, comme tu l'as été jusqu'à présent. Je vais te parler de ta mère biologique.

5

Yorkshire, octobre 1960

L'écriture sur l'enveloppe était étrange, rédigée dans une graphie qui ne lui était pas familière. Rose la ramassa sur le paillasson et remarqua que le courrier avait été réexpédié à l'ancienne adresse londonienne de Rose depuis le domicile de sa grand-mère, avant d'être redirigée, en même temps que le reste de son courrier, dans le Yorkshire, où elle vivait désormais.

Miles pleurnichait dans la cuisine, alors elle s'empara de l'enveloppe qu'elle ouvrit d'une main tout en donnant à manger à son fils de l'autre.

La lettre était écrite dans un anglais écorché et mal orthographié, si bien qu'elle peina à déchiffrer les premières phrases.

Chair Mlle Delanski… »

La seule lecture de ce patronyme la fit frissonner. En ce qui la concernait, Rosa Delanski n'existait plus depuis de nombreuses années.

Je mapel Tonia Rosstoff. Je chairch vous ou David Delanski. Ma mèr été Anya Rosstoff. Vous lavé connu à Peggetz. S'il vous plé, très urgent que je vous voi. Venez s'il vous plé à l'adresse en haut de cette page. Vite s'il vous plé.

Tonia Rosstoff

Miles se mit à hurler : la main tenant sa cuillère de compote de pomme s'était arrêtée à quelques centimètres de sa bouche.

L'adresse en question était située dans l'Est de Londres.

Une chose à la fois. Rose s'employa à nourrir son fils affamé, le nettoya, puis le posa dans le parc qu'elle avait installé dans un coin de la cuisine. Miles focalisa son attention sur un petit camion, et Rose s'assit pour relire la lettre.

Le contenu de celle-ci lui flanqua la chair de poule. Son instinct la poussait à appeler David, mais… non. C'était impossible. Pas après ce qu'elle avait fait. Rose allait devoir affronter cela seule.

Devoir retourner à Londres lui était déjà pénible, mais à l'idée de rencontrer le bébé qu'ils avaient abandonné à son propre sort, son cœur s'emballa. Cela dit, la jeune fille semblait manifestement très impatiente de la voir. En vérifiant le cachet de la poste, elle s'aperçut que la lettre avait mis plus de trois semaines à lui parvenir.

Sa conscience ne l'autoriserait pas à l'ignorer.

Elle ne pouvait pas emmener Miles, or, même si elle résidait à Oxenhope depuis plus de trois ans, elle ne connaissait personne sur place. Les habitants du village formaient une communauté très soudée, mais parce qu'elle était une femme célibataire avec un enfant en bas âge, qui avait en outre acheté la grande ferme au sommet de la colline, les gens la jaugeaient avec une méfiance non dissimulée.

Rose décida de se rendre au bureau de poste du village dans l'espoir de trouver quelqu'un qui pourrait garder son fils.

Sans surprise, Mme Heaton, qui dirigeait non seulement le minuscule bureau de poste mais aussi la gazette à ragots locale, ne lui réserva pas un accueil des plus chaleureux.

— De la garde d'enfant, vous dites…

De toute évidence, cette femme crevait d'envie de demander à Rose où se trouvait le père du petit garçon, et Rose dut s'obliger à contenir son irritation – après tout, elle avait prévu de passer le reste de sa vie ici.

— Oui, répondit-elle en souriant. Je dois me rendre à Londres demain et je ne souhaite pas emmener Miles avec moi. Je serai de retour dans la soirée. C'est assez urgent.

— Pauvre chou, déplora la dame en s'adressant au petit garçon. Il n'y a personne pour s'occuper de toi, hein ? (Elle émit un gloussement désapprobateur.) Eh bien, je connais peut-être quelqu'un.

— Merveilleux ! s'enthousiasma Rose. Qui ?

— Doreen Thompson. Elle a un bébé de deux mois. C'est une fille bien, Doreen. Elle s'occupe de sa petite Leah *à plein temps,* déclara-t-elle d'un air entendu.

— Puis-je vous demander où elle habite ?

— Vous traversez la rue, et c'est au numéro huit, sur la place. Elle sera là. Dites-lui que vous venez de ma part.

— Merci, madame Heaton.

Le numéro huit correspondait à la dernière habitation d'une rangée de maisons mitoyennes. À l'extérieur, une ribambelle de couches blanches séchaient sur un fil dans un minuscule jardin. Des poules s'égayèrent lorsque Rose déverrouilla le portillon en bois et avança la poussette de Miles. Elle frappa à la porte d'entrée. Une femme avec un bébé dans les bras lui jeta un coup d'œil à travers la fenêtre de la cuisine.

— C'est Mme Heaton, du bureau de poste, qui m'envoie, lança Rose, sur quoi le visage de la femme se détendit et elle ouvrit la porte. Madame Thompson ?

— Oui.

— Mme Heaton m'a dit que vous seriez peut-être intéressée pour garder mon fils. Coucou, toi, dit Rose en offrant un doigt au bébé, qui l'enveloppa avec délice dans sa toute petite main.

— Oh, je ne suis pas sûre…

— Le problème, madame Thompson, c'est que je dois me rendre à Londres demain de manière imprévue et que le voyage sera trop long pour Miles. Je ne serai partie qu'une journée. Je devrais pouvoir être de retour pour 19 heures, mais il faudrait que je prenne le premier train. Je n'ai pas d'autre solution, madame Thompson. Miles est un enfant très sage, il ne vous causera pas d'ennuis, pas vrai, mon chéri ?

Miles était fasciné par une poule qui tournait autour de sa poussette. Il tendit les bras pour tenter de l'attraper, mais l'animal s'enfuit aussi sec.

— Eh bien, il faudrait que je voie avec mon mari mais… (Les traits de Mme Thompson s'adoucirent lorsqu'elle baissa les yeux sur l'adorable garçonnet.) Oh, je peux bien vous dépanner pour cette fois.

— Je vous paierai, évidemment. Deux livres, est-ce que cela vous paraît suffisant ?

Rose crut que Mme Thompson allait défaillir.

— Non, je ne peux pas accepter, protesta cette dernière en secouant la tête. Après tout, ça ne changera pas grand-chose pour moi puisque je suis à la maison avec Leah. Dix shillings, ça sera très bien.

Rose plongea une main dans son sac, à la recherche de son porte-monnaie.

— Non… J'insiste, parce qu'il faudra que je vous amène Miles très tôt demain matin, et pour vous remercier de me rendre service au pied levé. Tenez, dit Rose en lui tendant deux billets froissés. Merci. Je vous le déposerai à 6 heures, avec tout ce dont il aura besoin. À demain.

Rose se sourit à elle-même en entamant la longue ascension de la colline. D'instinct, elle sut qu'avec Mme Thompson, son fils serait entre des mains compétentes et maternelles.

Lorsque le train s'arrêta à la gare de King's Cross à 10 h 45 le lendemain, la foule rendit aussitôt Rose mal à l'aise.

Après s'être frayé un chemin sur le quai bondé, elle grimpa dans un taxi et indiqua au chauffeur l'adresse inscrite sur la lettre de Tonia. Elle n'avait qu'une envie, en finir au plus vite.

Une demi-heure plus tard, la voiture la déposa devant un ensemble d'immeubles délabrés situé dans Tower Hamlets.

— L'appartement que vous cherchez se situe dans ce bâtiment, là-bas, mais je n'irai pas plus loin, la prévint le chauffeur. C'est pas un quartier très agréable, madame.

Ça, Rose s'en était rendu compte par elle-même. En traversant la cour, elle leva les yeux vers les petits balcons croulants sur lesquels séchait du linge grisonnant. Des voix d'enfants résonnaient, cependant ils n'étaient nulle part en vue.

Rose ouvrit la porte de l'immeuble que le chauffeur lui avait désigné. Dans l'escalier, un froid glacial la transperça et l'odeur âcre d'ordures pourrissantes la fit tressaillir – elle ne se la rappelait que trop bien.

La porte de l'appartement, dont il manquait une partie, montrait des traces d'éraflures noires. Rose prit une grande inspiration et appuya sur la sonnette, en panne. Alors elle frappa sur la boîte aux lettres.

Pas de réponse. Elle recommença, plus fort cette fois.

Toujours rien.

La porte de l'autre côté du palier s'ouvrit alors, et une paire d'yeux bruns apparut dans l'entrebâillement.

— Partie.

— Pardon ?

La femme examina Rose, avant d'ouvrir un peu plus grand.

— Partie. En ambulance. Deux semaines. Très malade. Peut-être morte.

La femme, qui avait l'air exténuée, eut un geste traduisant son impuissance.

— Vous savez dans quel hôpital ?

— Whitechapel, sûrement. Tout près.

— Merci beaucoup. Je vais aller voir.

Rose redescendit les marches. Sachant où Whitechapel se trouvait, elle décida qu'elle aurait plus vite fait de s'y rendre à pied. Elle pria pour qu'il ne soit pas trop tard.

À l'accueil, elle retint son souffle pendant que la femme consultait son registre.

— Ah, voilà. Tonia Rosstoff. Unité 8, l'informa-t-elle en lui indiquant où aller.

Rose déambula dans les couloirs vert pâle, s'efforçant de ne pas inhaler les effluves de maladie et de désinfectant.

Elle demanda à la sœur derrière le bureau quel lit Tonia occupait.

— Vous êtes de la famille ? s'enquit-elle, l'air grave.

— Non.

— Oh. (La femme réfléchit un moment.) J'espérais que ce serait le cas. J'ai l'impression que Tonia n'a pas de proches. Malheureusement, elle est venue nous voir trop tard. Elle est très mal en point, conclut-elle dans un haussement d'épaules désolé.

— Est-ce qu'elle va s'en sortir ?

— J'ai bien peur que non, répondit la sœur en secouant la tête. Elle est atteinte de la tuberculose à un stade très avancé. Nous pouvons uniquement nous assurer qu'elle ne souffre pas. Pauvre petite... En tant qu'infirmières, nous ne sommes pas censées nous attacher à nos patients, mais Tonia... Vous allez comprendre tout de suite ce que je veux dire. Une telle tristesse se dégage de ce regard si jeune. Et sa pauvre petite fille..., ajouta-t-elle en soupirant. Elle a été amenée ici avec Tonia. Elle souffrait de malnutrition.

À l'évocation de l'enfant, le cœur de Rose fit une embardée.

— Elle va bien maintenant, mais Dieu seul sait ce qu'elle va devenir après le décès de sa mère, poursuivit la sœur. J'imagine qu'elle sera placée quelque part. Bref, suivez-moi.

L'infirmière se mit à chuchoter lorsqu'elles pénétrèrent dans une salle de petite taille :

— Elle ne parle pas bien l'anglais, et elle est très affaiblie.

Les yeux de Rose s'embuèrent en découvrant la silhouette désolée qui gisait sur le lit. Tonia paraissait minuscule, noyée au milieu de la quantité de machines qui la gardaient en vie. En s'approchant,

Rose vit qu'elle dormait. Elle était affreusement chétive, si bien que ses pommettes se détachaient sur son visage creux et pâle, et de profonds cernes noirs soulignaient ses yeux.

Allongée ainsi, avec ses cheveux blonds étalés sur l'oreiller, elle n'avait pas l'air d'avoir plus de douze ans – même si Rose savait qu'elle en avait dix-huit.

— Je vous laisse, murmura l'infirmière avant de refermer doucement la porte.

Rose s'assit sur une chaise en bois inconfortable près du lit.

— Tonia, chuchota-t-elle tout bas. C'est Rosa. Rosa Delanski.

Elle n'obtint pas de réponse. Prenant la main de la jeune femme, Rose décida alors d'essayer un mot de polonais.

— Tonia, *kochana*, ma Tonia chérie.

Les paupières de Tonia s'agitèrent, puis s'entrouvrirent. Elle leva les yeux vers le plafond – on aurait dit qu'elle était en train de rêver.

— Tonia, *kochana*, est-ce que tu comprends le polonais ?

Tonia pivota très légèrement, comme si elle craignait que le mouvement ne lui occasionne une trop grande douleur. Elle regarda Rose, puis hocha lentement la tête. Cela faisait très longtemps que Rose n'avait pas parlé dans sa langue maternelle, aussi se lança-t-elle avec prudence.

— Je suis Rosa Delanski. Tu m'as écrit une lettre me demandant de venir te voir.

— Oui. (Sa voix n'était guère plus qu'un murmure.) Je ne pensais pas que vous viendriez. Merci.

— Pour quelle raison voulais-tu me voir ?

La pression sur la main de Rose s'accentua, et Tonia se redressa avec difficulté.

— J'ai un bébé. Trois mois. Ici, à l'hôpital. S'il vous plaît, occupez-vous d'elle quand je serai… morte.

L'effort que Tonia venait de fournir l'avait visiblement exténuée, et elle se laissa retomber sur les oreillers.

— Oh, Tonia. Que s'est-il passé ? J'ai tellement de questions à te poser. Lorsque nous sommes partis de Peggetz, la Croix-Rouge nous a assuré que tu serais adoptée…

Tonia secoua la tête avec force.

— Non. Orphelinat. Terrible. S'il vous plaît, pas mon enfant. S'il vous plaît. J'ai écrit une lettre… dans le tiroir. (Tonia inclina légèrement la tête.) Regardez.

Rose s'exécuta, et trouva une enveloppe.

— Occupez-vous de Miranda. Une requête maternelle, vous voyez ?

Tonia bataillait pour parler, ce qui n'aidait pas Rose à dissiper sa propre confusion.

— Je peux l'ouvrir ? demanda-t-elle.

Tonia approuva d'un mouvement de tête.

Écrite dans un mauvais anglais, la lettre disait que, dans le cas où Tonia viendrait à mourir, David ou Rosa Delanski se verraient confier la garde de Miranda Rosstoff.

— Je préfère tuer mon bébé que de l'abandonner. On m'a laissée grandir seule dans un endroit épouvantable. Pas d'amour. Rien que la faim et le malheur.

Des larmes s'étaient mises à couler sur les joues de Tonia. Seul l'espoir lui insufflait la force de parler.

Le cœur en miettes, Rose pleurait à son tour.

— Oh, Tonia… Pourquoi ne pas nous avoir contactés plus tôt ? Si j'avais su, je…

— Je ne connaissais pas votre existence. Seulement depuis un an. J'étais en prison. J'ai dû voler et prendre des hommes pour pouvoir manger. Une assistante sociale a réclamé mon dossier aux autorités. À l'intérieur, il y avait votre lettre. J'ai écrit, mais je n'ai pas eu de réponse. Je suis venue en Angleterre pour vous trouver. Et puis je suis tombée enceinte. Et malade. J'ai eu mon bébé, et puis ça…

Tonia respirait avec difficulté.

— Chut… Doucement, Tonia. Prends ton temps.

Tonia braqua sur Rose un regard qui laissait deviner sa frayeur.

— Non. Je vais mourir bientôt. J'ai peur… Oh mon Dieu, j'ai tellement peur.

Se penchant en avant, Rose prit la jeune femme dans ses bras et perçut sa vulnérabilité, ainsi que sa force vitale qui déclinait. Elle lui caressa les cheveux, ses larmes venant mouiller l'oreiller de Tonia. C'était la première fois qu'elle éprouvait une impuissance aussi totale. Les répercussions du passé et la fragilité de la vie lui apparurent plus flagrantes que jamais.

— Je suis là maintenant, *kochana.* Je suis là et je prendrai soin de ton bébé, je te le promets. Oh, ma chérie…

Tonia se recula pour contempler Rose, visiblement soulagée.

— Dieu merci, vous êtes venue avant qu'il ne soit trop tard, dit-elle. Miranda aura une famille. Pouvez-vous appeler l'infirmière ?

Rose aida Tonia à s'adosser contre les oreillers et alerta l'infirmière, qui accourut dans le couloir.

— Ça ne va pas ? s'enquit-elle, les traits tirés par l'inquiétude.

— Je ne sais pas. Elle a demandé à vous voir.

L'infirmière s'approcha du lit et se pencha au-dessus de sa patiente. Tonia murmura à son oreille durant un long moment, peinant à articuler. Enfin, l'infirmière hocha la tête et se tourna vers Rose.

— Elle m'a demandé de lui promettre que je vous laisserais ramener son bébé chez vous. Elle dit que vous êtes sa seule famille. (La femme marqua une pause, mettant de l'ordre dans ses idées.) Que vous aimiez sa mère, et qu'elle veut que vous deveniez celle de Miranda.

Tonia approuva.

— Pas d'orphelinat. Jurez-moi, s'il vous plaît.

— Et si j'allais chercher Miranda, à présent ? suggéra l'infirmière, les yeux pleins de larmes.

Un sourire s'épanouit sur le visage de Tonia. Rose se rassit près de la jeune femme et lui prit la main.

— Voilà, *kochana.* Tu vois ? Tu n'as pas d'inquiétude à avoir. Je te promets que Miranda repartira avec moi. Je m'occuperai d'elle et je l'aimerai comme ma fille.

L'infirmière revint, un petit paquet enveloppé de laine blanche dans les bras. Tonia fit signe à Rose qu'elle pouvait prendre l'enfant.

Lorsqu'on lui confia le bébé, Rose laissa échapper un sanglot malgré elle.

— Elle est magnifique, n'est-ce pas ? murmura Tonia en les observant.

— Oui. Comme sa mère. Et sa grand-mère.

L'infirmière regarda Tonia, à l'agonie, attraper les doigts de sa petite fille qu'elle venait, au prix d'un immense courage, de confier à une autre. Elle ne pensait pas avoir déjà été témoin d'une scène aussi déchirante.

Les paupières de Tonia se fermaient.

— Il faut la laisser à présent. Elle doit être épuisée.

— À plus tard, Tonia, dit Rose. Je reviens dans une heure ou deux, nous pourrons continuer à discuter.

Tonia écarta les bras, et l'infirmière vint y déposer Miranda. Tonia la serra fort contre elle.

— *Do widzenia, kochana.* Au revoir, ma chérie.

Elle posa un doux baiser sur la tête de son bébé, avant de le tendre à Rose.

— Elle est à toi désormais, dit-elle. Je te remercie du fond du cœur.

— Tu pourras la revoir tout à l'heure, ma belle, lui assura l'infirmière.

— Au revoir, Tonia, murmura Rose en l'embrassant. Je tiendrai ma promesse, je te le jure. Repose-toi maintenant.

Tonia hocha la tête. Son regard suivit Rose et sa fille jusqu'à la porte. Elle souffla un petit baiser, puis se rallongea et ferma les yeux.

Lorsque Rose revint à l'hôpital deux heures plus tard, l'infirmière, le visage baigné de larmes, secoua tristement la tête.

6

Saint-Tropez, mars 1984

Rose ouvrit les yeux, qu'elle avait fermés pour tenir le présent à distance et se transporter dans cette chambre d'hôpital morose. Les moindres détails de la scène étaient gravés dans son esprit et elle avait à cœur de rapporter à Miranda toutes les paroles que sa mère avait prononcées avant de mourir.

Miranda l'écoutait, immobile. Rose tenait à poursuivre jusqu'au bout.

— Malheureusement, je n'ai pas pu te prendre immédiatement avec moi dans le Yorkshire comme je l'avais juré à Tonia. Cette chère sœur et moi savions toutes les deux, au moment de formuler notre promesse, que le monde ne fonctionnait pas ainsi. Mais au moins ta mère est-elle partie rassurée, avec la garantie que tu ne serais pas livrée au même sort qu'elle. Après la mort de Tonia, tu as été confiée à une famille d'accueil. J'ai tout de suite rempli un dossier pour pouvoir t'adopter, mais parce que je n'étais pas mariée, je n'ai pas été considérée comme apte. Il a fallu trois années et de nombreuses audiences devant le tribunal avant que je puisse enfin te ramener à la maison. Et cette sœur a tenu son engagement. C'est son témoignage, et la lettre de Tonia, qui ont fini par convaincre le juge de me laisser t'adopter. Je n'oublierai jamais le jour où, enfin, je t'ai tenue dans mes bras en sachant que tu étais à moi. (Rose réprima un sanglot.) Oh, Miranda, je te jure que je t'ai aimée comme ma propre fille, même si tu as toujours eu l'impression de passer après Miles. J'ai parfois eu envie de te dire que je m'étais battue bec et ongles pour pouvoir t'adopter, juste pour te prouver à quel point je tenais à toi.

Miranda, le regard dans le vide et le visage blême, prit la parole :

— En tuant Santos – je veux dire Franzen –, j'ai vengé ma mère biologique et ma grand-mère. D'après ce que tu dis, il existe une possibilité pour qu'il soit mon grand-père.

Rose serra sa fille contre elle.

— Anya, ta grand-mère, a été contrainte d'avoir des relations avec d'autres hommes. Nous ne saurons jamais avec certitude.

— Oh mon Dieu…, souffla Miranda.

Les deux femmes gardèrent le silence un long moment, contemplant la douloureuse vérité.

— Il méritait de mourir, n'est-ce pas ? finit par dire Miranda en levant les yeux vers Rose.

— Oh oui, ma chérie. Oui.

— Il a menacé Chloe. Il a pris des photos d'elle et affirmé qu'il lui ferait du mal si j'essayais d'entrer en contact avec elle. Je… je l'aime tellement. Et il a tué Ian. Il m'a gardée prisonnière pendant deux ans, comme un animal en cage, parce que j'avais essayé de m'enfuir. Je…

La voix de Miranda se brisa. Elle n'avait pas la force de continuer.

— Il savait que tu étais ma fille, dit Rose. Il a fait ça pour me faire souffrir, et pour faire souffrir David. C'est un homme tordu, malsain et diabolique. Sa cruauté ne s'est pas arrêtée à Treblinka – elle n'aurait jamais eu de fin. Tu n'aurais pas dû endurer cela. C'est ma faute.

— Non, protesta Miranda. Tu m'as sauvée d'une vie dans un orphelinat. Tu m'as accueillie et aimée. Je ne te tiens pour responsable de rien.

Rose dut retenir ses larmes en entendant les paroles de sa fille, qui ajouta :

— J'ai peur, Rose. Est-ce que je vais aller en prison ?

— Non, ma chérie. David et son organisation vont s'assurer que cela n'arrive pas. Pour les autorités, tu ne te trouvais pas dans cette villa. David a dit à la police française que, lorsque le majordome et lui se sont réveillés, Franzen avait disparu. Le corps a été retrouvé dans l'eau, très abîmé. Crois-moi, l'affaire en restera là. Des centaines de personnes souhaitaient sa mort.

— Mais ils auraient préféré l'avoir vivant, pour qu'il puisse être extradé et jugé devant un tribunal. J'ai gâché des années de travail.

— C'est sans doute pour le mieux. En ce qui me concerne, j'aurais été incapable de me rendre au tribunal pour témoigner contre lui. L'idée de revoir cet homme…, murmura Rose en tressaillant.

— Il m'a obligée à faire des choses atroces, Rose. Je… je n'arrive même pas à te dire.

— Oh, ma pauvre chérie. J'ai enduré les mêmes souffrances. Et puis, j'ai commis de terribles erreurs.

J'ai refoulé beaucoup de choses pour pouvoir continuer à vivre, mais la douleur est toujours présente. Miranda, il faut que nous nous soutenions maintenant. Que nous repartions de zéro. Si nous ne le faisons pas pour nous, nous le devons au moins à Chloe.

— Comment va-t-elle ?

— À merveille, répondit Rose, les yeux humides.

— Je meurs d'envie de la voir, mais j'ai tellement peur qu'elle m'ait oubliée.

— Ma chérie, il ne s'est pas écoulé une seule journée sans que nous parlions de toi. Tu n'imagines pas à quel point j'ai eu peur. Je n'ai pas dormi correctement depuis ta disparition. Je me suis imaginé tant de choses…

La détresse qui se peignit sur le visage de Rose fit poindre un rayon de soleil dans l'esprit de Miranda, qui chassa les épaisses toiles d'araignées tissées de manque de confiance, de haine et de colère. Elle comprit tout à coup que, durant toute son enfance, Rose ne lui avait témoigné qu'amour et patience. Et elle éprouva une immense culpabilité pour les souffrances qu'elle avait infligées non seulement à Chloe, mais aussi à Rose.

— Je ne peux pas nier que je vous ai fait vivre un enfer, à Chloe et à toi, à cause de mon égoïsme, mais je crois avoir été punie, dit-elle, en larmes. Je suis tombée amoureuse de quelqu'un qui n'était ni beau ni riche, et il m'a été enlevé. Grâce à lui, j'ai pris conscience de ce qui comptait vraiment dans la vie, et je sais désormais que je peux être une bonne mère pour Chloe. (Elle marqua une pause.) Je vais avoir besoin de ton aide dans les prochains mois.

Rose tendit les bras à sa fille.

— Et moi de la tienne, ma chérie.

Mère et fille parlèrent jusqu'à l'aube.

— Il y a deux jours, j'avais le sentiment que ma vie était finie. Mais tu m'as aidée à comprendre certaines choses à propos de moi, de mon passé, dont j'avais besoin, déclara Miranda en soupirant. Je suis si fatiguée…

— Va dormir un peu. Je suis là maintenant. Ce cauchemar est terminé.

— Oui. Bonne nuit, Maman. Je t'aime.

Plongée dans ses réflexions, Rose sortit sur la terrasse admirer le soleil levant. Soudain, une main se posa doucement sur son épaule.

— Comment a-t-elle réagi en apprenant que Franzen était peut-être son grand-père ?

— Que pouvait-elle dire ? C'est une hypothèse odieuse, monstrueuse. Elle a déjà traversé tant d'épreuves. Elle a énormément d'informations à absorber, à appréhender. Voir l'histoire se répéter ainsi paraît tellement injuste.

— Nous ne sommes pas ici pour questionner le pourquoi des choses, soupira David. Plus je vieillis, plus je suis convaincu que notre destin est tout tracé avant même que nous poussions notre premier cri. (Il se tut quelques instants.) Tu m'as manqué, Rose. Je suis désolé de t'avoir fui. Je n'aurais jamais dû…

Rose s'écarta.

— Miranda et moi allons rentrer dans le Yorkshire dès que possible.

— Reste un peu, Rose. S'il te plaît. Miranda doit avoir besoin de temps pour digérer tout ça, non ? Est-ce que tu lui as dit, pour Miles ?

— Non, répondit Rose. Je n'ai pas pu.

— Je comprends. Je pourrais peut-être t'y aider.

Rose faillit éclater de rire. Son fils était la raison pour laquelle David avait coupé tout contact avec elle tant d'années plus tôt.

— Et il y a quelque chose dont j'aimerais te parler, ajouta-t-il.

— Oui, quoi ?

— Brett. Je me suis efforcé de le protéger comme tu as protégé tes propres enfants. Il ne connaît rien de notre passé. Oh, Rose, je crains d'avoir été un père épouvantable. Je l'ai égoïstement détourné de ses aspirations artistiques – en dépit de son talent évident – parce que je ne me sentais pas capable de les affronter. J'aimerais me racheter, et m'assurer que mon passé n'abîme pas davantage l'avenir de mon fils. J'ai besoin de ton aide.

— Qu'attends-tu de moi ?

— Voici ce que j'ai imaginé…

7

« L'industriel Frank Santos, porté disparu pendant qu'il séjournait dans sa villa du Sud de la France, aurait chuté d'une falaise alors qu'il se trouvait sous l'emprise de l'alcool. Le corps a été retrouvé et la police française ne soupçonne pas d'acte criminel. L'alerte a été donnée par M. David Cooper, un ami proche et associé d'affaires, seule autre personne présente dans la demeure avec le majordome de M. Santos. S'il possédait des entreprises dans le monde entier, M. Santos préférait vivre dans l'ombre, menant une vie discrète dans… »

Brett entendit le bulletin d'informations aux premières heures du jour, tandis qu'il s'apprêtait à quitter son appartement pour se rendre à l'aéroport JFK. La nouvelle ne fit qu'accroître sa perplexité. Son père lui avait téléphoné la veille au soir pour lui demander de prendre le premier vol pour Nice, où David le retrouverait.

Onze heures plus tard, lorsque Brett déboucha dans le hall des arrivées, David était là, élégamment vêtu, lunettes de soleil sur le nez.

— Bonjour, Brett, lança-t-il en posant un bras sur les épaules de son fils. Merci d'être venu aussi vite. Allons-y, si tu veux bien. Nous rejoignons Rose et Miranda à Saint-Tropez pour dîner.

— Rose et Miranda ? Pourquoi ?

David marcha d'un pas vif jusqu'à sa voiture de location, jeta le sac de voyage de Brett à l'arrière, puis ils prirent la direction de l'autoroute.

— Brett, j'ai environ deux heures pour tout te raconter. Je me sens terriblement coupable de t'avoir caché toute cette histoire, d'avoir été un si mauvais père, et de n'avoir jamais entendu ce que tu cherchais à me dire.

Brett, bouche bée, écouta son père qui continuait de parler le plus calmement du monde.

— Une avalanche de choses viennent d'avoir lieu, et il est légitime que tu sois mis au courant. Je vais commencer par le début. Je suggère que tu attendes que j'aie fini pour me poser tes questions. Tu risques de passer par le choc, la sidération, le dégoût, mais je me dois de te révéler la vérité.

Alors, tandis qu'ils traversaient les somptueux paysages de la côte méditerranéenne, David lui relata toute l'histoire, qui débutait en Pologne et s'achevait avec les événements qui s'étaient déroulés dans la villa de Santos quelques jours plus tôt.

— J'ai conscience de l'immense quantité d'informations que tu dois assimiler d'un coup, mais je crois qu'il était préférable que tu saches tout. Tu dois avoir mille questions. Je ferai de mon mieux pour y répondre.

— Oh Papa…, murmura Brett, la voix brisée par l'émotion. Pourquoi ne m'avoir rien dit ? Si j'avais su… Je t'aurais aidé, tu sais. Tu n'aurais pas dû porter ce poids seul. Pardonne-moi si je n'ai pas la bonne réaction, mais il s'agit d'une sacrée révélation… Tu n'étais pas obligé de me protéger, tu sais – je suis en droit de connaître mon héritage.

— Je m'en rends compte, à présent. Cependant, tout te raconter m'aurait ôté la possibilité de fuir. Mon passé aurait défini mon avenir, et le tien.

— Mais cela a été le cas, Papa. Ton histoire a eu des conséquences considérables sur toi, sur moi… sur Maman, déclara Brett, l'air triste.

— J'ai fait ce que j'ai cru bon pour nous tous. J'ai peut-être eu tort. Je suis profondément désolé, Brett, d'avoir été aveugle à ce point. Ce que j'ai éprouvé est difficile à expliquer. Je…

David s'interrompit en secouant la tête.

— Essaie, Papa. Je comprendrai sans doute mieux que tu ne le penses.

— D'accord.

David s'accorda quelques instants de réflexion avant de reprendre :

— Gagner de l'argent était devenu presque obsessionnel pour moi – une devise dénuée d'émotions, mais extrêmement puissante. J'ai réussi à refouler tout le mal-être et la haine hérités de mon passé en me concentrant sur cet objectif. L'argent ne pouvait pas me faire souffrir, car j'exerçais dessus un contrôle absolu, ce qui me procurait un sentiment de sécurité. (Il exhala profondément.) Et puis, j'étais doué pour ça.

— Pauvre Maman, murmura Brett comme pour lui-même.

— Oui.

— Est-ce que tu l'aimais ?

— Oui, Brett. Comme toi, elle a fourni beaucoup d'efforts pour essayer de briser ma carapace.

C'est entièrement ma faute si elle n'y est pas parvenue. (David préféra changer de sujet.) Écoute, je t'ai fait venir ici pour une autre raison aussi. Est-ce que ton boulot chez Cooper Industries te plaît ?

— Oui, bien sûr, répondit Brett.

David jeta un coup d'œil à son fils.

— J'ai été honnête avec toi, Brett, alors sois-le aussi, s'il te plaît.

— D'accord. Quand j'ai commencé dans la boîte, j'ai détesté. Je t'en voulais de n'avoir jamais tenu compte de ce que j'avais envie de faire de ma vie, d'avoir toujours pris pour acquis que je marcherais dans tes pas. Je n'ai jamais eu – et je n'aurai jamais – un sens des affaires aussi aiguisé que le tien. Je n'excelle pas quand il s'agit de conclure des contrats mirobolants. Mais, avec les années, je crois que j'ai appris à mieux accepter les choses. (Brett se mit à jouer avec l'interrupteur de la vitre.) J'ai pris mes marques, j'ai renoncé à mon rêve de devenir artiste. Est-ce que je suis heureux ? Je dois admettre que non, pas totalement. Mais je me sens honteux, parce que des millions de gens moins favorisés que moi échangeraient volontiers leur vie contre la mienne.

— Mmmh, fit David, songeur. Le problème, Brett, c'est que c'est en grande partie à cause de moi. Après tout, si tu n'avais pas été mon fils, personne n'aurait trouvé à redire que tu ailles t'installer en France pour te consacrer à la peinture. Donc au final, le fait d'être issu d'une famille aisée t'a empêché plutôt qu'aidé.

— Peut-être, admit Brett en contemplant la Méditerranée. J'ai une dernière question. Est-ce parce que tu voulais rompre tout lien avec ton passé que tu as coupé les ponts avec Rose ?

C'était la question que David avait redoutée, mais à laquelle il s'était préparé à répondre.

— En partie. Nous avons également eu un important… désaccord. Nous avons tous deux été trop fiers pour présenter nos excuses à l'autre. C'est idiot, au fond. Nous avons gâché vingt-deux années. Mais c'est réparé, maintenant. À ce sujet, Rose et moi avons imaginé un plan pour toi. Il s'agit de son idée, et je veux que tu saches qu'elle a ma totale approbation. (David coupa le contact, puis il prit la main de son fils.) Je te demande pardon, fiston. J'espère que je saurai me racheter.

Brett remarqua que les yeux de son père étaient humides. Son trouble passa presque aussitôt, mais pour la première fois de sa vie, Brett avait vu son père exprimer des émotions sincères à son égard.

— Voilà le projet. Qu'en penses-tu ? s'enquit Rose, son regard laissant paraître son excitation.

Le restaurant de bord de mer était vide – les premiers touristes n'arriveraient qu'au mois d'avril, lorsque les températures seraient plus clémentes. À leur arrivée, Rose les attendait, une bouteille de vin blanc sur la table.

Brett était sidéré par la proposition que sa tante venait de lui exposer. Il jeta un coup d'œil nerveux à son père.

— Brett, je t'ai dit que ce projet avait ma bénédiction, déclara David en lui souriant. Si ça ne marche pas, il y aura toujours une place pour toi dans l'entreprise.

— Nous nous sommes dit que ce serait la meilleure manière pour toi de vérifier si c'est véritablement ce que tu veux, poursuivit Rose. Tu ne seras soumis à aucune pression, et plutôt que d'entrer directement en école d'art, tu pourras progresser à ton propre rythme.

— Et puis, tu seras guidé par l'une des meilleures professeures qui soit, ajouta David, tout sourire. Alors ? Qu'est-ce que tu en dis ?

Le regard de Brett alla de l'un à l'autre. Les mots lui manquaient. Rose venait de lui proposer de travailler quelques mois auprès d'elle dans son atelier, en Angleterre. À l'issue de son séjour, il serait libre de poursuivre la peinture et de s'inscrire dans une école d'art, ou de retrouver un poste au sein de Cooper Industries.

— Je… Papa… et mon boulot chez Cooper ? Je ne peux pas tout laisser en plan…

— On s'en sortira, lui assura David d'une voix douce. C'est ce dont tu as envie, n'est-ce pas, Brett ?

— Eh bien… oui. Bon sang, oui ! s'exclama Brett en riant.

— Miranda et moi avons prévu de repartir dans une semaine, reprit Rose. Nous avons envie de passer un peu de temps ensemble avant de rejoindre Chloe dans le Yorkshire. Tu es le bienvenu quand tu le souhaites ensuite.

— Eh bien, j'ai des choses à régler au travail, mais…

— Rien dont on ne puisse se charger pour toi, balaya David d'un geste.

— Alors, d'accord. Marché conclu ! lança Brett, le regard pétillant, donnant l'impression qu'un immense poids venait de lui être ôté des épaules.

— Je suis juste désolé que cela ait pris autant de temps. Je ne comprendrai jamais comment j'ai pu ignorer le talent de mon propre fils, compte tenu de son héritage familial, déclara David, l'air triste.

— Attends, Papa, je n'ai pas touché à un pinceau depuis des années. Il se peut que j'aie perdu la main.

— Je suis sûr que non, Brett, intervint Rose. J'ai cessé de peindre pendant presque vingt ans. Ça ne te quitte jamais.

Brett était heureux de voir son père et sa tante réunis. Il y avait entre eux une intimité, une chaleur qui démentait la rupture qui les avait tenus éloignés si longtemps. Pour la première fois de sa vie, il eut le sentiment de faire partie d'une famille unie.

— Miranda ! Nous sommes là ! s'écria David en l'apercevant.

Brett eut du mal à reconnaître Miranda dans la jeune femme aux cheveux bruns qui s'avançait vers eux, un sourire timide aux lèvres. D'après David, elle venait de traverser une période éprouvante, et l'ombre qui avait remplacé la fille qu'il détestait autrefois inspira aussitôt à Brett une vague de sympathie.

— Bonjour, Miranda. Comment vas-tu ? lui demanda-t-il d'une voix douce.

— Je… Mieux, merci, répondit-elle, nerveuse.

— J'en suis ravi. Je n'ose même pas imaginer ce que tu as enduré. Je te trouve incroyablement courageuse.

Miranda ne sut quoi répondre, aussi enchaîna-t-il :

— Au fait, il semblerait que je vienne vous rendre visite dans le Yorkshire d'ici quelques semaines. Tu dois être impatiente de retrouver ta fille.

Le visage de Miranda s'éclaira aussitôt. Elle posa sur Brett un regard empli de gratitude.

— Oui, répondit-elle simplement.

Elle aurait tant aimé que Brett soit le père de son enfant.

8

Rose eut envie de pleurer en regardant Miranda tripoter nerveusement les boutons de son manteau tandis que le taxi entamait l'ascension de la colline jusqu'à la ferme.

— Et si elle ne se souvient pas de moi ? J'ai beaucoup changé.

— Elle se souviendra de toi, lui affirma Rose avec une assurance qu'elle ne ressentait pas.

Brett adressa un geste de la main à Rose et Miranda, puis les informa qu'il se chargeait de payer le chauffeur et de décharger leurs bagages.

Miranda et Rose, main dans la main, se dirigèrent vers la porte d'entrée.

Celle-ci s'ouvrit avant que Rose ait eu le temps d'introduire la clé dans la serrure, laissant apparaître le visage de Doreen Thompson.

— Est-ce que tout va bien, Doreen ? Chloe… ? s'enquit Rose aussi calmement que possible.

— Chloe va bien, répondit-elle. Regarde, ma puce. Je t'avais dit que ta maman rentrait à la maison aujourd'hui, n'est-ce pas ?

Une adorable fillette de sept ans se montra timidement derrière Doreen et lança un regard anxieux aux deux femmes qui se tenaient devant elle. L'espace d'un instant, Rose craignit qu'elle s'élance vers elle plutôt que vers Miranda.

— Bonjour, Granny, dit-elle avec un sourire.

Puis elle dirigea son regard vers Miranda, qui scrutait sa fille, figée sur place.

— Bonjour, Maman, dit-elle en lui tendant les bras.

Dans un sanglot, Miranda prit sa fille dans ses bras et l'étreignit fort – elle aurait voulu ne plus jamais la lâcher.

Rose et Doreen observaient la scène, les yeux brillants de larmes. Rose sentit une main sur son épaule. En pivotant, elle remarqua que ceux de Brett l'étaient aussi.

— Oh, ma petite chérie, mon bébé… Maman est rentrée à la maison. Maman est là.

9

Leah fut réveillée par les rayons du soleil qui filtraient à travers les rideaux. Elle s'extirpa du lit et les ouvrit. C'était un magnifique matin d'avril et son moral était au beau fixe.

Elle avait dépassé de trois semaines le point critique de sa grossesse et se sentait merveilleusement bien. Son gynécologue avait confirmé que le bébé était en pleine forme et qu'il n'existait aucune raison de ne pas se montrer optimiste.

Une légère crampe abdominale la fit grimacer. Leah l'ignora, consciente qu'il n'y avait rien d'anormal à ressentir d'occasionnels inconforts. Une fois la douleur passée, elle décida de se rendre dans la chambre du bébé. Elle n'y avait pas mis les pieds ces quatre derniers mois, terrifiée à l'idée que cela pourrait lui porter malheur, mais aujourd'hui, elle était détendue et confiante.

La chambre avait été aménagée deux ans plus tôt, lors de sa première grossesse. Le berceau était enveloppé dans une housse de protection, qu'elle ôta d'un geste rapide, avant de jeter un coup d'œil à l'armoire qui débordait de petits vêtements.

— Tu en as de la chance, toi, déclara-t-elle à son ventre arrondi.

Quittant la pièce, elle alla prendre une douche, puis gagna la véranda – elle était affamée. Tout en prenant son petit déjeuner, elle passa le courrier en revue. Trois enveloppes lui étaient adressées. Deux provenaient d'organisations caritatives, et la troisième était rédigée dans une écriture inconnue.

Elle dut contenir un cri d'horreur en découvrant son contenu.

Il s'agissait d'une photo d'elle, prise lors d'un défilé printemps-été de Carlo, à Milan. Le cliché avait été découpé dans un exemplaire de *Vogue* vieux de quatre ans.

Son visage avait été lacéré en long et en large à l'aide d'un couteau.

Les mains tremblantes, elle ne parvint pas à retenir ses larmes.

Elle vérifia l'intérieur de l'enveloppe. Il n'y avait rien d'autre.

— Oh mon Dieu…, souffla-t-elle.

Carlo.

Les choses avaient été trop calmes sur ce front ; Carlo ne lui avait pas donné signe de vie depuis deux ans, bien qu'elle eût entendu dire qu'il rencontrait de graves difficultés financières depuis le départ de son mannequin vedette.

Leah fut traversée par une nouvelle onde de douleur. Elle ne devait surtout pas laisser l'inquiétude ou le stress l'envahir. Elle devait appeler Anthony pour le prévenir. Il saurait quoi faire.

Leah se leva pour aller jusqu'au téléphone. Mais un coup de poignard la plia en deux.

— Non ! Oh non…

Alertée par les cris, Betty, l'employée de maison, accourut aussitôt et trouva Leah accroupie sur le sol, les traits tordus par la douleur.

— Appelez une ambulance, Betty. Et Anthony. Je suis en train de perdre le bébé.

Puis ce fut le noir.

10

Adossée à ses oreillers, Leah avait à peine touché au petit déjeuner préparé par Betty. Elle n'avait pas retrouvé l'appétit depuis son retour chez elle, une semaine plus tôt.

Anthony avait suggéré qu'ils se rendent dans leur maison du Vermont, où ils avaient passé plusieurs Noëls idylliques. Leah avait haussé les épaules – si c'était ce qu'Anthony désirait, cela lui convenait.

Anthony poussait Leah à consulter le docteur Simons, un psychiatre, seulement elle n'avait aucune envie qu'on lui dise qu'elle était déprimée – elle le savait déjà. Ses yeux s'embuèrent lorsqu'elle songea au nourrisson qu'elle aurait dû tenir dans ses bras cinq mois plus tard. Elle ne souhaitait partager ces pensées avec personne.

La jeune femme ouvrit son courrier sans enthousiasme.

Il y en avait une nouvelle : son corps et son visage découpés en lamelles. Cette fois, c'était une photo tirée d'une collection automne-hiver de Carlo.

Des larmes plein les yeux, elle roula la photo en une boule qu'elle balança dans la corbeille à papier. Elle savait qu'elle devrait avertir Anthony, cependant elle ne se sentait pas la force d'affronter un interrogatoire avec la police, et encore moins des menaces.

À l'instant présent, elle se fichait bien de mourir.

Betty apporta la page de magazine tailladée à Anthony après avoir nettoyé leur chambre.

— Je crois qu'il faut que vous voyiez ça, monsieur, lui dit-elle.

Cette dernière avait une grande affection pour Leah, qui traitait ses employés avec une infinie douceur. Tout comme Anthony, l'humeur actuelle de Leah lui causait beaucoup de souci.

— Bon sang…, souffla Anthony.

— Je l'ai trouvée dans la corbeille à papier ce matin. Elle a pu faire ça avec le couteau à fruits, monsieur.

— Merci de m'avoir averti, Betty.

— C'est normal. Je m'inquiète pour elle, monsieur. En regardant cette photo, on a l'impression qu'elle envisage de…

— Oui, Betty. Merci.

— Je vous en prie, monsieur. Madame ne va pas tarder à descendre. Ses valises sont presque prêtes, l'informa Betty, avant de quitter la pièce.

Anthony plia la feuille et la fourra dans sa poche. Ce n'était pas le moment de gérer cela. Peut-être aborderait-il le sujet une fois qu'ils auraient passé quelques jours à Woodstock et seraient plus détendus.

Leah arriva dans le salon, pâle et amaigrie mais ravissante malgré tout dans un ensemble en laine Donna Karan.

— Ah ! s'exclama Anthony en allant l'embrasser. Toujours aussi belle. Tu es prête à partir, ma chérie ?

Leah hocha la tête en silence.

— Alors allons-y. On ne voudrait pas rater notre vol, n'est-ce pas ?

Leah secoua la tête.

— Ma chérie, je te promets que ces quelques jours vont te faire un bien fou. Tu adores cette maison et nous ne serons même pas obligés de sortir si tu n'en as pas envie. Tu arriverais à me faire un petit sourire ?

Leah essaya, sans grand succès.

— Pas trop mal, dit Anthony en riant. Bien, allons-y.

Cinq minutes plus tard, ils roulaient en direction de l'aéroport.

Anthony posa le plateau chargé de jus d'orange, café et croissants au bout du lit.

— Comment te sens-tu, ce matin ?

— Ça va, répondit une voix étouffée.

— Tu veux que j'ouvre les rideaux ? Il fait un temps magnifique.

— Si tu veux.

Anthony poussa un soupir de frustration mêlée de tristesse. À leur arrivée, Leah avait demandé qu'ils dorment dans des chambres séparées, une requête qui l'avait blessé. Il avait accepté, bien entendu. Après tout, il lui était impossible de mesurer les répercussions physiques et émotionnelles que toutes ces épreuves infligeaient à son épouse adorée.

Jour après jour, Anthony avait suggéré à sa femme des activités, des lieux à visiter, des restaurants qu'elle affectionnait, mais elle n'avait montré aucun enthousiasme. Tout ce qu'il désirait, c'était être là pour elle, seulement elle le repoussait. Leah semblait partie à des années-lumière. Et voilà qu'elle refusait même de partager son lit.

Il se répétait que Leah traversait une phase dépressive, que sa détresse finirait par s'estomper, que cela ne signifiait pas que ses sentiments pour lui avaient changé. Pourtant, alors qu'il subissait chaque jour l'éloignement de son épouse, il lui était de plus en plus difficile de s'en convaincre.

Il ne devait pas baisser les bras, il le savait, ou il la perdrait pour de bon.

Prenant une grande inspiration avant d'affronter la froideur de Leah, il ouvrit les rideaux.

— Tu as des envies pour aujourd'hui, ma chérie ?

Leah se redressa lentement, écartant ses cheveux de son visage et abritant ses yeux de la luminosité aveuglante. Anthony la trouva plus belle que jamais.

— Pas particulièrement, répondit-elle d'une voix lasse.

— Je me suis dit que nous pourrions aller à Woodstock et faire un peu de shopping dans cette petite boutique que tu adores, puis déjeuner sur place. Qu'en dis-tu ?

— Je préfère rester là, pour être honnête. Mais si tu veux y aller…

Anthony sentit quelque chose se briser en lui.

— Aucun problème, Leah, affirma-t-il en se levant. Reste là à te morfondre. Tu sais, la plupart des femmes…

Anthony s'interrompit. Le regard de Leah était demeuré sans expression. Il passa une main distraite dans ses cheveux.

— Écoute, reprit-il. Je suis désolé. Je fais de mon mieux pour essayer de comprendre ce que tu ressens, mais… Je vais sortir marcher un peu.

Leah regarda Anthony disparaître de la pièce. Elle savait que la réaction de son mari aurait dû provoquer quelque chose en elle, mais non. Elle n'éprouvait rien d'autre qu'une douloureuse torpeur qui l'empêchait de réagir, comme si la réalité elle-même l'avait désertée.

En entendant la porte claquer, elle songea qu'elle aurait dû s'inquiéter.

Anthony sortit de la maison d'un pas décidé et descendit l'allée, se réprimandant d'avoir un jour évoqué son désir d'avoir un autre enfant. Il aimait Leah éperdument, et si la naissance d'un bébé ne ferait que renforcer leur union, il commençait à penser qu'il était injuste que Leah pâtisse d'être mariée à un homme plus âgé.

Pour le bien de son épouse, il avait prié pour que cette grossesse arrive à son terme. La perte du bébé l'avait anéanti.

Le médecin lui avait détaillé à de multiples reprises les raisons cliniques qui expliquaient les changements de personnalité de Leah, précisant qu'il s'agissait d'un état qu'elle ne pouvait pas maîtriser. Il avait imploré Anthony de faire preuve de patience et de compréhension, néanmoins celui-ci était impatient de retrouver la jeune femme heureuse et enjouée qu'il avait épousée.

Leah s'ennuyait peut-être : cela expliquerait qu'elle ait concentré toute son énergie sur son envie d'enfant. Son esprit vif et curieux exigeait d'être nourri par davantage que le quotidien d'épouse d'homme d'affaires, d'autant plus après la vie trépidante qu'elle avait connue avant leur mariage. Anthony l'avait sondée à de nombreuses reprises sur son souhait de reprendre sa carrière de mannequin – ou d'une éventuelle reconversion –, mais Leah avait toujours écarté cette hypothèse.

Tandis qu'il longeait une route boisée en écoutant le cri des coucous dans les arbres, il s'interrogea une nouvelle fois sur ce qui avait décidé Leah à l'épouser aussi subitement. À l'époque, il était si heureux qu'elle lui ait dit oui qu'il n'avait pas pris le temps d'y réfléchir. Mais à présent qu'il assistait à la dégradation de leur relation, il était contraint de se demander si Leah l'avait jamais véritablement aimé.

La possibilité de la perdre le terrorisait.

Un fossé les séparait désormais. Parviendraient-ils à le combler un jour ?

Plus tard ce jour-là, Anthony et Leah s'installèrent sur la terrasse. Anthony s'était confondu en excuses en rentrant, et Leah avait tâché de se montrer agréable.

— Si nous allions dîner au restaurant ? Tu pourrais mettre la jolie robe Dior que je t'ai offerte la semaine dernière. Qu'en penses-tu ? proposa-t-il en s'approchant d'elle pour déposer un léger baiser sur sa joue.

— Je suis trop fatiguée pour sortir, répondit Leah. Mais vas-y, toi. Je vais aller m'allonger, ajouta-t-elle avant de s'engouffrer à l'intérieur.

En dépit de la douceur de cette soirée de mai, Anthony frissonna. En soupirant, il attrapa le *New York Times* dans l'espoir de se changer les idées.

Son attention fut attirée par une photo à la page 14. On y voyait Maria Malgasa, à l'apogée de sa carrière, éblouissante dans une robe signée Carlo Porselli.

Anthony lut l'entrefilet qui jouxtait l'image.

« Maria Malgasa, mannequin mondialement célèbre dans les années 1970, a été retrouvée étranglée dans sa chambre d'hôtel, à Milan, où elle séjournait à l'occasion d'une séance photo pour *Vanity Fair.*

Son corps a été découvert par son équipe, après que Mlle Malgasa ne s'est pas présentée à l'aéroport pour prendre son vol de retour vers New York. Son amant de longue date, Carlo Porselli, collabore à l'enquête avec la police italienne. Si les détails demeurent flous, les premiers éléments semblent indiquer qu'un rapport sexuel aurait eu lieu. »

— Tu la connaissais, non ? demanda Anthony à Leah en lui montrant l'article ce soir-là.

Leah, soudain blême, approuva de la tête en observant la photo.

— Oh, mon Dieu. Anthony… j'ai reçu par la poste des photos de moi lacérées.

— Nous pensions que c'était toi qui les avais déchirées… Nous avons trouvé celle que tu as reçue le jour de ta fausse couche et Betty m'en a montré une autre qu'elle a récupérée dans la corbeille à papier.

— Toutes les photos que j'ai reçues ont été prises lors d'un défilé de Carlo. À en croire le cachet, elles ont été postées de Milan. S'il a été capable de faire ça, crois-tu qu'il ait pu… ?

Leah fut incapable d'achever sa phrase.

— Je l'ignore, mais j'appelle la police immédiatement.

11

— Croyez-moi, *per favore*. J'ai quitté Maria juste après le dîner. Elle était fatiguée et voulait se coucher tôt, affirma Carlo à l'officier de police en passant une main dans ses cheveux désordonnés.

— Vos empreintes ont été relevées sur les effets personnels de Mlle Malgasa, monsieur Porselli. Et un peu partout dans sa chambre.

— Mais je vous l'ai dit ! s'emporta Carlo en tapant du poing sur le bureau. Maria et moi avons fait l'amour avant de sortir dîner ce soir-là. Pas après ! Je lui ai dit bonsoir devant l'ascenseur de l'hôtel, puis je suis rentré chez moi, seul.

— Quel dommage qu'aucun employé de l'hôtel ne soit en mesure de corroborer vos dires. Le bagagiste affirme avoir vu un homme aux cheveux bruns qui correspond à votre description accompagner Mlle Malgasa dans sa chambre, un quart d'heure après l'heure où vous prétendez l'avoir quittée. Selon lui, le même homme est reparti à 4 h 30 du matin.

— *Non lo so,* répliqua Carlo en poussant un profond soupir. J'ignore qui est cette personne, mais ce n'était pas moi. J'aimais Maria ! Elle était ma muse ! Pourquoi voudrais-je la tuer ? Je ne suis pas connu pour être quelqu'un de violent, si ? Demandez aux mannequins avec qui j'ai travaillé dans le passé.

— C'est ce que nous avons fait, monsieur Porselli. (L'officier poussa un dossier dans sa direction.) Jetez un coup d'œil à ça.

Carlo sortit les photos tailladées de Leah.

— Quelle horreur ! s'écria-t-il. Ça me donne envie de vomir. C'est de la perversité !

— Nous partageons votre avis. Et celui de Mme Van Schiele, qui a reçu ces courriers par la poste. Le dernier a été envoyé de Milan.

Carlo ouvrit la bouche pour parler, mais s'interrompit. À la manière dont l'officier de police le regardait, il ne faisait aucun doute qu'il était convaincu de sa culpabilité pour les deux crimes.

— Mme Van Schiele était-elle votre prochaine victime, monsieur Porselli ?

Carlo sentit des larmes d'impuissance et de colère lui brûler les paupières. Dire que lui, Carlo Porselli, grand couturier, était retenu dans ce trou à rats milanais parce qu'on le soupçonnait de meurtre…

— Je vais vous laisser réfléchir à ce que je viens de dire, *signore.* Nous avons suffisamment de preuves en notre possession pour vous inculper.

— Lorsque mes amis seront mis au courant, vous allez vous en mordre les doigts ! tonna Carlo tandis que l'officier s'éloignait vers la porte de la cellule.

— Je crois, *signore,* que vous n'avez pas autant d'amis que ce que vous croyez. *Buona notte.*

La porte se referma dans un claquement.

Carlo se prit la tête entre les mains et fondit en larmes.

Le vol de deux heures en provenance de l'aéroport de Milan atterrit à l'heure à Heathrow. Les passagers franchirent le poste de douane puis sortirent dans l'air frais de ce mois de mai.

Il acheta un journal, puis grimpa dans un taxi. Un sourire se dessina sur ses lèvres en lisant les titres. Carlo Porselli avait été inculpé pour le meurtre de Maria Malgasa.

Son plan se déroulait comme prévu. Il avait voulu se venger de Carlo pour lui avoir volé Leah, puis avoir fait d'elle une salope arrogante et égoïste qui l'avait traité comme un moins-que-rien.

Maria et les autres avaient satisfait ses besoins pendant un temps, mais l'heure était venue à présent de prendre possession de la femme qui avait toujours été sienne. Il lui avait transmis des avertissements, aussi ne lui restait-il plus qu'à attendre. Elle viendrait jusqu'à lui, il le savait.

Une heure plus tard, le taxi atteignit la gare de King's Cross. Il monta à bord du train et se mit à l'aise en prévision du long trajet vers le nord.

12

Brett s'éveilla au gazouillis d'une famille d'accenteurs mouchets qui avait élu domicile devant sa chambre, sous l'avant-toit de la ferme. En jetant un coup d'œil à l'horloge, il apprit qu'il était un peu plus de 6 heures. Il sauta du lit, enfila un jean et un vieux sweat-shirt puis gagna son atelier au rez-de-chaussée – celui que Rose occupait avant de s'installer dans une grange reconvertie. Il sourit en entrant dans la pièce, se délectant de l'odeur de peinture et du désordre qu'il avait lui-même provoqué, puis il porta son attention sur la toile posée sur le chevalet.

Ce tableau, Brett le savait, était de loin le meilleur qu'il avait produit à ce jour. Les teintes, qui se fondaient les unes aux autres, dégageaient une grande subtilité et une parfaite harmonie.

Il lui avait fallu neuf toiles et trois mois de travail acharné pour en arriver là. Les tableaux précédents, éparpillés çà et là dans l'atelier, étaient plutôt bons, mais manquaient d'originalité. Rose l'avait encouragé, le poussant à poursuivre ses efforts et lui assurant qu'à force de travail, sa patte finirait par transparaître. Selon elle, Brett était doué d'un talent inné qu'il devait à tout prix cultiver, façonner et auquel il devait accorder la liberté de s'exprimer.

Brett comprit qu'il venait, enfin, d'y parvenir.

Plus jeune, il choisissait un objet ou un paysage et tâchait d'en traduire la pleine beauté. Mais depuis qu'il avait recommencé à peindre, il avait le sentiment d'avoir quelque chose à dire sur la toile, de donner du sens à ce qu'il créait. Il venait d'en achever une qui représentait une jeune fille tendant les bras vers le paradis. La moitié supérieure de la toile exsudait de couleurs vibrantes : ciel azur, soleil resplendissant, pommiers en fleurs autour de la tête de son sujet. Pour l'autre moitié, il avait eu recours à des tonalités beaucoup plus sombres. Des mains masculines agrippaient les chevilles de la jeune fille, le sol au-dessous d'elle était noir et froid, et un bras d'homme s'étirait vers son ventre.

Brett étudia longuement son œuvre.

— « Femme asservie », murmura-t-il.

Il demanderait à Rose de venir y jeter un coup d'œil plus tard. S'il était si heureux de vivre ici, c'était en grande partie pour les longues discussions qu'il partageait avec sa tante autour d'une bouteille de vin, souvent jusqu'à tard dans la nuit. Rose lui racontait l'époque où elle fréquentait le Royal College, ils débattaient des œuvres de Freud, Bacon et Sutherland, et consacraient des heures à analyser chacun des tableaux dans les innombrables catalogues que Rose possédait.

Toutefois, en étudiant sa dernière toile, Brett sut que l'heure était venue de passer à l'étape suivante. Retourner travailler pour son père à New York était inenvisageable ; il ressentait le besoin d'évoluer dans un écosystème de jeunes artistes, de grandir à leurs côtés.

Rose aimait l'idée que son neveu marche dans ses pas au Royal College, cependant Brett savait où il voulait étudier : à Paris, où son grand-père Jacob avait vécu et apprivoisé son art. Son destin l'appelait – il en rêvait la nuit avec une telle clarté qu'il se réveillait le matin en se demandant où se situait la frontière avec la réalité.

Il décida qu'il était temps de discuter de son avenir avec Rose et de lui annoncer qu'il souhaitait étudier aux Beaux-Arts de Paris. S'emparant de sa palette et de son pinceau, Brett entreprit d'apposer les touches finales à sa toile. Comme toujours lorsqu'il s'absorbait dans son travail, son esprit vagabonda vers Leah.

Il avait découvert dans la presse l'arrestation de Carlo pour le meurtre de Maria Malgasa avec une horreur teintée d'une certaine satisfaction. Brett s'était souvent demandé pourquoi Leah n'avait pas épousé Carlo après l'annonce de leurs fiançailles dans la presse. Il avait supposé à l'époque qu'ils avaient dû se brouiller, mais au vu des derniers événements, le doute s'insinuait dans son esprit. Il se trouvait dans un tel état d'ivresse et de colère le soir où il avait confronté Leah qu'il n'avait même pas pris la peine d'écouter ses explications. Et si elle avait dit la vérité ?

Brett soupira. Il était inutile de se torturer ; désormais, Leah était mariée et heureuse. Ils n'étaient pas destinés à être ensemble. Brett était condamné à passer le reste de sa vie à rêver d'une femme qui lui était inaccessible.

Il posa son pinceau et se rendit compte qu'il était affamé. Sortant de son atelier, il longea le couloir, s'arrêtant pour ramasser le courrier.

Miranda et Chloe se trouvaient déjà dans la cuisine. Le visage de la fillette s'éclaira lorsqu'elle aperçut Brett.

— Salut, Oncle Brett. Est-ce que tu as peint d'autres tableaux ?

Brett hocha la tête. Il avait régulièrement des impressions de déjà-vu lorsqu'ils se trouvaient à la table du petit déjeuner. En voyant Doreen s'affairer, il laissait son esprit flâner vers les premières vacances qu'il avait passées ici. Tant d'années s'étaient écoulées, tant d'eau avait coulé sous les ponts…

— Bonjour, tout le monde, lança Rose en arrivant dans la pièce, l'air épuisé.

— Bien dormi ? s'enquit Brett.

— Non. J'ai été prise d'une crise d'angoisse à 3 heures du matin au sujet de l'exposition à New York. Je travaille dans mon atelier depuis.

— Rose, je sais que tu n'as jamais exposé là-bas, mais ton travail est superbe, la rassura-t-il.

— Merci, Brett, mais le vernissage a lieu dans moins de deux mois et il me reste encore quatre toiles à peindre.

— On sera là pour te soutenir, Maman, la réconforta Miranda.

— Je le sais, ma chérie. Je suis désolée d'être obnubilée à ce point par cet événement, mais j'aimerais tellement que ça marche pour moi là-bas.

— Ça sera le cas, j'en suis convaincue. Allez, Chloe, on va s'habiller, ma puce.

— D'accord, Maman.

— Je me fais du souci pour Miranda, Brett, déclara Rose une fois qu'elles eurent quitté la pièce. Elle ne cesse de naviguer entre hauts et bas. J'espère que le voyage à New York lui fera du bien, même si je ne disposerai pas de beaucoup de temps libre. Et puis elles devront repartir avant moi pour être de retour à temps avant la rentrée des classes.

— Je suis certain qu'elles vont passer un moment inoubliable. Le duplex de Papa est sublime et très bien situé. Il m'a dit qu'il prendrait quelques jours de congé pendant votre séjour pour montrer la ville à Miranda et à Chloe.

— C'est adorable de sa part.

— Je ferais bien de me remettre au travail, annonça Brett en se levant. Tu veux bien passer me voir quand tu auras une minute ? J'ai quelque chose à te montrer, et j'aimerais te parler.

— Bien sûr, répondit Rose en réprimant un bâillement.

Elle se demanda si elle aurait envie de revenir dans le Yorkshire à l'issue de son séjour à New York.

13

Leah déambulait dans le jardin luxuriant inondé de soleil, tranchant d'un geste brusque les têtes fanées de ses rosiers.

Elle consulta sa montre. 10 h 10. Une journée entière s'étirait devant elle, qui culminerait avec une interminable soirée de conversations tendues avec Anthony à la table du dîner.

Elle détestait ce qu'elle était devenue. Morte, anesthésiée, dénuée de la moindre lueur d'intérêt pour quoi que ce soit. Même lorsqu'elle avait montré à la police les photos d'elle lacérées reçues par la poste, elle n'avait quasiment rien ressenti. Elle avait l'impression de n'être plus qu'une spectatrice de sa propre vie, la regardant se dérouler au loin. Elle n'avait rien éprouvé non plus lorsque Carlo avait été inculpé, en partie grâce aux éléments qu'elle avait fournis et qui étaient venus s'ajouter aux empreintes relevées dans la chambre de Maria. Les policiers l'avaient informée qu'elle serait sans doute amenée à témoigner au tribunal en qualité de témoin, mais Leah refusait d'y penser.

Si elle était certaine à présent qu'elle n'aimait plus Anthony, le voir blessé par la moindre de ses paroles l'attristait énormément. Cela faisait plus de trois mois – depuis leur retour de Woodstock – qu'ils ne partageaient plus le même lit. L'idée de faire l'amour avec lui la répugnait, ne servant qu'à lui rappeler ses insuffisances et la mort de ses trois bébés. Elle avait compris qu'il était vain de persister.

Elle se demandait fréquemment si Anthony entretenait une liaison. Il aurait été naturel qu'il aille trouver du réconfort dans les bras d'une autre. Cependant il ne rentrait jamais plus tard que d'habitude et l'appelait constamment chaque fois qu'il s'absentait pour son travail.

Dans un sens, elle aurait préféré qu'il rencontre quelqu'un – elle se serait sentie moins coupable. Elle aurait aimé qu'il exprime de la colère, comme cette fois dans le Vermont où il lui avait répondu sèchement, mais il semblait accepter son comportement avec résignation.

Anthony avait suggéré qu'ils essaient une nouvelle fois de concevoir un enfant. Devant le non catégorique de Leah, il avait suggéré l'adoption mais s'était vu opposer un nouveau refus. Aux yeux de Leah, adopter un enfant reviendrait à admettre ses défaillances aux yeux de tous.

Alors elle laissait les journées défiler, attendant qu'il soit l'heure d'aller au lit et de se glisser dans le sommeil et dans son merveilleux rêve. C'était toujours le même : elle avait dans ses bras un bébé tout doux et dépendant d'elle ; à son côté se tenait fièrement Brett, qui les couvait tous deux d'un regard débordant d'amour.

Il lui arrivait de ne pas penser à lui pendant plusieurs semaines, puis le rêve surgissait à nouveau et elle passait la journée du lendemain à se remémorer les sentiments qu'elle avait eus pour lui, la pureté de leur amour. Ses songes éveillaient alors son désir sexuel – qu'elle pensait éteint depuis si longtemps. Envahie par la culpabilité, elle s'imaginait ce qu'Anthony ressentirait s'il savait.

Il y avait aussi l'autre rêve… celui qui la hantait depuis qu'elle était enfant. La silhouette sombre la pourchassant sur la lande jusqu'à l'épuisement. Et la voix de Megan, qui la mettait en garde, inlassablement…

Leah secoua la tête, se forçant à revenir à l'instant présent. Son instinct lui signifiait qu'elle était en train de perdre un temps précieux, que sa vie avait dangereusement dérivé de son cap et qu'elle ne faisait rien pour la remettre sur les rails.

Elle était comme coincée dans des limbes, dans l'attente d'un événement qui viendrait la sauver d'elle-même.

Leah ramassa les fleurs mortes sur le sol et se dirigea vers la maison. Le téléphone sonnait.

— Allô.

— Oh, Leah, c'est Maman. Je…

Leah distingua un pleur étouffé à l'autre bout du fil.

— Maman ? Est-ce que ça va ? Que se passe-t-il ?

— Je… Excuse-moi, Leah. C'est Papa. Comme tu sais, il s'est bien remis de son opération de la hanche, mais l'hôpital m'a appelée hier soir. Il a eu un infarctus, Leah. Ils ne savent pas s'il s'en sortira. Oh, ma chérie, j'ai tellement peur. Je ne sais pas quoi faire.

— Écoute-moi, Maman. Je vais prendre le prochain vol pour Londres. Papa est à l'hôpital d'Airedale ?

— Oui.

— Je te retrouve là-bas dès que possible. Sois forte, Maman, et dis à Papa de l'être aussi.

— Merci, Leah. Je… On a besoin de toi.

— Garde ton calme, Maman. Je t'appellerai de l'aéroport pour te dire à quelle heure j'arrive.

Aussitôt qu'elle eut raccroché, Leah composa le numéro de British Airways. Elle réussit à réserver la dernière place sur le Concorde qui décollait à l'heure du déjeuner et atterrissait à Londres le lendemain soir. Elle manquerait la connexion pour Leeds et devrait louer une voiture.

Elle se précipita à l'étage, jeta quelques affaires dans une valise et écrivit un mot à Anthony.

Urgence familiale en Angleterre. Papa a eu une crise cardiaque.

Je t'appelle de là-bas.

L.

Malcolm la conduisit à l'aéroport. Elle se dépêcha de passer le contrôle des passeports pendant qu'un dernier appel pour son vol résonnait dans les haut-parleurs.

Lorsque l'avion décolla, Leah fut assaillie par une vague d'émotions dont la puissance lui coupa le souffle. Une douleur profonde, oui, mais pas seulement.

Pour la première fois depuis des mois, on avait besoin d'elle.

Lorsque Leah arriva à l'hôpital d'Airedale à 4 heures du matin, l'infirmière la dirigea vers l'unité de soins intensifs. Doreen était assise dans la salle d'attente, le regard dans le vague. Leah se mordit la lèvre en constatant à quel point sa mère avait changé depuis la dernière fois qu'elle l'avait vue – elle avait les traits fatigués et du gris colorait désormais ses cheveux.

Leah la prit dans ses bras et elles s'étreignirent un long moment, tandis que Doreen pleurait doucement.

— Merci d'être venue, Leah. J'étais en train de devenir folle sans personne à qui parler.

— Comment va-t-il ?

— Son état est stationnaire. Il a une mine affreuse. Il est si pâle… il est attaché à tellement de machines. Il ouvre parfois les yeux, mais il ne peut pas parler.

— Je vais aller le voir.

— Tu veux que je t'accompagne ?

— Reste là et essaie de te reposer. Tu as l'air épuisé.

Leah remonta le couloir désert. Elle aperçut des gens venus rendre visite à leurs proches, en dépit de l'heure avancée de la nuit. Il n'y avait pas d'horaires de visite en soins intensifs.

L'infirmière désigna la chambre qu'occupait le père de Leah. Celle-ci prit une grande inspiration et entra.

Elle réprima un sanglot ; rien ne l'avait préparée à découvrir son père adoré si frêle et immobile. Allongé sur le dos, il était relié à une batterie d'écrans et de perfusions.

— Papa… Papa…, murmura-t-elle. C'est Leah.

Elle se pencha au-dessus de lui, de sorte qu'il puisse la voir s'il ouvrait les yeux. Mais ce ne fut pas le cas.

Leah se laissa tomber sur la chaise placée près du lit et lui attrapa la main, déformée après des années à ingérer des médicaments. Son pauvre corps avait enduré tant de souffrances, pourtant Leah n'avait jamais entendu son père se plaindre.

— Papa, je suis là, maintenant. Je veux que tu te concentres sur ta guérison, afin que Maman et moi puissions te ramener à la maison et que nous formions de nouveau une famille, comme avant.

À la pensée de toutes les fois où elle aurait pu rentrer en Angleterre pour voir ses parents, Leah ne put retenir ses larmes. Elle s'en voulut terriblement d'avoir été à ce point obnubilée par ses propres tourments. Il était peut-être trop tard, à présent.

— Papa, tu te souviens quand j'étais petite, qu'on observait la nature et que tu m'apprenais les noms des oiseaux ? Et mon premier jour d'école ? Je pleurais comme une madeleine parce que je ne voulais pas y aller. Tu m'avais promis que tu resterais devant le bâtiment toute la journée et que si ça ne me plaisait pas, je pourrais rentrer avec toi. Tout s'est bien passé, mais le soir tu étais là, à m'attendre. Je me suis souvent demandé si tu étais vraiment resté là la journée entière.

Leah parvint à sourire à travers ses larmes. Elle vit les paupières de son père frémir, puis ses lèvres s'étirer en un faible sourire.

Leah resta auprès de lui pendant plus de deux heures, avant de rejoindre sa mère, dont les traits s'étaient détendus.

— Le médecin ne va pas tarder à faire ses visites. Si nous allions prendre un petit déjeuner ? Tu dois être affamée après ce long voyage.

La cafétéria bouillonnait de l'activité engendrée par le passage de relais entre les équipes de nuit et de jour. Leah et sa mère se forcèrent à avaler un repas chaud.

— Dans combien de temps les médecins pourront-ils déclarer Papa hors de danger ?

— C'est difficile à dire, dut admettre Doreen. Ton père a de la fièvre et son opération de la hanche l'a affaibli. Son pauvre cœur n'a pas supporté. Ils ne savent pas encore si son infarctus lui laissera des séquelles. Je n'ai jamais beaucoup prié, mais je m'y suis mise ces deux derniers jours. Ton père et moi… eh bien, c'est le seul homme que j'aie jamais connu. J'étais si jeune quand nous nous sommes mariés. Vingt-cinq ans. Il m'arrive parfois de perdre patience, mais je ne pourrais pas vivre sans lui.

Leah prit la main de sa mère, qui fondit en larmes.

— Allez, tâchons de ne pas pleurer, se reprit-elle. Nous devons être fortes pour Papa, croire dur comme fer qu'il va s'en sortir. Il le faut.

Les deux jours suivants, Leah et sa mère le veillèrent nuit et jour ; elles lui parlaient, lui tenaient la main, lui caressaient le front et lui faisaient la lecture. Les infirmières leur avaient suggéré de rentrer chez elles dormir un peu, mais elles avaient refusé.

— Nous voulons qu'il sente notre présence, avait argué Doreen.

Trois jours après l'arrivée de Leah, le médecin les fit venir dans son bureau.

— J'ai une bonne nouvelle. Nous allons faire sortir M. Thompson de l'unité de soins intensifs ce matin.

— Oh, Dieu merci…, déclara Doreen, des larmes dans les yeux.

— Mais il va devoir rester hospitalisé encore trois semaines, après quoi il lui faudra des soins très rigoureux. Maintenant que nous le savons hors de danger, je vous conseille de rentrer vous reposer. Nous ne voudrions pas deux patientes supplémentaires, n'est-ce pas ?

— Merci infiniment, docteur, dit Leah.

Sa mère et elle regagnèrent alors la chambre, où M. Thompson, le regard alerte, articula un bonjour silencieux.

— On va rentrer à la maison faire un petit somme, chéri. Histoire de prendre des forces avant ton retour, lança Doreen en levant les sourcils, et Leah fut ravie de voir que sa mère avait retrouvé son humour habituel. Ne t'avise pas de me refaire un coup pareil ou je serai obligée de supprimer les Yorkshire puddings du menu pour de bon.

— À tout à l'heure, souffla M. Thompson en souriant.

Doreen et Leah quittèrent l'hôpital d'un pas léger, regagnèrent Oxenhope dans la voiture louée par Leah et passèrent le reste de la journée à dormir comme des bébés.

14

Une semaine avant la sortie de l'hôpital prévue de M. Thompson, Leah prit rendez-vous avec le médecin de celui-ci.

— Comment va mon père ? s'enquit-elle.

— Il fait beaucoup de progrès, Leah. Comme je vous l'ai dit, il va avoir besoin d'un suivi soutenu pendant un certain temps. Nous pouvons vous aider – une infirmière passera le voir un jour sur deux –, mais je crains qu'une grande partie de la charge n'incombe à votre mère.

— C'est précisément ce qui m'inquiète, docteur. Elle est épuisée. Cela fait vingt ans qu'elle s'occupe de mon père. Je peux rester encore quelques jours, mais je vais bientôt devoir rentrer chez moi, aux États-Unis. J'ai songé à embaucher quelqu'un, seulement leur maison n'est pas grande et Maman est incapable de déléguer. Alors j'ai eu l'idée de les envoyer dans une maison de convalescence pendant quelques semaines. Ainsi mes parents seraient ensemble, mais ma mère serait épaulée pour prendre soin de mon père. J'ai trouvé un établissement près de Skipton qui accepte les couples. Je serais tellement plus rassurée.

— Je pense que c'est une excellente idée, approuva le médecin. Ce serait bénéfique pour eux deux.

— Parfait. Dans ce cas c'est décidé. Je me demandais si vous accepteriez d'en toucher un mot à ma mère. Si ça vient de moi, elle ne voudra pas en entendre parler.

— Bien sûr, répondit le médecin en adressant à Leah un sourire compréhensif.

— Bon, essayez de ne pas vous faire de souci. Papa, assure-toi que Maman se détende, d'accord ?

— Je ferai de mon mieux, ma chérie, lui répondit M. Thompson avant d'être tracté à l'arrière de l'ambulance qui allait les emmener dans leur maison de convalescence, à une trentaine de kilomètres de l'hôpital.

— Bien. Au revoir, Maman. Repose-toi, surtout. C'est le but de ce séjour.

— Oui, Leah. Mais nous nous serions parfaitement débrouillés à la maison, tu sais.

— Arrête, Maman ! dit Leah en la serrant dans ses bras. Je reviendrai vous voir quand vous serez rentrés.

Leah leur envoya un baiser, puis les portes de l'ambulance se refermèrent.

En arrivant chez ses parents, la jeune femme fut envahie d'une immense tristesse. Elle avait passé les deux dernières semaines à s'occuper d'eux, si bien qu'elle n'avait pas eu une seconde pour songer à ses propres tracas. Mais à cet instant, dans la maison vide et silencieuse, son esprit fut ramené à Anthony et à son mariage dans la tempête. Elle l'avait appelé à deux reprises pour le tenir au courant de l'évolution de la situation. Il s'était montré aussi bienveillant qu'à son habitude, l'encourageant à rester auprès de ses parents autant de temps que nécessaire et lui assurant qu'il viendrait la rejoindre sur-le-champ si elle le souhaitait. Leah l'avait informé de sa décision de rester une semaine supplémentaire afin de régler quelques détails, ce qu'Anthony avait accepté sans ciller. Leah s'était dit qu'un peu de temps seule pour faire le point était exactement ce dont elle avait besoin.

Elle s'assit en laissant échapper un long soupir et décida qu'après ces deux semaines éreintantes, le moment n'était pas propice à se lancer dans une grande introspection.

Elle attrapa les clés de sa voiture et sortit. Elle savait exactement où elle avait envie de se rendre.

Depuis sa dernière visite, le presbytère avait reçu une nouvelle couche de peinture et une extension abritant une boutique de souvenirs et un espace d'exposition supplémentaire avait vu le jour. Leah découvrit une gigantesque file d'attente à l'entrée, mais elle s'installa au soleil avec plaisir, écoutant d'une oreille le groupe de touristes américains munis de caméscopes bavarder bruyamment devant elle.

L'intérieur du presbytère était fidèle à ses souvenirs. Elle y déambula lentement, s'imprégnant de l'atmosphère qu'elle affectionnait tant plus jeune, se remémorant sa dernière visite – était-ce pour se replonger dans ces souvenirs doux-amers qu'elle avait décidé de venir aujourd'hui ?

Absorbée dans ses réflexions, elle descendit la rue principale et s'arrêta devant le Stirrup Café. Au diable… Quitte à s'absorber dans le passé, autant ne pas le faire à moitié. Leah s'attabla près d'une fenêtre pour pouvoir observer le monde suivre sa course, puis commanda une *shepherd's pie*.

Alors qu'elle s'apprêtait à boire une gorgée de son café, son attention fut attirée par une silhouette de grande taille et une chevelure blond vénitien familière. Souffrait-elle d'hallucinations ? L'homme sembla tourner la tête dans sa direction, mais continua sa route jusqu'à disparaître de sa vue.

Une douloureuse déception accabla Leah. Elle continua de siroter son café, perdue dans ses pensées. Elle ne leva pas les yeux en entendant la clochette de la porte carillonner.

— Bon sang, c'était bien toi ! Je n'en étais pas certain, mais…

Il se tenait devant elle, un sourire nerveux aux lèvres.

— Bonjour, Brett.

— Je… Bonjour.

— Qu'est-ce que tu fais là ?

Brett afficha un air surpris, puis répondit :

— Je vis avec Rose, à la ferme. Ta mère ne te l'a pas dit ?

— Non. Elle avait d'autres choses en tête ces derniers temps.

— Oui. J'ai été très attristé d'apprendre pour ton père. Rose m'a tenu au courant. Il se remet bien, n'est-ce pas ?

— Oui, répondit Leah. Même si son sort est resté incertain pendant un moment.

Après avoir hésité, Brett se risqua :

— Tu acceptes que je m'assoie avec toi ?

— Bien sûr, répondit Leah, l'air détaché.

Brett posa par terre un sac qui contenait deux miches de pain.

— Rose raffole du pain de la boulangerie qui est en haut de la rue. Je viens à Haworth pour lui en acheter, expliqua-t-il, se demandant pourquoi il s'excusait de sa présence alors qu'il vivait là désormais. Je meurs de faim. Tu as commandé quelque chose ?

— Oui.

— Je prendrai la même chose que toi, dit-il en attirant l'attention de la serveuse.

— Une autre *shepherd's pie,* s'il vous plaît, demanda Leah en rougissant.

En jetant un coup d'œil à Brett, elle comprit qu'il se souvenait, lui aussi.

— Pour combien de temps es-tu ici ? s'enquit-il.

— Encore une semaine. Je loge chez mes parents. Tu ne travailles plus pour ton père ?

— Non. C'est lui qui a suggéré que je vienne passer quelques semaines ici pour me consacrer à la peinture. Si mon séjour confirme mon envie de poursuivre dans cette voie, je m'inscrirai dans une école d'art. D'ailleurs, il se trouve que j'ai reçu une bonne nouvelle ce matin. (Brett extirpa de la poche de son jean une lettre froissée.) J'ai soumis quelques toiles aux Beaux-Arts, à Paris. Ils me proposent un entretien dans dix jours. Bon sang, Leah, je donnerais tout pour y étudier. C'est l'école que mon grand-père a fréquentée, tu sais.

La serveuse arriva avec leurs plats.

— Je l'ignorais, mais je suis très heureuse pour toi. Et dire que la dernière fois que je t'ai vu, tu étais convaincu que ton père ne te laisserait jamais quitter son entreprise.

— Ce projet a reçu sa bénédiction. Notre famille a surmonté tellement d'épreuves, cette année. Ce serait trop long à expliquer, mais mon père avait enfoui certaines blessures qui aident à mieux comprendre la personne qu'il était. Il a traversé une période extrêmement éprouvante dont il est sorti transformé. Ce n'est plus le même homme. (Brett marqua une pause.) Ni moi non plus. Leah, il faut que tu viennes boire un verre à la ferme. Rose serait ravie de te voir. Elle part pour New York avec Miranda et Chloe dans trois semaines pour sa première exposition aux États-Unis.

— C'est dingue ! Et comment va Miranda ? Elle est réapparue, alors ?

— Oui. Et comme mon père, elle est métamorphosée. On s'entend très bien tous les deux. Sa petite fille est adorable.

Leah eut un pincement au cœur en entendant Brett chanter les louanges de Miranda.

— Il va falloir que j'y aille, Brett.

— Écoute, Leah, j'aimerais vraiment qu'on parle. Je me suis comporté comme le dernier des imbéciles la dernière fois qu'on s'est vus. Serais-tu d'accord pour dîner avec moi ce soir ?

— Non, je ne peux pas.

— Oh, fit Brett, manifestement déçu. Demain, alors ?

— D'accord, répondit-elle sans avoir pris le temps de réfléchir.

— Nous irons au Steeton Hall. D'après Rose, la nourriture y est excellente. Je passerai te chercher à 20 heures chez tes parents.

— Parfait. À demain.

Brett la regarda sortir du restaurant. Dix minutes plus tard, il se baladait dans la rue principale, les mains enfoncées dans les poches.

Leah. Leah se trouvait ici, dans le Yorkshire, et il venait de lui parler.

Il prit la direction de la lande, derrière le presbytère, à l'endroit où il l'avait embrassée pour la première fois, et se laissa tomber dans les herbes aux effluves sucrés. Le soleil était encore haut. Il ferma les yeux.

Était-ce terminé entre eux ? Son instinct lui affirmait le contraire.

Mais tout recommencer… Brett avait peur. Peur de s'abandonner à ses émotions après les avoir réprimées pendant tant d'années.

Son père avait lui-même verrouillé son cœur et s'était débarrassé de la clé – ainsi, pas de surprises ni de souffrances. D'un autre côté, c'était l'assurance d'une existence terne, à l'image des dessins qu'il réalisait au fusain avant que les couleurs vibrantes viennent leur donner vie.

Il aimait toujours Leah.

Le passé appartenait au passé, et il préférait se concentrer sur l'avenir.

Le lendemain soir, Leah eut l'impression de revivre les préparatifs de son premier dîner avec Brett, à New York. Elle enfila toutes les tenues qu'elle avait apportées, incapable de se décider – cela ne lui ressemblait pas.

Brett lui avait toujours inspiré un mélange de nervosité et de timidité.

Elle n'avait pas fermé l'œil de la nuit – à la fois parce qu'elle se trouvait seule pour la première fois et parce que la perspective de revoir Brett le lendemain titillait sa conscience. Elle avait à plusieurs reprises envisagé d'appeler Anthony au cours de la nuit mais s'était ravisée, redoutant qu'il n'entende la culpabilité percer dans sa voix.

Bon sang, Leah, tu vas dîner avec un vieil ami. Rien de plus.

Cependant son cœur lui disait autre chose.

En prenant la direction d'Oxenhope, Brett fut assailli par une vague d'appréhension.

Leah lui avait semblé si flegmatique la veille, comme si leur rencontre n'avait produit aucun effet sur elle. Il avait été en proie à une telle fébrilité que Rose avait bien failli le tuer lorsqu'il avait admis avoir oublié son pain quelque part dans Haworth.

Rongé par la nervosité, il éteignit le moteur.

Allons, Brett, Leah est une femme mariée, se raisonna-t-il. *Il s'agit simplement d'un dîner avec une vieille amie à qui tu vas présenter tes excuses.*

Tous deux étaient des adultes mûrs et raisonnables.

Mais son cœur lui disait autre chose.

— Bonsoir, Leah. Tu es ravissante. Tu es prête à partir ? La route est jolie et nous pourrons boire un verre avant de dîner.

— Très bien.

Il leur fallut moins de vingt minutes pour atteindre Steeton. Rose avait prêté à Brett sa Land Rover pour la durée de son séjour et Leah se délecta de l'odeur de cuir et d'essence caractéristique des vieilles voitures.

Arrivés au restaurant, ils s'installèrent au bar. Brett se commanda une bière, et Leah, un verre de vin blanc.

— Tu bois de l'alcool ? s'étonna-t-il.

— Seulement pour les occasions spéciales.

— Dans ce cas, je suis très honoré, répondit Brett, se demandant s'il devait se lancer dans ses explications tout de suite ou attendre après le dîner – il opta pour la deuxième solution. Alors, pourquoi as-tu décidé d'arrêter le mannequinat ?

— J'en avais marre. La mort de mon amie Jenny a été le déclencheur.

— Je suis désolé, Leah, je ne savais pas, murmura Brett, visiblement bouleversé. Que s'est-il passé ?

— Elle a fait deux tentatives de suicide. La seconde a été la bonne.

— C'est terrible. (Brett peinait à trouver les mots.) Et… depuis combien de temps es-tu mariée ?

— Un peu plus de deux ans.

— Tu es heureuse ?

Leah prit une grande inspiration.

— Nous avons rencontré des difficultés, admit-elle, mais dans l'ensemble, oui. Anthony est un homme profondément bon et gentil.

— Tant mieux. Il est plus âgé que toi, n'est-ce pas ?

— Oui, nous avons vingt-deux ans d'écart – il n'a que quarante-six ans, ce n'est pas si vieux.

— En effet, dit Brett avant de voir le maître d'hôtel lui faire signe. Et si nous allions nous installer ?

Leah suivit Brett dans un jardin d'hiver éclairé aux chandelles, et ils s'attablèrent près d'une fenêtre.

— C'est charmant, déclara Leah en s'attaquant à son entrée.

Durant tout le dîner, Brett ne cessa de chercher le bon moment pour parler à Leah. Après avoir commandé deux cafés et un cognac pour se donner du courage, il se jeta à l'eau.

— Écoute, Leah. Je voudrais te présenter mes excuses pour la manière dont je me suis comporté avec toi à New York. J'étais affreusement soûl ce soir-là, très en colère et triste. Je n'ai même pas pris la peine d'écouter tes explications.

— C'est vrai, confirma Leah.

— J'étais effondré quand j'ai lu dans les journaux que la fille que j'aimais allait en épouser un autre et j'ai pété les plombs.

Leah observa Brett un moment, puis elle prit la parole :

— Sache que je ne t'ai pas menti, Brett. Il ne s'est jamais rien passé entre Carlo et moi. J'étais folle de rage quand j'ai appris qu'il avait annoncé nos fiançailles à la presse. J'avais même décidé de le poursuivre en justice, mais Madelaine m'en a empêchée. Je comprends que tu aies pu être contrarié. (Leah haussa les épaules.) De l'eau a coulé sous les ponts depuis.

— Quand Carlo a été arrêté pour le meurtre de Maria Malgasa, j'ai compris qu'il t'avait sans doute attirée chez lui de manière sournoise.

— Oui, c'est le cas... comme je te l'ai expliqué à l'époque, ajouta Leah en secouant la tête. Je ne sais pas, Brett... Carlo avait beaucoup de défauts, c'était un enfant gâté, égoïste, arrogant, mais je ne peux pas croire qu'il ait pu tuer quelqu'un. D'un autre côté, il m'a envoyé des photos de moi lacérées au couteau. Je les ai montrées à la police et je crois que ça a contribué à son inculpation. Son procès doit se tenir dans quelques semaines. Bref... Parlons de choses plus gaies. Raconte-moi ce que tu as fait après t'être évaporé dans la nature.

Brett lui relata alors ses voyages à travers le monde, ses visites des différentes filiales de l'entreprise de son père, puis, se rendant compte qu'ils étaient les derniers clients dans le restaurant, il régla la note.

— Je crois qu'on devrait laisser ces pauvres employés aller se coucher. Leah, il faut que je te pose la question, déclara-t-il, profitant de l'obscurité pour dissimuler sa gêne. Es-tu prête à me pardonner et à faire table rase du passé ?

— Oui, Brett. Je suis sûre que nous pourrions redevenir amis. Toute cette histoire appartient au passé.

Ce n'était pas la réponse qu'il avait espérée.

— Merci pour le dîner, lui dit Leah lorsqu'ils arrivèrent devant la maison de ses parents.

— Avec plaisir. Tu n'imagines pas à quel point je me sens plus léger d'avoir pu te présenter mes excuses ce soir.

— Je suis heureuse que tu l'aies fait. Bonne nuit, Brett.

— Bonne nuit, Leah.

Une fois à l'intérieur, elle se laissa tomber par terre, étourdie par un mélange de soulagement et d'excitation contrariée. Elle avait eu très envie de l'inviter à entrer, mais… Non, leur relation s'était achevée à New York. C'était de l'histoire ancienne.

Elle se releva, ôta ses chaussures et alla mettre la bouilloire en route. Puis elle alluma la radio pour combler le silence, éprouvant une bouffée de fierté d'avoir été capable de garder le contrôle de la situation.

Elle regagna le salon, une tasse de café à la main.

Celle-ci se brisa au sol lorsque Leah aperçut le contour d'un visage à la fenêtre.

Elle porta une main à sa bouche et il lui fallut mobiliser tout son sang-froid pour ne pas hurler.

— C'est moi, Leah, c'est Brett ! Ma voiture refuse de démarrer !

15

Le lendemain matin, lovée dans les bras de Brett, Leah songea qu'elle avait su ce dénouement inévitable à la seconde où elle lui avait ouvert la porte.

Aucun d'eux n'avait eu la force de résister. Ils avaient essayé ; Brett avait insisté pour rentrer à pied, puis ils avaient bu des litres de café pour repousser le moment de prendre une décision.

Ivre de fatigue mais tout son corps bouillonnant d'un désir réprimé, Leah avait fini par proposer à Brett de dormir sur le canapé plutôt que de parcourir à pied le long chemin jusqu'à la ferme. Se confondant en excuses, celui-ci avait accepté la couette que Leah lui tendait et promis d'appeler le garage le plus proche à la première heure.

— Bonne nuit, avait-elle dit.

À cet instant, Brett lui avait attrapé la main.

— Je t'aime, Leah. Je n'ai jamais cessé de t'aimer.

L'attirant contre lui, il l'avait alors embrassée comme elle en avait rêvé tant de fois ces dernières années.

Ils avaient fait l'amour là, sur le sol, incapables de s'éloigner l'un de l'autre ne fût-ce que pour aller jusqu'à la chambre de Leah. Brett s'était montré tendre, aimant, passionné – des mots dont elle avait presque oublié la signification – et elle s'était comportée d'une manière qui l'avait stupéfiée, presque terrifiée, avide de le toucher, de le caresser, d'explorer la moindre parcelle de son corps.

— Bon Dieu, Leah…, avait-il soufflé en posant sur elle des yeux émus. C'est toi. Cela a toujours été toi, depuis mon premier été ici. Et il n'y aura jamais personne d'autre, je le sais. Je le sens au plus profond de moi. Oh, mon amour…

Allongée auprès de lui, elle s'était trouvée incapable d'éprouver de la tristesse ou de la culpabilité.

Plus tard, alors qu'ils avaient rejoint le lit de Leah et fait l'amour une nouvelle fois, elle avait pris sa main et murmuré dans l'obscurité :

— Il va falloir que je reparte, tu sais.

— Je sais, avait-il répondu, conscient qu'il ne pouvait espérer davantage que ce qu'elle lui avait déjà donné. Alors profitons au maximum du temps que nous avons.

Les jours suivants avaient filé à une vitesse prodigieuse. Parce que Brett et Leah avaient conscience de la valeur de chaque minute passée ensemble, ils s'évertuaient à faire déborder d'amour le moindre instant. Leah avait remisé ses interrogations sur l'avenir et décidé qu'elle paierait plus tard le prix de ses actions.

Lorsque Brett rentra à la ferme le lendemain après-midi en expliquant à Rose, gêné, que la Range Rover était en panne devant chez les parents de Leah, celle-ci comprit immédiatement. Mais en voyant la joie qui faisait pétiller le regard de Brett, elle ne put s'empêcher d'être heureuse pour lui et s'interdit de lui faire la leçon sur les conséquences de ses actes.

Leah, qui n'était tiraillée par la culpabilité que de manière fugace, savourait les moments avec Brett tandis qu'ils rejouaient leur histoire passée. Main dans la main, ils retournèrent au presbytère, se promenèrent sur la lande, reproduisirent leur premier baiser à l'endroit où il avait eu lieu, s'allongèrent dans l'herbe près de la ferme et firent l'amour sous le soleil brûlant. Le soir, ils se rendaient à Haworth où ils se mêlaient aux touristes pour dîner dans un pub ou un restaurant du village.

Tout était comme alors – y compris la silhouette qui les épiait.

La veille du départ de Leah pour New York, Brett la trouva à la table de la cuisine, pâle, le regard perdu dans le vide.

— Que se passe-t-il, Leah ? Tu n'as pas l'air en forme.

— Je me sens vaseuse. Sûrement ce chili qu'on a mangé hier soir.

— Est-ce que c'est parce que tu dois repartir aux États-Unis demain ? l'interrogea Brett, cherchant à lui faire admettre la véritable raison de son mal-être.

Il l'avait dit. Il avait exprimé ce à quoi ils s'étaient tous deux efforcés de ne pas songer durant les six merveilleux jours qu'ils venaient de passer.

Le charme était rompu et Leah fondit en larmes. Brett, désemparé, la laissa pleurer.

— Je suis désolée, murmura Leah en se levant pour aller se réfugier dans la salle de bains.

Sous la douche, les pleines conséquences de ses actes la frappèrent soudain de plein fouet. Le lendemain, elle était censée retrouver son mari et faire comme si rien d'inhabituel ne s'était produit. Mais

Anthony était loin d'être stupide, il s'apercevrait de quelque chose. Leah fut terrassée par la honte lorsqu'elle songea que son mari ne lui avait jamais rien témoigné d'autre que de l'amour et de l'affection – et elle le lui rendait en le trompant à la seconde où elle était séparée de lui.

Leah s'assit sur le sol, nue, la tête entre les mains. Si Brett lui demandait de rester – ce qu'il n'avait pas fait –, que déciderait-elle ?

Elle n'en avait aucune idée. Sa semaine dans le Yorkshire, censée lui offrir l'espace et le temps nécessaires pour réfléchir à son couple, n'avait fait que compliquer la situation. Elle ne doutait pas de son amour pour Brett, mais alors le visage d'Anthony jaillissait dans son esprit… Un coup frappé à la porte interrompit ses pensées.

— Est-ce que ça va, Leah ?

— Oui, oui. J'arrive.

Elle ouvrit la porte et tomba dans les bras de Brett.

Ils avaient planifié leur dernière soirée ensemble dans les moindres détails. Champagne chez les parents de Leah, puis dîner au Old Haworth Hall. Mais la présence de la valise de Leah dans la chambre avait suffi à ternir la soirée avant même qu'elle ait débuté. Brett avait aussi programmé son départ pour Paris le lendemain, afin qu'ils puissent se rendre ensemble à l'aéroport d'Heathrow. Aucun d'eux ne toucha à son assiette ce soir-là. Une fois rentrés, Leah prépara du café et ils s'installèrent dans le salon, chacun absorbé par ses pensées.

C'est la dernière nuit que je m'apprête à passer avec elle. Comment supporter l'idée de le quitter ?

— On devrait aller se coucher, murmura Leah. On se lève très tôt demain.

— Leah, je…

— Ne dis rien.

Ils se rendirent dans la chambre et firent l'amour une dernière fois, leur étreinte traduisant le désespoir et la tendresse qu'ils n'étaient pas capables d'exprimer avec des mots. Ce moment, ils en avaient tous deux conscience, resterait gravé dans leurs esprits jusqu'à la fin de leurs jours.

Après une nuit sans sommeil, ils se levèrent à 4 heures et inspectèrent la maison une dernière fois. Leah ferma la porte d'entrée, glissa les clés dans la boîte aux lettres, puis ils se mirent en route.

À 7 heures du matin, l'aéroport de Leeds était un lieu déprimant. Heureusement, le vol pour Heathrow était à l'heure.

— Café ? proposa Brett, le visage blême et les yeux rougis.

Leah secoua la tête ; retarder l'inévitable ne ferait qu'accentuer sa douleur.

— Je ferais mieux d'y aller. L'embarquement va bientôt commencer.

— D'accord, dit Brett, la boule qui obstruait sa gorge menaçant de laisser place aux larmes.

Il accompagna Leah jusqu'à la porte d'embarquement. Elle s'arrêta, à quelques mètres du fossé qui s'apprêtait à l'engloutir à tout jamais.

— Au revoir, Brett, murmura-t-elle, les yeux baissés.

Ne parvenant à se contenir plus longtemps, il autorisa les larmes à couler librement sur son visage.

— Je t'aime, souffla-t-il.

Brett la regarda s'éloigner avec l'impression de voir la scène se dérouler au ralenti. Leah tendit son billet à l'hôtesse.

— Non ! s'écria-t-il alors, peinant à reconnaître sa propre voix.

Leah avait franchi le portique et allait s'engouffrer dans le couloir.

— Leah, non ! répéta-t-il en s'élançant vers elle, dépassant l'employée médusée.

Tremblant, il fit pivoter Leah vers lui.

— Tu ne peux pas partir. Tu ne peux pas me faire ça. Je sais que tu m'aimes. Je t'en supplie, Leah. Nous avons toujours été destinés à être ensemble. Tu m'aimes aussi, Leah, admets-le.

Elle dévisagea Brett, dont le visage était baigné de larmes.

À cet instant, elle décida de choisir l'avenir. Pour le meilleur et pour le pire.

— Je t'aime aussi, répondit-elle.

Deux heures plus tard, tandis que le vol Air France A300 décollait pour Paris, Brett sourit à la sublime femme assise à côté de lui.

— Tu ne le regretteras pas, mon ange. Je te le promets.

16

Anthony reposa le combiné d'un geste lent. Le chandelier qui le surplombait dans le somptueux hall d'entrée lui paraissait étinceler plus fort que d'habitude à travers ses larmes.

Il obligea son corps à se mouvoir jusqu'au salon, où il se servit un généreux brandy.

Elle ne reviendrait pas. Il avait beau faire tourner cet état de fait en boucle dans sa tête, son cerveau refusait de l'enregistrer comme une information crédible. Dans quelques heures, il irait forcément accueillir sa femme à l'aéroport à son retour d'Angleterre. Il la ramènerait chez eux, et la vie reprendrait son cours.

Non. Leah ne reviendrait plus dans ces murs. Elle était tombée amoureuse d'un autre et l'avait quitté. Cela arrivait couramment : à ses amis, à des voisins, à des gens partout dans le monde, tous les jours. Et cela venait de lui arriver, à lui. Il avait la sensation d'avoir reçu un coup de poing, ses jambes réduites à deux bouts de bois tremblotants. Il se versa un second brandy avant qu'elles ne l'abandonnent complètement, puis se laissa tomber lourdement sur le canapé.

Sur la cheminée, l'horloge continuait d'égrener les secondes.

Le silence. Voilà ce que Leah lui léguait. Un sentiment d'abattement total le terrassa. Il n'avait jamais rien éprouvé de tel, même lorsque sa première épouse était souffrante. À l'époque, il avait vu la vie la quitter doucement, avait disposé de temps pour accepter l'idée qu'il allait la perdre.

Il était sous le choc. Pas une seule fois durant le séjour prolongé de Leah en Europe, il n'avait envisagé qu'elle puisse ne pas rentrer. À y réfléchir, il n'aurait pas dû être surpris : elle était malheureuse depuis longtemps, sans doute – il le comprenait à présent – parce qu'elle ne l'aimait plus.

Anthony l'avait trouvée plus gaie lorsqu'elle l'appelait depuis le Yorkshire et s'était réjoui qu'elle prenne le temps dont elle avait besoin, se réconfortant avec la perspective de retrouver la Leah d'autrefois.

La douleur était épouvantable. Imaginer Leah en train de faire l'amour avec un autre homme lui donnait la nausée.

Il aurait dû se douter, lorsqu'il l'avait épousée, qu'elle était trop jeune pour être en couple avec un homme de son âge. Brett était jeune et en bonne santé ; Leah n'aurait aucun mal à avoir un enfant avec lui.

Toutefois, il refusait de croire que quiconque pût aimer Leah autant que lui.

Il lui portait un amour total, désintéressé, qui excluait toutes les autres.

Anthony se mit à pleurer.

17

— Tu es heureuse, mon ange ?

Leah approuva d'un signe de tête. Elle se trouvait dans la ville la plus romantique du monde en train de planifier son avenir avec l'homme qu'elle aimait depuis de nombreuses années.

Pourtant, elle ne parvenait pas à se débarrasser d'une profonde tristesse. La joie et la liberté auxquelles elle avait goûté avec Brett dans le Yorkshire s'étaient évanouies à l'instant où elle avait appelé Anthony depuis l'aéroport. Il avait paru dévasté, anéanti par le chagrin, toutefois il ne lui avait pas demandé de rentrer. Il lui avait dit qu'il l'aimait, qu'il l'aimerait toujours, mais qu'il ne l'empêcherait pas d'être heureuse.

Leah aurait préféré qu'il proteste, qu'il s'emporte. Ainsi, elle n'aurait pas ressenti une culpabilité aussi écrasante.

La veille, Leah avait laissé Brett devant l'École des beaux-arts. Pendant son entretien, qui avait duré une bonne partie de la matinée, elle avait pris le temps d'aller rendre visite à ses amis, dans leurs ateliers de l'avenue Montaigne. Sa valise étant partie à New York, elle n'avait avec elle que la robe qu'elle portait le jour de son départ. Ses amis couturiers l'avaient accueillie à bras ouverts, et lorsqu'elle les avait informés qu'elle envisageait de venir s'installer prochainement à Paris, ils l'avaient suppliée de reprendre le mannequinat. Elle avait protesté – elle était trop vieille à présent –, mais tous avaient éclaté de rire. Elle n'avait que vingt-quatre ans !

Elle s'était sentie flattée, mais aussi perplexe, prenant peu à peu conscience de la portée de sa récente décision.

Ce soir-là, Brett et elle avaient dîné chez Maxim's pour fêter l'admission de celui-ci aux Beaux-Arts. Lorsqu'il lui avait demandé si la perspective de s'installer à Paris l'enthousiasmait, Leah avait répondu qu'il lui fallait du temps pour y réfléchir.

L'idée de renouer avec son ancien métier était tentante ; il lui faudrait s'occuper pendant que Brett étudierait, cependant elle était convaincue que d'autres activités pourraient lui procurer davantage de satisfaction.

Brett, lui, s'était montré ravi lorsqu'elle avait évoqué la possibilité de redevenir mannequin.

— C'est fantastique, Leah ! Moi aux Beaux-Arts, toi qui recommences à travailler. Après tout, tu m'as dit que tu t'étais ennuyée à mourir ces dernières années… Est-ce que tu vas y réfléchir sérieusement ?

Elle lui avait répondu par l'affirmative. Cependant, Brett ne pouvait pas comprendre les sentiments que lui inspirait son ancienne activité, ni mesurer à quel point le décès de Jenny l'avait marquée.

Leah l'embrassa, sauta du lit de leur chambre d'hôtel puis alla prendre une douche. Il ne leur restait qu'une journée à Paris avant de repartir dans le Yorkshire, où elle commencerait sa nouvelle vie.

Une fois revenue sur les lieux qui renfermaient tous leurs souvenirs, peut-être se sentirait-elle plus confiante vis-à-vis de l'avenir ?

Elle laissa l'eau brûlante ruisseler sur son corps. Oui, lorsque le temps aurait adouci la douleur et la culpabilité d'avoir quitté Anthony, elle serait de nouveau capable d'apprécier ce qu'elle partageait avec Brett.

18

— Rose, je me demandais si tu accepterais d'accueillir Leah à la ferme pendant quelques semaines, jusqu'à ce que nous partions pour Paris ? demanda Brett, visiblement embarrassé.

— Où est-elle ? s'enquit Rose en soupirant.

— Chez ses parents, en train de les mettre au courant. Ils sont rentrés de la maison de convalescence hier, elle s'est dit qu'il était préférable de leur parler le plus tôt possible. On avait l'intention de louer un appartement, mais tout est complet à cette période de l'année.

— Bien sûr que Leah peut loger ici, répondit Rose. J'imagine que je n'ai pas besoin de préparer un lit supplémentaire ? le taquina-t-elle.

— Non, confirma Brett en rougissant.

— Eh bien, Leah et toi aurez la maison pour vous puisque Miranda, Chloe et moi partons pour New York dans une semaine. Dieu seul sait comment Doreen va réagir à tout ça. Leah a déjà annoncé la nouvelle à son mari, n'est-ce pas ? Il ne va pas se pointer ici avec des gros durs pour tout détruire ?

— Non. Apparemment il a plutôt bien réagi. Je crois qu'ils n'étaient plus heureux depuis un moment.

En voyant le regard lumineux de Brett, Rose se sentit heureuse pour lui.

— Et Leah est enthousiaste à l'idée de s'installer à Paris ?

— Eh bien, nous l'avons évoqué rapidement, mais je crois, oui. Je prévois de partir dans deux semaines, histoire de trouver un appartement avant le début de l'année universitaire. Leah me rejoindra dès que je serai installé. Elle a envie de passer un peu de temps avec ses parents pour s'assurer qu'ils s'en sortent.

— Leah doit t'aimer très fort pour faire ce qu'elle a fait, déclara Rose. Même si sa relation avec son mari n'était pas au beau fixe, elle vient de tout quitter pour toi. Ne la déçois pas une nouvelle fois, Brett.

— Je te le promets, Rose. Tu connais mes sentiments pour elle. J'ai l'intention de l'épouser à la seconde où elle sera libre.

— Bien, dit Rose en souriant. Je vais faire un tour à Leeds cet après-midi, il faut que je m'achète quelques vêtements pour les États-Unis. Tu as besoin de quelque chose ?

— Non, merci. Je vais aller travailler dans mon studio. Mes doigts me démangent après cinq jours d'inactivité. (Il s'avança jusqu'à Rose pour la prendre dans ses bras.) Merci, Rose. Je savais que tu comprendrais.

Rose le regarda s'éloigner. Elle espérait que rien n'empêcherait son neveu encore idéaliste de trouver le bonheur avec la femme qu'il aimait.

— Leah ! Je te croyais rentrée aux États-Unis ! Qu'est-ce que tu fais là ? s'exclama Doreen Thompson.

— Je vais te raconter. Mais d'abord, je veux savoir comment vous allez, Papa et toi. (Leah suivit sa mère dans le salon et alla étreindre son père.) Vous avez l'air en pleine forme.

Elle se sentit affreusement coupable de devoir annoncer à ses parents une nouvelle qui allait vraisemblablement les bouleverser alors qu'ils étaient juste requinqués. Tout en sirotant une tasse de thé, Leah écouta sa mère lui exposer les nombreux bienfaits de leur séjour.

— Bon. Maintenant, dis-nous pourquoi tu n'es pas partie comme prévu.

Après avoir inspiré à fond, Leah leur exposa son histoire. En voyant le choc se dessiner sur leurs visages, elle crut qu'elle allait éclater en sanglots.

— Je suis désolée, fut tout ce qu'elle trouva à dire.

— Tu es sûre que tu n'es pas en train de commettre une terrible erreur ? lui demanda Doreen. Anthony est un homme tellement gentil… Il a été si bon avec toi.

Leah eut envie de se couvrir les oreilles – si sa mère avait raison, elle n'était cependant pas prête à l'entendre.

— Je ne suis plus heureuse depuis longtemps, Maman. Quant à Brett, eh bien… (Leah se tordait les mains.) Je l'aime.

— Il t'a déçue dans le passé, ma chérie. Il pourrait recommencer. Ce jeune homme n'a pas le sens des responsabilités. Il a la tête dans les nuages, comme sa tante.

— Brett ne me décevra pas, Maman. Il a changé. Mûri. C'est un homme, à présent.

— À la seconde où j'ai vu ce garçon la première fois, j'ai su qu'il n'apporterait que des ennuis, pesta Doreen. Et où avez-vous l'intention de vivre ?

— Brett va demander à Rose si je peux loger à la ferme en attendant qu'on s'installe à Paris en septembre.

— Paris, hein ? Et que feras-tu pendant que Brett sera occupé à peindre ?

— Deux maisons de mode m'ont proposé du travail.

— Peux-tu me rappeler qui a juré de ne plus jamais participer à un défilé jusqu'à la fin de ses jours ? riposta Doreen.

— Je n'ai pas encore pris de décision, rétorqua Leah, agacée par la remarque de sa mère. Mais je me suis ennuyée à mourir, ces dernières années.

— Ne vas-tu pas trouver difficile de vivre avec un étudiant après Anthony ? Et puis, Brett devra travailler dur. Combien de temps lui restera-t-il pour toi ?

— Ça suffit. Je l'aime, Maman, j'ai fait mon choix. Et je veux mener ma propre vie, sans dépendre d'un homme.

Leah se tourna vers son père, qui n'avait pas encore dit un mot.

— Qu'en penses-tu, Papa ?

Il l'observa un moment, puis haussa les épaules.

— Le principal, c'est que notre fille soit heureuse. Est-ce que tu l'es, ma puce ?

— Oh oui, affirma Leah. Je suis très heureuse.

19

La veille du départ de Rose, Miranda et Chloe pour New York, Leah et Brett se joignirent à elles pour partager un dîner festif dans la cuisine.

— Je propose que nous portions un toast à Rose Delancey, qui va faire fureur aux États-Unis. À Rose ! lança Brett en levant son verre.

— À Rose ! renchérirent Miranda, Chloe et Leah en chœur.

— Merci pour tes encouragements, Brett. Buvons aussi à Leah et à toi, à votre nouvelle vie ensemble à Paris. J'espère qu'un jour, on me promènera à la Tate Gallery dans mon fauteuil roulant pour me faire admirer tes toiles. Mais je t'interdis de devenir plus célèbre que moi ! ajouta Rose en riant.

— J'aimerais quant à moi vous remercier de m'avoir accueillie si chaleureusement, intervint Leah. Je vous en suis très reconnaissante.

Elle jeta un coup d'œil à Miranda, qui lui adressa un sourire timide.

— Bien, et si nous nous mettions tous à la vaisselle ? suggéra Rose.

— Non, Maman, toi tu vas t'asseoir dans le salon, répliqua Miranda. Je sais que tu as envie de discuter avec Brett. Leah et moi allons nous en charger.

— Tu laves, j'essuie, lança Leah.

En observant la tête brune penchée au-dessus de l'évier, elle songea que cette couleur de cheveux allait à ravir à Miranda. Si Leah percevait en elle une certaine tristesse, elle pouvait comprendre que Brett et elles se soient bien entendus. Miranda avait fait preuve d'une grande bienveillance à son égard depuis qu'elle s'était installée à la ferme.

— Tu es impatiente de partir à New York, Chloe ? demanda Leah tandis que la fillette essuyait une assiette avec application.

— Oh oui, j'ai hâte de voir Mickey !

— Oncle David a dit qu'il faudrait que tu sois très sage, dit Miranda en adressant un clin d'œil à Leah. Et si tu montais te mettre en pyjama ? Je te rejoins dans une minute.

— D'accord. Tu viendras me raconter une histoire, Leah ?

— Bien sûr.

— On dirait que Chloe t'a adoptée, fit remarquer Miranda. Ta mère s'est tellement occupée d'elle. Chloe l'adore.

— Elle est vraiment adorable. Tu dois être très fière.

— Je le suis, acquiesça Miranda en souriant. Leah, je… (Visiblement embarrassée, elle faisait tourner entre ses mains une tasse à café.) Au cas où je n'en aurais pas l'occasion avant votre départ pour Paris, je tenais à te présenter mes excuses pour les paroles que j'ai eues le soir de mon seizième anniversaire. J'étais très jalouse de Brett et toi… Ce que j'ai raconté n'était qu'un tissu de mensonges. Ce jour-là, Brett et moi avons partagé à peine plus qu'un baiser – quasiment sous la contrainte en ce qui le concerne. À l'époque, je savais qu'il était amoureux de toi et je le détestais pour ça. Je suis tellement désolée. Vous seriez ensemble depuis longtemps si je n'avais pas mis mon grain de sel.

— Oublie ça, Miranda. C'est du passé. C'est vrai que j'ai eu du mal à digérer cette histoire à l'époque, en grande partie parce que j'étais persuadée que Brett était le père de Chloe.

Le visage de Miranda s'assombrit.

— Ce n'est pas lui, affirma-t-elle. Je te le jure, Leah.

— Ton silence à ce sujet m'a laissé penser que c'était le cas.

Miranda hocha la tête lentement, puis leva les yeux vers Leah. L'espace d'une seconde, Leah décela dans son regard un besoin impérieux de se délester d'un poids, mais il s'évapora presque aussitôt.

— Je suis si contente que Brett et toi vous soyez retrouvés. Je ne suis plus la personne que j'étais plus jeune, et je me déteste pour le comportement que j'ai eu. J'espère que nous pourrons devenir amies.

— J'aimerais beaucoup, Miranda, affirma Leah avec un sourire. Profite à fond de ton séjour à New York. C'est une ville merveilleuse, je suis certaine que tu vas l'adorer. À ton retour, nous pourrions aller déjeuner à Haworth. Allez, je ferais mieux de monter voir Chloe.

— Oui. Merci, Leah.

Miranda demeura dans la cuisine, le regard perdu dans le vague. Des larmes dans les yeux, elle s'obligea à enfouir les souvenirs qui la hantaient depuis qu'elle était à peine plus qu'une enfant.

— Est-ce que ça va, mon ange ? demanda Brett à Leah en se blottissant contre elle dans le lit. Tu n'as pas dit grand-chose ce soir.

— Ça va, répondit Leah en scrutant l'obscurité. Je suis juste un peu fatiguée. Je ne dors pas bien ces derniers temps.

— La journée a été longue. Rose, Miranda et Chloe doivent être arrivées à New York maintenant. J'ai du mal à croire qu'il y a un an, je vivais encore là-bas. La vie prend parfois d'étranges directions.

— Qu'est-ce que tu veux dire par là ?

— Eh bien, hier soir au dîner, je réfléchissais au fait que ce premier été ici a profondément marqué nos vies, nos avenirs à tous. J'ai eu le sentiment ce soir que le destin était à l'œuvre.

— Je suis d'accord, approuva Leah d'une voix douce.

— Bonne nuit, mon ange.

Leah ferma les yeux.

Et il surgit de nouveau. Chaque nuit, désormais, Leah faisait le même rêve. Mais pour la première fois ce soir-là, elle vit son visage.

— *Non !*

Leah se redressa brusquement et alluma la lampe de chevet.

— Que se passe-t-il ? s'inquiéta Brett aussitôt.

Elle sentait sa présence, si proche qu'elle pouvait entendre son souffle.

— Je suis désolée. J'ai fait un cauchemar.

— Oh, ma belle… Il s'est passé beaucoup de choses, ces derniers temps. Viens là. Ne t'inquiète pas, je suis là, murmura-t-il en la berçant doucement dans ses bras, lui caressant les cheveux d'une main.

Même enveloppée de l'amour de Brett, Leah sut avec certitude que nul ne pourrait la protéger de l'homme qui hantait ses nuits depuis qu'elle avait onze ans.

Le destin… Megan… Le mal…

Une terreur sourde se nicha au creux de son ventre jusqu'au lever du jour.

Elle était de retour dans le Yorkshire par sa propre volonté. Elle avait rempli sa part du destin et savait qu'il ne tarderait pas à accomplir la sienne.

20

— Tu es sûre que ça ira, mon ange ? Je n'aime pas l'idée de te laisser seule dans cette grande maison.

Les valises de Brett étaient prêtes, posées dans l'entrée. Leah et lui se trouvaient dans le salon, attendant l'arrivée du taxi qui conduirait Brett à l'aéroport.

— Bien sûr que ça ira, le rassura Leah. Si je me sens seule, mes parents sont tout près. Et puis, Miranda et Chloe seront bientôt de retour.

— Je vais me mettre en quête d'un appartement dès demain, ça ne sera qu'une question de jours.

— D'accord.

— Tu me promets de parler à l'avocat de Rose d'une séparation avec Anthony ? Plus tu attends, plus il te faudra de temps avant de retrouver ta liberté.

— Promis.

— Tu n'imagines pas à quel point tu vas me manquer, reprit Brett avant de l'embrasser tendrement sur les lèvres.

— Tu vas me manquer aussi.

Ils aperçurent alors une voiture qui gravissait la colline.

— Nous y voilà, dit Brett en se levant pour récupérer ses bagages. Je t'aime, mon ange. Prends soin de toi. Je t'appelle en arrivant à l'hôtel.

— Au revoir, Brett.

Leah regarda le taxi s'éloigner, puis elle rentra dans la maison.

Se retrouver seule lui procura un sentiment étrange. Elle envisagea de se rendre chez ses parents, mais se ravisa. Au lieu de cela, elle alla se préparer un dîner frugal de soupe et de pain, puis elle jeta un coup d'œil à l'horloge. 18 h 30. Une soirée entière pour elle.

Elle regagna le salon, admirant une nouvelle fois la manière dont Rose avait réussi à transformer la ferme en un havre de paix chaleureux et accueillant.

S'enfonçant dans un des canapés, elle prit la télécommande et alluma la télévision. Elle zappa d'une chaîne à l'autre et, ne trouvant aucun programme à son goût, finit par éteindre.

Elle attrapa un magazine sur la table basse, qu'elle se mit à feuilleter sans rien enregistrer de ce qu'elle voyait.

18 h 50. Leah était consternée par son inaptitude à la solitude. Plus jeune, elle était capable de se divertir pendant des heures ; quant à ses journées chez Anthony, elles répondaient toujours à une routine millimétrée. Elle avait consacré tant de temps à penser à ses bébés – et à leur perte – qu'elle n'avait pas vraiment prêté attention au reste.

Leah prit soudain conscience qu'elle ne savait plus qui elle était.

Sa vie était devenue un épouvantable désordre ; la jeune fille sensée et équilibrée qu'elle était autrefois lui avait filé entre les doigts sans qu'elle s'en aperçoive. Qu'était-il advenu de ses ambitions philanthropiques, de ses envies de participer à construire un monde meilleur ? Elle les avait perdues de vue à la seconde où elle s'était trouvée confrontée à ses propres difficultés.

Leah se leva pour aller jusqu'au bar. Elle en sortit une bouteille de gin, qu'elle scruta pensivement.

La décision lui appartenait. Et elle avait envie d'un verre.

Elle s'en servit une petite dose, qu'elle mélangea à du tonic.

Le goût amer de l'alcool lui saisit la gorge, si bien qu'elle ne put s'empêcher de crachoter. Elle ajouta un peu de tonic et retourna s'asseoir.

Les hommes… Depuis qu'elle avait quinze ans, ils régissaient sa vie. D'abord Brett, puis Carlo, et enfin Anthony. Et si elle avait connu une carrière éblouissante, les péripéties de sa vie personnelle avaient rythmé une grande partie de son existence.

Tout en sirotant son cocktail, elle songea à la période la plus heureuse de sa vie – celle où Jenny et elle avaient partagé un appartement à New York. Elle repensa avec nostalgie aux nuits entières qu'elles passaient à se raconter des histoires et à rire de leur étrange univers professionnel.

L'excès de temps libre dont elle avait disposé ces dernières années l'avait poussée à accorder une place disproportionnée à ses problèmes de fertilité.

Leah alla se servir un deuxième gin-tonic.

Elle s'était crue maîtresse de son destin lorsque, au final, elle n'avait pas été moins manipulée que Jenny. Elle se mit à pleurer, parce que le monde était à la fois éprouvant et beau, cruel et merveilleux, et parce que pour la première fois, elle parvenait à appréhender les choses avec clarté.

Leah descendit la moitié de la bouteille de gin, sans pourtant ressentir d'ivresse. L'étonnante lucidité avec laquelle sa vie lui apparaissait rendait acceptable le fait de boire. Leah comprenait qu'il lui fallait opérer ses propres choix.

Elle aimait Brett plus que tout. En dépit de leur trajectoire mouvementée, elle éprouvait à ses côtés un sentiment de sécurité. Mais avait-elle envie de s'installer avec lui à Paris ? Elle devait admettre qu'elle n'en était pas totalement sûre. Quant à son retour au mannequinat, songer à Jenny ce soir la faisait douter de la pertinence de ce projet.

Elle devrait s'ouvrir à Brett de ses hésitations. S'ils s'aimaient véritablement, que représentaient quelques trajets en avion de temps à autre ? Si Brett voyait les choses différemment, il aurait une décision à prendre. Quelle que soit l'issue, Leah veillerait à ne pas perdre de vue son propre bonheur.

Elle pensa à ses parents et aux avis qu'ils avaient exprimé.

Le principal, c'est que notre fille soit heureuse. Est-ce que tu l'es, ma chérie ?

— Je suis convaincue que je peux l'être, Papa. Je *choisis* de l'être, murmura-t-elle pour elle-même.

Leah décida qu'elle serait désormais l'unique responsable de la direction que prendrait sa vie. Personne d'autre n'aurait son mot à dire.

Ses cauchemars récurrents ? Sans doute une manifestation de son trouble, une manière de lui signifier que quelque chose n'allait pas. Le soulagement l'envahit. Oui, c'était cela.

Dans cinq jours au plus, Miranda et Chloe seraient de retour. Cinq jours sans Brett, pour mettre de l'ordre dans ses idées. Une parenthèse qui, elle en était convaincue, lui était offerte pour une bonne raison.

Leah monta se coucher avec une délicieuse sensation de liberté – tant pis pour les effets secondaires de l'alcool qu'elle subirait à coup sûr le lendemain.

À présent, les réponses se trouvaient à portée de main.

Apaisée pour la première fois depuis des mois, elle se blottit sous la couette et sombra dans un sommeil sans rêves.

Il vit les lumières s'éteindre.

Une chouette hulula quelque part dans la grange.

Non, pas ce soir. C'était trop risqué. Les autres étaient parties depuis une dizaine de jours maintenant, mais Brett pouvait revenir à tout instant.

Ce n'était pas le bon moment.

Il patienterait.

21

Le déjeuner d'Anthony fut interrompu par la sonnette insistante de la porte d'entrée. Qui donc pouvait être aussi pressé de le voir un dimanche ?

— C'est bon, c'est bon, j'arrive, marmonna-t-il en parvenant à la porte en même temps que Betty. Merci, Betty, je m'en occupe.

En jetant un coup d'œil à travers le judas, Anthony aperçut l'uniforme familier d'un agent de police. À ses côtés, un homme en civil brandit une carte d'identification. Anthony hocha la tête, désactiva l'alarme et ouvrit la porte.

— En quoi puis-je vous aider ?

— Inspecteur Cunningham, FBI. Navré de vous importuner, monsieur. Mme Van Schiele est-elle là ?

— Non, malheureusement elle est, euh… (Anthony ne put se résoudre à énoncer la vérité.) En vacances.

— Puis-je vous demander où elle s'est rendue, monsieur ?

— En Angleterre. Dans le Yorkshire, plus précisément, pour rendre visite à ses parents.

Cunningham fronça des sourcils contrariés.

— Dans ce cas, monsieur, je pense que nous devrions entrer.

— Rassurez-moi, elle va bien ?

— Pour autant que nous sachions, oui.

Anthony les précéda jusqu'au salon.

— De quoi désiriez-vous vous entretenir avec mon épouse, au juste ?

— De ça, monsieur.

L'inspecteur sortit une enveloppe plastifiée de sa mallette, qu'il tendit à Anthony. Ce dernier en étudia le contenu. Il s'agissait d'anciens numéros de *Vogue* et de *Vanity Fair* et de deux exemplaires du magazine britannique *Harper's & Queen.*

— Pourquoi me montrez-vous ces journaux ? voulut savoir Anthony, perplexe.

— Et si nous nous asseyions, monsieur Van Schiele ? suggéra Cunningham en tapotant le canapé après s'y être installé. Votre épouse a-t-elle reçu d'autres courriers inhabituels ces derniers temps ?

— Je ne crois pas, non. Cela dit, je n'ai pas ouvert son courrier depuis qu'elle est partie. Mais de toute façon Carlo Porselli se trouve en prison dans l'attente de son procès.

— C'est malheureusement là que réside notre problème, répliqua Cunningham. Nous ne pensons pas que ce soit M. Porselli qui ait envoyé ces lettres à votre épouse. (L'inspecteur brandit l'une des revues devant Anthony.) Nous avons trouvé ces magazines dans le cadre d'une autre enquête.

— Je… Je suis navré, je ne comprends pas. Pouvez-vous m'expliquer ?

— Bien sûr. Il y a quelques jours, la police s'est rendue dans un appartement, à New York. Des voisins s'étaient plaints d'une odeur nauséabonde provenant de l'étage du dessus. Les agents ont découvert le cadavre en décomposition d'une jeune femme sous les planches du parquet. Selon nos conclusions, elle devait se trouver là depuis un bon moment. J'ai été appelé sur la scène de crime. Dans une chambre de l'appartement, nous avons trouvé des centaines de photos de votre épouse accrochées aux murs. Elles avaient été violemment lacérées au couteau. Il y avait aussi un croquis de votre femme plus jeune, déchiré en morceaux. Nous avons également mis la main sur cela. (Cunningham attrapa un magazine et l'ouvrit à une page marquée.) Dans chacun des quatre exemplaires, une page a été arrachée. Nous n'en avons rien déduit de particulier de prime abord, mais lorsque nous avons demandé aux revues en question de nous en envoyer des exemplaires identiques, nous avons constaté que chaque page déchirée correspondait à une photo de votre femme, monsieur Van Schiele. Et lorsque nous les avons comparées avec les courriers malveillants que vous nous aviez confiés il y a plusieurs mois, nous avons découvert qu'il s'agissait des fameuses pages manquantes.

Cunningham étudia en silence le visage livide d'Anthony.

— Il ne fait aucun doute que cet individu est la personne qui a envoyé ces courriers à Mme Van Schiele. Nous sommes en outre quasiment certains que M. Porselli n'est pas coupable du meurtre de Maria Malgasa. La jeune femme retrouvée dans l'appartement new-yorkais a été tuée selon le même mode opératoire. Les experts de la police scientifique ont relevé des empreintes digitales non identifiées dans la chambre d'hôtel de Milan dans laquelle Mlle Malgasa a été assassinée. Elles correspondent à celles retrouvées sur la victime new-yorkaise, et à celles d'un meurtre non élucidé d'une prostituée britannique commis il y a trois ans. Et le locataire de l'appartement new-yorkais était à Milan au moment de la mort de Mlle Malgasa. Il travaillait comme photographe pour le défilé.

— Qui est ce type ? demanda Anthony, sous le choc.

— Miles Delancey. Un photographe de mode. Évaporé, malheureusement. Il n'est pas revenu chez lui, à New York, depuis son séjour milanais. Nous pensons qu'il s'est envolé directement pour la Grande-Bretagne. Et nous sommes presque sûrs que votre épouse est sa prochaine cible.

22

— Le téléphone a sonné tout à l'heure, ma chérie. Je dormais, et je suis arrivé trop tard pour décrocher. Quand ça a recommencé, j'ai fait tomber le combiné à cause de ma mauvaise main, expliqua M. Thompson.

— Je me demande qui ça pouvait être, dit Doreen. Je viens de quitter Leah, le téléphone ne fonctionne pas depuis deux jours à la ferme. Ça n'était donc pas elle. Ils rappelleront si c'est urgent.

M. Thompson hocha la tête, embarrassé par sa fragilité.

— Je vais préparer à dîner, chéri. Ragoût de bœuf et Yorkshire puddings, tes plats préférés ! lança Doreen avant de disparaître dans la cuisine.

Il fut réveillé par le bruit d'une voiture, au loin.

Il tendit l'oreille. Le son s'estompa. Il ignorait depuis combien de temps il dormait, mais il régnait dans la grange une complète obscurité. Trouvant sa lampe torche, il la braqua sur sa montre. 21 h 50.

Il venait de rêver d'elle.

Il ne pouvait plus attendre.

Il devait agir ce soir. Il avait guetté la maison pendant quatre jours, et elle n'avait pas reçu d'autre visiteur que sa mère. Elle était seule à présent. Il lui fallait passer à l'action avant qu'il soit de retour.

Encore une heure, et il irait la trouver.

Se réjouissant de ce qu'il allait lui infliger, il se caressa doucement.

Il l'avait aimée à une époque, vénérée même. Elle était parfaite – trop pour être touchée par un homme.

Mais alors, elle l'avait mis à la porte, jeté à la rue. Elle l'avait menacé, traité comme un moins-que-rien.

Trois semaines plus tôt, il l'avait vue baiser sur la lande avec cet enfoiré de Brett.

Il avait alors su avec certitude qu'elle n'était pas meilleure que les autres.

Elle était à lui. Elle l'avait toujours été.

Et l'heure était venue.

Il s'avança jusqu'à l'entrée de la grange, jeta un coup d'œil alentour. Les lumières de l'étage étaient éteintes.

Il n'aurait même pas besoin d'entrer par effraction – il était chez lui, après tout.

Il se faufila le long du bâtiment, la lueur du croissant de lune découpant sa silhouette contre le ciel.

Il s'élança en vitesse jusqu'à la porte d'entrée, qu'il déverrouilla sans bruit.

Le hall d'entrée était plongé dans le noir. Il referma la porte et se colla contre celle-ci. Tandis que ses yeux s'acclimataient à la pénombre, il devina une silhouette vêtue d'une robe de chambre qui descendait l'escalier. Il se réfugia dans l'ombre d'un mouvement agile et s'autorisa un sourire.

Elle venait à lui.

Tout son corps vibrait tandis qu'il la regardait se mouvoir, ses longs cheveux retombant sur ses épaules.

Elle arriva au bas des marches et traversa le couloir.

Miles passa à l'acte. Il bondit sur elle, plaqua une main sur sa bouche et la tira jusqu'au salon.

Elle se débattit, mais ne put rien contre la puissance de sa force animale.

Il la jeta au sol, face contre terre.

— Tu sais qui je suis. Et tu savais que je viendrais te trouver, n'est-ce pas ?

— Miles…

— Ferme-la ! Un son ou un geste de ta part, et je te tue.

Il était primordial qu'elle ne parle pas, qu'elle ne gâche pas le moment qu'il avait tant attendu.

Se baissant vers elle, il lui arracha sa robe de chambre. Oui, il la prendrait ainsi, à même le sol.

Elle émit des petits couinements de chaton lorsqu'il la pénétra, mais plus aucun son ne lui parvenait. Bientôt, il porta ses mains sur son cou gracile et les referma. Il serra, s'appuyant sur elle de tout son poids.

— Salope ! Tu en as envie depuis que tu es gamine. Tu as toujours été à moi. Toujours. Et moi qui te croyais si pure, si parfaite, alors que tu te tapais ce connard depuis le début !

Miles accentua la pression, jusqu'à ce que la vie finisse par quitter son trophée.

Il se leva promptement. Comme chaque fois, la culpabilité ne tarderait pas à le consumer. Il devait déguerpir le plus vite possible. Il pourrait prendre la Range Rover de Rose. Il savait où elle gardait la clé.

— Maman !

Miles se tourna vers la porte à travers laquelle il avait traîné Leah. Une main s'éleva vers l'interrupteur.

Miles cligna des paupières.

La petite silhouette contempla le corps qui gisait sur le sol, derrière lui. Elle poussa un faible cri.

— Maman !

Les yeux bleus se braquèrent sur lui.

— Qu'est-ce que tu as fait à Maman ?

23

La fillette courut s'agenouiller près du corps étendu par terre. Elle le secoua et, n'obtenant aucune réaction, se mit à hurler à pleins poumons.

Miles s'était figé sur place. Il ne comprenait pas, il…

— Chloe, qu'est-ce qui se passe, enfin ?

Miles fit volte-face et découvrit Leah dans l'embrasure de la porte. Celle-ci plaqua une main sur sa bouche, le regard rivé sur le sien. Puis ses yeux se dirigèrent vers le sol, derrière lui.

Miles secoua la tête, cherchant à comprendre ce qu'il voyait. Il venait de tuer la fille qui se tenait là, sous ses yeux. Elle était morte.

— Chloe, viens. Viens. Ne t'en fais pas pour ta maman. Viens me voir, souffla Leah.

Les cheveux de Miles étaient hirsutes et graisseux. Il avait le visage sale et dégageait une odeur forte. Mais c'est son regard noir, débordant de folie, qui terrifia Leah.

Il semblait en proie à la confusion. Il était venu la chercher, elle, conformément à ce qu'elle avait vu dans ses rêves. À la place, c'était Miranda, rentrée plus tôt que prévu de New York, qu'il avait trouvée.

Elle ne songea qu'à une chose : faire sortir Chloe de la maison, l'emmener loin de Miles sur-le-champ. Elle ne pouvait plus rien pour Miranda.

Elle devait profiter du trouble de Miles pour agir.

— Chloe, viens, ma puce, l'encouragea-t-elle. Allons boire un verre d'eau, poursuivit-elle sans jamais quitter Miles du regard.

Elle fit sortir Chloe de la pièce, très lentement, puis elle fit volte-face et fonça vers la cuisine dont elle verrouilla la porte derrière elles. Elles n'avaient d'autre choix que de s'enfuir, Leah le savait. Le téléphone ne fonctionnait plus depuis quelques jours, aussi était-il exclu d'appeler la police ou une ambulance. Elle s'accroupit pour s'adresser à la petite fille en pleurs.

— Écoute-moi, Chloe. Il va falloir que tu sois une grande fille et que tu fasses tout ce que je te demande. Nous allons devoir courir le plus vite possible jusqu'au village pour trouver de l'aide. D'accord ?

Chloe hocha la tête.

Comme électrisée, Leah se leva d'un bond et entraîna Chloe jusqu'à la porte de derrière. D'une main tremblante, elle l'ouvrit, serra fort la main de la fillette et s'élança dans la nuit.

Miles, paralysé, scrutait le corps de la jeune femme. Il s'avança jusqu'à elle et s'agenouilla. Le cœur battant à tout rompre, il écarta les épais cheveux bruns qui dissimulaient son visage, puis la retourna.

Les yeux bleus perçants, éteints, le regardaient fixement.

Un hurlement bestial s'échappa de sa gorge et il l'attira à lui, la serrant contre son torse.

— Nooooon ! Pitié, non !

Pas Miranda.

Miranda le comprenait, l'acceptait dans son lit depuis qu'ils étaient tout petits, le réconfortant chaque fois qu'un de ses épouvantables cauchemars le réveillait. En sanglotant, il berça le corps sans vie, caressant les cheveux bruns qui l'avaient conduit à la tuer. Il l'embrassa, comme pour lui redonner vie.

Dehors, un mouvement fugace capta son attention. Il s'assit, laissant retomber le corps de Miranda. Deux silhouettes se sauvaient sur la colline.

Son cœur se gonfla aussitôt de haine. Tout était la faute de Leah. Elle avait causé la mort de Miranda et devait être punie pour ça.

Il se leva et se rua vers la porte d'entrée.

— Allez, ma puce. Tu peux le faire. Continue comme ça.

Leah, le souffle court, traînait Chloe derrière elle.

— On peut s'arrêter, Leah, s'il te plaît ? Je n'arrive plus à courir.

— Il le faut, Chloe. Pour ta maman.

Leah tenta d'élaborer un plan. Avant toute chose, mettre de la distance entre Miles et elles. Il était fou et serait capable de les tuer toutes les deux. Elles devaient atteindre la maison de ses parents. De là, elles appelleraient les secours.

— Aïe ! s'écria Chloe – elle avait perdu une pantoufle et le gravier s'enfonçait dans sa peau délicate.

En faisant demi-tour pour aller la récupérer, Leah fut éblouie par des phares qui fonçaient droit sur elles à une vitesse affolante.

— Vite ! Vers la lande !

Leah tourna à gauche. Elles allaient devoir traverser les herbes hautes, puis longer le réservoir pour se rendre au village. Il ne pourrait pas les suivre par là.

Elle entendit le véhicule ralentir, puis un grondement résonna lorsqu'il s'engagea sur la lande.

— Oh bon sang, non !

Chloe s'était mise à pousser des hurlements stridents. Tout ce qui importait à Leah, c'était d'arriver chez ses parents, en lieu sûr. Elle entraîna Chloe en direction du réservoir. La voiture s'approchait dangereusement, à tel point qu'elle pouvait presque sentir la lumière blanche des phares lui brûler le dos.

Il n'y avait nulle part où se cacher et les petites jambes de Chloe peinaient à la suivre.

Une idée surgit alors dans l'esprit de Leah. Ce n'était pas Chloe qu'il pourchassait, mais elle.

Elle jeta un coup d'œil derrière elle. La voiture se trouvait à moins de cinq cents mètres. Il n'y avait aucune échappatoire. Il les attraperait et les tuerait toutes les deux.

Or, elle pouvait laisser une chance à Chloe.

Mue par un regain de force dont elle ne se serait pas crue capable, elle poussa Chloe sur le côté, vers l'inclinaison de la colline, priant pour que la fillette ne subisse pas un atterrissage trop brutal. En vérifiant derrière elle, elle vit que la voiture ne s'était pas arrêtée, continuant de charger droit sur sa proie.

Alors elle courut. Elle courut à travers la lande, elle courut pour échapper à la mort, comme tant de fois dans son rêve.

Enfin, elle aperçut un mur de hauteur moyenne environ deux cents mètres plus loin et, pour la première fois, une lueur d'espoir s'infiltra dans son esprit. S'il voulait continuer, il devrait descendre de son véhicule.

Les poumons en feu, elle implora ses jambes d'accélérer encore.

Il était si proche à présent. Elle ne se risqua pas à regarder derrière elle.

Arrivée devant le mur, elle se hissa dessus. Au bas de la colline abrupte, le réservoir étincelait et, de l'autre côté, elle vit les lumières scintillantes d'Oxenhope.

Elle bondit et se réceptionna dans un hurlement de douleur : tout le poids de son corps était retombé sur sa cheville, provoquant un affreux craquement.

— Ne t'évanouis pas. Ne t'évanouis pas ou tu ne te réveilleras pas, se somma-t-elle.

Elle se traîna sur le sol tant bien que mal, puis se leva, la douleur dans sa cheville si déchirante qu'elle en avait la nausée et la tête qui tournait.

— Continue, continue, s'ordonna-t-elle, des larmes dévalant ses joues.

Elle entendit la voiture s'arrêter dans un crissement de freins. Puis une portière qui s'ouvrait.

Avançant en boitillant aussi vite qu'elle le pouvait, elle distingua des lueurs bleues qui clignotaient dans le ciel et mobilisa une fois de plus toute sa volonté pour ne pas perdre connaissance.

— Tu te fatigues pour rien, Leah. J'arrive. Je suis tout près, à quelques centimètres à peine. Tu peux t'arrêter maintenant.

— NON !

Elle buta contre un monticule de terre et tomba la tête la première.

Le souffle coupé, elle ferma les yeux et formula une prière en entendant l'herbe crisser sous les pas de Miles. Il s'accroupit derrière elle.

Des mains encerclèrent son cou, puis se resserrèrent. Elle ne pouvait plus lutter.

Tel était son destin.

Elle sentit son souffle la quitter.

Puis un coup de feu résonna.

La pression autour de son cou se relâcha sur-le-champ. Leah aurait dû tenter de se libérer, elle le savait, seulement elle en était incapable.

— Levez-vous, les mains en l'air, et on ne vous fera pas de mal.

Étourdie par le manque d'oxygène, Leah crut rêver la voix masculine qui s'élevait dans la lande.

Miles se mit à genoux et leva les yeux.

— Rendez-vous, répéta la voix. Éloignez-vous d'elle.

Un projecteur s'alluma, baignant les alentours de lumière.

— Jamais ! protesta Miles en clignant des paupières. Elle est à moi.

Les mains se portèrent à nouveau à son cou.

— Oh mon Dieu, non ! Non !

Un nouveau coup de feu retentit. Miles se cabra, hurlant de douleur. Il relâcha Leah et s'allongea en s'agrippant la jambe.

— Allez, debout ! s'ordonna-t-il. Relève-toi !

Miles se redressa, la jambe de son pantalon trempée de sang. Il obligea Leah à se lever, entoura sa poitrine de ses bras et la traîna vers le mur.

— Relâchez-la, Miles. Tout de suite.

— Ils n'oseront pas me tirer dessus tant que tu [illegible] là pour me protéger, souffla Miles, dont l'haleine [illegible]uséabonde répugna Leah.

Parvenus devant le mur, Miles les tracta par-dessus [illegible]is les fit rouler de l'autre côté.

— On va monter dans la voiture, dit-il. C'est toi qui vas conduire.

— Je… C'est impossible. Ma cheville…

Il traîna Leah jusqu'à la Range Rover, ouvrit la portière côté conducteur et la poussa sur le siège. Puis il se glissa au-dessus d'elle jusqu'à la place passager.

— Démarre ! rugit-il. Démarre !

D'un geste fébrile, Leah inséra la clé dans le contact et mit le moteur en route. Elle enfonça alors prudemment la pédale d'embrayage. La douleur qui irradia dans sa cheville lui tira un hurlement.

— Ta gueule, salope ! Avance ! Descends la colline, loin de ces enfoirés.

Leah appuya sur l'accélérateur, et la voiture décrivit un soubresaut vers l'avant. Miles, lui, était occupé à retrousser son pantalon pour tenter de contenir le saignement de sa jambe.

— On se dirige vers le réservoir, Miles. Il faut qu'on remonte pour rejoindre la route.

La pente qui dégringolait devant elle et l'étendue d'eau en contrebas la glaçaient d'effroi.

— Non. Continue. On coupera à travers la lande quand on sera arrivés au réservoir.

— Mais c'est beaucoup trop raide, on va…

— Fais ce que je te dis ! beugla-t-il.

— D'accord, d'accord.

Elle vit dans le rétroviseur que des phares les suivaient.

— Plus vite ! Ils nous rattrapent !

— Je ne peux pas, on va avoir un accident !

— Bordel de merde !

Miles posa alors son pied sur celui de Leah et écrasa la pédale d'accélérateur. Puis il plaça ses mains sur le volant.

— Je t'en supplie, Miles, arrête ! On fonce droit sur le réservoir !

Mais Miles ne l'écoutait plus. La voiture dévala la colline à toute vitesse. L'eau était de plus en plus proche.

S'ils plongeaient, ils n'en réchapperaient pas.

— Oh non, oh non…, gémit-elle.

Il n'y avait qu'une seule chose à faire. Retirant ses pieds des pédales, elle appuya de tout son poids contre la portière.

Elle tira de toutes ses forces sur la poignée.

Elle chuta hors de la voiture et fut projetée au sol.

Quelques mètres plus loin, une détonation retentit : une balle venait de toucher un des pneus.

Leah réussit à soulever la tête et vit la voiture décrire des tonneaux, puis exploser en une boule de flammes orange avant de se précipiter droit dans l'eau.

Puis elle perdit connaissance.

24

Rose, le visage blême et les yeux rougis par les pleurs, contempla le cercueil de Miranda qu'on descendait en terre.

Il n'était pas resté grand-chose de Miles à inhumer. Dans tous les cas, quel membre du clergé aurait accepté de servir une messe pour un homme qui avait assassiné sa sœur, entre autres victimes ?

Rose faillit se trouver mal en entendant le pasteur bénir l'âme de Miranda.

Des proches vinrent déposer des couronnes de fleurs près de sa sépulture, avant de s'éloigner.

— Viens, Rose. Allons-y, murmura Brett en posant un bras sur ses épaules.

— Non. J'ai envie de rester un peu. Tu veux bien t'occuper des invités à la maison en attendant mon retour ?

— Bien sûr. Ne t'attarde pas trop.

— Promis.

Rose regarda les convives se disperser. Le bourdonnement des voitures finit par se taire pour ne laisser place, par ce doux après-midi de septembre, qu'au pépiement des oiseaux dans les arbres.

— Miranda, ma chérie, déclara Rose en venant s'agenouiller devant la tombe de sa fille. Je ne sais pas si tu peux m'entendre. Si c'est le cas, j'aimerais que tu écoutes ce que j'ai à te dire. Il faut que je parle à quelqu'un, que j'explique pourquoi c'est ma faute si tu reposes là, dans ce cercueil. J'espère de tout mon cœur que tu comprendras et que tu me pardonneras.

Rose essuya les larmes qui coulaient sur ses joues, puis elle prit une grande inspiration.

25

Londres, octobre 1946

David et Rosa passèrent leur première nuit à Londres dans Hyde Park, blottis l'un contre l'autre sous une haie.

Jamais David n'avait éprouvé un désespoir aussi total – sans doute parce qu'on lui avait laissé croire que sa sœur et lui avaient enfin trouvé l'asile.

Sa surprise avait été complète lorsque l'employé de la Croix-Rouge l'avait informé de l'arrivée d'une lettre de sa grand-mère, Victoria. Lorsque les journées s'étaient muées en semaines, puis en mois, il s'était peu à peu fait à l'idée qu'il ne recevrait pas de réponse. Mais un jour, un officiel l'avait fait venir dans son baraquement pour lui annoncer que sa grand-mère serait heureuse de les loger à leur arrivée en Angleterre. Elle avait glissé de l'argent dans l'enveloppe afin qu'ils puissent réserver des couchettes sur un bateau dès que possible.

David ne nourrissait qu'un regret : devoir laisser la petite Tonia au camp. Ils ne partageaient pas de lien de sang, et même si elle avait eu l'autorisation de faire le voyage jusqu'en Angleterre, il était exclu que David demande à ses grands-parents de l'héberger elle aussi. L'homme de la Croix-Rouge lui avait cependant assuré que Tonia serait prise en charge, puis adoptée dès qu'on lui trouverait un foyer.

Le bateau avait accosté à Tilbury, après quoi ils étaient montés dans un autocar à destination de la gare de King's Cross. Là, ils avaient été accueillis par une femme de petite taille élégamment vêtue et un homme grand, à la stature imposante, habillé d'un costume, qui posa sur les deux adolescents émaciés un regard orageux. Il s'agissait de lord Robert Brown, leur grand-père maternel.

Lorsque Victoria et la nation britannique avaient découvert avec horreur les atrocités commises par les Allemands à l'égard des Juifs, son mari, lui, n'avait pas cillé. Il était antisémite, anti-allemand – il ne tolérait, en somme, que les Britanniques. Ses années en Inde l'avaient classé parmi les patriotes de la pire espèce. C'était un homme arrogant, pétri d'étroites certitudes.

Lorsque Beatrice les avait appelés depuis Paris pour les avertir de la fuite d'Adele – et qu'il était apparu évident qu'il s'agissait d'un départ sans retour –, Robert l'avait rayée de son esprit et de sa vie. Il avait raconté à ses amis que sa fille était décédée dans un tragique accident de voiture près de l'Arc de Triomphe, allant même jusqu'à se rendre dans leur demeure du Somerset la semaine où les obsèques étaient censées avoir lieu. Victoria l'avait supplié de l'aider à rechercher leur fille, mais il avait exigé – non sans hostilité – que le nom d'Adele ne soit plus prononcé dans leur maison. À ses yeux, elle était morte.

Il avait donc lu la lettre transmise par la Croix-Rouge le visage bouillonnant de colère, frôlant l'explosion lorsqu'il avait découvert que sa fille avait épousé un homme de confession juive. Jetant le courrier au feu, il avait sommé son épouse de ne jamais plus aborder le sujet.

— Qu'ils aillent au diable, comme leur mère, avait-il grommelé.

— Tu ne peux pas penser ce que tu dis, Robert ! Ce sont tes petits-enfants, ton sang ! s'était indignée Victoria en se tordant les mains de désespoir.

L'homme costaud à la calvitie naissante avait posé les mains sur le manteau de la cheminée et secoué la tête. Victoria s'était laissée tomber dans un fauteuil. C'était sans espoir.

— Que suis-je censée faire ? Si nous refusons de les accueillir, ils seront considérés comme des étrangers illégaux et renvoyés dans un camp en Pologne. Ils ont déjà tant souffert. Je ne peux pas croire que tu puisses souhaiter ce sort à quiconque, moins encore à la chair de ta chair.

— Ils ne sont pas la chair de ma chair ! Ma fille est morte il y a des années. Ces personnes sont de toute évidence des imposteurs.

En écoutant son mari, Victoria avait senti la bile lui monter dans la gorge. Cet homme était tordu, cruel, et – pire que tout – hypocrite. Il était capable de se camper devant un cénotaphe pour rendre un hommage public aux victimes de guerre de son pays, mais refusait d'accueillir chez lui ses propres petits-enfants au prétexte qu'ils étaient à demi juifs.

Au mépris de son mari, Victoria avait répondu à la Croix-Rouge pour affirmer que Robert et elle seraient heureux d'offrir un foyer à David et Rosa. Robert pouvait aller au diable. Cependant, la manœuvre de Victoria avait échoué lorsque son mari avait intercepté le courrier de la Croix-Rouge précisant les détails de l'arrivée des Delanski à la gare. Il était alors entré dans une rage épouvantable, menaçant de les faire déporter et de mettre sa femme à la porte.

À la faveur de plusieurs heures de supplications et de négociations, Victoria et son mari s'étaient mis d'accord : leurs petits-enfants pourraient rester en Angleterre, à condition qu'ils ne tentent plus jamais d'entrer en contact avec son épouse ou lui-même.

À la gare, le cœur de Victoria s'était brisé en mille morceaux lorsque Robert avait déclaré que David et Rosa n'étaient pas ses petits-enfants.

La proposition d'un foyer en Angleterre était trop belle pour être vraie, avait songé David.

Il s'était senti étrangement reconnaissant vis-à-vis de lord Brown de ne pas s'opposer à ce que Rosa et lui restent dans le pays. David ne pouvait pas prendre le risque d'être renvoyé dans l'enfer des camps polonais – Rosa ne survivrait peut-être même pas au voyage. Il la regarda dormir, pelotonnée contre lui dans le froid mordant.

Elle avait connu une existence terrible jusque-là, avait enduré davantage d'épreuves que beaucoup pourraient en supporter. Elle avait été témoin de la souffrance, de la douleur, oubliant ce que l'amour, le confort et la sécurité signifiaient.

En contemplant sa petite sœur, David sentit un peu de force refluer dans ses os. Il avait promis à sa mère qu'il prendrait soin de Rosa, et il comptait bien tenir parole. Il lui fallait trouver un moyen de gagner sa vie pour subvenir à leurs besoins, car il ne pouvait désormais compter sur personne d'autre que lui-même.

D'un geste précautionneux, il ouvrit son étui à violon, ses mains engourdies par le froid. Il récupéra sous la doublure les quelques pièces de monnaie qu'il lui restait. Il y en avait quatre – un assortiment de devises allemandes et polonaises. Il ne pourrait pas s'en servir ici, au risque d'éveiller les soupçons.

Il allait devoir se résoudre à vendre son violon. Le stradivarius était d'une grande valeur, et s'il parvenait à en obtenir un bon prix, Rosa et lui pourraient se loger et se nourrir – avoir une chance de survivre.

Au lever du jour, David réveilla sa sœur. Ils traversèrent une grande place, puis s'engagèrent dans une artère répondant au nom d'Oxford Street.

— J'ai tellement faim, David. Est-ce qu'on a de l'argent pour s'acheter à manger ?

— Non, Rosa. Mais on en aura tout à l'heure.

— Comment ?

— Ne t'inquiète pas. Viens, descendons ici. C'est une sorte de métro. Il fera plus chaud.

Ils s'engouffrèrent dans la station d'Oxford Circus. David guida Rosa jusqu'à un banc, où ils s'assirent.

— Qu'est-ce que nous allons faire, David ? Et si la police nous attrape ?

— Nous nous assurerons qu'ils ne nous trouvent pas.

Il jeta un coup d'œil à l'horloge de la station. 7 h 50. Il se dirigea vers le guichet.

— Excusez-moi, dit-il à l'employé apathique. Pourriez-vous m'indiquer comment me rendre chez Suddeby's ? C'est une boutique d'antiquités située sur Bond Street, je crois.

— Vous voulez sûrement parler de Sotheby's, sur New Bond Street, le corrigea-t-il. C'est à deux pas d'ici.

David mémorisa les instructions de l'homme, puis le remercia.

— Viens, Rosa. On va trouver de quoi petit-déjeuner.

— Entrez, entrez, dit l'homme en précédant David et Rosa dans une petite pièce qui regorgeait de magnifiques objets de valeur. Je suis M. Slamon. Mon assistante m'a dit que vous étiez en possession d'un objet rare que vous souhaitez vendre. Puis-je y jeter un coup d'œil ?

David approuva d'un hochement de tête et posa son étui sur le bureau de l'homme. Il en sortit l'instrument puis le lui tendit.

Le regard de M. Slamon s'alluma. Il effleura l'instrument en délicat bois d'épicéa, puis le retourna pour en étudier le dos en érable. La qualité du travail était remarquable. Sentant l'excitation monter en lui, il vérifia l'étiquette en fac-similé.

— Magnifique. Vraiment magnifique. Où vous l'êtes-vous procuré ?

— Mes parents me l'ont offert pour mon dixième anniversaire. Nous vivions à Varsovie.

— Vous êtes un jeune homme très chanceux d'avoir des parents disposés à vous donner un tel trésor. Vous ont-ils dit si votre violon porte un nom ?

— Oui. Il s'agit du Ludwig.

M. Slamon examina le jeune homme avec attention. Si ce dernier avait volé l'instrument, il serait très surprenant qu'il en connaisse le nom.

— Bien entendu, nous devrons vérifier son authenticité, ce qui nécessitera un jour ou deux.

— Non, protesta David. Je souhaite le vendre maintenant.

— Mmmh, je vois. Possédez-vous une preuve attestant que l'instrument est bien le vôtre ? Il n'est pas concevable pour Sotheby's de vendre des biens volés.

Le regard de David se mit à briller de colère. Il arracha le violon des mains de M. Slamon.

— Si c'est ce que vous pensez, je vais aller le proposer ailleurs.

— Voyons, voyons, du calme. Je vous prie de m'excuser, mais depuis la guerre, nous avons affaire à toutes sortes d'individus qui nous soumettent des objets ne pouvant pas sérieusement leur appartenir.

— Joue, David, murmura Rosa. Ça permettra de le convaincre.

David fut profondément blessé de devoir prouver qu'il n'était pas un voleur, mais alors il devina la faim dans le regard de sa sœur et se raisonna.

— Très bien, dit-il.

Dans un geste plein d'amour, David coinça l'instrument sous son menton, puis il plaça l'archet sur les cordes. Il ferma les yeux et se mit à jouer.

En constatant le lien indicible qui unissait l'instrument à David – une connexion qui ne pouvait se construire qu'au fil des années, M. Slamon obtint la confirmation qu'il attendait. Le garçon maniait l'instrument divinement. Quant à la musique, c'était celle d'un violon magnifique et rare, conçu par le grand maître lui-même.

— Merci, dit-il. C'était très beau. Et je vous prie d'accepter mes excuses pour avoir douté de vous. Je vais malgré tout devoir solliciter l'avis de mon collègue, mais après vous avoir entendu jouer, je suis persuadé qu'il s'agit d'un authentique stradivarius. Puis-je vous l'emprunter, s'il vous plaît ?

David, sur ses gardes, le lui tendit.

— Vous pouvez m'accompagner si vous le souhaitez, ou je peux demander à mon assistante de vous apporter du thé et des biscuits pendant que vous patientez.

Les yeux de Rosa s'illuminèrent.

— Nous allons attendre ici, répondit David à regret.

Une demi-heure plus tard, M. Slamon revint, tout sourire.

— Mon collègue partage mon avis. Il s'agit en effet d'un Ludwig, fabriqué par Stradivarius en 1730, annonça-t-il en se rasseyant à son bureau. Bien. Des enchères ont lieu chaque mercredi et Sotheby's demande généralement une commission de dix pour cent. Je dirais qu'un tel objet va chercher dans les…

— Monsieur, s'il vous plaît, intervint David. Comme je vous l'ai dit, j'aimerais l'argent aujourd'hui.

— Je vois. Eh bien, nous pourrions vous proposer une avance en attendant d'avoir un acheteur. J'ai justement un client dont je sais qu'il sera intéressé. Que diriez-vous d'une avance de 200 livres accompagnée d'un reçu attestant que la somme restante vous sera versée dès que nous aurons vendu le violon ?

— Combien pensez-vous en tirer ?

— Laissez-moi réfléchir, dit M. Slamon en pianotant sur son bureau du bout des doigts. Nous établirions un prix de réserve à 1200 livres, qui correspondrait donc à la somme minimum que vous toucheriez, retranchée de notre commission. Toutefois, un objet d'une telle rareté pourrait se vendre deux ou trois fois cette somme.

— Je suis désolé, monsieur, mais pourriez-vous me dire à combien cela équivaut en zlotys, la devise polonaise ?

M. Slamon effectua alors quelques calculs. Quand il communiqua le résultat à David, son regard s'éclaira. Il s'agissait d'une fortune – suffisamment pour leur permettre, à Rosa et lui, de vivre pendant plusieurs années.

— Très bien. Je vais prendre les 200 livres, mais j'aimerais que vous vendiez l'instrument le plus rapidement possible.

— Parfait. À quel nom souhaitez-vous que j'établisse le chèque ?

David secoua la tête.

— En espèces, s'il vous plaît.

— Comme vous voudrez, répondit M. Slamon en haussant les épaules. Cela prendra un peu plus de temps, en revanche. Reprendrez-vous un peu de thé ?

Une heure plus tard, David et Rosa émergèrent dans la tiédeur du soleil d'octobre. David fit virevolter sa sœur, puis la serra dans ses bras.

— Tu vois, lança-t-il, je t'avais dit que je trouverais une solution. Maintenant, allons engloutir le plus gros petit déjeuner qu'on ait jamais vu !

Ils passèrent les deux nuits suivantes dans un petit hôtel situé tout près de Bayswater Road. David fit l'acquisition d'un costume et alla prospecter les agences immobilières à la recherche d'un appartement à louer.

La première lui demanda de remplir un formulaire.

Tout en haut, il devait renseigner son nom. Il réfléchit à la hâte. Au cas où il serait recherché par la police, il préférait ne pas communiquer son véritable patronyme. Comment le serveur dans le café avait-il dit le mot « policier » en anglais, déjà ? Co… Coo… Cooper ! Voilà.

Il inscrivit sa nouvelle identité dans la case en souriant. David Cooper. Ça sonnait bien. Très anglais. David et Rosa Delanski disparurent à cet instant.

Songeant qu'un frère et une sœur en quête d'un endroit pour vivre pourraient susciter la méfiance, David expliqua à la secrétaire de l'agence qu'il cherchait un petit appartement pour son épouse et lui-même.

Après qu'elle lui eut transmis les adresses de deux appartements à visiter, il acheta une carte de Londres et sauta dans un bus à impériale rouge. Le premier, situé dans le quartier de Notting Hill, était minuscule et la propriétaire, un peu trop curieuse. Le second, à un jet de pierre de l'hôtel où Rosa et lui logeaient, se révéla nettement plus agréable.

Le seul ennui, c'était qu'il ne disposait que d'une chambre. *Tant pis,* songea David. Il dormirait sur le canapé.

L'appartement était situé au dernier étage, et le propriétaire vivait dans l'immeuble. Il était de petite taille, mais très propre. David annonça qu'ils le prenaient et souhaitaient emménager immédiatement. Il contourna la question des références en payant au propriétaire six mois de loyer d'avance. Dans la période de récession après la guerre, une telle somme en liquide assouplissait n'importe quelle règle.

Rosa adora leur nouveau chez-eux. Elle parcourut l'appartement en dansant, sur un petit nuage.

Plus tard, ils sortirent acheter de quoi dîner. Les règles de rationnement avaient toujours cours à Londres, mais chaque fois que David et Rosa montraient leur épaisse liasse de billets, les commerçants sortaient discrètement des vivres dissimulés derrière leur comptoir.

Ce soir-là, ils se régalèrent d'une rissole de poulet et de « *little hoofs* », un plat de pommes de terre que leur mère leur préparait autrefois, qu'ils arrosèrent d'une bouteille de vin qui leur monta à la tête.

— Portons un toast aux Cooper ! lança David. À ce sujet, je me suis dit qu'on pourrait peut-être adapter ton prénom. David est plutôt commun, Rosa un peu moins. Que penserais-tu de devenir *Rose* Cooper ?

Rosa réfléchit un instant, puis elle leva son verre.

— J'aime beaucoup ! C'est très… britannique.

26

David et Rose vécurent deux années heureuses dans l'appartement. Le Ludwig s'était vendu pour 2500 livres, leur assurant une confortable sécurité financière. Jamais David n'avait connu un bonheur aussi entier. Ils n'avaient pas d'amis, ne connaissaient personne à Londres, mais cela ne lui manquait pas. Il avait Rose. Sa confidente, sa sœur, son génie. Ils passaient tout leur temps ensemble, se réjouissant d'explorer la ville, comblés du refuge que leur offrait leur minuscule appartement. Après tant de souffrances, de peurs et d'incertitudes, ils avaient fait de leur foyer et de leur fratrie leur sanctuaire.

Installé sur le canapé, David prenait plaisir à observer Rose, postée devant le chevalet qu'il lui avait acheté, s'employant à le dessiner, lui ou tout autre objet du quotidien. Les toiles de Rose évoluaient, s'éloignant peu à peu du style purement figuratif qu'elle avait toujours affectionné. Parfois, elle balançait son pinceau au sol et se jetait sur son lit sous l'effet de la frustration.

— Oh, David, j'ai une idée en tête mais je ne parviens pas à la traduire sur la toile.

David emmena sa sœur voir toutes les galeries et les expositions possibles. Ils se rendirent à la National Gallery et à la Tate, déambulèrent dans Cork Street pour étudier la série des *Miserere* de Georges Rouault à la Redfern Gallery, mais c'est le travail de Graham Sutherland, exposé à la Hanover Gallery, qui exerça sur Rose la plus grande fascination.

— C'est tellement… brut, déclara Rose en se tournant vers David. J'ai envie de rentrer à la maison pour peindre.

Plus tard cette semaine-là, David contempla en frissonnant une toile que Rose venait d'achever. Elle dégageait quelque chose de sombre et de désolé : des visages déformés, des yeux qui le fixaient derrière des barreaux dans des angles étranges.

— Comment as-tu appelé ce tableau, Rose ?

— *Treblinka*, répondit-elle d'une voix légère.

David comprit que l'heure était venue pour Rose de franchir une étape – son talent devait être encouragé. La perspective que sa sœur rencontre d'autres gens, le laisse seul durant des heures pendant qu'elle irait étudier dans une école d'art le terrifiait. Mais il lui faudrait bientôt trouver du travail, à plus forte raison s'il fallait payer les frais de scolarité de Rose.

Ils en discutèrent ce soir-là au dîner.

— Oh, David, tu crois vraiment que je serais acceptée au Royal College ?

— J'en suis convaincu.

Le lendemain, David héla un taxi et empila quatre toiles de Rose sur la banquette arrière.

— Exhibition Road, je vous prie, lança-t-il au chauffeur.

La voiture s'arrêta devant l'impressionnante entrée du Royal College of Art, et David s'y engouffra, les tableaux de sa sœur sous le bras.

— Ce n'est pas vraiment la façon dont nous procédons ici, monsieur Cooper, protesta la réceptionniste, confuse. Il faut d'abord remplir un dossier d'inscription...

— Pourriez-vous, s'il vous plaît, vous assurer que quelqu'un jette un œil à ces tableaux et me contacte si il ou elle estime que ma sœur a du talent ? insista David en griffonnant son nom et son adresse sur un morceau de papier. Bonne journée, ajouta David en s'éloignant de la femme médusée.

Il sortit du bâtiment avec la conviction que le génie de Rose allait être repéré.

Il avait vu juste. Dix jours plus tard, Rose reçut une lettre la priant de se présenter au College of Art le lundi suivant. Elle devrait passer deux jours au sein de l'établissement à dessiner d'après modèle et participer à un certain nombre d'entretiens.

La veille au soir, Rose était rongée par la nervosité.

— Tu vas être reçue haut la main, j'en suis persuadé, lui assura David en la serrant dans ses bras.

Trois mois plus tard, en septembre 1948, Rose débuta son cursus au Royal College of Art. Bien qu'elle fût âgée de dix-sept ans seulement, l'établissement l'avait admise en raison de son talent évident.

Le premier jour sans elle fut insupportable. David tourna dans l'appartement vide et silencieux sans savoir comment s'occuper. Il n'était plus que l'ombre de lui-même sans sa sœur.

Mais il avait des choses à accomplir, des projets à bâtir. Il devait songer à son propre avenir. S'ils disposaient de suffisamment d'argent pour subsister encore un an ou deux, les études de Rose allaient en ponctionner une bonne partie.

Muni d'un carnet et d'un crayon, David s'installa à la table de la cuisine et dressa une liste de différentes activités qu'il se sentait capable d'exercer, avant de les rayer une à une. Aucune des options ne l'attirait le moins du monde. Il voulait être indépendant, créer sa propre entreprise, n'être contraint par aucune limite. Il était si différent de ses semblables qu'il était convaincu qu'il ne pourrait jamais s'adapter dans un environnement professionnel classique.

Il déambula dans l'appartement, les mains dans les poches, absorbé dans sa réflexion.

Dans l'après-midi, il abandonna. Il venait de se préparer une tasse de thé lorsqu'on sonna à la porte. C'était leur propriétaire.

— Entrez, monsieur Chesney, dit David. J'ai le loyer pour vous.

— Merci, monsieur Cooper. J'apprécie lorsque mes locataires me règlent en temps voulu.

— Vous en avez beaucoup ? s'enquit David en lui tendant une enveloppe.

— Oh oui. Environ vingt-cinq. Je possède sept maisons, que j'ai achetées pour une bouchée de pain après la guerre, puis transformées. C'est la meilleure décision que j'aie prise. Au revoir, monsieur Cooper, conclut M. Chesney en portant une main à son chapeau avant de disparaître dans l'escalier.

David referma la porte et retourna à la cuisine. En buvant son thé, il songea aux paroles de M. Chesney. Ce dernier lui avait donné une idée.

Le lendemain, David alla à la rencontre de plusieurs agents immobiliers de son quartier. Il fut stupéfait de découvrir le prix moyen plus que raisonnable d'une maison mitoyenne. Il rapporta chez lui les prospectus d'un échantillon de biens à vendre et s'installa pour effectuer quelques calculs.

Il vérifia, vérifia de nouveau pour s'assurer de ne pas s'être trompé.

Il ne s'était pas trompé. S'il était prêt à prendre le risque financier initial, il y avait potentiellement beaucoup d'argent à gagner. Il avait l'intuition qu'il s'agissait d'un marché porteur – beaucoup n'avaient pas les moyens d'acheter ou de louer une maison, mais un appartement, si.

David rédigea des notes détaillées et établit des prévisions de flux de trésorerie. Puis il se rendit dans la City dans l'espoir de trouver une banque qui accepterait de financer son projet. Toutes lui opposèrent un refus. Le jeune homme rentra chez lui abattu, mais pas encore disposé à baisser les bras.

Il lui fallait prendre une décision. Il n'avait qu'une solution s'il voulait voir aboutir son projet : utiliser le reste de la somme gagnée grâce à la vente du stradivarius, en en mettant suffisamment de côté pour leur permettre de vivre les six prochains mois. Ainsi, il pourrait acquérir deux petites maisons, dans lesquelles il ferait aménager plusieurs appartements.

Ce soir-là, il rentra avec une bouteille de champagne et fêta ce nouveau projet avec Rose, aux anges. Il garda pour lui le risque financier qu'il avait décidé de prendre.

— À nous ! lança-t-il en trinquant avec sa sœur. Au magnat de l'immobilier et à la peintre la plus talentueuse de la seconde moitié du siècle !

27

Durant les trois années suivantes, l'entreprise de David ne cessa de prospérer. À l'approche des années 1950, il remarqua que la demande dépassait l'offre. Il gagna rapidement la réputation de proposer des appartements de qualité à des loyers très raisonnables. Ses locataires satisfaits, le bouche-à-oreille fit son œuvre.

En 1951, alors propriétaire de quinze maisons dans Londres, David commença à s'intéresser à des terrains bombardés de la City, qu'il pourrait acheter pour trois fois rien et sur lesquels il ferait construire des immeubles de bureaux. Désormais, les banques se bousculaient pour lui prêter de l'argent.

Tout se déroulait à la perfection. À une exception près.

Rose. Leur quotidien n'avait pas beaucoup changé la première année. David travaillait dur la journée pour développer son projet immobilier, puis Rose et lui profitaient de leurs soirées ensemble. Au cours de la deuxième année, Rose s'était mise à rentrer de plus en plus tard. Elle débarquait à plus de minuit en chantant les louanges du Colony Room, sur Dean Street, où d'autres étudiants et elle avaient passé la soirée à boire en compagnie de Muriel, la propriétaire du lieu, et d'artistes tels que Francis Bacon ou Lucian Freud.

Avec d'autres élèves de sa promotion, elle s'inscrivit à des cours du soir à la Borough Polytechnic.

— Oh, David, les techniques que nous enseigne Bomberg sont passionnantes ! Il rejette tout ce qui est artificiel ou fabriqué. J'apprends tellement.

David écoutait sa sœur patiemment, hochant la tête et souriant lorsqu'il le fallait. Il était heureux que Rose exploite son talent et s'obligeait à ne pas prendre ombrage qu'elle n'ait que peu de temps et d'énergie à lui consacrer.

Mais durant sa troisième année, David ne la vit presque pas. Rose se justifia par la charge de travail universitaire, qui la contraignait à rester tard pour achever ses toiles. Cependant, son souffle sentait régulièrement l'alcool et il arrivait qu'elle ne regagne leur appartement qu'au petit matin.

Au dernier trimestre, Rose ne rentrait parfois plus du tout.

David se demanda si elle avait rencontré quelqu'un.

C'était une jeune femme, elle méritait de mener une vie normale et il n'avait aucunement le droit de l'en empêcher.

Le soir de sa remise de diplôme au Royal College, David l'emmena dîner. Venant de décrocher sa première exposition à la Redfern Gallery, elle bouillonnait d'excitation.

— Tu te rends compte, David ? Moi, une exposition ! Et tout ça grâce à toi.

— Non, Rose, grâce à ton talent. Et pour fêter ça, tiens, dit-il en lui remettant une enveloppe.

— Je peux l'ouvrir ? s'enquit-elle d'une voix qui trahissait son excitation.

David approuva de la tête – il savait à quel point elle aimait les surprises.

En parcourant le document, son visage se décomposa.

— Que se passe-t-il ?

— Oh, David, je suis vraiment navrée…

L'appréhension étreignit David tout à coup.

— Pourquoi ? Je pensais que tu serais heureuse d'emménager dans un nouvel appartement à Chelsea. Il est à moi, Rose. Nous sommes propriétaires de notre nouveau chez-nous.

Rose plongea son regard dans celui de son frère. Puis elle baissa les yeux.

— Je… J'avais l'intention de t'en parler avant, David.

— Quoi ? Bon sang, Rose, dis-moi !

— Je pense qu'il serait préférable que nous ne vivions plus ensemble. J'ai rencontré quelqu'un…

Rose se tortillait sur sa chaise, mal à l'aise. David s'était préparé à ce moment.

— C'est bon, Rose. Je comprends.

— Non… Je ne crois pas que tu comprennes, gémit-elle en se prenant la tête entre les mains.

— Qui que ce soit, tant que cet homme prend soin de toi et qu'il a une bonne hygiène personnelle, lança David en s'obligeant à rire, je serai ravi de le rencontrer.

— Tu n'imagines pas…

— Comment s'appelle-t-il ? reprit David avant d'avaler une gorgée de vin. Il est anglais ?

— Non.

— Oh. Polonais ?

— Allemand, souffla Rose.

David se crispa légèrement, mais il voulait montrer à Rose qu'il était capable de faire la part des choses.

— Ne t'en fais pas pour ça. Tu l'as rencontré à la fac ?

— Si on veut, répondit Rose, dont le visage avait blêmi. Il… il aime beaucoup mon travail. Il a acheté une de mes toiles.

— Ah oui ? Rose, voyons, pourquoi es-tu si nerveuse ? (Il posa une main réconfortante sur celle de sa sœur.) Je suis heureux pour toi.

Rose ferma les yeux.

— Tu ne me le pardonneras jamais, David.

— Qu'aurais-je besoin de te pardonner ? répliqua David, sourcils froncés. Tu ne m'as toujours pas dit son nom.

Rose prit une grande inspiration. Puis dit :

— Il s'appelle Frank.

— Et que fait Frank dans la vie ?

— Il est dans les affaires, répondit Rose en parcourant la pièce du regard. Il travaille un peu partout dans le monde. Quelque chose en lien avec la sécurité.

— Ah, alors, il est plus âgé que toi ? déduisit David, comprenant soudain la réticence de sa sœur.

— Oui.

— Tant qu'il te traite avec respect, je n'ai aucun problème avec ça.

Rose porta une main à sa bouche. David s'alarma en voyant ses yeux s'emplir de larmes.

— Il te traite bien, n'est-ce pas ?

— Il a changé, je te le jure.

— Changé ? Alors c'est une personne du passé ?

— Oui, parvint-elle à prononcer, semblant sur le point de céder à un malaise.

— Rose, qu'est-ce que tu racontes ?

— Il dit qu'il a toujours cherché à me protéger…

Le sang de David s'était mué en glace.

— Te protéger ? répéta-t-il.

— Des atrocités de Treblinka.

David tenta de parler. En vain.

— Il dit qu'il voulait prendre soin de moi. Qu'il n'avait jamais à ce point tenu à quelqu'un.

— Rose… (Les prunelles de David s'agrandirent sous l'effet de la terreur.) Tu ne… Tu ne peux pas…

— Je sais qu'il t'est impossible de comprendre, déclara Rose, qui s'était mise à pleurer. Mais je l'aime.

Les mots de Rose avaient transpercé le cœur de David à la manière d'une lame.

— Franzen ? Kurt Franzen ?

Sa sœur eut un hochement de tête solennel.

— Le monstre qui a tué notre père ?

— Il ne le voulait pas, David. Il n'a pas eu d'autre choix. S'il ne faisait pas preuve d'autorité, c'est lui qu'on aurait tué.

David avait l'impression d'être englué dans un cauchemar dont il ne parvenait pas à s'extirper.

— Tu ne crois pas vraiment ce que tu dis, n'est-ce pas, Rose ? Il était à la tête du camp, bon sang !

— Tout le monde était contraint de rendre des comptes.

— Il a *abusé* de toi !

— Parce qu'il m'aimait. Il s'est largement excusé. Il a conscience que ce qu'il a fait alors que j'étais si jeune est terrible.

— Est-ce que tu es devenue folle, Rose ? Je… je…

Le monde s'était mis à tanguer autour de David.

— Oh, David, je suis désolée…

— Comment peut-il se trouver ici ?

— Il a des amis puissants qui l'aident à repartir de zéro. C'est tout ce qu'il souhaite. C'est tout ce que *je* souhaite.

— Je… Je vais avertir les autorités. Il n'a pas le droit de…

David voulut se lever, toutefois ses jambes ne le lui permirent pas.

— Je sais, David. *Je sais.* Je ne parviens pas à l'expliquer. Mais je ne crois pas que j'arriverais à vivre sans lui. Il…

— Il t'a traquée ! Pourchassée ! Tu ne le vois donc pas ?

— Cela prouve à quel point il tient à moi. Il a pris un risque immense en prenant contact avec moi après m'avoir acheté une toile.

— Je n'arrive pas à croire ce que je suis en train d'entendre, Rose. Il a tué des milliers de personnes ! Il a tué notre… notre… (David était à bout de souffle.) Tu es malade. Tout ça est complètement tordu. Tu as besoin d'aide.

— J'étais terrifiée à l'idée de t'en parler, murmura Rose en secouant doucement la tête. Mais tu mérites de savoir. Je vais partir maintenant.

Rose se leva, des larmes dévalant ses joues. David parvint à mobiliser le peu de force qu'il lui restait pour attraper la main de sa sœur.

— Tu ne l'aimes pas vraiment. Il t'a dupée, Rose. Il t'utilise ! Ne le vois-tu pas ?

— Je t'en prie, David, non. Je ne peux pas t'écouter. Je suis désolée. Sincèrement désolée.

Lorsqu'elle se précipita hors du restaurant, David ne fut pas capable de la suivre.

Elle ne rentra pas ce soir-là, ni celui d'après. Les tentatives de David pour la joindre demeurèrent vaines. Aucun des membres de son cercle d'amis ne lui révéla où elle se trouvait. Il alla bien sûr voir la police, mais ne disposait que de peu d'informations. Et puis il n'avait aucune envie qu'on s'intéresse de trop près à eux. Après tout, le refus de leurs grands-parents de les adopter leur avait officiellement ôté le droit de rester vivre en Grande-Bretagne.

Deux semaines plus tard, David comprit que Rose ne reviendrait plus.

28

Londres, 1950

Kurt Franzen, le regard braqué sur la Tamise, inhala profondément la fumée de sa cigarette. Un fleuve souillé qui traversait le cœur d'une ville majestueuse. Voilà une parfaite métaphore pour un pays aussi hypocrite ! Sous couvert de décence et de démocratie, les Anglais s'étaient joints aux Alliés pour enrayer la machine de guerre allemande. Sauf qu'aucune autre nation dans l'histoire mondiale n'en avait conquis et asservi d'autres comme les Britanniques.

Cela expliquait sans doute pourquoi la défaite lui laissait un goût aussi amer.

Franzen était persuadé que tout avait commencé avec David Delanski, ce sale rat. Sa fuite de Treblinka avait entraîné des conséquences bien plus dévastatrices que l'ego blessé de Franzen. Elle avait donné des idées à d'autres. À compter de cet instant, les prisonniers avaient su qu'il existait une possibilité de s'échapper.

Grâce à un double de la clé donnant accès à l'arsenal de Treblinka, des rebelles étaient parvenus à dérober trente fusils, vingt grenades et quelques pistolets, ainsi que des bidons d'essence. Certains s'étaient chargés de mettre le feu à des bâtiments pendant qu'un groupe d'hommes armés s'attaquait au portail principal, permettant à leurs camarades de franchir la clôture. Deux cents prisonniers prirent la fuite ce jour-là, dont moins de la moitié furent capturés.

Cet épisode avait marqué le début de la fin pour Kurt Franzen. Il n'ignorait pas les répercussions qui s'abattraient sur lui – humilié, réduit au rang de raté, le haut commandant nazi se débarrasserait de lui en l'envoyant sur le front. Franzen ne laisserait évidemment pas une telle chose se produire. Il avait élaboré un plan de fuite pour le cas où cela s'avérerait nécessaire. N'attendant pas l'arrivée de ses supérieurs, il avait quitté Treblinka le soir même.

Il n'était pas sans savoir que l'idéologie nazie bénéficiait de la sympathie de plusieurs dignitaires catholiques, partageant dans le bolchevisme un ennemi commun. Il n'aurait pas de mal à convaincre un quelconque évêque qu'il n'avait été qu'un bouc émissaire – une victime qui serait persécutée pour des actes qu'il n'avait jamais eu l'intention de commettre.

Franzen avait entendu un groupe de catholiques ukrainiens évoquer une voie vers l'Amérique du Sud, *via* une communauté établie à Gênes. Des mois durant, il avait planifié le trajet qu'il devrait effectuer, à travers la Hongrie puis la Yougoslavie. Muni de faux papiers qu'il avait gardés sous la main en cas de besoin, Franzen était parvenu à rejoindre l'Italie. Comme prévu, un vieux bougre l'avait aidé à se procurer un visa pour l'Argentine ainsi qu'un passeport de la Croix-Rouge falsifié.

Il s'était échappé bien avant que d'autres se mettent à emprunter, à l'issue de la guerre, les dénommés réseaux d'exfiltration. Ces deux années supplémentaires lui avaient laissé le temps de s'installer à Buenos Aires, et lorsque la chasse aux nazis en fuite avait débuté, Kurt Franzen était tombé dans l'oubli. Grâce à une bureaucratie laxiste et à l'absence de regards curieux, l'Argentine s'était révélée pour lui un formidable terrain de jeu. Usant de son charme et de son esprit, il avait gagné peu à peu la confiance des habitants, bâti un réseau de relations, développé ses affaires… Quant à ceux qui s'aventuraient à lui poser des questions sur son identité, il avait veillé à ce qu'ils ne demeurent pas une nuisance trop longtemps.

Frank Santos – celui qu'il était devenu – était désormais un homme au-dessus de tout soupçon qui parcourait le monde en tant que citoyen argentin libre.

Même ici, en Angleterre. S'était-il senti nerveux à son arrivée dans l'une des puissances qui avaient mis l'Allemagne à genoux ? Sans doute un peu. Mais il était convaincu que sa vengeance en vaudrait la peine.

Il aurait pu décider de tuer David Delanski, bien entendu. Mais cela manquait… d'élégance. Ce qu'il voulait, c'était infliger à David une humiliation égale à celle qu'il avait lui-même subie.

Franzen avait identifié la clé.

À la faveur de son redoutable réseau et de la fortune qu'il avait amassée, il lui avait été relativement aisé de les localiser. La partie délicate de son plan débutait maintenant.

Après avoir fait l'acquisition du tableau de Rosa Delanski – ou Rose Cooper, telle qu'elle se faisait appeler désormais –, il lui avait écrit. Une lettre rédigée avec grand soin, la couvrant de compliments sur ses talents artistiques, lui assurant qu'un don lui avait été offert par les dieux. Il indiquait par ailleurs l'adresse de l'appartement qu'il louait à Londres afin qu'elle puisse lui répondre si elle le souhaitait, et leur correspondance s'était poursuivie ainsi durant plusieurs semaines. Franzen s'était toujours enorgueilli de sa capacité à manier le verbe, et prenait un plaisir immense à manipuler les gens. Il avait affirmé à Rose que, s'il avait fait des affaires son métier, l'art demeurait sa véritable passion, ajoutant que ses toiles avaient déverrouillé quelque chose d'enfoui en lui… qu'il se sentait seul… qu'elle était un être à part…

Franzen possédait une conscience aiguë de l'extrême vulnérabilité de cette jeune femme, aussi fit-il en sorte d'exploiter ses faiblesses. Conformément à ses prévisions, Rose lui avait ouvert son cœur un peu plus à chaque lettre.

Il avait prémédité qu'après toutes les épreuves traversées durant sa courte vie, celle-ci éprouverait un impérieux besoin de sécurité. Il avait identifié là une porte d'entrée idéale. Dans son ultime courrier, il lui avait proposé de devenir son bienfaiteur : il lui apporterait un soutien financier afin qu'elle puisse se consacrer entièrement à son art.

Sans surprise, c'est Rose qui avait alors suggéré qu'ils se rencontrent.

Ses lèvres se retroussèrent en un sourire. Sa stratégie portait ses fruits. Rose se sentait courtisée, choyée.

La rencontre était programmée pour la semaine suivante, au Rivers Restaurant de l'hôtel Savoy. Franzen avait sélectionné ce lieu avec soin ; une artiste au succès prometteur ne se permettrait pas de causer du grabuge parmi les membres de la haute société dont elle espérait qu'ils deviennent ses clients.

Il reconnut Rose sur-le-champ – son épaisse chevelure blond vénitien et ses yeux de lune le transportèrent immédiatement à une autre époque. Elle était aussi belle que dans son souvenir. Ce petit jeu serait loin d'être une corvée, songea-t-il.

Il se leva et agita une main. Lorsqu'elle l'aperçut, son visage laissa éclore un grand sourire. Elle ne l'avait pas reconnu – tel qu'il l'avait espéré. Pour des raisons évidentes, il arborait désormais une nouvelle coupe de cheveux et utilisait du maquillage pour camoufler ses grains de beauté.

Franzen avait conscience que les règles du jeu lui imposaient de faire preuve d'humilité et de bonté. Au début du repas, la discussion coula aussi facilement que le vin, ce qui lui permit de tisser sa toile de compliments et de paroles rassurantes, avant que la conversation s'oriente vers les questions d'ordre matériel.

— Je tiens à vous soutenir financièrement jusqu'au terme de votre cursus universitaire, et même au-delà, déclara-t-il.

— Frank, vous m'avez déjà témoigné une grande générosité. Je ne peux pas accepter que vous…

— Imaginez, ma chère, ce que Monet aurait pu accomplir s'il n'avait pas eu à se soucier des factures à payer, l'interrompit-il d'une main levée. (Rose émit un petit rire tandis qu'il la resservait de champagne.) Et puis, j'ai beaucoup d'argent, mais personne pour qui le dépenser.

En détectant un éclat de sympathie dans le regard de Rose, Frank sut qu'il était en train de gagner la partie.

— Eh bien, je…

— Rien ne vous oblige à prendre une décision avant le dessert, ma chère. Dites-m'en plus sur votre amour pour Van Gogh. J'aime vous entendre en parler avec tant de passion.

À l'issue du déjeuner, Rose avait totalement baissé sa garde ; elle se trouvait désormais à portée de main. Une fois la note réglée, Frank guetta son moment. Alors que Rose allait saisir son verre d'eau, il posa doucement une main sur la sienne.

— J'ai immensément apprécié de vous rencontrer en personne, Rose.

— Moi aussi, répondit-elle en s'empourprant. Merci pour le déjeuner.

— Tout le plaisir est pour moi. Alors nous sommes d'accord : j'assumerai toutes vos dépenses pendant que vous vous consacrez à la peinture ?

— Comment pourrais-je refuser ? Merci infiniment.

Tous deux s'observèrent un moment, après quoi Franzen se pencha pour déposer un baiser sur les lèvres de Rose. Un large sourire s'épanouit sur celles de la jeune femme, et elle baissa les yeux.

— Je suis navré, souffla-t-il. Je n'ai pas pu résister. J'espère ne pas vous avoir offensée.

— Absolument pas.

Parfait. Franzen inspira profondément et s'autorisa à marquer une pause. Puis il déclara :

— Je suis très heureux que vous ayez pu voir la personne que je suis vraiment.

Sa performance se devait d'être impeccable.

— Pardon ? fit Rose, puis, voyant Franzen se prendre la tête entre les mains, elle ajouta : Frank ? Est-ce que ça va ?

— Non, ma chère, malheureusement, cela ne va pas. J'avais tellement peur que vous me reconnaissiez et preniez la fuite.

— De quoi parlez-vous ? souffla Rose, les traits soudain tirés par l'inquiétude.

Franzen ôta lentement les mains de son visage, présentant à Rose un masque de chagrin et de regret.

— Je crois que vous savez, au plus profond de vous, qu'il ne s'agit pas de notre première rencontre, déclara-t-il. (Lui prenant la main de nouveau, il l'observa intensément.) Je n'avais pas le choix, vous devez le comprendre. C'était tué ou être tué. Ça n'excuse en rien les actes que j'ai commis, mais… Oh mon Dieu ! se lamenta Franzen en se forçant à produire quelques larmes.

— Je ne comprends pas, Frank.

— J'ai fait tout ce que je pouvais pour te protéger, dit-il, se mettant à la tutoyer. J'ai toujours su que tu étais quelqu'un de spécial. Tout comme ton frère, naturellement.

Franzen vit l'expression de Rose se transformer.

— Mon frère ?

— Oui. C'est pour cette raison que je l'ai assigné à l'orchestre ; je savais qu'ainsi il serait en sécurité.

— Qu'est-ce que… ?

La voix de Rose s'était réduite à un murmure.

— La vérité, c'est que je t'aimais. J'étais convaincu que tu étais destinée à de grandes choses. C'est la raison pour laquelle… (C'est à ce moment-là que son mensonge se devait d'être le plus convaincant.) J'ai donné les allumettes à Anya ce jour-là. Sans cela, David n'aurait pas pu provoquer le feu qui vous a permis de prendre la fuite. J'étais au courant de votre projet. Je vous ai aidés, affirma-t-il, particulièrement fier de son invention.

— Franzen…, souffla Rose, pétrifiée, des larmes dans les yeux.

— Ne m'appelle pas ainsi, je t'en supplie ! Kurt Franzen était une création, une fabrication toxique, putride, détestable du régime nazi, cracha-t-il en convoquant toute sa force de conviction. Ce n'était pas moi.

— Je…, tenta Rose, sous le choc.

— Tu *sais* que ce n'était pas moi. J'ai tout fait pour te protéger. Ma talentueuse artiste. Ma *Rosa*.

Rose se leva brusquement ; il s'y était attendu, mais il lui attrapa la main.

— Je comprends, très chère, que tu doives partir. Mais, s'il te plaît, garde à l'esprit que j'ai veillé à ce que tu restes en vie, lorsque tant d'autres ont péri. (Rose allait s'éloigner, alors il resserra son étreinte.) Souviens-toi de moi. Du *véritable* moi, pas de Kurt Franzen. Tu as mon adresse. Veille, toutefois, à prendre garde à qui tu racontes cette histoire. Je me fiche de ce qui peut m'arriver, cependant, je n'ignore pas que ton frère et toi vous trouvez dans ce pays sur la base de fausses déclarations. (Il secoua la tête.) Je détesterais que vous subissiez de nouvelles mésaventures à cause de moi.

Il posa sur Rose un ultime regard appuyé, avant de lui lâcher la main.

Puis il la regarda traverser le restaurant d'un pas rapide.

Leur rencontre s'était encore mieux déroulée que ce qu'il avait espéré. Il s'adossa contre sa chaise et vida sa coupe de champagne d'un trait. S'il y avait un art dans lequel il excellait, c'était celui de la manipulation. Et il sentait Rose sur le point de craquer.

Il reçut une lettre de sa part moins de deux semaines plus tard.

Lors de leur entrevue suivante, Franzen étoffa son récit : dans l'enfer de Treblinka, il avait agi comme l'ange gardien des Delanski. Tuer leur père s'était révélé un acte *généreux* – celui-ci avait déjà essuyé bien trop de souffrances. Franzen était un homme *bon*, une *victime* du régime maléfique de son pays. Tout ce qu'il voulait, c'était le prouver à Rose.

À mesure que les semaines s'écoulaient, Franzen déposait régulièrement de l'argent sur le compte en banque de Rose. Alors que les semaines se transformaient en mois, il lui ouvrit des portes, lui organisa des rendez-vous avec de riches marchands d'art et des clients potentiels.

Rose gagna petit à petit en notoriété, grâce à l'aide indéniable de son « protecteur ». Six mois plus tard, ils échangèrent un nouveau baiser. Franzen feignit de pleurer, décrétant qu'ils ne devaient poursuivre cette relation que si Rose le désirait vraiment. Il jouait une partie de longue haleine.

Trois mois plus tard, ils passèrent leur première nuit ensemble, à l'issue de laquelle Franzen éprouva une délicieuse satisfaction. Il venait d'atteindre son but ultime. Aussitôt sa tâche terminée, il la quitterait pour de bon.

Au cours de l'été 1951, Rose débarqua chez Franzen en proie à une intense détresse – elle venait d'annoncer leur relation à son frère. Comme toujours, Franzen s'était préparé. Il la consola, lui assura qu'il comprenait et que les choses s'arrangeraient.

— Il ne me le pardonnera jamais, avait-elle sangloté.

— Bien sûr que si. Laisse-lui du temps, avait menti Franzen.

L'heure était venue pour lui de quitter la ville ; leur « relation » était devenue suffisamment solide pour qu'il puisse se contenter de rendre visite à Rose de temps à autre sans avoir à prendre le risque d'être localisé par David.

Franzen fit tout son possible pour conserver l'intérêt de Rose, continuant à l'entretenir et s'assurant que sa carrière prospérait. Il lui avait suggéré d'adopter le patronyme Delancey – une manière subtile de la dérober à David. Il restait cependant une blessure bien plus vive à lui infliger. Franzen rendrait régulièrement visite à Rose et la ferait parfois venir à Buenos Aires. Il s'assurerait qu'ils aient des relations sexuelles à chacune de leurs rencontres.

Cela prenait davantage de temps que ce qu'il avait anticipé. Et si elle était inapte ?

Mais alors qu'ils dînaient au restaurant un soir, Rose lui annonça la nouvelle qu'il attendait. Sa mission, qui avait occupé presque quatre années de sa vie, était remplie.

— À quel stade en es-tu ? voulut-il savoir.

— Cela doit faire trois mois, puisque nous…

Franzen régla l'addition, partit, et ne revit plus jamais Rosa Delanski.

Son travail était terminé.

29

David se perdit dans la boisson, vidant toutes les bouteilles qu'il put trouver dans Londres. Lorsqu'il comprit qu'il pouvait noyer ses peines mais pas les abolir, il concentra ses efforts sur la quête de Franzen. Il dédia d'importantes sommes d'argent à l'embauche de détectives privés, mais aucun ne fut capable de lui livrer davantage que des rumeurs. Ils parvinrent bien sûr à localiser Rose, qui vivait avec son ami Roddy, pourtant les tentatives de David d'entrer en contact avec elle demeurèrent vaines ; que ce soit par courrier, par téléphone ou lorsqu'il se présenta à sa porte, sa sœur ne pouvait visiblement pas se résoudre à lui faire face.

S'il n'avait pas revu sa sœur, David avait en revanche assisté à l'envol de sa carrière au cours des quatre années suivantes. Dans chaque journal qu'il ouvrait s'étalaient les œuvres de la jeune Rose *Delancey*. Au milieu des années 1950, sa sœur, à présent âgée de vingt-quatre ans, faisait figure de vedette du milieu artistique londonien. Tous les critiques d'art saluaient son travail. John Russell, du *Sunday Times*, avait souligné les similitudes de ses œuvres avec celles de Francis Bacon. Les allusions à sa vie pendant la guerre infusaient toute son œuvre. Les journalistes l'adoraient. Elle avait tout pour elle : beauté, talent, intelligence, et un passé mystérieux.

David était un jour tombé sur une photo prise dans Regent's Park. On y voyait Rose accompagnée d'un homme impossible à identifier – il portait un chapeau et avait le visage tourné vers sa sœur. S'agissait-il de Franzen ?

Fidèle à ses habitudes, il avait focalisé son énergie sur son empire immobilier, qui était en train de le propulser vers le statut de millionnaire. Puis, tard un soir d'été, le téléphone sonna.

— David Cooper.

— Bonsoir, David. C'est Rose.

— Bonsoir, Rose, avait-il réussi à articuler – entendre la voix de sa sœur avait suffi à transformer ses jambes en gelée.

— Je… Je me demandais si je pouvais passer te voir ce soir. Est-ce que tu es occupé ?

David jeta un coup d'œil à la montagne de papiers devant lui, puis répondit :

— Non, pas du tout. Tu peux venir.

— Je serai là dans une demi-heure.

Elle irradiait de beauté lorsqu'elle se présenta chez lui. David comprit sans mal l'intérêt que les journaux lui portaient.

Rose sortit une cigarette de son sac à main, mais la rangea presque aussitôt. Tandis qu'elle marquait une pause devant la fenêtre pour contempler la vue, David nota qu'elle était devenue très sophistiquée.

— Tu veux boire quelque chose ?

— Je veux bien de l'eau. Merci.

— D'accord. Ça ne t'ennuie pas si je… ?

— Pas du tout.

Dans la cuisine, David but une grande gorgée de vin à même la bouteille avant de s'en servir un verre, puis regagna le salon avec leurs boissons.

— Merci, dit Rose.

— Pour quelle raison souhaitais-tu me voir ?

— Je… Je voulais m'excuser de ne pas t'avoir appelé ces dernières années. Je… je ne pouvais pas. Est-ce que tu comprends, David ?

Quand elle leva les yeux vers lui, il décela de la douleur dans son regard. L'atmosphère était chargée de tension.

— Non.

Rose inspira à fond, puis reprit :

— Avant que je poursuive, je veux que tu saches que Frank… que c'est terminé entre Franzen et moi.

— Où était-il ces dernières années ? s'enquit David, qui sentait son cœur tambouriner dans sa poitrine. Je n'ai trouvé aucune trace de lui.

— Buenos Aires, principalement, répondit Rose en buvant son eau à délicates gorgées. Mais il se déplace beaucoup.

Le silence qui suivit était insoutenable.

— Je suis sincèrement désolée. David. Tout m'apparaît clairement à présent.

— Très bien, dit-il en refoulant ses larmes, incapable d'offrir à Rose davantage que des réponses monosyllabiques.

— J'ai essayé de comprendre. J'ai parlé à des gens. Des psychologues, des médecins.

— Que disent-ils ? demanda David en s'obligeant à garder son calme.

— Il existe une théorie à propos d'un syndrome qui peut se développer dans les relations violentes, caractérisées par un déséquilibre de pouvoir. Parfois, des liens émotionnels se nouent, expliqua Rose.

— Je vois.

— Évidemment, ces liens sont de nature totalement irrationnelle. Paradoxale. La sympathie que la victime éprouve à l'égard de son agresseur est à l'opposé de ce que n'importe quelle personne saine d'esprit ressentirait. Ce phénomène peut se révéler particulièrement puissant dans le cas où la relation débute lorsque la victime est enfant.

— C'est compréhensible, déclara David en hochant lentement la tête.

— Il était gentil au début. Il s'est confondu en excuses pour le passé, m'a promis monts et merveilles.

Rose déglutit avec difficulté. David attrapa un exemplaire du *Sunday Times* sur la table basse, qu'il brandit devant sa sœur.

— Tu es devenue célèbre, dit-il.

— Oui. Il a toujours aimé mon travail. Il m'a présentée à des marchands d'art et à de riches collectionneurs. Mes toiles… se sont bien vendues.

— Je sais, Rose. Je lis régulièrement des choses à ce sujet.

— Oui. Je…

Elle était à court de mots. David vida son verre et serra les poings. Il ne pouvait plus se contenir.

— Qu'est-ce qui t'a pris, Rose, bon sang ?

— Tu avais raison, admit-elle en baissant les yeux. J'étais malade. Mais je vais mieux à présent, ajouta-t-elle en le regardant. Je te le promets. Je suis profondément navrée, David.

— Navrée ? Suis-je censé te pardonner ?

— Bien sûr que non. Mais j'espérais que tu comprendrais peut-être…

— Qu'y a-t-il à comprendre ? Que ma sœur est tombée amoureuse du type qui a tué notre père ? Qui a exterminé des milliers de nos semblables ?

— Je pensais qu'il…

— Tu pensais qu'il cherchait à te protéger. Je me souviens de tes paroles. Mais c'est faux, Rose. C'est moi qui t'ai protégée. MOI ! s'écria David en jetant le journal sur le sol.

— J'ai eu tort, David, admit Rose en soupirant. Je m'en suis rendu compte en mûrissant. Mon cerveau était sous emprise. J'étais tellement dépendante de lui à Treblinka. J'arrive à appréhender pourquoi c'est arrivé, même si cela ne justifie en rien mes actes.

— Bien sûr que non, bordel ! Qu'est-ce que Papa dirait ? Et Maman ?

— David…

— Non ! Quatre ans, Rose. Quatre années durant lesquelles j'ai dû m'accoutumer à l'idée que tu avais choisi cette *chose* plutôt que moi. J'ai promis à Maman que je prendrais soin de toi. J'ai risqué ma vie pour sauver la tienne, et voilà comment tu m'as remercié. Comment tu as remercié notre famille. Comment as-tu pu ? Comment as-tu *osé* ?

— Je suis… je suis tellement…

Incapable de prononcer un mot de plus, Rose lâcha son verre, se prit le visage entre les mains et éclata en sanglots.

David inspira plusieurs fois, tentant de réprimer la rage qui avait enflé en lui. Malgré tout, la vision de sa sœur tremblant de manière incontrôlable provoqua en lui une réaction mécanique. Il fut aussitôt transporté dans le quotidien tourmenté qu'ils avaient partagé à Varsovie, et revit l'enfant terrorisée, tenaillée par la peur et la faim.

Malgré tout ce qu'il s'était passé, Rose était la personne qu'il aimait le plus au monde. Il sentit sa colère retomber et s'avança jusqu'à sa sœur pour l'envelopper de ses bras.

Il la tint tout contre lui un long moment, jusqu'à ce que ses sanglots se tarissent.

Durant la longue soirée qui suivit, Rose raconta à son frère les détails de sa relation avec Franzen. À l'issue de son récit, David était convaincu que celui-ci, tel le plus meurtrier des prédateurs, avait refusé de renoncer à sa proie. David et Rose, étant parvenus à se libérer de ses griffes, représentaient une nuisance à ses yeux. Il avait cherché à obtenir vengeance.

— Où se trouve-t-il, maintenant ? demanda David d'une voix douce.

— En Argentine, je suppose. Mais il avait des points de chute dans toute l'Amérique du Sud. Je ne serais pas surprise qu'il se soit installé ailleurs.

— Existe-t-il un quelconque moyen de le coincer ? En faisant appel aux autorités, je veux dire.

— J'en doute, répondit Rose en secouant la tête. Il a énormément de relations, la corruption est très répandue là-bas. Je sais que ce n'est pas ce que tu as envie d'entendre…

— C'est bon, la rassura-t-il en levant une main. Tu es là, en sécurité. (Il prit Rose par les épaules.) Mais il faut que tu me jures, Rosa Delanski, que ce cauchemar est derrière nous. Que tu ne reverras plus jamais Franzen – non, que tu ne mentionneras plus jamais son nom.

David décela une profonde terreur dans le regard de sa sœur.

— Je le jure, promit-elle.

David se leva, aida Rose à faire de même, puis l'attira près de lui. Ce faisant, il remarqua qu'elle avait instinctivement protégé son ventre en arrondissant le dos.

Se reculant d'un pas, il scruta sa sœur. Une pensée odieuse s'immisça alors dans son esprit.

— Tu es sûre que tu ne veux pas un petit verre de vin ? lui demanda-t-il.

— Merci, ça va.

— Y a-t-il une raison particulière pour laquelle tu ne bois pas d'alcool ?

— Non, affirma Rose en s'empourprant. Je n'en ai pas envie ce soir, c'est tout.

David examina le ventre de sa sœur, qui tentait maladroitement d'en dissimuler le léger renflement à l'aide de ses mains.

— Oh, Rose…

— Quoi ?

David eut le sentiment qu'on venait de le gifler en plein visage, puis celui de se noyer, sans pouvoir reprendre son souffle. Rose ne devait se rendre compte de rien.

— Je viens de me rappeler que je pars pour les États-Unis la semaine prochaine, annonça-t-il. Je ne serai de retour que dans six mois. J'aimerais essayer de développer mes affaires là-bas.

David était fier d'avoir réussi à garder son sang-froid. À présent, il voulait qu'elle parte, pour pouvoir évacuer son chagrin seul.

— Oh… Eh bien, j'espère te voir à ton retour, répondit Rose.

— Oui. (Il luttait pour trouver les mots, mais était convaincu qu'il s'agissait de leur dernière conversation.) Je me tiendrai au courant de l'avancée de ta carrière.

— C'est gentil, mais pour être honnête, je suis lessivée. J'ai l'impression de produire à la chaîne. Je crois qu'une pause ne me ferait pas de mal.

— Il faut dire que tu as été très occupée, ces dernières années, répliqua David, qui percevait l'épuisement de sa sœur. Je tiens à te féliciter une nouvelle fois pour ton succès.

— Merci. C'est grâce à Papa, au fond. Il m'a transmis son don. (Rose jeta un coup d'œil au mur.) Tu as accroché *Treblinka,* constata-t-elle. Je déteste ce tableau. Pourquoi ce choix ?

David aurait pu répondre que c'était parce que cette toile lui rappelait la période merveilleuse – la plus heureuse de sa vie – durant laquelle ils avaient vécu ensemble. À la place, il haussa et les épaules et dit :

— Il me plaît, c'est tout.

— Je dois y aller, déclara Rose, nerveuse, en consultant sa montre. J'ai rendez-vous avec Roddy. Je suis heureuse de t'avoir revu.

Elle se dirigea vers la porte, et David lui emboîta le pas.

— Au revoir, David, dit-elle en déposant un baiser sur sa joue.

David referma la porte derrière sa sœur. À cet instant, il lui accorda son pardon, mais se promit de ne plus jamais voir Rose ou son enfant.

Postée dans le hall, Rose parvint à se contenir un moment, puis elle autorisa ses larmes à jaillir. Bien qu'il n'en eût rien dit, Rose savait que David avait deviné sa grossesse. C'était inévitable. L'opportunité ne s'était pas présentée d'inventer une explication quelconque sur l'identité du père. Même si cela avait été le cas, son frère ne l'aurait pas crue.

Rose suffoquait. Il lui fallait quitter cette ville.

— Au revoir, David, souffla-t-elle. Pardonne-moi.

30

Yorkshire, août 1984

Rose se rendit compte que le ciel s'assombrissait. Elle jeta un coup d'œil à sa montre. Voilà plus de deux heures qu'elle était assise près de la tombe de Miranda. Elle sécha ses larmes du dos de sa main.

— Alors, tu comprends, Miranda, David n'a plus jamais voulu me revoir. C'était trop douloureux pour lui. Il est parti aux États-Unis une semaine plus tard. J'étais dans un tel état de confusion et d'épuisement après les années qui venaient de s'écouler… C'est à ce moment-là que j'ai décidé de venir m'installer dans le Yorkshire. Les journalistes s'en seraient donné à cœur joie si j'étais restée à Londres et que j'avais eu un bébé. Je n'avais pas la force d'affronter cela. J'avais besoin d'être seule. À vingt-quatre ans, j'étais essorée émotionnellement et mentalement. Je savais que je ne pourrais plus voir David, qu'il n'accepterait jamais que j'aie eu l'enfant de cet homme. Miles. Le fils de Kurt Franzen.

Rose venait de prononcer ces mots pour la première fois.

— Voilà pourquoi tu reposes ici, Miranda. Parce que j'ai été trop faible pour ne pas tomber amoureuse de mon bourreau. J'ai donné naissance à un enfant qui était maudit dès sa conception. J'ai prié pour que tout se passe bien, je l'ai surveillé, j'ai guetté d'éventuels signes, mais je n'ai rien vu. Miles était si intelligent. Et il a toujours été un ange avec moi. Je me suis laissé aveugler par l'amour. J'aurais dû voir il y a longtemps ce que j'avais engendré. Un monstre.

« Alors tu ne dois pas blâmer Miles, chuchota Rose. Ce qu'il est devenu n'est la faute de personne d'autre que la mienne. Oh, Miranda, je m'en veux tellement. S'il te plaît, si tu m'entends, pardonne-moi. Je t'en supplie.

Rose fut de nouveau secouée de sanglots. Elle leva alors les yeux vers une famille d'oiseaux qui venait d'élire domicile dans l'arbre surplombant la sépulture de Miranda. Le vent bruissa, et ils se mirent à gazouiller doucement d'abord, puis plus fort, en chœur.

— Merci, Miranda, murmura Rose en souriant tandis que la nuit tombait. C'est terminé maintenant, n'est-ce pas ?

— Non, Rose. Ça ne fait que commencer.

Une voix masculine l'avait fait sursauter. Se tournant, elle découvrit David, posté derrière elle. Il l'attrapa doucement par les épaules et l'aida à se lever.

— Viens, Rose.

— Oui, répondit-elle en arrimant son regard à celui de son frère.

Il la serra fort contre lui, puis tous deux se mirent en marche, bras dessus bras dessous. Depuis les branches d'arbres, les oiseaux les regardèrent s'éloigner jusqu'à ce qu'ils ne forment plus que deux minuscules points au loin.

ÉPILOGUE

Paris, 1992

— Mesdames et messieurs, je suis ravie de vous accueillir ici ce soir. Je vous remercie du fond du cœur d'être venus assister au défilé de mode organisé dans la grande salle de bal du Ritz. Je tiens à remercier le directeur de l'établissement, qui a mis à notre disposition ce magnifique écrin.

« Comme la plupart d'entre vous le savent sans doute, la fondation Delanski a été créée il y a quatre ans. Il s'agit d'une association caritative qui a à cœur de ne pas opérer de distinction entre les diverses formes de souffrance. Celle-ci peut revêtir différents visages : il peut s'agir d'un jeune homme atteint du sida ou d'un ancien combattant dont la pension ne suffit pas à assurer le confort élémentaire que mérite tout un chacun.

« Ces trois dernières années, nous avons soutenu plus de mille causes, parfois dans le cadre de catastrophes naturelles à l'échelle nationale, parfois pour épauler des personnes isolées en situation difficile. Ce soir, toutefois, c'est à la Fondation pour la mémoire de la Shoah que nous apportons notre soutien, afin qu'elle puisse poursuivre son indispensable travail. Ces hommes et ces femmes ont décidé de tout mettre en œuvre pour que l'assassinat de six millions de personnes ne tombe pas dans l'oubli et ne se reproduise jamais plus. La fondation accompagne également dans l'épreuve les victimes, et celles et ceux qui ont perdu des êtres chers dans cette tragédie.

Des applaudissements nourris résonnèrent dans la salle.

— J'aimerais à présent recevoir David Cooper – que vous connaissez sans doute déjà –, mon beau-père et le vice-président de la fondation. Merci de bien vouloir lui réserver un chaleureux accueil.

David s'avança sur la scène et vint se placer près de Leah. Il l'embrassa, puis elle s'éclipsa.

— Mesdames et messieurs, bonsoir. Merci d'être parmi nous ce soir. Leah dirige avec beaucoup de talent une association qui, à sa création, tenait dans une pièce de sa maison. Elle occupe désormais un étage entier d'un de mes immeubles new-yorkais, et Leah possède un bureau plus spacieux que le mien.

Des rires s'élevèrent dans l'assistance, rapidement suivis d'applaudissements.

Tandis que David poursuivait son discours, Leah alla rejoindre son mari.

— Est-ce qu'elle est arrivée ? s'enquit-elle, anxieuse.

— Elle est là, confirma Brett. Son vol depuis Moscou a simplement été retardé.

Grâce à un parterre d'invités prestigieux, la vente aux enchères de la nouvelle collection signée Carlo

Porselli permit de lever près de 50 000 livres. Carlo lui-même – devenu nettement plus sympathique depuis son séjour en prison – embrassa chaleureusement Leah. Il lui avait depuis longtemps présenté ses excuses pour ses écarts de conduite passés, que Leah avait été heureuse d'accepter, consciente de l'épreuve qu'il avait traversée et se sentant en partie coupable de ses démêlés avec la justice.

Réunis autour d'une table, Rose, David, Chloe, Brett et Leah discutaient gaiement en se régalant du somptueux dîner.

Leah, radieuse, songea à quel point il était étrange de voir réunies une nouvelle fois toutes les personnes qui avaient exercé une influence aussi importante sur sa vie.

Après la tragédie survenue huit ans plus tôt, Rose avait quitté le Yorkshire et les terribles souvenirs qui y étaient associés pour s'installer à New York, dans le duplex de David. Elle n'avait plus remis les pieds en Angleterre. Leah, émue, observa la tendre complicité qui les unissait.

Chloe avait choisi de rester vivre avec Doreen et rendait visite à Rose aux États-Unis durant les vacances scolaires. Leah se réjouissait que ses parents aient Chloe pour leur tenir compagnie, son emploi du temps chargé ne lui permettant pas de leur rendre visite autant qu'elle l'aurait souhaité.

Il avait fallu à Leah de nombreux mois pour surmonter la nuit traumatisante qu'elle avait vécue sur la lande, huit ans plus tôt. Elle y était parvenue grâce à l'amour et à la compréhension de Brett. Leur relation s'était renforcée ces dernières années. Brett s'était montré à l'écoute de ses inquiétudes concernant Paris, et avait finalement choisi de s'inscrire à la New York School of Visual Arts. Guidé par les conseils avisés de Rose, qui éprouvait une immense fierté devant la ténacité de son neveu, Brett voyait sa carrière s'envoler. Leah et lui n'avaient pas encore d'enfant, mais envisageaient l'adoption. Et puis, qui savait ce que l'avenir leur réservait ? Pour l'heure, Brett et la fondation suffisaient à combler Leah.

Ce soir, elle assistait à l'union de son travail et de sa vie personnelle. Un an plus tôt, Brett lui avait soumis une requête.

— J'ai besoin de l'aide de ton association, avait-il dit avant de lui exposer son idée.

Le projet avait exigé beaucoup d'efforts, leur avait fait emprunter des chemins qui avaient débouché sur des impasses, sans compter les obstacles administratifs qui les avaient ralentis à de nombreuses reprises.

Puis, enfin, ils l'avaient trouvée.

Elle était là ce soir.

Brett frémissait d'excitation.

— Merci pour tout, Leah, dit-il en posant une main sur celle de son épouse. Tu n'imagines pas ce que cela signifie pour moi.

Leah se leva, puis annonça :

— David, Rose, Chloe, j'aimerais que vous veniez avec moi. Il y a quelqu'un qui vous attend, et que vous allez être contents de voir.

Tous trois, visiblement perplexes, suivirent Leah hors de la salle de bal.

Elle les précéda le long d'un couloir, puis frappa à une porte.

Une voix faible répondit.

Leah entra dans la pièce, David sur ses pas.

Il découvrit une femme frêle assise dans un fauteuil roulant. Son visage lui était familier, sans qu'il parvienne à le situer.

— Bonjour, David, dit-elle.

Il sentit alors les larmes lui monter aux yeux et courut vers elle pour la couvrir de baisers. Rose se joignit à son frère tandis que Chloe les observait, fascinée par la scène.

— Anya, Anya… Je te pensais morte. Oh mon Dieu…

Leah ferma doucement la porte, les laissant seuls, et retrouva Brett.

— J'ai quelque chose pour toi, mon ange, dit-il en lui tendant un paquet de forme carrée enveloppé de papier brun.

Leah le déchira. La découverte du tableau lui coupa le souffle.

— Il est inspiré du dessin au fusain que j'avais réalisé l'été de notre rencontre. C'est un cadeau pour te remercier de tout ce que tu as mis en œuvre pour retrouver Anya. Il s'appelle *La Fille cachée.*

— Je ne le mérite pas…

— Bien sûr que si, mon ange. Et de nombreuses personnes présentes ce soir partagent mon avis. Je désirais tellement retrouver la trace d'Anya pour mon père. J'espère qu'avoir convoqué le passé aujourd'hui l'aidera enfin à surmonter tout ce que Rose et lui ont enduré. Ils ont traversé tant d'épreuves ensemble. À présent, la boucle est bouclée pour eux trois. C'est un acte magnifique que tu as réalisé en faisant venir Anya jusqu'ici. Je t'aime, Leah.

Il inclina son visage vers le sien et l'embrassa tendrement.

À l'intérieur de la suite d'hôtel, un flash crépita.

— Pas maintenant, Chloe. Tu pourras prendre des photos de ton arrière-grand-mère plus tard.

La jolie jeune fille de seize ans leva les yeux vers Rose et lui adressa un sourire.

— Désolée, Granny.

Rose frissonna.

Ce n'était pas la première fois qu'elle voyait ce regard froid et distant.

VOUS AVEZ AIMÉ CE LIVRE ?

Découvrez la saga événement de Lucinda Riley,
Les Sept Sœurs

À la mort de leur père, énigmatique milliardaire qui les a adoptées aux quatre coins du monde lorsqu'elles étaient bébés, les sœurs d'Aplièse se retrouvent dans la maison de leur enfance, Atlantis, un magnifique château sur les bords du lac de Genève.
Pour héritage, elles reçoivent chacune un mystérieux indice qui leur permettra peut-être de percer le secret de leurs origines…

Dans cette ambitieuse série, inspirée de la légende et de la constellation des Sept Sœurs, Lucinda Riley fait preuve de son incroyable talent de conteuse.

« Un page-turner incroyable mêlant drame et romance. »
Daily Mail

Tournez la page pour découvrir sans plus attendre le premier chapitre du tome 1 !

MAIA

Juin 2007

Premier quartier de lune
13 ; 16 ; 21

Je me souviendrai toujours de l'endroit où je me trouvais et de ce que je faisais quand j'ai appris que mon père venait de mourir.

J'étais à Londres, chez Jenny, une vieille amie d'école, et je profitais du soleil de juin, assise dans son joli jardin, un exemplaire de *L'Odyssée de Pénélope* ouvert sur les genoux, pendant qu'elle était allée chercher son petit garçon à la crèche.

Je me sentais calme, heureuse de m'être échappée pour passer quelques jours de vacances ici. J'étais en train d'admirer la clématite en boutons qui dépliait ses fragiles bourgeons roses, donnant naissance à un tumulte de couleurs, lorsque mon portable a sonné. D'un coup d'œil sur l'écran, j'ai vu que c'était Marina.

— Allô, Ma, ça va ?

J'espérais que, dans ma voix, elle entendrait aussi la belle chaleur estivale.

— Maia, je…

Marina a marqué une pause, et, à cet instant, j'ai compris qu'il était arrivé quelque chose de terrible.

— Qu'est-ce qui se passe ?

— Maia, je ne sais pas comment te le dire, mais ton père a eu une crise cardiaque ici, à la maison, hier après-midi. Et aujourd'hui… tôt ce matin, il… est décédé.

Je suis restée silencieuse, un million de pensées disparates et ridicules me traversant l'esprit, l'une d'elles étant que Marina, pour une raison ou une autre, avait décidé de me faire une blague de mauvais goût.

— Je ne l'ai pas encore annoncé à tes sœurs, Maia. Comme tu es l'aînée, il m'a semblé que c'était toi qui devais l'apprendre en premier… Je voulais te demander si tu préfères les appeler, ou si tu souhaites que je le fasse.

— Je…

Aucune parole cohérente ne me venait aux lèvres, tandis que je commençais à réaliser que jamais Marina, ma chère et bien-aimée Marina, la femme qui avait été pour moi la personne qui se rapprochait le plus d'une mère, ne me mentirait. Il fallait donc que ce soit vrai. Et brusquement, tout s'est effondré en moi.

— Maia, s'il te plaît, dis-moi que ça va. Oh, c'est vraiment l'appel le plus terrible que j'ai jamais eu à passer, mais j'ai pensé qu'il valait mieux me tourner vers toi… Dieu seul sait comment tes sœurs vont réagir.

C'est à ce moment que j'ai entendu la souffrance dans sa voix. J'ai compris qu'elle aussi avait besoin de parler, de partager son fardeau, d'être réconfortée.

— Bien sûr, Ma, je vais prévenir mes sœurs. Sauf que je ne suis pas certaine d'avoir toutes leurs coordonnées sur moi… Ally n'est-elle pas partie faire une régate ?

Et pendant que nous discutions de l'endroit où se trouvait chacune de mes sœurs cadettes, comme s'il fallait les réunir pour fêter un anniversaire plutôt que de pleurer la mort d'un père, la conversation a pris un tour surréaliste.

— Quand faut-il prévoir l'enterrement à ton avis ? ai-je demandé. Avec Électra à Los Angeles et Ally quelque part en mer, on ne peut certainement pas l'envisager avant la semaine prochaine, au plus tôt.

— Eh bien…

J'ai perçu l'hésitation de Marina au bout du fil.

— Le mieux serait peut-être qu'on en parle toutes les deux quand tu rentreras à la maison. Mais rien ne presse pour l'instant, Maia. Aussi, si tu préfères rester encore un peu à Londres… Il n'y a plus rien à faire pour lui ici…

La voix de Marina s'est brisée.

— Ma, je saute dans le premier avion pour Genève ! Je vais téléphoner à la compagnie aérienne et je te donnerai l'heure du vol. Entre-temps, j'essaie de contacter tout le monde.

— Je suis vraiment désolée, ma chérie, a soupiré Marina. Je sais que tu l'adorais.

— Oui…

L'étrange sérénité que j'avais ressentie pendant que nous débattions des préparatifs m'a soudain abandonnée, comme le calme avant la tempête.

— Je t'appelle plus tard quand je saurai à quelle heure j'arrive.

— Très bien. Maia, prends soin de toi. C'est un choc terrible…

J'ai raccroché. Puis, avant que les nuages noirs, dans mon cœur, ne percent et ne menacent de m'engloutir, je suis montée dans ma chambre pour téléphoner à la compagnie aérienne. Pendant que j'attendais qu'on prenne mon appel, j'ai regardé le lit dans lequel, le matin même, j'avais tout simplement ouvert les yeux sur un autre jour. Et j'ai remercié Dieu que les êtres humains n'aient pas la faculté de prévoir l'avenir.

La femme qui a répondu au bout d'un moment n'était pas très aimable et j'ai compris, tandis qu'elle me parlait de vols complets, de coûts supplémentaires et de coordonnées de carte de crédit, que mon barrage émotionnel était prêt à craquer. Finalement, une fois qu'elle m'eut alloué de mauvaise grâce une place sur le vol de seize heures pour Genève, ce qui signifiait que je devais me dépêcher de rassembler mes affaires et prendre un taxi pour Heathrow, je me suis assise sur le lit et j'ai contemplé le motif du papier peint pendant si longtemps que le dessin a commencé à danser devant mes yeux.

— Voilà, il est parti, ai-je murmuré, parti pour toujours. Je ne le reverrai plus jamais.

Je m'attendais tellement à éclater en sanglots à cause de ces paroles prononcées tout haut que j'ai été surprise qu'il ne se passe rien, et je suis restée là, immobile, hébétée, mais la tête toujours pleine de détails pratiques. À l'idée d'appeler mes sœurs – toutes les cinq –, j'étais terrifiée. Laquelle prévenir en premier ? J'ai pris en compte tout un éventail de paramètres et la réponse n'a pas tardé à s'imposer : Tiggy, bien sûr, la seconde de la fratrie, celle dont je me sentais la plus proche.

Les doigts tremblants sur mon téléphone, j'ai fait défiler les numéros jusqu'au sien. En entendant sa messagerie vocale, j'ai bafouillé quelques mots confus lui demandant de me rappeler d'urgence. Elle se trouvait quelque part dans les Highlands, en Écosse, où elle travaillait dans un centre qui recueillait des cervidés malades.

Quant à mes autres sœurs… leurs réactions seraient diverses, en apparence du moins, allant de l'indifférence à un dramatique épanchement d'émotion.

Ne sachant pas trop de quel côté je basculerai sur l'échelle du chagrin quand je leur parlerai, j'ai choisi la lâcheté et je leur ai envoyé un texto à chacune, les priant de me contacter le plus vite possible. Je me suis ensuite dépêchée de faire mon sac et je suis descendue à la cuisine où j'ai laissé un mot à Jenny lui expliquant pourquoi j'avais dû partir.

J'ai décidé de héler un taxi dans la rue et j'ai marché d'un pas rapide le long du parc de Chelsea, comme n'importe qui, par une journée banale. Je crois que j'ai même salué quelqu'un qui promenait son chien et que je lui ai souri.

Personne ne pourrait deviner ce qui m'arrive, me suis-je dit en montant dans le taxi que j'ai réussi à arrêter sur King's Road, où le trafic était intense.

J'ai indiqué au chauffeur l'aéroport d'Heathrow.

Non, personne n'aurait pu deviner.

* * *

Cinq heures plus tard, alors que le soleil descendait tranquillement sur le lac de Genève, je suis arrivée à notre ponton privé pour la dernière étape de mon voyage.

Christian m'attendait déjà dans la vedette. À son regard, j'ai compris qu'il savait.

— Comment allez-vous, mademoiselle Maia ? a-t-il demandé en m'aidant à monter à bord, ses yeux bleus pleins de compassion.

— Je suis… contente d'être ici, ai-je répondu d'une voix neutre, puis je suis allée m'asseoir à l'arrière du bateau, sur la banquette en cuir crème qui suivait la courbe de la poupe.

En temps normal, je m'installais à l'avant, à côté de Christian, pour fendre les eaux calmes pendant les vingt minutes de la traversée. Mais ce jour-là, j'avais besoin de solitude. Christian a démarré. Le soleil se reflétait sur les fenêtres des somptueuses demeures qui bordaient le lac. Souvent, en faisant ce trajet, il me semblait franchir le seuil d'un monde féerique, un univers éthéré sans aucun rapport avec la réalité.

Le monde de Pa Salt.

À l'évocation du surnom de mon père, que j'avais inventé quand j'étais enfant, des larmes m'ont picoté les yeux. Il avait toujours adoré faire de la voile et quand il revenait dans la maison du bord du lac, il sentait l'air iodé et la mer. Avec le temps, mes jeunes sœurs aussi s'étaient approprié ce surnom.

Alors que le bateau prenait de la vitesse et que le vent chaud agitait mes cheveux, je me suis remémoré des centaines d'arrivées à Atlantis, le château de Pa Salt. Situé sur un promontoire adossé à un croissant de terrain montagneux qui s'élevait en pente abrupte, il était inaccessible par la route ; on ne pouvait y accéder qu'en bateau. Les voisins les plus proches se trouvant à des kilomètres, Atlantis était un peu notre royaume privé, à l'écart du reste du monde. Tout ce qu'il renfermait était magique… comme si Pa Salt et nous, ses filles, avions vécu dans un endroit enchanté.

Nous avions toutes été choisies par Pa Salt quand nous étions bébés et adoptées aux quatre coins du monde. Pa aimait dire que nous étions ses filles « spéciales ». Il nous avait donné les noms des Pléiades, les Sept Sœurs, sa constellation préférée. Maia était la première.

Quand j'étais petite, il m'emmenait sous le dôme en verre de son observatoire, tout en haut de la maison, et me soulevait dans ses bras puissants pour que j'observe le ciel, la nuit, à travers son télescope.

— Elles sont là, me disait-il une fois qu'il avait aligné l'objectif. Regarde, Maia, regarde la belle étoile brillante dont tu portes le nom.

Et je la voyais, oh oui. J'écoutais à peine tandis qu'il me racontait les légendes à l'origine de mon nom et de ceux de mes sœurs, mais je savourais le plaisir de sentir ses bras autour de moi, consciente de vivre un moment rare et précieux, avec mon père pour moi seule.

Quant à Marina, que j'avais longtemps prise pour ma mère – j'avais même raccourci son nom à « Ma » –, j'ai compris plus tard qu'elle n'était qu'une simple nourrice, embauchée par Pa pour s'occuper de nous lors de ses nombreuses absences. Mais évidemment, Marina était beaucoup plus que cela pour nous toutes. C'était elle qui essuyait nos larmes, qui nous grondait lorsque nous nous tenions mal à table. Elle nous a guidées sereinement durant ces années difficiles à l'issue desquelles l'enfant devient une femme.

Ma a toujours été là, et je ne l'aurais pas aimée davantage si elle m'avait donné la vie.

Pendant les trois premières années de mon enfance, il n'y avait que Marina et moi dans notre château magique sur les rives du lac. Et puis, une à une, mes sœurs ont commencé à arriver.

Normalement, Pa m'apportait un cadeau quand il rentrait de voyage. J'entendais le bateau arriver, je m'élançais sur la vaste pelouse et je courais jusqu'à la jetée pour l'accueillir. Comme tous les enfants, je voulais voir ce qu'il avait caché dans ses poches magiques. Je me souviens du jour où, après qu'il m'eut offert un ravissant renne en bois sculpté en me jurant qu'il venait du Père Noël, une femme en uniforme s'est avancée avec un paquet dans les bras. Et le paquet bougeait.

— Je t'ai rapporté un autre cadeau, Maia, le plus extraordinaire qui soit. Une petite sœur. Maintenant, tu ne seras plus seule quand je dois m'absenter.

Pa m'a souri et serrée contre lui.

Ma vie a changé ensuite. La puéricultrice que Pa avait amenée avec lui a disparu quelques semaines plus tard et Marina a pris la relève pour s'occuper de ma sœur. Je ne comprenais pas comment cette chose qui braillait, qui sentait souvent mauvais et me privait de l'attention qui m'était due pouvait être un cadeau. Jusqu'à ce matin où Alcyone – à qui on avait donné le nom de la deuxième étoile des Sept Sœurs – m'a souri, assise dans sa chaise haute.

— Elle me reconnaît ! ai-je lancé, émerveillée, à Marina qui lui donnait à manger.

— Bien sûr qu'elle te reconnaît, ma chérie. Tu es sa grande sœur, celle qu'elle admirera toute sa vie. Ce sera à toi de lui enseigner beaucoup de choses que tu sais et qu'elle ignore.

Et, en grandissant, Alcyone est devenue mon ombre, toujours sur mes talons, ce qui m'enchantait et m'agaçait tout autant. « Maia, attends-moi ! » exigeait-elle d'une voix forte en me suivant d'un pas mal assuré.

Bien qu'Ally – comme nous l'avions surnommée – ait au départ quelque peu perturbé mon existence dorée à Atlantis, je n'aurais pu souhaiter une compagne plus adorable ni plus aimable. Elle pleurait rarement, voire jamais, et ne faisait aucun de ces caprices réservés aux bambins de son âge. Avec ses boucles d'un roux doré qui tombaient en cascade et ses grands yeux bleus, Ally possédait un charme naturel auquel mon père était le premier à succomber.

Quand Pa Salt rentrait à la maison après l'un de ses longs voyages à l'étranger, je remarquais combien ses yeux s'allumaient dès qu'il la voyait. Il la regardait comme jamais il ne m'avait regardée, j'en étais sûre, moi qui étais timide et réservée alors qu'Ally débordait d'assurance.

Elle était aussi un de ces enfants qui semblait exceller dans tout – en particulier la musique et les sports nautiques. Quand Pa lui a appris à nager dans notre grande piscine, elle a aussitôt maîtrisé la technique – un vrai poisson dans l'eau –, tandis que je barbotais avec peine, redoutant à tout instant de couler.

Et puis, alors que je n'avais pas le pied marin, même à bord du *Titan*, le superbe yacht de Pa, Ally, elle, le suppliait de l'emmener sur le dériveur qu'il gardait amarré à notre jetée. Je me souviens que je m'accroupissais dans l'espace exigu de la poupe pendant que Pa et Ally s'affairaient aux commandes et que le bateau filait sur les eaux miroitantes du lac. Bref, je ne partageais aucune passion avec Pa qui aurait pu me rapprocher de lui comme ma sœur.

Ally avait étudié la musique au Conservatoire de Genève. Excellente flûtiste, elle aurait pu poursuivre une carrière dans un orchestre professionnel, mais elle avait ensuite choisi la vie de marin à plein-temps. Elle participait régulièrement à des régates et avait représenté la Suisse à plusieurs occasions.

Ally avait presque trois ans quand Pa est arrivé un jour avec une autre sœur pour nous, à qui il a donné le nom de la troisième des Sept Sœurs, Astérope.

— Mais nous l'appellerons Star, a-t-il dit en nous souriant à Marina, Ally et moi, tandis que nous observions cette petite chose, couchée dans le couffin, qui venait agrandir notre famille.

Je prenais alors des leçons chaque matin avec un professeur particulier, aussi la venue de Star m'a-t-elle moins perturbée que celle d'Ally. Et puis, à peine six mois plus tard, un autre bébé nous a rejointes, une petite fille de douze semaines prénommée Célaéno, un nom qu'Ally a immédiatement raccourci en CeCe.

Trois mois seulement séparaient Star et CeCe et, du plus loin que je me souvienne, elles ont toujours été très complices. Comme des jumelles, communiquant avec leur propre babillement, qu'elles utilisent encore aujourd'hui. Elles vivaient dans leur monde à elles dont nous étions exclues, et même à présent qu'elles ont une vingtaine d'années, rien n'a changé. CeCe, la plus jeune des deux, était toujours celle qui avait le dessus, son corps trapu et sa peau noisette contrastant avec la pâleur et la minceur de Star.

L'année suivante, un autre bébé arriva encore. Taygète – que j'ai surnommée « Tiggy » à cause de ses cheveux courts et noirs qui se dressaient sur sa toute petite tête et me faisaient penser au hérisson de la célèbre histoire de Beatrix Potter.

J'avais alors sept ans et je me suis tout de suite sentie proche de Tiggy. Elle était la plus fragile d'entre nous, affligée de toutes les maladies infantiles les unes après les autres, mais elle demeurait stoïque. Quand Pa a encore ramené à la maison une autre fillette, nommée Électra, Marina, épuisée, m'a souvent demandé de m'occuper de Tiggy qui avait continuellement la fièvre, ou toussait, et qui fut finalement déclarée asthmatique. On ne la sortait pas beaucoup dans le landau pour éviter que l'air froid et le brouillard épais de Genève ne lui fragilisent les poumons.

Électra était la benjamine et son nom lui allait à la perfection. Je m'étais maintenant habituée aux bébés et à leurs exigences, mais ma plus jeune sœur était sans aucun doute la plus difficile. Tout ce qui se rapportait à elle était « électrique » ; en un instant, elle pouvait passer d'une humeur sombre à une humeur légère et vice versa, de sorte que notre foyer, auparavant calme, retentissait quotidiennement de ses cris perçants. Ses caprices résonnaient dans ma conscience d'enfant et, en grandissant, sa personnalité impétueuse ne s'adoucit guère.

En secret, Ally, Tiggy et moi la surnommions « Tricky », qui signifie difficile, délicat. Il nous fallait toujours la prendre avec des gants pour ne pas déclencher un brusque changement d'humeur. Franchement, il y a eu des moments où je la détestais tellement elle perturbait notre vie à Atlantis.

Cependant, quand Électra sentait que l'une de nous avait des problèmes, elle était la première à offrir son aide et son soutien. Elle pouvait se montrer d'un égoïsme excessif, ou bien, à d'autres occasions, d'une générosité sans limite.

Après Électra, nous avons toutes attendu l'arrivée de la septième sœur. Puisque Pa nous avait donné le nom de cette constellation, sans elle, nous n'aurions pas été complètes. Nous connaissions même son nom – Mérope – et nous nous demandions à quoi elle ressemblerait. Mais une année passa, puis une autre, et une autre encore, et notre père ne rapportait toujours pas de bébé.

Je me souviens parfaitement de la conversation que j'ai eue avec lui dans son observatoire. J'avais quatorze ans et allais bientôt entrer dans ma vie de femme. Nous guettions une éclipse qui, d'après lui, signait un moment précurseur pour l'humanité.

— Pa, ai-je dit, amèneras-tu un jour notre septième sœur à la maison ?

En entendant cela, tout son corps a semblé se figer pendant quelques secondes. D'un coup, il a eu l'air de porter le poids du monde sur ses épaules. Il ne s'est pas retourné, car il se concentrait sur son télescope, mais j'ai compris instinctivement que mes paroles l'avaient bouleversé.

— Non, Maia, je ne la ramènerai pas. Parce que je ne l'ai jamais trouvée.

* * *

Quand est apparue la haie d'épicéas qui protégeait notre maison des regards indiscrets et que j'ai vu Marina, debout sur la jetée, la mort de Pa s'est imposée à moi avec son implacable réalité : l'homme qui avait fait de nous les princesses de son royaume n'était plus là pour garder l'enchantement.

La communauté Charleston a aimé !

Chez Charleston, nous sommes convaincus que, loin d'être une aventure solitaire, la lecture est une invitation au partage. Nous échangeons constamment avec nos lecteurs et lectrices, et nous sommes fiers de la belle communauté d'amoureux des livres que nous formons tous ensemble. Chaque année, nous choisissons au sein de cette communauté vingt lectrices et lecteurs qui nous accompagnent tout au long de l'année, et découvrent nos romans en avant-première. Voici leurs avis !

« La plume envoûtante de Lucinda Riley opère encore et toujours, et nous offre une fresque multigénérationnelle extrêmement bien orchestrée qui nous tient en haleine de la première à la dernière page. »

@myjolielibrairie

« Un véritable coup de cœur, une lecture intense et addictive avec des personnages attachants et inoubliables. »

@jo_livresque

« Immersif, intense, diablement romanesque. Cette fois encore, le récit nous procure une évasion sans pareille, finement maîtrisée. »

@les.lectures.de.claire

« Coup de cœur pour cette beauté littéraire. Lucinda Riley est définitivement une conteuse hors pair ! »

@strabissime

« Lucinda Riley avait ce don unique pour tisser des intrigues captivantes, riches en émotions et en mystères. Sa plume nous transporte à travers les époques, et crée des personnages profondément humains. »

@carnet_litteraire

« Grandiose. Un roman bluffant rempli d'amour, de force et de courage, bouleversant de vérité. »

@dans_tous_mes_etats

« Lucinda Riley manie la double temporalité et les secrets de famille comme personne. Un must-read à se procurer de toute urgence ! »

@unlivreabordeaux

« Une foule de personnages, des comportements énigmatiques, des drames et des histoires d'amour contrariées.... Tous les ingrédients d'un bon page turner ! »

@clarine_bouquine

Ce roman vous a plu ? Dites-le-nous !

Rejoignez la communauté Charleston
et échangez sur vos lectures

Retrouvez-nous sur
editionscharleston.fr
et sur

Inscrivez-vous à notre newsletter et recevez
des informations sur nos nouveautés, nos événements,
nos jeux-concours… et des cadeaux !

CHARLESTON
L'ÉDITEUR DU FÉMININ

Achevé d'imprimer en août 2025
par Novoprint
Dépôt légal : octobre 2025
Imprimé en Espagne